L’ombre du soupçon

LAURA CALDWELL

L'ombre du soupçon

BestSellers

Titre original : RED BLOODED MURDER

Traduction française de VALÉRY LAMEIGNÈRE

HARLEQUIN®
est une marque déposée par le Groupe Harlequin

BEST-SELLERS®
est une marque déposée par Harlequin S.A.

Photos de couverture
Ville de nuit : © ALTRENDO IMAGES / GETTY IMAGES
Femme : © MALCOM HANES / ETSA / CORBIS

83/85, boulevard Vincent-Auriol, 75646 PARIS CEDEX 13.
Tél : 01 42 16 63 63
Service Lectrices — Tél. : 01 45 82 47 47
www.harlequin.fr
ISBN 978-2-2802-1946-4 — ISSN 1248-511X

Prologue

Les mains qui l'empoignèrent étaient avides. Elles la bousculèrent et la poussèrent sans ménagement, indifférentes à ses cris. Même si elle en voulait encore — elle voulait que ça continue, maintenant, demain, toujours… —, elle éprouva le besoin de dire la vérité.

— Il faut qu'on arrête de faire ça. D'ailleurs, j'ai pris ma décision. C'est la dernière fois. Je voulais que tu le saches.

— Ferme-la.

— Je suis sérieuse, tu sais. Mais je ne veux pas te prendre en traître. A partir de demain, c'est terminé pour de bon.

— Ferme-la !

Les mains descendirent le long de son corps, palpant et malaxant sa chair avant de s'immobiliser, le temps de la sentir complètement à sa merci. Encore quelques secondes, et elles retireraient ses derniers vêtements, la plongeant dans un état second.

Elle renversa la tête en arrière et s'agrippa au drap, se raccrochant une dernière fois à la réalité, attendant de sombrer dans cet oubli qu'elle désirait tant.

Une brise se fraya un passage par la fenêtre entrouverte, bienvenue après les vents cinglants qui avaient balayé Chicago pendant des mois. Pourtant, rien ne pouvait rafraîchir la chaleur qui la consumait, irradiant son corps jusque dans des endroits auxquels elle ne pensait que dans ces moments-là.

Les mains se figèrent, l'expulsant brutalement du néant voluptueux où elle s'abîmait lentement.

— Pourquoi est-ce que tu t'arrêtes ? demanda-t-elle d'une voix désespérée.

Une bouche vint s'écraser contre la sienne, emprisonnant sa lèvre inférieure avant de la mordre.

— Je t'ai dit de la fermer.

C'est ce qu'elle fit.

Plus tard, lorsqu'elle fut seule, elle enfila des vêtements — blancs, ironiquement — pour la soirée. Elle se promit d'être affable et souriante. Après toutes ces années sous le feu des projecteurs, elle savait se montrer sociable même si sa tête était ailleurs. Elle savait comment, d'un regard ou d'un mot, faire en sorte que les gens se sentent considérés, appréciés, écoutés. Personne ne se douterait de ce qu'elle avait fait avant de se rendre à cette réception. Les deux heures qu'elle venait de vivre seraient un secret caché derrière son sourire de circonstance, un cadeau dont l'emballage délicat renfermerait des trésors de honte et de plaisir. Ces pensées coupables enverraient à travers son corps des décharges d'adrénaline à mesure qu'elle les déballerait dans l'intimité de son souvenir. Bien sûr, elles la sépareraient aussi des autres. Il en va toujours ainsi, avec les secrets. Ils tissent une barrière invisible entre vous et le reste du monde. Une barrière qui permet de tout voir de ceux qui vous entourent en ne montrant qu'une partie de vous-même.

Elle fit le tour de sa maison, à la recherche de son sac à main, le trouvant finalement près de la porte d'entrée. Elle se souvenait à présent l'avoir laissé tomber là dans le feu de l'action, le seuil de sa maison tout juste franchi, alors qu'elle s'abandonnait déjà à ses envies les plus inavouables.

Elle ramassa le sac avec un soupir dans lequel flottaient encore des relents de volupté. Elle l'emporta dans sa chambre et transféra une partie de son contenu dans un sac plus petit et plus approprié à la réception de ce soir.

Lorsqu'elle eut fini de se brosser les cheveux, elle étudia un instant son reflet dans le miroir de la coiffeuse. Rien, sur son visage, ne dénonçait ce qu'elle venait de faire. Ni joues rouges ni yeux brillants. Elle était devenue si douée pour dissimuler les traces de ses écarts…

Soudain, elle baissa les yeux. Depuis quelque temps, il ne lui était pas si facile de se regarder dans un miroir. Elle se leva et marcha jusqu'à la porte d'entrée, s'efforçant de faire le vide dans sa tête, de chasser de son esprit les deux dernières heures de sa vie.

Elle tendit la main vers la poignée, mais celle-ci se mit à tourner avant qu'elle ne l'atteigne.

La surprise lui arracha un cri étouffé.

— Tu m'as fichu une de ces peurs, dit-elle quand elle vit qui était là.

Elle se figea devant ces yeux qui la voyaient telle qu'elle était vraiment. Alors qu'elle ouvrait la bouche pour lancer une remarque provocante, elle vit quelque chose changer dans le regard qui la scrutait. Une colère froide le faisait maintenant briller d'un éclat sombre. Elle détourna la tête, le temps de trouver les mots pour apaiser cette fureur soudaine, mais elle n'eut pas le temps de les prononcer.

Quelque chose s'abattit sur l'arrière de son crâne avec une extrême violence. Elle s'entendit hurler ; un hurlement si différent de ceux qui étaient sortis de sa bouche un peu plus tôt dans l'après-midi — un hurlement de stupéfaction et de douleur. Elle leva les bras en direction de sa tête, dans un geste instinctif de protection, mais un nouveau coup l'atteignit avant même que ses mains ne parviennent à hauteur de sa nuque. Il lui sembla que son cerveau éclatait en milliers de fragments lumineux, tandis qu'une douleur aiguë la foudroyait. Ses jambes se dérobèrent sous elle et son corps percuta le sol avec un bruit sourd.

Elle sentit alors quelque chose qui lui serrait le cou, pressant son larynx de plus en plus fort jusqu'à la priver d'air. Les fragments lumineux retombèrent en pluie colorée, et il lui sembla, curieusement, que chacun d'eux renfermait un moment de son existence. Elle pouvait tous les voir, tous les revivre en même temps avec une extraordinaire acuité. C'était une merveilleuse faculté de l'esprit, un état de grâce qu'elle n'aurait pas cru possible.

A cet instant, elle se sentit plus vivante qu'elle ne l'avait jamais été.

1

Trois jours plus tôt

Au septième étage de l'hôtel Park Hyatt, les portes du patio étaient grandes ouvertes, comme pour souhaiter la bienvenue à cette magnifique soirée d'avril.

Nous nous sommes engouffrées dans ce nid urbain illuminé par les lumières de la ville.

— Enfin le printemps ! me suis-je exclamée en respirant à pleins poumons. Je n'en pouvais plus de l'hiver.

Le problème, avec le printemps à Chicago, c'est qu'il est court et capricieux. En l'espace d'une nuit, la douceur de ce vendredi soir — il devait faire vingt degrés — pouvait très bien se transformer en un samedi matin frisquet, à la limite des gelées matinales. Voilà pourquoi ces soirées printanières sont toujours un événement pour les habitants de la ville. Voilà pourquoi elles peuvent vous conduire à faire des choses folles.

Le directeur de salle, un Français en costume noir parfaitement ajusté, s'est précipité vers nous en voyant la femme qui m'accompagnait.

— Quel plaisir de vous avoir parmi nous, madame Augustine !

Il s'est tourné vers moi.

— Et vous aussi, mademoiselle…

— Mlle Izzy McNeil, a dit Jane en décochant son parfait sourire de présentatrice télé. Si vous cherchez une avocate spécialisée en droit du divertissement, vous avez la meilleure devant vous !

L'homme a éclaté de rire tout en me reluquant discrètement. L'ébauche d'un sourire s'est formée sur ses lèvres.

— Une avocate, hein ? Alors vous êtes non seulement jolie, mais intelligente ?

— Pas assez pour me trouver du travail, en tout cas. Ça fait six mois que je suis au chômage.

— J'ai le sentiment que ça ne va pas durer, a lancé Jane avec un sourire entendu.

— Pourquoi est-ce que tu dis ça ?

Jane a haussé les épaules avec une mimique mutine, tandis que le Français nous conduisait dans un coin tranquille du patio.

— La meilleure table pour la meilleure présentatrice, a-t-il dit en posant deux menus devant nous.

— Tu es reçue partout comme ça ? ai-je demandé quand nous nous sommes retrouvées seules.

Jane a secoué la masse brillante de ses cheveux d'un mouvement de tête, avant de planter ses célèbres yeux bleu mauve dans les miens.

— Ce n'est pas à cause de moi qu'on a eu droit au grand jeu. Tu n'as pas vu que ce type en pince pour toi ?

J'ai jeté un coup d'œil par-dessus mon épaule. Le directeur de salle nous regardait. Bon, d'accord, il semblait bien qu'il *me* regardait.

— Depuis que je suis redevenue célibataire, j'ai l'impression que je dégage une espèce de parfum qui attire les mâles.

Jane a éclaté de rire.

— Je connais une femme mariée qui ne peut pas s'empêcher de dégager ce même parfum !

J'ai observé Jane à la dérobée pendant qu'elle commandait

deux verres de vin. Avec son long corps parfaitement mis en valeur dans un impeccable tailleur rouge, elle était l'archétype de la journaliste vedette. Mais plus je la fréquentais, plus j'étais intriguée par les nombreuses facettes que je lui découvrais. A l'époque où j'étais l'avocate principale de Pickett Enterprises, le groupe audiovisuel qui possédait la chaîne de télévision où officiait Jane, c'était moi qui avais négocié son contrat. Sa réputation de femme forte dotée d'un solide sens de la repartie et d'un aplomb à toute épreuve n'était pas usurpée, mais je décelais désormais d'étonnantes failles sous le vernis de cette assurance. Depuis que nous passions plus de temps ensemble, je percevais aussi chez elle une extraordinaire sensualité. Jane n'était pas seulement sexy ; elle avait un côté charnel, lascif, qui m'avait échappé jusque-là.

— Sérieusement, a-t-elle repris après le départ du serveur, je sais que tu l'as mauvaise depuis que Sam et toi avez eu ce petit problème...

— Oui, ce « petit problème », l'ai-je interrompue d'une voix plus amère que je ne l'aurais souhaité. On se voit de temps à autre, mais quelque chose s'est brisé entre nous.

Six mois plus tôt, mon fiancé, Sam, avait brusquement disparu en emportant avec lui des actions au porteur d'une valeur de trente millions de dollars. Ces actions appartenaient à mon client et ami Forester Pickett, P.-D.G. de Pickett Enterprises, qui avait trouvé la mort le soir de la disparition de Sam. Après une période cauchemardesque — douze journées interminables, durant lesquelles mon univers avait basculé dans le chaos le plus complet —, l'affaire avait été élucidée et Sam était revenu à Chicago. Mais cette histoire m'avait coûté mon travail chez Baltimore & Brown, le cabinet d'avocats où j'avais fait toute ma carrière. Elle avait aussi sonné le glas de mon mariage avec Sam, et depuis, notre couple n'en était plus vraiment un.

— En tout cas, a dit Jane, tu devrais te réjouir d'être célibataire. Tu vois d'autres hommes, j'espère ?

— Ça m'arrive parfois, ai-je répondu en frottant le pouce sur l'endroit où se trouvait autrefois ma bague de fiançailles.

J'ai cru sentir un léger sillon circulaire, comme si mon doigt conservait la marque, au cas où je déciderais de la remettre un jour.

— Il y a Grady, un ami que je connais depuis la fac de droit, ai-je repris. Je sors de temps à autre avec lui, mais il voudrait que les choses deviennent sérieuses entre nous, et je ne suis pas sur la même longueur d'ondes que lui. Pour être honnête, je suis toujours en train de panser mes plaies.

— Tu as assez pleuré sur ton sort comme ça, Izzy ! Si tu as encore des plaies, je suis certaine que des tas d'hommes seront ravis de les lécher pour toi ! Avec des cheveux roux et une paire de fesses comme la tienne, tu n'as que l'embarras du choix.

J'ai éclaté de rire.

— Un type m'a payé un café, l'autre jour. Il m'a demandé si on pouvait se revoir.

— Quel âge ?

— La quarantaine.

— Parfait. Du moment qu'il est majeur, tu peux te le faire.

Le serveur est venu apporter les deux verres de vin que Jane avait commandés.

— Vous aimeriez qu'elle soit votre petite amie ? lui a demandé Jane en me désignant d'un mouvement de tête.

— Euh…

Le pauvre garçon était visiblement mal à l'aise.

— Arrête, Jane.

Mais en vérité, ce petit jeu ne me déplaisait pas. Cette douce soirée avait quelque chose d'excitant, comme si la terre tournait plus vite qu'à l'ordinaire.

— Répondez honnêtement, d'accord ? a insisté Jane en regardant le serveur de la tête aux pieds.

On aurait dit un éleveur de chevaux jaugeant un étalon reproducteur.

— Il y a quelqu'un dans votre vie ?

L'« étalon » était un garçon brun d'une vingtaine d'années à la peau mate et aux grands yeux noirs.

— Non, a-t-il dit avec une pointe d'accent hispanique.

— Alors, ça vous dirait de sortir avec cette jolie rousse ?

Un grand sourire a découvert une rangée de dents d'un blanc éclatant.

— Je ne dirais pas non !

— A la bonne heure ! s'est exclamée Jane en lui donnant une tape affectueuse sur la hanche. Elle prendra votre numéro de téléphone avant qu'on parte.

Rouge comme une pivoine, j'ai enfoui la tête dans les mains tandis que le serveur s'éloignait, la mine réjouie.

— Quoi ? a dit Jane en jouant l'innocente. Maintenant, tu as trois chevaliers servants à ta disposition. Le serveur, le type qui t'a payé un café et ce Grady dont tu m'as parlé. Je vais aussi demander au directeur de salle s'il veut se mettre sur les rangs. On va te constituer un véritable cheptel, dans lequel tu n'auras plus qu'à puiser au gré de tes désirs.

Un groupe de femmes est entré dans le patio. L'une d'entre elles a eu un hoquet de surprise en passant devant notre table.

— Jane Augustine !

Elle s'est précipitée vers nous.

— Pardonnez-moi de vous déranger, mais il faut que je vous dise que je vous adore ! a-t-elle dit à Jane. Je ne manque jamais les informations de 17 heures sur WNDY. Vous étiez fantastique, aujourd'hui, avec ce député accusé de dérapage raciste… J'ai vraiment aimé la façon dont vous lui avez cloué le bec !

— Merci, a dit Jane en lui tendant la main. Comment vous appelez-vous ?

L'admiratrice lui a donné son prénom avant de lui présenter ses amies. Les compliments se sont remis à pleuvoir, chacune y allant de son commentaire admiratif.

— Vous êtes superbe à l'écran, mais vous êtes encore plus belle en chair et en os… Vous êtes tellement intelligente… Vous êtes formidable… Si vous pouviez voir la façon dont mon mari vous regarde, c'est tout juste s'il n'a pas la langue pendante ! Quand je vais dire à Mitch que je vous ai rencontrée…

— C'est vraiment trop gentil… Ça me touche beaucoup…, répondait Jane. C'est grâce aux gens comme vous que j'ai envie de préparer le meilleur journal possible… Merci… Merci infiniment.

— Comment arrives-tu à faire ça ? ai-je demandé quand son fan-club s'est enfin décidé à lever le camp.

— A faire quoi ?

— A faire comme si ces compliments te surprenaient et te remplissaient de joie. Tu dois entendre ce genre de trucs trois fois par jour, Jane.

Elle m'a dévisagée quelques secondes en silence.

— Quel âge as-tu, Izzy ?

— Je vais avoir trente ans cet été.

J'ai secoué la tête.

— Trente ans, tu te rends compte ? Je n'arrive pas y croire.

— Moi, je donnerais cher pour les avoir, tes trente ans ! a répliqué Jane. J'en aurai quarante dans deux ans, et je peux t'assurer que quand quelqu'un me dit que je suis belle, ça me fait plaisir comme si c'était la première fois.

Elle m'a regardée droit dans les yeux.

— Parce qu'à mon âge, on se demande toujours si ça ne sera pas la dernière.

J'ai bu une gorgée de blanc, un vin de Provence avec des arômes de fleurs et d'agrumes.

— Parle-moi de ton nouvel agent, ai-je dit.

— Il est formidable. Il m'a obtenu un super contrat avec Trial TV.

— J'ai vu les affiches.

Trial TV était une nouvelle chaîne de télévision entièrement consacrée au système judiciaire : conseils juridiques, dessous d'enquêtes policières, retransmissions de procès en direct des tribunaux, énigmes non élucidées, procès historiques, etc. Son siège se trouvait à Chicago, et les affiches qui annonçaient son lancement, avec le visage souriant de Jane en gros plan, étaient placardées depuis des mois le long de l'autoroute Kennedy.

— C'est très excitant d'être aux premières loges pour les premiers pas d'une nouvelle chaîne, a dit Jane. Ils ont concocté une émission de téléréalité sur les procureurs qui va décoiffer ! Les critiques des journalistes qui l'ont visionnée en avant-première sont très favorables. On va aussi rendre les retransmissions de procès beaucoup plus attrayantes. Tu sais, avec des portraits approfondis des avocats et des juges, sans oublier les familles des victimes, mais aussi de celles des accusés. Et les commentaires seront plus engagés, plus agressifs que sur les chaînes concurrentes. J'ai vraiment hâte de commencer.

— Et tu vas présenter la tranche matinale, ai-je dit en levant mon verre. Félicitations, Jane.

Jane avait toujours eu un faible pour le monde judiciaire. A l'époque où elle était journaliste de terrain, elle était connue pour courtiser juges et avocats afin d'obtenir la primeur de leurs informations. Elle avait d'ailleurs été nommée présentatrice du journal télévisé après avoir sorti une affaire explosive : un scandale politico-financier impliquant un sénateur de l'Illinois qui favorisait une entreprise de Chicago. Jane avait notamment découvert que l'un des dirigeants de l'entreprise en question — qui avait engrangé illégalement des centaines de millions de dollars — n'était autre que la maîtresse du sénateur.

Jane a trinqué avec moi.

— Merci, Iz.

Elle est restée muette quelques secondes, une expression extatique sur le visage.

— C'est vraiment une situation idéale pour moi, a-t-elle repris en buvant une gorgée de vin. C'était ça ou finir par présenter les infos nationales à New York. Mais Zac et moi, nous nous sommes promis de rester vivre à Chicago. On est tellement bien, ici…

Jane a balayé les alentours du regard, comme si elle pouvait embrasser la ville entière d'un simple coup d'œil. Le secteur où se dressait l'hôtel Park Hyatt avait connu une intense activité immobilière ces dernières années, et une ribambelle de nouveaux gratte-ciel — essentiellement des hôtels et des résidences de luxe — était venue rejoindre les cimes du panorama urbain.

— Sans compter que les horaires sont super, a-t-elle repris. D'accord, il va falloir que je me lève un peu tôt, mais je n'aurai plus à travailler le soir ou les week-ends. Je vais même pouvoir prendre des vacances !

— Tu emmènes C.J. avec toi ?

C.J., productrice à WNDY, était une grande professionnelle qui travaillait main dans la main avec Jane depuis des années.

— Non. Elle reste à WNDY. Cette chaîne m'a beaucoup apporté, et ça n'aurait pas été correct de leur piquer quelqu'un d'aussi précieux. Et puis j'ai envie de me lancer de nouveaux défis, comme écrire moi-même mes sujets.

Elle a hoché la tête avec une moue chagrinée.

— Tu sais à qui je dois tout ça ?

— A ton nouvel agent ?

— Non… Il s'est contenté de négocier le contrat. C'est Forester qui est à l'origine de tout ça. Son cadeau d'adieu, en quelque sorte.

Mon cœur s'est brusquement serré. Il me manquait. Forester Pickett avait été bien plus qu'un très gros client, pour moi. Il avait été un mentor, celui qui m'avait donné mes premiers dossiers importants, celui qui m'avait fait confiance pour défendre les intérêts de l'entreprise à laquelle il tenait tant. Forester était peu à peu devenu pour moi une figure paternelle, et je n'avais pas fini de faire le deuil de sa disparition.

— Moi aussi, il me manque, a dit Jane, qui avait dû deviner mes pensées à l'expression de mon visage. Tu te souviens comme il était généreux ? Une fois, il m'a emmenée dîner avec Ari Adler.

— Et c'est comme ça qu'Adler a pensé à toi pour sa nouvelle chaîne.

A l'instar de Forester, Ari Adler était un magnat des médias. Mais alors que Forester avait concentré ses activités sur le Midwest Américain, celles d'Ari Adler couvraient toute la planète.

— Forester connaissait mon goût pour le monde juridique, a dit Jane avec un tendre sourire. Et bien entendu, il savait aussi qu'Ari allait lancer une chaîne sur ce thème. C'est pour ça qu'il m'a invitée à ce dîner.

— Il avait une telle grandeur d'âme qu'il t'a poussée dans les bras de la concurrence.

— Exactement.

Jane a reposé son verre et s'est penchée vers moi, coudes sur la table.

— Et moi je t'invite à dîner parce que je te veux.

J'ai ouvert de grands yeux.

— Pardon ?

— J'aimerais que tu me rejoignes sur Trial TV, Izzy. En tant que journaliste juridique.

— Journaliste ?

— Oui. Analyste judiciaire… On peut en discuter et décider exactement de la forme que ça prendra.

— Tu es sérieuse, Jane ? Je connais un peu le monde des médias, mais je n'y ai jamais travaillé directement.

Pourtant, je devais admettre que l'idée de m'aventurer dans quelque chose de si nouveau — de si différent de ce que j'avais fait jusqu'alors — était assez tentante.

Quelques mois plus tôt, après que Sam eut disparu avec les actions au porteur de Forester, j'avais perdu mon travail chez Baltimore & Brown parce que ses dirigeants ne voulaient pas conserver une avocate ayant été associée d'une manière ou d'une autre à une affaire criminelle. J'étais en quelque sorte une victime collatérale. Mais à vrai dire, j'avais été soulagée de démissionner. Si j'étais restée, il m'aurait fallu repartir au bas d'une échelle que j'avais gravie quatre à quatre, et cette idée m'était tout simplement insupportable.

— On a eu une défection, aujourd'hui, a dit Jane. Une ancienne avocate devenue journaliste.

— Et ?

— Trial TV a cherché à mettre en place une équipe solidement ancrée dans le monde juridique, avec une préférence pour les journalistes avec un passé de magistrat ou d'avocat, ou ayant au moins fait de solides études de droit. On a des correspondants dans toutes les grandes villes du pays. Dès que quelque chose d'intéressant se présentera, ils pourront interviewer les avocats et les témoins, et préparer des sujets courts qui seront aussitôt diffusés, l'idée étant de battre le fer tant qu'il est chaud. Mais comme je te l'ai dit, l'une de nos reporters qui couvrait Chicago vient de nous faire faux bond.

— Pourquoi est-elle partie ?

Jane a lancé en l'air sa main parfaitement manucurée.

— Oh, c'est une espèce de diva qui ne jure que par le politiquement correct. Et puis elle ne savait pas y faire avec notre directeur adjoint de la rédaction, un type de la vieille école.

Ses yeux se sont plantés dans les miens.

— Mais toi, tu sauras comment le manœuvrer. Quand on a travaillé avec Forester et son équipe, on sait apprivoiser les dinosaures des médias.

— Tu me proposes un poste à l'antenne ?

— Pas tout de suite. Au début, tu feras un peu de tout. Tu pourras m'aider à rédiger des sujets et travailler sur les questions à poser à nos invités. Mais à moyen terme, oui, je te verrais bien à l'antenne.

— Jane, les quelques fois où j'ai mis les pieds sur un plateau de télévision, les caméras ne tournaient pas. Je n'ai aucune expérience des médias.

— Tu as eu l'occasion de rédiger et de lire des communiqués pour le compte de Pickett Enterprises, et tu te débrouillais très bien. De toute manière, la tendance actuelle dans l'audiovisuel est de mettre en avant des gens ayant une expérience pratique dans le domaine qu'ils couvrent. Songe à Nancy Grace, par exemple. Elle était procureur spécialisée en droit criminel avant d'être embauchée par CNN et Court TV. Ou bien Greta Van Susteren. Elle aussi était procureur avant de travailler pour CNN, et maintenant pour Fox News.

Mon engouement premier pour la proposition de Jane était en train de tourner à la franche excitation. Six mois plus tôt, j'étais persuadée que les premiers jours du printemps me verraient confectionner un album photo de mon mariage, mon époux Sam à mes côtés. Mais Sam n'était toujours pas mon mari, et même plus vraiment mon fiancé. Au lieu d'être scellé pour le meilleur et pour le pire, mon avenir avec lui — mon avenir tout court ! — avait désormais l'apparence d'un énorme point d'interrogation.

— Combien est-ce que je serais rémunérée ? ai-je demandé.

Jane m'a donné un chiffre.

— Par mois ?

Elle a éclaté de rire.

— Non, ma chérie. Par an. La télé paie au lance-pierre, c'est bien connu. Tu devrais le savoir, avec tous les contrats que tu as négociés.

— Mais je suis avocate…

— Pas si tu acceptes de travailler avec nous. A Trial TV, tu auras le statut de journaliste juridique.

J'ai eu envie de refuser. Par principe. J'étais avocate, et une avocate gagnait beaucoup plus que ça. Sauf si elle était au chômage, bien entendu, ce qui était mon cas. D'autant qu'en dehors de ma spécialité, le droit du divertissement , je ne valais pas un clou. Et l'industrie du spectacle n'était qu'un micromarché à Chicago. Ça faisait d'ailleurs six mois que je cherchais en vain du travail. Chicago ne manquait pas d'artistes, mais ils partaient souvent vivre à New York ou à Los Angeles quand le succès venait. Ceux qui restaient étaient aux mains d'avocats chevronnés qui géraient leurs carrières depuis des années et qui n'étaient pas prêts à se faire ôter le pain de la bouche par une petite jeune. A un moment, j'avais pensé m'établir à mon compte et récupérer une partie des dossiers de Pickett Enterprises, le groupe audiovisuel de Forester, mais ses dirigeants avaient préféré faire appel à des avocats qui n'avaient jamais collaboré avec eux. Une façon de tourner la page, après les événements de l'automne. Je ne pouvais pas leur en vouloir, mais ça m'avait mise dans un sacré pétrin. Mon compte en banque faisait grise mine et le découvert approchait à grands pas. Ne pas pouvoir renouveler ma garde-robe pour le printemps m'avait déjà mis le moral à zéro, mais cesser de rembourser l'emprunt de mon appartement serait autrement plus grave. Et c'était pour bientôt.

Pour la première fois de ma vie, j'avais le sentiment d'avancer sans filet. L'angoisse avait fait son chemin en moi, annihilant petit à petit mes bonnes résolutions, ma confiance en l'avenir et même une partie de ma confiance en moi. Mais la proposition de Jane venait de mettre du baume sur mes nerfs à vif.

Comme l'avait souligné Jane, j'avais négocié beaucoup de contrats au cours de ma jeune carrière. Assez, en tout cas, pour savoir que j'aurais dû poser mille autres questions. Sur les horaires de travail, la mutuelle d'entreprise, les primes, les notes de frais… Mais je n'avais pas seulement grand besoin d'argent. J'avais aussi — surtout — besoin de quelque chose de nouveau dans ma vie. J'en avais désespérément besoin.

Voilà pourquoi je me suis penchée vers Jane et que je l'ai regardée, droit dans ses yeux bleu mauve.

— Je suis partante, ai-je dit.

2

Avant de quitter le restaurant du Park Hyatt, Jane a dit au serveur où nous retrouver après son service. Trois heures plus tard, quand il a fait son apparition dans la boîte de nuit où Jane m'avait entraînée, la présentatrice vedette de WNDY et moi-même étions déjà entourées de cinq autres mâles.

Je parlais surtout avec l'un d'eux, un gamin tatoué de vingt et un ans aux cheveux châtain clair qui lui tombaient presque jusqu'aux épaules. Il avait rencontré Jane à une soirée un an plus tôt, et il était venu lui dire bonjour moins de dix minutes après notre arrivée. Mais c'était avec moi qu'il discutait maintenant, et même si ce colosse aux yeux doux était bien trop jeune pour moi, il était aussi bien trop craquant pour que je me résolve à l'envoyer balader.

— Theo Jameson, m'avait-il dit en guise de présentation avant de prendre ma main, de la serrer, puis de la retenir prisonnière.

Il m'avait alors souri comme s'il m'attendait depuis la nuit des temps, comme si rien au monde ne pouvait lui faire plus plaisir que de me voir là devant lui.

— Tu as des cheveux magnifiques, Izzy.

Son menton — volontaire et bronzé — arrivait à hauteur des boucles rousses qui dansaient au sommet de mon crâne, mais ses yeux n'avaient pas quitté pas les miens.

— Merci.

J'avais retiré ma main et j'avais bêtement tapoté ma crinière. Pour la maîtriser, il était plus sage de s'en remettre aux prières et à la chance qu'aux peignes, shampoings hors de prix et autres sèche-cheveux. Quand les dieux de la tignasse étaient bien lunés, elle frisait spontanément en tire-bouchon. Mais la plupart du temps — comme ce soir-là —, les spirales parfaites ne couvraient qu'une partie de ma tête, l'autre étant la proie d'improbables frisottis qui donnaient à l'ensemble l'apparence d'une friche broussailleuse.

Située dans Damen Street, cette boîte de nuit branchée accueillait une clientèle triée sur le volet. En quittant le Park Hyatt, Jane m'avait expliqué qu'elle venait souvent ici et qu'elle connaissait bien le patron des lieux. Nous avions déjà bu plusieurs verres de vin pour célébrer notre prochaine collaboration, et je n'avais pas montré un grand enthousiasme à l'idée d'ingurgiter encore plus d'alcool, mais Jane avait fini par me convaincre de faire un saut dans la discothèque de son ami, « juste pour dire bonjour ». A l'en croire, elle avait besoin de se détendre après un mois de travail non-stop, week-ends compris. Jadis, j'aurais décliné l'offre pour prendre la direction de l'appartement de Sam et aller me glisser dans son lit. Je l'aurais réveillé avec des baisers à ma façon, le long de ses cuisses parsemées de poils blonds. Jadis, à l'époque où Sam et moi vivions ensemble et que je n'imaginais pas l'avenir sans lui, je me moquais bien des boîtes de nuit branchées et des beaux garçons qu'on y rencontrait. Mais les choses avaient changé. Et puis Jane était très forte pour obtenir ce qu'elle voulait.

Theo et moi avions donc commencé à parler. Quand il m'a révélé que son repas idéal se composait d'une platée de moules accompagnée d'une bouteille de champagne, je l'ai écouté d'une oreille distraite. Quand il m'a appris qu'il dirigeait une société qui concevait des logiciels et que bon nombre de ses clients figuraient parmi les plus grosses entreprises du pays, ça a piqué ma curiosité. Même si j'ai eu un peu de mal à le croire.

Deux de ses amis se tenaient près de lui. A en juger par les rares mots qu'ils prononçaient, ils étaient encore plus jeunes que lui. L'un d'eux portait un T-shirt sur lequel on pouvait lire : « Les autres véhicules sont plus moches qu'il n'y paraît ». Une phrase qui faisait manifestement référence à la mise en garde inscrite sur les rétroviseurs — « Les autres véhicules sont plus proches qu'il n'y paraît » — , mais je n'étais pas certaine de comprendre ce qu'il y avait de drôle.

— Venez vous asseoir, a dit Jane en nous entraînant vers une banquette circulaire bleu turquoise.

Deux types s'y trouvaient déjà. Jane les a désignés d'un geste de la main.

— Ces messieurs sont des auteurs, a-t-elle dit. Ils écrivent des livres.

Elle a donné leurs noms, mais la musique jazzy m'a empêchée de les entendre.

Tout le monde s'est serré la main. L'un des écrivains était un bel homme dont l'épaisse chevelure prématurément grise contrastait avec son visage jeune et bronzé.

— La vie est belle ? m'a-t-il demandé une fois les présentations terminées.

— Ma foi, oui, ai-je répondu, un peu surprise par cette entrée en matière. Jane vient juste de me proposer un boulot à Trial TV.

Les sourcils de l'écrivain se sont levés.

— Vraiment ? Toutes mes félicitations.

— Les miennes aussi, a ajouté l'autre écrivain, un blond au sourire timide.

Theo s'est assis et a entamé la conversation avec les deux auteurs, mais Jane m'a retenue par le bras.

— Theo a tout bon, tu sais. Il a fondé sa boîte de logiciels alors qu'il était encore au lycée. Il a été admis à Stanford avec une bourse, mais il a laissé tomber au bout d'un an. Il gagne un fric fou, maintenant.

J'ai regardé Theo par-dessus mon épaule.

— Il est tellement jeune…

— Et alors ?

J'ai préféré changer de sujet.

— D'où connais-tu les auteurs ?

Jane a haussé les épaules.

— C'est la deuxième fois que je rencontre celui avec les cheveux gris. Il y a quelque chose chez lui qui m'intrigue.

Elle m'a poussée sur la banquette avec un air de gamine facétieuse.

— Qui va se décider à me payer un verre ? a-t-elle lancé à la cantonade.

Les amis de Theo nous ont rejoints dix minutes après. Encore dix minutes, et ça été au tour du serveur de faire son apparition, pas vraiment à l'aise avec son jean noir et ses cheveux encore humides peignés en arrière. Quand le pauvre garçon nous a aperçues sur cette banquette, serrées de près par cinq mâles, je l'ai vu secouer la tête d'un air accablé et il m'a semblé entendre le grand « Oh, non… » qui devait résonner sous son crâne.

— Jane ! ai-je crié par-dessus cinq têtes avec de grands gestes en direction du serveur qui battait en retraite.

Mais elle était en pleine conversation avec les deux auteurs et n'a pas semblé m'entendre.

J'ai voulu contourner Theo, mais son regard a rapidement fait l'aller-retour entre le serveur et moi, et il m'a bloqué le passage avec son bras.

— Tu ne crois quand même pas que je vais te laisser aller faire du charme à un autre mec ?

Il s'est penché vers moi, et ses cheveux soyeux ont frôlé mon visage.

— Désolé, Izzy. Je ne veux pas être lourd, mais tu me plais vraiment.

Ces mots se sont confortablement nichés au creux de mon oreille. Et comme par enchantement, j'ai complètement oublié le serveur du Park Hyatt.

Des bouteilles de vodka sont apparues sur la table, bientôt chassées par des bouteilles de champagne, elles-mêmes remplacées par des cocktails alcoolisés. A un moment, j'ai baissé les yeux vers ma montre et il m'a semblé voir qu'il était minuit bien sonné, mais Theo a aussitôt couvert le cadran de sa main.

— N'oublie pas qu'on est vendredi soir, d'accord ? Le temps n'a pas la même valeur un vendredi soir.

— Tu as raison, ai-je répondu, passablement éméchée. D'ailleurs, j'ai tout mon temps. Avant, il ne m'appartenait pas vraiment… Mon temps, je veux dire. Parce que, tu vois, je croulais sous le travail. Des dizaines de dossiers, une rémunération à l'heure, un assistant, un mariage à préparer et…

J'ai songé à Sam.

— Et des gens avec qui je passais le plus clair de… de mon temps. Mais tout a changé, maintenant, et je suis libre comme l'air. Je suis maîtresse de mon temps, je le regarde s'étirer à l'infini devant moi et je…

Je me suis interrompue, soudain consciente que cette tirade que j'avais voulue philosophique ressemblait surtout à un discours d'ivrogne. En tant qu'avocate, j'avais au moins appris quand je devais me taire.

C'est alors que je me suis souvenue que, contrairement à ce que je venais d'affirmer, je n'avais plus tout mon temps. Lundi matin, j'étais censée entamer ma nouvelle carrière de journaliste juridique. Et avant ça — demain après-midi —, j'avais rendez-vous avec John Mayburn pour discuter d'une éventuelle collaboration.

Mayburn était un détective privé qui m'avait aidée quand Sam avait disparu. Ses tarifs exorbitants étant largement au-dessus de mes moyens, il m'avait proposé de travailler pour lui en échange de ses services. A l'époque, il avait besoin d'une femme capable de se fondre parmi les bourgeoises des quartiers nord de Chicago, et selon lui, je correspondais au stéréotype. C'est ainsi que je m'étais moi-même retrouvée dans la peau d'une détective privée, à espionner un banquier soupçonné de liens avec le crime organisé. J'avais pris d'énormes risques, et je m'étais juré de ne jamais rempiler. Mais j'avais désespérément besoin d'argent. Avec un peu de chance, Mayburn me trouverait une mission qui comblerait un peu le gouffre qui séparait mes anciens honoraires d'avocate et mes futurs émoluments de journaliste juridique.

J'ai essayé de croiser le regard de Jane pour la remercier de nouveau d'avoir pensé à moi. Malgré le salaire maigrichon que me proposait Trial TV, j'étais terriblement excitée à l'idée d'entamer cette nouvelle aventure. A vrai dire, cela faisait longtemps que je ne m'étais pas sentie aussi vivante. Rien de tel qu'une proposition inattendue et alléchante pour éclaircir votre horizon.

Mais Jane était absorbée par sa conversation avec l'écrivain. Ou peut-être par l'écrivain lui-même, ai-je songé en observant la façon dont elle se penchait vers lui, leurs visages semblant sur le point de se toucher. Son teint hâlé blanchissait ses cheveux gris par un jeu de contrastes, et ses yeux marron étaient ombragés par des cils étonnamment longs pour un homme. Combinée à sa chevelure grise, la fente terriblement sexy qui sciait son menton lui donnait l'air d'un intellectuel. Le second écrivain avait disparu, mais ni Jane ni son interlocuteur ne semblaient s'en soucier. De toute évidence, plus rien n'existait autour d'eux.

Alors que je les regardais flirter, Jane a déboutonné la

veste de son tailleur avant de s'en défaire d'un geste fluide. Tous les hommes ont semblé interrompre ce qu'ils faisaient pour se tourner vers elle. Le chemisier noir qu'elle portait en dessous ne tenait que par une fine bande de velours qui lui enserrait le cou, son tissu translucide tombant en doux plis autour de ses seins. J'ai d'abord cru que Jane était trop prise par sa conversation pour noter l'attention dont elle était l'objet, mais elle a soudain promené les yeux autour d'elle, savourant tous ces regards avec une évidente délectation. Lorsque je suis entrée dans son champ de vision, j'ai eu droit à un clin d'œil complice.

Je me suis mise à rire, tête renversée en arrière. C'était comme si la tension de ces six derniers mois s'évacuait enfin dans un grand éclat de rire, comme si je me déchargeais du fardeau de toutes ces conversations à cœur ouvert avec Sam, de toutes ces interrogations sur le manque de confiance qu'il m'avait témoignée en quittant la ville sans un mot d'explication. Je m'étais sentie trahie, abandonnée, perdue, et son retour n'avait pas réussi à effacer les dégâts causés par son départ. Et voilà que le clin d'œil de Jane, son appétit de la vie — le travail qu'elle me proposait, aussi —, venaient d'avoir raison de toute cette amertume qui ne me ressemblait pas.

Lorsque j'ai de nouveau posé les yeux sur Jane, elle et l'écrivain se parlaient à voix basse, bouches toutes proches et à peine entrouvertes.

Pendant que je les observais, Theo s'est penché vers moi et m'a embrassée dans le cou. Juste comme ça.

Au lieu d'avoir un mouvement de recul et de lui dire : « On se calme, mon garçon ! Va prendre une douche froide ! », j'ai incliné la tête pour l'inviter à recommencer. L'instant d'après, j'ai senti la pointe de sa langue explorer ma peau. J'ai incliné la tête davantage encore pour lui offrir toute la surface de mon cou. Un quasi-inconnu m'embrassait dans un lieu public, et ça ne me gênait pas le moins du monde. J'étais dans un état étrange — pas seulement imputable à l'alcool — où plus rien n'avait d'importance. Je me suis tournée vers lui et nos bouches se sont trouvées. Je m'attendais à ce que la sienne soit impatiente. Je m'attendais à ce qu'elle soit vorace. Mais Theo m'a embrassée sans se presser, comme quelqu'un qui a tout son temps pour obtenir ce qu'il désire et qui ne doute pas d'y parvenir.

Mon téléphone portable s'est alors mis à sonner dans la poche de mon pantalon, mais j'ai décidé de ne pas répondre. J'ai changé de position et j'ai posé la main sur les cheveux soyeux de Theo. Ils tombaient maintenant sur ma joue.

Une minute plus tard, mon portable s'est remis à sonner contre ma cuisse. Theo et moi étions si proches que la vibration de l'appareil a semblé se propager dans son corps.

— Tu veux répondre ? a dit-il demandé, sa voix résonnant doucement à l'intérieur de ma bouche.

— Non.

Sa langue a dessiné le contour de mes lèvres et il m'a prise dans ses bras, délicatement, comme s'il craignait de me briser en deux. Alors qu'il venait de m'attirer tout contre lui, mon portable s'est de nouveau manifesté.

— Attends une seconde, ai-je maugréé.

Je me suis libérée de ses bras tatoués et j'ai sorti le téléphone de ma poche.

« Sam – portable », indiquait l'écran. Je n'ai pas décroché pour autant, mais après la dernière sonnerie j'ai consulté le journal des appels. Sam avait essayé de me joindre trois fois de suite.

Même si Sam et moi ne formions plus vraiment un couple, et que j'avais théoriquement le droit d'embrasser qui bon me semblait, j'ai ressenti une pointe de culpabilité, aussitôt suivie d'une crise de parano. Et si Sam était là ? S'il m'avait vue embrasser Theo ? C'est pour ça qu'il insistait pour me joindre ?

J'ai tourné la tête en tous sens, plissant les yeux pour essayer de repérer mon ex-futur mari dans les recoins sombres de la boîte de nuit.

— Qu'est-ce qui se passe ? a demandé Theo.

L'endroit était bondé, à présent. Beaucoup de types avec du gel dans les cheveux, beaucoup de filles avec des sandales qu'on aurait dit montées sur pilotis. Mais — apparemment — pas de Sam.

— Rien.

— Tu es sûre ?

— Oui, oui.

J'ai enfoui le téléphone au fond de mon sac, agacée que Sam ait trouvé le moyen de me rattraper jusqu'ici. Je voulais l'oublier le temps d'une soirée. Une soirée légère. Une soirée à fêter mon nouveau boulot (et peut-être mes deux nouveaux boulots, à l'issue de mon rendez-vous du lendemain avec Mayburn). J'ai regardé la bouche de Theo, grande et pourtant masculine, avec sa lèvre supérieure profondément galbée. Je me suis avancée et je l'ai mordue doucement. Il m'a de nouveau attirée contre lui et nous avons repris là où mon portable nous avait interrompus.

Nouvelle sonnerie du téléphone. Je l'ai ignorée, mais la mélodie est revenue, encore et encore.

Et encore.

Avec un grognement de frustration, j'ai quitté les bras de mon beau tatoué et j'ai sorti l'appareil des profondeurs de mon sac. « Sam – portable ». Après la culpabilité, l'agacement et la frustration, ça a été au tour de la panique de pointer le bout de son vilain nez. Et si c'était une urgence ? Quelque chose de grave ?

— Allô ?

— Salut, belle rousse.

Il m'appelait toujours comme ça. J'étais prête à l'envoyer paître, mais ces mots tendres et familiers ont fait fondre mes défenses. Autour de moi, tout a disparu : Theo, les cocktails colorés, la musique et les danseurs. C'était comme s'ils avaient été aspirés par un grand trou noir.

— Salut, ai-je dit.

— Où es-tu ?

Tout est revenu d'un seul coup : la banquette circulaire bleu turquoise, la foule des noctambules... Theo. Soudain, les basses de la musique ont semblé claquer plus fort dans la pénombre, plus profondément. C'était comme si mon ventre était devenu l'une des enceintes acoustiques d'où sortaient les notes graves et lancinantes qui rythmaient la soirée.

— Dans une boîte de nuit, quelque part dans Damen Street.

— Tu es avec qui ?

— Jane.

— Jane ?

— Jane Augustine.

Je me suis machinalement tournée vers elle, mais Jane n'était plus là. Sans doute partie aux toilettes.

J'ai senti mes cheveux se soulever au-dessus de ma nuque, bientôt remplacés par une bouche. Une bouche humide et aventureuse. J'ai failli gémir de plaisir.

— Viens, a dit Sam.

— Je ne peux pas.

— Pourquoi ?

— Il est tard.

— Justement. Quitte cet endroit de perdition et viens me retrouver.

Cet endroit de perdition... Il ne croyait pas si bien dire.

— Tu me manques, Iz, a-t-il ajouté après un court silence.

Theo était maintenant en train de téter la peau de mon cou. J'ai songé à freiner ses ardeurs, à lui dire que les suçons laissaient des traces quasi indélébiles sur la peau d'une rousse, mais Sam n'aurait sûrement pas apprécié d'entendre ce genre d'explications. Et puis surtout, je n'avais pas envie que Theo s'arrête, mais alors pas du tout.

Pendant un moment, je suis restée suspendue entre deux mondes, à écouter Sam me dire à quel point je lui manquais, combien il m'aimait, tandis que je sentais les lèvres d'un autre butiner mon cou dans une boîte de nuit. C'était comme si les baisers de Theo révélaient une facette de ma personnalité étouffée jusque-là ; une Izzy qui aimait les vapeurs d'alcool et les boîtes branchées aux petites heures du matin ; une Izzy dont le corps réagissait aux baisers d'un garçon chevelu et tatoué ; une Izzy attirée par la fête, l'imprévu, les ambiances de rêve éveillé.

— Iz ?

Je me suis rendu compte que Sam avait cessé de parler et que je n'avais rien répondu.

— Oui, je suis là… Désolée.

— Viens chez moi.

Je me suis sentie déchirée entre mon ancienne existence où Sam jouait le rôle principal et une nouvelle voie très tentante, mais encore mal définie, dont Theo était le fringant héraut. Je devais reconnaître que cette dernière m'attirait davantage, ne serait-ce que parce que j'avais vécu l'ancienne pendant de longues années et qu'elle avait fini par me lasser. Sam et moi avions passé des heures et des heures à essayer de recoller les morceaux, à nous efforcer de comprendre ce qui avait conduit notre relation dans l'impasse où elle se trouvait aujourd'hui. Une fois par semaine, nous allions même parler à un psy de nos « comportements communicatifs ». A présent, j'avais envie, ne serait-ce que pour quelques heures, de légèreté et d'insouciance.

— Sam, je t'avais prévenu que je ne pourrais pas venir te voir ce soir.

Les bras de Theo ont enserré ma taille.

— Raccroche, a-t-il murmuré dans mon oreille libre.

— Sam, je t'appelle demain.

— Ne te donne pas cette peine.

— Pardon ?

— Désolé, mais j'en ai par-dessus la tête, Iz.

— Eh bien, moi aussi, figure-toi !

La moutarde m'est montée au nez. Adieu, légèreté.

— Je sais que je t'ai fait beaucoup de mal, a-t-il lancé. Mais c'était pour rendre service à Forester, et puis c'est du passé, maintenant ! C'est ton problème si tu n'es pas capable de passer à autre chose.

— Qu'est-ce que ça veut dire ?

— Ça veut dire que j'ai fait tout ce qui est humainement possible pour sauver notre couple. J'ai passé des heures à m'expliquer et à m'excuser, je t'ai dit et répété à quel point je t'aime, à quel point je tiens à toi… Mais tu refuses de tourner la page.

— Tu te fous de moi ? Tu crois que c'est facile à digérer, une histoire pareille ? A ma place, tu…

— Amuse-toi bien, Izzy, m'a-t-il interrompu.

Et il a raccroché. J'ai regardé mon portable, incrédule. C'était la première fois que Sam me raccrochait au nez. J'ai d'abord eu peur. Peur de le perdre, peur de l'avoir déjà perdu. Si je ne me rabibochais pas avec lui, là, tout de suite, je risquais de ne jamais le revoir. Et puis la colère a pris le relais : comment osait-il rejeter la faute sur moi ?

Après quelques secondes, j'ai enfin retrouvé un peu de sérénité.

« Laisse tomber pour le moment. Tu as envie de t'amuser ? Alors amuse-toi. Pour le reste, on verra plus tard. »

Theo bécotait mon oreille. J'ai regardé une dernière fois mon portable. Mon doigt était tenté de presser la touche de rappel du dernier correspondant, mais cette petite voix en moi s'est interposée de nouveau : « Laisse tomber. Pour le moment. »

A cet instant de ma vie, je n'avais qu'un désir : tout oublier, y compris moi-même.

J'ai jeté le téléphone au fond de mon sac, je me suis retournée et j'ai pris le visage de Theo dans mes mains.

3

Jane Augustine ouvrit les yeux et les promena aussitôt sur la chambre inconnue. Le soleil matinal s'infiltrait dans la pièce à travers un étroit puits de jour, illuminant un pan de parquet et laissant le reste dans l'obscurité. Elle parvint à distinguer une bibliothèque ancienne surchargée de livres méticuleusement alignés. Chacun des rayonnages commençait et se terminait avec des ouvrages de grande taille. A côté de la bibliothèque se trouvait une commode, elle aussi d'un âge respectable. Au-dessus était accroché un tableau représentant une pomme verte posée au centre d'une table. Les coups de pinceau étaient brutaux, avec beaucoup de matière, le tout donnant un effet très contemporain. Rien ici n'était vulgaire ou ostentatoire, mais cette maison respirait l'argent.

Il y avait aussi l'adresse : Goethe Street, à deux pas de State Street, autant dire l'un des quartiers les plus prestigieux de la ville. « Très impressionnant », songea Jane. Et aussi un peu surprenant : d'ordinaire, les auteurs gagnaient si mal leur vie… Mais au fond, tout ça lui importait peu. Ce n'était pas comme si elle était à la recherche d'un mari. Non, c'était seulement qu'elle s'était réveillée dans plus d'une chambre inconnue, et qu'elles n'étaient pas toutes aussi agréables.

Elle tourna la tête en s'efforçant de ne pas faire bouger le matelas et observa l'écrivain endormi. La veille au soir, il lui était apparu comme un homme d'expérience, mais à présent, le visage écrasé contre l'oreiller, il avait l'air d'un petit garçon malgré ses cheveux gris.

Mais c'était un petit garçon qui savait donner du plaisir aux femmes. Elle l'avait compris avant même d'en faire l'agréable expérience. Jane avait l'œil pour ça, et elle ne se trompait jamais. Elle avait obtenu exactement ce qu'elle attendait de Mick, puisque c'était son prénom. Elle avait eu besoin de sa dose, hier soir, et il avait parfaitement joué son rôle de drogue dure.

C'est ainsi qu'elle voyait ce qu'elle faisait — elle se savait en état de dépendance — , mais elle trouvait exagéré de parler d'une véritable addiction. Un jour, elle avait consulté un site internet consacré aux drogués du sexe, et elle ne s'était pas retrouvée dans ce qu'elle y avait lu. Elle n'était pas du genre à passer des heures sur le Web à la recherche d'images pornographiques. Elle n'avait jamais été arrêtée pour voyeurisme, harcèlement sexuel, attentat à la pudeur, prostitution, relation sexuelle avec un mineur ou autres atteintes aux bonnes mœurs.

Cela étant, elle reconnaissait ne plus pouvoir se passer de la décharge d'adrénaline que lui procurait une nouvelle rencontre ; l'odeur d'un corps inconnu, si différent de celui de son mari ; cette sensation d'intimité immédiate avec un étranger. Pour rien au monde elle n'aurait renoncé à ces soirées qui, comme celle de la veille, la propulsaient en un clin d'œil dans un monde qui n'avait rien à voir avec le sien. Le plaisir physique naissait aussi de l'excitation de la découverte, du sentiment de s'affranchir des interdits et de vivre plusieurs vies.

Vivre plusieurs vies… Alors qu'elle n'était encore qu'une enfant, Jane avait déjà compris que d'innombrables univers se côtoyaient en ce monde, et elle avait cherché les clés pour y accéder. Elle avait fini par les trouver dans ces relations extraconjugales, et depuis, elle poussait chaque nouvelle porte, le cœur battant et les sens en alerte. Une fois que son pouvoir de séduction lui avait permis de s'introduire dans la vie d'un autre, elle observait tout avec de grands yeux fascinés, avant de s'abandonner corps et âme à la volupté, comme si le lendemain n'existait pas.

Elle formait avec Zac un couple tendre et soudé, sauf en ce qui concernait le sexe. Elle était plus sensuelle que lui, et leurs besoins n'étaient pas les mêmes. Voilà pourquoi ses incartades — Jane aimait désigner ainsi ses aventures, elle trouvait que ce mot avait un côté Virginia Woolf — avaient commencé dès les premières années de leur mariage. Elles faisaient désormais partie de leur existence et Jane était parvenue à se convaincre que c'était une bonne chose pour leur couple, que ça la rendait plus heureuse et donc meilleure épouse dans la vie de tous les jours. Un argument auquel Zac lui-même était sensible.

Mais comme toute dépendance, celle de Jane avait son côté flamboyant et son côté sordide. Au matin, quand le corps était repu, quand l'adrénaline et l'imagination avaient cessé d'opérer leur magie et qu'il fallait de nouveau affronter la réalité, les réveils étaient souvent douloureux. Tandis qu'elle promenait le regard sur la chambre de l'écrivain, Jane sentit la culpabilité prendre le contrôle de ses pensées. Elle envahissait la pièce comme une fumée toxique, faisait pleurer ses yeux et emplissait ses poumons jusqu'à rendre sa respiration difficile. Toujours cette maudite culpabilité, ce regard cruel qu'elle finissait par porter sur elle-même. Elle avait conscience d'être au-dessous de tout. Une femme qui trompait son mari ne pouvait être qu'une traînée, n'est-ce pas ? Pourtant, au fond d'elle, Jane savait qu'elle n'était pas une si mauvaise personne que ça.

Elle quitta le lit et étira ses longs membres engourdis. L'écrivain roula de côté avec un petit grognement. Il n'en fallu pas plus pour libérer un flot d'images érotiques dans l'esprit de Jane. Sa nuit d'amour lui revint à la mémoire, les dents de Mick qui mordillaient ses seins, sa langue partout sur son corps. Elle inspecta machinalement sa poitrine, à la recherche de marques qui la trahiraient quand Zac la verrait nue, avant de relever la tête avec un soupir. A quoi bon ? Zac n'avait pas besoin d'indices pour connaître la vérité. Il lui suffirait de la regarder dans les yeux pour savoir qu'elle avait passé la nuit dans les bras d'un autre. Il lisait en elle comme dans un livre ouvert.

Cet amour inconditionnel avait quelque chose de magnifique. Zac avait beau connaître tous ses défauts, toutes ses faiblesses, il continuait à l'aimer. Oui, elle avait beaucoup de chance d'avoir rencontré un homme aussi large d'esprit.

Elle alla s'enfermer dans la salle de bains et s'assit sur la lunette des W.C. A portée de main, sur une petite table ronde, se trouvait un bol en métal argenté. Jane s'en saisit et plongea les doigts à l'intérieur, soulevant successivement une boîte d'allumettes en provenance d'un luxueux club de golf, une paire de ciseaux à ongles, quelques euros à l'effigie de Mozart.

Elle tira la chasse et alla ouvrir le placard situé sous le lavabo. A l'intérieur était rangé un assortiment de produits typiques d'une salle de bains masculine : mousse à raser, boîte de préservatifs, etc.

Lorsqu'elle regagna la chambre, l'écrivain dormait encore. Elle se racla la gorge pour voir s'il allait de nouveau rouler de côté avec un grognement. Aucune réaction. Elle lui tapota doucement les fesses à travers la couverture en cachemire et quitta la chambre, refermant doucement la porte derrière elle.

Le couloir était plongé dans l'obscurité. Elle resta immobile un moment, laissant ses yeux s'adapter au manque de lumière. Quand l'opportunité lui en était donnée, elle adorait fouiner chez ses amants. Se promener dans une vie qui n'était pas la sienne et se donner à un homme qui n'était pas son mari faisaient partie de la même démarche, de la même expérience.

La première pièce à droite était plus grande que la chambre de Mick. Elle avait sans doute été conçue comme la chambre principale, mais l'écrivain en avait fait un espace de travail.

Un large bureau en teck occupait une grande partie de la pièce, couvrant environ un tiers de la fenêtre qui se trouvait derrière. Les stores vénitiens étaient tirés jusqu'en bas, leurs lattes de bois à demi fermées laissant passer des stries de lumière blanchâtre. Elle marcha jusqu'au bureau, attirée par les quatre piles de papier qui s'y trouvaient posées. Deux étaient composées de feuilles imprimées, la troisième de notes manuscrites, et la quatrième de pages découpées dans des magazines. Jane tressaillit en apercevant la photo au sommet de cette dernière pile. Cette femme qui posait en tailleur noir… c'était elle !

Elle resta figée sur place quelques secondes, cherchant vainement à trouver un sens à la présence de cette image sur le bureau de son amant d'un soir. Elle se résolut finalement à s'approcher davantage, mains dans le dos. La photographie avait servi à illustrer un article paru la semaine précédente dans *Chicago Magazine*. Une interview où elle parlait du lancement imminent de Trial TV et de la façon dont elle concevait son métier. Sur ce cliché, elle arborait son fameux foulard rouge, devenu au fil du temps un signe, un clin d'œil à l'attention de ses fidèles téléspectateurs. Lorsqu'elle le portait, ils savaient que c'était une journée spéciale pour leur présentatrice préférée, ou qu'elle s'apprêtait à lancer un sujet qui allait faire du bruit.

Mick avait entouré le foulard au marqueur noir, avec ce commentaire : « Comment a commencé le truc du foulard rouge ? Brillante idée d'une de ces attachées de presse décérébrées ? »

Jane eut un mouvement de recul. Qu'est-ce que ça voulait dire ?

Ses yeux se posèrent sur les autres piles. Elle essaya de lire les notes manuscrites, mais elles étaient couvertes de pattes de mouche, pour la plupart indéchiffrables. Une des autres piles était composée de feuilles imprimées qui détaillaient l'histoire d'une journaliste de CNN récemment accusée d'avoir une liaison avec un gouverneur sur qui elle avait réalisé bon nombre de sujets prétendument objectifs.

Quant à la dernière pile… Alors qu'elle se penchait pour mieux lire, Jane eut un nouveau coup au cœur en voyant son nom inscrit en haut de la feuille. Une liste s'en suivait :

- *Club de Gym : East Bank*
- *Courses : Chez Whole Foods (Huron Street) où bien chez Fox & Obel*
- *Salon de coiffure : Roberto Puig (Rush Street)*
- *Rencontres sportives : Aperçue aux matchs des Bulls. Supporter occasionnelle, mais toujours assise au premier rang. Va aussi voir les Bears, mais assise plus haut.*

L'espace d'un espace, elle crut qu'elle allait se trouver mal. Qu'est-ce qui se tramait, ici ? Mick était-il en train de préparer un article sur elle ? Mais si c'était le cas, comment se faisait-il que ni son agent ni la chaîne ne soient au courant ? Ils l'informaient du moindre papier qu'on écrivait sur elle. Et si ce type préparait bien un article, à quoi pouvait lui servir de connaître le nom de son club de gym ou de son salon de coiffure ? Elle poursuivit la lecture de la liste, l'une des dernières informations lui arrachant une grimace :

- *Gynécologue : Dr C. Wiseman (Wabash Street)*

Et en dessous :

- *Amants connus à ce jour : Nathan Vatalli, Ben Houston.*

Deux hommes avec qui elle avait effectivement couché. La colère lui rendit brusquement l'air qui semblait avoir quitté ses poumons et elle fit volte-face, se ruant vers la chambre où elle avait laissé l'écrivain endormi. Elle poussa violemment la porte et la poignée alla frapper le mur.

Il ouvrit les yeux et se redressa sur les coudes. Un petit sourire se dessina sur ses lèvres quand il aperçut Jane, nue comme un ver, debout au pied du lit.

— Bonjour, ma beauté.

Elle se précipita vers lui et, d'une pression sur le torse, le repoussa sur le matelas.

Un nouveau sourire, plus équivoque, illumina son visage.

— Tu as envie de remettre ça, hein ?

Il rejeta les draps en arrière, exhibant son sexe en érection.

— Regarde, je suis déjà prêt. Tu viens me rejoindre ?

Elle le fusilla du regard et balança la couverture en cachemire sur son corps.

— Pour ton information, le foulard rouge m'a été offert par Barbara Brewer, une grande journaliste et mon premier mentor. Tu vois, il ne s'agit pas de la « Brillante idée d'une de ces attachées de presse décérébrées ». Et sache que si tu ne cesses pas immédiatement de m'espionner, tu vas te retrouver derrière les barreaux avant de comprendre ce qui t'arrive. Ai-je été assez claire ?

Elle se retourna et se mit à collecter ses vêtements éparpillés aux quatre coins de la pièce, la colère cédant brusquement le pas à une terrible envie de pleurer. La menace de le faire arrêter n'était qu'un coup de bluff. Si elle appelait la police et accusait l'écrivain de harcèlement, il risquait de leur parler de sa double vie — de ses incartades —, puisqu'il était manifestement au courant. Et Jane connaissait suffisamment les flics de Chicago pour savoir que l'information ne tarderait pas à se répandre en ville comme une traînée de poudre. Il s'agirait bien entendu d'une « fuite malencontreuse », et elle aurait sans doute droit aux excuses hypocrites d'un haut gradé, mais le mal serait fait. Ce genre de mauvaise publicité était toujours à éviter, et cette règle était encore plus vraie à quelques jours du lancement d'une nouvelle chaîne dont elle était la figure de proue.

Elle se baissa pour ramasser une boucle d'oreille sur le parquet. Ses mains tremblaient tandis qu'elle s'efforçait de passer le clou à travers son lobe. Elle trouva ensuite sa jupe de tailleur, puis la veste, et s'habilla en essayant de maîtriser le tremblement qui se propageait maintenant à son corps tout entier. Elle jeta un regard par-dessus son épaule, s'attendant à voir une expression embarrassée — voire inquiète — , sur le visage de l'écrivain. Mais Mick l'observait tranquillement, caressant d'un air songeur la fente de ce menton qu'elle avait trouvé si sexy la veille au soir.

— Tu peux me dire à quoi ça rime, tout ça ? demanda-t-elle en faisant un geste en direction du couloir.

— De quoi est-ce que tu parles ?

— Des notes sur ton bureau. De l'article du *Chicago Magazine*. De la liste des lieux et des gens que je fréquente.

— Alors, comme ça, tu es une petite fouineuse, hein ? C'est drôle, je n'aurais pas cru ça de toi.

Elle finit de s'habiller et posa une main sur sa hanche, tâchant de prendre un air dégagé malgré ses nerfs à vif. Elle aurait voulu lui lancer une repartie cinglante, lui poser mille questions, mais sa façon froide de la dévisager lui faisait peur, repoussant sa colère loin derrière une conscience aiguë des risques qu'elle courait. Elle était seule avec cet homme et il pouvait arriver n'importe quoi. Comment avait-elle pu se croire immunisée contre le danger ? Comment avait-elle pu penser qu'elle pouvait s'envoyer en l'air avec des inconnus sans en subir un jour ou l'autre les conséquences ? Il fallait qu'elle fiche le camp d'ici.

Elle ramassa son sac à main posé sur une chaise en velours brun et le coinça sous son bras. Elle aurait tant aimé qu'il dise quelque chose de normal, quelque chose qui expliquerait tout ça. Peut-être même quelque chose qui la ferait rire, parce qu'elle était au bord des larmes.

Mais tout ce qu'il trouva à dire fut :

— Tu es vraiment un bon coup, tu sais. Encore meilleur que je ne l'avais imaginé.

4

Quand je me suis réveillée, j'ai tendu la main vers Sam, vers ses cuisses couvertes de duvet blond. Mais les jambes que j'ai touchées étaient imberbes, plus longues que celles de Sam, et si musclées qu'on aurait cru des os.

J'ai ouvert les yeux, et j'ai vu le gamin allongé à côté de moi, ses cheveux châtains éparpillés en éventail sur l'oreiller, le rose tendre de ses lèvres charnues qui contrastait avec la pâleur de son visage. Theo dormait à poings fermés. J'ai eu le sentiment qu'il faisait partie de cette catégorie de gens capables de s'endormir n'importe où ; dans un avion, dans un bus bondé, sur un banc public ou dans le lit d'une femme tout juste rencontrée.

C'était la première fois que je couchais avec un type pour qui je n'avais pas de sentiments, ai-je constaté avec une sorte de stupeur. Jamais je n'aurais cru que cela m'arriverait. Dire qu'à l'heure qu'il était, j'aurais dû être mariée depuis plusieurs mois…

Un drap gisait en boule sur le sol. Je l'ai ramassé et je me suis confectionné une toge de fortune avant de m'adosser à la tête de lit, genoux relevés. Mes yeux se sont posés sur ma conquête d'un soir, toujours profondément endormie. Les tatouages qui ornaient ses bras — un serpent noir et doré sur l'un, un motif tribal rouge sur l'autre — me fascinaient. Je connaissais des gens tatoués, mais leurs tatouages étaient tout petits. Mon amie Maggie, par exemple, avait un trèfle à quatre feuilles sur la cheville. Mais ceux de Theo couvraient ses avant-bras et s'étendaient jusqu'à ses biceps bien dessinés. Sans compter les symboles asiatiques qui décoraient le haut de sa poitrine.

La mélodie de mon BlackBerry a déchiré le silence. J'ai bondi du lit et je me suis précipitée vers la commode où il était posé.

« Sam – portable ».

J'ai appuyé sur la touche « muet » et j'ai jeté un œil par-dessus mon épaule. Theo a grogné dans son sommeil — un grognement satisfait, m'a-t-il semblé — et s'est recroquevillé en position fœtale.

Je suis allée me réfugier dans le couloir en prenant soin de bien fermer la porte de la chambre derrière moi.

« Sam – portable », ne cessait de répéter l'écran du téléphone avec une pénible insistance. Je me suis efforcée de combattre le sentiment de culpabilité qui me submergeait en me disant que je n'avais rien fait de mal. J'étais adulte, Theo était adulte — d'un point de vue légal, en tout cas —, et Sam était définitivement un adulte. Et puis, c'était Sam qui avait fait exploser notre couple quelques mois plus tôt en se volatilisant dans la nature. Sans compter qu'il m'avait raccroché au nez la veille au soir.

N'empêche que je me sentais affreusement coupable.

— Allô ?

— Désolé pour hier soir, belle rousse.

Je me suis adossée au mur et j'ai enroulé une mèche de cheveux autour de mon doigt.

— Comment vas-tu ?

— Je me sens idiot. Je me suis comporté comme le dernier des cons, hier soir, et je m'en excuse. C'est juste que tout ça est en train de me rendre dingue. Je n'en peux plus de vivre sans toi. Tu me manques vraiment, tu sais.

— Toi aussi, tu me manques.

— Alors qu'est-ce qu'on attend pour se remettre ensemble ?

— Je ne sais pas, Sam… Ce n'est pas si simple.

J'ai attrapé une plus grosse mèche, ma main tournant et tournant encore tandis que mon index faisait office de fuseau. Si Sam avait été là devant moi, il aurait gentiment pris ma main ; il aurait dévidé les cheveux enroulés autour de mon doigt et aurait posé un baiser sur ma tête, comme il l'avait toujours fait.

— Je crois au contraire que c'est très simple, Iz. C'est toi qui rends les choses difficiles.

— Moi ?

— Maintenant, oui. On a fait cent fois le tour de la question. Je me suis excusé et ça venait du fond du cœur. Et bien que j'aie conscience de t'avoir fait du mal, tu sais comme moi que je n'ai fait que tenir ma promesse vis-à-vis de Forester.

— A moi aussi, tu avais fait une promesse. Tu avais promis de m'épouser.

— Et je n'ai pas changé d'avis !

Il avait élevé la voix. Une voix où l'exaspération remplaçait déjà la tendresse. J'ai eu le sentiment qu'on venait une nouvelle fois de retourner à la case départ.

Brusquement, la lumière du matin a envahi le couloir et Theo s'est dressé devant moi en tenue d'Adam.

Son corps semblait remplir toute l'embrasure de la porte. Il a croisé les bras, le motif de son tatouage tribal s'étirant sur son biceps, et il m'a gratifiée d'un petit sourire en coin terriblement sexy. Mais au lieu de lui rendre son sourire, je l'ai regardé avec une certaine perplexité. Que faisait ce gamin à poil dans mon couloir ? Qu'est-ce qui m'avait pris de le ramener chez moi ?

— Tu as des œufs ? a-t-il demandé.

J'ai posé le doigt sur mes lèvres avant de m'en servir pour lui indiquer la cuisine.

Il a marché vers moi, d'un pas lent et assuré, jusqu'à ce que je sente la chaleur de son corps. Hier soir, je portais des talons hauts et il m'avait déjà paru grand. Mais là, j'avais l'impression qu'un géant venait de sortir de mon lit. A la lumière du jour, la vision de cet homme nu dans mon appartement avait quelque chose de surréaliste. C'était comme si mon univers avait été secoué à la manière d'une de ces boules à neige.

— Qu'est-ce qui se passe ? a demandé Sam.

— Rien.

Juste un gamin aussi beau et nu qu'une statue grecque qui se frotte contre moi.

Theo s'est penché vers moi, ses cheveux soyeux caressant une nouvelle fois ma joue.

— Je vais te préparer un petit déjeuner, m'a-t-il chuchoté à l'oreille.

Des mots somme toute assez banals, mais la façon dont il les a prononcés m'a fait un drôle de truc au creux de l'estomac.

— Iz ? a dit Sam dans mon autre oreille.

— On peut reprendre cette conversation plus tard ?

Il est resté silencieux quelques secondes.

— Je préférerais qu'on la termine maintenant.

Mais il avait dit ça sans conviction. L'un comme l'autre, nous étions las de ces discussions stériles.

J'ai regardé les fesses de Theo tandis qu'il se dirigeait vers la cuisine. Je n'avais jamais vu un cul aussi parfait en chair et en os. Deux globes de marbre perchés au sommet de jambes qui n'en finissaient pas.

J'ai eu un double appel. L'écran indiquait un numéro qui ne me disait rien. Mayburn, peut-être ?

— Sam, ne quitte pas. J'ai quelqu'un d'autre en ligne.

J'ai pris l'autre appel et j'ai entendu une voix masculine prononcer mon prénom.

— Oui ? ai-je dit sans reconnaître mon correspondant.

— Zac Ellis à l'appareil.

— Qui ?

— Le mari de Jane Augustine.

— Oh… Bonjour, Zac.

Jane m'avait dit que son mari, un photographe, se trouvait à New York pour une exposition.

— J'ai déniché votre numéro dans le répertoire de Jane. Vous avez deux minutes ?

— Oui, bien sûr. Ne quittez pas un instant, s'il vous plaît.

J'ai repris Sam en ligne.

— Sam, je suis désolée, mais il faut que je te laisse. Je te rappelle plus tard, d'accord ?

J'ai senti qu'il hésitait sur la conduite à tenir.

— D'accord, a-t-il finalement répondu d'une voix résignée.

J'avais conscience des efforts qu'il faisait pour maintenir le dialogue entre nous.

— Je t'aime, a-t-il dit.

— Je t'aime aussi.

C'était la seule certitude qui nous restait.

— Je vous prie de m'excuser, Zac. J'étais déjà en ligne quand vous avez appelé. Mais je vous écoute, à présent.

— Merci. Dites-moi, Izzy, il faut que je vous demande quelque chose… Etes-vous sortie avec Jane, hier soir ?

— Oui.

Ma réponse a dû le surprendre, parce qu'il a marqué un temps d'arrêt.

— Hum… Eh bien, j'avoue que je croyais qu'elle…

Il s'est éclairci la voix.

— Pardon de vous demander ça, a-t-il repris, mais… y avait-il des hommes avec vous ?

Theo est apparu dans le couloir, une boîte de thé vert

à la main. Il l'a levée en silence à hauteur de son visage, avec une expression qui semblait dire : « C'est bien ça que tu veux ? » Comment avait-il deviné que c'était précisément ce dont j'avais envie maintenant ?

J'ai hoché la tête avec un sourire.

— Que voulez-vous dire ? ai-je demandé à Zac.

— Je voudrais simplement savoir si vous étiez seules toutes les deux ou si vous avez passé la soirée avec des hommes.

— Euh… Eh bien…

« Attention, terrain miné ! » ai-je songé en me demandant comment répondre à cette question piège.

— Nous avons parlé à quelques personnes.

Et l'une de ces personnes se balade à poil dans ma cuisine en ce moment même.

Le mari de Jane est resté silencieux.

— Il y a un problème, Zac ?

— Je ne devais pas revenir à Chicago avant aujourd'hui ou demain, mais j'ai réussi à me libérer plus tôt que prévu et à attraper le dernier vol. Du coup, j'ai attendu Jane, hier soir.

— C'est gentil à vous, ai-je dit prudemment.

— Oui, c'était gentil. Sauf que Jane n'est jamais rentrée à la maison.

5

Dix minutes plus tard, j'étais toujours au téléphone, en train de rassurer Zac, ou du moins d'essayer. J'échafaudais des hypothèses auxquelles je ne croyais pas vraiment, mais qui avaient le mérite de me donner le temps de remonter le fil un peu brumeux de la soirée d'hier.

Après que Sam m'eut raccroché au nez, j'avais continué à me faire peloter et embrasser par Theo, en partie parce que j'en voulais à Sam, en partie parce que j'avais trop bu, et en partie parce que ce garçon était canon de chez canon. Je ne sais trop comment, je m'étais ensuite retrouvée collée contre lui dans un taxi qui filait vers chez moi. Je ne sais trop comment… Voilà le genre de mots qu'utiliserait quelqu'un qui n'assumerait pas ses actes. Une femme percluse de honte et de remords. Mais cette femme n'était pas moi, me suis-je répétée pour la énième fois.

Quant à Jane, plus j'y songeais, plus je me disais qu'elle avait fort bien pu passer la nuit avec l'écrivain. Elle était persuadée que son mari était à New York, et l'attirance qu'elle éprouvait pour l'homme aux cheveux gris crevait les yeux. Sur le moment, je n'y avais pas prêté plus attention que ça, mais maintenant que j'y repensais, je voyais mal Jane abandonner ce type sur le trottoir avec un « Ravie de t'avoir rencontré » et un baiser sur la joue.

Peu de temps avant de quitter la boîte de nuit, je me

souvenais avoir vu Jane ôter la veste de son tailleur et dévoiler son chemisier sexy en se délectant de l'attention des hommes. Un peu plus tard, juste après ma conversation téléphonique avec Sam, j'avais remarqué qu'elle n'était plus sur la banquette. Une dizaine de minutes étaient encore passées avant que je ne décide de changer de décor en compagnie de mon apollon. Je l'avais tout de même cherchée un moment — sans grande conviction, il est vrai — avant de lui envoyer un SMS pour lui dire que je partais et que je l'appellerai le lendemain. Pour moi, il ne faisait aucun doute que Jane se trouvait aux toilettes ou dans un coin de la salle bondée où je ne pouvais la voir. Ensuite, je ne sais trop comment, je m'étais retrouvée dans le taxi avec le beau Theo.

J'ai continué à proposer d'improbables scénarios à Zac — peut-être avait-elle dormi chez une amie ; peut-être avait-elle été mobilisée toute la nuit par un super sujet de reportage pour Trial TV —, tout en me demandant ce que je devais faire. Je ne pouvais tout de même pas dire à son mari qu'elle avait passé une partie de sa soirée à faire la danse de la séduction pour un autre que lui.

— Est-ce que Jane a passé du temps avec un homme en particulier ? a demandé Zac.

— Euh…

— Ecoutez, Izzy, je… je n'aurais pas dû vous appeler.

Un silence, puis :

— Ce n'est pas la première fois que ça arrive, non ?

— Que voulez-vous dire ?

J'étais maintenant en peignoir. Je suis allée dans le salon et je me suis assise dans mon fauteuil préféré, une bergère à oreilles que Sam et moi avions dénichée dans un magasin d'antiquités et que nous avions fait recouvrir d'un audacieux tissu jaune. C'était sans doute le fauteuil le plus confortable du monde, et d'ordinaire, il me suffisait d'y poser les fesses pour me sentir mieux. Mais ça ne fonctionnait pas aujourd'hui. Derrière moi, dans la cuisine, j'entendais Theo qui préparait le petit déjeuner en sifflant. Ah, l'insouciance de la jeunesse…

— Vous êtes des amies proches, Jane et vous ? m'a demandé Zac.

— Je ne dirais pas ça. J'étais l'avocate de l'entreprise qui possède WNDY, c'est comme ça qu'on s'est connues. On a toujours eu de bonnes relations, Jane et moi, mais c'est longtemps resté limité au cadre professionnel. Ce n'est que depuis quelques mois — depuis qu'on ne travaille plus ensemble, en fait — qu'on s'est pas mal rapprochées.

— Oui, je sais que vous étiez l'avocate de Pickett Enterprises, a dit Zac. Et je sais aussi qu'elle aimerait que vous veniez travailler à Trial TV.

— Elle m'en a parlé hier soir et j'ai accepté. Mais que voulez-vous dire par « ce n'est pas la première fois que ça arrive » ?

Il s'est contenté de lâcher un long soupir.

— Zac, vous pensez qu'on devrait prévenir la police ?

J'ai eu la désagréable impression de revenir six mois en arrière. Je me rappelais comme si c'était la veille du soir où Sam avait disparu, et du matin suivant, où j'avais dû me rendre à l'évidence.

Zac ne disait toujours rien.

— Vous avez appelé WNDY ? Trial TV ?

— Les deux.

— Vous avez eu sa famille au téléphone ?

— Ils vivent dans le Michigan. Et puis je crois savoir exactement ce qui est arrivé.

— Quoi ?

— Je vous ai demandé tout à l'heure si Jane a passé la soirée en compagnie d'un homme, hier soir. Dites-moi la vérité, Izzy.

J'ai fermé les pans de mon peignoir.

— Je vous ai déjà répondu sur ce point. Nous avons fait quelques rencontres.

— Qui était ces personnes ?

— Hum… Voyons voir…

J'ai jeté un regard par-dessus mon épaule. Que faire ? Lui dire que ma vie privée ne le regardait pas ? Continuer à jouer les idiotes et à répondre dans le vague ? Derrière le bar de ma cuisine américaine, j'ai vu Theo secouer une petite poêle, puis lancer une omelette jaune dans les airs avant de la rattraper comme s'il avait fait ça toute sa vie.

— Vous ne vous souvenez pas à qui vous avez parlé ? a insisté Zac d'un ton soudain beaucoup plus froid.

— Si, si… c'est juste que…

— A quelle heure vous êtes-vous séparées, Jane et vous ?

— Il devait être 1 heure du matin. Enfin, je crois.

— Avec qui parliez-vous avant de partir ?

— Ma foi, à un jeune homme très sympathique.

Et très beau et très doué pour faire des omelettes. Entre autres.

— Comment s'appelait-il ?

— Hum…

Son nom de famille m'échappait, ce qui m'a remplie de honte. Quand on couche avec quelqu'un, on devrait au moins connaître son nom de famille, non ? Theo… Theo… Theo Jameson ! Oui, c'était bien ça.

Mais le mari de Jane a repris la parole avant que je ne puisse répondre.

— Est-ce que Jane est partie avec lui ?

— Non.

Mais moi, si.

— Ecoutez, Izzy, sérieusement… N'essayez pas de la couvrir, d'accord ?

— Je n'essaie pas de la couvrir. Je sais qu'elle n'est pas partie avec le jeune homme qui discutait avec moi.

— Avec qui, alors ? Est-ce qu'elle a engagé la conversation avec quelqu'un d'autre ?

J'ai essayé de me souvenir du nom de l'écrivain, mais je n'étais même pas certaine de l'avoir jamais su. J'ai soupiré. Cet interrogatoire commençait à me peser. Ça m'avait fait franchement bizarre de me réveiller pour la première fois de ma vie avec un quasi-inconnu dans mon lit, mais les questions du mari jaloux me mettaient encore plus mal à l'aise.

Soudain, Zac Ellis a éclaté de rire. Un rire bref, caustique.

— Laissez tomber, a-t-il dit. Elle vient juste de rentrer.

Et il a raccroché. C'était le deuxième homme qui me raccrochait au nez en l'espace de vingt-quatre heures.

Theo est entré dans le salon, toujours aussi nu et toujours aussi beau. Il tenait à la main une assiette garnie d'une omelette jaune ornée en son sommet de deux tranches de poivron rouge.

— Tu as faim ?

J'ai hoché la tête, mais je ne regardais pas vraiment l'assiette. Mes pensées se croisaient comme les poivrons au sommet de l'omelette, chacune partant dans une direction différente, voire opposée. Appeler Sam et me réconcilier avec lui. Appeler Jane et lui demander où elle a passé la nuit. Garder l'omelette pour plus tard et aller faire l'amour avec Theo.

J'ai choisi cette dernière option.

6

Quelques minutes après que Theo m'eut dit au revoir — un au revoir classé X —, Jane m'a appelée.

— Je suis désolée que Zac t'ait embêtée avec ses questions, Izzy.

— Ça n'a aucune importance. Tout va bien ?

— On peut se retrouver dans une heure pour boire un café ? J'aimerais te parler un peu plus en détail de ton job à Trial TV, et aussi d'autre chose.

J'ai consulté ma montre. J'avais rendez-vous avec Mayburn dans deux heures environ, mais c'était jouable.

— Avec plaisir.

Jane m'a donné l'adresse d'un café près de chez elle, dans le quartier de River North.

Avant de sauter sous la douche, j'ai passé un coup de fil à Quentin, mon ancien assistant.

— Alors, ta soirée entre filles ? a-t-il demandé.

— J'ai couché avec quelqu'un.

A une époque à la fois proche et lointaine, Quentin et moi étions le duo le plus occupé de Baltimore & Brown, le cabinet d'avocats qui m'employait alors, et nous n'avions jamais de temps pour les « Bonjour, comment vas-tu ? », « Tu as passé un bon week-end ? » et autres salamalecs. Du coup, bien qu'au chômage l'un et l'autre depuis maintenant six mois, nous continuions à zapper les politesses d'usage pour aller droit au but.

— A la bonne heure ! C'était qui ? Sam ?

— Non.

— Oh, oh… Grady ?

— Non plus.

— Un nouveau ?

— Oui.

— Combien de fois l'as-tu vu avant de le mettre dans ton lit ?

J'ai soupiré.

— Je le connaissais depuis deux ou trois heures.

— Tu es en train de me dire que tu as couché le premier soir ?

La surprise, et sans doute une certaine forme d'excitation, avaient rendu sa voix plus forte et plus aiguë.

— Oui.

— Et ça ne t'était jamais arrivé, n'est-ce pas ?

— Non, jamais.

— J'arrive tout de suite.

J'avais presque toujours connu Quentin en couple avec un garçon nommé Max, mais à la fin de nos années Baltimore & Brown, il avait entamé une liaison clandestine qui avait sonné le glas de son couple. Je la qualifie de « clandestine » non seulement parce que Quentin vivait toujours avec Max lorsqu'il était tombé amoureux d'un autre, mais aussi parce que cet autre n'avait pas encore fait son *coming out* au moment de leur rencontre. Mais les choses étaient maintenant officialisées avec son nouveau compagnon, et les tourtereaux vivaient sous le même toit à deux pas de chez moi.

Moins de dix minutes plus tard, Quentin sonnait à ma porte. J'avais eu tout juste le temps de prendre une douche et d'enfiler une robe qui se morfondait au fond de ma penderie depuis l'automne dernier.

Quentin s'est assis sur mon lit — la lumière du plafonnier faisant luire son crâne noir et chauve — , tandis que je me maquillais face au miroir de la coiffeuse. Du temps de Baltimore & Brown, il s'habillait toujours d'un élégant blazer et d'un pantalon kaki parfaitement repassé. C'était son uniforme de travail. Maintenant qu'il était au chômage, il avait conservé le blazer mais avait troqué le pantalon en coton kaki contre un blue-jean.

— J'aime bien ta veste, ai-je dit en désignant son blazer noir d'un mouvement de tête.

— Sauf que je suis tout boudiné, là-dedans, a répondu Quentin en tirant sur les manches avec une grimace. Je n'ai plus rien qui me va. Je pensais qu'être amoureux me motiverait pour perdre quatre ou cinq kilos, mais c'est l'inverse qui s'est produit. Je suis gras comme un loukoum.

C'était très exagéré, mais la référence de Quentin était le mâle parfait selon les critères gay. Et force était de constater que malgré son assiduité au club de gym et des régimes à répétition, sa ceinture abdominale penchait plus du côté des poignées d'amour que de la tablette de chocolat.

— Tu es plus beau que jamais, ai-je dit.

Et c'était la pure vérité. Le bonheur ne lui faisait peut-être pas perdre du poids, mais il faisait briller ses yeux gris et lui donnait un air radieux bien plus séduisant qu'un corps parfait.

— Merci.

Il a passé la main sur mon dessus-de-lit en coton nid d'abeilles.

— Tu viens de l'acheter ?

— Non, mais c'est la première fois que je m'en sers.

C'était un cadeau que Sam et moi avions sélectionné pour notre liste de mariage et que nous avions reçu un peu en avance. Mais après l'explosion de notre couple, je l'avais rangé au fond d'une armoire où il était resté pendant des mois.

— C'est ici que vous avez fait des étincelles ? a-t-il demandé en tapotant mon lit avec un grand sourire.

— Ici et dans la cuisine.

— Raconte.

— Il s'appelle Theo.

— Joli prénom. Qu'est-ce qu'il fait dans la vie ?

— Il possède une société qui conçoit des logiciels de design pour les sites Web, ou un truc dans ce genre.

— Tu es sûre que ce n'est pas un de ces types qui se disent P.-D.G., mais qui en réalité passent leur journée en pyjama dans leur studio avec un ordinateur et un portable en guise d'employés ?

— Il paraît qu'il dirige une vraie société et qu'elle dégage de gros profits.

— Qui t'a dit ça ?

— Jane Augustine.

— Comment va-t-elle ?

J'ai failli dire qu'elle était dans la panade jusqu'au cou avec son mari, mais j'ai tenu ma langue. Les histoires de cœur — ou de fesses — de Jane ne regardaient qu'elle.

— Elle est en pleine forme. Tu sais qu'elle est la figure de proue de Trial TV, une chaîne consacrée au système judiciaire dont le lancement est prévu pour lundi ?

— Oui, j'ai vu les affiches. C'est parfait pour elle.

— N'est-ce pas ? Et elle veut que je vienne travailler avec elle.

Quentin a ouvert de grands yeux.

— Tu peux répéter ça ?

— Elle m'a proposé un job d'analyste judiciaire. Je vais avoir le statut de journaliste. Qu'est-ce que tu en penses ? C'est absurde ?

Il a redressé le dos et a croisé les bras.

— Pourquoi absurde ? Je trouve ça génial, Izzy ! Avec tes beaux cheveux roux et ton grand sourire, tu es faite pour la lumière des projecteurs. Sans compter que tu es la fille la plus débrouillarde que je connaisse. Tu arriverais à faire sortir un trafiquant de drogue d'une prison turque.

— Là, tu confonds avec Maggie ! me suis-je esclaffée. Et puis je ne serai pas à l'antenne tout de suite, tu sais. Mais ce qui me tracasse le plus, c'est que je suis avocate, pas journaliste.

— Et alors ? Tu as vu les gamins qu'ils mettent à l'antenne, de nos jours ? Tu crois vraiment qu'ils sortent des écoles de journalisme ? La télé, c'est d'abord du spectacle, et ensuite des compétences spécifiques. C'est pour ça qu'ils embauchent des gens avec une belle gueule et une expérience professionnelle dans un domaine bien précis. Et puis, les avocats ont la réputation de bien s'exprimer et de réfléchir vite, sans compter qu'ils ne se laissent pas déstabiliser facilement. C'est exactement ce que cherchent les patrons de chaînes, aujourd'hui.

— Oui, tu as sans doute raison.

Maintenant que les effets de l'alcool s'étaient dissipés et que l'enthousiasme communicatif de Jane n'était plus là pour me rassurer, je commençais à me poser des questions.

— Dieu sait que contrairement à toi, j'ai besoin de ce salaire, ai-je dit.

Quentin a souri avec un petit haussement d'épaules.

— Eh oui, que veux-tu… Je suis un homme entretenu et j'aime ça.

— Alors tout est pour le mieux dans le meilleur des mondes ?

— Franchement, Izzy, je ne vois aucune raison de me plaindre.

J'ai accroché une première boucle d'oreille.

— Eh ben dis donc… Ça change de l'époque où tu étais avec Max.

— Comme tu dis. Ce que je vis avec Shane est complètement différent.

— Mais tu étais pourtant amoureux de Max…

— C'est vrai, je l'ai aimé. Mais ça n'avait rien à voir avec ce que j'éprouve pour Shane. Comment t'expliquer ? J'avais fini par aimer Max comme on aime un membre de sa famille. D'ailleurs, je l'aime toujours, même s'il refuse de me prendre au téléphone. Mais ce que je ressens pour Shane est d'une tout autre nature. C'est mille fois plus intense, tu comprends ? C'est comme… C'est comme…

Il a laissé sa phrase en suspens et je me suis tournée vers lui en finissant de mettre ma seconde boucle d'oreille. Un sourire rêveur flottait sur ses lèvres et il avait le regard perdu dans le vague, comme s'il admirait un coucher de soleil sur la mer Egée.

La brûlure de la jalousie m'a arraché une grimace. Parce que moi aussi je faisais cette tête-là, avant, quand je pensais à Sam.

— Bref, a dit Quentin en émergeant de son brouillard amoureux. On a assez parlé de moi comme ça. Si tu m'en disais plus sur ce Theo ? Quel âge a-t-il ? Avec un prénom pareil et une société à son nom, j'aurais dit la quarantaine, mais dans la mesure où il conçoit des logiciels, je vais lui donner trente-six ans.

J'ai pris soin d'éviter le regard de Quentin tandis que j'apportais une dernière retouche à mon maquillage.

— Un peu plus jeune.

— Trente ?

— Un peu moins.

— Vingt-cinq ? a proposé Quentin sans cacher sa surprise.

— Pas loin.

— Vingt-trois ? a-t-il lancé d'une voix incrédule.

— Euh… Vingt-et-un, je crois.

Il a frappé dans ses mains avec un sifflement admiratif.

— La vache, Izzy… Tu sais que c'est illégal, dans certains Etats de notre beau pays ?

Je me suis levée et je lui ai fait face, les fesses appuyées contre le bord de ma coiffeuse.

— Tu ne peux pas savoir à quel point ce gamin est sexy.

— Oh, c'est le début des ennuis…

— Non, ce n'est le début de rien du tout, Quentin. C'était simplement… un moment agréable.

Ses yeux gris brillaient de malice.

— Crois-moi, Iz, il était temps que tu libères la garce qui sommeille en toi. J'applaudis des deux mains à ce que tu as fait. Le problème, c'est que tu cours droit à la catastrophe avec ce Theo.

— Mais non… Je ne sais même pas si je vais le revoir.

Il a éclaté de rire, la tête renversée en arrière, comme si je venais de lui raconter la blague de l'année.

— A qui veux-tu faire croire ça ? Tu es déjà accro.

— N'importe quoi !

J'ai croisé les bras, sourcils froncés.

— Et d'abord, pourquoi dis-tu que je cours à la catastrophe ?

— Parce qu'il est jeune et beau comme un dieu. Trop jeune, on court à la catastrophe. Trop beau, on court à la catastrophe. Alors, trop jeune et trop beau…

— Mais il est mûr, pour son âge. Il est entré dans la vie active alors qu'il était encore au lycée. Et il a fait une année d'université. A Stanford, je crois. Et il dirige sa propre société.

Quentin m'a écoutée, le visage grave mais les yeux rieurs, et il a posé un diagnostic sans appel :

— Tu cours définitivement à la catastrophe. Mais c'est très bien comme ça, s'est-il empressé d'ajouter. Je pense que ce gamin est exactement ce dont tu as besoin en ce moment. Il va te mettre la tête à l'envers, et ça te fera le plus grand bien, après toutes ces années à vivre sagement en couple avec Sam.

On s'est regardés en souriant. Je devais admettre que j'étais assez d'accord avec lui. Et même s'il fallait l'écouter me traiter de garce sans broncher, c'était agréable de retrouver ma complicité avec Quentin.

— Merci, Izzy.

J'ai soulevé un sourcil.

— De quoi ?

— Je m'ennuie un peu ces derniers temps, et toi, en bonne amie que tu es, tu m'offres une place au premier rang d'un spectacle qui s'annonce captivant.

— Pourquoi dis-tu que tu t'ennuies ?

Il a soupiré.

— Tu sais ce que c'est… J'étais malheureux comme les pierres quand je travaillais, mais maintenant que…

— Je te demande pardon ? l'ai-je interrompu, mains posées sur les hanches. Travailler avec moi te rendait malheureux comme les pierres ?

— Non, non… J'adorais le duo de choc qu'on formait, toi et moi. C'est juste que je n'aimais pas le boulot que je faisais. Ce n'était pas mon truc d'être assistant dans un cabinet d'avocats.

— Je croyais que tu avais recommencé à prendre des cours de théâtre, après avoir quitté Baltimore & Brown.

— J'ai laissé tomber. Je suis trop vieux pour ça, maintenant.

— Trop vieux ? Tu n'as pas encore trente-cinq ans !

— Peut-être, mais j'avais l'air d'un vieux croûton, au milieu des autres. La moyenne d'âge de ces cours doit être de vingt ans. Je donnerai l'adresse à ton nouveau petit ami, si tu veux.

— Oh, lâche-moi avec ça !

— Je sens que je vais adorer le spectacle que tu nous concoctes.

Je me suis dirigée vers la porte de la chambre.

— Il n'y aura pas de spectacle et pas de catastrophe.

Quentin s'est levé du lit pour venir me rejoindre.

— Oh que si, ma chérie ! Ça sera une comédie dramatique, et j'ai bien l'intention de rester rivé à mon siège VIP jusqu'au dernier rappel.

7

J'ai regardé Jane, attablée face à moi dans ce café de Chicago Avenue.

— Jane… Je… Franchement, je suis un peu choquée.

Jane a soufflé sur son mug de café fumant, avant de le pousser de côté d'un geste agacé sans même y tremper les lèvres. Après m'avoir donné quelques informations sur Trial TV, elle m'avait avoué que oui, elle avait passé la nuit avec cet écrivain et que non — comme l'avait dit son mari — , ce n'était pas la première fois que ça arrivait.

— Qu'est-ce qui te choque ? a-t-elle demandé.

— Je ne sais pas.

J'ai remué mon second thé vert après y avoir noyé deux sucrettes.

— Je suppose que je te voyais comme quelqu'un qui contrôlait mieux sa vie.

— Qu'est-ce que tu entends par là ?

— Ne le prends pas mal, d'accord ? J'ai vu ton ancien agent te manipuler à l'occasion, mais, d'une manière générale, j'avais le sentiment que tu maîtrisais ta carrière et que tu avais une vie sentimentale harmonieuse. Comment dire ? Il me semblait que tout était bien en place dans ton existence.

— Izzy, il n'y a que dans les magazines que les gens mènent ce genre de vie idéale.

Elle a secoué la tête et a détourné un moment le regard. Quand elle l'a de nouveau posé sur moi, elle semblait épuisée.

— Je suis surprise par ta naïveté, surtout après ce qui t'est arrivé avec Sam. Sa disparition aurait dû t'apprendre que nul n'est parfait.

— La différence, c'est que Sam avait une raison valable de faire ce qu'il a fait.

— Si tu trouves que c'était une raison si valable que ça, pourquoi l'as-tu quitté ?

C'était une bonne question. Une question que Sam m'avait posée à plusieurs reprises, et que je m'étais moi-même posée un certain nombre de fois au cours des six derniers mois.

A l'époque où Sam et moi envisagions de nous marier sans que rien ne soit encore décidé, je m'étais interrogée pour savoir si c'était vraiment ce dont j'avais envie. J'avais essayé d'imaginer ce que serait notre vie, je m'étais efforcée de peser le pour et le contre sans enjoliver ni noircir le tableau. J'étais même allée jusqu'à consulter mes amis sur le sujet. Pour finir, j'avais sondé mon cœur, et sa réponse avait été identique aux fruits de ma réflexion : oui, je voulais me marier, et oui je voulais me marier avec Sam. Mais les noces en grande pompe qu'il avait commencé à organiser, encouragé en cela par ma mère, avaient été trop pour moi. Alors que j'étais sur le point de lui avouer mon malaise et de lui proposer d'opter pour une cérémonie plus intime, voire d'annuler le mariage, Sam avait disparu. J'avais fini par le retrouver après deux semaines folles, mais depuis, quelque chose semblait s'être brisé entre nous, éloignant chaque jour davantage les mains que nous nous entêtions à tendre l'un vers l'autre.

— Si j'ai quitté Sam, ai-je répondu, c'est parce que je ne me sens plus capable d'être à cent pour cent avec lui. Je ne voudrais pas être sa femme et avoir envie d'aller voir ailleurs. Pour moi, l'infidélité n'a pas sa place dans le mariage.

— Ne me juge pas mal parce que j'ai couché avec cet écrivain.

— En fait, je ne te juge pas du tout, Jane. Je ne prétends pas être une oie blanche, tu sais. D'ailleurs, quand Sam s'est volatilisé, il y a six mois, j'ai failli coucher avec un autre homme. Ça s'est arrêté aux préliminaires, si on peut dire, mais je l'ai quand même laissé me tripoter et m'embrasser. C'était mon ami Grady.

— Tu vois ? Ça peut arriver à n'importe qui.

Elle s'est interrompue pour boire une gorgée de café.

— Et puis moi aussi, je sais parfois m'arrêter avant d'aller trop loin.

— Qu'est-ce que ça change, au fond ? Encore une fois, je ne suis pas en train de te juger, Jane. Dieu sait que je suis mal placée pour juger qui que ce soit, en ce moment ! Je suis moi-même en pleine tourmente, et je me pose mille questions sur ma vie sentimentale. Mais j'estime qu'on ne trompe pas un peu ou beaucoup. On trompe, un point c'est tout.

— Par pitié, ne me dis pas que tu es une de ces personnes qui pensent qu'embrasser, c'est déjà tromper.

— Si, c'est ce que je pense.

— Alors tu considères que tu as trompé Sam quand tu as embrassé ce Grady ?

— Oui, et je n'en suis pas fière. A l'époque, j'ai essayé de me rassurer en me disant que je n'étais pas allée jusqu'au bout, mais au fond de moi, je savais très bien que je l'avais trompé.

Jane m'a considérée un moment. Avec, m'a-t-il semblé, une pointe de déception.

— Izzy McNeil, je n'aurais jamais cru que tu étais aussi candide.

J'ai bien senti que dans sa bouche « candide » n'était pas un compliment.

Mais je ne me suis pas vexée pour autant et j'ai continué

à l'observer tranquillement, à découvrir un peu plus la femme qui se cachait derrière le masque public. Elle avait raison de dire que nul n'est parfait. En revanche, elle avait tort de me croire si candide, parce que je savais désormais qu'aucun de mes proches n'était exactement tel que je le croyais. Cette dure réalité m'avait d'abord déstabilisée. Mais avec le recul, j'éprouvais un étrange plaisir à me souvenir de l'image idéalisée que j'avais eue de Sam, de ma mère, et de bien d'autres encore. Ça me faisait mesurer à quel point l'apparence extérieure des gens n'était qu'une façade construite au fil du temps, un savant déguisement destiné à jouer un rôle dans la comédie sociale. Au début, l'idée d'un monde mystérieux, en trompe l'œil, m'avait accablée. Mais j'avais fini par voir le côté merveilleux de tous ces univers insaisissables qui me côtoyaient chaque jour. C'était un jeu de dupes, oui, mais un jeu avant tout. Et aujourd'hui ma perception des choses avait radicalement changé, la fascination remplaçant avantageusement l'amertume.

Je savais que Jane appréciait la franchise et j'ai décidé de lui dire ma façon de penser.

— Voilà comment je vois les choses, Jane. Je suis peut-être vieux jeu, mais pour moi, que ce soit un baiser dans une voiture, une gâterie sous une porte cochère ou des galipettes toute la nuit dans un lit, quand ce n'est pas avec la personne avec qui on vit, ça s'appelle une trahison.

Jane s'est penchée vers moi. Son regard bleu mauve avait retrouvé tout son éclat.

— D'accord. Imaginons que Sam et toi soyez toujours ensemble et que vous ayez fini par vous marier. Tu l'aimes toujours, mais tu étouffes un peu et tu décides de prendre des vacances avec une amie. Qui est ta meilleure amie ?

— Maggie Bristol. Tu la connais peut-être. Elle est avocate d'assises.

— La fille de Martin Bristol ?

— Sa petite-fille.

— Il faudra qu'on les invite tous les deux sur Trial TV. Ou qu'on les embauche comme consultants. Enfin, bref, qu'est-ce que je disais ? Ah oui… Maggie et toi avez donc décidé d'aller faire un tour à Miami. A South Beach. Tu me suis toujours ? Très bien. Tu as envie de t'éclater avec ton amie le temps d'un week-end. Tu vas écumer les bars, boire comme un trou, trémousser ton joli popotin sur les pistes de danse jusqu'à plus d'heure, siffler des bloody mary au petit matin au bord de la piscine de l'hôtel.

— Ça me semble un bon programme.

— N'est-ce pas ? a dit Jane avec un grand sourire. Tu es partie seule avec ton amie, mais, bien entendu, tu ne vas pas t'interdire de parler avec les mecs qui bronzent au bord de la piscine. Même si tu as un petit ami ou un mari, tu ne fais rien de mal en discutant avec les mâles qui paradent torse nu autour de l'eau, tu es d'accord avec moi ?

— Bien sûr.

— Et quand tu tombes sur la même bande de copains le soir au bar de l'hôtel ou dans un night-club, tu ne vas pas brusquement les snober sous prétexte qu'il fait nuit ?

— Non, Jane, je ne vais pas les snober, ai-je répondu avec une pointe d'impatience. Je te confirme officiellement qu'il m'arrive de parler à la gent masculine. Où veux-tu en venir ?

— Tu vas voir. Donc, parmi cette bande de mecs que tu retrouves dans une boîte branchée, il y en a un qui te considère comme la huitième merveille du monde. Ça se voit tout de suite, quand un type pense que tu es super sexy, pas vrai ?

— Oui, je suppose…

— Mais si ! Comme Theo hier soir. Ça se voyait comme le nez au milieu de la figure. Ne me dis pas que tu ne t'en es pas aperçue, parce que je ne te croirais pas.

J'ai rougi. Maudite peau de rousse qui dénonçait mes

émotions ! En effet, l'intérêt que me portait Theo avait été on ne peut plus palpable, la veille au soir. Ce matin aussi, d'ailleurs.

— Bon, je vois qu'on est d'accord, a poursuivi Jane avec un regard hilare. Ton amie Maggie, elle est célibataire ?

— Pas vraiment. Elle vient de renouer avec une ancienne histoire qui s'appelle Wyatt.

— Bon, disons que mon histoire se passe avant la « réunification » de Maggie et Wyatt.

— Si tu veux.

Inutile de faire un grand effort d'imagination : Maggie était une célibataire dans l'âme.

— Voilà que Maggie se met à flirter avec un des potes du type qui en pince pour toi, d'accord ?

J'ai hoché la tête pour inciter Jane à poursuivre.

— Toi et ce beau mec qui te met sur un piédestal, vous continuez à discuter, et voilà qu'il t'offre un verre. Tu ne vas pas le refuser, quand même ?

— Non, et je lui en offrirais un, moi aussi. Je pense même que je paierais ma tournée pour toute la bande.

— J'allais le dire.

L'excitation rendait maintenant la voix de Jane plus aiguë et son débit plus rapide.

— Et ce type qui te fait les yeux doux, toi, tu le trouves plutôt à ton goût. Ne nous voilons pas la face, Izzy, il est franchement beau gosse et c'est loin d'être un abruti. Sans compter qu'il a un super boulot. Il est… Il est… Je ne sais pas, moi. Il fait quelque chose qui n'est pas à la portée de toutes les méninges. Un scientifique, ou un type qui gère des fonds alternatifs. Il a vraiment de la conversation et tu passes un très bon moment avec lui. Rien de mal à ça, n'est-ce pas ?

— Non, je ne vois rien de mal à parler avec quelqu'un,

même si c'est un homme, et même s'il est intelligent, et même s'il a une belle gueule.

J'ai bu quelques gorgées de thé, en proie à un gros coup de fatigue. Ma nuit avec Theo n'avait pas laissé beaucoup de place au sommeil. Bien sûr, je ne voyais aucune raison de m'en plaindre.

— Tu as vraiment des atomes crochus avec ce type, a continué Jane. Il existe entre vous une réelle communauté de pensée, et même une certaine complicité, et tu te rends compte que tu n'as pas éprouvé ça avec Sam depuis un bon moment. Tu aimes toujours Sam, là n'est pas la question, mais tu dois admettre que tu ne te sens pas toujours sur la même longueur d'ondes que lui.

J'ai bu une nouvelle gorgée de thé pour masquer mon trouble. Je savais de quoi elle parlait.

— On ne peut pas être sur la même longueur d'ondes que l'homme avec qui on vit vingt-quatre heures sur vingt-quatre, ai-je objecté. Je trouve normal d'éprouver le besoin de se sentir comprise par d'autres de temps en temps. D'autres femmes, mais aussi d'autres hommes.

— Absolument, a acquiescé Jane en hochant fermement la tête. Tu fais donc une belle rencontre, et ça a quelque chose de magique, d'enivrant. Tu te sens vivante, euphorique. D'autant que l'alcool coule à flots et te désinhibe. Maggie est partie depuis un moment, mais tu y prêtes à peine attention parce que tu te sens bien avec ce garçon. Tu te sens en sécurité. Il est marié, et toi aussi. Tu le trouves fabuleux, et c'est bien ton droit. D'ailleurs, tu songes déjà à le présenter à Sam ; tu te dis qu'ils pourraient devenir amis, tous les deux. Ou alors tu penses qu'il serait parfait pour une de tes amies célibataires. Parce qu'on ne peut pas laisser échapper un type comme ça. Il est vraiment trop séduisant à tous points de vue.

— C'est bon, Jane, j'ai compris. Et je te repose la question : où veux-tu en venir ?

— Où je veux en venir ?

Elle s'est avancée au bord de sa chaise, son long torse s'étirant au-dessus de la table. Ses cheveux sont passés par-dessus ses épaules, encadrant son visage comme des rideaux de soie noire.

— Tu veux savoir où je veux en venir, Izzy ?

Elle s'est encore approchée de moi. Elle avait une odeur chaude et sensuelle, comme des pommes à la cannelle. Je pouvais voir les sillons délicats qui traversaient le renflement de sa lèvre inférieure.

Sa voix avait quelque chose d'hypnotique.

— Oui…, ai-je murmuré.

Jane s'est approchée encore plus près. Son visage n'était plus qu'à quelques centimètres du mien.

— Et si…

Son haleine est venue caresser ma bouche.

— Et s'il s'approchait de toi comme je le fais maintenant ? Si tu sentais la chaleur de son corps et de son souffle tandis qu'il continue à te parler ? Tu vois ce que je veux dire ?

— Oui.

Je suis restée parfaitement immobile, retenant ma respiration dans l'attente de ce qui allait venir.

— Vous êtes seuls au monde, tous les deux.

Jane murmurait à présent au creux de mon oreille.

— La musique et le brouhaha réveilleraient un mort, mais plus vous discutez, plus la réalité de ce qui vous entoure semble s'éloigner. Tu sais de quoi je parle, Izzy ?

— Oui.

Derrière Jane, la fenêtre du café entrait dans mon champ de vision, mais je ne la voyais pas vraiment. J'étais dans ce night-club, à South Beach.

— Et si… Si tout d'un coup il se taisait…

Jane s'est interrompue une seconde, le temps d'incliner très légèrement la tête. L'espace qui séparait nos bouches était désormais fin comme du papier à cigarette.

— … et qu'il se décidait à t'embrasser…

Nous sommes restées ainsi, nos bouches se frôlant au-dessus de la table, et pendant un instant, je me suis demandé si Jane allait vraiment m'embrasser pour aller au bout de sa démonstration. Et même si jusque-là il ne m'était jamais venu à l'esprit d'embrasser une femme, cela ne m'a pas semblé une perspective si désagréable.

Je me suis laissé porter par l'instant, mes sens dominant mon esprit si certain, encore quelques secondes plus tôt, de ce qu'il voulait et de ce qu'il ne voulait pas. J'ai fermé les yeux et mes lèvres se sont entrouvertes.

— Ah, tu vois ! s'est écriée Jane.

J'ai brusquement ouvert les yeux comme si on venait de me lancer un seau d'eau froide.

— Tu vois, tu l'aurais fait !

— Non, sûrement pas.

Jane s'est rassise sur sa chaise et a donné une claque sur sa cuisse.

— Si, tu l'aurais fait. Tu étais sur le point de m'embrasser.

— N'importe quoi, ai-je dit en espérant, contre toute raison, que je n'étais pas rouge comme une tomate.

J'ai saisi ma tasse de thé et j'ai bu avidement pour masquer mon visage.

— Soit, a concédé Jane pour ne pas me gêner davantage. Mais tu aurais embrassé ce type à South Beach.

— Non.

Sauf que je n'en étais pas si sûre. Dans un moment pareil, n'importe qui pouvait perdre les pédales.

— Et si je l'avais embrassé, ai-je repris, je me serais sentie affreusement mal. J'aurais eu le sentiment d'être infidèle.

— Mais tu ne l'aurais pas été. Embrasser ou se faire un peu peloter n'est pas tromper, surtout en pareille circonstance.

— Bien sûr que si, Jane.

Elle a soupiré.

— Parmi tes amis en couple, tu sais combien font ce genre de choses ?

— Aucun, à ma connaissance.

— Aucun à ta connaissance parce qu'aucun ne t'en parle.

J'ai éclaté de rire.

— Tu as peut-être raison.

La vérité, c'est que je me sentais comme une fille de la campagne qui monte à la ville pour la première fois de sa vie. Et si elle avait raison ? L'infidélité était-elle monnaie courante, même au sein des couples qui semblaient les plus unis ? Etais-je une fille naïve, comme l'avait dit Jane ? Naïve et vieux jeu ?

— Ce que je t'ai raconté au sujet de mes incartades…, a dit Jane. Tu le gardes pour toi, n'est-ce pas ?

— C'est notre secret. Je suis une tombe, Jane.

— Tu serais bien la seule journaliste à savoir tenir sa langue, a-t-elle répondu dans un sourire. Mais je te fais confiance.

Elle a jeté un coup d'œil à sa montre.

— Bon, il faut que je te laisse.

J'ai eu le sentiment d'avoir laissé une opportunité de me rapprocher de Jane et je m'en suis un peu voulue.

— Jane… Je suis désolée pour tes ennuis avec Zac.

Elle a secoué la tête en silence, avant de ramasser son téléphone portable sur la table et de le jeter au fond de son sac. Elle s'est redressée et m'a regardée en souriant.

— C'est ton sourire de présentatrice du journal télévisé, ai-je dit. Je le connais par cœur.

Son véritable sourire — celui qui plissait un peu ses yeux — s'est substitué au masque professionnel. Elle a pris ma main et l'a pressée gentiment. Ses doigts étaient doux mais fermes.

— Je me réjouis à l'idée de travailler avec toi, a-t-elle dit.

— Moi aussi, Jane. Au fait, je ne suis pas censée faire quelque chose, ce week-end ? J'imagine qu'il y a des répétitions, avant le grand lancement.

Elle m'a rassurée d'un signe de tête.

— Ça ne concerne que les journalistes qui passent à l'antenne. Mais sois prête pour l'épreuve du feu lundi matin.

Elle a plongé la main dans son sac et en a ramené un étui à cigarettes en argent. Il contenait des billets de banque.

— Il faut que je file, a-t-elle dit en en posant quelques-uns sur la table. Zac a eu assez de temps pour se calmer et il faut que j'aille réparer les dégâts. Ensuite, répétitions à Trial TV.

— Tu penses que ton mari va passer l'éponge ?

Elle a émis un petit rire dur.

— Il y a encore quelques mois, j'aurais dit oui sans hésiter. Zac connaît ma... ma nature profonde, et jusqu'à une date récente, il m'avait toujours acceptée telle que je suis.

— Qu'est-ce qui a changé aujourd'hui ?

Elle a baissé les yeux vers son étole en cachemire taupe, sous prétexte de la remettre en place.

— Disons simplement qu'il en a marre. Qui pourrait le lui reprocher ? Jusque-là, on avait un arrangement tacite. Zac avait décidé de m'aimer malgré tout, de fermer les yeux. Et maintenant, il n'arrive plus à les fermer comme avant.

Jane a lancé l'étole par-dessus son épaule d'un geste élégant, avant de glisser les mains dans la masse brillante de ses cheveux, les relevant un instant puis les laissant retomber comme une pluie d'encre.

— Au fait, a-t-elle dit en se mettant debout, j'ai oublié de te demander ce qui s'est passé avec Theo, hier soir.

Je n'ai pas répondu, mais mon visage n'a pas su rester muet. Jane a éclaté de rire et s'est penchée vers moi.

— Alors, il est doué au lit ? a-t-elle demandé à voix basse.

J'ai revu Theo sur moi, en moi, ses cheveux soyeux caressant mon visage au rythme de ses mouvements.

Le souvenir m'a encore fait rougir.

— Oui.

— Et c'était différent de ce que tu avais connu jusque-là, pas vrai ?

Quand j'ai hésité à répondre, elle a insisté :

— Allez, tu peux me le dire ! Ce n'est pas comme si tu n'avais jamais fait l'amour, Izzy, mais je suis sûre que tu as vécu autre chose dans les bras de Theo. Quelque chose de plus érotique, de plus excitant.

Je pouvais encore sentir ses lèvres dévorer les miennes, ses doigts qui exploraient chaque centimètre de mon corps. J'ai senti que je rougissais de plus belle.

— Oui, c'est vrai.

— Est-ce que c'était si bon que tu avais l'impression qu'une incroyable chaleur irradiait tout ton corps ? Une chaleur presque insupportable et pourtant merveilleuse ?

— Oui.

— Et tu avais le sentiment que ta tête allait exploser ?

J'ai songé au moment où Theo et moi avions joui en même temps, nos corps luisant de sueur secoués par des explosions en rafale.

— Oui.

Elle s'est redressée, et les souvenirs brûlants de ma nuit d'amour avec Theo ont semblé s'éloigner avec elle.

— C'est ce que j'ai ressenti hier soir, moi aussi, a-t-elle dit. C'est ce que je ressens toujours avec mes amants d'un soir. C'est pour ça que j'ai tellement de mal à y renoncer.

— Il n'y a pas d'autres raisons ?

Le regard de Jane s'est fait songeur.

— Mon univers ne pourra jamais se résumer à une seule personne, Izzy. Comment pourrais-je demander à

Zac d'être à la fois mon meilleur ami, mon amant, mon associé en affaires, le copropriétaire de mes maisons, mon comptable, celui avec qui je peux me détendre, celui qui me prête son épaule pour me soutenir, pour accueillir mes doutes et mes larmes ? Ce serait trop lui demander et il finirait immanquablement par me décevoir. Ce serait trop demander à n'importe qui…

Ses yeux se sont posés sur moi, mais je suis restée silencieuse. Je sentais qu'elle n'en avait pas terminé.

— Les gens m'inspirent chacun à leur façon, a poursuivi Jane. Ils me fascinent chacun à leur façon. J'aime m'immerger dans la vie d'un inconnu, côtoyer son intimité, voir ce qu'il fait de son temps…

Elle s'est interrompue et a secoué la tête.

— Mettre le pied dans la vie d'un autre me permet d'avoir un regard différent sur ma propre existence.

J'ai hoché la tête. Il me semblait comprendre ce qu'elle voulait dire par là. Du moins en partie.

Elle a haussé les épaules en inspirant profondément.

— J'ai sûrement d'autres raisons pour agir ainsi, Izzy, mais ce sont celles-là qui me viennent spontanément à l'esprit.

Elle a tourné les talons avant que je puisse dire un mot. L'instant d'après, Jane Augustine n'était plus là.

8

Jane était assise dans le studio de photo que Zac avait aménagé au sous-sol. C'était toujours quand il travaillait que leurs conversations étaient les plus productives. Son mari lui tournait le dos. Quelques années auparavant, il aurait été penché sur des bains chimiques : révélateur, bain d'arrêt, fixateur. Mais aujourd'hui, c'était sur l'ordinateur ou l'imprimante que Zac se penchait, à la recherche du noir le plus profond ou du meilleur papier, passant d'un Portfolio à un Silver Rag ou à un Maestro gloss 260.

— Tu veux me dire qui c'était ? demanda-t-il, les yeux rivés à l'écran du Mac.

On pouvait y voir un balcon rose perché au-dessus d'une ruelle où jouaient des enfants. Fixé sur un mur lézardé, cette avancée lépreuse donnait un sentiment de tristesse et de menace imminente qui contrastait avec l'insouciance des enfants. Le cliché, pris juste derrière Belden Avenue, faisait partie de « Ruelles de Chicago », une exposition qui se tenait dans une galerie de la ville. Zac avait eu du succès avec des photos de ruelles de New York et de Washington D.C., et il s'était finalement décidé à compléter ce travail par une série exécutée dans sa propre ville. L'exposition suscitait un tel enthousiasme — il avait vendu des centaines de photos depuis le vernissage — qu'il avait été obligé de travailler sans arrêt pour satisfaire les commandes. Mais l'infidélité de Jane était venue gâcher la période faste qu'il traversait.

Ce n'était pas comme si c'était la première fois qu'elle découchait. Il était même arrivé à Zac de demander des détails à sa femme ; sur ce que ces hommes lui faisaient, sur ce qu'elle leur faisait. A plusieurs reprises, il avait écouté Jane lui révéler le secret de ses nuits de débauche avec un étrange mélange de douleur et d'excitation. Au début, l'excitation l'emportait, mais depuis plusieurs mois la douleur prenait le dessus, chaque fois davantage.

Il l'avait dit à Jane, et elle se rendait compte que c'était encore le cas aujourd'hui. Elle s'en rendait compte à la façon dont les muscles de son mari se contractaient sous son T-shirt délavé. Lui d'ordinaire si détendu quand il travaillait, lui qui se mouvait toujours dans son studio avec des mouvements fluides et précis, ses gestes étaient maintenant d'une inquiétante brusquerie.

— Juste un…

— Juste un mec sans intérêt, c'est ça ? a interrompu Zac d'un ton impatient.

— Oui, c'est à peu près ça.

Mais ce n'était pas vrai. Ce type l'avait suivie, espionnée. En fait de mec sans intérêt, il s'agissait d'un salopard doublé d'un pervers qui consignait des détails intimes de sa vie, qui découpait et annotait des articles sur elle. Elle avait beau exercer un métier public, elle détestait voir sa vie intime étalée dans les journaux. Et jusqu'à aujourd'hui, ses « incartades » n'avaient jamais franchi les fils barbelés qu'elle avait déployés entre la femme privée et le personnage du petit écran.

Zac s'éclaircit la voix, chose qu'il faisait toujours avant d'exprimer quelque chose à quoi il songeait depuis longtemps mais qui le rendait particulièrement mal à l'aise.

C'était curieux de connaître quelqu'un aussi bien, songea-t-elle. A bien des égards, elle connaissait Zac mieux qu'elle ne se connaissait elle-même. Si seulement elle avait pu comprendre ses propres réactions aussi bien qu'elle comprenait celles de son mari… Par exemple, elle avait conscience de ses torts : si par malheur ses incartades étaient rendues publiques, la plupart des gens ne manqueraient pas de voir en elle une femme facile et immorale. Et bien qu'elle eût ses raisons pour agir de la sorte, Jane était d'accord à quatre-vingt-dix pour cent avec ce jugement sévère. C'était les dix pour cent restant dont elle avait parlé à Izzy. Les dix pour cent qui l'avaient mise dans cette situation de dépendance qui menaçait aujourd'hui son couple et sa réputation.

Récemment, elle avait promis à Zac qu'elle ne le referait plus. Qu'elle tirerait une croix sur cette période trouble de sa vie et redeviendrait la femme fidèle qu'il appelait de ses vœux. Elle avait été déterminée à tenir sa promesse, mais la chose s'était avérée plus difficile que prévu. Pourtant, lorsqu'il l'avait prise la main dans le sac à son retour de New York, elle avait cru qu'il lui pardonnerait une fois de plus. Mais à présent qu'elle le voyait devant elle, avec son corps crispé qui semblait contenir sa fureur à grand-peine, elle n'en était plus si sûre.

— Est-ce que ça va, Zac ?

Il fit volte-face et planta ses yeux dans ceux de sa femme.

Zac la regardait rarement lorsqu'ils avaient ce genre de discussion. D'habitude, il continuait à travailler, comme si les tâches routinières lui donnaient la stabilité nécessaire pour s'aventurer sur un terrain glissant. A cela s'ajoutait sans doute une forme de pudeur, qui l'incitait à ne pas dévoiler à Jane l'expression de son visage.

Mais à présent, il lui faisait face sans rien cacher de ses

émotions, et elle ne lisait aucune indulgence dans son regard ou ses traits. Elle y lisait de la colère, ainsi qu'un sentiment qu'elle n'y avait encore jamais vu.

Quelque chose comme du dégoût.

9

John Mayburn est arrivé avec dix minutes de retard et j'ai tapoté l'écran de ma montre alors qu'il parvenait à hauteur de ma table.

— Désolé, a-t-il dit.

C'est son sourire qui m'a intriguée.

Dans le cadre professionnel, quand il avait rendez-vous avec des avocats qui souhaitaient enquêter sur un plaignant (comme ça avait été le cas avec moi, à l'époque où je travaillais chez Baltimore & Brown), Mayburn portait des costumes aussi classiques qu'ennuyeux et des chemises tellement amidonnées qu'elles auraient pu tenir debout toutes seules. Mais quand j'ai eu l'occasion de mieux le connaître, j'ai découvert un homme plutôt détendu dans la sphère privée. Un homme qui, les soirs et week-ends, n'hésitait pas à troquer l'uniforme rassurant destiné à ses clients contre des tenues beaucoup plus décontractées. Aussi n'ai-je pas été surprise de le voir débarquer en jean et T-shirt des Ramones, les pieds chaussés de boots défraîchies. Non, ce qui m'a vraiment intriguée, c'est son sourire. Son sourire qui avait maintenant quitté ses lèvres, mais qui persistait dans son regard.

— Qu'est-ce qui vous arrive ? ai-je demandé alors qu'il se glissait sur la banquette, juste en face de moi.

— Comment ça, qu'est-ce qui m'arrive ? a-t-il dit en s'emparant du grand menu plastifié.

Nous nous trouvions quelque part dans Webster Avenue, dans un café qui s'appelait John's Place.

— Vous semblez tout guilleret.

— Je n'ai pas dû prononcer plus de deux mots depuis que je suis là. Qu'est-ce qui vous fait dire que je suis guilleret ?

Il a jeté un coup d'œil au menu.

— La salade Cobb a l'air pas mal du tout, non ?

Il s'est tourné vers moi et a secoué la tête.

— Mince, vous avez raison, Izzy. C'est le genre de truc qu'on dit quand on est guilleret.

— Alors crachez le morceau, Mayburn. Qu'est-ce qui vous met dans cet état-là ?

Il m'a répondu d'une moue incertaine et d'un petit haussement d'épaules.

— Désolé pour le retard. J'ai dû déposer quelqu'un avant de venir.

— Déposer quelqu'un ? Dites plutôt : « J'ai dû reconduire chez elle une femme qui avait passé la nuit chez moi. » Ça sera plus clair et ça expliquera votre air béat.

— Taisez-vous donc, mademoiselle McNeil.

Il s'est remis à consulter le menu en affectant un air absorbé.

— J'ai emmené quelqu'un chez le quincaillier, ce matin.

Une activité a priori innocente, sauf qu'il y avait toujours ce sourire qui se baladait entre sa bouche et ses yeux.

Le serveur est arrivé à ce moment-là et Mayburn a commandé un club sandwich. J'ai opté pour une omelette avec des poivrons rouges, puisque mon appétit sexuel m'avait privée de celle préparée ce matin par Theo.

— Vous vous êtes trouvé une petite amie, c'est ça ? ai-je demandé.

Il a haussé les épaules.

— Possible.

— Qui est-ce ?

— Quelqu'un que je connais depuis un moment… Enfin, si on peut dire.

— C'est Meredith ?

Mayburn m'avait parlé d'une galeriste dont il était éperdument amoureux et qui l'avait quitté, une certaine Meredith Saga qui ne vivait que pour le sexe et l'art.

— Non, la saga Meredith est terminée pour moi.

— Qui, alors ?

— Je vous trouve bien curieuse, Izzy.

— Déformation professionnelle, ai-je répliqué. N'oubliez pas que c'est vous qui avez fait de moi une détective privée. Alors, qui est-ce ?

Mayburn faisait mine de s'intéresser à tout, sauf à moi. Il s'est mis à observer la famille attablée à côté de nous, fronçant les sourcils à la vue du bébé dont la poussette, de la taille d'un camping-car, obstruait le passage.

J'ai pris le parti de rester silencieuse. C'était une des choses les plus utiles que j'avais apprises au cours de ma carrière d'avocate : la meilleure façon de faire parler quelqu'un n'était pas de le presser de questions, mais de se taire et de le laisser face à son silence. Et puis il y avait ce que Mayburn lui-même m'avait enseigné : il faut écouter tout ce que les gens disent, mais aussi ce qu'ils ne disent pas.

Quelques secondes ont passé. Puis d'autres encore. Au bout d'une bonne minute, Mayburn s'est décidé à croiser mon regard.

— Vous voulez savoir qui c'est ?

— Absolument.

— C'est Lucy.

Mes quelques années chez Baltimore & Brown m'avaient aussi appris à ne jamais montrer mon étonnement.

Mais là, c'était vraiment impossible.

— Lucy ? me suis-je écriée en ouvrant des yeux ronds comme des soucoupes. Lucy DeSanto ?

J'avais parlé si fort que le bébé dans la poussette géante s'est mis à pleurer.

— Eh oui.

— On parle bien de cette femme dont le mari blanchissait de l'argent pour la mafia et que nous avons fait arrêter, vous et moi ?

— Oui, oui.

Lucy DeSanto était une adorable jeune femme blonde, menue et élégante, qui habitait Lincoln Park. Elle était mariée et avait deux enfants, Eve et Noah, mais son mari, Michaël DeSanto, ne vivait plus au domicile conjugal. Il avait troqué sa luxueuse propriété familiale contre la cellule d'une prison de haute sécurité où il attendait son procès pour escroquerie, racket et blanchiment d'argent au profit du crime organisé. Etant donné la nature des gens pour qui il travaillait, les mafieux ont tendance à se volatiliser dans la nature, si on ne les maintient pas derrière les barreaux, son avocat n'avait pu obtenir sa libération sous caution.

La banque qui employait Michaël DeSanto s'était adjoint les services de Mayburn, lequel avait fait appel à moi quelques semaines plus tard pour débloquer son enquête qui piétinait lamentablement. En échange de son aide pour retrouver mon fiancé, il m'avait demandé d'infiltrer la famille DeSanto en faisant amie-amie avec Lucy. Il avait besoin de quelqu'un qui puisse se faire passer pour une bourgeoise des quartiers nord afin de mettre Lucy en confiance, et apparemment, j'avais la tête de l'emploi. Il m'avait appris les rudiments du métier et j'avais fini par me faire inviter chez les DeSanto, dans cette maison aux allures de forteresse où Mayburn n'avait jamais réussi à pénétrer. Quand le mari de Lucy était rentré plus tôt du travail et qu'il m'avait trouvée en train de tripoter son ordinateur, j'avais cru ma dernière heure arrivée. Mais j'étais parvenue à quitter les lieux en un seul morceau, et les données que j'avais volées dans le disque dur du banquier véreux avaient permis son arrestation. Même si Mayburn n'était pas entré en contact avec Lucy durant son enquête, il avait passé des heures à l'observer. A l'époque, j'avais eu le sentiment qu'il avait un grand faible pour cette femme à qui il n'avait jamais adressé la parole. Visiblement, je ne m'étais pas trompée.

— Je croyais que vous n'étiez pas censé entrer en contact avec vos cibles ?

— C'est contre toutes les règles, a confirmé Mayburn, la mine réjouie. Mais Lucy est une femme qui vaut la peine qu'on fasse une exception.

Le serveur est venu apporter notre commande. L'omelette n'avait pas l'air aussi bonne que celle de mon bel amant, mais c'était sûrement une question de contexte. Apportée par Theo nu comme un ver, une bouse de vache m'aurait sans doute semblé appétissante.

— Oui, elle en vaut la peine, ai-je dit avant d'avaler une bouchée. Je ne pense pas avoir jamais rencontré de femme plus douce.

— N'est-ce pas qu'elle est douce ? a dit Mayburn d'une voix rêveuse. C'est vraiment quelqu'un de bien.

Je n'en revenais pas de voir Mayburn parler ainsi. Où était donc passé le détective privé sarcastique et blasé ?

— Comment en êtes-vous arrivé à partager de folles matinées avec Lucy chez le quincaillier ? ai-je demandé.

Mais Mayburn, sur son petit nuage, semblait insensible aux railleries.

— Vous vous souvenez qu'on s'inquiétait pour elle, une fois que le FBI est venu arrêter son imbécile de mari ?

— Oui, je l'ai même appelée pour m'excuser.

— Vraiment ? Eh bien, moi aussi.

— Alors vous lui avez révélé votre rôle dans l'arrestation de son mari ?

— Oui, je lui ai dit que j'étais détective privé et que j'avais été embauché pour le coincer.

— Elle sait que vous l'avez épiée pendant des semaines ? Que vous la suiviez quand elle faisait ses courses ou qu'elle promenait ses enfants ?

— Je lui ai tout dit.

— Drôle de stratégie pour séduire une femme… Comment a-t-elle réagi ?

— Vous savez comment elle est, Izzy.

Le sourire qui flottait sur ses lèvres depuis son arrivée s'est précisé l'espace d'un instant, puis il a repoussé son assiette de côté, comme si le fait de songer à Lucy suffisait à le nourrir.

— Elle s'est montrée très compréhensive. Au fond, elle était soulagée qu'on lui ait ouvert les yeux. Elle ignorait complètement les magouilles de son mari, vous savez. D'ailleurs, elle a demandé le divorce.

— Et si j'ai bien compris, elle a déjà retrouvé chaussure à son pied.

Le coin de sa bouche s'est légèrement relevé.

— C'est du sérieux, Izzy.

— Du sérieux ? Vous voulez dire que vous êtes amoureux ?

— Très.

— Au point de songer à l'épouser ?

— Absolument.

— Eh bien… Vous allez me rendre jalouse, John.

— Je savais que vous en pinciez secrètement pour moi.

— Ce n'est pas ce que je voulais dire ! me suis-je écriée. C'est simplement que…

Il a éclaté de rire et j'ai secoué la tête en riant à mon tour.

— Vous me faites marcher, et moi je plonge comme une idiote. Non, si je suis jalouse, c'est que ma vie sentimentale est loin d'être aussi brillante que la vôtre. Je n'arrive pas à me décider à choisir entre Sam et…

Et Theo. Ou Grady. Ou quelqu'un d'autre. Quelqu'un que je n'ai pas encore rencontré.

— Enfin bref, ai-je dit, préférant couper court avant d'entrer dans des considérations trop intimes. Et Lucy, vous pensez qu'elle éprouve les mêmes sentiments à votre égard ?

— Je n'en suis pas certain. Il faut dire que c'est beaucoup plus compliqué pour elle.

Son sourire s'est envolé et il a brusquement repris son air professionnel.

— Bon, assez parlé de moi. Faites-moi le plaisir de manger cette omelette en quatrième vitesse, parce qu'on doit aller à la boutique de lingerie.

Il s'est tourné et a indiqué le magasin qu'on apercevait à travers les fenêtres du café, de l'autre côté de la rue.

— Chez Feuille de vigne ? Ne me dites pas que vous comptez me faire jouer les mannequins lingerie afin de vous aider à choisir une tenue affriolante pour Lucy !

— Désolé de vous décevoir, mais il ne s'agit pas de ça. Vous avez déjà travaillé comme vendeuse ?

— Non.

— Eh bien, je vais vous donner l'occasion de combler cette lacune.

— Vous voulez que je vende des petites culottes ?

— Et des soutiens-gorge et des nuisettes. Mais je voudrais surtout que vous surveilliez Josie, la responsable. Depuis quelque temps, la propriétaire du magasin a perdu confiance en elle. Le problème, c'est que la boutique fonctionne bien et que Marie — la propriétaire — n'a pas envie de la renvoyer.

— Ça ne ressemble pas aux missions que vous acceptez d'ordinaire.

Mayburn travaillait essentiellement pour des cabinets

d'avocats réputés, des banques internationales et des grandes entreprises.

— C'est un service que je rends. Marie est une amie de la famille. Elle est peut-être parano, mais je n'ai pas l'intention de traiter cette affaire par-dessus la jambe. Je vais appliquer mes méthodes d'investigation habituelles.

— D'accord. Alors de quoi votre amie soupçonne-t-elle cette Josie ? De détourner de l'argent à son profit ?

Mayburn a haussé les épaules.

— Les livres comptables semblent à jour et bien tenus. Aucune anomalie n'a été décelée au niveau des inventaires. C'est juste que la fréquentation de la boutique connaît une très forte hausse depuis plusieurs semaines, ce dont il faudrait normalement se réjouir, sauf qu'on n'est pas en période de soldes et que les budgets pub et relations publiques n'ont pas été augmentés. Marie n'arrive pas à comprendre comment c'est possible. Elle passe désormais la plupart de son temps à Palm Beach, et elle veut être certaine que sa responsable ne profite pas de son absence pour faire quelque chose d'illégal. Si on ne trouve rien, c'est que Josie est tout simplement une excellente responsable. On en restera là et tout le monde sera content.

Je suis restée un moment les yeux rivés sur la façade de Feuille de vigne. Je n'avais mis les pieds qu'une seule fois dans cette boutique chic. Tout y était ridiculement cher, mais j'avais néanmoins craqué pour une nuisette blanche très sexy, censée faire le bonheur de Sam lors de notre nuit de noces. Elle n'avait pas quitté le fond de ma penderie depuis le jour où je l'avais achetée.

— Dans la mesure où Marie n'est presque plus à la boutique, a repris Mayburn, Josie a réclamé une vendeuse pour la seconder. Ce matin, Marie lui a dit qu'elle avait trouvé quelqu'un : Lexi, une amie de la famille qui cherche à travailler le soir et les week-ends pour payer ses études de droit.

— Lexi ne serait pas rousse, par hasard ?

— Décidément, vous êtes très perspicace, Izzy.

— Lexi, ai-je répété, pour essayer de me familiariser avec ce prénom. Lexi... Et son nom de famille ?

— Hammond.

— Lexi Hammond... Ouais, ça sonne pas mal du tout. Mais attendez une minute, John. Il y a bien des papiers administratifs à remplir ? Je vais devoir donner un numéro de Sécurité sociale, et Josie va s'apercevoir que ça ne colle pas avec mon nom.

— Pas de paperasse. Ils vont vous payer au noir, et moi en honoraires d'enquêteur free-lance.

— Ne faudrait-il pas que j'obtienne une licence professionnelle, si je dois continuer à travailler pour vous ?

— Oubliez ça, Izzy. Dans l'Illinois, c'est la croix et la bannière pour obtenir une licence de détective privé. Sans compter que ça coûte la peau des fesses. Et puis j'ai seulement besoin de vous pour glaner des informations, pas pour témoigner lors d'un procès ou ce genre de choses.

J'ai songé à mon nouveau travail et je lui ai parlé de Trial TV.

— Mais Jane m'a dit que je ne passerai pas tout de suite à l'antenne, ai-je précisé après qu'il m'eut félicitée.

— Dans ce cas, ça ne pose pas de problème. Je voudrais que vous commenciez dès demain. Avec un peu de chance, votre mission ne durera pas plus que deux ou trois semaines. Alors, qu'en dites-vous, Lexi ?

— Est-ce que Lexi a une remise sur la marchandise qu'elle vend ?

— Je savais que vous alliez me poser la question, a-t-il

répondu avec un sourire. Lexi bénéficie d'une remise de trente pour cent.

J'ai claqué des mains et j'ai poussé l'omelette de côté.

— Marché conclu !

10

Zac Ellis ouvrit leur résidence secondaire de Long Beach comme il l'avait toujours fait. Il marcha de pièce en pièce, allumant la lumière, ajustant le thermostat, ouvrant les fenêtres pour aérer un peu. Dès qu'elle avait un moment de libre, Jane l'accompagnait ici. Zac aimait traverser avec elle la maison endormie. Lorsque ensemble ils la réveillaient, l'air frais qui circulait à travers leur refuge semblait trouver le chemin de leurs poumons encrassés par la pollution de la ville. Il semblait même rafraîchir leur amour encrassé par la pollution du quotidien, de la vie sociale, et de tellement d'autres choses. La plupart du temps, il leur suffisait de passer quelques heures ici pour se sentir beaucoup mieux.

Mais Zac avait déjà compris que la magie n'opérerait pas ce jour-là. Aujourd'hui, l'air était plus froid que frais, de ce côté du lac Michigan. Plus cinglant. Comme la dernière trahison de Jane. Comment avait-il pu croire qu'il supporterait indéfiniment ses infidélités ?

Il s'immobilisa un instant dans la cuisine. Elle était étroite et équipée de vieux appareils électroménagers chinés dans les brocantes et chez les antiquaires du coin. Rien à voir entre cette ambiance années cinquante et la cuisine ultramoderne de leur hôtel particulier de Chicago. Au milieu de ce décor si personnel, il se mit à songer à son histoire avec Jane. Avant de la connaître, il était attiré par les intellectuelles au tempérament sombre. Souvent des artistes, comme son ex, Zoey, avec ses éternelles sautes d'humeur et ses tenues excentriques — Zoey qui s'enfermait des journées entières pour peindre dans son atelier.

Jane était si différente de ces femmes-là… Grande, d'une beauté spectaculaire, et très directe dans les rapports humains. Eprouvant plus de méfiance que de fascination pour le monde des médias, Zac avait cru ne jamais pouvoir tomber amoureux d'une femme comme Jane. Erreur. Grossière erreur.

Il quitta la cuisine et traversa le couloir qui menait à leur chambre. La maison avait été construite en 1927 et, tout comme la cuisine, cette pièce était petite, avec son lit ancien en cuivre poussé dans le coin opposé. Adossé au mur, les mains dans les poches de son jean, il imagina que Jane était ici avec lui. Dix ans plus tôt, un peu moins de quatorze mois après leur première rencontre, ils s'étaient mariés sur la plage voisine et avaient passé leur nuit de noces dans ce lit.

Cela lui faisait du bien d'imaginer Jane dans ses bras. Ces derniers temps, il ne l'imaginait plus que dans les bras d'inconnus.

Oui, Jane était l'amour de sa vie. Il n'en avait jamais douté — pas même aujourd'hui —, mais il commençait à se demander si l'amour passionnel qu'il éprouvait pour elle pourrait survivre à ses infidélités à répétition. Elle lui avait promis de ne plus recommencer, mais elle n'avait pas tenu parole. A son retour de New York, lorsqu'il avait compris qu'elle ne rentrerait pas dormir chez eux, il avait aussi compris que sa promesse d'être fidèle resterait à jamais un vœu pieux.

Il marcha jusqu'au lit et gratta l'un des montants en cuivre avec l'ongle du pouce. Celui-ci était en train de perdre son lustre. Il faudrait le polir, songea-t-il machinalement. C'était toujours à lui qu'incombait ce genre de tâche dans la maison de Long Beach : tondre et arracher les mauvaises herbes, fendre les bûches, faire ici et là des retouches de peinture... Jane considérait ces travaux comme des corvées, mais Zac prenait plaisir à entretenir cette maison qu'il considérait comme leur véritable nid d'amour.

Il continua à gratter le cuivre à l'endroit où il avait noirci, mais la vilaine couleur ne semblait pas vouloir s'en aller. Il se demanda s'il parviendrait à en venir à bout d'une manière ou d'une autre, ou s'il avait trop tardé à réagir et qu'il n'y avait plus rien à faire. Une question qu'il se posait aussi à propos des aventures extraconjugales de Jane.

Mais pouvait-on vraiment qualifier ses infidélités d'« aventures » ? La plupart du temps, il ne s'agissait que de coucheries sans lendemain, et Jane ne revoyait jamais ses amants d'un soir. A l'entendre, il s'agissait de tout sauf d'amour. A l'entendre, elle n'aimait que lui, ne voulait vivre qu'avec lui. Mais nom d'un chien, pourquoi ne pouvait-elle se satisfaire d'un seul homme ? Un moment d'égarement, il aurait pu le comprendre, mais pourquoi fallait-il qu'elle collectionne les amants comme d'autres les timbres ?

Pris d'un brusque accès de rage, il agrippa l'une des barres de la tête de lit et la secoua violemment, comme si cela pouvait en faire partir les taches. Le lit se mit à cogner contre le mur, ce qui fit naître en lui d'odieuses visions de Jane dans le lit d'un autre, prise par un autre, criant sous les coups de boutoir d'un autre. Combien de lits inconnus avaient cogné contre le mur pendant que sa femme le trompait ? Cette pensée décupla sa fureur et il secoua de plus en plus fort — Bam ! Bam ! Bam ! —, le fracas du métal contre le mur emplissant la chambre et résonnant sous son crâne. Cette violence le soulageait, comme si lui, l'artiste qui avait toujours exprimé ses émotions à travers l'objectif de son appareil photo, n'avait plus d'autre moyen de dire le trop-plein de souffrance qui s'était accumulé en lui depuis des années. Alors il continua à secouer ce lit, désespérément, encore et encore, le cuivre frappant le mur de plus en plus fort et à intervalles de plus en plus courts, jusqu'à ce que le bruit s'apparente aux rafales d'une mitraillette.

Il eut soudain conscience de se comporter comme un adolescent dépassé par ses émotions, et il croisa les mains derrière la nuque.

Il régula sa respiration, attendant, immobile, que les battements de son cœur retrouvent un rythme à peu près normal.

— Ça suffit comme ça…, grommela-t-il entre ses dents, sa voix résonnant tristement dans la maison vide.

Il quitta la chambre et alla ouvrir d'autres portes, d'autres fenêtres, terminant son tour par le salon, où il souffla la poussière qui s'était accumulée sur un guéridon. Il se sentait ridicule de s'être ainsi laissé aller à sa colère.

Avant de connaître Jane, il regardait les jaloux avec un mélange de curiosité et de dédain. Jamais il n'aurait pensé rejoindre un jour leur triste confrérie. La première fois que Jane lui avait avoué avoir passé la nuit avec un autre, elle était si mal à l'aise, si honteuse, qu'il avait presque trouvé ça drôle. Il n'était ni du genre possessif, ni assez sot pour croire qu'on pouvait mettre en cage une femme comme Jane. Alors, il n'en avait pas fait tout un plat. Il lui avait seulement dit d'être prudente et de ne pas en faire une habitude. Bien entendu, avait-il ajouté, si elle allait voir ailleurs de temps à autre, il fallait qu'elle s'attende à ce qu'il fasse de même. Le problème, c'est qu'il n'en avait jamais eu envie. Jane lui suffisait. Il ne l'avait trompée qu'une seule fois, avec Zoey, surtout pour lui montrer qu'il en était capable. Seulement voilà… Son cœur et son corps ne pensaient qu'à Jane.

Mais à présent, il en avait assez de jouer les bouffons de la reine du petit écran. A en juger par la façon dont il avait secoué ce pauvre lit, il n'était pas seulement fatigué de cette situation. La vérité, c'est qu'il était furieux. Pour être parfaitement honnête avec lui-même, il commençait même à mépriser sa femme. Et il trouvait cela triste à pleurer. Insidieusement, la haine s'était mêlée au bel amour qu'il vouait à Jane, et leur relation avait aujourd'hui quelque chose de malsain.

Etait-il en train de reproduire ce que son père avait vécu avec sa mère ? Martina Ellis était peintre ; une forte personnalité qui avait connu son moment de gloire dans les années soixante-dix quand elle avait adopté le style hyperréaliste. Après leur mariage, elle avait posé son chevalet ici et là au gré de ses humeurs — Manhattan, Londres ou le sud de la France —, et son père avait suivi sagement. Il était resté dans l'ombre de cette femme courtisée pour sa beauté et son succès, sans jamais se plaindre de son sort. Mieux, il n'avait cessé de la soutenir. Quant à Zac, il aimait sa mère, bien sûr, mais son talent et son exubérance l'avaient toujours intimidé. C'était encore le cas aujourd'hui, et c'était de son père qu'il se sentait le plus proche. Alors, quand M. Ellis en avait eu assez de jouer les seconds rôles, Zac avait parfaitement compris qu'il demande le divorce.

Son père aussi comprenait Zac. Il comprenait qu'il soit attiré par une femme comme Jane, et il avait fait preuve de beaucoup d'empathie ces derniers temps, quand son fils l'avait appelé à plusieurs reprises pour lui poser des questions sur le mariage et sur la façon dont il avait géré le sien pendant toutes ces années. Oui, son père avait répondu à ses nombreuses interrogations avec son habituel mélange de patience et de franchise. Il lui avait raconté comment il avait joué les agents artistiques lorsque Martina en avait eu besoin, comment il lui avait remonté le moral après des mauvaises critiques, comment il lui avait fièrement tenu la main durant les vernissages.

Mais lors d'une de ces dernières conversations téléphoniques, il avait prononcé des mots que Zac ne parvenait pas à oublier.

— Souviens-toi d'une chose, avait-il dit. Le mariage est aussi un combat, et moi, je l'ai perdu. J'ai dû m'en aller.

Ces mots revinrent hanter Zac alors qu'il faisait une nouvelle fois le tour de la maison, le poursuivant jusqu'au-dehors, sur la terrasse de bois. En été, on trouvait là de larges fauteuils garnis de coussins multicolores, des chaises longues, un hamac et deux parasols. Mais pour l'instant, seul s'y dressait une table en fer forgé, isolée et pour tout dire un peu triste dans la lumière trop blanche de cette journée d'avril.

D'ordinaire, Zac se serait détendu, maintenant que la maison était ouverte. Peut-être serait-il allé choisir une bouteille de vin à déboucher pour Jane. Mais Jane ne viendrait pas, aujourd'hui. Il lui avait demandé ne pas mettre les pieds ici tant qu'il y serait. De ne pas s'approcher de lui. Sans elle, la maison n'avait plus le même charme. Mais il ne pouvait plus voir sa femme en ce moment. Ses maudites incartades le plongeaient dans un état de grande confusion : était-ce uniquement de la faute de Jane s'ils en étaient arrivés là, ou avait-il sa part de responsabilité ? Et comment allait-il faire pour accepter de jouer les éternels cocus ? Parce qu'il ne se sentait pas le courage de la quitter. Jane était son grand amour et il ne voulait pas la perdre.

Une autre question le taraudait : pourquoi était-ce à lui de ruminer tout ça, d'essayer de tracer une nouvelle frontière entre le bien et le mal dans leurs rapports conjugaux, pendant que Jane se contentait de laisser libre cours à ses pulsions ?

Il se rua à l'intérieur de la maison. Il fallait qu'il fixe son esprit sur quelque chose s'il ne voulait pas que la colère le domine de nouveau. Il y avait toujours à faire dans une maison de vacances. Rien de tel qu'un de ces petits boulots de maintenance pour se vider la tête.

Il dévala le vieil escalier de guingois qui menait au sous-sol. Au milieu des pots de peinture et des outils, sur un établi aussi âgé que la maison, il trouva la pâte à polir qu'il avait utilisée pour raviver le cuivre du lit lorsqu'ils l'avaient acheté. Il s'empara de quelques chiffons remisés dans un des tiroirs de l'établi et remonta quatre à quatre les marches jusqu'au rez-de-chaussée.

Une fois dans la chambre, il s'attaqua à une tache du côté où dormait Jane, frottant furieusement avec le chiffon imbibé de produit. Le noir commença à disparaître, mais le cuivre restait terne. Il troqua le chiffon usagé contre un propre, puis, le saisissant par ses deux extrémités, se mit à astiquer le montant du lit comme si sa vie en dépendait. Malgré ses efforts, le cuivre refusait de briller. Il avait pris une couleur qui tirait sur le vert, comme si une moisissure rongeait peu à peu la structure du lit.

Zac versa un peu plus de pâte à polir sur le chiffon et recommença l'opération avec l'énergie du désespoir.

Mais au bout de vingt minutes de vaines tentatives, il dut reconnaître sa défaite. Le cuivre ne retrouverait plus jamais son brillant.

— Saloperie de tache… Saloperie de tache…

Sa voix troua le silence, et Zac perçut l'angoisse qui la déformait. Le chagrin qui l'accablait lui coupa brusquement les jambes et il tomba à genoux sur le parquet. Il ne pouvait plus continuer comme ça. Ils ne pouvaient plus continuer comme ça. Zac se mit alors à sangloter. C'était la première fois qu'il pleurait depuis huit ans. Depuis l'enterrement de sa grand-mère.

Mais aujourd'hui, les sanglots qui secouaient sa poitrine n'étaient pas ces larmes apaisantes qui disent adieu à une vie bien remplie. C'étaient des sanglots de détresse, pleins de colère et d'amertume.

Et surtout pleins d'angoisse.

Parce qu'il ne voyait pas comment il allait surmonter sa peine. Il ne voyait pas comment affronter cette situation.

11

— Tu as déjà été infidèle ?

Sam m'a lancé un regard en coin. Ses yeux verts brillaient comme des olives dans un Martini.

— Pas avec toi.

— Et avec une autre ?

Il a tourné la tête vers la petite scène vide, et la lumière des plafonniers a fait luire ses cheveux courts et blonds, lui donnant l'air du Californien qu'il était.

Nous n'étions plus fiancés et nous n'étions même plus un couple, mais à présent que l'avenir avait pour lui comme pour moi la forme d'un grand point d'interrogation, Sam et moi sortions ensemble le soir. Autrement dit, au lieu de nous faire notre petite tambouille chez nous ou de regarder un film à la télé, nous nous retrouvions dans des endroits comme le Wise Fools.

Le Wise Fools était un bar de Lincoln Avenue que nous avions assidûment fréquenté aux premiers temps de notre idylle. Comme dans beaucoup d'autres bars de l'avenue, il y avait du bois du sol au plafond, la bière coulait à flots, et les trentenaires y étaient considérés comme des vieillards. Mais le Wise Fools disposait d'un atout secret : une petite scène et une excellente programmation. Bon guitariste et amoureux fou de la musique, Sam m'avait convertie aux joies de ces concerts plus intimes que dans les grandes salles, et nous avions pris l'habitude de venir applaudir les groupes locaux une ou deux fois par mois.

Celui de ce soir s'appelait Mutha Goose, autrement dit Ma Reum l'Oye, sans doute le nom le plus débile que j'aie jamais entendu. Je me suis abstenue de le dire à Sam parce que R.T., l'un des guitaristes du groupe, était un de ses bons amis. Ils jouaient souvent ensemble, mais Sam n'avait jamais disposé d'assez de temps pour intégrer un véritable groupe. D'abord à cause de ses études de commerce, et maintenant à cause de son travail. Sam avait travaillé dans un cabinet de gestion de fortune en tant que conseiller financier de Forester Pickett, mais il avait été licencié après avoir momentanément disparu avec les actions au porteur de son client. Contrairement à moi — également licenciée à la suite de cette histoire —, Sam était vite retombé sur ses pieds. Le fait que les médias se soient emparés de cette affaire ne m'avait pas aidée à retrouver un emploi, bien au contraire. Les cabinets d'avocats craignaient par-dessus tout l'odeur du scandale, et je n'étais pas loin d'être considérée comme une pestiférée par la profession. A dire vrai, il en allait de même dans le secteur où exerçait Sam, mais lui avait eu la chance qu'un ami lui propose un poste de trader. Il ne semblait guère ravi de sa nouvelle situation, mais je n'arrivais pas à savoir si c'était sa vie professionnelle ou sa vie privée qui le rendait aussi maussade. Peut-être était-ce simplement parce qu'il n'avait pas le temps de jouer de la guitare, en ce moment, une activité nécessaire à son équilibre.

R.T. est monté sur scène. Il gagnait sa vie en vendant des logiciels informatiques, mais la musique avait toujours été sa passion. Et quand il se produisait devant un public, comme ce soir, on avait du mal à l'imaginer dans la peau d'un commercial. Avec son jean crasseux, ses tongs en cuir et les mèches brunes qui lui barraient le visage, il avait tout d'une rock star.

Sam lui a adressé un signe de la main, avant de se tourner vers moi. Je voyais qu'il était mal à l'aise. Parce qu'il avait envie de monter sur scène ou parce qu'il n'avait pas envie de répondre à ma question ? Je l'ignorais. Avant, il m'aurait suffi de croiser son regard pour connaître ses pensées.

— Oui, j'ai été infidèle, a-t-il fini par dire d'une voix résignée, comme s'il avouait un crime après l'avoir longtemps nié.

Je me suis sentie terriblement déçue. Sam n'était pas quelqu'un de droit. A cet instant, je n'avais même plus envie de voir son visage. J'ai pris mon BlackBerry et j'ai regardé si j'avais reçu des e-mails ou des SMS. A une époque, ma boîte aux lettres électronique était constamment pleine à craquer. Pas un jour ne passait sans que quelqu'un ait besoin de mon aide ou de mon opinion. Aujourd'hui, elle était désespérément vide. Heureusement, un texto de mon frère Charlie — il disait qu'il ferait peut-être un saut au Wise Fools pour venir m'embrasser — m'a évité le zéro pointé.

Je sentais le regard de Sam sur moi, ses yeux vert olive qui cherchaient à deviner ma réaction à son aveu.

J'ai reposé le téléphone sur la table en songeant à son ancienne petite amie Alyssa. Ils étaient restés ensemble un peu moins de deux ans, entre la fin de leurs années lycée et le début de leurs études supérieures. Alyssa était une blonde au visage angélique qui menait des recherches dans le domaine de la médecine gériatrique. Autrement dit, elle n'était pas seulement jolie et mince comme un roseau : elle en avait aussi dans le ciboulot et se servait de son intelligence pour améliorer le sort des personnes âgées. Après ça, allez vous étonner qu'elle m'ait toujours donné des complexes, à moi, l'avocate spécialisée en droit du divertissement ! C'était le monde scientifique contre le monde des paillettes. A côté d'elle, j'avais le sentiment de passer pour une écervelée.

Tout ça pour dire que je n'éprouvais pas une sympathie

débordante pour cette ex trop parfaite, mais que j'étais néanmoins désolée pour elle. Parce que je ne voyais pas qui d'autre Sam aurait trompé.

Finalement, je me suis décidée à le regarder.

— C'est Alyssa que tu as trompée ?

Sam a fait non de la tête.

— C'est Carrie.

— Carrie, ta première petite amie ?

— Ouais.

Il a levé son verre de bière et a joué avec la rondelle d'orange qui le décorait.

— Mais tu n'étais qu'un adolescent !

J'ai songé aux trucs stupides que j'avais faits durant mon adolescence et je me suis souvenue du jour où j'avais soûlé mon petit frère. Ma mère avait dû s'absenter quelques jours et elle m'avait chargée de veiller sur Charlie. Une grande marque de confiance dont je m'étais montrée parfaitement indigne. Je l'avais forcé à être le barman d'une fête monstrueuse que j'avais organisée à la maison. Il avait douze ans, à l'époque. Le pauvre Charlie s'était mis à boire la bière qu'il tirait du fût et il avait fini par rendre tripes et boyaux, agrippé au balcon de l'appartement. J'avais cru qu'il allait s'étouffer dans son vomi, et je pense n'avoir jamais eu aussi peur de ma vie. Je m'en étais terriblement voulu, en voyant mon petit frère dans cet état, mais ça m'a servi de leçon. Ce triste épisode a été le dernier coup pendable que j'aie fait à Charlie. Après ça, je me suis toujours efforcée de le protéger. Peut-être est-ce pour cette raison qu'il garde plutôt un bon souvenir de sa première cuite.

— Est-ce que ça compte vraiment ? ai-je demandé à Sam.

— Un peu, que ça compte ! Carrie était mon premier amour.

Il a grimacé, comme si cette lointaine infidélité le torturait encore, et mon cœur s'est brusquement rempli d'amour à la manière d'un ballon qu'on regonfle.

— Tu étais tellement jeune, ai-je dit tendrement. Tu ne savais pas ce que tu faisais.

— Si, je le savais pertinemment.

Il m'a regardé droit dans les yeux.

— Tu veux savoir pourquoi je l'ai trompée ?

J'ai hoché la tête. C'était une des choses que j'aimais bien dans notre séparation : Sam et moi, on était devenus complètement honnêtes l'un avec l'autre. D'accord, on l'était aussi avant tout ça, mais on faisait plus de détours pour dire la vérité. A présent, on ne prenait plus de gants. C'était comme si on avait décidé de jouer cartes sur table, sur le mode : « Puisqu'on n'a plus rien à perdre, autant dire toute la vérité. » La vérité toute nue, celle qu'on n'a pas toujours envie d'entendre.

— Tu sais comment est mon père, n'est-ce pas ? a-t-il demandé.

— C'est un poivrot doublé d'un salopard qui ne pense qu'à sa gueule.

Je n'avais jamais rencontré le père de Sam, mais j'en avais entendu des vertes et des pas mûres à son sujet. D'ailleurs, Sam et ses sœurs n'avaient presque plus aucun contact avec lui.

R.T. et son groupe ont commencé à jouer. Ils ont débuté par une reprise des Killers, un morceau qui parlait de « toutes ces choses que j'ai faites ». Autant dire une chanson de circonstance, ai-je songé tandis que la lumière baissait d'intensité, plongeant la salle dans une ambiance de concert. Les spots qui éclairaient la scène ont suivi le chemin inverse, diffusant des couleurs plus vives, plus brutales, au fur et à mesure que la musique emplissait nos oreilles. Bientôt, la scène tout entière s'est mise à palpiter comme un cœur ému.

Sam a approché sa chaise de la mienne afin que je puisse l'entendre.

— Ça s'est passé quelques années avant que maman se décide enfin à se débarrasser de lui, a-t-il dit. A cette époque, j'essayais de lui ressembler. Je pensais que c'était ça, un homme : une espèce de brute qui passe ses soirées à boire, à se battre et à se vanter de ses exploits sexuels. Alors j'ai voulu être comme ça, moi aussi. Maman était horrifiée et elle a tenté de me raisonner, mais je n'écoutais personne. Je voulais juste…

Il s'est interrompu, lèvres serrées, et a secoué la tête.

— Tu voulais juste que ton père t'aime, ai-je dit.

J'ai observé son visage en espérant qu'il n'allait pas en rester là parce que le sujet remuait trop d'émotions en lui, comme cela arrivait parfois du temps où l'on vivait ensemble.

Sam a inspiré profondément avant de masser ses joues déjà bronzées par les heures passées sur les terrains de rugby.

— Oui, c'est exactement ça… Je me rendais bien compte qu'il n'allait pas rester longtemps avec nous, et même si je savais que c'était un sale type, j'étais terrifié à l'idée qu'il s'en aille. Alors je me suis mis à boire comme un trou, à fumer des joints, et à faire mon possible pour devenir aussi détestable que lui.

Un sourire triste a flotté un instant sur ses lèvres.

— Et puis un jour… C'est dingue, mais je m'en souviens comme si c'était hier… Je suis rentré de l'école plus tôt que d'habitude parce que je me sentais barbouillé, ou un truc comme ça. Et je l'ai trouvé avec cette fille dans la cuisine. Une fille que je connaissais. Elle était serveuse dans un des restaurants qu'il possédait. Le pire, c'est que c'était celle qui m'avait toujours fait craquer.

Sam a secoué la tête, les yeux dans le vague.

— Ils ne m'ont pas entendu arriver. Elle était allongée sur le plan de travail et ils…

— … forniquaient comme des bêtes, ai-je complété pour Sam.

J'imaginais le choc qui avait dû être le sien en tombant sur ce spectacle.

— Tout juste, a dit Sam avec un petit rire incrédule. Comme ça, sur le plan de travail où maman cuisinait tous les jours. J'ai tourné les talons et j'ai marché jusqu'à un parc qui se trouvait près de chez nous. Je me suis assis sur un banc et j'y suis resté pendant des heures. Le lendemain soir, je me suis rendu à une fête avec Carrie et j'ai trouvé un prétexte pour me disputer avec elle. Elle n'était pas partie depuis cinq minutes que je suis allé brancher cette fille près de la piscine. On s'est tripotés et on s'est sucé la pomme pendant une heure.

— Et tu considères que tu l'as trompée ?

— Oui, a-t-il dit sans l'ombre d'une hésitation. Pas toi ?

— Si.

Ça m'a fait plaisir qu'on soit d'accord sur quelque chose. Le sujet importait peu, au fond. Ce qui me soulageait, c'était d'être sur la même longueur d'ondes que Sam.

Il a approché sa chaise encore plus près, puis il a passé le bras autour de mes épaules, enfouissant le nez dans mon cou.

— Belle rousse…, a-t-il murmuré au creux de mon oreille. Tu me manques, tu sais.

Je me suis tournée pour me blottir contre lui, mais j'ai brusquement songé à Theo. Une vague de culpabilité m'a submergée. Je n'avais pas trompé Sam, ai-je aussitôt songé. Je ne l'avais pas trompé, je ne l'avais pas trompé.

Mais je me sentais aussi mal que si je l'avais trompé.

Sam m'a embrassée et la salle a semblé se dissoudre dans ce baiser. Au loin, j'entendais le groupe qui jouait une version lente, lancinante, de *Tempted*, le morceau de Squeeze.

« Tenté par le fruit d'un autre… » « Inquiet de me sentir séduit… » « J'aimerais que ça s'arrête ».

Mettez ça au féminin, et j'aurais pu écrire ces paroles. Ou peut-être pas, après tout… De fait, je n'avais aucune envie que Sam arrête de m'embrasser. Et je ne voyais pas d'inconvénient à ce que la soirée se prolonge dans son lit ou dans le mien. Moi qui avais toujours défendu la fidélité, moi qui m'étais faite l'apôtre de la monogamie, brusquement, j'envisageais d'avoir deux amants ! Et je me fichais bien de savoir si ça faisait de moi une allumeuse ou une salope.

— Je tombe mal, peut-être ?

Nos bouches se sont décollées et nous nous sommes tournés vers la voix qui avait interrompu nos ébats. J'ai cligné des yeux, cherchant à qui appartenait cette silhouette que les spots de la scène éclairaient par derrière. Il m'a fallu quelques secondes pour reconnaître mon frère Charlie, dont le visage à contre-jour affichait une expression perplexe.

— Hé ! Regarde qui est là ! s'est exclamé Sam en sautant sur ses pieds.

Ces deux-là s'adoraient. Ils se sont tombés dans les bras, se frappant le dos du plat de la main. Charlie avait les cheveux châtains, mais les spots lumineux faisaient ressortir le roux qui s'y cachait. Sa tignasse, aussi bouclée que la mienne, était plutôt longue pour un homme, et elle n'avait pas dû apercevoir les dents d'un peigne depuis une bonne décennie. A part ça, Charlie était le garçon le plus gentil du monde. Et le plus paresseux. Il vivait depuis plusieurs années grâce aux indemnités perçues à la suite d'un accident du travail, et ses amis le surnommaient « la Couette » parce qu'il passait le plus clair de son temps au fond de son lit.

Je me suis levée à mon tour et Charlie a contourné la table pour venir m'embrasser. Il m'a serrée fort contre lui, me soulevant de terre.

— Comment ça va, frangine ?

Il m'a reposée et nous nous sommes regardés en souriant.

— A la bonne heure, a-t-il dit après quelques secondes de silence.

Il avait lu dans mon regard que j'allais bien. Pour le moment, en tout cas.

Sam a trouvé une chaise pour Charlie, et mon téléphone s'est allumé pendant qu'il s'asseyait à côté de moi. Un nouveau SMS. J'ai regardé de qui c'était et je me suis aperçue que j'en avais reçu deux autres pendant que j'embrassais Sam. Les trois étaient de Jane.

Tu fais quelque chose, ce soir ? disait le premier. *Tu pourrais venir chez moi ?*

Salut, Izzy, disait le second. *Je suis vraiment désolée d'insister, mais je ne sais pas qui d'autre appeler. Je suis assez angoissée et j'aimerais bien te voir.*

Izzy, disait le dernier. *J'ai besoin d'aide.*

J'ai ouvert le journal d'appels et j'ai vu qu'elle avait essayé de me joindre deux fois sans laisser de message.

Je suis allée m'enfermer dans les toilettes — le seul endroit un peu calme du bar — et j'ai composé le numéro de Jane. Elle a répondu aussitôt.

— C'est toi, Dieu merci. Ecoute, Izzy, je suis désolée de te déranger, mais j'aimerais vraiment que tu viennes chez moi.

— Que se passe-t-il ?

— Quelqu'un s'est introduit chez moi.

— Quoi ?

— Quelqu'un s'est introduit chez moi, a-t-elle répété. Je suis morte de trouille.

— Et Zac ? Il n'est pas là ?

— Non, il est dans notre maison de Long Beach.

Elle a soufflé fort dans le combiné.

— Je suis rentrée chez moi et j'ai trouvé des… des trucs dans ma maison.

Elle parlait vite, l'angoisse déformant sa voix.

— Quelqu'un était là, Izzy.

— Tu as appelé les flics ?

— Non !

Elle semblait au bord des larmes, à présent.

— Tu sais que si j'appelle la police, ça sera dans la presse dès demain. Le lancement de Trial TV est pour lundi. Ce n'est pas le genre de publicité qu'on recherche.

— Mais tu penses être en sécurité ?

— J'ai inspecté la maison de fond en comble. Il n'y a que moi, ici.

Jane a soupiré.

— Je ne savais pas vers qui me tourner, et c'était toujours toi qu'on appelait quand il y avait un souci professionnel… Je ne sais pas… Tu crois que tu pourrais passer ?

Je n'étais jamais venue chez Jane.

— Donne-moi ton adresse, ai-je dit.

J'ai noté ce qu'elle me disait sur un morceau de papier toilette.

— J'arrive tout de suite.

12

La maison de Jane, dans le quartier de River North, faisait partie d'une série de huit hôtels particuliers, tous visiblement bâtis en même temps et par un même promoteur, mais le sien était de loin le plus beau. C'était une construction récente qui multipliait les clins d'œil au passé, avec ses réverbères aux ampoules qui vacillaient comme de vraies flammes, son portail en métal noir ouvragé et ses balcons à la française ondulant sous les hautes fenêtres du dernier étage.

Des lumières brillaient dans la maison — Jane avait dû allumer toutes les lampes —, mais les rideaux du rez-de-chaussée étaient tirés. Sam et Charlie dans mon sillage, je me suis dépêchée de gravir les quelques marches qui menaient à la porte d'entrée.

Le heurtoir en bronze avait la forme d'une tête de lion. Je m'en suis servie pour cogner à la porte.

Jane a ouvert aussitôt. A croire qu'elle m'attendait juste derrière, la main sur la poignée.

Elle portait une tenue de gymnastique — pantalon noir qui moulait ses longues jambes et T-shirt rose avec le nom d'un commerçant du coin dont le slogan proclamait : « Tout simplement le meilleur bijoutier de Chicago depuis 20 ans ». Elle avait l'air d'une gamine, avec sa haute queue-de-cheval qui se balançait au moindre de ses mouvements, un peu comme ces adolescentes qu'on prend de loin pour des femmes mais qu'on découvre vulnérables et innocentes dès qu'on s'approche un peu.

Mais peut-être n'était-ce pas dû à son T-shirt rose et à sa queue-de-cheval, ou en tout cas pas seulement. Si elle avait l'air si jeune, c'était aussi à cause de son air effrayé.

— Izzy !

Elle s'est jetée dans mes bras et m'a serrée contre elle avec une force qui en disait long sur l'état de ses nerfs. Je l'ai serrée moi aussi tandis qu'elle me remerciait d'être venue.

— Tu es mignonne comme tout, a-t-elle dit distraitement une fois les effusions terminées.

— Merci.

Je portais une jupe à motifs rouges et des chaussures à talons hauts choisies spécialement pour ma soirée avec Sam.

— Jane, je te présente Sam, mon…

Mon quoi ? J'ai décidé de passer directement à Charlie, beaucoup plus facile à définir.

— Et mon frère Charlie.

Jane leur a serré la main avant de jeter un coup d'œil nerveux dans la rue.

— Entrez, entrez, a-t-elle dit d'une voix plus autoritaire qu'hospitalière.

On la sentait pressée de refermer sa porte.

Elle nous a conduits jusqu'à un vaste salon à l'ambiance zen. Le blanc ivoire des moulures qui couraient le long des hauts plafonds se mariait parfaitement avec les murs couleur fauve. Jane, ou son talentueux décorateur d'intérieur, avait choisi un confortable canapé en cuir brun et des fauteuils club assortis pour entourer l'immense cheminée en marbre. Partout, de petites touches colorées attiraient l'œil : ici une paire de natures mortes accrochées côte à côte, là un vase aztèque posé sur une colonne de bois, là encore des coussins aux motifs africains.

— C'est magnifique, chez vous, a dit Charlie, les yeux écarquillés.

Mon frère trouvait tout fascinant. Il avait un tel amour de la vie qu'il aurait été ébloui par une cellule de prison. Mais cette fois-ci, je partageais son enthousiasme. La maison de Jane était vraiment extraordinaire, à la fois chic et chaleureuse.

— Merci, a-t-elle dit en promenant le regard sur son intérieur comme si elle le voyait tout à coup avec les yeux d'un autre. Mon mari et moi vivons ici depuis près de dix ans.

— Vous avez reçu un Emmy Award ? s'est écrié Charlie en pointant le doigt vers la bibliothèque murale.

Entre deux rangées de livres se trouvait une statuette en or — une femme ailée portant un atome à bout de bras.

Un sourire s'est formé sur les lèvres de Jane.

— Oui, l'année dernière.

— Je peux le toucher ?

Elle a éclaté de rire.

— Bien sûr. Prenez-le.

Charlie s'est dirigé vers la bibliothèque et l'a attrapé d'une main.

— La vache !

Il l'a soulevée plusieurs fois de suite, comme s'il s'agissait d'un haltère.

— C'est super lourd !

— Charlie, fais attention ! me suis-je écriée.

— Quoi ? C'est trop cool, ce truc.

J'ai secoué la tête, à la fois charmée et consternée par le côté éternel ado de Charlie, mais Jane s'est remise à rire.

— Laisse, Izzy, ça n'a aucune importance.

Ses traits sont redevenus graves et elle a posé la main sur mon épaule.

— Je peux te montrer quelque chose ?

— Bien sûr.

— Faites comme chez vous, a dit Jane en s'adressant à Sam et Charlie. On revient tout de suite.

— Prenez votre temps, a répondu Sam avant de me lancer un sourire.

Si Sam était agacé que notre soirée ait été interrompue, d'abord par mon frère et ensuite par l'appel au secours de Jane, il n'en a rien montré. Ça n'a fait que renforcer l'amour que j'éprouvais pour lui.

« Si seulement… », ai-je songé. Si seulement on pouvait décider qui aimer (et auprès de qui passer le restant de ses jours) en se fondant uniquement sur une émotion qu'on éprouve à un instant précis… Si les choses avaient fonctionné comme ça, je me serais bien moquée de ce que Sam avait fait six mois plus tôt et du fait qu'il n'ait pas cru bon de se tourner vers moi dans un moment pareil. Il aurait dit : « Prenez votre temps » avant de me sourire, et je lui aurais répondu : « Marions-nous ! »

Mais ça ne fonctionnait pas comme ça.

J'ai suivi Jane jusque dans une cuisine que n'aurait pas reniée un chef étoilé. Au centre se trouvait un vaste plan de travail qui servait également de comptoir. Sur le marbre qui le couvrait — noir et sable — s'élevait un grand bouquet de fleurs.

Jane les a désignées d'un doigt accusateur.

— Elles étaient là quand je suis rentrée à la maison.

— Quoi ? Les fleurs ?

C'était un très beau bouquet ; une savante composition aux dominantes orange et rouge, les couleurs de la passion.

— J'ignore qui les apportées. Pas Zac, en tout cas. Comme je te l'ai dit, il est parti dans la matinée pour notre maison de Long Beach.

Un voile de tristesse a embué son regard.

— Et puis, il n'y a aucune chance qu'il m'offre des fleurs, a-t-elle repris d'une voix un peu étranglée. Quand je t'ai laissée au café, ce matin, je t'ai dit que j'allais réparer les dégâts causés par ma nuit avec cet écrivain… Eh bien, ça ne s'est pas passé comme je l'avais espéré. Il était furieux et il m'a dit qu'il avait besoin de s'éloigner de moi. Je t'ai déjà parlé de notre maison au bord du lac, n'est-ce pas ?

— Non, je ne crois pas.

— Vraiment ? En tout cas, c'est là qu'il se trouve maintenant. A Long Beach. De mon côté, je suis allée aux répétitions avant de revenir travailler ici, dans mon bureau. Il y a encore tellement de choses à préparer, si je veux être fin prête pour le lancement de Trial TV… Zac m'a appelée quand il est arrivé à Long Beach, et après ça j'ai décidé de m'accorder une pause et d'aller faire un tour à mon club de gym. Je me suis absentée pendant une heure et demie, et à mon retour le bouquet était là.

Elle a croisé les bras et a regardé les belles fleurs comme si c'était de la nourriture avariée.

— Et si Zac les avait laissées avant de partir à Long Beach et que tu ne les avais pas remarquées ?

— Non, je suis sûre de moi. Ces fleurs n'étaient pas là quand j'ai quitté la maison pour aller à la gym. Et puis Zac aurait laissé un mot. Je te dis que quelqu'un s'est introduit chez moi en mon absence. Quelqu'un qui devait m'espionner, puisqu'il a attendu le bon moment pour faire son coup.

— Tu as une idée de qui ça pourrait être ?

— Non, aucune, a-t-elle répondu après une brève hésitation.

Mes yeux se sont posés sur l'élégante composition florale, et la cuisine m'a brusquement semblé moins accueillante.

— A part Zac et toi, quelqu'un a les clés de ta maison ?

— Notre femme de ménage. Il y a aussi la mère de Zac, mais elle séjourne à Londres, en ce moment.

— Tu avais pensé à verrouiller la porte d'entrée ?

Jane a hoché la tête.

— Je ferme toujours à double tour quand je sors, même

si c'est pour aller acheter le journal de l'autre côté de la rue. Mais le truc, c'est qu'on a une autre clé planquée dehors, près du garage. C'est parfois très utile.

— Qui sait qu'elle se trouve là ?

Elle a soupiré.

— Pas mal de monde. J'ai une fâcheuse tendance à perdre mes clés et tous mes amis sont au courant de l'existence de cette copie de secours. Il m'est aussi arrivé d'en parler aux…

Elle s'est interrompue, et j'ai deviné à son regard ce qu'elle n'osait ajouter.

— Aux hommes avec qui tu couches, c'est ça ? ai-je dit sans reproche dans la voix.

De fait, je ne la jugeais pas. L'infidélité n'était pas mon truc, mais chacun était libre de vivre comme il l'entendait.

— Alors, il t'arrive de les emmener chez toi ? ai-je demandé après qu'elle eut acquiescé d'un signe de tête.

— Rarement. Très rarement.

— Tu as vérifié si cette clé se trouve toujours dans sa cachette ?

Elle s'est tournée et a ramassé une petite boîte en métal posée sur le comptoir en marbre.

— Elle est là-dedans. Je suis allée vérifier dès que je suis tombée sur le bouquet de fleurs. La boîte n'avait pas changé de place, mais impossible de dire si quelqu'un s'est servi de la clé.

— J'imagine que ta maison est protégée par une alarme ?

— Oui, mais je ne l'enclenche que pour la nuit, ou quand je m'absente plus d'une journée.

— Tu penses que Zac a pu revenir de Long Beach et déposer le bouquet dans la cuisine ?

Elle a regardé le vase en mâchonnant, songeuse, l'intérieur de sa bouche.

— Ça m'étonnerait. D'accord, ce n'est pas complètement impossible, mais je n'y crois pas. Il faut une heure et demie pour rentrer de Long Beach, et c'est à peu près le temps que j'ai passé à la gym.

— Comment peux-tu être sûre qu'il était à Long Beach ? Il a appelé d'une ligne fixe ?

Jane a froncé les sourcils.

— Non, de son portable. Il m'a dit qu'il venait d'ouvrir la maison, mais je suppose qu'il pouvait aussi bien se trouver au coin de la rue. Ceci dit, ce n'est pas du tout le genre de fleurs que m'offrirait Zac. Et puis, il aurait laissé un mot pour accompagner le bouquet. Il le fait toujours.

Elle s'est tue, les yeux toujours rivés sur le comptoir. Puis elle s'est tournée vers moi.

— Non, a-t-elle dit d'un ton résolu. Je suis certaine que ça ne vient pas de lui.

— Tu l'as appelé pour lui poser la question ?

— Oui, mais je suis tombée sur sa messagerie vocale. J'ai laissé un message.

Je me suis creusé la tête pour trouver une explication plausible.

— Et si c'était un de tes amis qui a voulu te faire une surprise ? Il ou elle a peut-être oublié de laisser un mot ?

J'ai jeté un discret coup d'œil à ma montre. Il commençait à se faire tard et Sam avait un entraînement de rugby, tôt le lendemain matin. Si notre soirée s'arrêtait là, je n'aurais sans doute pas l'occasion de remettre ça avant plusieurs jours, maintenant que j'étais passée de chômeuse à journaliste juridique et vendeuse de lingerie.

Jane s'est de nouveau mordu l'intérieur de la bouche. Je voyais bien qu'elle ruminait quelque chose.

— Ce n'est pas tout, a-t-elle fini par dire.

— Comment ça, ce n'est pas tout ?

— Tu peux m'accompagner à l'étage, s'il te plaît ?

Nous avons une nouvelle fois traversé le salon. Sam et Charlie étaient en train de rire de je ne sais quoi, confortablement installés dans le canapé en cuir brun. Ils se sont tus à notre passage, nous interrogeant du regard.

— Encore cinq minutes, ai-je dit.

Une fois au premier, nous sommes passées devant une chambre d'amis et un bureau dignes d'un magazine de décoration.

— Voici notre chambre, a dit Jane.

Je suis entrée dans la pièce et j'ai levé les yeux. Le plafond, voûté, faisait au moins neuf mètres de haut. Une porte-fenêtre ouvrait sur un balcon où je distinguais deux chaises longues et une abondante végétation. Sur le mur opposé, une cheminée en pierre semblait attendre la flamme qui allumerait les bûches croisées dans son foyer. Au fond de la chambre, le lit à baldaquin doté de colonnes torses était si haut que des marchepieds avaient été installés de part et d'autre afin d'y accéder plus facilement. Jane l'avait paré d'une couette replète en lin écru et d'une multitude d'oreillers assortis.

— Ce lit est incroyable, ai-je dit. La chambre entière est incroyable.

— C'est ma pièce préférée. Du moins ça l'était jusqu'à aujourd'hui.

Jane a tendu le doigt vers un banc en cuir posé au pied du lit. Dessus se trouvait une boîte noire de la taille d'une boîte à chaussures, mais de forme carrée.

— J'ai aussi trouvé ça en revenant de la gym.

Même au regard, on sentait que cette boîte n'était pas vide.

— Qu'est-ce qu'il y a dedans ?

Jane a marché jusqu'au banc et a soulevé le couvercle. Elle s'est ensuite saisie de la boîte, la tenant à distance comme si elle craignait que son contenu ne lui saute au visage.

Je me suis approchée, aussi curieuse qu'inquiète, et j'ai aperçu une étoffe rouge disposée en cercle.

— C'est… Ce n'est pas ton foulard ?

Elle portait ce foulard rouge pour les occasions spéciales ou quand l'actualité était particulièrement brûlante, comme lors des attentats du 11 septembre.

— Si, a-t-elle répondu d'une toute petite voix. Regarde de plus près.

J'ai tendu la main vers le foulard. Prise d'une peur irrationnelle, j'ai hésité une seconde au moment de m'en saisir. Mais je n'ai finalement pas eu besoin de le sortir de la boîte pour voir ce que Jane voulait me montrer.

— Jane, est-ce que c'est… ?

— Oui, Izzy. C'est un nœud coulant.

13

J'ai croisé les mains derrière le dos et je me suis penchée vers le foulard.

— Tu le conserves toujours dans cette boîte ?

— Non, a répondu Jane. Je le range avec mes autres foulards dans un des tiroirs du dressing-room. Je sais qu'il fait partie de mon personnage public, maintenant, et j'ai l'intention de le porter lundi pour le lancement de Trial TV. Mais ce n'est pas comme s'il était particulièrement luxueux. Je le fourre dans ce tiroir avec les autres sans y faire plus attention que ça.

— Mais tu l'as trouvé dans cette boîte quand tu es rentrée de la gym, c'est ça ?

— Oui. Le bouquet de fleurs m'a tellement fait flipper que je suis montée me réfugier ici. Et j'ai trouvé la boîte noire sur le banc, avec le foulard noué comme ça.

Elle a lancé la boîte sur le banc et le foulard rouge s'en est échappé, atterrissant doucement sur le parquet.

— Comme une corde pour se pendre, a-t-elle ajouté d'une voix paniquée.

Je n'arrivais pas à détacher les yeux de l'étoffe rouge sang et de son nœud coulant.

— Est-ce qu'il t'arrive de le nouer de cette manière pour le suspendre dans ton dressing-room ?

— Jamais de la vie ! Je t'ai dit que je range mes foulards en vrac dans un tiroir.

L'angoisse accélérait le débit de sa voix.

— Regarde-moi ça, Izzy. Je ne suis pas folle, quand même ! C'est bien un nœud de pendu !

Il n'y avait en effet aucun doute là-dessus. Un nœud composé de plusieurs tours, dont le trou était juste assez grand pour y passer la tête.

— Non, tu n'es pas folle, Jane. Mais je dois te reposer la question : es-tu sûre à cent pour cent que ce n'est pas une mauvaise blague de Zac ? Tu m'as dit qu'il était en colère contre toi. Dans un accès de rage, on peut faire des trucs idiots.

Jane s'est mise à jouer nerveusement avec sa queue-de-cheval. Elle m'a de nouveau fait penser à une adolescente, à une jeune fille vulnérable et effrayée.

— Ce genre de plaisanterie morbide ne ressemble pas du tout à Zac. Et s'il est si furieux, pourquoi ne m'a-t-il pas lancé un ultimatum ? Il aurait pu dire qu'il me quitterait si je ne cessais pas d'aller voir ailleurs.

— Il a déjà brandi cette menace, dans le passé ?

— Non, a admis Jane en baissant les yeux. Il a toujours affirmé qu'il ne pourrait jamais renoncer à moi, quoi que je fasse.

Nous avons regardé le foulard en silence. Pour moi comme pour les centaines de milliers de téléspectateurs qui appréciaient le travail de Jane, ce carré de soie rouge symbolisait la compétence et l'audace d'une grande dame du petit écran. Mais aujourd'hui, il me semblait sinistre.

Nos regards se sont croisés. Le teint pâle de Jane rendait le bleu mauve de ses yeux encore plus spectaculaire.

— Je ne peux pas croire que ça m'arrive, a-t-elle murmuré comme pour elle-même.

La peur qui se lisait sur son visage semblait se propager

dans toute la pièce, donnant une pénible intensité à la moindre de nos paroles, au moindre de nos gestes.

— Il y a autre chose, a dit Jane.

— Quoi encore ?

Ses traits se sont tordus et elle a laissé échapper un petit gémissement désespéré.

— Je ne sais pas comment dire ça, Izzy. Ce ne sont pas des choses dont je parle d'ordinaire avec mes amies… La vérité, c'est que je pense avoir besoin d'une avocate autant que d'une amie. Peux-tu être les deux pour moi ?

— Tu veux que je te promette que ce que tu vas me confier restera entre nous, c'est ça ? Que c'est confidentiel ?

Elle a acquiescé d'un signe de tête.

— Jane, je n'ai pas besoin d'endosser mon costume d'avocate pour garder un secret. Mais si ça te rassure, disons que tu t'adresses à l'avocate. Voilà, tu peux parler sans crainte. Je suis désormais tenue par le secret professionnel.

Jane a lâché un long soupir.

— Il y a quelque chose que j'aime faire. Avec un homme, je veux dire… C'est… Tu connais le jeu du foulard ?

— Ce sont les gamins qui font ça, non ? Ils s'étranglent pour avoir des sensations nouvelles, pour avoir des hallucinations avant de s'évanouir. Je sais que c'est très dangereux.

— Ça ne concerne pas que les gamins, a dit Jane. Les adultes le font aussi. On appelle ça « l'asphyxie érotique ».

— Ah oui, j'en ai entendu parler. Des gens qui s'étranglent en se masturbant pour avoir plus de plaisir.

Elle a hoché la tête, guettant ma réaction. Nul doute qu'elle s'attendait à être jugée, mais j'ai conservé un visage aussi neutre que possible. Après tout, j'étais en mode avocate.

— Et tu aimes bien faire ça ?

— Pas toute seule. J'aime le faire avec un homme. En gros, il s'agit d'étrangler son partenaire, mais avec mesure. Il n'est pas question de lui faire perdre connaissance, loin de là. On serre un peu, juste pour augmenter les sensations, et crois-moi, ça les augmente !

— Attends une minute. Qui est censé étrangler qui ?

J'avais l'impression d'être une ado en cours d'éducation sexuelle.

Jane s'est laissée tomber sur le banc en cuir.

— On peut s'asphyxier mutuellement, mais le plus souvent, je demande à mes partenaires de me le faire.

Je suis restée muette.

— Quoi ? a dit Jane au bout de quelques secondes. Tu n'as jamais fait des trucs un peu tordus ?

J'ai failli éclater de rire. Et moi qui pensais qu'avoir essayé à peu près toutes les positions faisait de moi une femme émancipée sur le plan sexuel !

— Je suis désolée, Jane, mais je ne suis pas sûre de bien comprendre l'intérêt de… d'une telle pratique. Ça doit être dangereux, non ?

Elle a haussé les épaules, un peu d'air s'échappant d'entre ses lèvres.

— Seulement si tu es irresponsable ou si ton partenaire est irresponsable.

— Et ça fait quoi, concrètement ?

— Ça prive le cerveau d'oxygène et ça te donne des…

— … orgasmes intenses.

Il ne serait pas dit que je n'avais pas contribué à la conversation.

— Intenses, incroyables… Il n'y a pas de mots pour décrire ça, Izzy. Après ça, c'est difficile de revenir au sexe traditionnel.

Jane a soupiré, l'air extatique, et son regard s'est posé sur le foulard qui gisait au sol comme un cercle tracé dans le sang.

— Mais tu sais quoi ? a-t-elle repris. Je suis en train de penser que mon goût pour ce jeu érotique pourrait être une sorte de punition. Attention, je ne suis pas en train de dire que ça ne me plaît pas, hein… J'adore le sexe, et la strangulation le rend encore meilleur. Mais inconsciemment, c'est peut-être aussi une façon de me punir de tromper mon mari.

Nous nous sommes regardées en silence.

— C'est grave, docteur ? a demandé Jane avec un sourire inquiet.

— Disons que tu pourrais envisager de consulter un psy.

Jane et moi avons alors été prises d'un fou rire nerveux qui a eu le mérite d'alléger l'atmosphère. Mais il nous est resté dans la gorge quand nos yeux se sont, une nouvelle fois, posés sur le foulard rouge sang transformé en nœud coulant.

— Avec combien d'hommes as-tu fait ça ? ai-je demandé avec un vague mouvement de tête en direction du foulard.

Jane a haussé les épaules.

— Un paquet.

Un son strident a déchiré le silence qui a suivi cette confession, nous faisant tressaillir l'une et l'autre.

— Mon Dieu…, a dit Jane, une main sur le cœur. C'est mon téléphone.

Elle a marché jusqu'à la table de nuit et s'est penchée pour lire le nom affiché sur l'écran.

— C'est Zac, a-t-elle dit en me jetant un regard inquiet par-dessus l'épaule.

Elle a pris le téléphone et l'a collé à son oreille.

— Salut chéri, a-t-elle dit. Oui, je vais bien… Ce qui s'est passé ? Quelqu'un s'est introduit chez nous, voilà… Non, rien ne semble avoir été dérobé. Au contraire, la personne qui nous a rendu visite a laissé quelque chose.

Elle lui a rapidement relaté les faits, sans omettre aucun détail. Sa franchise m'impressionnait.

— D'accord, à tout de suite, a dit Jane avant de raccrocher et de se tourner vers moi. Zac revient à la maison. Il sera là dans moins de deux heures.

— On va rester avec toi jusqu'à ce qu'il arrive.

Un sourire a éclairé son visage.

— Merci, Izzy, a-t-elle dit simplement.

Je l'ai prise dans mes bras. Je ne voyais pas quoi faire d'autre pour la réconforter.

— S'il te plaît, n'en parle pas à Sam, a-t-elle dit, la voix étouffée par mon épaule. De ce que je fais avec mes foulards, je veux dire…

— Je t'ai déjà promis que je ne dirais rien à personne. Sois tranquille, Jane. Motus et bouche cousue.

Elle a quitté mes bras et nous sommes redescendues au rez-de-chaussée. Sam se tenait devant la cheminée où ne brûlait aucun feu. Il parlait rugby avec Charlie, mais j'ai compris à son regard qu'il avait envie d'être seul avec moi.

Je lui ai adressé une mimique désolée.

— Si ça ne vous ennuie pas, on va rester jusqu'à ce que le mari de Jane arrive. Quelqu'un s'est introduit chez eux.

— Vraiment ? a dit Sam, le front plissé.

J'ai vu se tendre les muscles de ses bras. J'avais toujours adoré son côté protecteur.

— Ce n'est rien de grave, a tempéré Jane. Nous n'avons pas été cambriolés. En fait, il n'y a même pas eu d'effraction. La personne qui est entrée chez nous disposait d'une clé, et aussi curieux que cela puisse paraître, elle a laissé un bouquet de fleurs et… et un cadeau.

D'abord perplexe, Sam s'est tourné vers moi en fronçant les sourcils. Il savait pertinemment qu'il y avait anguille sous roche. J'ai compris alors que je lui faisais subir précisément ce que je lui reprochais de m'avoir infligé six mois plus tôt : je refusais de le mettre dans la confidence parce que j'avais promis de garder le secret. D'un seul coup, je me suis sentie à la fois plus proche et plus lointaine de Sam que je ne l'avais jamais été.

Jane est venue nous apporter de grands verres d'eau

fraîche dans le salon. Nous y sommes restés pendant une bonne heure, à écouter Charlie — qui n'avait aucune notion de ce qu'il convient de faire ou pas en société — bombarder la pauvre de Jane de questions sur sa carrière à la télévision.

Sam et moi étions affreusement mal à l'aise, mais Jane faisait preuve d'une incroyable gentillesse, riant d'histoires qu'elle avait dû raconter mille fois et répondant point par point à mon petit frère sans montrer le moindre signe d'impatience. Cela m'a fait penser à la façon dont elle avait accueilli ses admiratrices, au restaurant du Park Hyatt. De toute évidence, Jane appréciait sincèrement l'attention qu'on lui portait.

A 23 h 30, nous avons entendu s'ouvrir une porte à l'arrière de la maison. J'ai vu Jane tressaillir légèrement avant de se reprendre et de dire simplement :

— C'est Zac.

Je n'avais jamais rencontré le mari de Jane et ne lui avais parlé qu'une seule fois, quand il m'avait appelée récemment au sujet de sa femme. Mais j'avais lu des articles sur lui et sur son travail dans de récents numéros du *New York Times* et de *Michigan Avenue*.

Une minute plus tard, il a fait son apparition dans le salon. C'était un homme plutôt petit — en tout cas plus petit que Jane —, avec des cheveux mi-longs châtain clair qui ondulaient un peu. Et il était sexy. Il m'a suffi d'une seconde pour m'en convaincre. Il portait un jean gris et un blouson en cuir qui devait coûter une fortune mais qui, sur lui, avait l'air d'une fripe.

— Bonjour.

Il a jeté un coup d'œil dans notre direction avant de se tourner vers Jane.

— Ça va ?

— Oui. Maintenant que tu es là, je vais bien.

Jane a fait les présentations et Zac nous a serré la main,

mais d'une manière un peu expéditive, comme s'il était pressé d'en finir.

— Je peux te parler dans la cuisine ? a-t-il ensuite demandé à Jane.

Et il est parti sans attendre la réponse.

— Je reviens tout de suite, a dit Jane en lui emboîtant le pas.

Je me suis tournée vers Sam et Charlie.

— Désolée, les gars. Ce n'est pas folichon, comme soirée.

Sam m'a pris la main et l'a caressée tendrement.

— Tu n'as pas à t'excuser, Iz. C'est normal que tu répondes présente quand une amie a besoin de toi.

Nous sommes restés muets pendant un long moment, seul le tic-tac d'une pendule brisant l'épais silence.

Au bout de dix minutes, j'ai commencé à trouver le temps long.

— Je vais aller dire à Jane qu'on s'en va, ai-je annoncé en me levant.

J'ai marché jusqu'à la cuisine, mais me suis arrêtée devant les portes coulissantes, presque entièrement fermées. A travers la mince ouverture — une quinzaine de centimètres tout au plus —, j'ai aperçu Jane debout et bras croisés, adossée au grand comptoir en marbre. Son mari lui faisait face, si près que leurs visages semblaient sur le point de se toucher. Même si elle baissait la tête, j'ai vu que Jane avait les yeux rougis et gonflés, signe qu'elle venait sûrement de pleurer. Mais son visage était maintenant impassible, et même son regard paraissait dépourvu d'expression.

J'ai dû faire du bruit, parce qu'ils se sont tournés vers moi.

— Pardon, ai-je dit. Je voulais juste vous dire que…

Zac s'est précipité vers les portes coulissantes et les a écartées d'un geste brutal. Surprise, j'ai fait un bond en arrière. Il m'est passé sous le nez, le cuir de son blouson frôlant mon bras tandis qu'il se dirigeait d'un pas décidé vers le salon.

Il s'est planté devant Sam et Charlie, avant de jeter un brusque coup d'œil par-dessus son épaule lorsqu'il m'a entendue arriver dans son sillage.

— Merci d'être venus, a-t-il dit. C'est très gentil à vous d'avoir réconforté Jane, mais maintenant j'aimerais que vous partiez.

14

— Brrr…, a fait Charlie en se frottant les bras, une fois arrivé sur le trottoir.

C'était sa façon à lui de commenter l'accueil de Zac Ellis. Mon frère ne savait pas être plus méchant que ça.

— Drôle de soirée, a-t-il ajouté en levant les yeux vers la maison de Jane. A plus, les gars.

Un baiser sur ma joue, une petite tape sur le dos de Sam, et Charlie s'est éloigné d'un pas nonchalant.

Sam et moi nous sommes retrouvés seuls dans la rue déserte, à côté de ma Vespa gris argent.

— Qu'est-ce qui a mis son mari dans un état pareil ? a demandé Sam. C'est juste le fait qu'un type se soit introduit chez lui ?

— Je suppose, ai-je répondu, faute de pouvoir évoquer les infidélités à répétition de sa femme.

A en juger par la colère qu'il avait exprimée ce soir, Zac n'était pas homme à subir sans rien dire. C'était à se demander comment il avait pu accepter d'être cocufié par Jane pendant si longtemps. J'ai observé Sam à la dérobée, en songeant à quel point les relations entre hommes et femmes étaient complexes. C'était peut-être une évidence, mais il me semblait n'en avoir vraiment pris conscience que depuis six mois.

— Pourquoi m'as-tu posé ces questions sur l'infidélité,

tout à l'heure ? a demandé Sam. Ça a quelque chose à voir avec Jane ?

Prise au dépourvu, j'ai tardé à répondre.

— Qu'est-ce qui te fait penser ça ? ai-je finalement lancé.

Il a haussé les épaules.

— Juste une impression que j'ai eue en voyant Jane et son mari.

J'ai baissé les yeux.

— Ne me demande pas de trahir un secret, Sam.

— Je ne te demanderai jamais une chose pareille. Je serais même déçu si tu le faisais.

Je me suis décidée à croiser son regard.

— Merci.

J'ai songé un instant à Jane et Zac.

— Qu'est-ce que tu penses des couples libres ?

— Tu veux parler des gens qui sont en couple mais qui s'autorisent des à-côtés sexuels en toute transparence ?

— Oui.

Il s'est massé le menton en regardant le ciel, comme si ma question réclamait une profonde réflexion. Et puis ses yeux vert olive sont revenus se poser sur les miens.

— Je ne crois pas que ça puisse fonctionner. C'est vrai que la monogamie est un grand sacrifice, mais elle me semble nécessaire pour qu'un couple reste soudé.

— Alors pourquoi y a-t-il tellement de couples fidèles qui se séparent ?

Il n'a pas répondu tout de suite. Je savais qu'il avait entendu les mots que je n'avais pas prononcés : « Comme nous, par exemple. »

— Je pense simplement qu'on a plus de chances de construire quelque chose de solide en étant fidèle qu'en trompant sa femme ou son mari.

— Mais la monogamie n'est pas une assurance tout

risque, ai-je conclu d'une voix plus triste que je ne l'aurais souhaité.

Derrière Sam, je distinguais la silhouette de la Willis Tower, avec son sommet illuminé de rose. Ça m'a fait songer au printemps dernier, une période insouciante où nous étions heureux, amoureux, satisfaits de notre sort au point que c'en était presque ennuyeux. On passait des heures sur la terrasse de mon appartement, à partager des baisers et des bouteilles de bière fraîche, et puis Sam se mettait à jouer de la guitare pour moi, les lumières de la ville scintillant derrière lui.

Même si ces moments-là me manquaient, même si l'absence d'assurance tout risque en amour me faisait peur, il y avait quelque chose qui me plaisait dans l'existence incertaine que je menais aujourd'hui. Quelque chose qui me donnait le sentiment d'être en vie.

Sam a posé un baiser sur mon front.

— Allons chez moi.

J'étais sur le point d'accepter quand je me suis souvenue de mon nouveau boulot de vendeuse en lingerie. J'avais rencontré la responsable de Feuille de vigne, qui m'avait embauchée sur-le-champ sur ordre de la propriétaire. Je devais commencer le lendemain matin à 7 heures, et Josie m'avait demandé de ne porter que du noir ou du blanc.

— Je ne peux pas, Sam.

Je lui avais déjà parlé de Trial TV, mais il n'était pas au courant pour mon nouveau travail de vendeuse.

Il m'a regardée avec de grands yeux.

— Tu vas vendre de la lingerie ? Je ne sais pas si c'est une bonne idée, Iz. Ça serait vraiment dommage que tu t'éloignes du monde juridique, tu sais. Trial TV, passe encore. Je comprends que tu aies accepté la proposition de Jane. Ça va être une aventure, et puis, au moins, tu restes vaguement dans ton domaine de compétences. Mais vendre des culottes et des soutifs ? Qu'est-ce qui t'arrive, belle rousse ? Je te rappelle que tu es avocate. Je dirais même une excellente avocate ! Ne laisse pas tomber ça.

— C'est gentil de me dire ça, mais personne ne semble disposé à me rémunérer en tant qu'« excellente avocate ».

J'avais envie de dire à Sam qu'en dehors de mes émoluments de vendeuse, j'allais être payée par Mayburn en tant que détective privée. Mon rôle allait essentiellement consister à surveiller Josie. J'allais observer la façon dont elle gérait la boutique, ce qui s'y passait en l'absence de la propriétaire, et garder l'œil ouvert pour repérer, comme l'avait dit Mayburn, « tout ce qui semblait ne serait-ce qu'un peu louche ».

Mais je n'avais pas oublié ma promesse de ne parler à personne de cette nouvelle mission. Six mois plus tôt, Mayburn m'avait reproché d'avoir raconté à Sam mon infiltration chez les DeSanto, et cette fois, il m'avait fait jurer de tenir ma langue. Voilà comment je me suis retrouvée séparée de Sam par un second secret.

— Chez moi ? ai-je dit.

Il a secoué la tête.

— Tu sais que je dois aller courir très tôt demain matin avec un élève, et je n'ai pas mon équipement avec moi.

Sam jouait les entraîneurs personnels pour des rugbymen universitaires, et les séances avaient souvent lieu aux aurores le dimanche matin.

— Je t'appelle demain après l'entraînement ? a-t-il demandé.

— Ça me ferait plaisir.

Il m'a donné un baiser fougueux. Ce n'était pas un baiser sensuel ; c'était un baiser qui racontait la force de son amour. Et le baiser que je lui ai rendu était exactement pareil. Et puis nous nous sommes quittés, partant dans des directions opposées.

L'air était frais et revigorant tandis que je traversais la ville en Vespa pour rejoindre mon appartement. Je conduisais un scooter depuis l'âge de seize ans, époque où ma mère avait décidé qu'il était trop dangereux pour moi d'attendre le soir aux arrêts d'autobus. J'avais cru que je m'en débarrasserais une fois entrée dans la vie professionnelle, mais la conduite de cet engin avait quelque chose d'enivrant et de joyeux ; quelque chose qui m'empêchait d'y renoncer.

Dix minutes plus tard, j'étais de retour dans mon appartement d'Eugenie Street, dans le quartier d'Old Town. Il était situé au dernier étage d'une maison en briques scindée en trois logements, ce qui me permettait de bénéficier de la fameuse terrasse sur le toit où Sam et moi avions passé de si belles soirées au temps de notre splendeur amoureuse. Le revers de la médaille, c'était les trois étages qu'il fallait grimper à pied.

Je suis arrivée chez moi épuisée. Epuisée par mes galipettes avec Theo (ou plutôt par le manque de sommeil qui en avait résulté) ; épuisée par les confessions de Jane et par l'étrange histoire de ce nœud de pendu retrouvé dans sa chambre ; épuisée aussi d'avoir dû cacher tant de choses à Sam.

Je me suis laissée tomber dans mon fauteuil préféré et j'ai essayé de me vider la tête.

Mais je n'étais pas affalée là depuis une minute que mon portable a émis un son de clochette, synonyme de nouveau SMS. J'ai pris le téléphone, persuadée que c'était Sam qui me disait à quel point je lui manquais déjà.

Mauvaise pioche.

> *C'est Theo,* disait le message. *Je me suis retenu 300 fois de t'envoyer un texto aujourd'hui, mais là, j'abandonne.*

J'ai souri.

Moi aussi, j'ai souvent pensé à toi, aujourd'hui, ai-je répondu.

C'était vrai. Et j'avais conscience — même si je m'efforçais de garder cette conscience à distance — que mes pensées avaient fait le Yo-Yo toute la journée entre Sam et Theo.

Qu'est-ce que tu fais ? a-t-il écrit.

Je viens juste de rentrer chez moi. Soirée bizarre.

Tu viens me rejoindre ? Il y a un super groupe qui joue ce soir à Bucktown.

J'ai consulté ma montre.

Il est presque minuit.

Et alors ?

Je ne peux pas, ai-je répondu. *Je dois me lever très tôt demain.*

Alors c'est moi qui viens chez toi.

J'ai ri devant l'écran de mon portable.

Droit au but, hein ?

A qui la faute ? Tu m'as ensorcelé.

J'ai songé aux paroles de Jane : « Les gens m'inspirent chacun à leur façon… Mettre le pied dans la vie d'un autre me permet d'avoir un regard différent sur ma propre existence. »

A présent, je comprenais mieux ce qu'elle entendait par là. Etre avec Theo, un gamin chevelu, tatoué et rock'n roll, était tout simplement très différent d'être avec un homme plus classique comme Sam. Et me voir autrement, à travers les yeux d'un inconnu, avait quelque chose de captivant.

Ce que m'avait dit Quentin m'est brièvement revenu à la mémoire — « Tu cours droit à la catastrophe » —, mais j'ai aussitôt enfoui les prédictions de cet oiseau de malheur au fin fond de ma conscience. Portable en main, j'ai laissé ce sentiment excitant — ce sentiment de vivre une autre vie — emplir mon corps et chasser ma fatigue.

J'ai caressé du doigt le clavier de mon BlackBerry et je me suis mise à taper :

Inutile de sonner. La porte sera ouverte.

15

Il est entré dans mon appartement et l'atmosphère a aussitôt changé. Le serpent tatoué sur son bras gauche semblait se couler hors de la manche de son vieux T-shirt Zomba Records. Ses cheveux avaient l'air tout propres, et à ma grande surprise, il m'a paru un peu nerveux. A en croire Jane, Theo était une sorte d'enfant prodige. Et avec son physique, il pouvait avoir toutes les femmes — et même tous les hommes — qu'il désirait.

— Je peux t'offrir quelque chose à boire ? ai-je demandé.

J'ai regretté ces mots avant même d'avoir fini de les prononcer. Theo devait avoir l'impression de rendre visite à sa grand-mère, ai-je songé. A croire que j'avais oublié les règles de base du jeu de la séduction.

Il a brandi un sac en papier brun.

— J'ai apporté les rafraîchissements, a-t-il annoncé avant de s'éloigner en direction de la cuisine.

Je l'y ai rejoint au moment où il ouvrait un placard avant d'en sortir deux verres à whisky, à l'aise comme s'il vivait ici depuis des années.

— Je suis content d'avoir l'occasion de te voir avant mon départ, a-t-il dit par-dessus son épaule. Je m'envole lundi pour Isla Natividad.

— C'est où ?

— Au Mexique. Une petite île accessible seulement par

avion ou bateau. Mon associé et moi, on y va une fois par an pour faire du surf.

— Tu es surfeur ?

Je ne sais pas pourquoi, ça m'a donné envie de faire l'amour avec lui.

— Dans l'âme, a-t-il répondu en allant ouvrir mon congélateur. Et cette île est incroyable. Pas de réseau pour les portables, pas d'hôtels. Juste le sable et les vagues.

— Ça a l'air sympa, ai-je dit. Mais un peu isolé pour moi.

Ça a fait rire Theo.

— C'est un peu isolé pour la plupart des gens, a-t-il répliqué en mettant des glaçons dans nos verres. Sans compter qu'on y rencontre parfois des requins blancs.

Il a sorti trois oranges du sac en papier brun, trois beaux fruits parfaitement ronds et tachetés de minuscules points pourpres.

— Ce sont des sanguines. Pas de pépins. Parfaites pour les *screwdrivers*.

Je n'ai rien répondu. En fait, j'étais sans voix. Je regardais sa haute silhouette qui semblait dévorer l'espace, si différente du corps de Sam. Comment avais-je pu lui demander de venir, alors que je venais tout juste de quitter Sam ? Je n'aurais jamais cru ça de moi. Je me sentais différente de toutes les Izzy McNeil que j'avais été au cours de ma vie.

Theo a choisi un couteau dans le bloc et a découpé les oranges avec des gestes précis et rapides, pressant ensuite chaque tranche au-dessus des verres avec la dextérité d'un barman professionnel. Il a sorti du sac une bouteille de Belevedere — une vodka polonaise — et l'a mélangée au jus d'orange. La cuisine était silencieuse. Je me tenais derrière lui, mes yeux faisant l'aller-retour entre ses tatouages et ses fesses. Il devait se sentir observé, mais ça ne semblait pas le déranger. Après tout, ça lui plaisait peut-être de se faire reluquer.

Il a rajouté encore un peu de jus d'orange, puis s'est tourné vers moi, me déshabillant du regard. Je devrais plutôt dire qu'il m'a léché du regard, parce que c'est comme ça que je l'ai ressenti. Il est venu prendre ma main et l'a retournée, paume vers le ciel, avant de presser la moitié d'orange qu'il tenait entre ses doigts pour faire tomber quelques gouttes sur ma chair blanche. Puis il a levé mon poignet vers ses lèvres, lentement, et a sucé le jus à même ma peau.

— Je suis content de te voir, a-t-il dit. Désolé pour ta soirée bizarre.

J'ai ouvert la bouche, mais aucun son n'en est sorti.

Il a attrapé un verre et me l'a tendu.

— Goûte-moi ça.

J'ai eu le sentiment qu'il parlait de quelque chose de bien plus fort qu'un cocktail alcoolisé.

J'ai bu une gorgée. La vodka était agressive, mais l'orange sanguine est aussitôt venue apporter sa douceur et soigner la brûlure.

— Délicieux, ai-je dit sans le quitter des yeux. Alors, tu as passé une bonne journée ?

— Tu veux vraiment qu'on échange des banalités ?

Mon cœur a trébuché, oubliant au passage un certain nombre de battements, et ma température corporelle est montée en flèche. Que faisait ce gamin dans ma cuisine à minuit largement passé ?

— Ce n'est pas ce que les gens civilisés sont censés faire ? ai-je rétorqué d'une voix mal assurée. Parler de tout et de rien ?

Il a posé son verre sur le plan de travail avant de faire de même avec le mien.

— Crois-moi, Izzy, ce que je vais te faire n'a rien de civilisé.

16

Feuille de vigne était une adorable boutique dont la vitrine faisait tourner bien des têtes, féminines et masculines. Depuis la rue, on voyait des déshabillés de soie présentés sur des cintres roses en tissu rembourré, de délicates culottes aux couleurs éclatantes qui s'échappaient des tiroirs ouverts de commodes de bois, des chemises de nuit et des bustiers empilés sur des bancs garnis de coussins. Un tissu ivoire gonflé comme une voile masquait le plafond, donnant aux lieux l'aspect d'un boudoir intime et luxueux.

J'étais sur le point de pousser la porte quand elle s'est ouverte devant moi.

— Vous êtes en retard, a dit Josie.

Campée sur ses jambes, elle m'a regardée de la tête aux pieds, son corps m'interdisant l'accès au magasin.

Josie était plutôt grande, et comme une marche séparait le trottoir du royaume des dessous chic, elle me dominait d'une bonne tête. Elle portait un chemisier blanc et une longue jupe noire qui épousait ses courbes féminines. Coupés au carré, ses cheveux brun foncé lui donnaient un aspect sévère qu'atténuaient les reflets rouge cerise de sa coiffure, si lisse et si brillante qu'elle ne pouvait qu'être l'œuvre d'un professionnel.

— Ça ne se reproduira plus, ai-je dit.

J'avais décidé de ne pas me justifier, n'ayant d'autre excuse que mon incapacité à chasser le beau Theo de mon lit.

Elle a croisé les bras et m'a fusillée du regard, les fines montures métalliques de ses lunettes entourant ses yeux d'un cercle glacé.

— Ecoutez, Lexi, on va tout de suite mettre les choses au point, d'accord ?

J'ai hoché la tête en réprimant un frisson. Les matinées étaient encore froides à Chicago, mais mon envie de printemps et de chaleur m'avait poussée à remiser mon manteau de laine au fond de ma penderie. Avec son tissu fin et ses manches tulipe, celui que je portais aujourd'hui ne m'était pas d'un grand secours contre la fraîcheur matinale.

— Je sais que vos parents sont amis avec Marie, pour qui j'ai le plus grand respect, a poursuivi Josie d'un ton autoritaire. Mais que les choses soient bien claires : Marie a ouvert cette boutique et elle en est la propriétaire, mais c'est moi qui la fais tourner, compris ?

— Compris, ai-je dit docilement.

— Je dirige cette boutique et je la dirige bien, a insisté ma nouvelle patronne. Je devrais même dire que je la dirige très bien.

Elle m'a toisée avec dédain.

— Il est vrai que je ne peux pas m'en sortir seule et que j'ai besoin d'une employée. Mais croyez bien que si ça n'avait tenu qu'à moi, je l'aurais choisie pour sa compétence et non parce qu'elle est amie avec la propriétaire. Alors n'allez pas vous imaginer que vous bénéficierez d'un traitement de faveur parce que vous connaissez Marie. Il va falloir travailler, Lexi. Vraiment travailler. Me suis-je bien fait comprendre ?

— Absolument. Marie m'a dit que vous étiez maître à bord.

Ces mots sont parvenus à lui arracher un petit sourire.

— Et je tiens à m'excuser une nouvelle fois pour mon retard, ai-je ajouté.

Josie a croisé les bras un peu plus fort sur sa poitrine, mais j'ai senti qu'elle se radoucissait un peu.

— Allez, mettons-nous au travail, a-t-elle dit avant de tourner les talons.

Elle a traversé la boutique d'un pas rapide, contournant une large table ronde ornée d'une pile de pyjamas en satin.

Josie m'a formée durant les deux heures qui ont suivies, m'enseignant le fonctionnement de la caisse enregistreuse — une copie d'ancien —, ainsi que l'art de présenter la marchandise et de surveiller les deux cabines d'essayage en toute discrétion. Elle m'a aussi expliqué où je devais me tenir et ce que je devais dire pour accueillir la clientèle.

— Pas de formule collective. Je veux que vous vous adressiez personnellement à chaque cliente ou client. Et ne leur dites pas la même chose.

Elle m'a placée au bon endroit et m'a fait répéter :

— Bonjour madame, bienvenue chez Feuille de vigne… Bonjour monsieur, belle journée, n'est-ce pas ? N'hésitez pas à m'appeler si vous avez besoin de quoi que ce soit, d'accord ?

Tandis que je récitais mon texte, je me suis imaginée dans un tribunal, m'avançant face au juge. Soudain, mon métier d'avocate m'a manqué. Terriblement.

Quand Josie a finalement estimé que j'étais prête à affronter la clientèle, elle m'a entraînée dans l'arrière-boutique.

Alors que je la suivais de près, elle s'est brusquement arrêtée et a fait volte-face.

— Oh ! me suis-je écriée en manquant de lui rentrer dedans. Désolée.

— J'ai oublié de vous dire quelque chose. J'ai des clientes régulières.

Ses yeux m'ont scrutée à travers ses petites lunettes.

— Pas question que votre manque d'expérience les pousse

à choisir une autre boutique. Quand mes habituées viennent faire des achats, c'est moi qui m'en charge, compris ?

Mon amie Maggie avait travaillé dans un magasin de vêtements pendant ses études de droit, et elle m'avait parlé de la concurrence qui existait parfois entre vendeurs pour s'occuper des habitués.

— Pas de problème, Josie.

— Mais vous aurez un intéressement sur vos ventes, a-t-elle dit comme à contrecœur.

S'en sont suivies dix minutes d'information sur la manière dont cet intéressement serait calculé et payé.

— Notez bien que ça ne concerne que vos ventes, a-t-elle cru bon de préciser une dernière fois. Je sais que vous faites des études, mais ce ne sont pas mes habituées qui vont vous les payer.

— Compris, ai-je dit en hochant fermement la tête pour qu'elle n'ait aucun doute sur ma volonté de lui obéir en tout point.

Rassurée par ma soumission affichée, Josie a poursuivi son chemin vers l'arrière-boutique, sorte de capharnaüm organisé où étaient entassées des piles de culottes et des montagnes de pyjamas. Elle m'a montré une porte noire qui donnait sur la ruelle où étaient déchargées les livraisons, puis m'a expliqué comment ouvrir les boîtes qui venaient d'arriver, comment mettre la marchandise sur un cintre ou la plier soigneusement afin qu'elle soit prête à être présentée en boutique le moment venu.

Elle m'a observée, bras croisés, pendant que j'ouvrais trois boîtes neuves et que je préparais leur contenu. Les soutiens-gorge étaient les plus complexes à maîtriser. Chaque bretelle était protégée par un film plastique qu'il fallait retirer avant de la fixer au reste du sous-vêtement. Je devais ensuite repasser les bretelles et lisser le reste à la vapeur, ce qui représentait un véritable défi. Trop de vapeur, et le tissu était fichu (Josie m'a dit au moins quinze fois que chaque article abîmé serait déduit de mon salaire). Pas assez de vapeur, et les bonnets conservaient des plis disgracieux.

C'était un travail à la fois laborieux et monotone. Finalement, Josie a tapoté du doigt l'écran de sa montre.

— Il est 11 heures !

C'était la première fois que je la voyais sourire franchement.

— Veuillez ouvrir la porte de la boutique et accueillir nos clientes.

— Avec plaisir, ai-je dit en abandonnant sans regret le fer à repasser.

Retrouvant un peu d'énergie, je me suis précipitée vers le devant de la boutique dont j'ai déverrouillé la porte. J'ai ensuite pris position près de la table avec les pyjamas. Josie m'avait dit qu'il fallait avoir l'air occupé quand les clients arrivaient. Ils ne devaient en aucun cas avoir le sentiment qu'on était à l'affût du chaland et qu'on allait leur sauter dessus à peine la porte franchie.

Je me suis donc mise à déplier des pyjamas parfaitement pliés, avant de les replier consciencieusement. J'avais accompli trois fois cette opération passionnante pour l'ensemble de la table, quand j'ai décidé de varier les plaisirs. Quand, au juste, allaient arriver les premières clientes ?

La table d'à côté présentait également des vêtements de nuit ; des shorts jaunes et blancs en cachemire avec un petit haut assorti en coton. Une nouvelle fois, j'ai déplié et replié, déplié et replié… et toujours pas la moindre cliente en vue.

Alors que je migrais vers les déshabillés et les combinaisons, le carillon de la porte d'entrée m'a prévenue que nous avions enfin de la visite. Deux femmes de mon âge. Je me suis aussitôt mise à farfouiller dans le portant garni de déshabillés, avant de lancer un joyeux « Bonjour mesdames ! » par-dessus mon épaule.

J'ai jeté un coup d'œil à Josie, qui m'a fait signe d'y aller. Pas ses habituées.

Une des femmes cherchait un soutien-gorge sans bretelles. Je me suis souvenue de l'endroit où Josie les rangeait. J'ai ramené trois modèles à la cliente, avant de la diriger vers une cabine d'essayage. Quand elle en a acheté un dix minutes plus tard, j'avoue avoir été assez fière de moi.

Mais Josie n'a pas partagé mon enthousiasme.

— Vous auriez dû lui montrer les culottes de printemps, a-t-elle dit quand nous nous sommes retrouvées seules. Ainsi que nos tenues d'intérieur. Si on veut gagner de l'argent, dans ce business, il ne faut pas se contenter de donner aux clients ce qu'ils veulent. Il faut aussi leur vendre des articles qu'ils n'avaient pas prévu d'acheter.

J'ai hoché la tête d'un air pénétré.

— Bon, puisqu'on a un peu de temps, je vais vous montrer comment gérer les retours.

Je suis passée de l'autre côté du comptoir et je l'ai regardée taper le prix d'une paire de culottes en coton lavande ornées d'un rameau blanc.

— Bon…

Elle a brandi les culottes sous mon nez.

— Première chose, vérifiez que l'étiquette est encore sur la marchandise et demandez si elle a été portée.

Elle a ensuite détaillé point par point la procédure à suivre pour valider le retour des culottes. Je n'avais pas eu à mémoriser autant d'informations pour passer l'examen du barreau. J'ai fait de mon mieux pour leur trouver une place dans un coin de mon cerveau, tandis que les doigts de Josie pianotaient sur les touches de la caisse enregistreuse comme si elle pilotait une navette spatiale.

— Ensuite…, a-t-elle dit d'un ton théâtral.

Elle s'est interrompue une poignée de secondes, ménageant ses effets.

— Sentez.

— Je vous demande pardon ?

Le doigt tendu, Josie a désigné l'entrejambe de la culotte.

— N'oubliez pas de sentir.

J'avais dû mal comprendre.

— Vous voulez dire…

Non, j'avais forcément l'esprit mal placé.

— Vous m'avez bien comprise, a-t-elle lancé d'une voix irritée. Nous devons nous assurer que la marchandise n'a pas été portée.

— Vous pensez que quelqu'un pourrait faire une chose pareille ?

A en juger par le regard qu'elle m'a lancé, ma question venait de me propulser sur les sommets de la bêtise humaine.

— Alors nous devons sentir le sous-vêtement pour vérifier que la cliente ne l'a pas porté ? ai-je demandé malgré tout, afin de m'assurer une dernière fois que je n'avais pas compris de travers.

— Oui, a-t-elle répondu sans faire mystère de son agacement.

— Et vous ne trouvez pas grossier de renifler une culotte devant la cliente qui vient de la ramener ?

Cette fois-ci, elle a carrément levé les yeux au ciel.

— Il faut le faire en douce, bien sûr. Comme ça.

Josie a tourné le dos à la caisse enregistreuse pour attraper un des bons de retour, plongeant furtivement le nez dans la culotte et prenant au passage une inspiration clandestine.

— Vous avez saisi la technique ?

— Absolument.

Je n'ai pas pu m'empêcher de pouffer.

— Qu'est-ce qu'il y a de si drôle ?

— Rien.

Mais j'ai encore laissé échapper un petit rire. Dieu que j'aurais aimé que Quentin soit là pour assister à cette scène !

Et dire que je n'avais même pas le droit de lui raconter ça… Il se serait tapé sur les cuisses en apprenant que je devais flairer des petites culottes pour gagner ma vie.

— Lexi…, a dit Josie d'une voix sévère.

— Je suis désolée. Vraiment.

J'ai réprimé un nouveau rire et j'ai humé l'entrejambe de la culotte pour preuve de ma bonne volonté.

Aucun de ses admirateurs venus en foule assister au lancement de Trial TV n'aurait pu percevoir le malaise de Jane. Pour eux, elle était sublime, comme toujours. Elle souriait sur l'esplanade du Daley Center, radieuse dans l'ombre lumineuse d'une grande sculpture de Picasso. Sa chevelure noire et son sourire semblaient briller d'un même éclat tandis qu'elle s'adressait à la caméra.

— Bienvenue sur Trial TV ! a-t-elle lancé. Vous y trouverez une couverture complète des procès qui font la une de l'actualité. De New York à Los Angeles, de Chicago à Miami, nous irons débusquer l'information judiciaire partout où elle se niche, et nous l'apporterons encore brûlante chez vous, vingt-quatre heures sur vingt-quatre. Mais Trial TV ira également chercher la vérité des faits divers et des grands procès au-delà des apparences. Avec nous, vous entrerez dans les coulisses du système judiciaire. Nous vous offrirons une vue imprenable sur les rouages de cette machine implacable, mais aussi sur sa dimension humaine, avec l'histoire personnelle de tous ses acteurs, des accusés aux victimes en passant par les policiers, les juges et les avocats. Pour réussir ce pari, nous avons réuni les meilleurs professionnels du monde journalistique et judiciaire. Le direct et l'information à chaud seront privilégiés sur Trial TV, mais nous saurons également prendre du recul pour des décryptages, des débats et des analyses. Soyez certains que s'il se passe quelque chose d'intéressant dans l'actualité judiciaire des Etats-Unis, vous en entendrez parler sur Trial TV !

Elle s'est interrompue et son visage s'est illuminé d'un grand sourire.

— Coupez ! a crié le réalisateur.

La foule massée derrière les barrières s'est mise à applaudir à tout rompre.

Jane a fait une gracieuse courbette en direction de ses admirateurs.

— Merci ! a-t-elle crié. Merci à tous d'être venus nous apporter votre soutien !

Les applaudissements ont redoublé d'intensité.

Puis Jane s'est entretenue avec le réalisateur, pointant du doigt le palais de justice derrière elle, avant de lever les yeux vers le ciel bleu azur. Tous les deux ont consulté leurs montres avant de se déplacer de quelques mètres sur la droite pour filmer un nouveau spot promotionnel.

La foule s'est un peu éclaircie, mais l'assistance était encore assez dense pour s'y dissimuler. Mêlé aux admirateurs et aux badauds, on pouvait aisément observer Jane tandis qu'elle vérifiait son maquillage dans un miroir de poche, puis ajustait son foulard rouge. Elle a tiré dessus nerveusement avant de le regarder d'un air dégoûté. L'espace d'un instant, elle a même semblé vouloir l'enlever, mais elle a suspendu son geste, et son visage a retrouvé une expression sereine et concentrée.

Elle a fait signe au cameraman qu'elle était prête à tourner.

— Action ! a crié le réalisateur.

— Bienvenue sur Trial TV !...

Jane et son équipe ont continué comme ça, multipliant les séquences prises sous différents angles, reprenant de zéro quand Jane oubliait son texte ou butait sur un mot.

Lorsque ça arrivait, Jane se moquait d'elle-même, levant les yeux au ciel avec des grimaces comiques. Les spectateurs adoraient ça. Eux qui ne connaissaient que la façade parfaite de la présentatrice vedette, ils avaient alors le sentiment de partager un peu d'intimité avec Jane Augustine, d'avoir accès à son côté humain.

Mais même quand la foule riait, même quand Jane lui faisait une petite révérence en tirant la langue, il était clair qu'elle ne distinguait aucun des visages, aucune des individualités qui la composaient. Pour l'une de ces personnes — celle qui observait Jane avec une attention toute particulière —, il s'agissait là d'un trait de caractère typique de la présentatrice. Elle s'était tellement habituée aux caméras et à la foule qu'elle ne songeait plus à regarder au-delà. C'était comme si elle avait le sentiment d'être protégée par une coquille qui la séparait du commun des mortels.

Malheureusement pour Jane, elle semblait croire que cette coquille protégeait également sa vie privée. Elle semblait croire que nul ne pouvait voir qui elle était vraiment, que nul ne pouvait savoir ce qu'elle faisait une fois les caméras éteintes.

Malheureusement pour Jane, ce n'était pas le cas.

J'ai passé le reste de l'après-midi à lutter contre le sommeil, naviguant de mon mieux entre les moments où la boutique était déserte et ceux où une horde de clientes l'envahissait d'un seul coup. La plupart d'entre elles avaient un compte en banque bien garni et n'éprouvaient aucune gêne à me demander si leurs mamelons apparaîtraient à travers la dentelle d'un bustier. Mais les plus comiques étaient les quelques hommes qui osaient s'aventurer dans ce temple de la féminité. Il fallait les voir décrire les seins de leur compagne, mains ouvertes comme s'ils s'apprêtaient à saisir un melon sur un étalage, un air faussement décontracté sur le visage !

Seulement deux clientes se sont avérées être des habituées. Chaque fois, Josie a jailli de derrière le comptoir, les yeux pétillants et la mine ravie, avant de leur lancer un joyeux « Bonjour ! » Chaque fois, je l'ai observée à la dérobée tandis qu'elle s'occupait avec tact de sa cliente, la laissant faire son choix en paix et attendant un signe pour intervenir. Et chaque fois, sa cliente est repartie avec un grand sourire et beaucoup plus d'articles qu'elle ne semblait disposée à en acheter en poussant la porte de la boutique.

A 16 h 45, j'ai été prise d'une sérieuse envie de grimper sur ma Vespa et de tracer la route. J'étais censée retrouver Mayburn en début de soirée pour lui faire un compte rendu de ma journée, et la perspective de m'asseoir dans un bar et de commander une bonne bière commençait à me faire fantasmer.

Josie est venue me rejoindre, les bras chargés de ce qui m'a semblé être des caracos blancs.

— Articles de mariée, a-t-elle annoncé. On a un gros arrivage.

Un bref coup d'œil à sa montre, et elle a fait un mouvement de tête en direction d'une des tables garnies de lingerie de nuit.

— Faites un peu de place pour les caracos, voulez-vous ? Quand on aura fermé, vous pourrez aller dans l'arrière-boutique et commencer à déballer ce qui a été livré aujourd'hui.

Je me suis efforcée de cacher ma déception. Selon Mayburn, l'arrière-boutique était un endroit stratégique pour ma mission. C'était là que je risquais de tomber sur quelque chose de louche. Mais entre le manque de sommeil et la lassitude d'un boulot qui me barbait, je commençais à me demander si le métier de détective privée était bien fait pour moi.

— Très bien, ai-je dit au lieu du : « Pitié ! Laissez-moi sortir d'ici ! » qui résonnait sous mon crâne.

J'ai débarrassé Josie des caracos. Ils étaient si fluides et si soyeux qu'on aurait dit de l'eau.

Le carillon de la porte a fait entendre son ding dong et un couple est entré, riant et se poussant comme des gamins dans une cour d'école.

— Bonjour, Nina ! a roucoulé Josie.

La Nina en question était une brindille en jean moulant, long T-shirt bleu ciel assorti à la couleur de ses yeux et blouson de cuir crème. Une raie séparait ses cheveux au sommet de sa tête, deux nattes encadrant son visage. Peu de femmes de plus de quatorze ans peuvent se permettre une telle coiffure, mais Nina en faisait définitivement partie.

Elle a agité sa main gracile en direction de Josie, les bracelets en or qui ornaient ses poignets tintant comme des carillons à vent.

L'homme qui l'accompagnait a également fait un signe de la main, mais il avait visiblement du mal à quitter sa petite amie des yeux.

Josie m'a lancé un regard éloquent. J'ai hoché la tête et je suis allée faire de la place pour mes caracos blancs. Ces deux-là étaient manifestement chasse gardée.

— Je cherche quelque chose à porter sous une robe blanche, a dit Nina.

— Et n'oublie pas…, a lancé l'homme en riant.

Nina s'est aussi mise à rire.

— Il veut que j'achète un de vos strings avec des perles.

Je les ai regardés du coin de l'œil. Le type faisait une mimique salace, mais c'était plus comique que vulgaire.

— Bien sûr, a dit Josie d'un ton parfaitement neutre. Ils sont dans l'arrière-boutique.

Rien ne pouvait émouvoir une femme capable de sentir les culottes de ses clientes, ai-je songé.

— Lexi, a-t-elle dit en se tournant vers moi, vous pouvez aider Nina à trouver un soutien-gorge invisible ?

— Avec plaisir.

Josie ne devait pas me juger totalement incapable, puisqu'elle me laissait l'aider à servir ses habituées. La fierté m'a donné un regain d'énergie qui m'a propulsée à l'autre bout du magasin.

Nina m'a serré la main comme si on se rencontrait dans un cocktail.

— Je vous présente James, a-t-elle dit en se tournant brièvement vers son petit ami.

James, qui massait sa barbe de trois jours, m'a souri avant de me serrer la main à son tour.

Josie est revenue une minute plus tard avec une boîte noire toute plate et ornée d'un ruban blanc. Elle l'a ouverte et en a sorti un article de lingerie si beau qu'il méritait le titre d'œuvre d'art.

— Pour le moment, nous n'avons que le noir dans votre taille.

Elle a levé le string un peu plus haut, deux rangs de perles blanches accrochés à un délicat morceau de dentelle noire.

Je me suis approchée pour voir cette merveille de plus près.

— Est-ce que les perles… ?

Nina a éclaté de rire ; un rire doux comme le murmure d'un ruisseau.

— Oui, les perles font office d'entrejambe.

— Eh ben, ça alors…

Abasourdie, je n'avais rien trouvé de plus intelligent à dire. Moi qui étais prête à porter à peu près n'importe quoi pourvu que ça me rende sexy, je ne me voyais pas avec des perles le long de la raie des fesses.

— C'est son premier jour, a dit Josie en me lançant un regard dédaigneux.

Elle m'a pris le soutien-gorge des mains et m'a dit d'aller repasser des peignoirs en satin dans l'arrière-boutique.

Une fois là-bas, je suis allée jeter un coup d'œil dans

les pièces les plus reculées qui semblaient servir à ranger le matériel de présentation : portants, cintres, etc. Rien de suspect à mes yeux. J'étais en train de fouiller parmi des boîtes vides quand un bruit derrière moi m'a fait sursauter.

— Oh, Josie ! Vous m'avez fait peur !

— Qu'est-ce que vous êtes en train de faire ?

— Je cherche le fer à repasser.

— Vous savez où il se trouve. Vous l'avez utilisé tout à l'heure.

Imparable. Ou presque :

— J'ai pensé qu'il y en avait peut-être un plus petit pour les bretelles de soutien-gorge. Il me semble que ça ferait gagner du temps.

Elle a paru réfléchir à ce que je venais de dire.

— Ce n'est pas une mauvaise idée, a-t-elle concédé après quelques secondes de suspense. Je vais songer à en acheter un. Mais en attendant, a-t-elle ajouté en retrouvant son ton autoritaire, il n'y a que celui dont vous vous êtes servie.

Elle a balayé la pièce du regard, puis m'a regardée de la tête aux pieds, comme ce matin quand je m'étais présentée à la porte de la boutique.

— Vous pouvez rentrer chez vous.

— Vous êtes sûre ?

Elle a hoché la tête.

— Vous savez, ai-je dit pour me faire apprécier d'elle et chasser une éventuelle suspicion, j'aimerais acheter un de ces strings avec des perles. Mieux connaître la marchandise m'aidera à mieux la vendre.

— Quelle taille faites-vous ? Médium ?

— Oui.

— Ils sont très difficile à trouver et nous n'avons plus le modèle que Nina vient d'acheter. Mais il existe dans une autre marque et je l'ai dans votre taille.

— Super.

— Ils coûtent soixante-dix dollars.

— Oh…

Je n'avais pas soixante-dix dollars à gaspiller, même si c'était pour me mettre dans les petits papiers de ma nouvelle patronne.

— Mais vous avez votre remise de trente pour cent et je peux déduire la somme de votre premier salaire.

— Parfait !

J'expliquerais à Mayburn que l'achat de ce string allait m'aider à gagner la confiance de Josie, et il accepterait peut-être que je le passe en note de frais.

— Attendez-moi.

Elle s'est absentée une minute ou deux avant de revenir avec une boîte grise fermée d'un ruban argenté.

— Tenez, a-t-elle dit en la mettant dans mes mains. Alors, on se revoit dans quelques jours, n'est-ce pas ?

J'avais été embauchée à temps partiel et il était prévu que je travaille les week-ends et une ou deux soirées par semaine.

— Avec plaisir, ai-je répondu. Vous ne voulez vraiment pas que je repasse ces peignoirs ?

Elle a brièvement secoué la tête et m'a prise par le bras pour me raccompagner hors de l'arrière-boutique.

Ma première journée de vendeuse en lingerie était enfin terminée.

17

J'adore les vieux bars un peu louches qui semblent appartenir à une autre époque. La lumière jaunâtre, les tabourets branlants, les fissures du comptoir, le vin servi en carafe, l'odeur persistante de fumée de bois — bien qu'il n'y ait pas la moindre cheminée en vue —, le barman bougon mais qui a un cœur gros comme ça, et si on a beaucoup, beaucoup de chance, les grains tout durs du pop-corn sorti d'une machine qui n'a pas été nettoyée depuis 1971.

Oui, tout ça me plaît dans ces bars à l'ancienne. Malheureusement, il n'en reste presque plus à Chicago. Autrefois royaume des bouges et des bouis-bouis, ma ville ne jure plus que par les établissements pimpants, chic et branchés. La transformation a commencé pendant mon enfance pour ne jamais s'arrêter. A l'âge où j'ai eu le droit de boire de l'alcool, je n'éprouvais que du mépris pour ces vieux bars de quartier ; ceux avec de toutes petites fenêtres qui masquent l'intérieur au passant ; ceux qui affichent « Au bon accueil » ou « La belle brise » sur leur devanture, mais que tout le monde appelle « Chez Nick » ou « Chez Joe ». A cette époque, je ne rêvais que de night-clubs, de glamour, de paillettes. Et j'étais ravie chaque fois qu'un boui-boui fermait pour être remplacé par un faux pub irlandais. Mais à l'aube de la trentaine et passablement éreintée par les six derniers mois de ma vie, j'étais tombée amoureuse de cette espèce en voie d'extinction qu'étaient les vieux bars de quartier. Je m'étais mise à apprécier la simplicité des lieux et de ceux qui les fréquentaient, le calme qui y régnait, parfois agréablement troublé par quelques chansons que distillait un juke-box décati. J'aimais aussi le fait qu'ils aient un passé, une histoire. Après avoir vu quelques êtres chers traverser ma vie comme des étoiles filantes, je trouvais quelque chose de rassurant à ces établissements qui avaient survécu à toutes les modes et semblaient désormais hors du temps et de ses aléas.

Voilà pourquoi j'ai choisi le Old Town Ale House pour retrouver Mayburn le dimanche soir.

Je l'ai appelé quelques minutes après avoir quitté Feuille de vigne.

— Comment ça s'est passé ? a-t-il demandé sans prendre la peine de me saluer.

C'était un trait de caractère que j'appréciais chez Mayburn. Avec lui, c'était souvent droit au but.

— Plutôt bien, je crois. Mais je n'ai rien trouvé de suspect.

— Quand retournez-vous travailler à la boutique ?

— Mardi.

— D'accord. On va faire le point ce soir, Izzy. On se retrouve où ?

— Le Ale House dans une heure, ça vous convient ?

— Très bien. Lucy aimerait se joindre à nous. Vous n'y voyez pas d'inconvénient, j'espère ?

J'ai songé à la dernière fois que j'avais vu Lucy DeSanto. J'avais mimé l'amitié afin de m'introduire chez elle pour pirater l'ordinateur de son mari. Au fil de nos rencontres, cette amitié factice avait cependant laissé place à de vrais sentiments et je l'avais appelée pour m'excuser de lui avoir menti. Mais Lucy ne m'avait pas donné signe de vie depuis.

— Ça me ferait très plaisir de la revoir, mais j'ignore si c'est réciproque.

— C'est elle qui a insisté pour m'accompagner, a répondu Mayburn. Et puis je vous ai déjà dit qu'elle est mille fois plus heureuse depuis qu'on l'a débarrassée de son mari.

— D'accord. Mais on est censés parler boulot, non ? Sa présence ne va pas poser un problème ?

— Lucy est au courant de tout.

Le pire, c'est que ça semblait le remplir de fierté.

— Vous ne trouvez pas qu'il y a deux poids deux mesures, John ? Vous me demandez de me taire et vous racontez tout à votre petite amie.

— Tout le monde connaît ma qualité de détective privé. Et puis, on a déjà fait le tour de la question. Je ne vais pas vous répéter ce que je vous ai déjà dit, Izzy.

Mayburn avait en effet été clair sur le sujet. Si je voulais travailler pour lui, je devais la fermer. Il considérait qu'en parler — même à des amis — était trop risqué. Chicago n'était pas un village, mais il savait d'expérience que les potins pouvaient faire le tour d'une ville, même très grande, en un rien de temps.

Je l'entendais encore me dire, six mois plus tôt : « N'en parlez même pas à vos proches. Vous allez leur faire promettre de garder ça pour eux, mais ils le diront peut-être à quelqu'un d'autre sous le sceau du secret, qui lui-même le répétera, etc. Les quartiers bourgeois de Chicago constituent un monde plus petit qu'il n'y paraît, Izzy. Motus et bouche cousue. C'est la condition *sine qua non* si vous voulez faire équipe avec moi. »

— C'est comme ça, a-t-il ajouté. Quand on est un agent infiltré, on doit savoir garder le silence.

— Un agent infiltré ? Je suis un agent infiltré ? J'adore ça !

— Ne vous emballez pas. Le travail d'enquêteur privé n'a rien de glamour, au cas où vous ne l'auriez pas remarqué. A tout à l'heure au Ale House.

Une heure plus tard, je poussais la porte du bar et je

risquais un œil à l'intérieur. C'était une soirée typique au Old Town Ale House. A la lumière d'une lampe en pâte de verre, un septuagénaire lisait un bouquin qu'il avait dû piocher sur l'étagère poussiéreuse. Une belle femme, sans doute une mère de famille venue se réfugier ici pour échapper à sa marmaille, bavardait avec le barman en éclusant un verre de rouge. Un couple de mon âge, attablé au fond de la salle, semblait en grande discussion.

Je suis allée me hisser sur un des tabourets du bar.

— Un verre de vin blanc, s'il vous plaît, ai-je demandé au barman quand il s'est approché de moi.

Au Ale House, inutile de réclamer une carte des vins ou de s'enquérir du pays de production, du cépage ou du millésime du breuvage. C'était vin rouge ou vin blanc, point final. Ceux qui n'étaient pas contents n'avaient qu'à fréquenter les bars chic qui pullulaient dans la rue.

Une fois le vin posé devant moi — il avait un petit goût de limonade éventée —, j'ai promené le regard sur les divers objets qui ornaient le mur. C'était un curieux mélange de masques d'Halloween, de dessins comiques et de tableaux d'un homme (le propriétaire des lieux, à en croire le barman) peint avec des femmes de petite vertu dans des positions compromettantes.

J'étais là depuis dix minutes quand une blonde élégante et menue est entrée, le visage éclairé d'un grand sourire.

— Izzy ! s'est écriée Lucy DeSanto en se jetant dans mes bras.

Si elle m'en voulait de ce qui s'était passé, elle cachait bien son jeu. Par-dessus son épaule, j'ai aperçu Mayburn, l'air aux anges. Décidément, l'amour avait transformé cet homme.

— Salut, Izzy, a-t-il dit quand Lucy a relâché son étreinte.

Et il m'a frotté le haut du bras ! Un geste affectueux inconcevable avant son idylle avec Lucy.

Les deux tourtereaux se sont juchés sur les tabourets

qui jouxtaient le mien, réussissant à se tripoter tout au long de cette simple opération. Une fois installés, cuisse contre cuisse, il leur a fallu choisir une boisson. S'en est suivie une brève conversation au cours de laquelle Lucy et Mayburn se sont retirés dans un univers qui n'appartenait qu'à eux, comme isolés au creux d'une bulle chaude et ouatée.

— Regarde, ma chérie, a dit Mayburn en lui montrant les différents robinets de la tireuse à bière. Ils ont de la Hefeweizen.

— Tu crois que ça me plaira ? a demandé Lucy sans le quitter des yeux.

— Mais oui, tu l'as déjà goûtée. Si, rappelle-toi… Tu l'as bue une première fois avec une rondelle d'orange, et ensuite avec une rondelle de citron.

— Ah oui… Et les deux m'ont plu.

— Et les deux t'ont plu.

Le tout ponctué de regards langoureux et couronné d'un fougueux baiser.

Dieu que je me suis sentie seule ! Theo était sexy. Mes soirées avec Grady étaient divertissantes. Celles avec Sam l'étaient aussi depuis que j'avais cru le perdre. Mais ce que j'avais vraiment perdu, c'était ce que ces deux-là possédaient. Ce genre d'amour, d'attirance, de complicité — appelez ça comme vous voulez — qui pouvait donner une merveilleuse saveur aux discussions les plus banales.

— Ohé ! ai-je lancé en agitant la main devant eux.

Ils ont souri, d'abord à moi puis en se regardant une nouvelle fois dans le blanc des yeux.

— Désolé, a dit Mayburn.

— Comment vas-tu, Izzy ? a demandé Lucy en passant la main dans ses cheveux blonds coupés à la garçonne. Parle-moi un peu de toi.

Son sourire radieux m'a fait penser à celui de mon frère

Charlie. Il avait quelque chose de spontané, de désarmant, de profondément gentil.

Je lui ai parlé de mes nouveaux emplois, de mon nouvel amant. Elle m'a donné des nouvelles de ses enfants avant de m'interroger sur Theo, préférant manifestement éviter d'évoquer son mari.

Mayburn l'a interrompue quand elle m'a demandé si Theo embrassait bien.

— Izzy, dites-moi comment ça s'est passé, aujourd'hui. On doit libérer la baby-sitter dans vingt minutes.

Libérer la baby-sitter dans vingt minutes ? On m'avait changé mon Mayburn ! Mais j'ai décidé de ne pas relever et je lui ai résumé ma journée chez Feuille de vigne.

— Voilà, c'est tout ce que j'ai à vous raconter. Franchement, je ne sais pas trop ce que vous voulez que je fasse.

— Gardez les yeux ouverts. Observez tout, et surtout ce qui vous semble bizarre. Même un peu bizarre. Même un tout petit peu bizarre, d'accord ? J'ai simplement besoin que vous récoltiez les pièces du puzzle. Vous vous souvenez de ce que je vous ai expliqué ?

— Oui, oui…

Je me suis mise à réciter ma leçon d'une voix monocorde, comme une élève appelée au tableau.

— A moins d'un gros coup de chance, une enquête ne se résout pas d'un seul coup. Elle est l'aboutissement d'un travail minutieux et souvent laborieux, qui consiste à réunir une multitude d'éléments avant de les assembler comme les pièces d'un puzzle.

— Exactement, a dit Mayburn. Et je vais vous donner un conseil pour la mission que vous effectuez en ce moment : improvisez, Izzy.

— Vous pouvez être plus clair ?

— Ne vous laissez pas enfermer dans une idée préconçue de ce que vous devez découvrir. Dans cette affaire, on ne sait pas ce qu'on cherche exactement. Marie a simplement le sentiment que quelque chose n'est pas normal dans le fonctionnement de sa boutique. Alors ne baissez pas les bras si vous creusez dans une direction et que ça ne donne rien. Gardez l'œil et l'esprit ouverts. Les deux sont aussi importants. L'œil et l'esprit, Izzy. Et je vous le répète une nouvelle fois : pas d'idée préconçue, et n'hésitez pas à improviser selon les circonstances.

— « Pas d'idée préconçue et n'hésitez pas à improviser selon les circonstances », a répété Lucy en lui lançant un regard où j'ai lu quelque chose qui ressemblait à de l'émerveillement. Ce sont des mots très sages, mon amour. Une belle philosophie de la vie.

Mayburn l'a embrassée.

— Bon, c'est ma tournée, ai-je dit en posant un billet de dix dollars sur le comptoir. Quant à vous deux, allez libérer la baby-sitter.

Ils se sont levés et ont remis leurs manteaux. Blouson en daim clair pour Mayburn et trench-coat pour Lucy, qui m'a de nouveau prise dans ses bras.

— Je suis tellement contente de t'avoir revue, Izzy…

— Moi aussi, ai-je dit en serrant son corps menu.

A travers la fenêtre du bar, je les ai vus s'arrêter sur le trottoir et s'embrasser encore. Et encore. Et encore.

J'ai tourné le dos à ce spectacle aussi touchant qu'agaçant et j'ai composé le numéro de Sam sur mon portable.

— Je suis au Ale House. Tu peux m'y rejoindre ?

— Mmmph…, a-t-il répondu.

— Tu dors ?

— Ouais. L'entraînement de ce matin m'a tué. Je me suis remis au pieu il y a une heure.

A sa façon de grogner, j'ai su qu'il venait de se tourner sur le côté.

— Désolé, belle rousse. Je suis lessivé.

Il a grogné de nouveau au creux de mon oreille, et c'était comme si j'étais dans le lit avec lui, comme si je sentais son corps bouger sous la couette.

— On n'a vraiment pas les mêmes horaires, ces derniers temps, hein, Sam ?

— Ouais, s'est-il contenté de répondre.

— Bon, ben je vais te laisser dormir.

— Bonne chance pour ton premier jour à Trial TV demain matin.

— Merci.

J'étais sur le point de raccrocher quand j'ai entendu :

— Hé ! Izzy ?

J'ai replacé le téléphone contre mon oreille.

— Quoi ?

— Je t'aime, tu sais.

— Moi aussi, je t'aime.

Même si les choses ne sont pas simples entre nous, en ce moment, a semblé dire le court silence qui a suivi ces mots.

J'ai raccroché, la gorge un peu serrée, et j'ai bu une gorgée de vin.

Mes yeux se sont posés sur ma main gauche. Elle m'a semblé toute nue sans ma bague de fiançailles, un bijou Arts déco orné d'un diamant taille émeraude.

Mon téléphone s'est remis à sonner. J'ai souri, certaine qu'il s'agissait de Sam.

« Grady – portable », disait l'écran.

— Je suis en train de boire du vin toute seule, ai-je dit aussitôt après avoir décroché. Ça devait arriver tôt ou tard.

Il a éclaté de rire.

— Ouais, c'était couru d'avance. Où es-tu ?

— Au Old Town Ale House.

— Sympa. J'y serai dans dix minutes.

Et il a raccroché. Parce que même si nos rapports avaient pris un tour plus sexuel ces derniers temps, Grady et moi étions amis depuis des années. Et parfois le mode « vieux potes » prenait le dessus sur le mode « séduction ».

J'ai appelé Jane en attendant l'arrivée de mon troisième soupirant déclaré. Elle a décroché à la première sonnerie.

— Comment vas-tu ? ai-je demandé. Prête pour demain ?

Elle a lâché un grand soupir.

— On a passé la journée à tourner des spots de pub pour la chaîne, et je n'ai pas réussi à oublier une minute ce qui s'est passé hier soir. Je me suis débarrassée des fleurs et de la boîte noire, mais je ne peux quand même pas jeter mon foulard rouge ! Je suis vraiment mal dans ma peau, Izzy. J'ai l'impression de ne plus être chez moi, depuis cette histoire. Je ne me sens plus en sécurité, comme si ce type était là, quelque part, en train de m'épier.

— La présence de Zac doit quand même te rassurer un peu, non ?

Un autre soupir à fendre l'âme.

— Il est reparti à Long Beach. Il m'en veut, tu sais. Il m'en veut énormément. Je crois ne l'avoir jamais vu aussi furieux. Mais ce qui m'inquiète le plus, c'est qu'au lieu de crier, Zac semble de plus en plus détaché, de plus en plus distant… Comme s'il s'éloignait déjà de moi dans sa tête.

— Tu veux que je vienne ?

— C'est gentil de me le proposer, mais je vais aller me coucher. Il faut que je sois à Trial TV à 4 h 30, demain matin. Et toi, tu es prête pour le grand jour ?

— Je n'ai pas le dixième de la pression que tu as sur les épaules, ai-je répondu. J'avais prévu de venir à 7 heures, ça va ?

— Parfait. Alors on se voit demain, Iz. Et merci d'avoir appelé.

J'ai raccroché avec un sentiment de malaise, mais je me suis efforcée de chasser mon anxiété en songeant que

Jane avait dû prendre les précautions nécessaires pour se protéger d'une nouvelle intrusion.

Grady est arrivé quelques minutes plus tard, ses larges épaules frôlant le cadre de la porte d'entrée.

— Je suis content que tu m'aies appelé, a-t-il dit en passant la main dans ses cheveux châtain foncé.

— C'est toi qui m'as appelé, ai-je rectifié.

— Parce que je savais que tu avais envie de me voir, a répliqué Grady en s'installant sur le tabouret voisin.

Il a commandé une bière légère et s'est tourné vers moi.

— Alors, quoi de neuf ?

Je lui ai parlé de mon boulot de vendeuse en lingerie, en prenant soin de ne rien dire de ma mission pour Mayburn. Il m'a écoutée sans m'interrompre une seule fois.

— C'est dingue, a-t-il dit quand je me suis tue. Mais j'aurais préféré que tu gardes ça pour toi. T'imaginer en train de manipuler des guêpières et des porte-jarretelles est mauvais pour mon cœur. Je ne suis plus si jeune, tu sais.

Un silence pesant a suivi mon éclat de rire.

Après des années d'amitié, Grady et moi avions fini par passer quelques soirées à nous bécoter comme des adolescents submergés d'hormones sexuelles. Mais nous en étions restés là et rien n'était officiel entre nous. Du coup, de nombreuses questions flottaient dans l'air à chacune de nos rencontres : allions-nous recommencer à nous tripoter ? Allions-nous finir par coucher ensemble ? Se voyait-on en amoureux, en amants, en amis ? Les trois à la fois ? La vérité, c'est que ne savions plus sur quel pied danser.

Mais c'était d'amitié que j'avais le plus besoin pour l'instant, et j'ai émis un petit rire forcé, comme si cela pouvait nous préserver d'un nouveau dérapage.

— J'ai aussi trouvé un vrai travail, ai-je dit.

— C'est pas trop tôt ! Raconte.

Je lui parlé de mes nouvelles fonctions de journaliste judiciaire.

— Mais c'est super, Izzy ! Félicitations !

Lorsqu'il s'est mis à applaudir et à siffler pour manifester son enthousiasme, le papy qui bouquinait dans un coin a levé des yeux réprobateurs, comme si nous étions venus le déranger dans son salon.

— Bravo, Izzy, je suis très content pour toi.

— Merci, Grady. Tu es vraiment un très bon ami.

— Et je le serai toujours.

Mais son sourire a brusquement disparu, laissant place à une mine grave.

— Il faut quand même que je te dise quelque chose, Iz. Je me suis montré très patient jusque-là, parce que je tiens énormément à toi. Mais en ce qui concerne l'autre aspect de notre relation…

Il a tapoté sa poitrine, à l'emplacement de son cœur.

— Je ne vais pas attendre éternellement

J'ai baissé les yeux vers mon verre de vin. Vide.

— Je sais, ai-je dit en relevant la tête.

Une vague de tristesse m'a brièvement submergée. J'avais conscience que mes atermoiements finiraient par lasser Grady. Et Sam aussi finirait par tourner la page. Mais je ne voulais pas choisir.

Les paroles de Jane avaient dû toucher quelque chose en moi, parce qu'elles me sont encore revenues à la mémoire : « Les gens m'inspirent chacun à leur façon, ils me fascinent chacun à leur façon… Mettre le pied dans la vie d'un autre me permet d'avoir un regard différent sur ma propre existence. »

Grady attendait toujours que je dise quelque chose. Ses yeux marron — de la couleur d'un tronc d'arbre après la pluie — semblaient me dire qu'il serait toujours là pour moi. Une vérité immuable que rien ne saurait altérer. Cela voulait dire qu'on pouvait être amants aujourd'hui et de nouveau amis demain. Qu'on pouvait se laisser aller à notre désir et voir où ça nous menait, sans nous croire tenus de prendre de grandes décisions.

J'ai ouvert la bouche pour lui parler du string en dentelle et perles qui attendait chez moi, à moins de dix minutes à pied, mais j'ai soudain imaginé la scène ; Grady, nu comme un ver, qui contemplait le rang de perles masquant vaguement la partie la plus intime de mon anatomie… Non, il y avait quelque chose qui n'allait pas avec cette vision. Grady, avec ses grands yeux marron, était d'abord mon ami. Ce n'était pas pour rien que je n'étais jamais allée jusqu'au bout avec lui. Si nous avions dû coucher ensemble, nous l'aurions sans doute fait depuis longtemps.

Il s'est penché vers moi, la bouche à quelques centimètres de mon oreille.

— On va ailleurs ?

Il avait dit ça d'une voix très basse, très lente, qui ne laissait aucun doute sur ses intentions.

J'ai essayé une nouvelle fois de m'imaginer au lit avec lui, privés de nos vêtements et du rempart de l'amitié.

Au lieu de m'exciter, cette pensée m'a laissée avec un sentiment confus, un sentiment qui disait : « Non, ne fais pas ça avec Grady », ou peut-être était-ce plutôt : « Tu n'es pas encore prête pour faire ça avec Grady. » J'ignorais quelle version était la bonne ou pourquoi je ressentais ça. Mais dans un cas comme dans l'autre, quelque chose me poussait à en rester là. Enfin, il me semblait… Mon Dieu, pourquoi étais-je devenue si indécise ? J'ai songé avec nostalgie au temps où j'étais une femme résolue.

— Je ferais mieux d'y aller, ai-je dit en mettant un peu de distance entre nos corps. Il faut que je me prépare pour ma première journée de travail.

Grady a hoché la tête à contrecœur.

— Appelle-moi demain soir, d'accord ? J'aimerais savoir comment ça s'est passé.

— Promis. Il ne faut pas m'en vouloir, Grady. C'est un peu compliqué dans ma tête, en ce moment.

— Je comprends très bien, Iz. Tu n'as pas à te justifier.

J'ai posé un baiser chaste sur sa joue et je suis partie l'esprit embrouillé, conséquence manifeste d'un excès d'hommes et d'emplois, ainsi que du manque de sommeil.

J'ai grimpé l'escalier jusqu'à mon appartement, toutes mes pensées tournées vers le lendemain matin. J'allais commencer un nouveau travail, une expérience très différente de ce que j'avais connu jusque-là dans mon parcours professionnel, et j'avais le sentiment d'être à l'orée d'une nouvelle vie. Je ressentais un peu d'angoisse, bien sûr, mais force était de constater que la perspective de plonger dans l'inconnu me mettait dans un état proche de l'euphorie.

Je me suis déshabillée et j'ai ouvert le tiroir de ma commode pour en extraire le T-shirt de Jeff Beck — je l'avais piqué à Sam — dans lequel j'aimais dormir. En l'enfilant, je me suis attendue à éprouver cette sensation de confort et de sérénité qu'il me procurait toujours. Mais Dieu sait pourquoi, j'ai eu le sentiment de suffoquer. Le col, pourtant large pour moi, m'a semblé affreusement serré. J'ai tiré dessus comme si c'était ma seule chance de survie et je me suis glissée sous la couette. Non seulement l'impression d'étouffer a persisté, mais je me suis mise à avoir la bougeotte. Ni mon corps ni mon esprit ne semblaient disposés à se mettre au repos. J'avais beau me répéter qu'il fallait dormir afin d'être en forme pour mon premier jour à Trial TV, rien n'y faisait.

Le sommeil ne venait pas. J'avais envie de sortir de mon lit, de faire quelque chose, mais j'ignorais quoi. Qu'était-il advenu de l'Izzy McNeil sur qui on pouvait compter, cette jeune femme responsable que j'avais toujours connue ? J'étais dans les starting-blocks, excitée comme une puce à l'idée d'entamer une nouvelle aventure. Excitée et terriblement impatiente.

Après une demi-heure à me tortiller sous la couette, je me suis levée et suis allée ouvrir la boîte grise que j'avais ramenée de la boutique de lingerie. J'en ai sorti le délicat contenu et je l'ai observé dans la lumière qui passait entre mes rideaux. Dentelle champagne et rangs de perles blanches.

J'ai retiré le T-shirt et j'ai enfilé le string. Je suis restée ainsi un moment dans la pénombre, seulement vêtue de perles et d'un morceau de dentelle, à l'écoute des bruits de la ville et des changements qui s'opéraient en moi.

Un état étrange dont m'a tirée le tintement cristallin émis par mon téléphone portable. Je suis allée le prendre sur la commode, curieuse de savoir qui m'envoyait un SMS.

Envie d'un peu de compagnie ?

C'était Theo.

Je croyais que tu étais au Mexique, sur une île perdue, ai-je répondu.

J'y serai demain. Alors, je peux venir maintenant ?

Je l'ai revu dans ma cuisine, pressant des oranges sanguines, le serpent tatoué sur son bras ondulant avec le mouvement. J'ai tapé *Oui* sur l'écran de mon téléphone, mais j'ai suspendu mon geste au moment d'appuyer sur la touche « Envoyer ». Passer la nuit avec Theo serait synonyme de comportement irresponsable, tant vis-à-vis de mon avenir avec Sam que vis-à-vis de mon nouveau travail. Un comportement irresponsable vers lequel tout mon être tendait pourtant.

Pourquoi ?

La vérité, c'est que je n'avais pas envie d'analyser mes désirs pour le moment. J'avais envie de les vivre.

Je n'ai pas effacé le *Oui*, et, cette fois-ci, j'ai appuyé fermement sur la touche « Envoyer ».

18

J'aurais dû être sur les rotules lundi matin, après un dimanche passé à vendre des dessous chic et une nuit à explorer les possibilités du string perles et dentelle. Mais alors que je m'apprêtais à quitter mon appartement pour entamer ma nouvelle carrière de journaliste juridique, je me suis sentie pleine de cette même excitation qui m'avait empêchée de dormir la veille au soir : une énergie vitale qu'il me semblait avoir perdue depuis mon départ de Baltimore & Brown.

J'ai enfilé un tailleur que j'avais l'habitude de porter lorsque je devais en imposer dans mon métier d'avocate. Avec sa longue jupe taille haute près du corps, cet ensemble me donnait une allure à la fois professionnelle et sexy qui me semblait correspondre à l'image que souhaitait véhiculer Trial TV.

Une fois dehors, j'ai contourné la maison pour me rendre au garage, situé dans un bâtiment séparé. J'y ai trouvé ma Vespa et mon casque dont je me suis coiffée sans hésiter. Avant la disparition de Sam et la mort de Forester, j'avais pour habitude de rouler tête nue, le port du casque n'étant pas obligatoire à Chicago. Mais la vie s'étant chargée de me rappeler que je n'étais pas immunisée contre la malchance, j'avais troqué le plaisir du vent dans mes cheveux contre un peu plus de sécurité. J'ai donc serré la jugulaire au maximum en espérant que mes boucles ne seraient pas complètement aplaties à mon arrivée à Trial TV.

J'ai descendu Sedgwick Street, puis North Avenue, profitant du peu de circulation pour m'autoriser quelques jolies pointes de vitesse. A cette heure-ci, la plupart des voitures roulaient en sens inverse, en direction du quartier d'affaires.

Alors que je filais le long de Clybourn Avenue, j'ai levé la tête, laissant les premiers rayons du soleil caresser mon visage. Arrêtée au feu rouge dans Racine Avenue, les images de ma nuit avec Theo me sont revenues à la mémoire et j'ai fermé les yeux. Je me suis souvenue du plaisir de l'attente, immobile dans la pénombre de mon salon, à écouter ses pas de plus en plus lourds, de plus en plus proches. Je me suis souvenue d'avoir entendu l'ancienne Izzy dire : « Qu'est-ce que tu es en train de faire, ma pauvre fille ? », la nouvelle Izzy lui rétorquant du tac au tac de la boucler avant de refouler son double raisonnable dans les profondeurs de sa conscience. Je me suis souvenue du visage de Theo quand il m'a trouvée vêtue d'un simple string dont l'entrejambe était un rang de perles blanches. Je me suis souvenue des grognements, des gémissements, des soupirs et des cris.

Un concert de Klaxon m'a brutalement ramenée à la réalité. J'ai chassé Theo de mon esprit, l'enfermant dans le sous-sol de ma conscience en compagnie de l'ancienne Izzy, et j'ai remis les gaz.

Quelques minutes plus tard, je garais la Vespa à l'adresse indiquée, dans le parking qui s'étendait au pied d'un immense bâtiment en briques. A l'intérieur, un plastique de protection couvrait le sol, et les murs n'étaient qu'une succession de cloisons brutes qui attendaient d'être peintes. Sur la droite, j'ai vu des armoires métalliques alignées à perte de vue le long d'un profond couloir. Toutes étaient coiffées de gros cartons de déménagement. Jane m'avait prévenue que les finitions restaient à faire au siège de Trial TV, mais je n'avais pas imaginé pareil chantier.

Je me suis présentée devant le gardien et j'ai décliné mon identité. Il m'a donné un badge à mon nom et m'a dit d'emprunter le couloir jusqu'au bout. Je suis passée devant des bureaux aux portes vitrées. Quelques-uns étaient vides et d'autres servaient d'espace de rangement. Quant à ceux qui étaient occupés, ils auraient ressemblé aux bureaux de n'importe quelle entreprise s'ils n'avaient été équipés d'un minimum de deux téléviseurs. La plupart en comptaient quatre.

J'ai consulté ma montre. 6 h 55. Jane allait présenter son premier journal dans quelques minutes.

Au bout du couloir, j'ai poussé une lourde porte et je me suis arrêtée net.

Si le reste du bâtiment laissait encore à désirer, le studio de télévision avait été l'objet de toutes les attentions. Une myriade de projecteurs constellait le haut plafond. Le sol était traversé de câbles recouverts d'adhésif jaune vif et une armée de caméras pointait ses objectifs sur les deux plateaux. Celui de droite, destiné aux interviews, aux débats et aux analyses des experts, était meublé de fauteuils en cuir bleu royal derrière lesquels s'élevait un mur de moniteurs allumés. On pouvait y voir les correspondants de la chaîne, micro en main, prêts à prendre la parole devant le palais de justice de la ville où ils se trouvaient. Sur le plateau central trônait un long bureau en acajou inspiré des tribunaux, Jane siégeant à la place du juge. Trial TV s'affichait en façade, en lettres rétro-éclairées bleues bordées de blanc.

Derrière Jane, sur trois immenses écrans plats, défilaient des images de faits divers qui avaient marqué la mémoire collective. Elles se figeaient toutes les deux ou trois minutes pour laisser apparaître le logo de la chaîne.

Debout près de Jane, un chef de plateau en jean et

T-shirt lui lisait les notes qu'il tenait en main. Avec son tailleur impeccable et son chemisier blanc à col montant, la présentatrice vedette de Trial TV en imposait malgré la taille du bureau. Ses cheveux noirs tombaient, lisses et brillants, de chaque côté de son visage. Epais mais appliqué à la perfection, son maquillage faisait ressortir le célèbre bleu mauve de ses yeux. La seule chose qui gâchait le tableau — pour moi, en tout cas — était le foulard rouge noué autour de son cou.

Jane a levé les yeux et m'a aperçue.

Ses lèvres ont articulé un « Viens, viens ! » muet, sa main faisant un signe qui disait la même chose.

Quand je suis arrivée à sa hauteur, elle m'a présenté une femme qui s'était approchée en même temps que moi.

— Izzy, voici Faith Lowe, une ancienne avocate en contentieux devenue directrice de production.

— Enchantée, ai-je dit en lui serrant la main.

— Ravie de faire votre connaissance, Izzy.

Faith avait des cheveux de jais et une coupe asymétrique. J'avais croisé un certain nombre d'avocats en contentieux au cours de ma carrière, mais aucun n'avait un look aussi avant-gardiste que celui de cette femme.

Jane s'est levée de son bureau rutilant pour venir m'embrasser.

— Comment vas-tu ?

— En pleine forme. Tu es splendide, Jane.

— Merci. On a signé des contrats de parrainage avec de grands couturiers pour mes vêtements. Je sens que vais devoir faire de la place dans mon dressing-room !

Elle a levé les bras et a tourné sur elle-même pour me faire admirer son tailleur, qui lui allait à merveille. Nous avons soigneusement évité de parler du foulard, mais je savais qu'elle y pensait autant que moi.

— Alors, te voilà devenue journaliste ! a-t-elle dit en

posant les mains sur le haut de mes bras. Comment te sens-tu à l'aube de cette nouvelle carrière ?

— Excitée. Et un peu nerveuse.

— Aucune raison d'être nerveuse, a-t-elle dit avant de m'inciter à me tourner. Regarde ce monsieur. Là, celui qui gesticule à côté de la caméra.

L'homme qu'elle pointait du doigt avait une bonne cinquantaine d'années et le visage rougeaud. Sa chemise froissée, d'un blanc douteux, était ornée d'une cravate jaune desserrée malgré l'heure matinale. Les rares cheveux qui lui restaient, blonds mâtinés de gris, étaient hirsutes et se dressaient par endroits sur sa tête. Il parlait vite, lançant à tout bout de champ ses mains vers le ciel, et les deux gamins qui l'écoutaient ne semblaient pas en mener large.

— C'est Tommy Daley, a repris Jane. Et ne lui demande surtout pas s'il est de la famille du maire (le maire de Chicago s'appelait Richard Daley), parce que ça a le don de le mettre en rogne. Tommy va régir ton univers à Trial TV. Il est directeur adjoint de la rédaction, même s'il oublie souvent qu'il y a le mot « adjoint » dans son titre. Il a tendance à se prendre pour Dieu le père, si tu vois ce que je veux dire. Quoi qu'il en soit, c'est lui qui est aux commandes, ici. Alors quand il aura fini de passer un savon à ses deux stagiaires, je te conseille d'aller te présenter à lui.

De rouge brique, le visage de Tommy Daley avait viré au pourpre. Il agitait le doigt sous le nez d'un des stagiaires en éructant des propos dont je ne percevais que des bribes.

Je me suis tournée vers Jane.

— Je ne suis pas sûre d'avoir envie que ce type régisse mon univers.

Elle a éclaté de rire.

— Il aboie, mais il ne mord pas.

— Une minute ! a crié quelqu'un. Tout le monde en place ! L'antenne dans une minute !

Le sourire de Jane s'est agrandi et une lueur d'excitation a fait briller son regard.

— Je te dis merde ! ai-je lancé en lui serrant la main.

— Merci. Moi aussi, je te dis merde, Izzy. Amuse-toi bien.

Je l'ai suivie des yeux tandis qu'elle allait calmement s'asseoir derrière le bureau en acajou. Elle a tiré un minuscule micro de sous son tailleur avant de l'accrocher sur le revers de sa veste, juste sous le foulard rouge.

— Dix secondes ! a crié la voix.

Jane a inspiré profondément avant de rejeter lentement l'air qui gonflait sa poitrine. Elle promenait un regard fier et dominateur sur le plateau quand j'ai soudain vu ses traits se figer dans une expression de surprise, aussitôt remplacée par un masque d'angoisse, et peut-être même de peur.

J'ai suivi son regard et il m'a semblé qu'il était posé sur Tommy. Le directeur adjoint de la rédaction s'était déplacé au fond du studio où il discutait avec un homme qui prenait des notes sur un calepin. Sans doute un journaliste venu recueillir ses impressions à chaud sur le lancement de Trial TV, ai-je d'abord songé. Mais en regardant mieux, j'ai reconnu l'écrivain que Jane avait rencontré vendredi soir. Celui avec qui elle avait couché.

— Cinq secondes ! a crié la voix, commençant le compte à rebours.

Tommy a levé la main vers l'écrivain comme pour lui dire : « Attendez une minute », et il s'est tourné vers Jane.

J'ai fait de même. Elle avait l'air pétrifiée, comme incapable de détacher les yeux de son amant d'un soir. Le studio était maintenant plongé dans le silence.

— Quatre !

— Jane, tout va bien ? a lancé le chef de plateau qui se tenait hors champ, à droite du bureau de Jane.

— Trois !

Jane restait paralysée sur son fauteuil, le regard fixe.

J'ai jeté un coup d'œil à l'écrivain, qui gribouillait toujours des notes sur son calepin. Mais il a brusquement relevé les yeux et les a plantés dans ceux de Jane, le visage éclairé d'un sourire satisfait.

— Deux !

Le sourire de l'écrivain a semblé sortir Jane de son hébétude et elle a incliné la tête vers les pages posées devant elle.

Personne n'a crié « Un ! » ni « Antenne ! », mais le chef de plateau a tendu le doigt vers la présentatrice au moment où une lumière rouge s'allumait sur les caméras.

Le visage de Jane s'est alors relevé vers le prompteur ; un visage serein et sûr de lui.

— Bonjour et merci d'être avec nous en ce jour très spécial, a-t-elle lancé en souriant aux caméras. A toutes et à tous, bienvenue sur Trial TV !

Elle s'est tournée, offrant son expression radieuse à une autre caméra.

— Trial TV, c'est d'abord une couverture complète de l'information judiciaire à travers tout le pays. Mais nous ne nous contenterons pas de vous emmener sur les scènes de crimes et dans les tribunaux, nous allons aussi vous offrir un accès privilégié aux coulisses de cet univers fascinant qu'est le monde judiciaire. Pour ça, nous avons réuni les meilleurs journalistes de terrain et les meilleurs analystes, parmi lesquels bon nombre d'avocats aguerris, parce que nous pensons que rien ne remplace l'expérience. S'il se passe quelque chose d'intéressant sur un plan judiciaire aux Etats-Unis, vous en entendrez parler sur Trial TV !

Le beau visage de Jane s'est affiché en gros plan sur les écrans plats suspendus derrière elle.

Elle s'est tournée de nouveau, revenant à la première caméra, un petit sourire aux lèvres et une pointe d'amusement dans le regard. Du grand art.

— Alors c'est à Joe Kelley, notre correspondant à Boston, que revient l'honneur d'ouvrir le bal.

Les écrans montraient à présent un homme en trench-coat qui hochait la tête, micro en main, debout sur les marches du capitole.

— Joe, a dit Jane, vous vous trouvez dans la capitale du Massachusetts, et je crois savoir que le gouverneur de cet Etat connaît quelques démêlés avec la justice.

Le reporter a continué à hocher la tête d'un air pénétré.

— Racontez-nous ce qu'il se passe chez vous.

Aussitôt que Joe Kelley s'est mis à parler, l'agitation a repris dans le studio. Trial TV était en ordre de marche.

J'ai vu Jane plisser les yeux vers le fond du studio et je me suis tournée pour regarder dans la même direction.

L'écrivain n'était plus là.

Ayant perdu mon père à l'âge de huit ans, j'aurais pu être à la recherche d'une figure paternelle et avoir une tendresse particulière pour les hommes proches de la soixantaine. Eh bien, ce n'était pas du tout le cas avec Tommy Daley. Il avait à peu près l'âge qu'aurait eu mon père s'il n'était pas mort prématurément, mais je n'ai ressenti pour lui aucune espèce de dévotion filiale.

— Pourquoi êtes-vous ici ? m'a-t-il demandé une fois que je me fus présentée.

Je me suis rappelé les mots de Jane : « Il aboie, mais il ne mord pas. » Avec sa voix brusque et saccadée qui partait dans les aigus, j'aurais plutôt dit qu'il jappait.

— C'est Jane qui m'envoie. Elle m'a dit que vous alliez « régir mon univers ».

Il ne s'attendait visiblement pas à ça, et j'ai senti que j'avais marqué un point. Il s'est tourné vers Jane, le coin de sa bouche se relevant pour former une sorte de sourire.

— J'adore cette gonzesse. Si elle n'avait pas fait partie de l'aventure, je n'aurais jamais accepté ce job.

Son regard dur s'est de nouveau posé sur moi.

— Par ici.

Nous avons quitté le studio par une porte différente de celle que j'avais empruntée pour y pénétrer. Elle débouchait sur un vaste espace divisé en une multitude de bureaux, tous équipés de deux écrans d'ordinateurs et de petits téléviseurs. D'autres postes, beaucoup plus imposants et visibles de partout, formaient un mur au centre de la pièce. Sur deux d'entre eux, on voyait Joe Kelley intervenir en direct, et, sur un troisième, Jane qui attendait de reprendre l'antenne. Les autres diffusaient des chaînes d'informations telles que CNN, Fox News ou encore MSNBC.

Quatre horloges étaient fixées au-dessus du mur de télévisions, chacune réglée sur un des quatre fuseaux horaires du pays et chacune désignée par le nom d'une ville : Chicago, New York, Denver, Los Angeles.

A côté se trouvait un immense calendrier qui couvrait le mois en cours, ainsi qu'un tableau effaçable à sec.

Tommy a croisé les bras.

— Ce que je voulais dire, c'est : qu'est-ce que vous venez foutre ici, dans une chaîne de télévision nationale ? Hein ? Je sais que vous remplacez l'autre, là, je ne me souviens plus de son nom…

Il a secoué la tête au souvenir de la « diva » dont m'avait parlé Jane et il a maugréé : « Grande professionnelle, tu parles… », ou quelque chose comme ça.

— Enfin, bref, a-t-il repris. J'ai le feu vert pour vous embaucher parce que Jane a dit du bien de vous, mais j'aimerais que vous m'expliquiez ce que vous comptez apporter à la chaîne. Allez, je vous écoute ! a-t-il insisté quand j'ai hésité à répondre. Qu'est-ce que vous allez mettre sur la table ?

J'ai senti que je rougissais un peu. D'un côté, j'avais passé le week-end à me poser la même question. De l'autre, j'avais croisé suffisamment de types comme lui au cours de ma carrière d'avocate pour savoir à quoi m'en tenir. Tommy Daley faisait partie de ces gens qui ont besoin de bizuter les petits nouveaux pour asseoir leur pouvoir. De vous mettre à l'épreuve jusqu'à ce que vous parveniez à gagner leur respect. Même si ce ne serait jamais ma façon de faire, je pouvais comprendre cette attitude. Mais je savais aussi qu'il ne fallait pas se laisser intimider. Montrer qu'on avait peur, c'était s'afficher en victime et ouvrir la porte à tous les abus.

— Je suis avocate, ai-je dit d'une voix aussi ferme que possible. J'ai plaidé à plusieurs reprises devant un jury et j'ai une grande expérience en rédaction et négociation de contrats. J'ai travaillé chez Baltimore & Brown et…

Tommy a tiré sur sa cravate jaune avec un grognement impatient.

— Combien de temps avez-vous exercé ?

— Cinq ans environ.

Il m'a dévisagée un instant de ses yeux rougis avant de les lever au ciel.

— Seigneur…, a-t-il grommelé. Vous êtes un bébé.

J'ai eu envie de lui dire : « Vous faites erreur sur la personne, mon vieux. Le "bébé", c'est le mec que j'ai fichu à la porte de mon appartement à 5 heures ce matin. »

Au lieu de quoi, j'ai poursuivi sans me démonter :

— Pendant une bonne partie de ces cinq années, j'ai été l'avocate principale de Pickett Enterprises.

« Pickett » était un mot magique pour beaucoup de professionnels des médias, et encore plus pour ceux de la vieille école. De fait, les yeux de Tommy sont revenus se poser sur moi, la curiosité remplaçant le dédain dans son regard.

— Vous connaissiez Forester ?

— Je crois pouvoir dire que nous étions amis. De vrais amis. Il me manque énormément.

Il a poussé un grognement étouffé.

— Ouais, c'était un chic type. Et un grand bonhomme

de l'audiovisuel. Alors, dites-moi, vous avez une expérience de la télé ?

— C'est un monde que j'ai beaucoup côtoyé à travers mon travail d'avocate spécialisée en droit du divertissement. Et il m'est arrivé de passer à l'antenne lorsque je faisais des déclarations pour le compte de Pickett Entreprises.

Je n'ai pas précisé que la plupart du temps je me contentais de répéter « Aucun commentaire, merci », et j'ai enfoncé le clou :

— Et puis Jane m'a dit que mettre à l'antenne des gens ayant une expérience pratique du domaine qu'ils couvrent était à la mode, aujourd'hui.

Il a fait une grimace que je n'ai pas su comment interpréter.

— Vous n'auriez pas un CD de démonstration, par hasard ?

— Un CD de démonstration ? Non, je n'ai apporté que l'original, ai-je rétorqué en ouvrant les bras avec un sourire XXL.

Tommy s'est gratté le haut du crâne, ce qui a eu pour effet de rendre sa maigre chevelure encore plus hirsute. Il a tendu le doigt vers le grand calendrier.

— Vous savez ce que c'est ?

J'ai pris le temps de lire certaines des inscriptions qui y figuraient : « Procès Pitello », « Session du Congrès sur le dopage », « Plaidoirie d'appel de Mackey ».

— Ça m'a tout l'air d'être des sujets que vous couvrez.

— Pas mal, a-t-il dit avec un bref hochement de tête. Ecoutez, jeune fille, vous avez parlé de mode, tout à l'heure, mais moi, je ne crois pas aux modes dans ce métier. Vous savez en quoi je crois ?

J'ai regardé ses yeux injectés de sang et j'ai failli répondre : « Au whisky dans votre café ? » Mais je me suis contentée de dire non.

— Je crois aux professionnels du journalisme. Et je crois que l'information est leur affaire.

Il s'est penché vers moi comme il l'avait fait plus tôt face aux stagiaires.

— Et quand je dis journalistes professionnels, je parle de gens qui ont des diplômes appropriés, une carte de presse et si possible de l'expérience. En d'autres termes, à chacun son métier.

Il m'a dévisagée un moment, le front plissé.

— Et je ne crois pas à ces débats sans fin entre des pseudo-experts affalés sur des fauteuils en cuir.

J'ai préféré ne rien répondre. Il me semblait avoir cerné le personnage. Un vrai professionnel qui avait embrassé cette carrière par passion, qui avait connu une certaine époque qu'il qualifiait toujours de « grande », et qui dénigrait par principe toutes les évolutions du métier. Le cabinet d'avocats où j'avais officié était plein de vieilles badernes de ce genre. J'avais d'ailleurs été l'une des principales cibles de leurs récriminations, parce que Forester Pickett m'avait choisie pour représenter son groupe audiovisuel au détriment d'un confrère beaucoup plus expérimenté.

Au fond, je comprenais que je puisse agacer Tommy Daley comme j'agaçais hier mes supérieurs chez Baltimore & Brown. J'avais eu de la chance dans mon métier d'avocate, et c'était encore la chance qui m'avait permis de décrocher ce nouveau travail. Et je n'avais rien contre la chance. Je n'étais pas du genre à lui tourner le dos quand elle se présentait, sous prétexte qu'il eût été plus honorable d'obtenir ce genre de boulot grâce à des années de travail obstiné. Mais encore une fois, je comprenais que ça puisse exaspérer certaines personnes, en particulier celles qui avaient effectivement trimé pendant dix ans pour arriver au même résultat que moi. J'ai donc laissé Tommy me faire la leçon. Je lui devais bien ça.

— Une autre chose qui me défrise, a-t-il poursuivi, ce

sont ces journalistes qui passent leur temps à donner leur opinion à propos de tout et de n'importe quoi.

Il a poussé un long soupir.

— Mais plus personne ne voit les choses comme moi, de nos jours. Le patron de la chaîne ne veut pas qu'on se contente de transmettre l'info à nos téléspectateurs, il veut aussi qu'on la décrypte pour eux. Que voulez-vous… Il faut leur mâcher le travail ! En veillant à conserver un minimum d'objectivité, bien sûr. En gros, ce qu'on attend de vous, c'est que vous vous serviez de votre expérience d'avocate pour filtrer les infos qui vont être balancées devant la caméra.

Il m'a regardée de la tête aux pieds, puis des pieds à la tête, avec une expression qui oscillait entre désespoir et résignation.

— Aussi maigre que soit cette expérience, a-t-il ajouté comme pour lui-même.

J'ai fermement opiné du chef, bien décidée à le rassurer.

— C'est compris.

Nouveau soupir de Tommy.

— J'aurais voulu que vous suiviez un autre reporter pendant quelques semaines pour vous faire les dents, mais cette chaîne n'en est qu'à ses balbutiements, et elle n'a ni le temps ni les moyens de payer ses employés à ne rien faire. Alors, vous vous sentez prête pour votre premier reportage ?

J'ai eu une bouffée de chaleur.

— A l'antenne, vous voulez dire ?

— Ouais, vous voyez le topo : vous décrivez la réaction de l'accusé après le verdict : choqué, soulagé, etc. Essayez d'obtenir une réaction des membres du jury… Le truc habituel, quoi.

Il a consulté sa montre.

— Au fait, c'est la première et la dernière fois que je vous donne un reportage tout cuit dans le bec. A l'avenir, vous vous dégoterez vos propres sujets, d'accord ?

Je suis restée un moment sans voix.

— Mais je…, ai-je fini par articuler péniblement. Jane m'a dit que je ne passerais pas tout de suite à l'antenne.

— Ça ne me plaît pas plus qu'à vous, mais je viens juste d'avoir du nouveau dans le procès Pitello. Le jury va lire son verdict dans la matinée.

Il a levé les yeux vers une des horloges fixées au-dessus du mur de télévisions.

— Vous savez qui est Tony Pitello, n'est-ce pas ? m'a-t-il lancé avec une moue menaçante.

— Bien sûr.

Dieu merci, l'affaire Pitello défrayait la chronique depuis des semaines.

— Un avocat accusé d'avoir joué les tueurs à gages pour le crime organisé. Il aurait aussi fait éliminer un témoin à charge.

Tommy Daley a hoché la tête.

— J'apprécie l'usage du conditionnel. Les journalistes ne se soucient plus de la présomption d'innocence, de nos jours.

Il a claqué des mains.

— Bon, prenez votre cameraman sous le bras et veillez à ce qu'il n'oublie pas sa minette.

— Sa minette ?

Il a soupiré et ses épaules se sont affaissées comme sous le poids d'un profond accablement.

— C'est une lampe d'appoint qu'on fixe sur la caméra pour filmer dans les endroits sombres. Il y aura peut-être des plans à faire dans les couloirs du palais de justice.

Il a désigné du doigt un Noir avec une grosse moustache assis à l'autre bout de la salle.

— Ted va vous accompagner. Et maintenant, débarrassez-moi le plancher.

19

Le palais de justice qui abrite la cour d'assises est situé dans un quartier plutôt sinistre. Bien qu'assez proche de secteurs rénovés et désormais investis par une population aux revenus confortables, les alentours immédiats du palais semblent à jamais marqués par les drames qui se sont déroulés dans ses murs. Ici, même les passants marchent vite, la tête rentrée dans les épaules, comme s'ils avaient peur de leur ombre.

Le cameraman qui m'avait été assigné était un gros nounours du nom de Ted Wheeler. Une bonne nature qui m'a montré comment installer mon oreillette et faire fonctionner mon micro, tandis qu'un chauffeur nous conduisait sur le lieu du reportage dans une camionnette aux couleurs de Trial TV.

— Dans l'Illinois, les caméras ne sont pas autorisées dans la salle du tribunal, a dit Ted.

Pour une fois, il ne m'apprenait rien.

— Alors vous allez entrer pour écouter le verdict et ressortir aussi vite que possible. On va décider d'un endroit où se retrouver afin de ne pas perdre de temps. Il va falloir piquer un sprint, d'accord ? Il faut qu'on soit les premiers à annoncer le verdict.

J'ai hoché la tête en essayant de ne pas paniquer.

— D'accord, mais vous ne pensez pas que je devrais écrire ce que je vais dire à l'antenne ?

— Si, bien sûr.

— Quand vais-je pouvoir faire ça ?

— Vous allez écrire dans votre tête pendant que vous courrez vers la sortie.

J'ai attendu quelques secondes pour voir s'il allait rire. Rien. J'ai compris qu'il ne me faisait pas marcher quand il s'est mis à lisser ses moustaches d'un air songeur. D'ordinaire, j'ai une sainte horreur des moustaches, mais je devais reconnaître que celles de Ted lui allaient vraiment bien.

— On passera en direct à l'antenne dès que vous serez prête, a-t-il dit.

— En direct ? ai-je glapi.

— On vient seulement d'apprendre que les jurés se sont mis d'accord et qu'ils sont sur le point de communiquer leur verdict. Il faut qu'on annonce ça en direct. Vous saviez que le jury avait été mis à l'isolement pendant le week-end ?

— Oui, j'ai lu ça.

— Vous avez déjà plaidé devant des jurés mis à l'isolement ?

— Non. Généralement, les affaires de droit civil ne sont pas assez graves pour qu'on ait besoin de protéger les jurés.

Ted a émis un petit sifflement.

— Eh bien, vous n'allez pas être déçue, a-t-il dit en riant. D'ordinaire, ils ne sont pas vraiment disposés à répondre aux questions des journalistes ! Il faut se mettre à leur place, aussi… On les prévient souvent au dernier moment de leur mise à l'isolement, et du coup, ils se retrouvent sans vêtements de rechange et sans leurs médicaments : somnifère, antidépresseur, ou autres… Et quand on les envoie passer la nuit dans un hôtel pourri, la plupart d'entre eux finissent par faire une razzia sur le minibar. Lorsqu'ils arrivent le lendemain dans la salle du tribunal, ils ont la gueule de bois, ils sentent le bouc et ils sont d'une humeur massacrante.

Il s'est interrompu et m'a dévisagée.

— Vous devriez mettre un peu plus de maquillage.

— Encore plus ?

J'en avais mis une telle couche, ce matin, que je m'étais sentie dans la peau d'une drag queen.

— Les caméras sont de vrais aspirateurs à maquillage, a dit Ted. Et c'est encore pire dans la lumière artificielle.

Il a pointé mes joues du doigt.

— Du fond de teint et du blush.

Puis mes yeux.

— Du mascara. Beaucoup plus de mascara.

Heureusement, j'avais emmené mon maquillage avec moi.

— Autre chose, a poursuivi Ted pendant que je me tartinais le visage. N'oubliez surtout pas de mémoriser le visage des jurés. On essayera d'en intercepter un ou deux quand ils sortiront afin d'obtenir quelques mots.

J'ai soufflé, m'efforçant d'imprimer mentalement tout ce qu'il me disait. D'un signe de tête, j'ai indiqué le matériel électronique qui remplissait les trois quarts de la camionnette.

— Il faudra que je sache me servir de tout ça ?

— Je connais des bons reporters qui ont fini par apprendre comment ça fonctionne, mais ça n'est pas indispensable pour votre travail.

Il s'est tourné vers notre chauffeur, un jeune type en pantalon à carreaux et épais blouson noir.

— Aujourd'hui, c'est Ricky qui va être aux manettes. Pas vrai, Ricky ?

Le chauffeur a fait un petit signe de tête sans quitter la route des yeux.

Deux minutes plus tard, il garait la camionnette devant le palais de justice. La partie ancienne était élégante et majestueuse, mais on ne pouvait pas en dire autant du bâtiment récent qui lui avait été accolé ; une extension purement fonctionnelle qui ressemblait à n'importe quel autre édifice municipal.

Une impressionnante file s'était formée le long du large escalier en béton qui menait à la porte principale.

— Ah, zut, a dit Ted en regardant les gens qui se massaient sur les marches. Ça arrive parfois, le lundi matin.

Le soleil du petit matin avait disparu sous une épaisse couche de nuages et un vent cinglant nous a cueillis lorsque nous sommes sortis de la camionnette.

— C'est à cause des contrôles de sécurité ? ai-je demandé en repoussant les mèches que le vent jetait contre mon visage.

Je n'étais venue qu'une seule fois dans ce palais de justice, et c'était parce que j'avais oublié de mettre mon clignotant alors que je roulais en Vespa. Un flic m'avait arrêtée et m'avait proposé un rendez-vous que j'avais refusé, ce qui m'avait valu un regard furibond et une citation à comparaître.

— Ouais, a répondu Ted. Et une queue comme ça peut mettre une heure à se résorber.

Il a baissé les yeux vers sa montre.

— Et on ne peut pas se permettre d'attendre une heure.

— Il doit y avoir une porte réservée aux avocats, non ?

Je me suis mise sur la pointe des pieds et j'ai allongé le cou pour essayer de voir au-delà des visages renfrognés qui patientaient dans la file.

Ted a haussé les épaules.

— Je n'en sais rien. C'est la première fois que je viens ici avec un avocat.

J'ai abandonné ma chevelure aux facéties du vent et j'ai sorti ma carte professionnelle de mon sac. Je l'ai retournée pour lire ce qui était inscrit au dos.

— Oui, c'est bon, ai-je dit. Cette carte est valable pour tout le comté.

Je me suis tournée vers Ted qui affichait un sourire ravi.

— Il y a autre chose que je devrais savoir ?

— Salle n° 500. Bonne chance.

20

A l'intérieur, je suis tombée sur un shérif qui avait l'air de s'ennuyer ferme.

— Bonjour shérif, ai-je dit. Pourriez-vous m'indiquer la salle n° 500 ?

Il a tendu le doigt vers sa gauche à la manière d'un automate. Aucune autre partie de son corps n'a bougé, et son visage est resté parfaitement impassible.

— Merci, ai-je lancé en m'élançant dans la direction qu'il venait de m'indiquer.

J'ai slalomé entre des familles, des gamins vêtus comme des rappeurs, des policiers… Ce palais de justice n'avait décidément rien à voir avec celui où se jugeaient les affaires civiles. Là-bas, presque tout le monde était avocat et personne ne traînait dans les couloirs.

Mes talons piquaient le carrelage avec de rapides clic-clac, mais je me suis accordée une courte pause en arrivant dans ce qui était manifestement l'ancien hall d'entrée. Le sol en marbre, les décorations murales taillées dans la pierre et les vitraux étaient magnifiques, mais il fallait faire abstraction de la pellicule de crasse qui les recouvrait pour en apprécier toute la beauté. Et je n'avais pas le temps pour ça.

J'ai repris ma course jusqu'aux ascenseurs, m'incrustant dans une cabine déjà comble au moment où ses portes se fermaient. J'en suis sortie au cinquième étage, mais aucun signe n'indiquait la direction des salles d'audience. J'ai erré quelques minutes dans les couloirs avant de dénicher la salle que je cherchais.

La salle 500 était immense et majestueuse. Tout au fond, là où viendraient siéger le juge et ses assesseurs, se dressait un long bureau surélevé, de bois patiné par le temps tout comme le reste du mobilier. Fixée juste derrière, une étagère marquetée présentait d'anciens ouvrages juridiques qui n'avaient pas dû être ouverts depuis des lustres. A la gauche du juge se trouvait le banc des jurés, et à sa droite celui des avocats. D'étroites fenêtres taillées dans les murs en chêne s'élevaient d'un seul côté de la grande salle.

Autant la partie réservée à la cour, aux avocats et au jury était clairsemée, autant celle réservée au public était bondée. Environ deux cents personnes s'entassaient sur les bancs de bois, épaule contre épaule, l'affluence obligeant certains à se tenir debout. J'ai balayé la salle du regard et j'ai repéré plein de journalistes, des visages connus et des reporters anonymes qui avaient la tête de l'emploi. Certains d'entre eux s'étaient assis aux premiers rangs, sans doute pour avoir la meilleure vue possible. J'ai opté pour une autre tactique. Jouant des coudes, je me suis glissée au milieu d'un groupe qui se tenait debout près de la porte, prête à sortir en courant dès l'annonce du verdict.

Mais il a fallu attendre. Et attendre. Et attendre encore. Voilà qui ne différait pas du tribunal de grande instance où j'avais passé des heures à poireauter à l'époque de Baltimore & Brown. Quelle que soit la juridiction où ils exerçaient, les juges prenaient leur temps sans se soucier du nombre de gens qui gâchaient leur journée à faire le pied de grue.

Dans l'action, j'étais parvenue à maîtriser mon angoisse. Mais l'attente m'obligeait à songer à ce que j'étais sur le point de faire — un reportage en direct à l'antenne ! — et cette perspective était en train de me rendre passablement nerveuse. Pour me changer les idées, j'ai envoyé un SMS à Grady. Je savais qu'il devait témoigner ce matin dans une grosse affaire d'erreur médicale.

Comment s'est passée ta déposition ? ai-je écrit.

C'était le genre de message que je lui avais toujours envoyé. Une simple question posée par une amie et consœur. Mais cette fois, quelque chose sonnait faux.

Apparemment, Grady a aussi eu cette impression.

Je n'ai pas envie de parler de ça, a-t-il répondu. *J'ai envie de parler de toi et de ton nouveau boulot de vendeuse en lingerie fine.*

Je suis restée un moment à chercher mes mots, les yeux rivés sur l'écran du téléphone. Grady m'a envoyé un autre SMS avant que je ne trouve l'inspiration.

Dîner ce soir ?

J'ai espéré qu'une réponse allait jaillir naturellement en moi, soit : « Non, Grady et moi sommes juste des amis », soit : « Bien sûr, voyons, dis-lui de choisir le restaurant et va t'éclater avec lui. » Mais aucune des deux options ne s'est clairement détachée de la confusion qui régnait dans mon esprit. Ce qui m'a amenée à me demander si je n'éprouvais pas un certain plaisir à entretenir cet état d'indécision. J'avais pensé qu'avec l'âge, je finirai par savoir exactement ce que je voulais. Et voilà qu'à bientôt trente ans je me découvrais un coupable penchant pour la tergiversation.

Peut-être…, ai-je tapé.

De longues minutes sont passées sans message de Grady. Finalement, il a écrit :

Tu as puisé ça dans ton catalogue de réponses foireuses ?

J'étais en train de lire ce SMS quand une porte s'est ouverte derrière le bureau du juge. L'accusé est entré, flanqué de ses avocats. A cinquante-quatre ans, Tony Pitello était encore bel homme, pour ne pas dire plus. A en croire la presse, il avait un faible pour les costumes de soie sauvage et les boutons de manchettes en diamant, et c'est précisément ce qu'il portait aujourd'hui. Mais il m'a semblé un peu à l'étroit dans son costume gris. Il avait visiblement pris du poids durant son procès et son visage était rouge, comme si son col le serrait au point de l'étouffer.

Pitello et ses avocats sont allés s'asseoir dans l'espace qui leur était dévolu. Tous affichaient un visage dénué d'expression. L'un des avocats s'est penché pour murmurer quelque chose à l'oreille de son client. Pitello a hoché la tête, toujours impassible, les yeux rivés sur le banc des jurés.

Les procureurs d'Etat — deux hommes et une femme — ont été les seconds à pénétrer dans l'arène. Ils se sont assis sans un regard pour le public, puis se sont mis à ranger leurs dossiers en plaisantant comme s'ils étaient seuls au monde. A croire qu'ils étaient tellement habitués à travailler devant un auditoire qu'ils ne voyaient plus tous ces visages tournés vers eux. Et qu'ils n'entendaient pas la salle bruire d'une rumeur impatiente.

Puis ça a été au tour du juge — un homme d'une soixante d'années à l'épaisse tignasse grise — de faire son apparition. Il a toisé l'assistance d'un regard sévère, debout derrière le bureau, et la salle s'est tue sans qu'il ait à ouvrir la bouche. Un petit hochement satisfait de la tête, et il a consenti à s'asseoir.

Il a croisé les mains sur le dossier rouge qui se trouvait devant lui et s'est tourné vers les avocats de la défense.

— Quelque chose à ajouter avant que je fasse entrer le jury ?

— Non, Votre Honneur.

Le regard du juge s'est posé sur les représentants du ministère public.

— Madame et messieurs les procureurs ?

— Rien à ajouter, Votre Honneur.

Le juge s'est alors adressé au public.

— Il y a des convenances à respecter dans une salle d'audience, en particulier durant l'énoncé d'un verdict. Sachez que je ne tolérerai aucune sorte de manifestation sonore. Etre désigné juré est un grand honneur et une grande responsabilité. Pour tout Américain, c'est l'occasion de se rendre utile à son pays. J'attends donc que vous respectiez ce jury et ce procès en conservant un silence complet durant toute la lecture du verdict. Me suis-je bien fait comprendre ?

Une vague de hochements de tête a fait onduler l'assistance. Le juge a semblé passer en revue chacun des visages qui la composaient, comme s'il pouvait tous nous regarder les yeux dans les yeux.

Il s'est ensuite tourné vers l'huissier d'audience.

— Faites entrer le jury.

La tension est brusquement montée d'un cran.

Une porte s'est ouverte derrière le banc des jurés. Ils étaient douze — sept femmes et cinq hommes —, l'air épuisé et les vêtements chiffonnés comme Ted l'avait prédit.

Je me suis efforcée de prendre des notes mentales tandis qu'ils s'asseyaient dans le box, chacun à la place qu'il avait occupée durant le procès. Homme de type asiatique avec des lunettes. Grande blonde avec un grain de beauté sur la joue gauche. Moustachu bien en chair avec calvitie naissante.

Le moindre de leurs mouvements résonnait dans le silence de cathédrale qui régnait dans le tribunal.

J'ai brusquement cessé de gribouiller des notes dans mon cerveau. Parce que je venais de remarquer quelque chose.

Aucun membre du jury ne regardait Tony Pitello. Pas un seul.

Durant toute la durée d'un procès, nous autres avocats scrutons le visage des jurés pour essayer de glaner des indications sur leur état d'esprit. Lorsqu'une information importante est donnée, nous essayons de voir s'ils en ont pris toute la mesure. Nous remarquons quand l'un d'eux pique du nez pendant une seconde ou pousse son voisin du coude. Nous tâchons de deviner qui sera désigné président du jury par les autres membres en observant celle ou celui qui prend le plus de notes ; celle ou celui qui entre et sort en premier de la salle des jurés.

Bien entendu, il ne s'agit pas d'une science. J'ai vu des jurys qui semblaient indifférents aux souffrances du plaignant infliger des dommages et intérêts record à l'accusé. J'ai vu une femme qui s'était tue et n'avait pas écrit un mot durant toute la durée du procès être désignée présidente.

Mais si aucun des membres d'un jury sur le point de lire son verdict ne jette le moindre regard à l'acteur principal du procès — le plaignant dans une affaire civile et l'accusé dans une affaire criminelle —, on a peu de chance de se tromper sur ce que cela veut dire.

Au contraire, on peut interpréter de différentes façons le fait qu'un ou plusieurs jurés cherchent le regard du prévenu. L'un voudra le rassurer en lui disant avec les yeux : « Ne t'inquiète pas, tu es sorti d'affaire. » Un autre, en désaccord avec le reste du jury, s'excusera du regard : « J'ai essayé, mais je n'ai pas réussi à les faire changer d'avis. Désolé, mon vieux, mais tu es cuit. »

J'ai continué à les observer et ce que j'ai vu a confirmé ma première intuition. Certains jurés fixaient le bout de leurs chaussures, d'autres semblaient fascinés par leurs ongles, d'autres encore dévisageaient passionnément le juge. Cela ne pouvait signifier qu'une seule chose : ils avaient décidé que Pitello était coupable.

Je me suis tournée vers Pitello. Lui aussi avait compris.

Ni l'attitude des jurés ni le sens qu'il fallait lui donner n'avait pu échapper à l'avocat qu'il était. Sa bouche était un peu ouverte, comme s'il cherchait de l'air. Son visage prenait la teinte d'une brique tandis que son regard cherchait désespérément celui des jurés.

Mais il ne l'a pas trouvé. Pas une fois. Pas même pendant une fraction de seconde.

J'ai continué à m'intéresser à Pitello. A son visage paniqué. J'ai même eu l'impression de le voir vaciller.

Et soudain, un gros Boum ! a résonné dans la salle muette.

Un juré a laissé échapper un cri. Un long murmure lui a répondu, comme sorti des entrailles de la foule.

Pitello avait perdu connaissance, son front heurtant violemment la table qui se trouvait devant lui.

Le shérif s'est précipité et l'a aidé à se relever avec l'aide des avocats. Pitello avait repris conscience et il clignait des yeux comme un possédé, aveuglé par le sang qui coulait de son arcade sourcilière.

— Monsieur Pitello, êtes-vous en état d'assister à la lecture du verdict ? a demandé le juge.

Conciliabules entre Tony Pitello et ses avocats.

— Monsieur Pitello, a répété le juge d'une voix de stentor, êtes-vous en état d'assister à la lecture du verdict ?

L'accusé a acquiescé d'un signe de tête.

— Votre Honneur, est intervenu un de ses avocats, M. Pitello pense qu'il peut poursuivre, mais je voudrais solliciter une suspension de séance afin que nous puissions nous en assurer.

Le front du juge s'est plissé. Un brouhaha étouffé a fait vibrer les bancs du public. « Qu'est-ce qu'il fait ? entendait-on dans les travées. C'est un coup de bluff ? Que se passe-t-il ? »

Le juge a tourné son visage renfrogné vers l'auditoire.

— Silence dans la salle !

Le brouhaha a cessé aussitôt.

— Je vous accorde dix minutes, a dit le juge. Une fois passé ce délai, nous procéderons à l'énoncé du verdict.

Un coup de maillet, et la salle s'est animée comme une cour de récréation.

L'angoisse montait en moi. Qu'étais-je censée faire ? J'ai observé les autres journalistes. Aucun d'eux ne semblait prêt à quitter le tribunal. La plupart consultaient leurs montres ou pianotaient furieusement sur leurs téléphones portables.

Je me sentais déchirée entre l'envie d'attendre le verdict et celle de me précipiter au-dehors pour raconter aux téléspectateurs de Trial TV ce qui venait de se passer et leur faire part de ma conviction concernant la décision imminente du jury. Si je décidais de sortir, je ne pourrai jamais revenir à temps pour assister à la lecture du verdict. Le calcul était vite fait : la suspension de séance allait durer dix minutes et il m'en fallait déjà cinq pour rejoindre Ted devant le palais de justice.

C'est alors que les paroles de Tommy Daley me sont revenues à la mémoire.

« Le patron de la chaîne ne veut pas qu'on se contente de transmettre l'info à nos téléspectateurs, il veut aussi qu'on la décrypte pour eux. Ce qu'on attend de vous, c'est que vous vous serviez de votre expérience d'avocate pour filtrer les informations qui vont être balancées devant la caméra. »

J'ai quitté la salle d'audience et je me suis ruée vers les ascenseurs. La cabine a semblé mettre une éternité à parvenir jusqu'à mon étage et à ouvrir ses portes. Tandis que je passais en courant devant les vitraux de l'ancien hall d'entrée, je me suis mise à rédiger mentalement mon premier reportage télévisé, en direct s'il vous plaît ! Je n'avais aucune idée de ce que j'étais censée dire ou faire et j'essayais désespérément de me souvenir des prestations des journalistes que je voyais chaque jour devant mon poste. Mais si la chaîne souhaitait que j'utilise mon expérience d'avocate pour filtrer les informations que j'allais donner face à la caméra, elle allait être servie.

Quand j'ai enfin rejoint Ted, je soufflais comme un bœuf.

— Alors, quel est le verdict ? a-t-il demandé.

J'ai secoué la tête en m'efforçant de reprendre ma respiration.

— Ils… Ils ne l'ont pas encore donné. Pitello a tourné de l'œil. Le juge a accordé une suspension de dix minutes, mais je crois connaître la teneur du verdict et j'ai décidé de l'annoncer à l'antenne.

Ted m'a jeté un regard méfiant.

— Et qu'est-ce que va décider le jury, selon vous ?

Je lui ai parlé de l'attitude des jurés.

— S'ils évitent tous son regard, c'est qu'ils l'ont déclaré coupable.

— Vous en êtes sûre à cent pour cent ?

— A quatre-vingt-dix-neuf.

Nous nous sommes regardés, réfléchissant l'un et l'autre aux conséquences que pourraient avoir ce « un pour cent » pour ma carrière et pour la chaîne, toutes deux seulement âgées de quelques heures.

— Si nous annonçons le verdict un quart d'heure avant tout le monde le jour du lancement de Trial TV, ça nous fera une pub d'enfer, ai-je avancé.

Ted a hoché la tête.

— Mais si vous vous plantez…

— Si je me plante, j'aurais toujours les petites culottes à renifler pour rembourser l'emprunt de mon appartement.

Ted a froncé les sourcils.

— Pardon ?

— Rien. Alors, qu'est-ce qu'on fait ?

Il a haussé les épaules.

— Tentons le coup.

Ted savait comment parler à une fille comme moi.

Après une minute à installer mon oreillette pendant que Ted me faisait déplacer pour trouver le meilleur plan, j'ai entendu la voix de Jane au creux de mon oreille.

— Notre correspondante Isabel McNeil se trouve devant le palais de justice de Chicago où le jury s'apprête à communiquer son verdict dans le procès de Tony Pitello, un avocat soupçonné d'avoir exécuté les basses œuvres du crime organisé. Isabel, quelles sont les dernières nouvelles ?

J'ai respiré un grand coup et j'ai suivi les instructions de Ted, regardant droit dans la caméra et m'adressant à Jane comme si elle se trouvait juste en face de moi.

— Eh bien, Jane, les jurés ont fait leur apparition dans la salle du tribunal il y a quelques minutes de ça, prêts à énoncer ce fameux verdict qui va décider de l'avenir de Tony Pitello. Mais là, coup de théâtre, l'accusé a perdu connaissance avant que la sentence puisse être connue. La tête de Tony Pitello a violemment heurté une table, lui infligeant une blessure semble-t-il superficielle à l'arcade sourcilière. A la suite de ce malaise, sans doute dû au stress, le juge Kevin Glenn a ordonné une suspension de séance de dix minutes.

— La fin de ce procès a pris une tournure pour le moins inattendue, à ce que je vois. Isabel, avez-vous une idée de ce qui va se passer ensuite ?

— Oui, Jane, ai-je répondu d'une voix ferme en plongeant le regard dans l'objectif de la caméra. Le jury va déclarer Tony Pitello coupable.

21

Quand je suis arrivée au siège de Trial TV, un stagiaire m'attendait derrière la porte principale. C'était celui qui s'était fait enguirlander par Tommy Daley juste avant le premier direct de Jane. Et il avait l'air encore plus effrayé que tout à l'heure.

— Tommy veut vous voir.

J'ai trouvé Tommy dans le studio, debout devant le plateau meublé de fauteuils en cuir bleu, en train de s'énerver parce que les invités n'avaient pas encore de micros. Une femme en tailleur de tweed brun, visiblement mal à l'aise au milieu de toute cette agitation, occupait un des fauteuils.

— Ne regardez pas les caméras, était en train de lui dire un des chefs de plateau. Adressez-vous directement à Jane.

Face à elle était assis un homme de soixante-cinq ans environ. Sous la masse ondoyante de son épaisse chevelure gris argent, j'ai tout de suite reconnu Jackson Prince, un avocat multimillionnaire qui traitait presque toutes les grosses affaires de dommages corporels à Chicago et qui s'était récemment tourné vers des marchés encore plus lucratifs, comme celui des recours collectifs intentés aux laboratoires pharmaceutiques. Prince ne semblait prêter aucune attention aux gesticulations de Tommy qui préparait le premier débat de Trial TV, une rubrique appelée « Pause café ». En vieil habitué des apparitions télévisées, l'avocat consultait son

BlackBerry avec un air de parfaite décontraction. Après avoir rangé l'appareil dans sa poche, il a croisé les jambes et a promené un regard las autour de lui, comme le client d'un salon de thé qui attend son Lapsang Souchong.

Quand il m'a aperçue, Tommy a interrompu net ce qu'il était en train de faire. Il a quitté le plateau et s'est dirigé droit sur moi.

J'ai composé un sourire forcé en attendant qu'il arrive à ma hauteur.

Son visage était encore plus rouge qu'avant, et on aurait dit qu'il avait mis le doigt dans une prise de courant tant ses rares cheveux se dressaient sur sa tête.

— Je n'arrive pas à croire que vous ayez osé prédire l'issue d'un procès en direct sur une chaîne nationale !

— Ce n'est pas ce que m'avez dit de faire ? ai-je répliqué.

La colère a contracté son visage, mais j'ai poursuivi avant qu'il n'ait le temps de hurler.

— Ou, plus exactement, ce que la chaîne veut que je fasse ? Que je filtre l'information à travers mon expérience d'avocate ? Parce que c'est précisément ce que j'ai fait. Et j'ai expliqué ma démarche aux téléspectateurs.

A l'antenne, j'avais dit être parvenue à cette conclusion en observant l'attitude des jurés.

— Sans compter que j'avais vu juste, ai-je ajouté.

J'étais revenue ventre à terre dans la salle du tribunal où j'avais appris que le jury avait bien reconnu Pitello coupable des chefs d'accusation qui pesaient contre lui, avant de ressortir pour annoncer à l'antenne la confirmation du verdict.

Les épaules de Tommy Daley se sont affaissées.

— Je n'arrive pas à croire que je continue à faire le clown dans ce business, a-t-il lâché.

Il a secoué la tête d'un air profondément navré.

— C'est vraiment devenu n'importe quoi.

— Une minute ! a crié une voix.

Une maquilleuse a pénétré sur le plateau pour retoucher le maquillage de Jackson Prince.

— Laissez-moi vous donner quelques conseils, m'a dit Tommy. Vous êtes trop raide et vous parlez trop vite. Vous n'êtes pas obligée de rentrer la tête dans les épaules comme si vous étiez face à un peloton d'exécution, d'accord ? Mais ouais, je suppose que vous avez raison. Vous avez fait ce que la chaîne attend de vous.

— Merci, ai-je simplement répondu, préférant éviter tout triomphalisme face à cette concession.

— Donnez-moi une seconde, et je vous montrerai comment écrire cette histoire afin d'en faire un sujet pour plus tard.

Tommy s'est interrompu pour regarder Jane qui arrivait sur le plateau. A peine avait-elle pris place entre Prince et la femme au tailleur en tweed que les moniteurs se sont allumés. Deux avocats sont apparus sur les écrans, l'un en duplex de Los Angeles et l'autre de New York.

— Trois secondes ! Deux…

La lumière des projecteurs s'est faite plus intense.

— Merci de nous rejoindre pour notre « Pause café », la rubrique débats de Trial TV, a dit Jane en souriant au demi-cercle de caméras qui entouraient le plateau. Aujourd'hui, nous allons parler de la prolifération des recours collectifs, ces actions judiciaires intentées pour le compte de plusieurs consommateurs ayant subi un préjudice commun de la part d'une même entreprise.

Elle a rapidement présenté ses invités, d'un ton qui donnait le sentiment que la « Pause café » de Trial TV existait depuis toujours, puis elle s'est tournée vers la femme au tailleur en tweed.

— Professeur Carlton, vous avez le sentiment que les recours collectifs sont vampirisés, voire instrumentalisés, par des avocats âpres au gain. Est-ce bien là le fond de votre pensée ?

Le professeur a hoché la tête.

— Tout à fait, Jane. Les recours collectifs, ou actions de groupe, se sont créés dans le but d'augmenter les chances de gagner des procès contre des adversaires souvent dotés de moyens considérables. Avant, c'était le pot de terre contre le pot de fer, et les consommateurs isolés n'avaient quasiment aucune chance d'obtenir réparation face aux grands groupes industriels. En gros, ça fonctionne sur l'idée que l'union fait la force. Mais l'intention première qui motivait ces actions de groupe, à savoir obtenir justice, tout simplement, est désormais dévoyée par des avocats qui ne pensent qu'à s'en mettre plein les poches.

Elle s'est redressée sur son fauteuil, son visage exprimant une certaine agitation.

— Voyez-vous, Jane, ce qui me dérange, et va même parfois jusqu'à me révolter, c'est que les plaignants qui participent à ces actions de groupe ne reçoivent généralement que très peu d'argent en cas de victoire judiciaire. Leurs avocats, par contre…

Elle a fait un mouvement de tête en direction de Jackson Prince.

— Les avocats sont les vrais vainqueurs de ce type de procès. Ils gagnent des millions et des millions de dollars en honoraires. Le système a été perverti — oui, perverti ! — au profit d'avocats qui instrumentalisent les consommateurs pour s'enrichir.

Jane a donné la parole à l'avocat qui se trouvait en duplex de Los Angeles.

Après qu'il eut formulé son opinion sur la question, Jane s'est tournée vers Prince.

— Et maintenant, M. Jackson Prince va pouvoir répondre aux mises en cause du Pr Carlton. Monsieur Prince, a-t-elle poursuivi en s'adressant directement à lui, vous êtes l'un des avocats les plus en vue de Chicago et vous représentez actuellement un collectif de consommateurs qui attaque en justice King Pharmaceuticals, le laboratoire qui produit le Ladera, un médicament contre l'arthrite.

Je savais que Jane avait interviewé Jackson Prince à de nombreuses reprises au cours de sa carrière, et elle s'est contentée de le regarder en soulevant un sourcil, comme pour dire : « Alors, qu'en pensez-vous ? »

Un sourire bienveillant s'est formé sur les lèvres de M. Prince.

— Jane, permettez-moi de m'inscrire en faux contre les accusations de Mme Carlton et de mettre tout de suite les choses au point. Des milliards — je dis bien des milliards — de dollars sont accordés chaque année par les tribunaux de ce pays pour dédommager les consommateurs.

— Monsieur Prince, a dit Jane en posant ses notes sur ses cuisses, j'aimerais que nous évoquions le procès intenté à King Pharmaceuticals.

Jackson Prince a croisé les jambes avec un bref hochement de tête.

— Des millions de nos concitoyens souffrent aujourd'hui dans leur chair après avoir pris du Ladera, a-t-il dit, la mine soudain grave. Nous nous efforçons de faire valoir le droit et de leur obtenir des dommages et intérêts substantiels.

— Permettez-moi de vous poser une question. Les plaignants se sont réunis en association de victimes afin de mener leur action en justice, n'est-ce pas ? Comment peut-on être certain que tous ceux qui ont rejoint l'association, et qui ont donc une chance de toucher des dommages et intérêts, ont vraiment pris du Ladera ?

— C'est assez simple, en réalité. On leur demande de produire les factures de leur pharmacie prouvant qu'ils ont bien acheté le médicament.

Jane a marqué un léger temps d'arrêt, visiblement intriguée par quelque chose.

— Mais comment les consommateurs vous contactent-ils ? Dans le cas des victimes du Ladera, par exemple, n'est-ce pas plutôt vous qui les contactez après vous être procuré les dossiers médicaux de patients à qui on a prescrit ce médicament ?

Les yeux de Jackson Prince se sont plissés, mais ça n'a duré qu'une seconde.

— Bien sûr que non, voyons. Un dossier médical est un document confidentiel. Nous lançons des campagnes d'information, notamment sur internet, afin d'informer les victimes de leurs droits et de la possibilité de rejoindre le recours collectif.

— Et dans le cas de patients ayant pris du Ladera mais ne souffrant d'aucun effet secondaire ?

— Ceux-là n'ont aucune raison de rejoindre le recours.

— A moins qu'on ne leur suggère de prétendre qu'ils sont eux aussi victimes d'effets secondaires pour gonfler artificiellement le nombre de plaignants et ainsi donner plus de poids à l'action en justice… Qu'en dites-vous, monsieur Prince ?

Cette fois-ci, les yeux du célèbre avocat sont restés plissés.

— Pas de blanc, pas de blanc…, a maugréé Tommy entre ses dents alors que Jane et Jackson Prince se regardaient en silence.

L'avocat en duplex de New York, qui piaffait dans son lointain studio depuis le début de l'émission, en a profité pour prendre la parole.

— Jane, si je peux intervenir…

— Bien sûr, a-t-elle dit avant de fournir quelques brèves informations sur cet invité qui se manifestait pour la première fois.

Le visage de l'avocat new-yorkais s'est affiché en gros plan sur les moniteurs. Il s'est mis à bavasser sur le fait que les laboratoires pharmaceutiques lançaient des médicaments sur le marché sans avoir conduit de sérieuses études d'innocuité. Pendant ce temps, Jane et Jackson Prince continuaient à se regarder en chiens de faïence, comme s'ils se livraient une bataille muette.

— Que se passe-t-il ? ai-je chuchoté à l'oreille de Tommy.

— Je n'en sais foutre rien.

Soudain, Jackson Prince a sorti son BlackBerry de sa poche et l'a consulté. Après quoi il a retiré son micro et a fait signe à un directeur de production qui s'est avancé vers lui, l'air catastrophé. Dieu merci, l'avocat new-yorkais était bavard comme une pie. Le réalisateur le cadrait maintenant en très gros plan pour masquer aux téléspectateurs ce qui se passait sur le plateau.

Jackson Prince et le directeur de production ont échangé quelques mots à voix basse pendant que Jane relançait l'avocat en duplex de New York.

Tommy a mis la main sur son oreillette, plissant le front tandis qu'il écoutait le producteur.

— Prince dit qu'il a une urgence professionnelle.

Il n'avait pas encore fini de prononcer ces mots que Jackson Prince se levait et quittait le plateau.

22

Ce n'est généralement qu'avec le recul qu'on comprend qu'un moment en apparence anodin était en réalité critique, qu'il a marqué un tournant irréversible dans notre vie. Qu'après ça les choses ne se sont plus jamais passées de la même façon, et plus jamais avec les mêmes personnes. Lorsqu'on regarde un tel moment dans le rétroviseur qu'est notre mémoire, il apparaît souvent avec plus de netteté qu'à l'époque où il s'est produit. Chaque mot prononcé, chaque geste effectué dans le feu de l'action prend avec le temps un poids insoupçonné.

J'ai vécu un de ces moments critiques quand Jane est venue me voir dans le bureau qui m'avait été attribué. Les présentateurs et l'équipe de production qui allaient gérer l'antenne pendant l'après-midi étaient en train d'arriver. C'était le calme avant la prochaine tempête qui pointait déjà le bout de son nez.

— Tu as été fantastique, m'a dit Jane. Je savais que je pouvais compter sur toi. Tu as vraiment frappé très fort, pour ton premier direct !

Ces mots m'ont fait chaud au cœur. Ma vie professionnelle avait connu une spectaculaire dégringolade ces derniers mois et le sentiment de remonter la pente me procurait une vive satisfaction.

— C'est toi qui as été fantastique, ai-je répliqué. Tu as vraiment fait le bon choix pour ta carrière.

Jane a souri. Un sourire sincère qui lui donnait l'air d'une gamine fière d'avoir eu une bonne note à l'école.

— Merci, Izzy. C'est vrai que je me sens à ma place, ici. Tu as vu le débat avec Jackson Prince ?

— Oui. Qu'est-ce qui lui a pris de partir comme ça ?

Jane a souri de nouveau. Mais cette fois-ci, il s'agissait d'un sourire adulte — du sourire d'une professionnelle sûre de son talent.

— Tommy veut m'étrangler parce qu'il m'a posé la même question et que je refuse de lui répondre. Mais à toi, je peux bien le dire : je suis sur le point d'épingler Jackson Prince.

— Comment ça ? ai-je demandé, flattée de la confiance qu'elle me témoignait.

— J'enquête en ce moment sur une affaire qui va le mettre dans un sacré pétrin. Mais je suis encore en train d'assembler les pièces du puzzle, et c'est un peu long, dans la mesure où je travaille seule sur le sujet. Le truc, c'est que je veux tout vérifier avant d'en parler à l'antenne. Quand on s'attaque à un avocat comme Prince, la moindre approximation peut coûter très cher. En attendant, il sait que je touche au but.

Je l'ai dévisagée un instant. Elle rayonnait.

— Tu adores ton métier, n'est-ce pas ?

— Oui, je l'adore, a répondu Jane sans l'ombre d'une hésitation.

Mais l'excitation qui animait ses traits a soudain laissé place à quelque chose de beaucoup moins joyeux.

— Mick était dans le studio, ce matin, a-t-elle dit après avoir jeté un bref regard par-dessus son épaule.

— Tu parles de l'écrivain, c'est ça ?

Elle a acquiescé, le visage fermé.

— Je l'ai vu, Jane. Et j'ai aussi vu ta réaction. Tu avais vraiment l'air paniquée. Qu'est-ce qu'il fichait là ?

— Il était venu interviewer le patron de la chaîne et quelques responsables, soi-disant pour un bouquin qu'il est en train d'écrire et dont l'action se déroule dans le milieu de la télé.

— Tu ne t'attendais pas à le voir là, j'imagine ?

— Bien sûr que non ! a-t-elle répliqué avec une véhémence qui m'a surprise. Si j'avais su qu'il comptait venir, tu peux être certaine que je lui aurais fait interdire l'accès au studio.

— Pourquoi est-ce que tu dis ça ? Vous aviez l'air de bien vous entendre, l'autre soir.

Elle a promené les yeux autour d'elle, comme pour s'assurer que personne ne nous écoutait. Quand son regard s'est de nouveau posé sur moi, il exprimait une sorte de dégoût.

— Je ne t'en ai pas encore parlé, parce que je nageais en pleine confusion. Ce n'est pas que les choses soient vraiment plus claires, maintenant, mais…

Elle s'est interrompue pour souffler un grand coup.

— Ecoute, Izzy, je crois que ce type m'espionne.

Je me suis levée d'un bond.

— Qu'est-ce qui te fait dire ça ?

Jane a une nouvelle fois tourné la tête à gauche et à droite, avant de reprendre avec une voix de conspiratrice.

— Samedi matin, je me suis réveillée avant lui et j'ai trouvé des informations qui me concernaient dans son appartement. Des notes, des photos, des articles découpés dans des journaux… Des trucs comme ça, tu vois ? Sur un document, il y avait le nom du magasin où je fais mes courses, celui de mon salon de coiffure, et plein d'autres détails sur ma vie privée.

— Ce ne sont pas des informations qu'il aurait pu glaner dans les magazines ou sur internet ?

— Izzy, ce type connaît aussi le nom et l'adresse de mon gynéco.

— Hein ?

Elle a hoché la tête, le visage grave.

— D'accord, là, c'est carrément bizarre, ai-je admis.

— Je ne te le fais pas dire.

— Jane, pourquoi tu ne préviens pas la police ?

— J'aimerais bien, mais comme je te l'ai déjà dit, je ne veux pas de ce genre de publicité, surtout avec le lancement de Trial TV. Tu sais comme moi que les flics ne sont pas les rois de la discrétion, et qu'il y a toujours des fuites quand une célébrité est impliquée dans un fait divers. Et puis, si Mick m'espionne depuis un moment, il doit savoir qu'il n'est pas le seul à avoir passé une nuit avec moi. Il pourrait se venger si je porte plainte, et je n'ai pas envie que tout le monde soit au courant de ma vie sexuelle.

— Pourquoi ne m'as-tu rien dit, quand tu as trouvé le nœud coulant dans ta chambre ? Si vraiment ce Mick est obsédé par toi et qu'il passe son temps à te suivre, c'est peut-être lui qui s'est introduit dans ta maison ?

Elle a secoué la tête, lèvres pincées.

— Bien sûr, c'est à lui que j'ai tout de suite pensé, mais…

Elle a haussé les épaules.

— Je ne sais pas comment t'expliquer, Izzy. C'est juste que je ne le vois pas du tout faire un truc pareil. Ce n'est pas son genre, tu comprends ?

— Ce que je comprends, c'est que tu as trouvé l'adresse de ton gynéco chez lui. Et ça, c'est vraiment tordu, si tu veux mon avis. Comme le coup du nœud coulant.

— C'est vrai, mais je me demande s'il n'a pas vraiment récolté tous ces renseignements sur moi pour écrire un livre. Tu sais comment sont les écrivains, Izzy. Ils font feu de tout bois. Et puis, quand j'ai trouvé ces notes chez lui, il y en avait aussi qui concernaient d'autres présentatrices.

— Et alors ? Ça prouve seulement que c'est un dingue qui est obsédé par les présentatrices télé. Tu n'es peut-être pas la seule qu'il harcèle.

— Il n'avait aucun moyen de savoir où je cache la clé de secours de ma maison.

— S'il t'espionne vraiment, il a pu te voir la sortir de sa cachette. Ou l'y remettre.

Elle a hoché la tête comme à contrecœur.

— Sans doute… Pour ne rien te cacher, j'espérais que cette histoire allait s'arrêter toute seule et que je n'entendrais plus parler de lui.

Jane a lâché un soupir.

— Je n'ai vraiment pas besoin de ça, en ce moment. Les choses ne sont pas simples avec Zac, tu sais, et…

Elle s'est interrompue, un sourire triste et songeur sur les lèvres.

— J'aurais vraiment aimé que Zac soit là, aujourd'hui.

— Il vient souvent au studio ?

— Presque jamais, mais ce matin, c'était vraiment un moment spécial pour moi. Il avait d'ailleurs prévu de venir, mais il a finalement décidé de rester à Long Beach.

Elle a cligné plusieurs fois des yeux et j'ai vu qu'elle retenait ses larmes.

— Ça ne va vraiment pas fort entre nous…

— Je peux faire quelque chose pour toi, Jane ?

Elle s'est forcée à sourire et a ravalé ses larmes.

— Tu peux m'accompagner à la fête de lancement de Trial TV. De toute façon, tu y es conviée puisque tu fais partie de la maison, et puis je déteste aller seule à ce genre de soirée. D'habitude, Zac vient toujours avec moi.

— Alors je suis ton homme, ai-je plaisanté.

Mais je ne suis parvenue à lui arracher qu'un faible sourire.

Elle m'a donné l'adresse de la soirée, avant de se raviser et de me demander de la retrouver dans un bar.

Je me suis rassise pour noter le nom et l'adresse du bar sur un morceau de papier.

— Tu es sûre que tu ne veux rien faire, pour ce Mick ?

ai-je demandé en relevant les yeux vers Jane. Il est quand même venu te harceler jusque sur ton lieu de travail.

— Oui, mais il avait une raison d'être là, même si ce n'était peut-être qu'un prétexte. Et puis il ne m'a pas adressé la parole, il n'a pas fait de scandale… Je ne peux même pas dire qu'il ait voulu me déstabiliser avant la prise d'antenne. En fait, il n'a jamais cherché à me contacter depuis que j'ai passé la nuit chez lui. Je pense qu'il va finir par disparaître de ma vie, Izzy. Comme les autres.

J'ai levé un sourcil avec une moue dubitative.

— Et s'il continue à rôder autour de moi, je préviendrai la police, a ajouté Jane.

— Promis ?

— Oui, promis. Et pour ce soir, je veux que tu te fasses super belle. C'est un ordre d'une des huiles de Trial TV !

— Dans ce cas, je n'ai plus qu'à obéir… Sérieusement, Jane, je me fais du souci pour toi. Qu'est-ce que tu comptes faire en attendant la soirée ?

— Je vais retrouver une vieille amie. J'ai besoin de parler à quelqu'un qui me remette les idées en place. Tu vois ce que je veux dire ?

— Je vois très bien, oui. Mon amie Maggie joue ce rôle dans ma vie.

— Malheureusement, je vais être obligée de dire à cette amie qu'on va moins se voir dans les mois à venir. Il faut absolument que je passe plus de temps avec Zac. Mon couple doit redevenir ma priorité numéro un.

— Voilà des paroles qui me semblent très sages, Jane.

Elle a posé la main sur mon épaule.

— Merci pour tout, Izzy. Merci de prendre le temps de m'écouter.

Je me suis levée et je l'ai serrée contre moi.

— Je suis là pour toi, d'accord ?

Elle m’a serrée en retour. Nous ne sommes pas restées longtemps dans les bras l’une de l’autre. Quatre ou cinq secondes tout au plus. Mais c’étaient des secondes qui allaient durer toute ma vie.

23

Je n'ai pas trouvé Jane quand je suis arrivée, à 18 heures précises, dans le bar où elle m'avait donné rendez-vous.

Elle m'avait dit adorer ce bar-restaurant latino, et je pouvais comprendre pourquoi. C'était un endroit chic et décontracté qui baignait dans les basses profondes d'une musique sensuelle.

Le comptoir était pris d'assaut et je me suis réfugiée dans un coin en retrait de la foule pour attendre Jane. Lorsque j'ai de nouveau consulté ma montre, un quart d'heure avait passé. Jane était en retard, ce qui m'a étonnée, parce qu'elle était d'ordinaire — déformation professionnelle oblige — d'une grande ponctualité. D'un autre côté, c'était une journée très particulière dans sa vie professionnelle et elle n'avait peut-être pas vu le temps passer.

J'ai décidé de lui envoyer un SMS :

> *Je suis arrivée au bar. Tu veux que je commande quelque chose pour toi ?*

Me frayant un passage parmi l'assemblée compacte des clients, je suis partie explorer les recoins de la salle. Sans succès. Avais-je mal compris ce que Jane m'avait dit ? Après avoir consulté ma montre quatre ou cinq fois de plus, je me suis décidée à l'appeler. Son téléphone a sonné plusieurs fois avant que la messagerie vocale ne prenne la relève.

Le River East Arts Center, qui hébergeait la soirée de lancement de Trial TV, était situé à cinq minutes du bar. Peut-être s'y trouvait-elle déjà ? Après tout, elle avait pu m'oublier dans l'agitation générale.

J'ai quitté le bar et j'ai remonté Illinois Street d'un bon pas. Les lumières du River East Arts Center brillaient de mille feux dans la nuit. Cette élégante galerie d'art, dont les fenêtres donnaient sur la rivière, présentait des créations aussi éclectiques qu'onéreuses. Alors que je faisais le tour des lieux à la recherche de Jane, la curiosité m'a poussée à consulter quelques-unes des étiquettes discrètement collées au bas des œuvres. Une année de travail à la boutique de lingerie ne m'aurait pas permis d'acquérir la moins chère.

Mais Ari Adler ne connaissait pas les mêmes soucis financiers que moi, et Trial TV n'avait pas lésiné sur les moyens pour fêter sa venue au monde médiatique. Installé devant une immense baie vitrée, un groupe de jazz jouait des standards des années soixante sous l'œil d'une foule joyeuse, ravitaillée en petits-fours et champagne par une armée de serveurs. Les verres s'entrechoquaient, les rires fusaient et les invités — plus élégants les uns que les autres — semblaient passer un bon moment.

Il ne manquait que la présentatrice vedette pour que la fête soit une réussite complète.

Je suis retournée au bar latino, à présent si bondé que je n'ai même pas pu atteindre le comptoir. J'ai fini par monter sur une chaise — dans l'indifférence générale — pour balayer la salle du regard. Mais pas de Jane en vue.

Elle avait maintenant plus d'une demi-heure de retard. J'ai essayé de la joindre pour la seconde fois, mais j'ai encore eu droit à la messagerie vocale après plusieurs sonneries dans le vide. J'ai tapé un autre SMS sur mon BlackBerry :

Tu m'as oubliée ?

J'ai attendu un quart d'heure de plus dans le bar avant de repartir en direction de la galerie d'art où je suis tombée sur Tommy Daley. Il portait la même chemise froissée et la même cravate jaune que durant la journée, mais il avait enfilé par-dessus une veste défraîchie d'une couleur indéfinissable. Rouille, peut-être ?

— Vous avez vu Jane ? m'a-t-il demandé.

— Non. Je la cherche, moi aussi. Elle m'avait donné rendez-vous dans un bar tout proche, mais ça fait trois quarts d'heures que je l'attends.

Il a maugréé un juron.

— Ari Adler va arriver dans cinq minutes, et c'est Jane qui est censée l'accueillir. Trouvez-la, d'accord ? Trouvez-la maintenant !

Je l'ai rappelée trois fois de suite, je lui ai envoyé deux SMS et je suis remontée sur la chaise du bar latino pour essayer de la repérer dans la cohue. Mais toujours aucune trace de Jane.

« J'ai besoin de parler à quelqu'un qui me remette les idées en place », m'avait-elle dit tout à l'heure à propos d'une amie qu'elle comptait retrouver.

Qui était cette amie ? Et si elle avait plutôt décidé d'appeler un de ses amants ? Zac étant parti à Long Beach, elle avait peut-être reçu cette amie — ou cet amant — chez elle. L'hôtel particulier de Jane était tout proche, et j'ai décidé de m'y rendre en taxi. Il y en avait plusieurs qui attendaient devant le bar, et cinq minutes plus tard l'un d'entre eux me déposait devant sa maison. De nombreuses lumières brillaient derrière les fenêtres. Je l'ai imaginée dans sa salle de bains, en train de parfaire son maquillage et de pester contre le retard qu'elle avait pris dans son emploi du temps.

J'ai réglé la course et j'ai demandé au chauffeur de bien vouloir m'attendre. Si Jane était prête à partir, nous pouvions encore arriver à temps pour qu'elle accueille Ari Adler au River East Arts Center.

Une fois en haut des marches qui menaient à sa porte, j'ai dédaigné le heurtoir au profit de la sonnette. Mais malgré plusieurs pressions sur le bouton chromé, Jane n'est pas venue m'ouvrir.

Je me suis penchée sur la droite pour essayer d'apercevoir quelque chose par la fenêtre. Les rideaux n'étaient pas tirés et j'ai vu un bout du canapé en cuir brun où Sam et Charlie s'étaient installés lorsqu'ils m'avaient accompagnée chez Jane. Au souvenir de cette soirée, du foulard rouge transformé en nœud coulant, un frisson glacé m'a parcouru le corps.

J'ai cogné le lion en bronze contre la porte, mais elle ne s'est pas ouverte pour autant. Un peu inquiète, j'ai sorti mon portable et j'ai composé le numéro de Jane pour la énième fois de la soirée.

— Jane, je suis devant chez toi, ai-je dit à sa messagerie vocale. Où es-tu ?

J'ai fait signe au chauffeur que j'en avais encore pour deux minutes, mais il a secoué la tête d'un air buté.

— Je m'en vais ! a-t-il crié par la fenêtre.

— Non ! Attendez !

Il a démarré dans un crissement de pneus.

— Pauvre abruti, ai-je grommelé entre mes dents avant de saisir de nouveau le heurtoir.

Même si Jane était prête, partir à la chasse au taxi nous ferait perdre un temps précieux.

L'agacement m'a fait cogner deux fois plus fort, mais toujours sans résultat. A court d'idées, j'ai essayé la poignée qui — surprise ! — n'a opposé aucune résistance.

La porte s'est ouverte sans bruit sur le vestibule baigné de lumière.

Le spectacle qui s'est offert à moi a constitué un autre

moment critique de ma vie. Mais celui-ci ne se présentait pas sous une apparence anodine, bien au contraire.

Ce que j'ai vu ce soir-là a laissé en moi une empreinte sombre et profonde.

Une tache indélébile.

24

— Jane ! ai-je hurlé.

Elle gisait sur le flanc, sous la console du vestibule. On aurait presque pu croire qu'elle s'était mise à quatre pattes pour chercher quelque chose qui avait roulé au sol — une boucle d'oreille ou une pièce de monnaie — et qu'elle s'était allongée quelques secondes, surprise par un sommeil impérieux.

Mais si sa tête reposait gentiment sur son bras gauche, son corps avait une raideur inquiétante et son autre bras était bizarrement tordu, comme enroulé autour de son cou.

Ce bras-là était couvert de sang. Peu à peu, j'ai noté plus de détails : ses cheveux poisseux, les éclaboussures écarlates sur son tailleur blanc, la flaque visqueuse sous son visage. L'espace d'un instant surréaliste, avec cette mare sombre sous sa joue pâle et les projections rouges sur le blanc éclatant de sa veste, j'ai eu l'impression de voir une des œuvres d'art de la galerie où se tenait la soirée.

Mais la réalité s'est de nouveau imposée, et des cris de terreur ont résonné sous mon crâne.

J'ai laissé tomber mon sac à main et je me suis précipitée vers elle.

— Jane ! Jane !

Je me suis agenouillée auprès de son corps inerte, la tête en feu.

J'ai touché sa hanche du bout des doigts et elle a basculé sur le dos, comme si je venais de briser un fil invisible qui l'avait maintenue jusque-là dans cette position. Sa gorge a produit un gargouillis et j'ai repris espoir.

Mais elle a vomi du sang et j'ai fait un bond en arrière.

— Oh, mon Dieu…

J'ai attendu quelques secondes, pétrifiée, en espérant qu'elle allait tousser, gémir, ou produire un son qui m'indiquerait qu'elle était encore en vie. Mais rien n'est venu. J'ai remarqué que le blanc de ses yeux était parsemé de minuscules taches pourpres, comme s'il avait été piqué par une aiguille à coudre. Son foulard rouge, maculé de sang, était serré autour de son cou.

J'ai saisi son poignet. Il était froid et je n'ai pas trouvé de pouls. J'avais dû mal m'y prendre. J'ai pressé plus fort dans sa chair.

— Jane… Jane… Je t'en prie… Jane…

Mais je n'ai rien senti au bout de mes doigts.

— Au secours ! ai-je hurlé, ma voix résonnant tristement sur les murs taupe et le parquet verni du vestibule.

Un silence assourdissant a répondu à ma plainte.

J'ai continué à prier et à supplier à voix haute :

— Le pouls, le pouls, mon Dieu, faites que je trouve son pouls !

Mais le corps de Jane ne donnait aucun signe de vie.

Je me suis mise à grelotter, le souffle court. Qui avait pu lui faire ça ?

J'ai alors réalisé que l'assassin pouvait encore être là. J'ai tourné la tête en tous sens à la recherche d'une ombre suspecte, mais les lieux avaient le même aspect que lorsque j'y étais venue l'avant-veille : un magnifique intérieur, élégant et douillet, qui respirait le bon goût et la sérénité.

J'ai reposé les yeux sur Jane.

Que devais-je faire ? Que devais-je faire ?

Du bouche à bouche ?

Alors que je me penchais vers ses lèvres, ce glouglou morbide s'est encore fait entendre au fond de sa gorge, bientôt suivi d'une nouvelle coulée de sang.

J'ai bondi sur mes pieds et je suis allée ramasser mon sac. Mes mains tremblaient si violemment quand je l'ai ouvert pour prendre mon téléphone que j'ai renversé son contenu sur le sol.

— Non !

Plus de batterie. Avec Theo chez moi la veille au soir, j'avais oublié de la recharger. Mes nombreuses tentatives pour joindre Jane avaient eu raison des dernières réserves d'énergie de mon BlackBerry.

Je me suis ruée dans le salon. Où était le poste fixe de Jane ? Impossible de le trouver.

J'ai traversé plusieurs pièces de la maison comme une folle, les yeux exorbités et le cœur battant, avant de revenir dans le salon où j'ai fini par repérer un petit téléphone sans fil sur l'étagère où trônait l'Emmy Award.

J'ai essayé de composer le numéro de Police Secours, mais j'avais l'impression d'avoir des tiges de fer à la place des doigts. Haletant et grognant, j'ai finalement réussi à appuyer une fois sur le 9 et deux fois sur le 1.

— Centre d'appels d'urgence de Chicago, a dit une voix masculine à l'autre bout du fil. Que puis-je faire pour vous ?

— Jane Augustine, ai-je articulé d'une voix que je n'ai pas reconnue. Je… Je crois qu'elle est morte.

25

Qui aurait pu croire que Jane Augustine, une femme qui, pour des millions de gens, n'était qu'un beau visage à l'écran, possédait un tel appétit sexuel ? Qui aurait pu croire que sous cette apparence policée se cachaient la sensualité et la volupté incarnées ? Faire l'amour avec une femme capable d'un tel abandon au lit, d'une telle générosité et d'une telle imagination, avait quelque chose d'enivrant. Non, « enivrant » n'était pas un adjectif assez fort. Partager l'intimité physique et les fantasmes de Jane, jouir de son corps merveilleux, était exaltant, magique, envoûtant. Les autres plaisirs de la vie semblaient bien fades en comparaison d'une nuit d'amour avec Jane Augustine. Les autres femmes aussi. Oui, une fois qu'on avait connu l'intensité d'une nuit avec Jane, on ne pouvait plus s'en passer.

Et quand elle vous demandait d'enrouler ce foulard autour de son cou… Là, ça atteignait des sommets ! C'était toujours elle qui prenait l'initiative et l'on s'exécutait, impatient de ce qui allait suivre. Après, elle soupirait et vous disait de continuer. « Serre, serre, ordonnait-elle dans un murmure rauque, plus fort, encore plus fort… » « Oh, oui, plus fort, suppliait-elle ensuite d'une voix étranglée, tandis que sa langue rose dardait hors de sa bouche et léchait ses lèvres. Expédie-moi dans l'autre monde. » Et on le faisait. Avec joie. Parce qu'on avait envie de lui faire plaisir. De la combler. On faisait tout pour que son corps exulte parce qu'on se disait que peut-être, peut-être… elle vous inviterait à rester pour toujours dans cet autre monde qui était le sien.

Le problème, c'est qu'on avait toujours l'impression que ça ne durerait pas. C'était même plus qu'une impression. En fait, Jane avait posé les limites dès le départ. Et par la suite, combien de fois lui avait-elle répété : « Il faut qu'on arrête de faire ça. C'est la dernière fois. A partir de demain, ce sera terminé pour de bon, tu sais. » On lui disait de la fermer et elle obéissait parce que ça faisait partie de son jeu, de son plaisir, mais elle recommençait le lendemain. *Il faut qu'on arrête de faire ça.*

Les trop rares fois où elle vous invitait dans son autre monde, on se prenait à espérer que ça durerait toujours. Parce que son autre monde était le paradis des sens. Pourtant, Jane avait eu raison. Ça s'était arrêté. C'était même terminé pour de bon, à présent. Elle avait eu raison, mais elle n'avait pas imaginé que ce serait moi, et non elle, qui mettrais un terme définitif à tout ça. Oui, c'était moi qui avais décidé de serrer ce foulard de plus en plus fort autour de son cou. Moi qui, pour la dernière fois, avais expédié Jane dans l'autre monde.

Au septième ciel.

26

Je ne me souviens presque plus des heures qui ont suivi. Quand j'y songe aujourd'hui, seuls quelques sons et quelques images émergent du brouillard qui recouvre ces moments d'horreur : la lumière intermittente des gyrophares, comme les stroboscopes d'une fête macabre, le hurlement des sirènes tandis que l'ambulance emportait le corps sans vie de Jane, la bande de plastique jaune tout autour de la scène de crime, les voisins, raides et les bras croisés, qui regardaient les forces de l'ordre envahir leur rue d'ordinaire si paisible.

J'ai été interrogée par un policier, puis par un autre. Je sentais que mes lèvres remuaient. Je savais que je répondais à toutes leurs questions, que je me rappelais les moindres détails de la soirée. Je leur ai même parlé des fleurs et du foulard en forme de nœud coulant que Jane avait trouvés chez elle.

On m'a fait monter dans un fourgon de police et je suis arrivée au poste où un inspecteur m'a posé les mêmes questions que ses deux collègues. J'ai donné les mêmes réponses, et l'inspecteur a fini par me laisser seule avec un bref « Attendez ici » pour toute indication sur le sort qui m'était réservé.

Je me trouvais dans une pièce aveugle d'une dizaine de mètres carrés, entièrement peinte en gris. Un banc métallique était poussé contre un mur où pendait un anneau en acier. On m'avait fait asseoir au centre de la pièce, sur une des deux chaises posées de part et d'autre d'une table en contreplaqué.

Un autre inspecteur est entré. C'était un type élancé qui portait un pantalon en coton marron, une chemise bleu ciel et des baskets de marque. Sa tête me disait quelque chose.

— On s'est déjà rencontrés, non ?

— Je suis l'inspecteur Vaughn, a-t-il répondu en approchant l'autre chaise pour s'asseoir à côté de moi.

— J'y suis… Vous et un de vos collègues étiez venus m'interroger l'automne dernier après la mort de Forester Pickett.

« Et vous vous étiez comporté comme un vrai trou du cul », ai-je eu envie d'ajouter. Mais j'ai gardé cette réflexion pour moi. D'une part, j'essayais de ne plus dire de grossièretés à tout bout de champ, et d'autre part, l'avocate que j'étais savait qu'il valait mieux faire profil bas devant ce type d'individu.

— Tout juste, a-t-il dit. Si ma mémoire est bonne, votre fiancé s'était fait la malle.

Sa mémoire était bonne et le souvenir de mes déboires sentimentaux semblait le réjouir. Un petit sourire est venu flotter sur ses lèvres tandis que ses yeux verts se plissaient légèrement. On aurait dit qu'il se retenait de rire, et j'ai pu constater que mon antipathie pour cet homme était restée intacte depuis la dernière fois que nos routes s'étaient croisées.

— Oui, ai-je dit de la voix la plus neutre possible. Sam avait dû s'absenter.

— Vous lui avez remis le grappin dessus ?

— Il est revenu vivre à Chicago.

— Le mariage est pour bientôt, alors ?

Son intérêt pour le sujet ne semblant pas vouloir décroître de lui-même, j'ai décidé d'intervenir.

— Rien n'est prévu dans l'immédiat, ai-je répondu avec

ma voix d'avocate. Pourrions-nous revenir à ce qui s'est passé ce soir, je vous prie ?

Alors qu'il semblait hésiter à lancer une nouvelle provocation, une pensée m'a traversé l'esprit.

— Et Zac ? Quelqu'un l'a prévenu ?

— Le mari ? On essaie de le trouver.

— Je crois qu'il est à Long Beach.

— En Californie ?

Ses épais sourcils bruns se sont approchés l'un de l'autre. Il me parlait sur un ton presque badin, comme s'il avait oublié la véritable raison de ma présence dans les locaux de la police.

« Strangulation et traumatismes contondants au niveau du crâne et du cou », m'avait dit l'autre inspecteur pour décrire les blessures fatales de Jane. Etranglée et matraquée à mort, avais-je traduit malgré moi. « On n'a pas encore déterminé si les coups ont précédé ou suivi la strangulation, avait poursuivi l'autre inspecteur. Mais en se basant sur votre description de la position du corps, il est probable qu'elle tournait le dos à son agresseur. Ça signifie sans doute qu'elle le connaissait et qu'elle ne se méfiait pas de lui. »

— Non, ai-je répondu à l'inspecteur Vaughn. Le Long Beach dont je parle se trouve dans l'Indiana. Jane et son mari ont une maison, là-bas.

Je me suis souvenue que Jane avait dit qu'il fallait une heure et demie pour s'y rendre et j'ai transmis l'information au policier.

— Vous avez l'adresse de cette baraque ?

— Non, mais je sais qu'elle est au bord du lac Michigan.

L'inspecteur Vaughn m'a dévisagée un moment en silence, avant de baisser brusquement les yeux.

J'ai suivi son regard et j'ai laissé échapper un « Oh ! » de surprise. Mes mains, posées sur mes cuisses, étaient tachées de sang. Je les ai retournées. Il y en avait encore plus sur les paumes. Encore plus de sang. Le sang de Jane.

Je me suis levée d'un bond, soudain angoissée par cette pièce aveugle, tandis que je prenais brutalement conscience de ce que je venais de vivre.

— Il faut que je me lave les mains.

— Bien sûr, a dit Vaughn se levant à son tour. Et puisque vous êtes là, on va en profiter pour prendre vos empreintes digitales.

Toujours ce ton décontracté.

— Pourquoi voulez-vous prendre mes empreintes ?

— Il faut bien qu'on détermine à qui sont les empreintes qu'on va trouver sur la scène de crime. Et les vôtres doivent être partout, pas vrai ?

Nos regards ont convergé vers mes mains.

— Je suppose, ai-je bredouillé.

J'avais froid, maintenant. Et j'avais envie de pleurer.

La femme qui a pris mes empreintes digitales dégageait à peu près autant de chaleur humaine qu'une huître. Elle a attrapé mes doigts et les a pressés sans ménagement sur le support encré, puis sur le support en papier.

— Vous en avez terminé, a-t-elle lâché d'une voix maussade.

« Vraiment ? » ai-je songé. Alors pourquoi avais-je le sentiment que ça ne faisait que commencer ?

27

— Qui la détestait au point de lui faire une chose pareille ? m'a demandé l'inspecteur Vaughn lorsque je suis revenue dans la pièce sans fenêtre.

Il était assis les fesses en avant et les mains croisées sur le ventre, comme s'il se préparait à une longue conversation. Il semblait tellement à l'aise que je n'aurais pas été plus étonnée que ça de le voir allumer un cigare.

— Jane ? Personne ne la détestait.

— Alors qui l'*aimait* au point de lui faire une chose pareille ? Parce qu'elle semble bien avoir été victime d'un crime passionnel.

Ça m'a paru sensé, dans la mesure où Jane était une femme passionnée, et certainement une femme capable d'engendrer la passion. Mais j'hésitais à parler à Vaughn des nombreuses aventures de Jane. Je n'avais aucune envie que sa mémoire soit salie, et encore moins à cause de moi. Elle avait accompli beaucoup de choses dignes d'admiration au cours de sa vie, et elle ne méritait pas que son nom reste à jamais attaché à de sordides histoires de coucheries. Sans compter que je lui avais promis, en tant qu'amie et en tant qu'avocate, que je ne parlerais à personne du jeu érotique qu'elle pratiquait avec son fameux foulard rouge.

J'ai aussi songé à Maggie qui disait toujours à ses clients :

« Ne parlez pas aux policiers. Surtout si vous n'êtes pas en état d'arrestation. »

Aucun des inspecteurs qui m'avait interrogée ne m'avait lu mes droits. J'étais donc le simple témoin d'un crime, et non un suspect. D'un autre côté, Vaughn avait tout de même cru bon de prendre mes empreintes digitales.

— Faut-il que je fasse appel à un avocat ? ai-je demandé.

— Non, c'est une simple discussion. J'ai besoin de savoir absolument tout ce que vous avez vu afin de coincer le type qui a fait ça à votre amie. La plupart des homicides doivent être élucidés dans les trois jours qui suivent le coup fatal, sous peine d'être à jamais classés dans les affaires non résolues.

« Sous peine d'être à jamais classés dans les affaires non résolues… » Des images de Jane, affalée dans son vestibule, sont venues m'imposer leur horreur : son corps raidi, ses yeux ouverts qui ne regardaient plus rien, sa bouche qui vomissait du sang. Il m'a semblé que mes cris de panique résonnaient encore dans ma tête.

J'ai eu un haut-le-cœur et j'ai fermé les yeux pendant une seconde ou deux. Quand je les ai rouverts, l'inspecteur grattait sa barbe naissante.

— Alors, qui a pu lui faire ça, selon vous ?

Je me suis efforcée de présenter un visage calme, mais le débat faisait rage en moi. J'avais envie de raconter à Vaughn que Jane se sentait espionnée par cet écrivain. Mais si je disais ça, il me faudrait lui expliquer les liens qui existaient entre eux. Et je pouvais déjà l'entendre me demander sur ce ton badin qui m'horripilait : « Et ça lui arrivait souvent, de passer la nuit avec un autre que son mari ? »

De nouveau, j'ai eu un haut-le-cœur. J'ai enfoui le visage dans les mains, comme si ça pouvait chasser les images épouvantables qui dansaient sous mon crâne.

— Ça va ?

Il avait posé la question d'une voix sans chaleur, comme

par devoir. On sentait bien qu'au fond, la réponse lui importait peu. Quand j'ai fini par relever la tête, j'ai vu qu'il m'observait avec attention.

Tout dire ou garder le secret que Jane m'avait confié ? Je n'arrivais pas à me décider. De par son métier, Jane connaissait mieux que personne les méthodes de la police de Chicago. Et elle était persuadée que si on mettait les autorités au courant de ses infidélités, elles ne sauraient pas tenir leur langue. L'idée que la presse puisse faire ses choux gras de la vie sexuelle de Jane a emporté ma décision.

— Je ne me sens pas très bien, ai-je dit. J'aimerais rentrer chez moi, maintenant.

— Oui, oui, bien sûr. Encore quelques questions et je vous libère.

Il a une nouvelle fois croisé les mains sur son ventre.

— Quelqu'un en voulait sûrement à Jane Augustine, hein ? Réfléchissez bien. Qui a-t-elle pris à rebrousse-poil ces derniers temps ?

J'ai repensé au débat que Jane avait animé dans la matinée et à la passe d'armes silencieuse entre elle et Jackson Prince.

— Il y a un avocat qui était invité ce matin sur Trial TV. Il a quitté le plateau en pleine émission. Jane a dit quelque chose qui a semblé le rendre furieux, et quand on a discuté plus tard de cet incident, Jane et moi, elle m'a expliqué qu'elle enquêtait sur lui et qu'elle était sur le point de l'épingler.

— L'épingler ? Ça veut dire quoi, au juste ?

— Je n'en sais rien. Je ne fais que répéter ce qu'elle m'a dit.

— Sur quoi enquêtait-elle, exactement ?

— Elle ne me l'a pas précisé. Mais je dois vous dire que l'avocat en question est un homme connu et respecté dans la profession. Je le vois mal commettre un meurtre à cause d'une enquête journalistique qui l'aurait dérangé.

— Son nom, je vous prie ?

— Jackson Prince.

— Un de ces chasseurs d'ambulances, pas vrai ?

« Chasseurs d'ambulances »… J'avais déjà entendu des journalistes et des policiers utiliser cette expression pour désigner les avocats sans scrupules qui se servent du malheur des accidentés afin de se remplir les poches par le biais d'actions en justice.

— Oui, M. Prince est un avocat plaidant.

— J'ai entendu dire qu'il se fait un fric fou. Et il ne peut pas se passer des caméras, on dirait. Quand il n'est pas en train de donner son avis sur un plateau de télé, il organise une conférence de presse.

L'inspecteur Vaughn a tendu le bras vers des formulaires entassés sur sa droite, saisissant la pile tout entière. A la façon dont il s'est mis à les passer en revue à toute vitesse, on sentait qu'il faisait ça tous les jours. Il a gribouillé quelque chose au bas d'une page et m'a demandé si c'était Jane qui écrivait elle-même ses sujets ou si elle travaillait avec une équipe.

— La plupart des présentateurs écrivent eux-mêmes leurs sujets, mais ça n'a pas toujours été le cas de Jane.

J'ai expliqué que lorsqu'elle présentait le journal télévisé sur WNDY, la plupart des sujets étaient écrits par C.J. Lyons, sa productrice d'alors.

— Mais elle avait décidé de changer sa façon de faire, ai-je poursuivi. C'est pour ça que sa productrice ne l'a pas suivie sur Trial TV. Et pour en revenir à son enquête sur Jackson Prince, j'ai cru comprendre qu'elle faisait ce travail d'investigation sans l'aide de personne.

Il m'a posé d'autres questions sur Jackson Prince et je lui ai raconté tout ce que je savais, c'est-à-dire pas grand-chose.

— D'accord, a-t-il fini par lancer. Et qui d'autre ?

— Quoi, qui d'autre ?

— Qui d'autre en voulait à Jane Augustine ?

Je me suis donné l'air de quelqu'un qui se creuse la

cervelle, mais en réalité je ne pensais qu'à Zac. A Zac qui en voulait terriblement à sa femme. Non seulement Jane me l'avait dit à plusieurs reprises, mais j'avais eu l'occasion de m'en rendre compte par moi-même samedi soir quand il nous avait chassés — Sam, Charlie et moi — de chez lui. D'ailleurs, je me souvenais à présent que Jane avait une nouvelle fois évoqué ses soucis avec Zac aujourd'hui même, juste avant de me demander de l'accompagner à la soirée de lancement de Trial TV.

— Jane et son mari avaient quelques problèmes, ai-je dit.

Vaughn s'est redressé sur sa chaise.

— Quelles sortes de problèmes ?

— J'ignore les détails. Comme je vous l'ai déjà dit, Jane et moi n'étions pas des amies intimes. Jusqu'à très récemment, on ne se fréquentait que dans un cadre professionnel, vous savez. Mais c'est vrai qu'on s'est pas mal vues, ces derniers temps, et elle m'a dit que ça n'allait pas fort avec son mari.

L'inspecteur Vaughn s'est mis à appuyer sur le haut de son stylo en me dévisageant. Clic, clic, clic. Aucun son en provenance du couloir ne venait couvrir ce petit bruit répétitif et je me suis demandé si cette pièce était insonorisée.

— Est-ce qu'il était en ville quand elle a trouvé ce nœud coulant chez elle ?

Clic, clic, clic.

— Jane m'a dit qu'il se trouvait dans leur maison de Long Beach dont je vous ai parlé tout à l'heure. Elle l'a appelé sur son portable et il est revenu dans la soirée.

Pendant une vingtaine de minutes, l'inspecteur a continué à me poser des questions sur Jane et Zac. J'ai fait de mon mieux pour y répondre sans évoquer les relations extraconjugales de Jane. Mais j'étais déchirée. D'un côté, j'avais envie de donner à la police tous les éléments en ma possession afin qu'elle puisse retrouver l'assassin de Jane, et de l'autre, je voulais protéger la réputation de mon amie.

Devant ce dilemme, l'effort de concentration que je devais faire pour ne pas trahir le secret de Jane et le traumatisme d'avoir découvert le corps sans vie de mon amie, je me suis bientôt sentie au bord du malaise.

Ma tête s'est mise à tourner tandis qu'une nouvelle vague de nausée me submergeait. Je me suis rendu compte que je n'avais rien avalé depuis le déjeuner, et il ne devait pas être loin de 23 heures.

— Je suis à bout de forces, inspecteur. Il faut vraiment que je rentre chez moi.

J'étais décidée à joindre Maggie dès le lendemain pour qu'elle m'explique ce que je devais dire ou ne pas dire à la police. Pourquoi ne l'avais-je pas appelée plus tôt ? Tout s'était passé si vite... Et puis je n'avais pas eu le sentiment d'avoir quoi que ce soit à cacher.

L'inspecteur Vaughn n'a rien répondu, se contentant de m'examiner de son regard perçant.

— Alors, je peux y aller ? ai-je insisté.

Je commençais à me sentir claustrophobe.

Il a incliné la tête d'un côté, puis de l'autre.

— Dites-moi, vous n'avez pas prévu de quitter Chicago dans les jours qui viennent ?

— Non.

Pourquoi étais-je tellement sur la défensive ? J'étais avocate, mais pas une avocate pénaliste. Du coup, je me sentais perdue durant un interrogatoire criminel, même si celui-ci ne disait pas son nom. Vaughn avait beau essayer de me faire croire qu'il s'agissait d'une simple conversation, je n'étais pas dupe. Et puis j'étais encore sous le choc de ma macabre découverte. Je commençais à peine à réaliser que je ne reverrais plus jamais mon amie Jane.

— Ecoutez, inspecteur, je veux juste rentrer chez moi, d'accord ?

J'avais le sentiment d'être prise au piège dans cette pièce

sans fenêtre. Je me suis levée et j'ai promené le regard autour de moi.

— Vous savez où est mon manteau ?

— C'est nous qui l'avons, a répondu Vaughn. C'est une pièce à conviction. On vous le rendra une fois qu'il aura été analysé.

— Ah…

— Ne vous inquiétez pas, quelqu'un va vous ramener chez vous.

Il s'est levé à son tour et m'a toisée de toute sa hauteur — il faisait au moins trente centimètres de plus que moi.

— Je vous dis à bientôt, mademoiselle McNeil. Et même à très bientôt.

28

Ce soir-là, l'enthousiasme que j'éprouvais pour ma nouvelle vie a cédé place au désespoir. Jane, qui jouait un rôle important dans cette nouvelle vie, venait de mourir de la plus affreuse des manières.

Assassinée.

La joyeuse excitation de ces derniers jours — avec Theo, avec Trial TV — m'a soudain paru absurde, et même un peu ridicule.

Sam m'a appelée alors que j'entrais dans mon appartement. Je lui ai tout de suite raconté ce qui venait de se passer.

— Mon Dieu, Iz… Tu dois être complètement bouleversée. Où es-tu ?

— Chez moi.

— Je suis là dans dix minutes.

Huit lui ont suffi pour arriver.

A l'instant où Sam a posé le pied chez moi, toute la distance qui s'était créée entre nous a été réduite à néant. A présent, le fait qu'il ait disparu sans un mot six mois plus tôt n'avait plus aucune importance.

Il m'a prise dans ses bras et nous nous sommes retrouvés comme si nous ne nous étions jamais quittés. Fini les interrogations, les malentendus, les explications. C'était juste nous. Sam et Izzy. Et c'était bon.

Il m'a serrée contre lui dans la pénombre de l'entrée,

entourant mon corps secoué de sanglots de ses larges bras de rugbyman. Après un moment, il a refermé la porte d'un coup de pied et m'a entraînée dans le salon, lui aussi dépourvu de lumière. Il s'est laissé tomber dans le fauteuil jaune — mon fauteuil préféré — et m'a assise sur ses genoux, ma tête venant se nicher naturellement dans le creux de son cou. J'ai respiré son odeur — l'odeur du pays natal après un long voyage — pendant qu'il caressait doucement mes cheveux. J'ai fermé les yeux et j'ai attendu que sa présence m'apaise.

Mais ça n'a pas fonctionné.

Mon téléphone portable m'a réveillée à 5 heures du matin. Sam m'avait portée jusque dans mon lit où j'avais fini par m'endormir en lui serrant la taille, la tête sur son torse.

La mélodie m'a d'abord arraché un borborygme endormi, mais je n'ai pas eu le courage d'ouvrir les yeux. J'ai écouté la respiration de Sam et j'ai compris qu'il faisait semblant de dormir. Pour moi. Sans doute n'avait-il pas fermé l'œil de la nuit.

J'ai péniblement soulevé la tête et je l'ai tournée vers le téléphone posé sur ma commode.

Sam m'a ramenée contre lui.

— Rendors-toi.

— Et si ça concerne Jane ?

Il n'a rien dit et j'ai levé les yeux. Nos regards se sont croisés et il m'a souri. Puis il s'est lové autour de moi, comme pour créer un nid.

— Dors, mon amour, dors…, a-t-il murmuré.

Le téléphone s'est remis à sonner. J'ai continué à l'ignorer, mais la ligne fixe a pris le relais. De guerre lasse, j'ai décroché le combiné qui se trouvait sur ma table de nuit.

— Izzy ? a aboyé une femme.

— C.J. ?

La voix de l'ancienne productrice de Jane était reconnaissable entre mille.

— A quelle heure venez-vous ce matin ?

Je me suis assise sur le lit.

— Venir où ? Qu'est-ce que vous voulez dire ?

— Au travail, a-t-elle répondu d'une voix exaspérée. A Trial TV. A quelle heure y serez-vous ?

— Euh…

Mon nouveau travail était pour moi étroitement associé à Jane, et sa mort avait effacé Trial TV de mon esprit. Mais même si la disparition de sa journaliste vedette était une catastrophe pour la chaîne, elle n'allait pas cesser d'émettre pour autant. Jane elle-même n'aurait pas voulu ça.

— A 7 heures, je suppose, ai-je bredouillé. Oui, c'est ça… Je commence à 7 heures.

— J'ai besoin de vous tout de suite.

— C.J., êtes-vous au courant pour Jane ?

— Oui.

Sa voix était soudain devenue grave.

— Je sais que c'est vous qui avez trouvé son corps. Ça a dû être terrible. Je suis désolée que vous ayez dû vivre une chose pareille.

C'était bien la première fois que j'entendais C.J. Lyons exprimer une telle compassion.

— Merci, C.J. Je sais que c'est très dur pour vous aussi.

— Oui, j'en suis malade.

Nous sommes restées silencieuses pendant quelques secondes. J'en ai profité pour souffler sur la brume qui enveloppait encore mon cerveau.

— C.J., je suis un peu perdue, là… Pourquoi m'appelez-vous ? Vous ne travaillez pas à Trial TV, que je sache.

— Maintenant, si. Depuis une heure ce matin. Et comme je vous l'ai dit, j'ai besoin que vous veniez me rejoindre dans les locaux de la chaîne. Tout de suite.

29

Quand je suis arrivée dans la salle de rédaction de Trial TV, C.J. était en train de lancer des directives devant un parterre de journalistes aux mines sombres. Elle avait des cheveux noirs coupés court et des lunettes rectangulaires remontées sur le haut du front. Comme souvent, elle portait un jean, une veste de tailleur et des chaussures plus confortables que fashion. Griffonnant furieusement des notes sur leurs calepins, les stagiaires qui l'entouraient se sont éparpillés dans les couloirs tandis que les reporters, visiblement sous le choc, se levaient lentement pour aller préparer les sujets qui venaient de leur être confiés.

Un semblant de sourire s'est formé sur les lèvres de C.J. quand elle m'a aperçue.

— Izzy…

Elle a tendu sa main libre — l'autre tenait une foule de notes et de documents — et m'a donné quelques tapes dans le dos. Un geste de réconfort plutôt sommaire, mais c'était la première fois que C.J. se montrait aussi tactile avec moi.

— Je n'arrive pas y croire, a-t-elle murmuré.

Ses yeux rougis exprimaient un immense chagrin. De toute évidence, la nuit n'avait pas été courte que pour moi.

J'ai secoué la tête en m'efforçant de contenir les sanglots qui se pressaient dans ma gorge. J'ai parcouru la salle de rédaction du regard. Tous ceux qui étaient encore là me dévisageaient plus ou moins discrètement, et je devinais sans mal la nature des propos qu'ils échangeaient à voix basse. A Trial TV, je resterai pour toujours la femme qui avait découvert le cadavre de Jane Augustine.

— Ma pauvre, a dit C.J. en voyant les larmes qui faisaient briller mes yeux. On est tous dans un état…

— C'est tellement triste… Et vous la connaissiez depuis beaucoup plus longtemps que moi…

J'ai essuyé une larme qui s'était échappée malgré tous mes efforts.

— Vous tenez le coup, C.J. ?

Ses yeux marron se sont embués à leur tour.

— Je ne peux pas en parler. J'ai le sentiment que je ne pourrai jamais en parler.

J'ai hoché la tête avec une moue de sympathie.

— J'ai passé des heures à répondre aux questions de la police, hier, et c'était vraiment… vraiment horrible d'être obligée de revivre tout ça.

— C.J. ! a crié quelqu'un. Vous voulez un direct pour le sujet sur Rivera ?

Elle s'est tournée et a lancé impérieusement ses instructions. Je sentais bien que son autorité était un soulagement pour tout le monde dans ces circonstances. C.J. savait surmonter son chagrin pour prendre les choses en main et donner aux employés de Trial TV ce dont ils avaient besoin par-dessus tout : l'illusion que c'était une journée comme les autres. Et même si personne n'était vraiment dupe, tous lui en étaient reconnaissants.

— La situation est la suivante, a-t-elle dit en revenant vers moi. Ari Adler m'a passé un coup de fil hier soir. Tommy Daley a démissionné après avoir appris la disparition de Jane.

— C'est pas possible…

— Si, malheureusement. Il a dit qu'il avait accepté ce job uniquement parce qu'il voulait travailler avec Jane, et que sans elle, ça n'avait plus aucun intérêt pour lui. En l'espace d'une soirée, Trial TV a donc perdu deux de ses principaux éléments.

— Mon Dieu… Ça ne pouvait pas commencer plus mal.

— Comme vous dites. La chaîne n'émet que depuis hier, et elle connaît déjà une crise majeure. C'est pourquoi Ari m'a appelée en urgence pour me demander de maintenir le navire à flot.

— Je suis heureuse que vous soyez là. Cette chaîne comptait énormément pour Jane.

Quand elle avait trouvé ce nœud coulant dans sa chambre, elle avait refusé d'appeler la police, de crainte que la chaîne ne souffre d'une mauvaise publicité. Jane était décidée à tout mettre en œuvre pour que Trial TV s'impose dans le paysage audiovisuel.

— Et je vais faire tout mon possible pour qu'elle survive à ce tremblement de terre, a dit C.J. On diffuse des sujets préenregistrés en ce moment, mais on va revenir au direct à 7 heures.

Elle m'a regardée droit dans les yeux.

— Vous sentez-vous capable de travailler ?

A travers une paroi vitrée, je pouvais apercevoir le long bureau en acajou qui trônait sur le plateau central. J'ai revu Jane s'y asseoir avec l'assurance d'une grande professionnelle ; j'ai revu son sourire assuré face à la caméra ; j'ai revu son visage radieux et confiant en l'avenir. Un avenir qui s'appelait Trial TV.

— Oui, ai-je répondu.

Mais ma voix manquait singulièrement de fermeté. Les images de la Jane d'hier après-midi, conquérante et pleine d'énergie, se heurtaient à celles de la Jane d'hier soir, raide et livide, qui se vidait de son sang. Les deux visions se chevauchaient en moi, irréconciliables, chacune cherchant à s'imposer comme pour fixer à jamais le dernier souvenir que je conserverai de Jane.

— Ce n'est pas le moment de flancher, Izzy.

C.J. m'a saisie par l'épaule et s'est penchée vers moi. Ses yeux marron me scrutaient intensément et j'ai eu le sentiment qu'elle pouvait lire en moi comme dans un livre ouvert.

— On est tous très mal, mais on va tenir le coup pour que cette chaîne continue à vivre. On va le faire pour Jane, d'accord ?

J'ai hoché la tête en essayant désespérément de ne conserver que l'image de mon amie derrière son bureau en acajou. Mais je ne pouvais pas m'empêcher de songer à son foulard rouge. Son foulard qui lui avait donné tant de plaisir et qui avait fini par lui ôter la vie.

— Izzy…

La voix de C.J. claquait comme un fouet.

— Vous m'écoutez ?

Je me suis massé le visage, comme si ça pouvait chasser les sombres visions qui colonisaient mon esprit.

— Oui, oui, je vous écoute. Qu'est-ce que vous attendez de moi ?

Sur mon épaule, la pression de sa main s'est faite plus forte.

— Nous avons pris des décisions, Ari et moi, et l'une d'elles vous concerne. Nous voudrions que vous fassiez quelque chose pour nous. Pour Jane.

— D'accord.

— On va avoir besoin d'un peu de temps pour remplacer Jane. Les présentateurs qui pourraient faire l'affaire sous tous sous contrat, et vous savez mieux que personne comme il est compliqué de rompre ces contrats.

Elle m'a regardée d'un air entendu et je n'ai pu m'empêcher d'esquisser un sourire. J'avais rédigé bon nombre de ces contrats lorsque j'étais l'avocate de Pickett Enterprises, et j'y incluais toujours de solides clauses de non-concurrence, ainsi que des clauses libératoires aux montants exorbitants, afin de dissuader les autres chaînes de débaucher nos recrues.

— Grâce aux avocats de votre espèce, a poursuivi C.J. en souriant à son tour, la tranche matinale va devoir se passer de présentateur connu pendant encore un moment. Bien sûr, ceux qui sont en charge de l'après-midi pourraient assurer l'intérim, mais Ari et moi sommes d'accord pour penser qu'avoir les mêmes présentateurs du matin au soir donnerait une mauvaise image de la chaîne. Ça serait d'autant plus préjudiciable que notre part d'audience va sans doute monter en flèche après l'annonce de la mort de Jane.

Elle a marqué une pause et m'a donné une petite tape sur l'épaule.

— C'est pour ça qu'on a besoin que vous passiez à la vitesse supérieure, Izzy.

J'ai rejeté mes cheveux en arrière et j'ai approuvé d'un signe de tête. Dieu merci, j'avais pensé à me maquiller et à mettre l'élégant tailleur acheté pour l'enterrement de Forester.

— Vous pouvez compter sur moi, ai-je dit.

J'ai cherché du regard le cameraman qui m'avait accompagnée pour mon premier reportage en direct — comme ça me paraissait déjà loin ! —, mais pas de Ted en vue.

— Dites-moi juste où vous voulez que je me rende.

Au lieu de répondre tout de suite, C.J. m'a observée avec attention pendant quelques secondes. Craignait-elle que je m'effondre ?

— Ça va aller, ai-je dit. Je ne m'en suis pas trop mal tirée hier, lors de mon direct depuis le palais de justice.

— Je l'ai vu. Et je dirais même que vous vous en êtes très bien tirée. C'est pourquoi Ari et moi avons décidé de vous mettre là.

— Vous voulez que je retourne au palais de justice ?

— Non, là.

C'est alors que j'ai vu que C.J. pointait le doigt en direction du long bureau en acajou.

30

— Reprenons au début, a dit C.J. Comment doit-on utiliser le prompteur ?

— Il faut regarder l'objectif de la caméra et se servir de sa vision périphérique pour lire le texte qui défile.

— Pourquoi ?

— Précisément pour que les téléspectateurs n'aient pas l'impression que je suis en train de lire un texte.

— Exactement.

— Quels sont les points essentiels à retenir pour la rubrique « Pause café » ?

— Ne pas laisser les invités se perdre dans d'interminables digressions et les ramener si nécessaire au sujet du débat. Se souvenir que le sénateur Hinton est un moulin à paroles et écouter quand le directeur de production me dira de l'interrompre.

— Avec tact.

— Avec tact, bien sûr.

— Parfait. Que dites-vous pour ouvrir le journal ?

— « Bonjour à toutes et à tous. Je suis Isabel McNeil et je vous souhaite la bienvenue sur Trial TV. »

J'avais essayé d'expliquer à C.J. que je n'étais pas présentatrice. Je n'étais même pas journaliste. Mais elle n'avait rien voulu savoir. J'avais fini par céder quand elle m'avait dit que Trial TV mettrait la clé sous la porte si je refusais d'être le nouveau visage de la tranche matinale.

Alors j'avais dit oui à la mémoire de Jane, et dans un quart d'heure, j'allais présenter mon premier journal télévisé. Dans un quart d'heure… *Dans un quart d'heure !* Cette prise de conscience a réveillé la malédiction qui s'abattait sur moi dans les moments de grand stress : une chaleur de fournaise a irradié mon corps, me faisant rougir et déclenchant l'arrosage automatique.

C.J. a fait deux pas en arrière et m'a dévisagée d'un air soupçonneux.

— Est-ce que vous transpirez ?

— Euh… Un peu, oui.

— C'est quoi, ces auréoles qui se forment sous vos bras ?

— Oh, poutre en hêtre !

A l'époque où je travaillais dans chez Baltimore & Brown, mon assistant Quentin m'avait convaincue que les jurons n'avaient pas leur place dans un cabinet d'avocats. J'avais donc choisi de les remplacer par des phrases ayant une sonorité similaire, mais sans le caractère grossier. C'est ainsi que « poutre en hêtre » avait — avantageusement ? — remplacé « putain de merde ». J'avais abandonné cette campagne antijurons depuis que j'étais au chômage, mais voilà que la tension, ou peut-être la panique, la remettait en selle.

— « Poutre en hêtre » ? a répété C.J., qui se demandait visiblement si la pression n'était pas en train de me faire perdre la boule. Qu'est-ce que ça veut dire ?

— Ça veut dire que j'ai un petit problème. Ça faisait longtemps que ça ne m'était pas arrivé.

— Quel genre de problème ?

— Vous savez, les grandes eaux…

Les muscles de sa mâchoire se sont contractés.

— Les grandes eaux ?

Je lui ai expliqué que lorsque j'étais particulièrement

stressée, par exemple au début d'un procès ou quand je devais prendre la parole en public, il m'arrivait de souffrir d'hyperhidrose. En d'autres termes, je me mettais à transpirer à grosses gouttes. A très, très grosses gouttes. Ce « petit problème » était des plus embarrassants, pour ne par dire des plus humiliants. C'était comme si j'avais un sauna logé quelque part dans mon corps et que de facétieux lutins versaient le seau d'eau entier sur les pierres, créant presque instantanément une bouffée de vapeur digne des geysers de Yellowstone. S'en suivait une dégoulinade dégradante qui me laissait rouge de honte et bonne à essorer.

— Combien de temps ? a lancé C.J., ajoutant à mon stress.

— Je ne sais pas. Ça a commencé quand j'étais au lycée. C'est peut-être un problème hormonal.

— Ce que je veux savoir, c'est combien de temps ça dure !

— Ah… Eh bien… Environ une heure.

Plus on en parlait et plus je transpirais.

— Une heure ! s'est exclamée C.J. Dites-moi que je rêve ! Vous prenez l'antenne dans…

Elle a levé les yeux vers l'horloge du studio.

— Dans douze minutes et sept secondes ! Marissa !

La maquilleuse, qui avait déjà passé une demi-heure à me rendre présentable pour la caméra, est accourue sur le plateau.

— Arrangez-moi ça ! a lancé C.J.

Marissa a fait la grimace.

— La vache… Ça ne va pas être du gâteau. Il vaudrait mieux attendre qu'elle arrête de transpirer.

— Tartinez-lui le visage ! s'est emportée C.J.

Marissa s'est exécutée, visiblement sans y croire. Elle a coincé une serviette en papier dans le col de mon chemisier et a commencé à m'enduire le visage d'une épaisse couche de fond de teint, mais j'ai senti que ça ne fonctionnait pas.

— Izzy, arrêtez de transpirer ! a ordonné C.J.

— Je ne peux pas.

— Puisque ça vous est déjà arrivé, vous devez savoir comment y remédier, non ?

— J'ai essayé plusieurs techniques.

Une fois, lors de mon tout premier procès pour le compte de Pickett Entreprises, j'avais retiré les coussinets cousus dans les épaulettes de ma veste, et je les avais plaqués sous mes bras. Une autre fois, j'avais opéré de la même manière avec la jaquette d'un CD de Missy Elliott volée sur le bureau de Quentin. Pendant longtemps, ma plus grande peur avait été que ça m'arrive au moment de dire « Oui » à Sam. Mais puisqu'il n'était plus question de mariage, j'avais cessé d'y penser.

Soudain, je me suis souvenue de quelque chose.

— Benadryl ! ai-je glapi. Est-ce que quelqu'un a du Benadryl ?

C.J. a fait volte-face et s'est mise à beugler :

— Du Benadryl ! Qu'on me trouve du Benadryl !

A travers les couches de poudre et de fond de teint, j'ai vu plusieurs épaules se hausser. Faith Lowe, la directrice de production au look avant-gardiste que Jane m'avait présentée la veille, s'est mise à fouiller dans son sac.

Elle a brandi triomphalement une boîte rose au-dessus de sa tête.

— J'en ai !

Elle a couru donner le produit à C.J., qui a déchiré l'emballage d'un geste rageur.

— Pourquoi ne l'avez-vous pas donné plus tôt à Izzy ? a-t-elle grogné en guise de remerciement.

— Parce que personne ne me l'a demandé, a répondu Faith en ouvrant de grands yeux stupéfaits.

— Merci, Faith ! ai-je crié.

Mais elle était déjà en train de s'éloigner.

C.J. a sorti deux comprimés.

— Ça va marcher ?

— Je n'en sais rien, ai-je répondu en tendant la main vers les médicaments. Je n'en ai jamais pris. Mais je me souviens qu'un médecin m'avait conseillé d'essayer.

C.J. a refermé les doigts avant que je ne puisse saisir les comprimés.

— Ce truc provoque des somnolences. Je n'ai pas envie que vous piquiez du nez au milieu du journal.

J'ai pointé l'index vers mon visage écarlate.

— Vous préférez ça ?

— Donnez-lui une canette de Red Bull ! a-t-elle crié par-dessus son épaule avant de me donner les comprimés. Avalez-moi ce truc, Izzy. Tout de suite !

J'ai mis les comprimés dans ma bouche alors que la maquilleuse revenait avec le Red Bull.

Durant les dix minutes qui ont suivi, Marissa a continué à travailler sur mon visage pendant que tout le personnel de Trial TV défilait dans le studio pour voir l'attraction de la journée. J'avais l'impression d'un être un bœuf suant dans une foire agricole.

— Relisez votre texte, m'a dit C.J. Restez concentrée et préparez-vous à prendre l'antenne.

Mais je continuais à dégouliner. Ça gouttait même sur les pages que je tenais à la main.

— Je ne peux pas lui mettre plus de maquillage, a dit Marissa.

— Bien sûr que si, a rétorqué C.J.

Marissa s'est remise à me tamponner le visage avec des serviettes en papier et à le caresser de petites touches de pinceau, comme un peintre peaufinant son chef-d'œuvre avec d'ultimes repentirs.

— L'antenne dans trois minutes ! a crié quelqu'un.

J'ai regardé C.J., les yeux écarquillés par la peur.

— Arrêtez tout. Je n'y arriverai jamais.

— Mais si, vous allez y arriver, a-t-elle répondu d'une voix curieusement calme pour une femme comme elle. Le Benadryl va faire effet d'une minute à l'autre et ça va très bien se passer. Souvenez-vous, Izzy. Vous faites ça à la mémoire de Jane.

J'ai fermé les yeux et j'ai essayé de revoir Jane hier matin, impériale derrière ce même bureau où j'étais assise maintenant. Mais c'était toujours l'image de son cadavre qui me venait à l'esprit.

— L'antenne dans une minute ! Silence dans le studio !

La voix de C.J. a déchiré le brouillard de panique qui m'enveloppait.

— Izzy ?

J'ai ouvert les yeux et j'ai vu qu'elle me dévisageait avec un soulagement visible.

— Ça y est, Izzy, ça fonctionne.

Elle avait raison. Je sentais la chaleur d'étuve qui quittait mon visage et mon corps.

C.J. a continué à me dévisager pendant trente secondes supplémentaires avant de hurler par-dessus son épaule :

— Plus de poudre !

Marissa s'est précipitée. Cette fois-ci, la poudre m'a donné une sensation de fraîcheur.

Marissa a prestement quitté le plateau tandis que C.J., qui ne me quittait pas des yeux, m'adressait un sourire rassurant en me montrant ses doigts croisés.

— Dix, neuf, huit…

J'ai refermé les yeux. Cette fois-ci, j'ai pensé à Forester. A ses encouragements. A la confiance que cette légende des médias avait placée en moi. Il m'avait toujours dit que j'étais capable de tout faire.

— Trois…

Que rien n'était hors de ma portée.

— Deux…

J'ai ouvert les yeux.

— Bonjour à toutes et à tous. Je suis Isabel McNeil et je vous souhaite la bienvenue sur Trial TV.

Alors que je prononçais ces mots en regardant droit dans l'objectif de la caméra, un calme étrange s'est installé en moi. Peut-être était-ce la présence spirituelle de Forester. Peut-être était-ce ma façon de rendre hommage à Jane. Peut-être était-ce simplement l'effet du Benadryl. Au fond, peu importait. Ce qui importait, c'est que mes lèvres remuaient et que des mots en sortaient. Mais je les entendais comme si quelqu'un d'autre parlait à ma place.

Je suis tombée dans un état de profond détachement. J'ai songé à toutes les fois où j'avais vu Jane présenter le journal, et c'était comme si je me glissais dans sa peau. Comme elle, une fois le sujet d'ouverture terminé, quand une lumière rouge s'est allumée sur une autre caméra, j'ai jeté un bref coup d'œil vers les pages posées sur le bureau et j'ai pivoté légèrement pour sourire à l'autre objectif. Comme Jane, j'ai lancé le sujet suivant, et celui d'après, comme si j'étais sûre de moi et de mon pouvoir sur les téléspectateurs. Comme Jane, j'ai esquissé un sourire en annonçant la coupure publicitaire.

Et quand, sur les moniteurs, une femme a secoué les cheveux dans tous les sens pour vanter les mérites d'un après-shampoing, j'ai trouvé la force de regarder les journalistes et les techniciens qui me faisaient face dans la pénombre du studio. J'ai vu des gens hocher la tête, d'autres me faire des signes d'encouragement. Ted, « mon » cameraman, a levé le pouce avec une moue admirative. Faith et Ricky, le garçon qui avait conduit la camionnette de Trial TV, ont fait de même.

C.J. s'est ruée vers moi.

— Il y a deux ou trois trucs à revoir, mais vous avez fait du bon boulot.

— Vraiment ?

Je me sentais un peu assommée par le Benadryl, mais j'étais aussi pleine d'une extraordinaire énergie.

— Vous avez été très bien, Izzy, a confirmé C.J. avant de passer aux critiques et aux conseils.

J'ai inspiré profondément. Comment avais-je réussi à accomplir ce petit miracle ? Et comment Jane avait-elle pu faire ce truc de fou jour après jour, pendant des années, en donnant l'impression que c'était simple comme bonjour ?

— Prête ? a demandé C.J.

— Non.

— Dommage, parce que c'est à vous dans cinq… quatre… trois…

31

Les parents de Jane, qui habitaient dans le Michigan, du côté de Grand Rapids, avaient décidé que l'enterrement de leur fille se ferait dans la plus stricte intimité. Du coup, Zac avait organisé dans l'urgence une réception destinée à réunir une dernière fois les amis de sa femme. Le rendez-vous avait été fixé à ce mardi, au restaurant du Park Hyatt où j'avais bu un verre avec Jane vendredi soir, lorsqu'elle m'avait demandé de la rejoindre à Trial TV. Jane avait toujours adoré cet endroit.

Ce jour-là, un air de printemps flottait encore dans l'air. Les arbres n'étaient plus tout à fait nus, et une odeur de frais en provenance du lac donnait un agréable sentiment de renouveau. Mais il ne faisait pas assez chaud pour ouvrir la terrasse. A l'intérieur, du bois sombre et des meubles de designers donnaient au restaurant un aspect chic et contemporain. Les hautes fenêtres surplombaient Chicago Avenue, et plus loin, si on tendait le cou, Michigan Avenue et la Water Tower, un château d'eau de style néogothique qui avait survécu au terrible incendie de 1871.

J'ai parcouru la salle du regard. Une foule compacte s'y pressait et, l'espace d'un instant, j'ai eu le sentiment de connaître tout le monde. Mais j'ai vite réalisé que si tous ces visages m'étaient familiers, c'était qu'ils appartenaient à des présentateurs et à des journalistes que je voyais depuis des années à la télévision. J'ai salué les quelques personnes que je connaissais vraiment, essentiellement des employés de Pickett Entreprises pour qui Jane avait longtemps travaillé à travers la chaîne WNDY. J'ai repéré C.J. près du bar, aux côtés de deux directeurs de production qui collaboraient avec Jane avant son départ pour Trial TV. Tous les trois semblaient accablés de chagrin. Comme la plupart des gens présents ici.

Une main s'est posée sur mon épaule et je me suis retournée.

— Salut, a dit Quentin d'une voix sombre.

— Merci d'être là, Quentin.

Sam avait proposé de m'accompagner, mais je voulais venir avec quelqu'un qui connaissait bien Jane. Quentin avait été mon assistant et il l'avait fréquentée pendant des années. Fréquentée et appréciée.

Il m'a dévisagée un instant.

— Maquillage télé ?

— Ouais.

Je lui ai raconté mes débuts de présentatrice pour la tranche matinale de Trial TV, sans omettre l'épisode des grandes eaux. Par mesure de précaution, Marissa m'avait repoudrée à plusieurs reprises, et elle avait mis la dose.

— Eh ben..., a dit Quentin avec une moue impressionnée. Il va falloir une balayeuse industrielle pour t'enlever ça.

— Et une lampe à souder.

Ni lui ni moi n'avons ri.

— Je n'arrive pas à y croire, a dit Quentin en rajustant sa cravate, qu'il portait avec une veste pied-de-poule.

Depuis qu'il vivait avec un petit ami plein aux as, Quentin était devenu une vraie gravure de mode.

— Ça va, Izzy ?

— Non.

Il m'a serrée fort dans ses bras.

— Tu veux boire quelque chose ?

— Absolument.

Nous nous sommes frayé un passage jusqu'au bar où nous avons commandé deux verres de vin.

J'ai de nouveau balayé la salle du regard pendant que nous attendions nos verres.

— Oh ! Tu as vu, Quentin ?

Mes yeux venaient d'atterrir sur un coin du restaurant que je n'avais pas vu jusqu'alors. Une immense photo de Jane avait été installée sur une table, la partie supérieure de l'agrandissement reposant contre le mur. Vêtue d'une blouse d'un blanc éclatant et d'un collier tressé en or, Jane riait, les yeux un peu plissés. J'ai songé à ce qu'elle m'avait dit quelques jours plus tôt, sur la terrasse de ce même restaurant : « Quand quelqu'un me dit que je suis belle, ça me fait plaisir comme si c'était la première fois. Parce qu'à mon âge, on se demande toujours si ça ne sera pas la dernière. »

Ma vision s'est brouillée.

— Bois ça, a dit Quentin en me mettant un verre de vin dans la main.

Je l'ai bu, oui, mais d'un trait. Il fallait que j'anesthésie l'émotion qui me submergeait depuis que j'avais posé les yeux sur cette photo de Jane.

Deux albums étaient ouverts au pied du grand tirage. En m'approchant un peu, j'ai vu qu'ils étaient remplis d'autres photos de Jane, sans doute prises par Zac.

Quentin m'a observée quelques secondes, puis il m'a prise par les épaules et m'a gentiment fait pivoter pour m'inciter à regarder ailleurs.

— Pensons un peu à autre chose, tu veux bien ? Comment ça se passe avec ton gamin de vingt ans ?

— Vingt et un, je crois.

— Pardon, ça change tout. Alors ? Raconte-moi.

— Il est au Mexique.

— Oh, ma pauvre chérie… Il n'a pas trouvé de meilleure excuse pour mettre de la distance entre vous ?

— Ce n'est pas une excuse, Quentin.

— Je connais toutes les stratégies de fuite, et, crois-moi, le coup du Mexique est un grand classique. Je t'avais bien dit que tu courais à la catastrophe avec ce Theo.

Je l'ai fusillé du regard, mais le cœur n'y était pas.

Je me suis retournée vers les albums en me demandant si j'aurais la force de les parcourir, et j'ai vu Zac, debout près de la table, le visage fermé et les mains enfouies dans les poches. Il discutait avec une femme de petite taille, aux cheveux sombres, qui s'est mise à tourner les pages d'un des albums en se tamponnant les yeux à l'aide d'un mouchoir en papier.

Zac portait un costume noir près du corps, une chemise blanche et une fine cravate, noire elle aussi. Même à distance, on devinait que c'était un costume de marque.

— Prada, m'a glissé Quentin à l'oreille.

Zac a relevé les yeux et nos regards se sont croisés. L'espace d'un instant, il a semblé chercher où il m'avait déjà vue, puis il a dit quelque chose à la femme aux cheveux sombres et s'est dirigé vers moi.

— Je reviens tout de suite, ai-je dit à Quentin, avant d'aller à la rencontre de Zac.

Lorsque je suis arrivée à sa hauteur, j'ai vu qu'il avait le visage marqué, comme s'il avait vieilli de dix ans en l'espace de quelques jours.

— Bonjour, Zac, je suis Izzy McNeil. Nous nous sommes rencontrés chez vous le soir où Jane a…

J'ai hésité une fraction de seconde.

— … trouvé ces choses. Et vous m'aviez appelée pour…

— Je sais qui vous êtes, m'a-t-il coupée.

Puis il s'est tu, se contentant de me dévisager de son regard ravagé par l'angoisse.

— C'est vous qui l'avez trouvée, a-t-il fini par dire.

J'ai hoché la tête. L'image de Jane à terre dans son vestibule m'est aussitôt revenue à l'esprit, comme si elle n'attendait qu'une occasion pour remonter à la surface. C'était un souvenir brumeux d'où surnageaient pourtant des détails d'une extraordinaire précision. Son bras tordu, son tailleur blanc tacheté de rouge, ses cheveux poisseux, la flaque de sang sous sa tête… Comment décrire ce que j'avais ressenti en découvrant le cadavre de Jane, surtout à son mari ?

— C'était… c'était affreux, ai-je bredouillé, faute de mieux.

Il a commencé à dire quelque chose, mais sa voix s'est brisée. Il a inspiré profondément et a secoué la tête, les yeux fermés l'espace d'un instant.

— Toutes mes condoléances, Zac.

Je détestais ces formules convenues, mais je n'avais rien trouvé de mieux. Sans doute ces phrases toutes faites avaient-elles été inventées pour ça : pour dire quelque chose quand les mots faisaient défaut.

Zac s'est remis à secouer la tête, et j'ai eu l'impression qu'il luttait contre les larmes. Nous sommes restés silencieux un moment avant qu'il ne parvienne à reprendre la parole.

— Il faut que je vous demande quelque chose. Quand vous avez passé la soirée avec Jane, la semaine dernière…

— Oui ? ai-je dit pour l'inciter à poursuivre.

Mais il a agité les mains, comme pour signifier que ça n'avait pas d'importance. Ses yeux se sont plissés et il m'a semblé les voir brièvement se teinter de colère.

— Que vouliez-vous me demander, Zac ? Je vous en prie, dites-le-moi, parce que…

Mon regard s'est machinalement posé sur la grande photo de Jane, qui riait, si belle, derrière son mari. De nouveau, j'ai senti une boule se former dans ma gorge et les larmes me monter aux yeux.

Zac les a vues et il m'a prise par le bras.

— Venez par là, a-t-il dit en m'entraînant dans un coin plus tranquille, entre le bout du bar et la porte des toilettes.

Il a jeté un bref coup d'œil à gauche et à droite et a repris à voix plus basse.

— Vous êtes sortie avec Jane vendredi soir, et quand je vous ai appelée le matin suivant, j'ai évoqué ses…

Un petit rire dur a franchi le seuil de ses lèvres.

— Comment disait-elle, déjà ? Ses *incartades*, a-t-il lancé d'un ton amer. Vous voyez de quoi je parle, n'est-ce pas ?

Je n'ai su que répondre. Jane m'avait assuré qu'elle disait tout à son mari, mais qu'entendait-elle au juste par *tout* ? Devais-je admettre devant Zac que j'étais au courant des relations extraconjugales de sa femme ?

Je me suis contentée de hocher la tête. Jane m'avait dit que Zac ne supportait plus qu'elle le trompe, que sa tolérance avait atteint sa limite. Brusquement, j'ai eu envie de demander à Zac : « La colère vous a-t-elle fait perdre la tête ? Avez-vous tué votre femme ? »

Les six derniers mois de ma vie avaient eu raison de ma nature bienveillante. J'ignorais s'il en serait toujours ainsi, mais aujourd'hui, j'avais tendance à me méfier de tout le monde. Ce n'était pas quelque chose que j'aimais en moi. J'estimais qu'à vingt-neuf ans (d'accord, presque trente), j'étais un peu jeune pour perdre confiance en l'espèce humaine.

— Elle parlait très peu de cet aspect de sa vie, a repris Zac. Pourquoi s'est-elle confiée à vous ?

— Je ne sais pas, au juste. Jane et moi avons toujours eu des atomes crochus. Et nous sommes devenues plus proches quand elle m'a demandé de venir travailler à Trial TV.

Ses yeux semblaient scanner mon visage comme s'il cherchait dans mes traits quelque chose que je ne disais pas.

— Oui, c'est ça, plus proches.

Il a encore émis un petit rire sans joie.

— Vous avez travaillé pour Forester Pickett, si je ne m'abuse.

— En effet, ai-je dit, surprise par le brusque changement de sujet. Forester était un ami.

— Et si je me souviens bien, votre fiancé a disparu le soir où Forester est mort, c'est ça ?

Où voulait-il en venir ? Etais-je parano ou avait-il vraiment dit ça d'un ton accusateur ?

— C'est ça, ai-je répondu, un peu sur la défensive.

— Et vous êtes avocate.

— Oui.

« Mais vous me parlez comme si j'étais une prévenue. »

— Alors vous savez comment les mener en bateau.

— Mener qui en bateau ?

— Les flics. Vous savez ce qu'il faut leur dire ou ne pas leur dire. Vous savez comment fonctionne une enquête criminelle.

Non, je n'étais pas parano. Zac était en train de m'accuser de… De quoi, au juste ?

— Je suis spécialisée en droit du divertissement, ai-je rétorqué sèchement. Même un photographe doit savoir que ça n'a rien à voir avec le droit criminel, non ?

Il m'a fixée du regard avec une intensité qui m'a rendue mal à l'aise.

— Que s'est-il passé, vendredi soir ?

Une vague d'angoisse m'a fait oublier ma tristesse. J'étais coincée contre le mur, Zac tout près de moi, et je me suis brusquement sentie acculée.

— Qu'est-ce que vous voulez dire ?

— Où Jane a-t-elle passé la nuit de vendredi à samedi ?

J'ai voulu me donner une contenance en buvant une gorgée de vin, mais le verre était vide. Que lui répondre ?

Manifestement, Zac savait que sa femme avait des aventures, mais je ne me sentais pas en droit de lui donner des détails sur ce qu'elle avait fait ce soir-là. J'avais promis à Jane de garder le secret sur sa nuit avec ce Mick, et on ne trahissait pas une promesse faite à une amie. Même si cette amie n'était plus de ce monde.

— Je n'en sais rien, Zac.

— Pourquoi vous êtes-vous montrée aussi évasive quand je vous ai appelée samedi matin ?

Il ne me rendait pas la tâche facile. Comment lui dire que j'essayais de couvrir les agissements de sa femme et de gérer une situation inédite pour moi, à savoir la présence d'un quasi-inconnu qui se baladait tout nu chez moi ? Malgré les circonstances, une douce chaleur a envahi mon ventre lorsque j'ai songé à Theo. Jamais je n'avais désiré un homme à ce point. Pas même Sam.

— Eh bien, je… Je…

J'ai regardé par-dessus son épaule et j'ai vu Quentin qui nous observait. Je lui ai adressé un S.O.S. du regard.

— Je sais ce que Jane a fait, cette nuit-là, a dit Zac quand mes yeux sont revenus se poser sur lui.

— Vraiment ?

— Oui, *vraiment*, a-t-il sifflé entre ses dents. Elle a passé la nuit avec vous.

32

— Jane n'a pas dormi chez moi, Zac.

Il a croisé les bras et m'a toisée avec l'air satisfait de celui à qui on ne la fait pas.

— Inutile de jouer au plus fin avec moi, Izzy. Je n'ai pas dit qu'elle avait passé la nuit *chez* vous, mais *avec* vous.

Est-ce que je comprenais bien ce qu'il insinuait par là ?

— Croyez bien que je ne suis pas d'humeur à jouer, Zac, ai-je répliqué. Qu'est-ce qui vous prend de dire des choses pareilles ?

Il a émis un petit son méprisant par le nez.

— Laissez-moi vous poser une question. Pourquoi passiez-vous tellement de temps ensemble, ces derniers jours ?

— Parce qu'on était en train de devenir de vraies amies. Et parce qu'elle m'avait proposé un job à Trial TV.

— De vraies amies, hein ?

Encore un rire sans joie. Un rire railleur et plein d'amertume.

— Je dirais plutôt des amies proches. Des amies, *très très* proches.

— Qu'est-ce que vous insinuez par là ?

— Que Jane et vous étiez plus qu'amies.

— C'est ridicule, voyons !

— Alors je répète ma question : pourquoi vous être montrée si évasive quand je vous ai appelé samedi matin ?

D'accord. Il voulait la vérité, il allait l'avoir !

— Si je me suis montrée évasive, c'est parce que je pensais que votre femme avait sans doute passé la nuit avec un autre que vous.

Jusqu'où devais-je aller dans mes révélations ? J'avais promis à Jane de ne rien dire au sujet du jeu érotique qu'elle pratiquait avec son foulard. Un secret que je pouvais d'autant moins trahir qu'il était aussi professionnel. Mais rien ne m'empêchait de parler de ma propre vie sexuelle. Rien, sauf que c'était affreusement embarrassant, bien sûr.

— Je ne suis pas rentrée avec Jane, ce soir-là, ai-je poursuivi en espérant que je n'allais pas me mettre à rougir. En fait, je suis rentrée avec un jeune homme et… Enfin bref, c'est avec lui que j'ai passé la nuit, et non avec votre femme. Il se trouve qu'il était encore là quand vous m'avez appelée, et qu'il me tournait autour dans le plus simple appareil, et que…

J'ai senti que je piquais un fard. C'était couru d'avance.

— Tout ça pour expliquer que je n'étais pas très à l'aise…

J'ai haussé les épaules.

— Voilà sans doute pourquoi vous m'avez trouvée évasive. Mais je vous promets que Jane n'était pas chez moi cette nuit-là. Et encore moins dans mon lit !

Zac n'a pas eu l'air convaincu.

— Jane n'a pas voulu me dire avec qui elle était. D'ordinaire, elle ne me cachait rien, mais là elle a éludé mes questions.

— Elle était avec un auteur. Un type qui écrit des bouquins.

— Un auteur, hein ?

Sa voix était dure, sarcastique.

— Oui. Un certain Mick.

— Son nom de famille ?

— Euh… En fait, je ne l'ai jamais su.

Comme au poste de police, j'ai éprouvé un sentiment de culpabilité. Ça n'avait rien de rationnel. De quoi aurais-je dû me sentir coupable ? Si quelqu'un devait se sentir coupable, c'était plutôt Zac, non ? Bien sûr, il ne pouvait pas faire d'esclandre devant tous ces gens venus rendre un dernier hommage à sa femme. Aussi sa colère était-elle froide, contenue. Mais en privé, seul avec Jane qui l'avait cocufié encore et encore, n'avait-il pas laissé éclater sa rage ? Ne l'avait-il pas laissée exploser ?

Zac a secoué la tête et j'ai vu sa mâchoire se serrer, ses lèvres se pincer.

— Ça a été pareil avec vous qu'avec tous les types avec qui elle a couché. Elle sortait avec des amis ou des relations de travail et elle ne rentrait pas. Et moi je restais comme un con à l'attendre pendant qu'elle s'envoyait en l'air !

Il avait élevé la voix.

— Ouais, ça s'est passé exactement comme ça avec vous ! Le même putain de scénario !

Terriblement gênée, j'ai promené le regard autour de nous. Les têtes commençaient à se tourner dans notre direction. Après tout, Zac était peut-être capable de faire un esclandre public.

C'était bizarre, ai-je songé. Six mois plus tôt, je m'étais rendue aux obsèques de Forester et je m'étais attiré les foudres de son fils. Et voilà que l'histoire se répétait aujourd'hui avec le mari de Jane.

Je me suis penchée vers lui.

— Zac, ai-je dit à voix basse, Jane et moi étions amies. Rien de plus.

Quentin est enfin arrivé à ma rescousse. Il a posé une main protectrice sur mon épaule et a regardé Zac droit dans les yeux.

— Tout va bien ?

J'ai inspiré profondément, mais l'air semblait vicié par les accusations qui y flottaient.

— Quentin, je te présente Zac, le mari de Jane. Zac, voici mon ami Quentin.

Ils ont échangé une poignée de main et Quentin lui a présenté ses condoléances d'une voix grave et émue qui m'a rappelé que nous étions ici pour dire adieu à Jane, que l'homme qui m'avait prise à partie venait de perdre sa femme, qu'il était sans doute dans un état d'épuisement physique et émotionnel qui expliquait son comportement.

— Ecoutez, Zac, ai-je dit calmement, je ne suis pas sûre que tout ça ait de l'importance à l'heure qu'il est, mais je veux que vous sachiez que je vous ai dit la vérité. Jane n'était pas avec moi, cette nuit-là.

— Vous n'êtes pas sûre que ça ait de l'importance ? a lancé Zac sur un ton de douloureux sarcasme. Eh bien, moi, je suis sûr que ça en a, au contraire. Et je vais vous donner ma version des faits. Si vous avez passé tellement de temps avec Jane le week-end dernier, c'est parce qu'elle avait couché chez vous vendredi soir. Chez vous et *avec* vous. Le lendemain matin, vous avez accordé vos violons pour présenter une histoire qui se tienne, au cas où je poserais des questions, et puis vous êtes venue chez nous quand Jane a trouvé ces saloperies dans la chambre et dans la cuisine. Et je suis en train de me dire que c'est peut-être vous qui avez laissé ces fleurs et ce nœud coulant dans la maison. Vous saviez sans doute où elle cachait la clé de secours.

Je suis restée sans voix. Après quelques secondes de stupeur, je me suis tournée vers Quentin qui semblait aussi abasourdi que moi. Lorsqu'il était mon assistant, Quentin savait toujours quoi faire pour me tirer d'embarras. Mais là, il était pétrifié.

Deux hommes sont venus serrer la main de Zac à ce moment-là. Ils ont échangé à voix basse quelques paroles de circonstance, et Zac a posé la main gauche sur l'épaule de l'un d'eux.

C'est alors que j'ai vu le gros hématome qui couvrait la base de son pouce, de son index et de son majeur. Sa teinte bleu noir s'étendait vers le dos de sa main.

Zac a dû voir mes sourcils se froncer, parce qu'aussitôt les deux hommes partis, il s'est senti obligé de me donner une explication.

— Je me suis fait ça dans notre maison de Long Beach, a-t-il dit en regardant la blessure. J'étais en train de ranger des bûches et tout le tas m'est tombé sur la main.

« Oui, et moi je ne retrouve plus ma montre parce que mon chien l'a mangée », ai-je eu envie de rétorquer. Comme par hasard, il avait un bleu gigantesque sur la main alors que sa femme avait été battue à mort…

— Ecoutez, a-t-il dit quand je suis restée silencieuse. Les policiers ont vu ma main, d'accord ?

Il en a fait un poing qu'il a brusquement levé à hauteur de mon visage.

J'ai fait un bond en arrière.

— Quoi, vous avez peur de moi ? s'est-il écrié d'une voix assez forte pour que plusieurs personnes se tournent dans notre direction.

— Non, Zac, ai-je répondu d'une voix aussi calme que possible. Je n'ai pas peur de vous.

Mais ce n'était pas vrai. En réalité, je commençais à craindre que la situation ne m'échappe. En voyant Zac me brandir son poing sous le nez, je n'avais pu m'empêcher de songer à la terreur qu'avait dû éprouver Jane face à son agresseur. Je n'en pouvais plus d'être hantée par les images sordides de son cadavre. L'idée que la vie de Jane s'était achevée dans la violence, qu'elle était morte affalée sur le sol de son vestibule et non dans un lit, entourée de ses proches, m'était insupportable. L'idée que quelqu'un l'avait frappée, encore et encore… L'idée que quelqu'un l'avait étranglée avec son foulard…

Zac a baissé le poing et a soufflé un grand coup. La colère a quitté ses traits et le chagrin est revenu s'y poser, comme un oiseau sur sa branche préférée. Je me suis demandé s'il allait se mettre à pleurer.

— J'aimais Jane, a-t-il murmuré. Plus que tout au monde.

— Je n'en doute pas, Zac.

Et c'était la vérité. J'étais certaine qu'il avait aimé Jane. Sans doute avec passion. Mais la passion tournait parfois à la haine. Les infidélités de Jane avaient-elles fini par le rendre à moitié fou ? Avait-il dérapé dans un accès de rage ?

J'ai jeté un coup d'œil autour de nous pour voir si on nous observait. Quelques têtes proches se sont prestement tournées, mais la plupart des invités continuaient à boire et à parler d'une voix étouffée, apparemment inconscients de notre altercation.

Un homme de grande taille est arrivé derrière Zac. Il avait une belle crinière gris argent impeccablement coiffée et un corps de jeune homme malgré ses soixante printemps bien sonnés. Jackson Prince.

Prince m'a adressé un sourire empreint de tristesse, et j'ai senti qu'il ne se souvenait pas m'avoir croisée dans le studio de Trial TV. Puis il a touché le bras de Zac.

— Je dois m'en aller, a-t-il dit de sa voix suave et profonde.

Dans le milieu juridique, on prétendait qu'il pouvait retourner un jury en deux phrases bien senties.

— Je voulais juste vous dire à quel point j'estimais Jane, a-t-il poursuivi, la main toujours posée sur le bras de Zac. C'était une femme extraordinaire et une immense professionnelle. L'une des toutes meilleures qu'il m'ait été donné de croiser au cours de ma carrière.

« Une immense professionnelle dont le travail d'investigation était sur le point de vous causer de gros ennuis », ai-je songé.

Zac lui a serré la main.

— Merci, Jackson. Ça me touche beaucoup.

Prince a murmuré quelques paroles de réconfort, lui promettant de le rappeler très vite pour s'assurer qu'il n'avait besoin de rien. Puis il a fendu la foule d'un pas tranquille, les gens s'écartant devant lui comme la mer Rouge devant Moïse.

Zac l'a regardé s'éloigner un moment avant de se tourner vers les fenêtres qui surplombaient Chicago Avenue, comme si Jane était en retard et qu'il s'attendait à la voir remonter la rue en courant.

Il a soudain reporté son attention sur moi.

— Je l'ai dit aux flics, vous savez. Je leur ai dit que vous aviez passé la nuit de vendredi avec Jane.

J'ai de nouveau éprouvé un sentiment irrationnel de culpabilité et ma gorge s'est serrée.

— Zac, combien de fois va-t-il falloir que je vous le répète ? Jane n'était *pas* avec moi cette nuit-là. Mais j'aimerais qu'on mette les choses au clair, vous et moi. Etes-vous en train de suggérer que c'est moi qui ai tué Jane ? Parce que si c'est le cas, c'est tout simplement grotesque !

— Vraiment ? Jane rendait les hommes fous, vous savez. Pourquoi en serait-il autrement avec les femmes ? Et elle a toujours dit à ses amants qu'ils n'étaient que de passage dans sa vie. Qu'elle ne divorcerait jamais. Je me suis souvent demandé ce qui se passerait si l'un d'entre eux ne supportait pas d'être un simple objet sexuel pour elle. Si la passion pouvait faire dérailler un des clowns qu'elle se tapait. Et pour autant que je sache, vous étiez sa dernière conquête.

Un sourire mauvais s'est dessiné sur ses lèvres.

— Et pour autant que je sache, elle était en train de vous larguer.

Bon sang, il n'en démordait pas ! La frustration m'a arraché un grognement.

— Zac, je vous ai dit que j'ai passé la nuit de vendredi avec un homme.

Je n'arrivais pas vraiment à songer à Theo comme à « un homme », mais ce n'était pas le moment d'entrer dans ce genre de considérations.

En désespoir de cause, je me suis tournée vers Quentin.

— S'il te plaît, dis-lui que c'est la vérité.

Quentin a hoché la tête d'un air grave.

— C'est la première fois qu'elle couchait le premier soir. Je suis vraiment fier d'elle, a-t-il ajouté en retenant un sourire.

Zac a fusillé Quentin du regard.

— Vous avez rencontré le type qu'elle a ramené chez elle ?

— Non, mais j'ai eu droit à tous les détails croustillants.

C'est là que je l'ai vu, debout contre la porte d'entrée du restaurant. Mick. L'écrivain au visage hâlé et à la tignasse grise.

— C'est lui ! me suis-je écriée.

Je me suis tournée vers Zac et j'ai vu qu'il me dévisageait toujours.

— Zac, ai-je dit d'une voix pressante, c'est l'homme avec qui Jane a passé la nuit de vendredi !

Zac a enfin regardé dans la direction que je pointais du doigt.

Mais Mick n'était plus là.

33

J'ai traversé la foule, écrasant quelques pieds au passage, pour essayer de rattraper Mick.

A mi-chemin de la porte d'entrée, C.J. s'est dressée devant moi.

— Vous avez été formidable, ce matin. Vraiment.

— Merci, C.J., ai-je répondu en me hissant sur la pointe des pieds pour tenter d'apercevoir Mick par-dessus son épaule.

— Bien sûr, il va falloir faire quelques réglages, a poursuivi C.J. Demain, vous viendrez en cabine de montage pour qu'on dissèque un peu votre prestation. Ça sera plus parlant que si je me contente de vous décrire les choses à améliorer.

— Parfait. Je viendrai tôt pour qu'on ait le temps de faire ça tranquillement. Veuillez m'excuser, C.J., mais il faut que je file.

— N'oubliez pas de jeter un coup d'œil au conducteur de demain.

— Comptez sur moi.

Bien sûr, elle ignorait que j'allais consacrer une bonne partie de ma soirée à travailler dans une boutique de lingerie.

Je me suis élancée vers la porte d'entrée. Elle débouchait sur un hall en marbre où une hôtesse d'accueil, debout derrière un petit bureau, souriait d'un air absent.

— Avez-vous vu un homme sortir du restaurant à l'instant ? lui ai-je demandé. Il a des cheveux gris et le visage bronzé.

— Un homme ? Hum… Voyons voir… Qui cherchez-vous, au juste ?

Manifestement, cette fille dormait debout. La reine d'Angleterre lui serait passée sous le nez qu'elle ne l'aurait sans doute pas remarquée.

Mick avait eu vingt fois le temps de quitter les lieux. L'ascenseur qui descendait jusqu'au rez-de-chaussée de l'hôtel se trouvait juste là. Je suis allée appuyer sur le bouton d'appel et l'indicateur de position m'a appris que la cabine était précisément en train de s'arrêter au niveau du hall.

Je me suis tournée vers l'hôtesse d'accueil.

— Il y a un escalier qui mène à la rue ?

Je voulais absolument rattraper Mick. Je voulais lui demander son nom de famille et le donner à Zac pour lui prouver que je n'étais pas avec Jane, cette nuit-là. Je voulais aussi demander des explications à ce type. Avait-il vraiment espionné Jane ? Si oui, pourquoi ? Dans le but d'écrire un livre ou pour quelque chose de plus tordu ? Je voulais rapporter ces réponses à l'inspecteur Vaughn et voir ce qu'il en penserait.

L'hôtesse d'accueil m'a désigné l'ascenseur d'un geste lent et faussement gracieux.

— L'ascenseur vous y conduira en moins d'une minute.

— Je sais, mais je vous demande s'il y a aussi un escalier.

Ma voix avait trahi mon impatience, et j'ai vu quelques sillons se creuser sur le front lisse de la jeune femme.

— Il y a une sortie de secours, bien sûr.

— Où se trouve-t-elle, je vous prie ?

Mais l'ascenseur a émis un petit tintement derrière moi à ce moment-là, et j'ai fait volte-face. Les portes se sont ouvertes, libérant plusieurs personnes qui se sont presque toutes dirigées vers le restaurant.

J'ai plongé dans la cabine déserte. Une fois en bas, j'ai pivoté la tête en tous sens à la recherche d'une chevelure grise, mais aucun signe de Mick. Je me suis précipitée dans la rue, croisant les bras sur ma poitrine pour me protéger de la fraîcheur de cette fin d'après-midi. C'est alors que je l'ai vu — j'ai reconnu sa tignasse et sa veste — en train de descendre Chicago Avenue. L'instant d'après, il tournait à droite et disparaissait dans Wabash Avenue.

Sac à main solidement coincé sous le bras, j'ai piqué un sprint pour le rattraper. Je courais aussi vite que me l'autorisaient mes talons hauts. Dieu merci, j'étais habituée à ce type de chaussures. J'étais même une de ces femmes étranges qui pouvaient affirmer sans ciller : « Je me sens plus à l'aise avec des talons hauts. » Mais marcher avec des talons hauts et courir avec des talons hauts étaient deux choses complètement différentes. Pour rester debout et ne pas se tordre la cheville, il fallait remplacer le mouvement naturel de la course par des petits rebonds ridicules. Et Mick, avec ses chaussures plates, avançait forcément beaucoup plus vite que moi.

J'ai bifurqué à mon tour dans Wabash Avenue. Un bar avait sa porte ouverte. N'était-ce pas Mick qui s'y engouffrait ? N'était-ce pas la manche de sa veste, le gris de ses cheveux ? J'ai sautillé jusqu'au Pippins — c'était le nom du bar — comme une biche boiteuse. A l'intérieur, une dizaine d'étudiants attablés devant des verres de bière constituait l'essentiel de la clientèle. Un homme d'un certain âge, au look d'enseignant, était en train de se hisser sur un des tabourets alignés face au comptoir. Etait-ce lui que j'avais pris pour Mick ? En tout cas, l'amant de Jane semblait s'être envolé.

Je me suis ruée au-dehors et j'ai regardé des deux côtés de l'avenue, avant de rebrousser chemin jusqu'à l'hôtel, toujours en mode biche blessée. J'étais en train de scruter les alentours devant la porte principale du Park Hyatt, la tête jouant les girouettes un jour d'ouragan, quand Quentin est sorti de l'hôtel.

— C'était quoi, ce délire avec le mari de Jane ?

J'ai continué à chercher Mick du regard. Où était-il passé ?

— Je ne sais pas trop, ai-je répondu. Apparemment, Zac s'imagine que j'ai eu une aventure avec Jane.

— Et c'est le cas ?

Je me suis arrêtée de chercher l'homme invisible et j'ai planté mes yeux dans ceux de Quentin.

— Tu ne vas pas t'y mettre, toi aussi ! Je commence à en avoir marre de subir des interrogatoires !

Il a haussé les épaules avec une moue faussement innocente.

— Je demandais ça comme ça, tu sais. Tu es d'humeur plutôt libertine, ces derniers temps, et je me disais que tu avais peut-être eu envie de découvrir les joies du saphisme. Au fait, si tu deviens homosexuelle, toi aussi, il faudra absolument que tu clames haut et fort que c'est moi qui t'ai convertie à la bonne cause. Tu sais que nous autres, les gays, on est récompensés chaque fois qu'on fait un nouvel adepte.

— Tu es bête, ai-je dit en lui donnant un coup de poing sur le bras.

Puis je le lui ai tourné le dos, cherchant machinalement Mick parmi les passants. Mais il devait être loin, maintenant.

Quentin a posé la main sur mon épaule.

— Laisse-moi te ramener chez toi, Iz. Je crois que tu as eu ton compte pour aujourd'hui.

J'ai regardé mon ami : ses yeux couleur cendre qui me dévisageaient avec un mélange d'inquiétude et de compassion. Nous sommes restés silencieux pendant un moment. Le silence n'est jamais embarrassant avec un bon ami, et celui-là a réussi à m'apaiser.

— Tu as un manteau ?

Je me suis rendu compte que j'étais toute crispée, les bras croisés sur ma poitrine. J'ai fait non de la tête. J'étais passée chez moi avant de venir ici et je l'avais oublié dans mon appartement.

Quentin a hélé un taxi et m'a poussée sur la banquette arrière avant de venir s'asseoir contre moi. Il a donné mon adresse au chauffeur et j'ai fermé les yeux un instant. L'épuisement et le chagrin ont refait surface dans le silence et l'atmosphère confinée du taxi. J'avais envie de me mettre en boule sous la couette et de tout oublier, mais je devais aller travailler à la boutique de lingerie plus tard dans la soirée. L'idée d'appeler Mayburn pour lui dire que j'abandonnais m'a traversé l'esprit, mais je l'ai repoussée. Quand Sam avait disparu, Mayburn m'avait été d'une aide précieuse, et lui faire faux bond n'aurait pas été correct.

J'ai consulté ma montre, une magnifique Baume & Mercier qui m'avait été offerte par Forester. J'avais encore du temps avant d'aller me frotter à la redoutable Josie, et j'ai songé à quelqu'un que j'avais terriblement envie de voir. Alors que le taxi venait de passer Division Street, je me suis tournée vers Quentin.

— Il faut que j'aille voir ma mère.

Victoria McNeil et moi n'étions pas faites dans le même moule. C'était une belle femme aux cheveux blond vénitien et au tempérament réservé dont la silhouette élancée semblait constamment entourée d'un halo de mélancolie. Elle parlait doucement, avec un langage châtié, et jamais pour ne rien dire. Avec ma crinière assortie à mon tempérament de feu et ma mauvaise habitude de jurer à tort et à travers, je n'étais pas vraiment sa copie conforme.

J'avais appris beaucoup de choses sur ma mère au cours des six derniers mois, des histoires qu'elle croyait à jamais enfouies dans son coffre-fort à souvenirs. Ces secrets mis au jour nous avaient d'abord éloignées, mais curieusement, alors que nous revenions l'une vers l'autre à pas prudents, ils avaient fini par nous rapprocher. Nous n'en parlions jamais, mais le fait que je sois au courant et que je ne lui fasse aucun reproche était le signe que je ne la jugeais pas.

Ce lien récemment renforcé était une des raisons qui motivaient ma visite. L'autre était plus simple : quel que soit son âge, une fille a besoin de sa mère.

Le taxi s'est garé dans State Street, juste en face de la maison que maman partageait avec Spencer, un promoteur immobilier avec qui elle s'était remariée. C'était une élégante demeure en pierres grises où l'on pénétrait par une grande porte voûtée. Le soir commençait à tomber et quelques lampes brillaient déjà à l'intérieur.

— Je peux venir avec toi ? a demandé Quentin.

— Bien sûr, ai-je répondu avec un sourire. Ça me manque de t'avoir toujours pendu à mes basques.

Quentin s'apprêtait à rétorquer quelque chose quand la porte s'est ouverte. Maman est apparue, toujours aussi belle avec son pantalon crème et son chemisier gris argent de soie grège.

— Bonjour Boo, a-t-elle dit.

C'était un surnom que m'avait donné mon père. Après sa mort, ma mère l'avait repris à son compte, comme pour faire vivre la mémoire de papa.

— Alors ? Comment était-ce ? a-t-elle demandé.

Je l'avais appelée avant de me rendre au Park Hyatt et je lui avais raconté les derniers rebondissements de ma vie, de nouveau mouvementée après six mois d'accalmie ; ma macabre découverte, la présentation de la tranche matinale de Trial TV et la réception à la mémoire de Jane. Je lui avais aussi parlé de mon travail de vendeuse en lingerie, mais sans lui révéler que j'étais en mission pour un détective privé. Quant à mon beau Theo, j'avais préféré faire l'impasse sur le sujet.

— Triste, ai-je répondu. Affreusement triste.

— Oh, ma pauvre chérie…

Elle a regardé par-dessus mon épaule et a souri à Quentin.

— Bonjour, Quentin. Comment allez-vous ?

— Bien, merci. Et vous, Victoria ?

En guise de réponse, maman s'est contentée de hocher doucement la tête avec un petit sourire las. Puis elle s'est effacée pour nous laisser entrer. A peine avais-je posé le pied dans le vestibule que le son d'un vieux disque de jazz m'a enveloppée. Je me suis aussitôt sentie plus détendue, comme si les notes étaient autant de doigts qui me massaient. Maman m'a rattrapée alors que j'entrais dans le salon. Elle m'a prise dans ses bras et m'a caressé les cheveux.

La teinte ivoire dominait dans cette grande pièce où des canapés en velours et des tapis orientaux cohabitaient sur le chêne massif d'un parquet à grosses lattes. C'était un magnifique salon, mais ma mère — sujette à la dépression — le fuyait lorsqu'il s'assombrissait pour aller se réfugier à l'arrière de la maison, plus lumineux en fin d'après-midi. Lorsque j'ai finalement quitté ses bras, j'ai entendu Quentin, déjà dans la cuisine, qui discutait avec Spencer et quelqu'un dont j'ai aussitôt reconnu la voix.

Maman m'a prise par la main et m'a entraînée dans la cuisine.

— Charlie ! me suis-je écriée, toujours heureuse de voir mon frère.

— Salut, Iz.

Il m'a embrassée, puis ça a été au tour de mon beau-père, un assez bel homme aux cheveux châtains striés de blanc. C'était du moins comme ça que je le voyais quand je pensais à lui. Mais en le regardant avec plus d'attention ce jour-là, je me suis aperçue que le châtain avait quasiment disparu de sa tête. Curieux comme nos proches peuvent vieillir sans qu'on s'en aperçoive.

— Viens par ici, ma chérie, a dit Spencer.

Il portait un pantalon kaki, et sa chemise blanche, qu'il ne boutonnait jamais jusqu'en haut, laissait entrevoir son large torse. Il m'a conduite vers le coin-repas niché sous un bow-window et m'a présenté fièrement l'apéritif qu'il avait préparé. Assiette de *prosciutto*, fruits secs et fromage, le tout accompagné d'une bouteille de vin rouge déjà entamée. Maman et Spencer étaient de la vieille école, et ils servaient toujours l'apéritif à 17 heures précises. Surtout depuis que Spencer était quasiment à la retraite. Mais la bouteille de vin ne pouvait être qu'une initiative de mon frère, qui n'envisageait pas la vie sans sa dose quotidienne de bordeaux.

Charlie a versé un verre à Quentin.

— Non merci, ai-je dit en levant la main quand il a commencé à en servir un autre pour moi. J'en ai déjà bu un tout à l'heure et je dois travailler ce soir à la boutique de lingerie.

— A ce rythme-là, tu ne vas pas tenir le coup longtemps, a dit maman, d'un ton d'affectueux reproche.

— J'ai accepté ce boulot et la responsable compte sur moi.

Bien entendu, je n'ai pas dit que ma loyauté s'adressait à Mayburn, et non à Feuille de vigne.

— Mais tu n'as plus besoin de ce travail, a-t-elle insisté. Tu es présentatrice sur Trial TV.

— Il s'agit juste d'un remplacement, maman, ai-je dit en me glissant sur la banquette du coin-repas.

Mais à la vérité, une fois les grandes eaux maîtrisées et malgré les circonstances tragiques auxquelles je devais cette incroyable opportunité, j'adorais présenter les infos.

— Tu dois être la première présentatrice du journal télévisé qui vend des sous-vêtements entre deux flashes spéciaux ! a plaisanté Charlie.

Mais je n'ai pas réussi à rire avec lui.

Mon petit frère m'a dévisagée, l'air soucieux.

— C'est pas la grande forme, hein ?

— Non.

Je leur ai raconté la façon dont Zac s'était comporté avec moi.

— J'avoue que je ne sais ni quoi faire ni quoi penser. Il s'est même mis en tête que j'ai eu une aventure avec Jane ! Et le pire, c'est qu'il est allé raconter tout ça à la police.

— La vache, a dit Charlie avec une mimique impressionnée.

Spencer a balayé l'air de sa large main.

— On parle de la police de Chicago, quand même ! Ils ne vont pas se laisser influencer par les affirmations délirantes d'un type déboussolé par le décès de sa femme.

— J'aimerais en être certaine, ai-je dit. L'un des inspecteurs chargés de l'enquête, un certain Vaughn, s'est montré assez désagréable avec moi. A croire qu'il me soupçonne.

Spencer s'est assis à côté de moi.

— Tu sais que je suis ami avec le chef de la police, n'est-ce pas ? On a usé nos fonds de culotte sur les bancs du même lycée. Je vais l'appeler tout de suite et tirer ça au clair. Je suis certain qu'il n'y a aucune raison de s'inquiéter.

— Ne te sens pas obligé de faire ça.

Mais j'avais dit ça sans conviction. L'enquête sur l'assassinat de Jane était en train de prendre une tournure qui ne me disait rien de bon.

— Appelle-le, Spencer, a dit ma mère de sa voix douce et mélodieuse.

Spencer s'est frotté les mains avant de sortir son téléphone portable de sa poche. C'était le genre d'homme qui adorait se voir confier une mission. Il avait fondé son entreprise — de bâtiment et travaux publics — quand il était encore tout jeune. Au fil des ans, elle était devenue un acteur important du secteur, et son activité s'entendait aujourd'hui à tout le territoire des Etats-Unis. L'entreprise avait été rachetée par une plus grosse compagnie, puis par une autre encore, et Spencer s'était peu à peu mis en retrait des affaires, ne conservant qu'un poste essentiellement honorifique. Il était ravi de sa retraite dorée, mais si on lui confiait une mission, surtout si c'était pour aider un des enfants de sa femme, il retrouvait aussitôt ses réflexes de capitaine d'industrie.

Spencer s'est levé de la banquette en composant le numéro. Quelques secondes plus tard, il avait le chef de la police en ligne.

— George ? Spencer Calloway à l'appareil ! Quoi de neuf, vieille branche ?

Il a disparu dans le salon, sa voix devenant bientôt inaudible.

— Comment va ton dos ? ai-je demandé à Charlie.

Il a haussé les épaules avec un grand sourire.

— Ça me fait mal tout le temps.

Peu après avoir terminé ses études, Charlie avait eu un grave accident de travail alors qu'il conduisait un engin de chantier. Il était encore en rééducation et vivait grâce aux indemnités perçues à l'époque, une situation que son optimisme à tous crins lui faisait percevoir comme enviable. Il avait cette profonde conviction que les choses finissaient toujours par s'arranger et qu'il était inutile de s'angoisser pour l'avenir. C'est ainsi qu'il considérait ses douleurs au dos comme une gêne passagère, qui ne méritait pas qu'on en fasse tout un plat.

Nous sommes donc passés à autre chose. J'ai demandé à ma mère des nouvelles de Victoria Project, l'association caritative qu'elle avait fondée plusieurs années auparavant. Quentin a expliqué qu'il disposait de beaucoup de temps libre et a demandé si l'association avait besoin de bénévoles. Quand Spencer est revenu dans la cuisine, nous partagions un moment merveilleusement normal, une de ces conversations familiales aussi banales que réjouissantes.

Ce n'est que quand ma mère a cessé de parler pour regarder son mari d'un air inquiet que tout le monde s'est tu.

— Spencer ? Est-ce que tout va bien ?

Spencer m'a lancé un regard douloureux. Un de ces regards qui signifie : « Attention, ça ne va pas être agréable. »

— George est au courant du dossier, bien sûr. Quand j'ai mentionné ton nom, il a tout de suite su qui tu étais.

Il est resté silencieux quelques secondes, comme s'il cherchait la meilleure façon de m'annoncer la suite.

— Et ? a dit ma mère, qui n'avait aucun goût pour ce genre de suspense.

Spencer s'est tourné vers elle.

— Il a dit qu'ils la contacteraient bientôt.

Un autre silence a suivi ces paroles. J'ai entendu le moteur d'une voiture qui passait dans la rue, le frottement d'une branche contre le mur de la maison.

Lorsque les yeux de Spencer sont revenus se poser sur moi, j'ai instinctivement rentré la tête dans les épaules.

— Il a aussi dit que tu étais désormais considérée comme une « personne digne d'intérêt ».

34

Assis à son bureau, Mick Grenier étudiait des photos de Jane, des coupures de presse, des notes qu'il avait prises au cours de ces dernières semaines.

Il plaça les photos en rang vertical, comme s'il faisait une réussite, posant en haut celles où Jane était la plus jeune. Les images de la présentatrice dévalèrent bientôt le grand plateau du bureau, sa beauté survivant avec grâce à l'épreuve du temps.

Mick avait dû quitter en toute hâte la réception organisée à la mémoire de Jane. Ça s'était révélé plus compliqué qu'il ne l'avait prévu. Cette femme allait lui manquer. Jamais il n'aurait imaginé une chose pareille… Si on lui avait annoncé la disparition imminente de Jane Augustine et qu'on lui avait demandé ce qu'il ressentait à cette perspective, il aurait répondu sans hésiter que cela ne lui faisait ni chaud ni froid. Il aurait considéré cette nouvelle situation avec son calme et son détachement habituels — cette faculté de prendre de la distance était une des choses utiles que lui avait transmises son père —, et il aurait conclu que la mort de Jane ne pouvait que lui être bénéfique. C'était d'ailleurs ce qu'il pensait aujourd'hui. Mais là, devant les photos de la célèbre journaliste étalées devant lui, il devait admettre qu'il éprouvait des sentiments pour elle.

Il déposa la dernière photo au bas de la colonne. C'était

un portrait que Trial TV lui avait envoyé avec le dossier de presse. Sur ce cliché, elle arborait son fameux foulard rouge.

Elle le portait aussi sur la photo qui illustrait l'interview de *Chicago Magazine*. Il se mit à la recherche de l'article en question et le positionna au bas d'une nouvelle colonne, composée cette fois de coupures de presse se chevauchant, de la plus récente à la plus ancienne. Cela fait, Mick Grenier entreprit de créer une dernière colonne avec ses notes. Dans la mesure où il les datait toujours, ce fut l'affaire de quelques minutes.

Son père, le romancier Beaumont Grenier, aurait détesté le projet sur lequel il travaillait en ce moment. A bien y réfléchir, c'était sans doute le mépris de son père pour le journalisme à scandale qui l'avait incité à travailler dans un magazine people de Los Angeles, à la fin de ses études.

Il ne savait pas au juste pourquoi il avait toujours essayé de se démarquer de son père. N'était-ce pas une réaction normale, quand on avait un père à la personnalité écrasante ? Peut-être avait-il simplement voulu exister. Mais Mick sentait qu'il y avait aussi une part de vengeance dans la voie qu'il avait choisie. Beaumont Grenier avait toujours délaissé sa femme et ses enfants au profit de son travail, avouant volontiers préférer les mots à sa famille.

Mais si le choix du journalisme à scandale avait une cause, il avait eu aussi des conséquences pour Mick. A force de côtoyer des actrices pour le magazine, il avait fini par en épouser une. Et il l'avait suivie à Chicago lorsqu'elle était venue y tourner un film. Le mariage n'avait pas survécu aux deux mois de tournage, mais Mick avait su tirer profit de sa mésaventure en publiant un livre à scandale où il révélait des détails croustillants sur la vie intime de son ancienne épouse. En plus de son premier contrat d'édition, le navet tourné par son ex lui avait valu de découvrir Chicago, une ville qu'il aimait plus que New York et *infiniment* plus que

Los Angeles. A ses yeux, Chicago n'avait ni l'arrogance de l'une, ni la malhonnêteté de l'autre.

Oui, en y réfléchissant bien, c'était à cause de son père qu'il vivait ici désormais. Et *en y réfléchissant encore plus*, le livre sur lequel il travaillait en ce moment visait une nouvelle fois à se démarquer de ce père encombrant. Mick n'était peut-être pas un véritable écrivain, mais à sa façon, il savait aussi être créatif. Sauf que, contrairement à Beaumont Grenier, lui préférait s'en tenir à la réalité. Les célébrités d'aujourd'hui étaient tellement déboussolées, tellement détruites par la vie qu'elles menaient, qu'aucun personnage de fiction ne pouvait rivaliser avec elles. Et Mick savait mieux que personne mettre en scène la face cachée de ces existences publiques — gommer le banal pour mieux faire ressortir le sordide et le salace.

Il prit le temps de regarder le tableau récapitulatif qu'il venait de créer pour son livre sur Jane Augustine. Il faisait toujours ça quand il était sur le point d'achever ses recherches. Cette fois, bien sûr, rien n'était tout à fait comme d'habitude. Cette fois, le sujet de son livre venait de mourir.

35

La sonnerie de l'entrée nous a interrompus, et maman s'est levée.

— C'est sûrement Maggie, a-t-elle dit.

Si j'avais été d'un tempérament jaloux, j'aurais sans doute souffert de l'adoration absolue que ma mère éprouvait pour mon amie Maggie. Non seulement elle était sous son charme, mais le fait que ce petit bout de femme soit avocate d'assises l'impressionnait énormément.

Aussitôt que Spencer m'avait appris que j'étais une « personne digne d'intérêt », maman avait ouvert de grands yeux en murmurant :

— Il faut qu'on appelle Maggie.

Coup de chance, Maggie et Wyatt — son petit ami qui n'en était pas vraiment un — étaient en route pour aller boire un verre et dîner dans le coin, et ils avaient accepté de faire escale chez maman.

— Passons dans le salon, a-t-elle dit. Il n'y a pas assez de place ici pour cinq personnes.

Fallait-il qu'elle aime Maggie pour accepter de s'asseoir dans le salon malgré la pénombre qui y régnait !

Spencer, Charlie et moi avons quitté la cuisine dans le sillage de maman, qui allumait toutes les lampes sur son passage.

— Il y a quelqu'un ? a crié Maggie en ouvrant elle-même la porte au moment où maman et moi arrivions dans le vestibule.

Ses cheveux châtain clair émaillés de mèches blondes lui cachaient le visage. Comme toujours, elle les a repoussés d'un geste agacé.

Maman, qui la dominait d'une bonne tête, s'est précipitée pour l'embrasser. Une fois les effusions terminées, nous sommes allés dans le salon où Maggie a présenté Wyatt à Spencer et Charlie, déjà installés dans un des canapés en velours.

Wyatt était indéniablement bel homme. Cadre dirigeant dans une entreprise de biotechnologie, il devait avoir entre quarante et quarante-cinq ans, soit environ quinze de plus que Maggie. Ils s'étaient rencontrés à l'époque où elle faisait encore ses études et pensait devoir exercer dans un domaine différent de celui de son grand-père, un ancien procureur reconverti en avocat d'assises. Elle avait donc choisi le droit du travail malgré son peu d'affinités pour cette spécialité. C'est lorsqu'un grand cabinet d'avocats l'avait engagée pour l'été qu'elle avait rencontré Wyatt Bluestone, un de leurs clients poursuivi pour harcèlement sexuel. On avait demandé à Maggie de débroussailler le terrain, notamment en conduisant des entretiens avec Wyatt, ce qui les avait amenés à passer beaucoup de temps ensemble. Il avait protesté de son innocence, lui affirmant que les accusations portées contre lui étaient complètement infondées. Il lui avait expliqué à quel point il était difficile pour un homme dans sa position de motiver ses troupes sans que son attitude puisse, à un moment ou un autre, être mal interprétée. Il lui avait promis n'avoir jamais eu de gestes ou de paroles déplacés. Maggie l'avait cru, et leur histoire avait commencé.

Elle avait duré sept mois avant que tout ne s'arrête brutalement. Sept mois durant lesquels j'avais suffisamment côtoyé le bonhomme pour me forger une opinion à son sujet. Je le trouvais charismatique, sans aucun doute, mais je ne lui faisais pas confiance. Seulement, Maggie était amoureuse, et je n'avais pas voulu jouer les rabat-joie. Finalement, elle s'était rendu compte par elle-même qu'ils passaient l'essentiel de leur temps au restaurant à se nourrir divinement, ou alors au lit à s'envoyer divinement en l'air. Ça n'aurait pas forcément été une mauvaise chose si Maggie ne s'était également aperçue que Wyatt ne s'intéressait ni à ses amis (dont moi) ni à sa famille, et que lui-même évitait soigneusement de lui présenter ses proches. Un jour, Maggie s'était rendue chez lui au milieu de la journée pour aller récupérer le téléphone portable qu'elle y avait oublié, et elle l'avait trouvé au lit avec son assistante. Elle avait alors compris que les accusations de harcèlement sexuel avaient sans doute été fondées, et elle avait eu le sentiment de s'être fait avoir jusqu'au trognon. A la suite de ce triste épisode, j'avais passé de nombreuses soirées à regarder ma meilleure amie pleurer devant un grand verre de vodka.

Maggie avait fini par s'en remettre, mais voilà que Wyatt faisait son grand come-back. Ils avaient repris contact sur Facebook, s'étaient revus, avaient de nouveau dîné dans de bons restaurants, s'étaient retrouvés une fois de plus nus dans le même lit. Wyatt Bluestone avait un peu vieilli, mais il était toujours très beau, avec ses épais cheveux noirs et ses larges épaules qui ne portaient que des vêtements de luxe.

Après avoir embrassé Maggie, je lui avais serré la main en lui disant que ça me faisait plaisir de le revoir. J'avais fait de mon mieux pour paraître sincère.

Maggie jurait ses grands dieux qu'elle n'était pas en train de se refaire avoir. A l'en croire, Wyatt était devenu un autre homme. Tandis que je les regardais s'asseoir côte à côte sur un canapé, leurs visages éclairés par la lumière chaude d'une lampe Arts déco, j'ai dû admettre que Wyatt semblait plus affectueux, plus prévenant envers Maggie.

Il l'avait aidée à retirer son manteau ; il avait pour elle de petits gestes tendres ; il ne la quittait pas des yeux lorsqu'ils se parlaient… et il ne me déshabillait plus du regard quand il s'adressait à moi.

Je brûlais de connaître l'avis de Maggie sur l'attitude que je devais adopter vis-à-vis de la police, mais ma mère était partisane d'une approche moins directe : pour elle, il convenait de parler de tout et de rien avant de plonger dans le vif du sujet.

— Où allez-vous dîner ? leur a-t-elle demandé en se posant gracieusement dans un fauteuil beige.

— Aux Nomades, a répondu Wyatt.

— Les Nomades ? a répété maman, visiblement impressionnée qu'ils aient pu obtenir une réservation.

— Le chef est un ami, a dit Wyatt.

Maggie et moi avons échangé un regard. Le sien disait : « Ne dis rien, par pitié. Et chasse immédiatement cette vilaine pensée. »

Un jour, j'avais fait remarquer à Maggie que Wyatt se disait ami avec tout le monde. Si on mentionnait un bar dans la conversation, Wyatt vous expliquait être à tu et à toi avec le propriétaire. Si on parlait d'un match des Cubs, l'équipe de base-ball de Chicago, il était le meilleur copain du joueur de première base.

Les Nomades, un restaurant français, était l'un des plus réputés de la ville. Le choix d'un endroit aussi luxueux m'a fait songer au Wyatt d'avant, le Wyatt bling-bling qui en mettait plein la vue à Maggie pour mieux lui cacher l'essentiel. D'un autre côté, le fait qu'il ait accepté de se dérouter pour venir ici, de suivre Maggie qui allait voir une amie dans le pétrin, était un signe encourageant.

Ma mère a brièvement évoqué son dernier dîner aux Nomades, avant que Quentin n'embraye avec sa propre expérience dans ce temple de la gastronomie : une histoire d'amour qui n'avait pas tenu jusqu'aux desserts. Tout le monde a ri de bon cœur et maman s'est enfin décidée à passer aux choses sérieuses.

— Nous avons besoin de ton aide, chère Maggie. Le chef de la police a fourni des informations un peu inquiétantes à Spencer.

Le front plissé, Spencer a relaté sa conversation téléphonique avec son vieil ami. Après avoir passé la matinée à tenir le crachoir sur Trial TV, je trouvais reposant d'écouter les autres parler.

— Il a dit qu'Izzy était une « personne digne d'intérêt », a conclu Spencer.

Maggie a soufflé en secouant la tête d'un air agacé.

— Qu'est-ce que tu en penses ? ai-je demandé.

— Je pense qu'être une « personne digne d'intérêt » ne veut rien dire, si ce n'est que les flics te soupçonnent de ne pas être franche du collier, mais qu'ils ne peuvent pas t'inculper faute de preuves. Ce terme n'a aucune valeur légale, Iz. Tout ça, c'est du pipeau.

— Vraiment ?

Le doux vent de l'espoir s'est remis à souffler dans la pièce.

— Alors, je n'ai pas à m'inquiéter ?

— En ce qui concerne l'enquête proprement dite, je ne pense pas que tu aies du souci à te faire. D'autant qu'ils ne trouveront rien pour t'inculper, puisque tu es innocente.

C'était ça qui était merveilleux avec les amis : sans rien connaître de l'affaire, Maggie savait sans l'ombre d'un doute que je n'avais rien à voir avec ce meurtre.

— Bien sûr, ils vont vouloir t'interroger de nouveau, mais ce n'est pas ça le plus embêtant pour toi.

Le doux vent de l'espoir s'est quelque peu rafraîchi.

— Qu'est-ce qui est le plus embêtant pour moi, Maggie ?

— Le risque que ton nom soit livré en pâture à la presse. S'il y a une fuite, tu pourrais subir un véritable lynchage médiatique. Tu sais comme moi que les journalistes se moquent souvent de la présomption d'innocence comme de leur première chemise. Ils sont capables de traîner quelqu'un dans la boue pendant des semaines, avant d'écrire trois lignes dans un coin de journal pour expliquer que, tout compte fait, la personne était innocente. Niveau réputation, bonjour les dégâts ! Après ça, coupable ou non, les gens te regarderont de travers jusqu'à la fin de tes jours.

— C'est gai, a dit Charlie.

— Vous ne croyez pas que si la police avait voulu livrer le nom d'Izzy, elle l'aurait déjà fait ? a demandé Spencer.

— Pas nécessairement. Cela veut simplement dire que ça ne sert pas leurs intérêts pour le moment.

— Il y a forcément un moyen de les empêcher de faire une chose pareille, a dit maman.

Maggie a haussé les épaules avec une moue fataliste.

— Honnêtement, Victoria, les flics font à peu près ce qu'ils veulent.

Mais maman ne s'est pas laissé décourager par la réponse de Maggie.

— Je suis certaine qu'on peut faire quelque chose, a-t-elle insisté. Izzy a eu assez de problèmes comme ça, ces derniers temps, sans compter qu'elle vient de perdre une amie. Cette histoire de « personne digne d'intérêt » est parfaitement ridicule, et je refuse que ma fille vive un enfer parce que la police ne fait pas correctement son travail. Oui, je refuse que son nom soit sali à cause d'un inspecteur incompétent.

J'ai eu une bouffée de tendresse en regardant ma mère. Je la savais très protectrice avec ses enfants, mais elle ne montrait pas souvent cet aspect de sa personnalité. Maman avait beau être réservée, elle n'en dégageait pas moins une grande énergie qui attirait tous ceux qui croisaient son chemin. Malheureusement, la dépression qui l'avait frappée après la mort de mon père l'avait amenée à passer une bonne partie de mon enfance en pyjama, traînant de pièce en pièce sa silhouette filiforme qui m'avait toujours fait penser aux mannequins exposés dans les vitrines des grands magasins.

— D'accord, qu'est-ce qu'on pourrait faire ? a murmuré Maggie en balayant le salon du regard. Réfléchissons…

Il suffisait de voir la façon dont ses yeux s'attardaient sur chacun d'entre nous pour comprendre qu'elle s'était mise en mode avocate. Maggie regardait les jurés de la même manière lors des moments forts de ses plaidoiries, comme si elle s'adressait à chacun d'eux en particulier et non à un ensemble.

— Il n'est pas dans les habitudes de la police de conclure des accords, a-t-elle dit en arrêtant son regard sur moi. Et d'ordinaire, je te recommanderais de ne pas répondre à leurs questions, parce que les flics de cette ville ont une longue histoire d'aveux extorqués. Mais je crois que dans ton cas, ça vaut le coup de faire une exception. On pourrait leur dire que tu acceptes de répondre à leurs questions à la condition expresse que ton nom ne soit pas divulgué à la presse.

— Izzy est avocate, a dit maman. Elle peut se débrouiller lors d'un interrogatoire. Et puis tu seras avec elle, n'est-ce pas, Maggie ?

— Bien sûr, a confirmé Maggie en hochant fermement la tête. Laissons-nous encore un peu de temps pour réfléchir à tout ça et voir si on trouve une meilleure idée. Je passerai quelques coups de fils demain pour essayer d'en apprendre plus.

Ma mère a poussé un petit soupir de soulagement.

— Merci, Maggie. Merci beaucoup.

Alors que je raccompagnais Maggie et Wyatt à la porte, quelques minutes plus tard, Maggie m'a entraînée dans un coin.

— Comment tu t'en sors avec tout ça ? Je parle de la mort de Jane et du fait d'avoir découvert son corps.

— Je suis à ramasser à la petite cuillère.

— Tu m'étonnes !

Elle a secoué la tête en me regardant avec une mimique affectueuse.

— Dis-moi si je peux faire quoi que ce soit, Iz.

J'ai esquissé un sourire.

— Je crois que maman vient de te dire ce que tu peux faire.

Elle a souri à son tour et je l'ai observée en silence pendant quelques secondes, me réchauffant à son expression bienveillante et compatissante. A sa grande amitié.

Finalement, j'ai fait un petit mouvement de tête en direction de Wyatt.

— Comment ça se passe ?

Un sourire d'une autre nature a illuminé le visage de Maggie. Un sourire amoureux.

— C'est super. On vit un truc vraiment torride.

— Mais c'était torride la dernière fois aussi, non ?

Elle a soufflé par le nez avec une grimace exaspérée.

— S'il te plaît, Iz, ne le juge pas à cause de ce qui est arrivé la dernière fois. Donne-lui une chance, d'accord ? Ça se passe bien. Et surtout, je me sens bien.

— D'accord. Alors vive la présomption d'innocence.

Un principe auquel j'étais particulièrement attachée en ce moment.

— Au fait, Maggie, dis-moi si tu as besoin de dessous sexy. J'ai trente pour cent à la boutique de lingerie.

Elle a éclaté d'un rire moqueur.

— Je te signale que c'est toi, la fille branchée dessous affriolants ! Moi, ça n'a jamais vraiment été mon truc… D'ailleurs, Wyatt n'arrête pas de se moquer de mes culottes en coton blanc. Il dit que ce sont des culottes de grand-mère.

— J'ai ce qu'il te faut pour l'impressionner.

Je me suis approchée de son oreille et je lui ai parlé du string perles et dentelle.

Quand je me suis reculée, elle ouvrait de grands yeux, la bouche en forme de O.

— Où est-ce que je peux en trouver un ?

— J'en prendrai un pour toi, ce soir.

Une demi-heure plus tard, je quittais la maison de maman pour aller jouer les agents infiltrés chez Feuille de vigne.

36

J'ai pris un taxi jusque chez moi afin d'aller récupérer ma Vespa. Je n'avais rien trouvé de mieux qu'un tour de scooter pour m'aérer la tête. Mais tandis que je descendais Sedgwick Street en direction de Feuille de vigne, l'air m'a semblé plus froid que revigorant. Ou peut-être étaient-ce les mots de Spencer qui me faisaient frissonner : « Il a dit que tu étais désormais considérée comme une “personne digne d'intérêt”. Pour les chasser de mon esprit, j'ai essayé de me mettre dans la peau du personnage que je devais jouer ce soir. Lexi Hammond, étudiante en droit qui travaillait à temps partiel dans une boutique de lingerie pour payer ses études.

En l'espace d'une année, j'avais été avocate, fiancée, demi-célibataire, femme en deuil, agent infiltré, envoyée spéciale, Marie-couche-toi-là, présentatrice télé, vendeuse en lingerie, témoin, et, depuis quelques heures, « personne digne d'intérêt ». J'ai eu le sentiment d'être une sorte de patchwork composé de morceaux de tissus mal assortis.

Mais c'est alors que j'ai songé à Forester. Il avait surpris tout le monde en me confiant la défense de ses intérêts alors que mon expérience d'avocate était encore limitée. Et même si je comprenais mieux aujourd'hui les raisons de cette décision — il avait aimé passionnément ma mère —, cela ne changeait pas le fait qu'il avait cru en moi. Dans les moments de cafard, le souvenir de cette confiance agissait sur mon psychisme comme un antidépresseur doublé d'un remontant. Regonflée à bloc, j'ai tourné la manette des gaz vers le bas.

Je suis arrivée en vue de la boutique avec cinq minutes d'avance et j'ai décidé de me ranger sur le trottoir pour passer un coup de fil à Mayburn.

— Et si Josie m'a vue à la télé ? lui ai-je demandé après l'avoir brièvement salué.

— Vous avez l'impression qu'elle est du genre à regarder une chaîne d'informations judiciaires ?

— Non.

— Trial TV a l'intention de communiquer sur votre nomination ?

— Pas que je sache. J'assure simplement l'intérim en attendant qu'ils parviennent à débaucher quelqu'un du calibre de Jane.

— Alors ça ne devrait pas poser de problème. Mais prévenez-moi tout de suite si vous avez l'impression qu'elle vous regarde bizarrement.

— Cette femme regarde *tout le monde* bizarrement. Elle soupçonne même ses clientes de lui rendre des culottes déjà portées.

— D'accord, mais vous voyez ce que je veux dire, Izzy. Et puis, de toute façon, votre mission devrait se terminer d'ici une semaine ou deux.

Quelques instants plus tard, le ding dong de la porte d'entrée annonçait mon arrivée à Josie. Elle était penchée sur la caisse enregistreuse, les yeux plissés au-dessus de ses lunettes avancées sur le nez, un stylo coincé entre les lèvres.

Elle a jeté un coup d'œil dans ma direction, mais elle n'a pas pipé mot.

— Bonjour, Josie ! ai-je lancé en traversant la boutique d'un pas énergique.

Rien ne me motivait plus qu'une personne à qui j'étais antipathique. Ça me donnait envie de lui prouver qu'elle avait tort.

Mais Josie m'a prise au dépourvu.

— Je suis contente que vous soyez là, a-t-elle répondu, contre toute attente. J'attends une mariée et une flopée de demoiselles d'honneur dans une heure. La mariée veut qu'elles portent toutes des sous-vêtements assortis.

J'ai déboutonné mon manteau.

— C'est une blague ?

— Non, malheureusement. Je croyais avoir tout vu dans ce métier, mais celle-là, on ne me l'avait encore jamais faite. Et quand je parle de sous-vêtements assortis, je suis encore en dessous de la réalité. En fait, elle veut qu'elles aient toutes *exactement* le même soutien-gorge et la même culotte.

— Tu parles d'un tyran !

Pour la première fois, j'ai vu le visage de Josie s'éclairer d'un sourire sincère et spontané.

— Oui, c'est le mot qui convient.

Elle a inspiré brièvement avant de reprendre :

— Je ne peux pas m'en occuper. Je voudrais que vous les aidiez à faire leur choix.

— Avec plaisir.

— Merci.

Son visage s'est soudain assombri.

— Je me suis fait larguer l'année dernière par un type que j'étais sur le point d'épouser, a-t-elle dit.

Brusquement, j'ai vraiment eu envie de la réconforter. Je ne pouvais pas lui confier ma propre mésaventure sentimentale, mais rien ne m'empêchait de l'adapter au personnage que je jouais pour les besoins de ma mission. N'était-ce pas là le secret de tout bon comédien ? Puiser dans ses expériences pour paraître sincère ?

— Moi aussi, j'ai été fiancée, ai-je dit. Mais il s'est fait la malle deux mois avant le mariage. Il a quitté Chicago, comme ça, du jour au lendemain.

Josie a retiré ses lunettes.

— Sans blague ?

Elle avait dit ça d'une voix curieusement excitée.

— Eh oui…, ai-je murmuré en hochant tristement la tête. La robe était presque prête, la salle louée, les alliances achetées… En gros, il ne nous restait plus qu'à dire oui, à être heureux et à avoir beaucoup d'enfants.

J'ai baissé les yeux vers ma main et je n'ai eu aucun mal à lâcher un soupir à fendre l'âme.

— Ma bague de fiançailles me manque…

— La vache, quel salaud !

— J'imagine qu'il y a une raison à tout, ai-je dit avec un petit haussement d'épaules fataliste. Y compris à ce genre de choses.

J'étais soudain pressée de changer de sujet avant d'avoir un nouveau coup de cafard

— Une raison à tout, hein ? a sifflé Josie. Eh bien, en ce qui concerne le naufrage de mon couple, je la connais, moi, la raison !

Elle s'est retournée vers la caisse enregistreuse.

— La raison, c'est que mon ex était un abruti infantile et têtu qui n'avait jamais coupé le cordon ombilical.

J'ai éclaté de rire et je suis partie accrocher mon manteau et mon casque dans l'arrière-boutique. J'en ai profité pour jeter un coup d'œil dans les différentes pièces, presque toutes encombrées de boîtes neuves. Si vraiment Josie avait quelque chose à se reprocher, comme le soupçonnait la propriétaire, ce n'était pas d'oublier de réapprovisionner le stock.

Elle est arrivée et a fait un geste en direction des boîtes empilées.

— En attendant l'arrivée de la mariée tyrannique et des demoiselles d'honneur tyrannisées, j'aimerais que vous déballiez tout ça. J'essaie de grouper toutes les livraisons le mardi, et on a reçu une tonne de marchandises, ce matin.

— Pas de problème.

En voyant les boîtes, je me suis brusquement souvenue de ce que j'avais promis à Maggie.

— Oh, je voulais vous demander... Je pourrais acheter un autre string en perles pour une de mes amies ?

Josie s'est figée et m'a dévisagée avec une expression que je n'ai pu déchiffrer.

— Vous avez essayé le vôtre ?

J'ai senti que je rougissais un peu.

— Oui.

— Ça pimente les choses, non ?

— C'est le moins qu'on puisse dire.

Elle a souri.

— Quelle taille fait votre amie ?

— Small. Ou extra small. C'est le même genre de gabarit que cette Nina, la fille qui est venue au magasin l'autre jour.

Josie a pris un escabeau et s'en est servie pour atteindre une cantine métallique posée sur une étagère haute.

Elle a sorti un trousseau de clés de sa poche.

— Au prix où ils sont, je préfère les garder ici, a-t-elle expliqué en déverrouillant la cantine.

C'est vrai qu'ils n'étaient pas donnés, mais la boutique proposait beaucoup d'articles infiniment plus chers qu'elle ne conservait pas dans l'arrière-boutique, à l'intérieur d'une malle fermée à clé.

Mais j'ai gardé cette réflexion pour moi.

Josie a ouvert la cantine et en a sorti une boîte grise fermée d'un ruban argenté, identique à celle qu'elle m'avait donnée lors de ma première journée chez Feuille de vigne. N'avait-elle pas dit à Nina, sa cliente, que cet article n'existait plus qu'en noir dans sa taille ? Or, celui-ci était le même que le mien, et la dentelle était champagne. Mais là encore, j'ai gardé cette réflexion pour moi. Après tout, Josie avait peut-être été livrée entre-temps. Et puis, j'avais le sentiment que Maggie se fichait bien de la couleur de la dentelle.

Josie m'a tendu la boîte.

— Je ne peux pas vous faire les trente pour cent sur cet article, dans la mesure où c'est pour votre amie. Et maintenant, au travail. Il faut que tout soit déballé quand vous partirez ce soir.

Tant pis pour la ristourne. Maggie gagnait bien sa vie et vingt et un dollars de plus ou de moins ne changeraient pas grand-chose pour elle.

Durant l'heure qui a suivi, j'ai ouvert des cartons avec un cutter, j'ai défroissé à la vapeur, j'ai accroché et j'ai étiqueté. Au début, j'ai trouvé quelque chose d'apaisant à ce travail répétitif. Je passais le doigt sur des bretelles de soutien-gorge en velours violet pour en ôter les plis ; je prenais le temps d'admirer les entrelacs brodés sur des articles de soie... Après avoir accroché chaque article, je devais le retrouver sur la liste des marchandises en attente de livraison établie par Josie, et cocher les cases « livré » et « déballé ». Il fallait ensuite inscrire son prix à la craie sur une petite ardoise qui faisait office d'étiquette, puis l'attacher au sous-vêtement à l'aide d'une ficelle de lin.

Je savais que Mayburn avait besoin d'informations sur les articles et leur prix de vente pour déterminer si Josie magouillait quelque chose. J'ai jeté un coup d'œil par-dessus mon épaule pour m'assurer qu'elle se trouvait toujours dans la partie publique de la boutique, et j'ai sorti un calepin de mon sac. Aussi vite que j'ai pu, j'ai noté le nom des articles, leur marque, leur prix de vente et les rabais éventuels.

Depuis que j'étais seule dans l'arrière-boutique, j'avais entendu le carillon tinter à deux ou trois reprises, puis la voix de Josie qui accueillait ses clientes, et enfin le murmure d'une conversation tandis qu'elle les aidait dans leur choix.

Mais à en juger par le bruit qu'elles faisaient, les femmes qui venaient tout juste d'entrer avaient fait étape dans un bar de la rue avant de pousser la porte de Feuille de vigne. La mariée tyrannique et ses demoiselles d'honneur, ai-je songé. J'ai rajusté la veste de mon tailleur, épousseté les manches du plat de la main, et j'ai quitté mon repaire.

Elles étaient huit. Huit jeunes femmes déchaînées qui pouffaient, poussaient des cris aigus et s'interpellaient à travers le magasin en brandissant des culottes et des déshabillés. Mais au lieu de me faire sourire, leur joie m'a inspirée une forme de jalousie. Oui, je me suis sentie envieuse de cette légèreté, de cette insouciance que je craignais d'avoir perdues à jamais.

« Je n'ai pas changé, me suis-je dit. Je suis toujours la même Izzy. » Mais alors que je me tenais dans l'embrasure de la porte qui séparait la boutique de l'arrière-boutique, les yeux rivés sur un groupe de femmes un peu plus jeunes que moi, il m'a fallu admettre la réalité. Peu importait ce que l'avenir me réservait — avec la police, avec Trial TV, avec Sam, Theo ou Grady —, quelque chose en moi avait bel et bien changé. A cause de ce que j'avais fait et vu six mois plus tôt. A cause de ce que j'avais fait et vu depuis une semaine.

Pourtant, l'heure n'était pas aux états d'âme. J'avais un travail à accomplir et une mission à remplir. J'ai fait ma tête de présentatrice télé — ce visage calme et assuré que j'avais appris à composer en observant Jane —, avant de m'avancer bravement vers le groupe surexcité.

Je n'avais pas fait trois pas que je me suis arrêtée net. Je voyais à présent laquelle d'entre elles était la future mariée. Ses amies l'entouraient, lui agitant sous le nez tous les sous-vêtements blancs qui leur tombaient sous la main.

— Regarde celle-là ! Elle est super, non ?

— Non, non, c'est ça qu'il te faut !

La future mariée riait en se tournant dans tous les sens.

— Je n'arrive pas à me décider ! Aidez-moi, les filles ! Vous ne vous rendez pas compte de l'enjeu… Ma nuit de noces va être la nuit la plus importante de ma vie !

Josie se tenait près d'elles, ni trop loin ni trop près, observant la scène avec un sourire figé. Elle s'est tournée vers moi et m'a jeté un regard qui semblait dire : « Regardez-moi un peu ce numéro ! »

J'avais envie d'être une bonne employée, de prendre la relève et de faire ce que Josie m'avait demandé. Mais il y avait un problème. Un très, très gros problème. Je connaissais la future mariée. Je connaissais ses cheveux de jais et sa coupe asymétrique. C'était Faith Lowe, la directrice de production de Trial TV.

37

Josie m'a trouvée dans l'arrière-boutique, repassant furieusement des pyjamas en cachemire, comme si je pouvais me planquer derrière les nuages de vapeur que crachait sporadiquement le fer.

— Qu'est-ce qui vous prend, Lexi ? a-t-elle murmuré d'une voix furieuse. J'ai besoin de vous en boutique !

Je me suis creusé la cervelle pour trouver quelque chose à lui répondre. Parce qu'il était impossible de lui dire que c'était une de mes collègues de Trial TV.

— Je connais cette fille, Josie.

— Quelle fille ?

— Faith, la future mariée. Elle est avocate, n'est-ce pas ?

Je me souvenais que Jane me l'avait présentée comme une ancienne avocate en contentieux.

— Qu'est-ce que j'en sais, moi ? a répondu Josie sans cacher son irritation. J'essaie juste de lui vendre le plus d'articles possible, et je vous ai demandé de vous occuper d'elle et de ses amies. C'est moi qui dirige cette boutique et c'est moi qui répartis les tâches, ici.

— Je sais, Josie.

Je me suis mordu la lèvre, cherchant désespérément une excuse qui justifierait mon attitude et me permettrait de rester terrée dans les coulisses de Feuille de vigne jusqu'au départ de Faith Lowe. Je me suis souvenue que la seule fois où j'avais vu se lézarder la rugueuse carapace de Josie, c'était quand j'avais évoqué la trahison de mon fiancé.

— C'est à cause d'elle, ai-je dit, m'excusant en pensée auprès de Faith pour les mensonges que j'allais proférer à son encontre.

— A cause d'elle que quoi ?

— Que mon fiancé a disparu pendant les préparatifs de notre mariage.

Josie a froncé les sourcils.

— Vraiment ?

Mais une lueur soupçonneuse a traversé son regard.

— Attendez… Je croyais qu'il avait quitté la ville du jour au lendemain.

— Oui. Avec Faith. Faith Lowe, si ma mémoire est bonne. La jeune femme qui est en train de choisir des sous-vêtements pour sa nuit de noces. Je…

J'ai dégluti, enfouissant brièvement le visage dans mes mains.

— Je me demande si c'est avec Sam qu'elle va la passer, ai-je murmuré d'une voix étranglée.

— Alors elle va épouser votre fiancé ?

La fureur de Josie n'était plus dirigée contre moi.

— Je ne sais pas. Je n'ai plus de nouvelles de lui depuis des mois. La dernière fois qu'on s'est parlé, il m'a dit que Faith voulait qu'il coupe les ponts avec moi.

— La garce !

— Je la déteste, ai-je maugréé entre mes dents d'une voix passionnée.

« Pardon, Faith. »

— Si j'y vais, ai-je conclu en levant mon regard blessé vers Josie, ça risque de mal finir.

Elle a secoué la tête, les cheveux parfaitement lisses de sa coupe au carré se déployant autour de son visage avant de retrouver sagement leur position.

— Je comprends très bien, Lexi.

— Je vais quand même finir de déballer et de ranger tout ça, ai-je dit d'un ton héroïque. Et, bien sûr, n'hésitez pas à m'appeler si vous avez besoin de moi en boutique pour quelqu'un d'autre.

— Je vais m'occuper de cette Faith, a dit Josie avec une grimace, comme si prononcer le prénom de ma collègue lui mettait un mauvais goût dans la bouche. Et vous savez quoi ? Les déshabillés en solde qu'elle tripotait d'un air gourmand, tout à l'heure… Eh bien, ils ne sont plus en solde ! Pas pour cette briseuse de ménage.

— Merci, Josie.

Pour la première fois, il m'a semblé qu'un lien se créait entre nous. Mais le plaisir que ça m'a procuré a été gâché par la conscience qu'il reposait sur un mensonge.

Elle a quitté l'arrière-boutique d'un pas décidé et je l'ai entendue s'adresser à Faith d'un ton mielleux.

J'ai ressorti le calepin de mon sac et j'ai noté pour Mayburn : « Augmente les prix (soldes annulés) lorsqu'elle n'apprécie pas une cliente .» Puis, animée par le sentiment que je devais bien ça à Josie, je me suis remise à la tâche avec une ardeur décuplée.

Une minute plus tard — Bam, bam, bam ! — quelqu'un a frappé à la porte qui donnait sur la ruelle.

J'ai jeté un coup d'œil à travers le judas grillagé et j'ai vu un type qui portait une grande boîte en carton, un peu comme s'il venait livrer une énorme pizza. Une camionnette blanche était garée derrière lui. Encore plus de marchandise ?

J'étais sur le point d'ouvrir la porte quand Josie a déboulé comme une fusée.

— Je m'en occupe, a-t-elle dit d'une voix essoufflée.

Elle a ouvert la porte.

— Bonjour, Steve.

Avec ses cheveux graisseux et sa barbe clairsemée, le

Steve en question n'avait pas l'air commode. Il a marmonné un vague bonjour et a tendu la grande boîte en carton à Josie. Il s'est figé un instant lorsqu'il m'a aperçue, puis m'a reluquée sans vergogne une fois la surprise passée. Il devait avoir mon âge, et c'était l'une de ces personnes dont on disait sans doute : « La vie n'a pas été tendre avec lui. » Mais à en juger par son regard dur et son mauvais sourire, je me suis demandé si ce n'était pas plutôt lui qui manquait de tendresse envers la vie.

— Steve, je te présente ma nouvelle employée.

Il a hoché la tête en continuant à me déshabiller du regard.

Josie a posé la boîte par terre et a rouvert la porte pour l'inciter à partir. Mais il a continué à me regarder sans esquisser le moindre geste, un sourire en bais tordant toujours ses lèvres minces.

— Merci, Steve, a dit Josie d'une voix insistante. A la prochaine fois.

A peine avait-il fait quelques pas en arrière qu'elle a refermé la porte sur lui pour l'obliger à sortir complètement. Puis elle a tourné le verrou avant d'aller ouvrir la boîte en carton. A l'intérieur se trouvaient plusieurs petites boîtes plates, noires et ornées d'un ruban blanc, comme celle du string qu'elle avait vendu à Nina.

— D'autres strings avec des perles ?

— Oui.

— Donnez-moi la clé, je vais les ranger là-haut, ai-je dit en indiquant la cantine en métal. Comme ça, vous pouvez retourner en boutique.

— Laissez, Lexi. Je vais le faire.

Elle a soupiré d'un air excédé.

— Cette garce fait durer le plaisir, vous savez. Ses demoiselles d'honneur ont déjà dû essayer une quinzaine de soutiens-gorge invisibles. Elles ne vont jamais déguerpir d'ici.

Josie a répété l'opération de tout à l'heure — l'escabeau,

le trousseau de clés — et a rapidement rangé les nouvelles boîtes dans la cantine avant d'aller rejoindre Faith Lowe et ses amies.

Une fois seule, je n'ai pas repris tout de suite le travail. Je suis restée songeuse, l'esprit occupé par ce qui venait de se passer. Pourquoi Josie n'avait-elle pas voulu que je réceptionne cette livraison ? Pourquoi avait-elle préféré ranger elle-même les boîtes dans la cantine en métal ? Elle me faisait pourtant suffisamment confiance pour me laisser manipuler le reste de la marchandise, y compris des articles beaucoup plus chers que ces strings à perles. Je n'arrivais pas non plus à comprendre la raison qui la poussait à les conserver sous clé.

Je suis allée coller l'œil contre le judas grillagé. Le livreur se trouvait encore là, assis dans sa camionnette, en train d'écrire quelque chose sur un cahier posé contre le volant. Il a démarré quelques secondes plus tard et j'ai compté jusqu'à cinq avant d'ouvrir la porte et de sortir dans la ruelle. J'ai vu les phares arrière de la camionnette s'enfoncer dans la nuit. Il continuait à rouler dans les ruelles, comme le faisaient ceux qui connaissaient bien la ville pour éviter la circulation des grandes artères. Comme moi, par exemple.

J'ai regardé mon scooter, garé juste là, puis les phares arrière de la camionnette qui poursuivait sa route dans la longue ruelle perpendiculaire à Racine Avenue.

Puis mon scooter.

Puis de nouveau les phares rouges qui vacillaient dans la nuit, de plus en plus petits.

J'ai songé aux directives que Mayburn m'avait données pour cette mission : « Gardez les yeux ouverts. Observez tout, et surtout ce qui vous semble bizarre. Même un peu bizarre. Même un tout petit peu bizarre, d'accord ? J'ai simplement besoin que vous récoltiez les pièces du puzzle. »

Un conseil plus récent de Mayburn m'est aussi revenu

à la mémoire : « N'hésitez pas à improviser selon les circonstances. »

Je suis partie en trombe chercher mon manteau et mon casque et je les ai enfilés en deux temps trois mouvements avant de sortir mon BlackBerry et les clés du scooter de mon sac. Selon toute vraisemblance, Faith et ses demoiselles d'honneur allaient occuper Josie pendant encore quinze ou vingt minutes, et peut-être même plus.

J'ai pris un des morceaux de polystyrène qui servaient à emballer les livraisons, et je l'ai placé au bas de la porte noire afin qu'elle ne se referme pas complètement. Puis j'ai enfourché ma Vespa. L'instant d'après, je m'élançais à la poursuite de la camionnette.

38

J'ai repéré les phares arrière de la camionnette environ deux cents mètres plus loin dans la ruelle. J'ai accéléré pour essayer de la rattraper.

J'avais décidé de la suivre pendant un petit moment pour voir si elle faisait un autre arrêt. C'était le genre d'information que Mayburn apprécierait.

Une multitude de gouttelettes ont brusquement piqué la visière de mon casque. *Prudence*, ai-je songé. Peut-être n'était-ce qu'un petit grain printanier, mais la chaussée n'en risquait pas moins de devenir glissante. Le scooter était sans doute le moyen le plus rapide de se déplacer en ville, mais sa tenue de route par mauvais temps pouvait laisser à désirer.

J'ai gagné du terrain sur la camionnette, au point de pouvoir deviner quelques caractères de sa plaque d'immatriculation. Z2… Il y avait quatre autres chiffres que je ne pouvais lire. Aussi progressivement que possible, j'ai tourné à fond la manette des gaz.

Mais alors que je venais d'atteindre ma vitesse maximale, la camionnette a tourné à droite dans Armitage Avenue. J'ai dû ralentir pour bifurquer moi aussi, et le temps que je m'engouffre à mon tour dans l'avenue, trois voitures s'étaient glissées entre nous. J'en ai doublé une première, puis une seconde. Les gouttes de pluie et les phares des nombreux véhicules qui roulaient en sens inverse ne faisaient pas bon ménage sur le plexiglas de ma visière, m'obligeant à plisser les yeux et à redoubler de prudence. Lorsque je suis arrivée sur le pont qui enjambait la rivière Chicago, les grilles métalliques de la chaussée ont rendu ma conduite instable, la pluie n'arrangeant rien à l'affaire. J'avais perdu un peu de terrain au moment où j'ai quitté le pont, mais plusieurs voitures ont tourné et je me suis brusquement retrouvée derrière la camionnette. Pourtant, malgré les réverbères qui l'éclairaient, je n'arrivais toujours pas à lire cette maudite plaque. « Si seulement la pluie pouvait cesser… »

Quand Steve — si c'était vraiment son prénom — a pris à gauche dans Cortland Avenue, je suis parvenue à m'approcher si près que j'ai soudain eu peur qu'il ne reconnaisse ma Vespa. Après tout, il avait pu la voir garée dans la ruelle. Ces engins n'étaient pas communs à Chicago et j'ai préféré ralentir pour lui laisser un peu d'avance. La camionnette a traversé le quartier de Wicker Park, tournant ici et là, puis elle s'est engagée dans une autre ruelle.

Je me suis arrêtée quelques secondes sur le bord du trottoir avant d'y pénétrer à mon tour. « Poutre en hêtre ! » La camionnette avait disparu.

J'ai roulé au pas, mes yeux balayant les deux côtés de la ruelle. Rien. Cette voie sombre et étroite était bordée de maisons en briques à trois étages et de pavillons de plain-pied plus anciens, tous dotés d'un garage à l'arrière de la propriété.

J'étais sur le point de faire demi-tour et de retourner à la boutique quand j'ai vu la camionnette. Elle était stationnée un peu plus loin dans la ruelle, à côté d'un garage jouxtant un pavillon couleur fauve. J'ai mis les gaz pour m'y rendre, mais au moment où j'arrivais à hauteur de la camionnette, son habitacle s'est éclairé et Steve en est sorti. Son visage a pivoté en direction de mon scooter et j'ai eu le sentiment que son regard transperçait le plexiglas de ma visière.

J'ai détourné la tête et j'ai accéléré un peu trop brutalement sur la chaussée mouillée. L'espace d'un instant, mon pneu arrière a perdu son adhérence, mais j'ai pu rétablir la situation en posant brièvement le pied à terre.

Je me suis arrêtée cinquante mètres plus loin et j'ai regardé derrière moi. Aucun signe de Steve. J'ai garé la Vespa près d'un garage sur lequel était cloué un panneau de bois : « Strictement interdit de stationner ! » Au cas où le message n'aurait pas été assez clair, un dessin maladroit — deux fusils crachant des flammes — promettait un destin funeste à qui passerait outre à l'avertissement. J'ai quand même pris le risque d'y laisser mon scooter et j'ai consulté ma montre. Huit minutes s'étaient écoulées depuis que j'avais quitté la boutique. Le temps de revenir, et le quart d'heure que je m'étais accordé serait déjà consommé. Si je voulais conserver une chance de rentrer avant que Josie s'aperçoive de mon absence, je ne pouvais pas passer plus de quelques minutes ici.

Une lumière anémique distillée par de rares réverbères éclairait la ruelle. La pluie s'est mise à tomber plus fort, produisant un son doux mais menaçant à l'intérieur du casque. J'ai rangé mes cheveux sous le col de mon manteau, mais j'ai conservé mon volumineux couvre-chef. Je devais avoir l'air d'une martienne tombée de sa soucoupe et ma vision périphérique était limitée, mais le casque me protégeait de la pluie et masquait mon visage.

Je me suis dirigée vers la camionnette, mes talons hauts guère plus stables que la Vespa sur l'asphalte luisante. Entre ces chaussures et mon tailleur-jupe, impossible d'avancer vite. Du coup, j'ai eu tout le temps de me demander ce que je faisais là. Pourquoi étais-je en train de marcher sous la pluie dans cet endroit lugubre ? Pourquoi avais-je filé cette camionnette ? Etait-ce vraiment ce que je voulais faire de ma vie ? Jouer les Sherlock Holmes à temps partiel ?

Sans compter qu'une de mes amies venait de mourir assassinée et que c'est moi qui avais découvert son corps. L'épuisement — physique et psychologique — se cachait derrière ma frénésie d'activités et je sentais que je pouvais craquer à tout moment.

Sans doute était-ce pour cette raison que je refusais de me reposer, ai-je songé en continuant à progresser tant bien que mal sur le sol détrempé. Par crainte de m'effondrer. Tant que j'étais en mouvement, je parvenais à refouler mon chagrin. Sinon, pourquoi aurais-je continué à jouer les espionnes dans une boutique de lingerie ou dans les ruelles de Chicago, alors que je devais présenter les infos le lendemain matin sur une chaîne de télévision ? Et puis, c'était aussi une réponse au malheur. Mon nouveau job à Trial TV et ma mission pour Mayburn me donnaient le sentiment d'être *vivante*. Pour moi, c'était une façon de faire un pied de nez à la mort qui avait frappé Jane.

Quand je suis arrivée à hauteur de la camionnette blanche, la lumière brillait dans le garage contigu. La maison, en revanche, semblait plongée dans le noir. Steve se trouvait manifestement dans ce garage, assez grand pour abriter deux voitures. Pourquoi n'y avait-il pas rentré la camionnette ? Parce qu'il partageait la maison avec d'autres gens qui en avaient la jouissance ? Mais alors, que faisait-il là-dedans ?

Pour le savoir, le mieux était encore de jeter un coup d'œil à l'intérieur. Mais c'était d'autant plus impossible, à la distance où je me trouvais, que les petites fenêtres du bâtiment avaient été obstruées par du papier journal. J'ai donc entrepris de contourner le garage, ce qui m'a permis de découvrir qu'il disposait de deux autres fenêtres, également obstruées. Je suis restée immobile, l'oreille tendue, mais je n'ai perçu aucun son. Peut-être Steve vivait-il derrière ces vitres aveuglées ? Il n'aurait pas été le premier marginal à transformer un garage en appartement de fortune.

Un nouveau coup d'œil à ma montre m'a appris que j'étais partie depuis maintenant dix minutes. Il était temps de rentrer. J'ai noté mentalement le nom de la ruelle et le numéro de la maison pour les fournir à Mayburn, puis, dans un dernier effort, j'ai essayé de trouver une date sur les journaux qui masquaient les fenêtres. Ça permettrait au moins de savoir quand ils avaient été placardés là. Sans doute n'était-ce qu'un point de détail, mais Mayburn n'avait cessé de me répéter que les enquêtes se résolvaient en mettant bout à bout une multitude d'informations, les plus insignifiantes se révélant parfois les plus probantes une fois le puzzle terminé.

Je me suis approchée d'une fenêtre à pas de loup, mais j'avais encore du mal à discerner la date. J'ai sorti mon BlackBerry et je me suis servie de la lumière de l'écran pour éclairer le journal plaqué contre la vitre. C'était une page du *Chicago Tribune*, vieille d'un an environ.

C'est alors que j'ai repéré une petite déchirure dans le papier. J'ai remis le téléphone dans ma poche et je me suis penchée. C'était un minuscule espace, peut-être d'un demi-centimètre, mais suffisant pour voir à l'intérieur.

J'ai collé l'œil contre l'ouverture et j'ai distingué une sorte de banc de bois. Etaient-ce des perles que je voyais dessus ? Alors c'était là qu'étaient fabriqués les fameux strings ?

J'étais en train de m'inquiéter pour l'hygiène de celui que j'avais porté quand — Bam ! — quelque chose est venu frapper le côté de mon casque avec une extrême violence. Le choc m'a projetée en avant, ma visière relevée se brisant contre le mur du garage. Etourdie par le bruit et les vibrations qui se propageaient sous le casque, je suis tombée à genoux.

39

L'inspecteur Vaughn faisait les cent pas dans le couloir de l'hôtel de police. Ses collègues n'aimaient pas ça, mais il avait bien fallu qu'ils s'y fassent : Damon Vaughn était tout simplement incapable de rester assis à son bureau. Pour cogiter, il fallait qu'il soit en mouvement. Il aurait pu aller faire un tour dehors, mais force était de reconnaître que les environs n'incitaient pas à la promenade, et encore moins à la promenade nocturne. Alors, il réfléchissait en arpentant le couloir de long en large, au grand dam de ses collègues encore présents à cette heure tardive. Le problème avec cette affaire, c'est qu'il n'avait pas grand-chose de concret à se mettre sous la dent. Dans ces conditions, le seul moyen de faire progresser l'enquête était de compter sur son instinct de flic.

Son instinct de flic qui l'incitait à se méfier de tel ou tel personnage présent dans le dossier, et en particulier de cette Izzy McNeil. Il avait éprouvé une certaine antipathie à son égard dès leur première rencontre, à l'époque où son fiancé avait mis les voiles dans des circonstances troubles. Il n'aurait trop su dire pourquoi elle lui tapait tellement sur les nerfs, d'autant qu'à peu près tout le monde semblait apprécier cette jeune femme. Mais peut-être était-ce justement ça qui l'avait mis dans de si mauvaises dispositions à son égard. Rien n'énervait plus Damon Vaughn que ces jolies filles qui n'avaient qu'à claquer des doigts pour obtenir ce qu'elles voulaient. Et Izzy McNeil semblait définitivement appartenir à cette catégorie. Ce Forester Pickett lui avait donné des tonnes de dossiers importants à traiter, et voilà qu'aujourd'hui, c'était au tour d'une chaîne de télé de lui offrir un boulot de présentatrice. Et demain quoi ? Au train où ça allait, la NASA allait bientôt lui demander de rejoindre son équipe d'astronautes !

Pour Damon Vaughn, au contraire, rien n'avait été facile : ni la mort de sa mère quand il avait douze ans, ni celle de son père trois mois plus tard, ni être trimballé de famille d'accueil en famille d'accueil, ni les cinq années qu'il lui avait fallu pour obtenir son diplôme d'études secondaires, ni les cinq autres pour intégrer l'Académie de police de Chicago, ni les nuits à travailler comme videur dans un bar pour payer l'Académie, ni la décennie nécessaire pour se voir attribuer le titre d'inspecteur. Alors, les gens comme Izzy McNeil, à qui tout souriait…

D'un autre côté, ce parcours du combattant avait fait de lui un bon flic. Un flic d'expérience. Un flic qui savait ne pas tout miser sur l'instinct, même si celui-ci s'avérait souvent juste. Un flic qui savait que son antipathie pour Izzy McNeil ne faisait pas nécessairement d'elle une meurtrière. Mais il y avait un truc pas net dans l'assassinat de Jane Augustine, et les questions qu'il se posait le ramenaient invariablement à Izzy McNeil, au temps qu'elle avait passé avec la victime juste avant sa mort, à la façon dont elle s'était assise dans le fauteuil de présentatrice de son « amie » avant même que celle-ci ne soit enterrée. Et c'était la même Izzy McNeil dont le fiancé s'était envolé six mois plus tôt en emportant pour trente millions de dollars d'actions au porteur qui appartenaient, comme par hasard, au fameux Forester Pickett à qui elle devait sa réussite professionnelle. Oui, la même Izzy McNeil… Quelle coïncidence, n'est-ce pas ? Sauf que l'inspecteur Vaughn ne croyait pas aux coïncidences.

— Vaughn !

Il cessa de faire les cent pas et se retourna. Erin Cutter, le médecin légiste qui travaillait sur l'affaire Augustine, venait dans sa direction depuis l'autre bout du couloir. Damon Vaughn avait insisté pour l'avoir avec lui sur ce dossier, parce qu'elle était la meilleure dans son job. Elle prétendait ignorer ce qu'était l'intuition ou l'instinct, et elle n'élaborait jamais d'hypothèses. Avec Erin Cutter, c'étaient les faits, encore les faits, et rien que les faits. Et c'était exactement ce dont il avait besoin, en ces temps troublés où la police de Chicago était de plus en plus souvent pointée du doigt, accusée d'inculper des citoyens sans preuves suffisantes et de leur extorquer des aveux sous la contrainte. L'approche résolument factuelle du Dr Cutter serait le contrepoids idéal à ses méthodes plus intuitives.

Naguère, l'inspecteur Vaughn se fiait essentiellement à son instinct pour mener à bien ses enquêtes. Pour obtenir des informations ou des aveux, il n'hésitait pas à conduire des interrogatoires musclés, à infliger quelques humiliations, à oublier un suspect dans une pièce sans fenêtre pendant trois ou quatre jours, à lui faire peur par tous les moyens ou presque. Et tant pis si le pauvre type s'avérait finalement innocent. Mais certains inspecteurs avaient poussé le bouchon un peu loin, et maintenant, la presse était à l'affût du moindre dérapage. Voilà pourquoi il avait besoin d'une femme comme Erin Cutter. Avec elle, il serait couvert. Il pourrait suivre son instinct sans craindre de faire fausse route. Ou ne pas le suivre.

Le médecin légiste marcha vers lui avec sa détermination habituelle. Elle était d'origine irlandaise, avec une peau très blanche et des cheveux très noirs, et sa démarche énergique était connue de tous les policiers de la ville. Sa jupe vert olive frappait ses jambes avec un petit bruissement tandis qu'elle parvenait à sa hauteur.

— Tu as le rapport du labo ? demanda-t-il.

— Tu l'auras cet après-midi, répondit Erin Cutter avec un sourire satisfait.

— Ta réputation n'est pas usurpée, Cutter. Tu es vraiment la meilleure.

D'ordinaire, il fallait attendre au moins une semaine pour obtenir un rapport d'analyse des empreintes digitales dans une affaire d'homicide, et souvent beaucoup plus. Mais dans le cas d'une affaire de premier plan comme le meurtre d'une célèbre journaliste, et avec un bulldozer comme Erin Cutter pour faire le siège du labo, les délais pouvaient être réduits à un ou deux jours.

— J'espère que tu as une bonne raison de m'avoir demandé de mettre la pression aux gars du labo, dit-elle.

— Ouais, je savais que plus vite j'aurais les résultats, plus vite je pourrais revoir ton corps de rêve, répondit-il avec un clin d'œil salace.

Elle lui donna un coup de poing dans le haut du bras et ils se mirent à rire. Ils étaient mariés l'un comme l'autre, et fidèles qui plus est. Mais c'était leur façon de fonctionner ensemble.

— Cette affaire est pourrie, lança-t-il avec une petite moue. Je le sens. Dis-moi, tu as demandé un séquençage de l'ADN des fluides corporels prélevés dans la chambre, n'est-ce pas ?

— Affirmatif. On n'a pas encore les résultats complets, mais quand les fluides ont été prélevés, ils étaient encore humides. Jane Augustine a eu au moins un rapport sexuel le jour où elle a été tuée.

— Et à en croire ses déclarations, le mari se trouvait dans leur maison de Long Beach ce jour-là, dit l'inspecteur Vaughn avec un petit sourire.

— Tu sais ce qu'à écrit Nietzsche à propos de l'infidélité ?

— Non seulement tu as un corps de rêve, mais en plus tu cites Nietzsche. Attention, Cutter, je sens que je suis en train de tomber amoureux.

Nouveau coup de poing dans le bras.

Mais Damon Vaughn ne plaisantait qu'à moitié. Son couple battait de l'aile depuis des années. Il n'avait jamais trompé sa femme, mais il y songeait de plus en plus fréquemment. Et s'il devait un jour aller voir ailleurs, ce serait avec une femme comme Erin Cutter. Une femme sexy, mais qui avait aussi la tête bien faite.

— Attends que je me rappelle la citation exacte.

Le Dr Cutter plissa le front, les yeux au plafond, comme si la phrase s'y trouvait inscrite.

— Tu me troubles, avec tes bêtises… Ah, ça y est, je m'en souviens.

Son regard revint se poser sur Vaughn.

— « On reconnaît la qualité d'un mariage à sa faculté de tolérer parfois un écart. »

— Et tu penses que c'est vrai ?

Six mois plus tôt, Erin Cutter avait donné naissance à son troisième enfant, et l'inspecteur Vaughn avait le sentiment qu'elle faisait partie de cette espèce rare et chanceuse qui s'épanouissait dans sa vie de famille.

— Pour te répondre, il faudrait que je puisse parler en connaissance de cause. Et Dieu merci, je n'ai jamais eu à vérifier la véracité de ces mots.

Elle fit demi-tour, et Vaughn suivit des yeux le mouvement de ses hanches pendant quelques secondes, avant de retourner à son bureau et à l'autre femme qui occupait ses pensées.

Izzy McNeil.

40

Toutes les particules de mon être étaient en alerte maximale. « Relève-toi ! Relève-toi ! » criait une voix dans ma tête qui bourdonnait encore.

Mais la peur empêchait mes membres de répondre normalement à ces injonctions. Mon corps se mouvait au ralenti, comme si j'étais engluée dans des sables mouvants. Autour de moi, tout semblait incliné, de travers. Je n'arrivais pas à déterminer si c'était à cause du casque ou du coup que je venais de recevoir. Mes genoux m'élançaient atrocement, et j'ai compris qu'ils étaient en sang à la sensation mouillée sur le bas de mes jambes.

Je sentais une présence derrière moi, et alors que je baissais la tête pour essayer de me stabiliser en fixant le sol du regard, j'ai aperçu des chaussures du coin de l'œil. Des chaussures de sport. Au vu de leur taille, elles devaient appartenir à un homme, et je me suis promis de me souvenir de leur couleur pour Mayburn, ainsi que du célèbre logo qui les ornait. A peine avais-je enfin réussi à me mettre debout que mon agresseur m'a violemment poussée dans le dos. J'ai tendu les mains pour ne pas m'écraser contre le mur du garage. J'étais parvenue à ne pas retomber, mais j'avais la nette impression que d'autres coups allaient se mettre à pleuvoir. Je me suis recroquevillée, bras pliés de chaque côté du casque.

— Arrêtez ! ai-je crié. J'ai appelé la police ! Ils vont arriver d'une minute à l'autre !

C'était sorti comme ça, et j'ai été la première surprise d'entendre ces mots sortir de ma bouche.

La menace avait dû payer, parce que, soudain, je n'ai plus entendu que le picotement de la pluie sur mon casque. J'ai fait volte-face, l'absence de vision périphérique me donnant le sentiment d'avoir abusé de substances illicites.

« Défends-toi, disait la voix en moi. Frappe-le ! »

Mais il n'y avait plus personne à frapper.

C'est à peine si je parvenais à conduire mon scooter tant mes mains tremblaient. Je sentais que l'air séchait le sang qui avait coulé de mes genoux écorchés. Finalement, je suis arrivée dans la ruelle qui longeait l'arrière de Feuille de vigne. Je l'ai remontée aussi vite que possible, mes mains fébriles peinant à tenir le guidon et à tourner la manette des gaz, et je me suis garée tout près de la porte noire. Dieu merci, il avait cessé de pleuvoir.

J'ai retiré mon casque en espérant que ma cervelle n'allait pas venir avec après le coup que m'avait asséné Steve (qui d'autre aurait pu m'agresser ?), et je me suis fait violence pour ne pas me mettre à pleurer. Je me sentais désorientée comme après un accident de la route, et la peur résonnait en moi à la manière d'un gong frappé par un moine opiniâtre.

Consulter ma montre m'a permis de constater que mes mains tremblaient toujours autant et que j'étais partie depuis vingt minutes.

J'avais songé à appeler Mayburn tout de suite après mon agression, mais j'avais finalement préféré fuir de crainte que Steve ne revienne. Ensuite, impossible d'utiliser le téléphone en conduisant un deux-roues, et avec un casque qui me couvrait les oreilles par-dessus le marché. Quant à prévenir la police… L'idée m'avait également traversé l'esprit, mais maintenant que j'étais considérée comme une « personne digne d'intérêt » dans l'enquête sur le meurtre de Jane, je me voyais mal leur raconter ma mésaventure. Si l'inspecteur Vaughn apprenait que je m'étais fait agresser dans une ruelle vingt-quatre heures après avoir découvert le cadavre de mon amie, il serait forcément renforcé dans l'idée que j'étais une fille louche.

Quand Zac m'avait dit avoir raconté à la police que Jane et moi avions passé la nuit de vendredi ensemble, j'avais éprouvé un sentiment de culpabilité parfaitement irrationnel. Je n'avais rien à me reprocher dans la mort de Jane. Rien du tout. Et je n'avais rien à me reprocher dans ce qui était arrivé ce soir, si ce n'était d'avoir voulu jeter un coup d'œil à l'intérieur d'un garage privé. Mais je savais en tant qu'avocate que les policiers n'aimaient pas les coïncidences. Pire, ils n'y croyaient pas. Et retrouver votre nom associé à plusieurs affaires pouvait vous rendre très suspect à leurs yeux. Pour l'inspecteur Vaughn, j'étais la fille mêlée à la mort de Forester ; la fille mêlée à la disparition de Sam et des actions au porteur ; la fille mêlée au meurtre de Jane. Pas question d'être en plus la fille mêlée à un trafic de strings à perles !

J'ai décidé que j'allais bravement terminer mon travail chez Feuille de vigne, et qu'ensuite j'appellerai Mayburn. Lui me dirait ce qu'il convenait de faire vis-à-vis de la police.

Alors que je marchais vers la porte noire, casque en main, j'ai réalisé avec stupeur que je n'avais même pas pensé à appeler Sam. Il y avait encore peu de temps, Sam était la première personne que j'essayais de joindre en cas de problème, important ou mineur. Et pourtant, malgré le réconfort qu'il avait su me procurer après la mort de Jane, malgré le sentiment de nous être retrouvés le soir du drame, je n'avais pas eu le réflexe de me tourner vers lui. Pire, je n'avais même pas *pensé* à lui. J'ai regardé mes genoux. Ce n'était pas trop méchant. Quelques filets de sang séché dessinaient des traits rougeâtres sur le bas de mes jambes. J'ai mis un peu de salive sur mes doigts et j'ai procédé à une toilette sommaire.

Alléluia! Le morceau de polystyrène se trouvait toujours là. J'ai poussé doucement la porte et je suis entrée sur la pointe des pieds en priant le ciel pour que Josie n'ait pas remarqué mon absence.

— On peut savoir où vous étiez passée ?

Manifestement, le ciel avait été sourd à ma prière, parce que Josie se tenait devant moi, mains sur les hanches, ses yeux me fusillant derrière ses lunettes cerclées de métal.

— Euh… J'étais partie chercher un café chez Starbucks et j'ai décidé de revenir pour m'assurer que vous n'aviez besoin de rien, ai-je dit en espérant qu'elle n'attendait pas là depuis dix minutes.

Ses yeux se sont plissés davantage encore avant de glisser rapidement sur mon corps, s'arrêtant brusquement à hauteur de mes genoux.

— Je suis tombée de scooter en voulant faire demi-tour, ai-je ajouté. Il a plu et la chaussée est très glissante.

Elle s'est avancée à quelques centimètres de mon visage.

— Il est interdit de quitter la boutique pendant les heures de travail.

— Désolée. Ça n'arrivera plus.

— Plus jamais, Lexi.

— Entendu.

— Et la porte de derrière ne doit rester ouverte sous aucun prétexte. En cas de vol, l'assurance ne remboursera pas un centime en l'absence d'effraction. Vous comprenez ce que je vous dis ?

— Absolument. Je vous prie de m'excuser.

Elle était si proche de moi que je pouvais sentir une

odeur de talc qui couvrait un parfum exotique. Pour la première fois, j'ai remarqué que ses yeux verts étaient mouchetés de brun.

— Vous êtes sur la corde raide, Lexi.

Je n'étais pas sûre de ce qu'elle entendait par là, mais j'ai hoché la tête.

— Alors je vous conseille de faire attention.

41

Plus tard ce soir-là, mon portable a sonné.

« Mayburn », affichait l'écran.

— Il a été vidé, a-t-il dit.

— De quoi parlez-vous ?

— Du garage. J'en reviens à l'instant.

— C'est dingue !

J'étais dans mon appartement, en pyjama et chaussettes.

— Les lieux ne contiennent plus rien de personnel. Il reste juste un banc de bois, des journaux, des trucs comme ça. J'ai réussi à retrouver le proprio. Il loue la maison attenante à une famille, mais le garage était loué au mois à un type du quartier.

— Un type qui s'appelle Steve ?

— Il s'est présenté sous le nom de Tobias Minter. Le propriétaire n'a pas cherché à savoir s'il était solvable, parce que c'était une location au mois et qu'elle concernait un simple garage. Et puis, apparemment, tout ça se faisait au noir.

— Vous avez fait des recherches sur Tobias Minter ?

— Ouais, et le seul que j'ai réussi à trouver a cassé sa pipe en 1670.

Il a soupiré.

— Comment va votre tête ?

— Mal.

— Vous avez pris de l'Advil ?

— Vous pensez que c'est trop, dix comprimés ?

— Vous plaisantez, j'espère.

— J'avais envie d'en prendre dix, mais je me suis contentée de trois.

— Vous êtes sûre que vous ne voulez pas faire un tour à l'hôpital ?

— Oui, j'en suis sûre. Je n'ai ni commotion ni hémorragie cérébrale. Juste un affreux mal de tête. Je n'ai même pas de bosse, John. Sans le casque, par contre, je ne sais pas si je serais encore de ce monde. Et puis je suis épuisée. Si je vais à l'hôpital, ils risquent de me garder une partie de la nuit et je dois être à l'antenne dans sept heures environ.

— Je suis vraiment navré de ce qui vous est arrivé, Izzy.

— Pensez donc, ce n'est rien, ai-je dit en m'efforçant d'en rire pour ne pas m'apitoyer sur mon sort. Tout le monde a besoin d'un bon coup sur la tête de temps à autre pour se remettre les idées en place.

Mais en réalité, je n'étais pas rassurée. Je n'arrêtais pas de penser à Jane et à ce qui lui était arrivé. Et puis j'imaginais une grande liste affichée dans tous les postes de police de la ville, une liste de suspects — de personnes dignes d'intérêt, pardon — où mon nom apparaissait en gras et souligné trois fois.

J'en ai touché un mot à Mayburn.

— Aïe..., a-t-il dit. Ce n'est pas bon d'être une « personne digne d'intérêt ».

— Merci, John. Mais je pense que j'avais compris ça.

— Ne laissez pas les flics divulguer votre nom. Vous allez vous faire traîner dans la boue si les médias ont vent de ça. Surtout que vous avez remplacé Jane. Les journaleux vont s'en donner à cœur joie.

— Je sais. Maggie est sur le coup.

« Par pitié, Maggie, empêche-les de me livrer aux chiens ! »

— Quand puis-je venir récupérer le string à perles que vous avez rapporté du magasin ? a demandé Mayburn.

— Attention, ce string appartient à Maggie ! Interdit de le faire essayer à Lucy, hein ! Ça ne se partage pas, ces choses-là.

— Ne vous inquiétez pas. De toute façon, Lucy aura bientôt le sien, elle aussi. Faites-moi confiance.

— Je ne sais pas ce que Josie trafique avec ces strings, mais le fait est qu'elle semble avoir deux modèles en stock. Un avec de la dentelle noire présenté dans une boîte également noire, et celui dont elle m'a vendu deux exemplaires. Ce modèle-là a de la dentelle champagne et un emballage gris. Je ne sais pas s'il y a juste la couleur de la dentelle et de la boîte qui diffère, mais il me semble bien qu'ils ne viennent pas du même fabricant.

— Il y a aussi le fait qu'elle les conserve sous clé.

— Et que le type qui les livre est sans doute mon agresseur.

Il a émis une série de « Hum… » et j'ai gardé le silence pour le laisser réfléchir en paix.

— Il faut qu'on se procure un exemplaire de chaque string et qu'on les étudie attentivement, a-t-il fini par dire. C'est quand, la prochaine fois que vous travaillez à la boutique ?

— Dimanche. Mais par pitié, ne me demandez pas d'y retourner. Je crois que j'ai encore plus peur de Josie que de Steve. Ou Tobias. Ou Dieu sait quel est le nom de cette brute.

J'étais maintenant dans la cuisine. Je me suis courbée sur le plan de travail et je me suis massé le visage.

— Je me demandais justement si j'allais vous y renvoyer, a dit Mayburn. Ecoutez, prenons les choses les unes après les autres, d'accord ? Quand puis-je passer chercher le string destiné à votre amie Maggie ?

— Vous pouvez venir à Trial TV, demain matin ?

— Pas de problème.

— Alors je le prendrai avec moi.

Je lui ai donné l'adresse de la chaîne.

— C'est noté, a dit Mayburn. N'hésitez pas à m'appeler si vous ne vous sentez pas bien.

— C'est gentil, merci.

Après avoir raccroché, j'ai repensé à Sam et au fait que je ne l'avais pas appelé en premier pour lui faire part de ma mésaventure. Ça me perturbait vraiment. J'ai essayé de remettre les choses à leur place, de me dire qu'il ne fallait pas en tirer des conclusions hâtives. Après tout, j'étais en mission pour Mayburn, et j'avais promis que notre collaboration resterait un secret. Dans ces conditions, il était normal d'avoir songé à joindre le détective privé plutôt que mon ancien fiancé.

Mais était-ce normal d'avoir dit à Sam que je souhaitais être seule ce soir, lorsqu'il m'avait appelée tout à l'heure, alors que je venais de quitter la boutique ?

La veille au soir, Sam et moi avions été soudés dans une même tendresse, et je pressentais que mon ancien fiancé ne deviendrait jamais — quoi qu'il arrive — un étranger pour moi. Mais au quotidien, le lien si fort qui nous unissait auparavant s'était distendu.

Quelque chose s'était brisé entre nous. Je ne pouvais nier cette sensation de distance, et parfois même de vide, qui nous séparait désormais.

Je suis allée me coucher seule.

42

Mercredi matin, soit deux jours après le décès de Jane, j'étais assise à sa place, en train d'animer un débat sur Trial TV.

— Ce matin pour notre « Pause café », ai-je lu sur le prompteur, nous allons nous intéresser à une décision de justice en faveur des plaignants qui poursuivent le grand laboratoire King Pharmaceuticals. King est la cible d'un recours collectif intenté par Jackson Prince, le célèbre avocat de Chicago, pour le compte d'une association de patients qui se disent victimes du Ladera, un médicament contre l'arthrite. Hier, un tribunal d'instance a rejeté la requête en annulation du laboratoire pharmaceutique.

J'ai jeté un coup d'œil à mes notes et j'ai serré plus fort mes genoux, juste comme C.J. m'avait dit de le faire. Ses autres conseils me sont alors revenus en mémoire : « Tournez-vous légèrement en direction de l'invité, puis revenez vers la caméra en faisant pivoter subtilement le torse. » C'est ce que j'ai essayé de faire, et — juste à la limite de mon champ de vision — je l'ai vue lever le pouce.

Nouveau regard vers le prompteur :

— Ce matin, nous avons le plaisir d'accueillir Jackson Prince en personne. Bonjour, monsieur Prince, et merci d'avoir répondu à l'invitation de Trial TV.

Avec son élégance décontractée, Prince était l'image même de l'intellectuel séduisant.

— Bonjour, Isabel. C'est moi qui vous remercie de m'avoir invité.

Dévoilant une rangée de dents blanches parfaitement alignées, il m'a adressé un sourire digne d'une publicité pour dentifrice.

— Pouvez-vous nous expliquer les conséquences de la décision du juge ? ai-je demandé.

Prince a hoché la tête, une expression à la fois grave et satisfaite sur le visage.

— La décision du juge Wainright va enfin donner un coup d'arrêt à la tactique d'obstruction mise en place par King Pharmaceuticals, et ouvrir la voie à une indemnisation des nombreuses victimes du Ladera.

Prince a développé pendant quelques minutes, évoquant certains aspects de son action en justice et l'attitude du laboratoire.

Je l'ai écouté en hochant la tête d'un air concentré, fronçant légèrement les sourcils lorsqu'il a mentionné les pratiques — déloyales, selon lui — de King Pharmaceuticals pour faire échouer le recours collectif. Mais en réalité, je pensais à Jane.

Autant Prince était apparu nerveux et sur la défensive lorsqu'elle l'avait interrogé sur ce même plateau deux jours plus tôt, autant il semblait à l'aise et de bonne humeur aujourd'hui.

— Lemmon est prêt, ai-je entendu dans l'oreillette. Prenez le duplex.

— Nous allons à présent entendre le point de vue d'Howard Lemmon, l'avocat de King Pharmaceuticals, qui a bien voulu nous rejoindre par liaison satellite. Bonjour, monsieur Lemmon, et bienvenue sur Trial TV. Pouvez-vous nous donner votre réaction à la décision du juge Wainright, ainsi qu'aux accusations que vient de porter Jackson Prince à l'encontre de King Pharmaceuticals et des méthodes que vous employez pour défendre votre client ?

J'ai regardé le moniteur où venait d'apparaître le visage de l'avocat en m'efforçant de ne pas plisser les yeux sous la lumière crue des projecteurs qui éclairaient le plateau, et j'ai écouté d'une oreille distraite Howard Lemmon faire une déclaration du genre de celle que je faisais moi-même, l'année dernière encore, lorsque Pickett Entreprises était poursuivi en justice.

— Merci, Isabel, et merci de me donner l'occasion de rectifier un certain nombre de points. Tout d'abord, et bien que nous pensons que notre requête en annulation aurait dû être accordée par le juge Wainright, nous sommes confiants quant à l'issue du procès… Bla, bla, bla… Nous avons à cœur de montrer à nos actionnaires et à tous les Américains que nos médicaments soignent chaque jour et que nous n'avons rien à cacher… Bla, bla, bla… King Pharmaceuticals est un laboratoire qui se situe à l'avant-garde de la recherche médicale, et nous sommes fiers de nos médicaments qui ont contribué à sauver des millions de vies humaines.

J'ai posé quelques questions supplémentaires à chacun des avocats, avant de lire le prompteur :

— Restez sur Trial TV, où nous continuerons à suivre de près les développements du recours collectif contre King Pharmaceuticals. Un grand merci à nos deux invités, Jackson Prince et Howard Lemmon, d'être venus débattre sur notre antenne.

Je me suis tournée vers une autre caméra.

— A suivre sur Trial TV…

J'ai lu une liste de sujets qui allaient être développés après la coupure publicitaire.

Les écrans qui affichaient le visage d'Howard Lemmon sont devenus noirs et le plateau a été plongé dans la pénombre. Jackson Prince a quitté son fauteuil en cuir bleu et s'est dirigé vers moi. Il a pris ma main et l'a conservée entre les siennes en me regardant droit dans les yeux, un chaleureux sourire aux lèvres. Cet homme avait manifestement le contact facile, et en temps normal, je n'aurais sans doute pas été insensible à son charme. Mais je ne pouvais m'empêcher de songer que Jane était sur le point de faire des révélations compromettantes à son sujet. De songer qu'elle était morte le soir de l'incident qui l'avait opposée à Prince sur ce même plateau. De songer qu'il semblait beaucoup plus à l'aise depuis qu'elle n'était plus là pour menacer sa réputation.

J'ai soudain eu envie de crier la colère et le désespoir que m'inspirait la mort de Jane. Il y avait quelque chose d'insupportable à être là, à sa place, avec ce vieux beau qui me faisait son numéro de charme sans dire un mot de mon amie disparue.

— Nous nous sommes croisés à la réception à la mémoire de Jane, ai-je dit.

J'ai vu quelque chose passer dans le regard du célèbre avocat. Mais je n'aurais su dire de quoi il s'agissait au juste.

— Ah oui… Sa mort est une véritable tragédie.

Il a lâché ma main.

— J'avais beaucoup de sympathie pour Jane, a-t-il dit. Nous avons travaillé ensemble pendant des années.

— Travaillé ensemble ? Qu'entendez-vous par là ?

Je ne sais pas pourquoi, mais je me suis demandé pour la première fois si Jane avait accroché Jackson Prince à son tableau de chasse sexuel.

— Il m'est souvent arrivé de donner la primeur à Jane, que ce soit pour lui fournir une information ou lui accorder une interview.

— Vous lui faisiez confiance pour traiter les affaires de votre cabinet à l'antenne.

— Oui, en effet. Jane savait toujours trouver le ton juste.

Il a promené le regard sur le studio.

— Eh bien, il va falloir que je me sauve. J'ai passé un très bon moment en votre compagnie, Isabel. J'espère que nous aurons l'occasion de nous revoir bientôt.

— Izzy ! a lancé C.J. derrière moi. Je veux vous voir derrière le bureau dans une minute, s'il vous plaît ?

— Entendu ! ai-je répondu par-dessus mon épaule.

Je n'avais pas quitté Prince des yeux et je me suis un peu rapprochée de lui pour l'empêcher de partir.

— Etiez-vous en train de collaborer avec Jane sur un sujet au moment de sa mort ?

— Je l'ai appelée à une ou deux reprises pour lui fournir des informations privilégiées sur le recours collectif contre King, mais rien en dehors de ça. Bien entendu, j'avais l'intention de la prévenir avant tout le monde de la décision du juge Wainright, mais quand j'en ai été informé, Jane avait déjà été…

— Assassinée.

— Oui.

« Par vous, M. Prince ? Avez-vous décidé de la faire taire à jamais avant qu'elle ne ruine votre carrière ? »

— Quel est le dernier scoop que vous ayez donné à Jane ?

— Izzy ! a crié C.J. On va reprendre l'antenne !

— J'arrive ! ai-je répondu en commençant à marcher à reculons vers le bureau pour que Prince comprenne que j'attendais sa réponse.

— Je ne m'en souviens pas, a-t-il dit. Peut-être une affaire sur laquelle j'ai travaillé l'année dernière. Un incendie criminel dans une usine. Mais je vais vous laisser travailler, Isabel. Bonne chance pour la suite du programme.

Sur ces mots, il m'a tourné le dos et a commencé à se diriger vers la sortie du studio. Mais après quelques pas, il a jeté un coup d'œil par-dessus son épaule, comme pour voir si je le suivais du regard. Quand il a vu que c'était le cas, il m'a de nouveau adressé son sourire de charmeur. Un sourire chaleureux qui m'a pourtant laissée froide.

43

Dès que la matinale de Trial TV s'est achevée et que les équipes de l'après-midi ont commencé à envahir le studio, C.J. Lyons a organisé une réunion pour un débriefing et un rapide tour d'horizon des sujets du lendemain.

J'ai attendu que tout le monde quitte la salle de rédaction, une bonne demi-heure plus tard, pour lui parler seule à seule.

— J'aimerais vous poser une question, C.J... Avez-vous entendu parler d'un sujet sur lequel Jane travaillait et qui concernait Jackson Prince d'une manière ou d'une autre ?

— Juste l'affaire King Pharmaceuticals.

— A quel aspect de cette affaire s'intéressait-elle, exactement ?

— Vous savez... La requête en rejet de la plainte du recours collectif, l'incertitude quant à la possibilité de mener l'action en justice à son terme.

J'ai senti mes sourcils se froncer. Je ne voyais rien là-dedans qui puisse mettre Prince en colère au point de quitter le plateau en cours d'émission.

— Et les membres de l'association qui intente le recours collectif ? Jane lui a posé des questions sur la façon dont ils étaient recrutés.

C.J. a hoché la tête.

— Oui, j'ai vu ça devant mon poste. Il m'a semblé que

c'était une façon de créer un peu de tension pour maintenir l'attention des téléspectateurs. Jane faisait toujours ça.

Je me suis mordu la lèvre.

— Je crois que c'était plus que ça. Bien sûr, c'était à mots couverts, mais j'ai eu le sentiment qu'elle le mettait directement en cause.

J'ai vu les yeux de C.J. se plisser légèrement derrière ses lunettes rectangulaires.

— Prince est au-dessus de tout soupçon. C'est l'un des avocats les plus connus de Chicago. Je ne peux pas imaginer qu'il soit impliqué dans un quelconque scandale.

— C'est vous qui écriviez la plupart des sujets de Jane, n'est-ce pas ?

Elle a hoché la tête.

— Sur WNDY, oui… D'ordinaire, les présentateurs préfèrent les rédiger eux-mêmes, mais on fonctionnait comme ça, elle et moi. Ça s'est fait naturellement, et ça nous convenait bien. Jane présentait et conduisait les interviews, et moi, je lui écrivais ses sujets.

— Et vous n'avez jamais travaillé sur quelque chose qui concernait Jackson Prince ?

— Non, mais elle a très bien pu enquêter sur lui récemment. Depuis son départ de WNDY, je n'étais plus au courant des sujets sur lesquels elle planchait.

C.J. a remonté ses lunettes sur ses cheveux courts.

— Ça tombe bien que vous me parliez de ça, parce que je voulais justement évoquer la question avec vous. Pas à propos de Jane, mais à propos de vous, Izzy. Il va falloir que vous songiez à travailler sur vos propres sujets. Ce n'est pas une obligation quand on présente les infos, mais ça serait une bonne expérience pour vous, surtout si vous avez envie de préserver dans ce métier.

Persévérer dans ce métier ? Jamais je n'avais imaginé me retrouver un jour à l'intérieur de ma télévision. Et de celles de centaines de milliers de gens, par la même occasion. Mais ça me plaisait. Et même davantage. J'aimais l'excitation du direct, la façon dont ça m'obligeait à être dans le présent, incapable de penser, au moins pendant que la caméra était braquée sur moi, à tout ce qui me tourmentait : Sam, Theo, les accusations de Zac, la mort de Jane…

Je me suis demandé si Jane pouvait me voir, de là où elle se trouvait. C'était peut-être bête, mais j'avais envie qu'elle soit fière de moi.

— Si Jane a fait un travail d'investigation sur Jackson Prince, elle a forcément pris des notes, non ?

— Bien sûr, a dit C.J.

— Où pensez-vous que je pourrais les trouver ? J'aimerais reprendre l'enquête là où Jane a dû l'abandonner. Qu'en pensez-vous, C.J. ?

— Excellente idée. Mais en ce qui concerne les notes de Jane, je crains que nous n'ayons un problème.

— Comment ça ?

— Venez avec moi. Je vais vous montrer son bureau.

C.J. et moi avons traversé la salle de rédaction. Derrière la longue paroi de verre, j'ai vu l'animation qui régnait dans le studio, le duo de présentateurs qui prenait la relève après moi, les techniciens, les chefs de plateau, les directeurs de production, tous concentrés et excités à l'approche de la prise d'antenne. Nous avons slalomé entre les bureaux pour finalement atteindre celui de Jane, un peu caché derrière un mur courbe.

Son statut de présentatrice vedette lui avait valu de se faire octroyer l'un des plus beaux espaces disponibles, mais il était dans un désordre indescriptible.

— C'est l'œuvre de la police, a dit C.J. Je suis revenue ici après la réception du Park Hyatt, et un flic était là en train de fouiller dans les affaires de Jane.

— C'était l'inspecteur Vaughn ?

— Oui, c'est bien le nom qu'il m'a donné. Il est aimable comme une porte de prison, ce type-là. Vous avez déjà eu affaire à lui ?

J'ai hoché la tête et poussé un soupir qui en disait long sur mes sentiments pour le personnage.

— C'est lui qui m'a interrogée après ma découverte du corps de Jane.

Je me suis avancée dans la pièce et j'ai laissé mon regard vagabonder un moment sur le bureau.

— Il a trouvé quelque chose d'intéressant ?

— Aucune idée. Mais il a mis des affaires dans un grand carton ; son ordinateur, des calepins, des trucs comme ça. Ensuite, il m'a fait signer un procès-verbal de saisie et il est parti avec son butin.

— Vous croyez qu'on peut jeter un coup d'œil dans ce capharnaüm, C.J. ?

— Je ne vois pas ce qui nous en empêcherait. Il n'y a pas de scellés, et s'il était interdit de toucher aux affaires de Jane, je pense que cet inspecteur Vaughn aurait été ravi de me le signifier. Et puis, pour être honnête, j'aimerais savoir si elle n'était pas en train de concocter quelques bons sujets qu'on pourrait reprendre.

Elle a laissé échapper un soupir.

— Sauf que…

— Quoi, C.J. ?

La productrice a croisé les bras avant de se tourner vers le bureau.

— C'est peut-être moi qui devrais le faire. Jane avait une vie privée… Comment dire ? Une vie privée hors norme, et je ne voudrais surtout pas que ses secrets s'ébruitent, vous comprenez ?

Nous nous sommes regardées. C.J. était proche de Jane depuis de nombreuses années, et elle était sans doute au courant de ses « incartades » sexuelles. Mais je ne voulais pas prendre le risque de trahir mon amie.

C.J. a haussé les épaules.

— De toute façon, j'imagine que s'il y avait des documents compromettants dans ce bureau, ils sont désormais aux mains de la police. Ce qui n'est pas une bonne nouvelle pour la réputation de Jane, a-t-elle ajouté comme pour elle-même. Mais au cas où il resterait quelque chose…

— Je ne cherche que des notes sur Prince, ai-je dit pour la rassurer. Ou sur d'autres idées de reportages qu'elle aurait pu avoir. Et si je trouve quoi que ce soit de personnel, je…

« Je quoi ? »

Heureusement, C.J. est venue à ma rescousse.

— Ça devrait aller, a-t-elle lancé en remettant ses lunettes sur son nez. Jane n'était pas du genre à écrire un journal. Elle m'a toujours dit qu'elle ne voulait conserver aucune trace de ses pensées ou de ce qu'elle faisait dans la sphère privée.

Une nouvelle fois, nous nous sommes regardées en silence. Il m'a semblé que nous savions toutes les deux que l'autre était aussi au courant des aventures de Jane, mais nous n'avons rien dit.

— Si toutefois vous trouvez quoi que ce soit d'ordre *très* privé, a-t-elle repris, je compte sur vous pour m'en faire part, n'est-ce pas ?

— Soyez tranquille.

Nous nous sommes tournées en même temps vers les pages internet imprimées, les notes manuscrites et les coupures de presse qui encombraient le bureau.

— Si elle avait commencé à creuser un sujet pour Trial TV, j'aimerais vraiment qu'on le termine, a dit C.J. avec une pointe d'émotion dans la voix. En mémoire de Jane.

J'ai passé les quatre heures suivantes assise derrière le bureau de Jane. Au début, je lisais tout ce qui me tombait sous la main ; des articles de presse sur une jeune femme disparue près du lac Tahoe, une liste de personnes à interviewer pour une affaire de ceinture de sécurité défectueuse ayant entraîné la mort d'un passager... Mais même si Vaughn avait emporté avec lui une partie des documents, j'ai vite compris qu'il me faudrait au moins une journée entière pour lire tout ce qu'il avait laissé. Jane avait peut-être fait l'impasse sur le travail d'enquête journalistique pendant des années, mais elle avait manifestement décidé de rattraper le temps perdu depuis qu'elle avait posé ses valises chez Trial TV.

Puisque je ne pouvais tout lire, j'ai décidé de faire des tas par thème : la disparue du lac Tahoe, la ceinture défectueuse, le procès d'un célèbre acteur accusé d'avoir frappé sa non moins célèbre petite amie, etc. Les tas se formaient, mais toujours rien sur Jackson Prince. Vaughn avait-il confisqué toutes les notes et documents relatifs au richissime avocat ?

Le bureau était maintenant constellé de petites montagnes que je continuais à alimenter en papier au fur et à mesure que j'extirpais de nouveaux documents du désordre. A un moment, je suis tombée sur plusieurs articles imprimés à partir de sites Web, tous concernant les recours collectifs et la façon dont les plaignants choisissaient ce mode d'action, en particulier dans le cas d'affaires médicales. Précisément le sujet sur lequel Jane avait interrogé Prince le jour où il avait quitté le plateau avant la fin du débat. J'ai ressenti une certaine excitation en découvrant de plus en plus de documents sur le même sujet, la plupart s'intéressant aux méthodes marketing employées par les cabinets d'avocats spécialisés en recours collectifs pour recruter des plaignants. Mais l'excitation a bientôt laissé place à la frustration, car je n'ai déniché aucun article qui évoquait spécifiquement King Pharmaceuticals ou Jackson Prince. De nouveau, je me suis demandé si Vaughn les avait emportés. Ou peut-être Jane conservait-elle les documents les plus sensibles dans son ordinateur ? Ordinateur qui se trouvait désormais aux mains de la police.

Je me suis mise à inspecter les tiroirs du bureau en commençant par ceux de gauche. Dans celui du haut, j'ai trouvé une petite photo de Jane et de son mari. Zac faisait face à l'objectif, le bras autour des épaules de Jane qui posait sur lui un regard plein d'amour. La photo avait été glissée dans un minuscule cadre en crocodile rouge.

J'ai ouvert les autres tiroirs. Ils contenaient des produits de beauté, une paire de chaussures de rechange, des pinces à cheveux, des fournitures de bureau. Mais pas d'autres documents de travail. A défaut de calepin dénonçant des magouilles de Prince, j'ai décidé de prendre les informations relatives aux recours collectifs pour les relire tranquillement chez moi.

J'ai rouvert le tiroir où se trouvaient les fournitures et j'ai saisi une grande enveloppe en papier kraft. Alors que j'y rangeais les feuilles imprimées, j'ai remarqué que Jane avait noté quelque chose au dos de l'une d'elles.

J'ai retourné la feuille en question et mes yeux se sont posés sur une liste manuscrite de quinze noms. Le premier était Carina Fariello. Suivaient Rick Dexter, Jerry Hay, Trace Ritson, Angela Hamilton-Wood, et ainsi de suite jusqu'au quinzième.

Liste en main, je suis allée dans l'espace de travail que Tommy Daley m'avait attribué l'avant-veille. En dehors des écrans d'ordinateurs et des télévisions, il était aussi nu que celui de Jane était encombré.

J'ai tapé chaque nom de la liste dans le moteur de recherche de Google. J'ai eu plusieurs réponses avec des Rick Dexter, mais un seul Jerry Hay, qui était rhumatologue. Idem pour Trace Ritson, qui semblait également être rhumatologue, tout comme Angela Hamilton-Wood. Alors que je tapais les autres noms, j'ai dû me rendre à l'évidence : tous les gens sur cette liste semblaient exercer la même profession. J'ai trouvé un annuaire des médecins américains sur internet et j'ai fait une recherche sur chacun des quinze noms de la liste. A l'exception de Carina Fariello, dont le nom n'a généré aucun résultat, ils étaient tous rhumatologues.

Je suis allée sur Wikipédia et j'ai tapé « Rhumatologie ». La rhumatologie est une spécialité qui s'intéresse au diagnostic et au traitement des maladies de l'appareil locomoteur, c'est-à-dire des maladies des os, des articulations, des muscles, des tendons et des ligaments.

Plus loin, le site expliquait en substance que l'arthrite faisait partie des maladies traitées par les rhumatologues, qui la soignaient notamment en prescrivant des médicaments tel que le Ladera, fabriqué par King Pharmaceuticals.

Je me suis souvenue que Jane avait demandé à Prince s'il s'était procuré les dossiers médicaux de patients à qui on avait prescrit du Ladera afin de les enrôler dans le recours collectif.

Mais Jane n'avait rien noté à propos de Jackson Prince sur cette liste.

Je suis retournée au bureau de Jane et j'ai décroché son téléphone pour appeler Grady. Chez Baltimore & Brown, mon ami-presque-amant travaillait dans le département chargé de défendre les praticiens accusés d'erreurs médicales. Il avait volé au secours de nombreux médecins, et même d'un hôpital qui avait dû faire face à un recours collectif intenté par des patients victimes de maladies nosocomiales. En d'autres termes, c'était la personne idéale pour me renseigner sur le sujet.

Mais alors que j'avais déjà composé le numéro de Grady, j'ai pensé à la dernière fois que je l'avais vu — au Old Town Ale House — et j'ai brusquement raccroché. Ça me mettait mal à l'aise de l'appeler pour lui demander un service, alors que je l'avais une nouvelle fois repoussé au moment de passer à l'acte.

J'en étais là de mes réflexions quand une stagiaire a frappé à la porte.

— Madame McNeil, quelqu'un est là pour vous. Un certain John Mayburn. Il vous attend devant la porte principale.

J'avais oublié qu'il devait venir récupérer le string à perles de Maggie. Le délicat sous-vêtement se trouvait dans mon sac, avec mon téléphone portable et la liste des quinze noms écrite de la main de Jane.

J'ai remercié la stagiaire et je suis sortie.

J'ai trouvé Mayburn sur le parking, les mains enfouies dans les poches de son blouson en cuir.

— Je m'attendais à quelque chose d'un peu plus chic, a-t-il dit en jetant un regard dédaigneux au gros bâtiment en briques.

— Moi aussi, ça me fait plaisir de vous voir, ai-je raillé en lui tendant la boîte qui contenait le string. Tenez, voici l'objet du délit.

— Comment va votre tête ?

— Mieux, merci. Et puis, en ce moment, il y a des choses qui me préoccupent plus qu'une méchante migraine.

Je lui ai parlé de Jackson Prince, de la façon dont il avait quitté le plateau lors du premier débat diffusé par Trial TV. Je lui ai aussi montré la liste de quinze noms, qui semblaient tous appartenir à des rhumatologues. Donc à des médecins qualifiés pour prescrire du Ladera.

— Je m'imagine sans doute des choses, et cette liste n'a sûrement pas l'importance que je lui prête, mais… Laissez-moi vous poser une question, John. Imaginons que vous enquêtiez sur cette affaire et que vous tombiez sur cette liste. Que feriez-vous ?

Il a pris la feuille dans sa main et a regardé la liste en

plissant les yeux, comme si ça pouvait l'aider à découvrir ce qui se cachait derrière ces noms.

— On peut procéder d'un certain nombre de façons. Je crois que je commencerais tout simplement par réunir les adresses et les numéros de téléphones de toutes les personnes mentionnées là-dessus et que je les appellerais les unes après les autres, histoire de voir si ces gens ont quelque chose d'intéressant à raconter. Cette Carina Fariello est sans doute rhumatologue, elle aussi. Ne la laissez pas de côté parce que l'annuaire des médecins l'a ignorée. Dans une enquête, il ne faut rien laisser de côté.

Il s'est interrompu, sourcils froncés.

— Ecoutez, Izzy, je voulais vous parler de cette histoire de « personne digne d'intérêt ». On en a discuté, Lucy et moi, et je dois vous avouer qu'on est… Eh bien, pour tout vous dire, on s'inquiète un peu pour vous.

— Vraiment ?

Je ne sais trop pourquoi, mais j'ai trouvé ça parfaitement adorable.

— Enfin, c'est surtout Lucy qui s'inquiète, a-t-il nuancé. Si je pensais que vous n'étiez plus en état de travailler, je vous aurais demandé d'arrêter cette mission. Vous êtes une bonne recrue, Izzy.

— Je l'étais.

— Pourquoi parler à l'imparfait ?

— Vous êtes certain de ne pas être inquiet pour moi ?

Une petite moue incertaine s'est dessinée sur son visage.

— Bon, d'accord… Je le suis peut-être un peu. Mais pas parce que je crains que ça ne bousille mon enquête sur Josie. Non, on veut simplement s'assurer que vous tenez le coup.

— Quand vous dites « on », vous parlez de vous et Lucy, c'est ça ?

— Oui, c'est ça.

Brusquement, j'ai apprécié le fait que Mayburn ne me

connaisse pas depuis longtemps. Certes, il m'avait rencontrée à l'époque où j'étais avocate, mais nos rapports d'alors étaient beaucoup plus distants, et c'était comme si nous étions repartis de zéro six mois plus tôt, quand il m'avait aidée à retrouver Sam. Une relation de confiance existait désormais entre nous, quelque part entre amitié et respect professionnel, et j'avais le sentiment qu'il ne me voyait ni comme Izzy McNeil star montante de Baltimore & Brown, ni comme Izzy McNeil fiancée de Sam Hollings, ni comme Izzy McNeil… rien du tout. Il me voyait comme la femme que j'étais aujourd'hui, à certains égards plus forte que je ne l'aurais cru, mais aussi une femme qui venait de perdre une amie dans des circonstances particulièrement tragiques, et une femme que la police avait désignée comme « personne digne d'intérêt ».

C'est ça qui m'a donné envie d'être honnête avec lui.

— Je m'efforce de ne pas réfléchir à tout ça, ai-je dit. Parce que j'ai peur de m'effondrer si j'y pense trop.

— Oui, a-t-il répliqué avec un hochement de tête, comme s'il s'attendait à cette réponse. Que faites-vous d'ordinaire, quand vous vous sentez sur le point de craquer ?

— Je parle à mes amis, à ma mère et à mon frère… A Sam.

Voilà Sam qui réapparaissait dans mes pensées, une nouvelle fois bon dernier, même s'il m'avait bombardée de SMS pendant toute la journée.

Ça va, belle rousse ? Je t'aime

— Et c'est ce que vous avez fait ? a insisté Mayburn.

— Oui, je suis passée voir ma mère hier, après la réception à la mémoire de Jane. Et Sam est venu chez moi le soir où j'ai découvert le corps.

Il m'a regardée tout au fond des yeux, comme s'il cherchait à évaluer l'état de mes blessures psychologiques.

— J'ai le sentiment que vous ne devriez pas vous arrêter en si bon chemin, Izzy. Avez-vous d'autres amis vers qui vous tourner quand vous avez besoin de vider votre sac ou simplement d'un peu de chaleur humaine ?

J'ai failli dire : « Je vous ai, vous ! » Mais on n'en était pas tout à fait encore là avec Mayburn. C'est alors que j'ai songé à quelqu'un qui avait gagné depuis longtemps le titre d'ami.

— Il faut que je file, ai-je dit. Mais dites-moi d'abord comment m'y prendre pour retrouver cette Carina Fariello.

— Laissez-moi recopier cette liste. Je vais m'en occuper pour vous. Et j'en profiterai pour me renseigner sur les autres noms. J'aurai un peu de temps après avoir déposé le string au labo.

Un sourire s'est dessiné sur ses lèvres.

— Les gars qui bossent là-bas vont bien se marrer.

Il a glissé la boîte plate sous son bras et sorti son téléphone portable pour y inscrire les quinze noms de la liste.

J'ai indiqué la boîte d'un petit mouvement de tête.

— Vous ne voulez pas jeter un œil à l'intérieur ?

Il l'a ouverte et a soulevé le papier de soie qui couvrait le sous-vêtement.

— Nom de Dieu…

— Je sais, ai-je dit en souriant.

Il s'est empressé de refermer la boîte comme si son contenu était radioactif, puis il m'a regardée avec le plus grand sérieux.

— Trouvez-moi un de ces trucs pour Lucy et donnez-moi une heure pour dégoter des infos sur les noms de cette liste.

Je lui ai promis de lui ramener un string et il s'en est allé le sourire aux lèvres.

Après son départ, je suis restée un moment sur le parking, le visage incliné vers le ciel sans nuages.

Les traits baignés de soleil, j'ai songé aux paroles de

Mayburn : « Avez-vous d'autres amis vers qui vous tourner quand vous avez besoin de vider votre sac, ou simplement d'un peu de chaleur humaine ? »

J'ai sorti mon téléphone de mon sac et j'ai appelé Grady.

44

— Une revenante, a dit Grady en guise de bonjour.

— Comment vas-tu ?

— J'essaie de ne pas me sentir blessé par ton silence. Tu sais, toutes les femmes avec qui je sors m'appellent beaucoup trop. Mais toi, tu n'appelles jamais.

— J'ai une bonne excuse, ai-je dit avant de lui parler de ma macabre découverte.

— Oh non…, a murmuré Grady. Je n'arrive pas à croire que c'est toi qui l'as trouvée.

Le sang qui sortait de sa bouche… Le foulard serré autour de son cou… Ses yeux sans vie…

— Ouais… Il a fallu que ça tombe sur moi.

— Je peux faire quelque chose, Iz ?

— Tu veux bien qu'on change de sujet pendant un moment ? Je reprends une enquête journalistique que Jane n'a pas pu terminer et j'ai besoin de tes lumières.

— Je t'écoute.

Je lui ai expliqué les circonstances dans lesquelles j'étais tombée sur la liste et je lui ai donné les quinze noms.

— Tu connais un de ces rhumatologues ? ai-je demandé en conclusion.

— Je me souviens avoir entendu le Dr Ritson intervenir dans un procès en qualité d'expert. Quant au Dr Hay, j'ai déjà entendu parler de lui. Il exerce à Chicago, tout comme le Dr Hamilton-Wood, qui a d'ailleurs très bonne réputation.

Sa réponse m'a un peu déçue.

— Alors, il ne s'agit sans doute que d'une liste d'experts près les tribunaux ? Des médecins qui sont intervenus pour donner leur avis dans le cadre d'une affaire de recours collectif, par exemple ?

— Si les quinze sont rhumatologues, ils sont un peu nombreux pour être tous intervenus au cours d'un même procès. Bien sûr, on peut faire citer à la barre plusieurs experts exerçant dans le même domaine, histoire d'avoir différents éclairages sur la question, mais quinze, ça me paraît beaucoup.

— Même dans le cas d'un recours collectif ? Avec tellement de plaignants, tu ne penses pas qu'on peut avoir quinze experts à la barre ?

— Si, sans doute. C'est vrai que c'est un peu le but de ces actions de groupe. De rassembler le plus de plaignants possible, le plus de témoignages, le plus d'experts… Je dis juste que ce n'est pas commun. Au fait, contre qui est intenté le recours dont on parle ?

— King Pharmaceuticals. Le Ladera.

— Le dossier de Jackson Prince ?

— Lui-même.

Tous les avocats de Chicago connaissaient Prince. Il avait gagné les procès les plus spectaculaires, obtenu les plus gros dommages et intérêts pour ses clients. Sans compter qu'il engrangeait des sommes folles pour son propre compte et que le traitement médiatique dont il bénéficiait suscitait bien des jalousies dans la profession.

— Dans une affaire comme celle-là, a poursuivi Grady, où Prince représente les consommateurs de Ladera qui ont porté plainte collectivement, il devrait se retrouver avec un panel d'experts composé disons d'un ou deux rhumatologues, peut-être d'un cardiologue qui viendra expliquer comment le médicament incriminé provoque des infarctus ou Dieu sait quel problème cardiaque, d'un médecin spécialiste en médecine physique et réadaptation qui parlera de la détresse des victimes, et pourquoi pas d'un ou deux neurologues, si le médicament est accusé de provoquer des dégâts au cerveau. Mais une fois de plus, quinze rhumatologues, ça me paraît improbable.

— Alors, peut-être que cette liste regroupe les experts rhumatologues *présélectionnés* par Prince avant qu'il n'en choisisse un ou deux.

— Tu m'as dit que tu avais trouvé cette liste dans les affaires de Jane Augustine, c'est ça ?

— Oui, dans le bureau qu'elle occupait à Trial TV.

— Je ne vois pas pourquoi une journaliste télé aurait une liste d'experts présélectionnés par Jackson Prince en sa possession. Ce genre de document est protégé par la doctrine de non-divulgation des pièces.

Le soleil commençait à devenir vraiment chaud, comme si le printemps s'était enfin décidé à s'installer pour de bon. Alors pourquoi n'éprouvais-je pas cette sensation d'espoir et de renouveau si intimement liée à l'arrivée de cette saison ? L'espace d'un instant, je me suis demandé avec angoisse s'il m'arriverait de la ressentir de nouveau.

— Et Carina Fariello ? ai-je demandé. Tu as déjà entendu parler d'elle ?

— Non. Elle est rhumatologue, elle aussi ?

— Je n'en suis pas certaine.

Mon portable a émis plusieurs bips qui indiquaient un double appel. J'ai jeté un coup d'œil à l'écran. C'était Mayburn sur l'autre ligne.

— Grady, je peux te rappeler dans deux minutes ?

Il s'est mis à rire.

— Je crois qu'on sait l'un et l'autre que tu ne rappelleras pas. Du moins pas avant plusieurs jours.

— Non, je t'assure. C'est juste que j'ai un autre…

Il m'a coupé la parole.

— Ne te sens pas obligée de m'appeler, Iz. Vraiment. Mais sache que je suis là si tu as besoin de moi.

— J'ai du nouveau, a dit Mayburn.

— Déjà ?

— Je n'habite pas loin de Trial TV, et puis inutile de se cacher la vérité, Izzy : je suis super doué. Bon, trêve de plaisanterie. Vous avez de quoi noter ?

— Ne quittez pas.

Je me suis précipitée à l'intérieur du bâtiment.

Une minute plus tard, je traversais la salle de rédaction. C.J. s'y trouvait, un stylo coincé derrière l'oreille. Elle a ouvert la bouche en m'apercevant, mais j'ai levé le doigt.

— Je reviens, ai-je dit en passant devant elle.

J'ai longé le studio où le duo de présentateurs de l'après-midi était en pleine action, et je me suis dirigée droit vers mon bureau.

— Désolée pour l'attente, ai-je dit à Mayburn. Je vous écoute.

— Carina Fariello s'appelle en réalité *Margaret* Fariello. Carina est son deuxième prénom.

— Elle est aussi médecin ? ai-je demandé après avoir noté son adresse sur un bloc-notes aux couleurs de Trial TV.

— Non, elle est comptable. Elle travaille de nuit à l'aéroport. Pour une compagnie aérienne.

— Je me demande pourquoi Jane l'a incluse dans une liste de médecins.

— J'ai peut-être une réponse à cette question, a dit Mayburn d'un ton satisfait. Vous savez pour qui elle travaillait, avant ?

— Pour un des rhumatologues ?

— Pour Prince & Associates.

— Le cabinet d'avocats de Jackson Prince.

— Tout juste. Voilà le numéro de téléphone de Mme Fariello. Je lui ai fait répéter deux fois les chiffres pour être certaine de les avoir bien notés.

— C'est super. Merci beaucoup, John.

Mais à peine avais-je prononcé ces mots que je me suis demandé si c'était vraiment aussi super que ça. Au fond, qu'est-ce que je savais de plus ? Que Jane enquêtait sur Jackson Prince ? C'était une information que je possédais déjà. Qu'elle avait interrogé quelques rhumatologues au sujet de l'affaire du Ladera ? Qu'elle avait peut-être passé un coup de fil à une ancienne collaboratrice de Prince & Associates ? Ça ne m'apportait pas grand-chose de nouveau. Ce qui était certain, c'est que je ne voyais pas dans ces informations l'ombre d'un mobile pour se débarrasser de Jane.

Et puis il y avait le foulard rouge. La façon dont l'assassin l'avait serré autour du cou de Jane semblait indiquer qu'il connaissait son goût pour l'asphyxie érotique.

Se pouvait-il que Jane et Prince aient eu une liaison ? Il avait une bonne vingtaine d'années de plus qu'elle, et je n'avais pas le sentiment qu'il était son type d'homme. Mais n'était-ce pas justement ce qu'elle recherchait ? Accéder, par le biais de ses aventures d'un ou de quelques soirs, à d'autres univers que le sien ? Des univers qu'elle n'aurait pu côtoyer qu'à distance sans le raccourci que lui offrait le sexe.

D'un autre côté, rien ne disait que Jane et Jackson Prince avaient été amants. Et elle avait peut-être été étranglée avec son foulard parce qu'elle le portait toujours pour annoncer un événement exceptionnel. Le meurtrier avait pu vouloir, dans sa haine, faire un clin d'œil sinistre à cette habitude bien connue du public. Alors ? Prince ou pas Prince ? Je me suis souvenue qu'elle arborait son foulard rouge pour le lancement de Trial TV, et qu'elle l'avait encore lorsqu'elle avait interrogé Prince sur le recours collectif qui visait King Pharmaceuticals. Bien sûr, si elle avait fini par dénoncer à l'antenne un scandale impliquant le célèbre avocat, nul doute qu'elle aurait mis son foulard pour lancer le sujet. Jackson Prince avait peut-être utilisé ce symbole pour une ultime vengeance, comme pour signifier à Jane : « Vous pensiez le porter pour me crucifier devant les téléspectateurs de Trial TV, mais c'est contre vous qu'il se retourne finalement. »

— Izzy, il faut que je raccroche, a dit Mayburn à l'autre bout du fil. J'ai promis à Lucy de préparer le dîner pour les enfants.

— Préparer le dîner pour les enfants ? Dites-moi que j'ai mal entendu.

— Epargnez-moi vos sarcasmes, mademoiselle McNeil. Je vous dis à plus tard.

Il venait de raccrocher quand C.J. est arrivée dans mon bureau. Elle s'est campée sur ses jambes et m'a dévisagée avec une expression peu amène.

— Je vous ai cherchée partout, Izzy. Il faut que vous veniez avec moi.

— Désolée. J'ai dû sortir pour voir quelqu'un sur le parking.

— Peu importe. La police a appelé la chaîne à plusieurs reprises, et j'ai encore un inspecteur en ligne dans mon bureau.

— Pour une affaire qu'on a prévu de couvrir dans la matinale ?

— Pour le meurtre de Jane. Et c'est à vous qu'il veut parler.

Elle a tendu le pouce vers l'ouverture qui servait de porte à mon bureau.

— Allons-y.

C.J. avait récupéré le bureau de Tommy Daley. C'était un vrai bureau avec une porte ; un bureau presque dépourvu de meubles mais encombré de quelques cartons que C.J. avait dû ramener en catastrophe de WNDY.

Elle a indiqué son téléphone d'un mouvement sec de la tête. Pendant quelques secondes, je me suis contentée de fixer l'appareil du regard. Il était doté de trois rangées de diodes lumineuses, la plupart allumées. Une seule clignotait.

J'ai soulevé le combiné d'une main fébrile et j'ai dégluti, un goût amer au fond de la gorge.

— Allô ?

— Isabel McNeil.

C'était une affirmation et non une question. Une affirmation prononcée d'une voix glaciale que j'ai tout de suite reconnue. Celle de l'inspecteur Vaughn.

J'ai jeté un coup d'œil par-dessus mon épaule. C.J. croisait toujours les bras, l'épaule appuyée contre le cadre de la porte. J'ai posé la main sur le micro du combiné.

— Vous voulez bien me laisser seule une minute ?

Elle a pincé les lèvres, hochant la tête avec une réticence palpable avant d'obtempérer.

J'ai pris une bonne respiration et j'ai ôté la main du combiné.

— Que puis-je faire pour vous, inspecteur ?

— La police vous considère comme une « personne digne d'intérêt » dans l'affaire Jane Augustine.

— Vous ne m'apprenez rien.

Je m'étais efforcée de répondre d'une voix ferme, voire cassante, mais l'espace d'un instant, j'ai cru que j'allais vomir. J'ai plaqué la main sur ma bouche, comme si ça pouvait empêcher l'angoisse de me faire rendre tripes et boyaux sur le bureau de C.J. Mes doigts étaient glacés. Il m'arrivait parfois d'avoir les mains froides, en particulier quand je n'avais pas mangé depuis longtemps (et je n'avais rien avalé depuis ce matin, très tôt), mais je sentais que ce n'était pas uniquement ça. C'était la peur.

Maggie m'avait expliqué que contrairement à d'autres pays, où un suspect qui ne pouvait être inculpé faute de preuves avait le statut de « témoin assisté », la législation des Etats-Unis ne prévoyait aucun statut pour les simples suspects. La police avait pallié ce vide juridique en inventant une formulation — « personne digne d'intérêt » — dépourvue de toute valeur légale… mais pas de conséquences. Etre considérée comme « personne digne d'intérêt » dans une affaire d'homicide n'avait rien d'anodin. En fait, entre les interrogatoires et l'exposition médiatique, cela pouvait transformer votre vie en véritable enfer. Sans compter la possibilité d'une inculpation en bonne et due forme qui risquait de se solder par une erreur judiciaire.

D'où ma peur.

— J'ai appris que vous aviez choisi une avocate, a dit Vaughn, et qu'elle vous conseillera de collaborer avec nous si nous ne divulguons pas votre nom à la presse.

— En effet.

— Tant mieux, parce qu'on a besoin de vous voir dans nos locaux. Je veux savoir quel est votre alibi pour la soirée de lundi, avant que vous ne découvriez le cadavre de Mme Augustine, ainsi que pour la nuit de vendredi après votre départ du night-club où vous avez passé la soirée en compagnie de la victime.

J'aurais dû me sentir soulagée qu'il me donne l'occasion de m'expliquer, de faire la lumière sur mon rôle dans cette affaire, parce que je n'avais *rien* à me reprocher. Alors pourquoi avais-je des nœuds à l'estomac ?

— Demain, ça vous irait ? a demandé l'inspecteur comme s'il me proposait d'aller boire un café.

— Dans l'après-midi, oui. Je suis à l'antenne toute la matinée.

Je savais qu'il était idiot de se mettre un inspecteur de police à dos, même et peut-être surtout si c'était un sale type. Mais de toute façon, celui-là m'avait déjà dans son collimateur.

Alors, je lui ai donné un horaire et je lui ai raccroché au nez.

45

Lincoln Park n'est pas seulement le nom d'un quartier chic de Chicago. C'est aussi un immense jardin public, un îlot de verdure au milieu de la ville, un merveilleux endroit pour se promener et se perdre. Ou peut-être pour se retrouver.

Je m'étais sentie désemparée après ma conversation téléphonique avec l'inspecteur Vaughn, et une fois chez moi, j'avais appelé Theo à plusieurs reprises, le suppliant en pensée d'être déjà revenu de son île mexicaine afin qu'il puisse dire à la police que c'était lui, et non Jane, qui avait passé la nuit de vendredi dans mon lit. Mais j'étais tombée dix fois sur sa messagerie vocale. Les propos de Quentin m'étaient alors revenus à la mémoire — « Je connais toutes les stratégies de fuite, et crois-moi, le coup du Mexique est un grand classique » — et j'avais commencé à douter de la sincérité de mon bel amant. Etait-il vraiment parti surfer sur cette île ? Etait-il vraiment la personne qu'il prétendait être ? Je m'étais mise à devenir anxieuse et parano, non seulement en songeant à Theo, mais aussi à ma vie, sur laquelle j'avais le sentiment de ne plus avoir de prise.

A force de me tourmenter avec des questions sans réponses, j'avais réussi à me mettre dans un état proche de la crise d'angoisse. Debout dans ma cuisine, la respiration de plus en plus saccadée, j'avais posé les mains sur le plan de travail, comme pour me raccrocher à quelque chose de stable alors que toute mon existence semblait vaciller. J'avais déjà entendu des gens me décrire leurs crises d'angoisse. Quentin, par exemple, prétendait en avoir quand il montait sur sa balance. Mais il exagérait forcément. Il ne pouvait tout de même pas ressentir cette affreuse sensation d'étouffement, cette impression d'être sur le point de perdre connaissance, simplement parce qu'il craignait d'avoir quelques kilos en trop. « Respire », m'étais-je ordonné. Ça paraissait si simple, dit comme ça, mais mes poumons semblaient avoir perdu le mode d'emploi.

J'avais appelé Maggie.

— L'inspecteur Vaughn m'a convoquée à l'hôtel de police de Belmont demain après-midi. Il veut connaître mes alibis pour les soirées de vendredi et lundi.

— Souviens-toi que tu y vas de ton plein gré, avait-elle dit. Rien ne t'y oblige, si ce n'est ta volonté de coopérer avec les autorités. Je leur ai dit que tu accepterais de répondre à leurs questions s'ils ne livraient pas ton nom à la presse, mais on peut toujours décider de faire machine arrière et de se taire.

— Mais si on fait ça, la ville entière saura que je suis une « personne digne d'intérêt » ! m'étais-je écriée.

— Sans doute, avait reconnu Maggie. Mais on n'en est pas là. Je voulais simplement que tu saches que c'est une possibilité.

J'avais alors songé aux « incartades » de Jane et au plaisir qu'elle éprouvait à se faire étrangler avec son foulard pendant l'acte sexuel. Je lui avais promis de ne jamais dévoiler son goût pour cette pratique, mais si je voulais convaincre Vaughn que je n'étais pas avec elle vendredi soir, il allait bien falloir que j'évoque son infidélité chronique. Ou au moins sa nuit avec Mick.

En attendant, j'avais mis Maggie au courant pour Theo.

— Il a l'air chaud comme la braise, dis donc ! avait-elle plaisanté.

— Tu ne peux même pas savoir.

Je lui avais ensuite parlé de Mick, et — après lui avoir rappelé qu'elle était tenue au secret professionnel — des aventures de Jane.

— Il va falloir que je dise tout ça aux flics, non ?

Mais la réponse de Maggie avait été plus nuancée que je ne l'avais prédit.

— Faut voir… D'un côté, ça pourrait aider la police à retrouver l'auteur du crime. De l'autre, ils ne retireront pas ton nom de leur liste des personnes dignes d'intérêt parce que tu leur racontes ça.

Maudite liste des personnes dignes d'intérêt ! avais-je songé avec humeur. Autant appeler ça une liste des suspects ! Que les choses soient claires ! Et d'abord, qui d'autre y figurait ? Y avait-il seulement un autre nom que le mien ?

— Mais ça prouverait que Jane n'a pas passé la nuit de vendredi avec moi, avais-je argumenté.

— Le problème, c'est que tu ne connais même pas le nom de cet auteur.

— Il s'appelle Mick.

— Mick quoi ? avait demandé Maggie. Et puis, c'est vraiment son prénom ou c'est un diminutif de Michaël ? Sans compter que les auteurs prennent parfois des pseudonymes.

Je m'étais mise à haleter comme si je venais de courir un cent mètres.

— Je n'en sais rien, moi ! Mais si je pouvais expliquer à la police avec qui était Jane cette nuit-là et avec qui j'étais…

Maggie avait lâché un grand soupir qui s'était logé directement dans mon oreille.

— Il en faudra plus pour les convaincre de ton innocence, Iz.

« Respire, respire, respire… »

— Je dois absolument… faire *quelque chose*, avais-je articulé entre deux halètements.

— D'accord, d'accord, avait dit Maggie, sans doute alertée par le bruit de vieille locomotive qui sortait de ma bouche. Je viendrai te chercher demain après-midi et on ira ensemble voir l'inspecteur Vaughn. On décidera en chemin de ce que tu dois dire ou ne pas dire.

J'avais eu l'impression de respirer une bouffée d'air frais et j'avais un peu repris mon souffle.

— Merci, Mag. Merci beaucoup.

— Tu sais que tu peux toujours compter sur moi, Iz.

Elle était restée silencieuse quelques secondes.

— Quand as-tu fait de l'exercice pour la dernière fois ? avait-elle fini par demander.

J'avais essayé de m'en souvenir, mais mon cerveau était presque aussi noué que mon ventre.

— Je ne me rappelle pas.

— Mets des baskets et va te dégourdir les jambes. C'est un ordre de ton avocate et de ta meilleure amie. Il fait un temps de rêve, dehors.

Maggie savait que contrairement à elle, je n'aimais pas courir, et que d'une manière générale je n'avais aucun goût pour l'exercice physique. Transpirer en public me rappelait sans doute trop mes problèmes de sudation. Mais elle savait aussi que, dans des moments pareils, rien n'était pire que de rester planter chez soi à ressasser ses angoisses.

J'avais suivi son conseil et je marchais maintenant d'un bon pas dans Lincoln Park en écoutant *She moves in her own way* sur mon iPod. J'adorais ce morceau des Kooks que Sam chantait souvent à tue-tête pour tromper l'attente quand je me faisais belle pour une soirée en amoureux. Mais ça m'a semblé un peu joyeux pour mon humeur du moment. Je me suis arrêtée et j'ai fait défiler les titres sur l'écran de l'iPod pour trouver autre chose. J'ai failli choisir

The Killers, mais je n'étais pas en état d'écouter un groupe dont le nom signifiait *Les Tueurs*.

Je me suis remise à marcher tout en continuant à tripoter la molette de défilement de l'iPod, et j'ai fini par cliquer sur une chanson de Liz Phair. Les premières notes ont résonné dans mes oreilles et je me suis dirigée vers le pont de North Avenue qui allait me permettre de rejoindre les berges du lac Michigan.

Alors que je venais de gravir les marches qui menaient au pont et que je commençais à le traverser, je me suis sentie libérée du poids qui m'empêchait de respirer librement. C'était comme si quelqu'un avait été assis sur ma poitrine pendant tout ce temps et qu'il avait brusquement décidé de se lever.

C'était un tel soulagement que j'ai eu envie de faire durer le moment, de m'y abandonner complètement. J'ai alors marché jusqu'au centre du pont qui s'élevait à une trentaine de mètres au-dessus de Lake Shore Drive, et je suis restée là, suspendue au bord du vide, la musique à fond dans les oreilles, à regarder les voitures filer à toute allure sous mes pieds, avalant l'air comme si c'était un nectar, laissant la chaleur du soleil se propager en moi. Je n'ai pas vu le temps passer, et seules les voitures qui se sont mises à ralentir m'ont fait prendre conscience que je devais être là depuis un long moment. C'était l'heure de pointe. J'ai regardé les immeubles imposants qui épousaient la courbe de Lake Shore Drive, m'accrochant à cette vue pour m'extirper de mon agréable torpeur. J'ai levé les yeux plus haut et j'ai admiré le panorama urbain. J'adorais cette ligne d'horizon dessinée par les immeubles les plus hauts la ville. Je l'avais toujours adorée. Alors que j'étais enfant, je la regardais, fascinée, en songeant que Chicago existait depuis bien plus longtemps que moi. Et à présent cette vision me rappelait que cette ville avait survécu à des épreuves encore bien pires que celles que je traversais en ce moment.

Mais Jane, qui aimait tant Chicago elle aussi, ne verrait plus jamais ces hautes silhouettes se dresser dans le lointain comme de bienveillantes sentinelles.

Les larmes que j'avais retenues lors de la réception de mardi se sont mises à couler sur mes joues. Non, jamais plus elle ne verrait le spectacle que j'avais sous les yeux ; jamais plus elle ne regarderait les lumières de la ville en buvant un verre de vin sur un toit transformé en terrasse ; jamais plus elle ne s'assiérait sur les gradins de Wrigley Field, ce vieux stade de base-ball où il faisait bon boire une bière fraîche en se faisant rôtir au soleil ; jamais plus elle ne jouerait des coudes parmi la foule qui se pressait chaque année à « Taste of Chicago », le festival gastronomique ; jamais plus elle n'irait écouter l'orchestre symphonique jouer au Millenium Park par une belle soirée d'été ; jamais plus elle ne verrait les tulipes apparaître comme par enchantement sur le terre-plein qui séparait les deux voies de LaSalle Street ; jamais plus elle ne se tiendrait au pied du chandelier à neuf branches ou de l'immense sapin érigés à Noël sur la Daley Plaza.

Je n'étais même pas sûre que Jane ait aimé tous ces endroits, toutes ces atmosphères. C'étaient des choses qui me faisaient vibrer dans cette ville, mais Jane avait sans doute sa propre liste. Une liste qui avait disparu à jamais avec elle.

Alors, au nom de Jane, qui n'était plus là pour le faire, j'ai levé la main et je l'ai agitée pour dire adieu à Chicago.

46

Jackson Prince traversa le tunnel qui reliait les bureaux de Prince & Associates à la Trattoria n° 10.

Ce tunnel faisait partie du « Pedway », vaste réseau souterrain et pédestre conçu pour relier plusieurs stations de métro aux principaux bâtiments du centre-ville. Mais le célèbre avocat n'avait nul besoin de prendre les transports en commun. Chaque matin, un chauffeur venait le chercher au pied du 55 East Erie, un luxueux gratte-ciel dont il occupait le sommet, et le déposait devant son cabinet. Prince aimait bien son immense bureau d'angle avec vue sur la Daley Plaza, mais ce qui lui plaisait le plus dans cet immeuble, c'était incontestablement son accès au tunnel qui conduisait directement au palais de justice. Comme il était bon de ne pas avoir à souffrir des conditions climatiques ou de la circulation ! Il fallait voir ses confrères, tour à tour rouges et suants dans la chaleur estivale, puis frissonnants lors des hivers rigoureux que connaissait la ville. Ils faisaient presque pitié, à jongler avec leurs écharpes, leurs manteaux et leurs parapluies, quand lui arrivait dans le tribunal mains dans les poches, détendu dans son costume parfaitement repassé.

L'autre avantage de ce tunnel, c'était sa sortie qui débouchait presque en face de la Trattoria n° 10, un restaurant fréquenté par tous les avocats de la ville.

Mais ce soir, il ne s'y rendait pas pour boire un verre ou

dîner avec un confrère. Non, ce soir il allait choyer ce bon Dr Hay. A présent que plus personne ne mettait le nez dans cette affaire, il pouvait de nouveau se détendre et profiter de tout ce qu'elle lui apportait de bon. Il s'était promis de remercier Jerry Hay comme il se devait, ce qui allait les rendre aussi heureux l'un que l'autre.

Lorsque Jackson Prince pénétra dans le restaurant, le Dr Hay était déjà juché sur un des tabourets du bar, un cocktail à la main. Avec sa taille moyenne et son visage quelconque, ce n'était pas le genre de type qu'on remarquait dans la rue. Prince s'était renseigné sur lui, et il savait que Jerry Hay s'en était mieux sorti que la plupart des gamins avec qui il avait grandi à Bridgeport. A trente-cinq ans, il avait ouvert son cabinet de rhumatologie, signe extérieur d'une indéniable réussite professionnelle. Mais extérieur seulement. Prince savait que la réalité n'était pas aussi rose. Il savait que les premières années étaient particulièrement difficiles pour un jeune médecin comme Hay, qui venait de se mettre à son compte. Entre les sommes astronomiques qu'il devait rembourser chaque mois pour ses prêts étudiants, les assurances qu'il contractait pour se protéger en cas d'erreur médicale et les patients les plus démunis qu'il fallait soigner pour une bouchée de pain, le luxueux train de vie de Jerry Hay — une maison à Northbrook, une autre à Lake Geneva pour les vacances, trois enfants, une femme au foyer et trois voitures haut de gamme — devenait de plus en plus difficile à maintenir.

Et c'est là que Jackson entrait dans le jeu.

Il s'assit sur le tabouret voisin et tendit la main au rhumatologue.

— Ça me fait plaisir de vous voir, Jerry.

Il accompagna la poignée de main de quelques tapes chaleureuses sur l'épaule du médecin.

Prince prenait soin d'appeler les médecins comme Hay

par leur prénom. Sous l'apparence amicale, c'était surtout une façon de les dominer, de leur montrer qu'il leur était supérieur, que ses diplômes de droit lui amenaient plus de riches clients que leurs diplômes médicaux. Non que Prince fût du genre à se rengorger. Il aimait simplement que la hiérarchie soit clairement établie.

— Alors, Jerry, prêt pour votre voyage ?

Un grand sourire éclaira le visage du médecin. Prince l'avait rarement vu manifester une telle joie.

— Plus que prêt. Betsy est tellement impatiente qu'elle a déjà fait sa valise et celles des enfants. Et, bien sûr elle raconte à tout le voisinage qu'on va voyager en avion privé. Je ne vous remercierai jamais assez, monsieur Prince.

Jackson Prince lui tapota de nouveau l'épaule.

— Ce n'est rien du tout, Jerry. Et puis, ça me fait plaisir de faire ça pour vous et votre famille.

En réalité, ce n'était pas vraiment « rien du tout ». A l'argent qu'il avait déjà versé à Hay pour ses services allait s'ajouter cette invitation d'une semaine dans sa maison de Palm Springs, avec tout son personnel à disposition. Et quand on savait que c'était son avion privé qui irait chercher la famille Hay et qui la ramènerait chez eux, on comprenait qu'au bout du compte, tout cela représente une somme rondelette. Mais comparée à ce que l'aide de Jerry Hay et des autres médecins allait lui rapporter, ce n'était qu'une goutte d'eau retirée à un océan de profits.

47

J'ai tourné au coin de la rue, le groupe O.A.R. dans les oreilles, et je l'ai vu.

Il était debout sur le perron de la maison en briques, l'épaule appuyée contre la porte d'entrée, en train de taper quelque chose sur le clavier de son téléphone portable. Je me suis arrêtée net en l'apercevant et j'ai d'abord ressenti une bouffée de joie. Mais une bouffée seulement, presque aussitôt dissoute dans l'air printanier. Je suis restée un moment à le regarder, déchirée entre des pensées, des émotions contradictoires. « Je l'aime et je l'aimerai toujours, disait l'une. Tu peux aimer quelqu'un et admettre qu'il n'est pas l'homme qu'il te faut pour le moment », disait une autre.

Mais aucune ne s'imposait clairement, et je me suis résolue à l'appeler.

— Sam !

Il ne m'a pas entendue, et je ne sais trop pourquoi j'y ai vu un présage. J'ai marché vers lui, mais il conservait les yeux rivés sur son portable. Il ne s'est rendu compte de ma présence que lorsque je me suis approchée tout près de lui, et son visage s'est illuminé d'un seul coup.

— Sam, ai-je simplement murmuré.

Il m'a prise dans ses bras et nous nous sommes serrés fort.

— Je ne savais pas que tu comptais passer.

— Tu l'aurais su si tu avais écouté le message que je t'ai laissé il y a une heure.

— J'étais en train de me promener sur les berges du lac.

Ses yeux vert olive ont semblé s'enfoncer plus profondément dans les miens.

— Tu avais besoin de prendre l'air, hein ?

— Oui, j'en avais besoin.

J'ai sorti mes clés.

— Tu aurais dû entrer, ai-je dit en ouvrant la porte.

Il m'a emboîté le pas dans l'escalier, me donnant une petite tape sur les fesses comme il l'avait toujours fait.

— Je n'ai pas les clés de ton appartement sur moi.

Je me suis retournée.

— Depuis quand est-ce que tu n'as plus mes clés sur toi ?

Il a haussé les épaules avec un air détaché.

— Je les ai retirées de mon trousseau un jour où j'avais les poches trop lourdes. Tu sais ce que c'est.

Non, je ne savais pas. Et j'avais le sentiment que ce n'était pas aussi anodin qu'il voulait me le faire croire. Je lui avais confié ces clés cinq mois après notre premier baiser, et il les avait conservées pendant des années sans jamais trouver que ça lui alourdissait les poches.

J'avais rencontré Sam à la garden-party que Forester donnait chaque année pour ses employés. Jamais je n'oublierai cette belle journée de juin où je l'avais vu pour la première fois sur la pelouse vert tendre de la propriété de Lake Forest. Ses cheveux blonds brillaient au soleil et il m'avait lancé un regard timide aussitôt contredit par un sourire effronté. C'est alors que ces mots s'étaient imposés à moi : « Je pourrais passer ma vie à embrasser les lèvres de ce garçon. »

Mon histoire avec Sam avait commencé ce jour-là sous le soleil de Lake Forest, et cinq mois plus tard nous avions le sentiment de nous être toujours connus. Une période d'amour fou où le passé sans l'autre semblait n'avoir jamais existé, et où l'avenir sans l'autre semblait ne jamais devoir exister.

A cette époque, une de mes voisines voyageait beaucoup pour son travail, mais les porteurs continuaient quand même à distribuer ses journaux, qui s'entassaient sur le perron de la maison.

Ce qui avait le don d'énerver Sam.

— Tout ce papier pour rien, grognait-il en les ramassant. Quel gâchis…

Alors un jour, j'avais glissé les clés de mon appartement dans un de ces journaux, sachant pertinemment qu'il viendrait le ramasser. Je me souviens très bien de son sourire lorsqu'il les avait découvertes. C'était le sourire d'un homme heureux — d'un homme à qui la vie tend les bras. Il m'avait dit que c'était le plus beau cadeau qu'on lui avait jamais fait, que c'étaient les clés de son avenir. Après ça, je ne l'avais plus jamais entendu se plaindre des journaux qui s'entassaient sur le perron.

Et voilà qu'il ne portait plus ces clés sur lui — les clés de son avenir ! — parce qu'elles rendaient ses poches trop lourdes. Une façon de dire qu'elles lui pesaient ?

— Quoi ? a-t-il demandé lorsque je l'ai dévisagé un peu trop longtemps en silence.

— Rien. Ça n'a sûrement aucune importance, ai-je marmonné avant de me remettre à grimper les marches jusque chez moi.

Comme je l'avais dit plus tôt à Mayburn, j'avais d'autres chats à fouetter.

— Je suis venu pour t'inviter au restaurant, a dit Sam. J'ai réservé une table au North Pond Café.

Je me suis arrêtée sur le palier du second et j'ai fait volte-face.

— Au North Pond ? Vraiment ?

La simple évocation de ce restaurant avait réussi à me

redonner le moral. Le North Pond Café était un établissement chic niché de l'autre côté de Lincoln Park. Pour l'atteindre, il fallait traverser une partie du parc, ce qui expliquait que l'établissement soit fermé pendant les mois d'hiver. Sam et moi adorions cet endroit.

Sam a hoché la tête.

— Vraiment.

— Je ne savais pas que ça avait déjà rouvert.

— Depuis la semaine dernière. Alors prépare-toi vite, si tu ne veux pas qu'on nous pique notre table.

J'ai mis les bras autour de son cou.

— Qu'est-ce qu'on fête ?

— Nous.

Il m'a donné une nouvelle tape sur les fesses.

— Dépêche-toi d'aller te pomponner.

Une heure plus tard, un taxi nous déposait dans Lakeview Avenue, juste au croisement de Deming Place. Le ciel, bleu nuit à l'est, prenait des teintes jaune moutarde derrière nous, en direction de l'ouest. Nous avons suivi un chemin pédestre qui s'éloignait de la rue et nous sommes bientôt passés sous un petit pont en pierres savamment illuminé. De l'autre côté du pont se trouvait un vaste étang qui s'étirait en longueur vers les lointaines silhouettes des gratte-ciel de la ville. Contrairement au lac Michigan, aux eaux parfois tumultueuses et aux berges dépourvues de protection, l'étang était entouré d'arbres — tous ornés de bourgeons — et son eau, lisse et immobile, avait souvent l'aspect d'un miroir. C'était ce qui donnait au restaurant, posé à l'une des extrémités de l'étang, son air si apaisant.

L'architecture du North Pond Café rappelait le style de Frank Lloyd Wright. A l'intérieur, le bois sombre dominait, mis en valeur par les lumières dorées, par l'éclat des vitraux, par les nappes blanches et les verres étincelants.

La directrice de salle nous a conduits à une table avec vue sur l'eau.

— Comment as-tu fait pour avoir la meilleure table ? ai-je demandé à Sam en m'asseyant face à lui.

— Peu importe.

— Qu'est-ce qui importe, alors ?

— Toi et moi, Iz. C'est ça qui importe.

Il a tendu le bras sur la nappe immaculée et a ouvert la main.

Je l'ai prise et nous nous sommes regardés en souriant, heureux d'être là ensemble. Malgré la semaine catastrophique que je venais de vivre, j'ai senti les rouages de notre couple se remettre en marche, comme si le temps et les doutes n'avaient pas réussi à les gripper.

Sam a commandé un Domaine le Chevalier 1998, un vin blanc français. Après l'avoir goûté, il m'a regardée pendant que le serveur remplissait nos verres.

— Je veux savoir ce qui se passe dans ta vie. Et je veux *tout* savoir. Mais rien de trop sérieux avant qu'on se soit enfilé un verre de pif, d'accord ?

J'ai poussé un soupir ravi.

— Tout à fait d'accord.

Même si je n'avais besoin de personne pour me débrouiller dans la vie, c'était parfois si bon de laisser quelqu'un d'autre prendre les choses en main…

Durant la demi-heure qui a suivi, nous avons parlé de ce dont nous avions l'habitude de parler quand nous étions fiancés : du travail de Sam, de nos familles, de l'équipe de rugby, du mariage d'un ami prévu pour cet été.

Et quand le serveur est venu remplir nos verres vides, Sam a dit :

— Bon, et maintenant raconte-moi ce qui t'arrive.

Je lui ai décrit l'attitude de Zac lors de la réception à la mémoire de Jane, le fait que la police me considérait comme une « personne digne d'intérêt » dans l'enquête sur le meurtre de mon amie, les questions que j'avais posées à Prince et celles que l'inspecteur Vaughn me poserait le lendemain après-midi. J'ai fait l'impasse sur ma mésaventure avec Steve (alias Tobias, alias mon agresseur), dans la mesure où j'avais promis à Mayburn de garder le secret sur le travail qu'il m'avait confié. Mais cette omission n'a engendré chez moi aucun sentiment de culpabilité. Nous avons mangé et bu distraitement, plus intéressés par l'autre que par ce qui se trouvait dans nos verres et nos assiettes. Nous nous sommes rapprochés, discutant de tout et de rien et nous coupant la parole comme nous l'avions toujours fait.

Nous étions en train d'entamer un pudding de pain au bourbon en sirotant un vin de dessert quand un groupe — sans doute des collègues de travail — est passé devant notre table. Une femme en tailleur-pantalon qui se trouvait avec eux s'est brusquement arrêtée à ma hauteur.

— Mon Dieu, vous n'êtes pas Isabel ? Isabel McDonald, ou quelque chose comme ça ?

— Isabel McNeil.

J'ai tendu la main.

— Je vous prie de m'excuser, mais j'ai peur de ne pas vous remettre.

— Oh, on ne se connaît pas, mais je vous ai vue sur Trial TV. Je dois dire que *j'adore* cette nouvelle chaîne.

— Merci beaucoup.

C'était la première fois que je parlais à quelqu'un qui m'avait vue à l'antenne et qui n'était ni un parent, ni un ami, ni une connaissance.

Sur le visage de l'inconnue, l'enthousiasme a soudain laissé place à une mimique catastrophée.

— Je n'arrive pas à croire que Jane Augustine nous ait quittés aussi brutalement.

— Oui, c'est une tragédie.

Bien entendu, je me suis abstenue de lui raconter que j'avais été le premier témoin de ladite tragédie.

— Ça doit une épreuve difficile à surmonter pour tout le personnel de Trial TV, mais je dois dire que c'est une super chaîne. Vous faites vraiment du bon boulot.

Elle a tourné la tête pour regarder un type plus jeune par-dessus son épaule.

— N'est-ce pas que je te bassine à longueur de journée avec Trial TV ?

Elle a reporté son attention sur moi, le pouce pointé en direction du jeune homme.

— C'est mon collaborateur.

Le jeune homme a éclaté de rire.

— Je confirme. Elle laisse la télévision allumée toute la journée dans le bureau, et depuis une semaine on n'a le droit de regarder qu'une seule chaîne ! Et elle qui a souvent la dent dure, je crois n'avoir jamais entendu autant d'éloges dans sa bouche.

La femme a ouvert les mains comme pour me prendre à témoin.

— Qu'est-ce que je vous disais ! Que voulez-vous, je suis une de ces magistrates qui adorent leur métier ! Et Trial TV est la chaîne que j'attendais depuis toujours.

Elle a tendu l'index vers moi tout en hochant solennellement la tête.

— Mais vous…

Elle remuait l'index sous mon nez.

— Vous… Vous êtes celle que je préfère.

Je me suis sentie incroyablement flattée par ces mots. De nouveau, je me suis souvenue de Jane sur la terrasse du Park Hyatt, en train de m'expliquer pourquoi elle ne se lassait pas des compliments.

— Merci, ai-je dit chaleureusement. Merci beaucoup.

— Très bien, a alors lancé mon admiratrice en croisant

les bras. Comment décidez-vous de couvrir telle affaire plutôt que telle autre ? Parce que j'ai une affaire hallucinante qui pourrait bien vous intéresser.

Elle m'a dit être procureur fédéral. Le reste du groupe travaillait avec elle. Elle m'a raconté une histoire de conspiration qu'elle avait récemment mise au jour, ses collègues intervenant ici et là pour ajouter un détail ou faire un commentaire.

— Je suis désolée, a-t-elle dit une fois son récit terminé. Je ne me suis même pas présentée. Duffy Carey.

Nous nous sommes serrées la main pour la seconde fois, et j'ai fait un geste en direction de Sam.

— Je vous présente Sam, mon fian…

J'ai toussoté et nous nous sommes mis à rire devant l'absurdité de la situation. Depuis quelque temps, on ne savait plus comment s'appeler, lui et moi.

Duffy Carey a eu le tact de faire comme si elle n'avait rien remarqué. Elle a cordialement serré la main de Sam, avant de présenter ses collègues. Puis elle s'est mise à m'exposer une autre affaire sur laquelle elle travaillait en ce moment, s'interrompant toutes les dix secondes pour me dire à quel point j'étais la personne idéale pour couvrir ce sujet.

— Avec un talent et une allure pareils, a-t-elle lancé en ouvrant la main en direction de ma crinière rousse, je vous prédis une très grande carrière !

L'exemple de Jane toujours à l'esprit, je l'ai remerciée de nouveau avant de jeter un coup d'œil à Sam. Il souriait, mais c'était un sourire crispé qui semblait dire : « Comme c'est embarrassant ! » Il faisait le même sourire quand sa sœur se prenait pour Annie Leibovitz parce qu'elle avait un appareil photo numérique dans les mains.

— Je suis désolée, ai-je dit aussi gentiment que possible en posant brièvement les doigts sur le poignet de Duffy Carey. On était en train de terminer notre dîner, et…

— Oh, pardon ! C'est moi qui suis désolée. On va vous laisser tranquilles, tous les deux. J'ai vraiment été très heureuse de vous rencontrer.

J'ai eu droit à une troisième poignée de main, et ma première fan s'est éloignée avec ses collègues.

Je me suis tournée vers Sam avec un petit rire.

— C'était drôle, non ?

— Ouais.

Toujours ce sourire crispé.

— Il y a quelque chose qui ne va pas, Sam ?

— Pourquoi est-ce que tu dis ça ?

— On dirait que tu as avalé quelque chose de travers.

Il a secoué la tête, comme pour chasser une humeur sombre qui s'y serait introduite à son insu.

— Excuse-moi, Izzy.

Un ange est passé et nous nous sommes remis à manger nos desserts, plus pour nous donner une contenance que par gourmandise.

— Tu as un peu de temps pour jouer de la guitare, en ce moment ?

Sam avait parlé en même temps, nos mots se chevauchant :

— Tu penses que tu vas rester à la télé ?

On s'est mis à rire, aussi mal à l'aise l'un que l'autre.

— A toi, ai-je dit.

Sam a fait une drôle de tête. Une tête que je ne lui connaissais pas.

— Je voulais juste savoir si tu avais l'intention de faire ça longtemps. La présentatrice, je veux dire.

J'ai lâché ma cuillère et je me suis renversée sur ma chaise.

— Je n'y ai pas vraiment réfléchi. Au départ, j'ai accepté ce boulot parce que je ne trouvais rien d'autre, mais je dois dire que ça me plaît bien. Surtout depuis que je présente les infos. Quand je suis à l'antenne, je me concentre sur ce que je fais et j'oublie tout le reste.

Sam a hoché la tête, le front plissé.

— C'est super. Vraiment super… Parfois, j'aimerais que mon travail me permette aussi d'oublier tout le reste.

Encore un silence. Sam était soudain d'une humeur étrange, et je semblais avoir perdu ma faculté de déchiffrer ses états d'âme. Une prise de conscience aussitôt suivie d'une vague d'angoisse.

— Donc…

Ses sourcils se sont rapprochés, comme chaque fois que quelque chose lui posait un problème.

— … si tu persévères dans cette voie, ce genre de truc (il a fait un signe de tête en direction de la table de Duffy Carey) va se reproduire tout le temps. Tu sais, les gens qui viennent te voir pour te dire à quel point tu es formidable…

J'ai haussé les épaules.

— Ou plutôt pour me dire que j'ai l'air d'avoir un balai dans les fesses et que je dois cesser de transpirer comme un bœuf.

Nous avons ri, de bon cœur cette fois-ci, mais les sourcils de Sam n'ont pas tardé à se rapprocher de nouveau.

— Quoi encore ? ai-je demandé, une pointe d'impatience dans la voix.

— Rien… Profitons de notre soirée, d'accord ?

— Sam, tu ne peux pas dire qu'il n'y a rien. Je vois bien que quelque chose te tracasse.

Il a secoué la tête.

— Non, je t'assure… Ça n'a aucune importance. Et puis tu as assez de soucis comme ça dans ta vie.

— C'est vrai, mais *tu* es ma vie, Sam.

C'était quelque chose que je lui disais tout le temps… avant. Et j'ai senti que ce n'était pas aussi naturel qu'à l'époque où nous étions fiancés. A présent, ça ressemblait plutôt à un clin d'œil nostalgique au passé.

— Allez, ai-je insisté, dis-moi ce que c'est. S'il te plaît, Sam… Même si tu penses que ce n'est rien.

Un soupir résigné a passé le seuil de ses lèvres.

— C'est juste que… je ne sais pas si je pourrais supporter ça.

Comme il l'avait fait quelques minutes plus tôt, Sam a désigné la table de mon admiratrice d'un petit mouvement de tête.

— Ces gens qui viennent t'importuner parce qu'ils t'ont vue à la télévision.

Je ne m'attendais pas à cette réaction de la part de Sam, une des personnes les plus cool et les plus ouvertes qu'il m'ait été donnée de rencontrer. Combien de fois l'avais-je vu engager la conversation avec des gens qu'on ne connaissait ni d'Eve ni d'Adam ?

— Pourquoi dis-tu qu'elle m'a importunée ? Tu l'as trouvée désagréable ?

— Non, non, elle m'a paru assez sympathique. Elle m'a l'air d'avoir un boulot intéressant et ça me fait plaisir qu'elle te trouve formidable. Parce que tu l'es, Izzy. Est-ce que je te l'ai dit, aujourd'hui ?

— Non.

Il a pris ma main et l'a pressée tendrement.

— Eh bien, je te le dis, maintenant. Tu es formidable. Vraiment formidable.

Il a lâché ma main.

— Mais je ne suis pas sûr d'avoir envie que des inconnus viennent interrompre notre dîner pour te le dire.

J'ai hoché la tête, lentement, tandis que je m'efforçais de voir les choses de son point de vue.

— Ecoute, je ne suis pas certaine d'aimer ça, moi non plus. A vrai dire, quand j'ai accepté de présenter les informations, je n'ai pas pensé une seconde aux conséquences que ça aurait sur ma vie. Et puis, je ne passe à l'antenne que depuis quelques jours, et je suis loin d'être devenue une personnalité publique. Et encore moins une célébrité. C'est la première fois qu'un truc pareil m'arrive, tu sais.

— La première, mais pas la dernière.

— Peut-être que si.

— C'est impossible, et tu le sais très bien.

— Et alors ? Qu'est-ce que tu essaies de me dire ?

— Je ne sais pas exactement… Il faut que j'y réfléchisse tranquillement, mais…

J'ai attendu qu'il termine sa phrase, et c'était comme attendre que le couperet de la guillotine s'abatte sur ma nuque.

— … le fait est que je n'aime pas ça.

— Mais tu pourras t'y habituer, n'est-ce pas ?

Il a haussé les épaules.

— Est-ce qu'on peut s'habituer à une chose pareille ?

— Sans doute. Es-tu en train de me dire qu'en ce qui te concerne, ça te paraît impossible ?

— Non…

Une pause.

— Peut-être…

Une autre pause.

— Faut voir…

Ces mots ont suscité en moi quelque chose qui ressemblait à du désespoir.

— « Faut voir » ? Sam, tu ne trouves pas que ça résume notre relation depuis trop longtemps ?

— Si, a-t-il répliqué d'une voix irritée. Ça fait trop longtemps que je te demande de revenir vivre avec moi et que tu me réponds « Faut voir ».

J'ai gardé le silence.

— Et maintenant, en plus de tout le reste, on va devoir supporter que des inconnus viennent nous emmerder pendant qu'on essaie de recoller les morceaux ! Pour une fois qu'on était bien, tous les deux, il a fallu que cette bonne femme vienne tout gâcher.

— Non, c'est toi qui gâches tout, Sam.

A son tour de ne pas répondre. Il a fermement pressé les lèvres l'une contre l'autre, et un silence plein de ressentiment nous a bientôt emmurés. J'avais cru que cette soirée serait celle de la réconciliation, mais elle avait fini par nous séparer encore un peu plus.

Il a payé l'addition et nous avons de nouveau longé l'étang avant de passer sous le pont en pierres savamment éclairé. Lorsque nous avons débouché dans Lakeview Avenue, la ville avait revêtu sa tenue de soirée.

— Chez moi ? a dit Sam.

— Je dois être à 6 heures à Trial TV. Allons plutôt chez moi.

J'ai cherché un taxi du regard, mais je me suis bientôt rendu compte que Sam n'avait pas répondu. Je me suis tournée vers lui.

— Tu pourras passer chez toi demain matin avant d'aller travailler, n'est-ce pas ?

— Et si on allait d'abord prendre mes affaires chez moi, avant d'aller chez toi ?

Ma migraine est revenue d'un seul coup. Mais cette fois-ci, le coup sur la tête — ou sur le casque — n'était pas responsable. C'étaient d'autres coups, plus profonds, qui résonnaient douloureusement sous mon crâne. La peur de perdre Sam ; la tristesse d'avoir perdu Jane ; l'angoisse d'être une « personne digne d'intérêt » pour la police à cause d'un homme — Zac — aveuglé par sa colère.

— Si tu veux, ai-je dit d'une voix plus accablée que résignée.

J'ai regardé ma montre et j'ai commencé à me demander combien de temps ça allait prendre. L'air devenait de plus en plus frais dans la rue et la migraine de moins en moins supportable.

— Sam… Et si on remettait ça à demain soir ? Je viendrai chez toi, si tu veux.

Je m'attendais à ce qu'il proteste. D'une certaine façon, je l'espérais sans doute. Mais il s'est contenté de répondre distraitement en tendant le cou pour essayer de repérer un taxi.

— Oui, demain soir…

L'instant d'après, il changeait d'avis.

— Ah non, pas possible, j'ai mon entraînement de rugby.

— Eh bien, après l'entraînement, si tu veux. Ou vendredi.

Avant, aucune contrainte ne résistait à notre envie d'être ensemble, là, tout de suite, maintenant. Où était passé ce sentiment d'urgence ?

Il m'a semblé que Sam se posait la même question. Lui aussi venait de sentir que quelque chose avait changé entre nous. Il a tourné vers moi un visage surpris, angoissé, douloureux. Il a tendu les bras et m'a attirée contre lui. J'ai posé la tête sur sa poitrine, respirant le discret parfum d'arbre à thé de sa lotion après-rasage, ainsi qu'une odeur plus personnelle. Une odeur qui n'appartenait qu'à lui.

— C'est idiot, a-t-il dit. On va chez toi directement.

— Non, je comprends. Je sais que tu dois aller bosser tôt le matin, toi aussi. Si tu ne peux pas demain, on remettra ça très vite, d'accord ?

— D'accord.

J'ai détesté qu'il renonce aussi facilement à passer la nuit avec moi. Et j'ai détesté renoncer aussi facilement à passer la nuit avec lui.

Mais nous sommes restés accrochés l'un à l'autre comme deux naufragés. Son odeur corporelle — son odeur de Sam — m'a noué l'estomac et m'a donné envie de pleurer.

— Que se passe-t-il ? ai-je demandé d'une voix étouffée.

Il m'a serrée plus fort.

— Rien, a-t-il murmuré. Rien du tout.

C'était précisément ce que j'avais tant redouté.

48

La ville défilait comme dans un brouillard derrière la vitre de mon taxi. J'étais incapable de focaliser mon attention sur quoi que ce soit ; incapable de m'extirper de la mélasse d'émotions qui colonisait mon esprit ; incapable de surmonter le choc de ce que je venais de vivre en quittant le North Pond Café. Là, sous mes yeux incrédules, j'avais vu ma relation avec Sam s'affaisser comme une maison victime d'un glissement de terrain. Et j'ignorais sous quelle forme elle serait reconstruite, ou *si* même elle serait reconstruite. Cette catastrophe couvait peut-être depuis un long moment, mais la brutalité de son accomplissement m'avait prise au dépourvu.

La rapidité avec laquelle j'étais passée d'amie de Jane à « personne digne d'intérêt » dans l'enquête sur son meurtre, c'est-à-dire personne suspectée de l'avoir tuée, m'avait également prise au dépourvu. Alors que j'avais commencé à reprendre ma vie en main, le monde venait une fois de plus de s'écrouler autour de moi. Les montagnes russes, c'était drôle un moment, mais moi, j'étais dans le wagon depuis plus de six mois. Le regard perdu dans la nuit électrique de Chicago, j'ai senti la colère monter en moi.

Je respectais la douleur de Zac, mais je ne pouvais m'empêcher de lui en vouloir. Qu'est-ce qui lui avait pris de proférer ces accusations mensongères devant les policiers ?

Sans doute avait-il commencé à s'imaginer des choses lorsqu'il m'avait appelée, le samedi matin, et que j'avais essayé de trouver des excuses à l'absence de Jane pour éviter de lui dire ce que je pensais vraiment, à savoir que sa femme se réveillait probablement dans les bras de ce Mick. En essayant par tous les moyens de protéger Jane — et de cacher ma propre « incartade » —, j'avais sûrement donné l'impression de dissimuler quelque chose de plus grave. Tout cela était sans doute vrai, mais n'excusait pas les soupçons absurdes de Zac, et encore moins le fait qu'il ait cru bon d'en faire part aux autorités. C'était à cause de lui si je me trouvais aujourd'hui dans le collimateur de l'inspecteur Vaughn.

Alors que le taxi s'approchait de mon appartement, je me suis penchée vers le chauffeur.

— J'ai changé d'avis. Je me rends à une autre adresse, ai-je dit en lui donnant celle de Jane.

49

Quand le taxi s'est arrêté devant l'hôtel particulier de Jane — ou plutôt de Zac, désormais —, les lumières brillaient derrière les rideaux fermés. Deux camionnettes de la télévision étaient garées sur le trottoir d'en face, leurs habitacles illuminés, mais il n'y avait ni journaliste ni cameraman dehors. Il régnait un calme un peu inquiétant, comme si la tempête était tapie quelque part dans les ombres de la rue, prête à éclater à tout instant.

Alors que je venais de régler la course et que je m'apprêtais à sortir, la soirée d'horreur que j'avais vécue ici m'est revenue à la mémoire. Pas question de traverser de nouveau le vestibule où j'avais découvert le cadavre. J'ai refermé la portière et j'ai demandé au chauffeur de bien vouloir me conduire de l'autre côté de la maison, où se trouvait une autre porte que m'avait montrée Jane.

L'arrière de l'hôtel particulier donnait sur une ruelle, terrain familier pour Zac qui en avait fait le thème de sa dernière exposition. Mais pour moi, ce passage sombre et baigné de silence évoquait plutôt mon agression devant le garage aux fenêtres masquées de papier journal.

J'ai demandé au chauffeur de me déposer un peu plus loin que la maison de Zac et je lui ai donné un billet de vingt dollars.

— Vous pouvez m'attendre, s'il vous plaît ?

— Comment ça, vous attendre ?

C'était un homme si gros que je me suis demandé si on ne l'avait pas déposé dans cette voiture dix ans plus tôt et qu'il n'en était plus jamais ressorti. En cas de problème, il ne fallait pas compter sur l'aide d'un type qui aurait besoin d'un treuil pour s'extraire de son taxi.

— Attendez-moi ici et appelez la police si je ne reviens pas dans un quart d'heure, d'accord ?

J'ai tendu le doigt vers la maison de Zac.

— C'est là que je vais.

— Je n'appelle pas les flics, moi, a dit le chauffeur d'un air buté.

Je lui ai donné dix dollars de plus.

— Vous pouvez partir si vous voulez, mais prévenez la police si je ne suis pas de retour dans un quart d'heure. *S'il vous plaît*, monsieur.

Je ne pensais pas avoir besoin de plus de quinze minutes pour demander des explications à Zac et le convaincre que je n'étais impliquée d'aucune manière dans la vie amoureuse de sa femme, et encore moins dans sa mort.

J'ai pressé le pas dans la ruelle, balayant les alentours d'un regard inquiet tandis que mes talons vacillaient dangereusement sur les pavés irréguliers. J'ai essayé de me préparer à ce face-à-face en me promettant de rétablir la vérité le plus calmement possible. Je ne devais pas oublier que Zac venait de perdre sa femme et qu'il devait vivre un enfer qui dépassait l'imagination.

J'ai tourné la poignée du petit portail qui protégeait l'arrière de la maison. Verrouillé. J'ai levé les yeux vers la façade du bel hôtel particulier. Comme de l'autre côté, plusieurs lumières brillaient à l'intérieur, mais toujours derrière des rideaux fermés. J'ai cherché une sonnette, sans succès. Je me suis déplacée de quelques mètres sur la gauche en espérant qu'un autre angle me permettrait d'apercevoir quelque chose dans la maison, mais les rideaux couvraient toute la surface des fenêtres.

C'est alors que la porte s'est ouverte. J'ai vu Zac, en compagnie de quelqu'un d'autre. Une femme vêtue d'un manteau écossais et d'un béret blanc. Elle est sortie la première, Zac juste derrière elle. Mais lui ne portait ni manteau ni blouson. Il a lentement promené le regard le long de la ruelle, ses yeux glissant sans me voir sur la zone d'ombre où je m'étais réfugiée. Je l'ai vu se figer quand il a aperçu les lanternes rondes de mon taxi, mais la femme au béret a choisi ce moment pour se pendre à son cou. Ils sont restés étroitement serrés l'un contre l'autre pendant de longues secondes, puis se sont embrassés sur la bouche à trois reprises. Zac est rentré dans la maison et a fermé la porte pendant que l'inconnue descendait les quelques marches qui menaient au portail. J'ai pu distinguer ses traits lorsqu'elle l'a ouvert, et je me suis souvenue avoir croisé ce visage à la réception à la mémoire de Jane. C'était la femme aux cheveux noirs qui se tamponnait les yeux en feuilletant l'album photo.

Je me suis plaquée contre le mur du garage voisin au moment où elle posait le pied dans la ruelle, et lorsque j'ai osé sortir la tête de ma cachette, j'ai vu sa silhouette menue s'éloigner d'un bon pas vers le taxi. Elle lui a fait de grands signes et je me suis demandé si le chauffeur allait être assez goujat pour accepter de la prendre. Une minute plus tard, il quittait le trottoir avec sa nouvelle cliente et mes trente dollars, me confortant dans l'idée que les taxis de cette ville étaient les pires au monde.

La perte de mon moyen de transport et de l'avance que je lui avais versée aurait pu m'énerver si toute ma colère n'avait déjà été mobilisée contre Zac. Comment avait-il osé m'accuser de faire des cachotteries alors que de toute évidence c'était lui qui avait des secrets ? J'ai marché vers le portail, mal refermé par la mystérieuse visiteuse.

Dix secondes plus tard, je tapais comme une sourde sur la porte de derrière. Elle n'a pas tardé à s'ouvrir.

— Depuis quand avez-vous une maîtresse ? ai-je lancé quand la tête de Zac est apparue dans l'embrasure.

Il m'a dévisagée un moment en plissant les yeux, puis il a ouvert la porte en grand pour me laisser entrer.

50

J'ai suivi Zac jusque dans sa grande cuisine. Nous nous sommes regardés un moment en chiens de faïence, tous deux debout et bras croisés au centre de la pièce.

— Elle s'appelle Zoey, a finalement dit Zac en s'adossant au grand comptoir en marbre.

« Zac et Zoé », ai-je songé malgré moi. Ça sonnait plutôt bien, pour un couple. Mais le moment était mal choisi pour faire ce genre de remarque.

— Depuis combien de temps est-elle votre maîtresse ?

— Zoey n'est pas ma maîtresse. C'est la première fois que je reviens ici depuis la mort de Jane, et elle a eu la gentillesse de m'accompagner pour me réconforter. La maison était considérée comme une scène de crime jusqu'à aujourd'hui.

— A voir la façon dont elle vous a réconforté avant de partir, elle prend son rôle très à cœur.

— Allez vous faire foutre, d'accord ? Vous ne savez rien de ma vie.

Il s'est penché vers moi, les veines du cou saillantes et les bras toujours fermement croisés.

— Ce n'était pas si simple d'être le mari de Jane. Elle me trompait tout le temps. Mais bien sûr, vous êtes au courant de ses « incartades », a-t-il dit en décroisant les bras pour dessiner les guillemets avec ses doigts. Et je suppose qu'elle vous a aussi dit que je fermais les yeux. Vous voulez savoir pourquoi j'ai toléré ses coucheries pendant si longtemps ? Parce que je l'aimais, figurez-vous. Oui, je l'aimais comme un dingue. Et maintenant, dites-moi ce que vous me voulez.

Je l'ai vu s'affaisser d'un seul coup, comme si son corps était une éponge gorgée d'eau qu'une main géante venait brusquement d'essorer. Une grande lassitude a également envahi ses traits.

— Je sais que ça n'a pas dû être facile tous les jours de vivre avec Jane, d'accepter qu'elle fasse…

J'ai hésité, à la recherche de la bonne formulation, et Zac en a profité pour m'interrompre.

— Qu'elle *se fasse* n'importe qui, a-t-il lancé avec un sourire amer.

— Du coup, vous vous êtes réfugié dans les bras de Zoey. C'est compréhensible.

— Ecoutez, je n'ai pas à me justifier devant vous, mais le fait est que je n'ai rien à cacher. Alors si vous voulez savoir, ça a commencé le week-end dernier, entre Zoey et moi.

« Le week-end qui a précédé la mort de votre femme, ai-je songé. Plutôt curieux, comme coïncidence. »

Zac a soupiré.

— Zoey et moi, on a vécu ensemble, il y a plusieurs années de ça. On s'est séparés juste avant que je ne rencontre Jane et on est restés amis depuis. Et pour votre information, j'ai couché une fois avec elle alors que j'étais marié, mais c'était surtout pour le dire à Jane, pour lui montrer que j'étais capable d'aller voir ailleurs, moi aussi. Et puis, samedi dernier, Jane n'est pas rentrée dormir à la maison et ça m'a mis le moral à zéro.

Zac regardait le sol, à présent. On aurait dit qu'il se parlait à lui-même.

— Après ça, je ne pouvais plus supporter de rester ici et j'ai roulé jusqu'à Long Beach où on a une maison. J'ai essayé de faire le point, de prendre des décisions. Et c'est là que Jane m'a appelé pour me dire qu'elle avait trouvé ce nœud coulant dans notre chambre.

J'ai préféré me taire, songeant néanmoins que Jane avait estimé que son mari aurait eu le temps de faire le trajet entre Long Beach et Chicago et de transformer son fameux foulard rouge en nœud coulant pendant qu'elle était à la salle de gymnastique. Et qui, mieux que Zac, pouvait savoir où elle rangeait ce foulard ?

Il a secoué la tête, le visage gagné par l'émotion. Puis il a brusquement relevé les yeux et les a plantés dans les miens.

— Vous comprenez pourquoi j'aimais tellement Jane ?

— Bien sûr, ai-je répondu d'une voix douce. C'était une femme indépendante, audacieuse, belle et intelligente.

— Et d'une telle sensualité…, a-t-il ajouté. C'est ça qui l'a perdue.

— Pourquoi dites-vous ça ?

— Son meurtrier l'a étranglée avec ce foulard.

Il a encore secoué la tête.

— Ce foulard…

Nous avons échangé un long regard.

— Toute cette histoire est surréaliste, a-t-il murmuré.

Surréaliste parce qu'il avait tué sa femme ? Je n'arrivais pas à lire son regard.

— Mais Zoey m'a apporté un précieux soutien, a poursuivi Zac. C'est ce que j'essaie de vous expliquer depuis tout à l'heure. Je l'ai appelée parce que je me sentais seul et nous avons décidé de nous voir, et…

« Et le lendemain, votre femme était morte », ai-je eu envie d'ajouter. Mais j'avais le sentiment que Zac me disait la vérité. Et que cette vérité le torturait.

— Vous trouvez que c'est une bonne idée de passer du temps avec cette femme alors que les policiers sont en train d'enquêter sur le meurtre de Jane ? ai-je demandé.

Allez savoir pourquoi je m'intéressais au sort de ce type,

alors qu'il se montrait odieux avec moi et faisait tout pour m'attirer des ennuis. Peut-être parce qu'il y avait quelque chose qui me touchait chez lui.

— Je me fous complètement que les flics me voient avec elle. Comment faut-il vous le dire ? Je n'ai rien à cacher, moi !

— Moi non plus, Zac. C'est d'ailleurs de ça que je suis venue vous parler.

Son regard s'est durci.

— Pourtant, vous ne sembliez pas avoir la conscience tranquille, quand je vous ai eue au téléphone samedi.

— Je vous ai déjà expliqué pourquoi j'étais mal à l'aise, ce matin-là.

— Alors où est-il, ce type que vous avez soi-disant ramené chez vous ? La police a eu l'occasion de faire sa connaissance ?

J'ai soupiré.

— Il est en voyage.

— Ben voyons !

— Ecoutez, Zac, mettons les choses au clair une bonne fois pour toutes. Qu'est-ce qui vous fait croire que Jane a passé la nuit de vendredi avec moi ?

— Arrêtez de me prendre pour un imbécile, d'accord ? Je connaissais Jane par cœur et je voyais tout de suite quand elle était en chasse. Elle avait toujours une bonne excuse pour sortir : un rendez-vous professionnel, une amie d'enfance de passage à Chicago…

Il s'est interrompu pour m'adresser un sourire ironique.

— … une connaissance à qui elle voulait proposer un boulot… Et puis, boum ! Elle disparaissait brusquement de mon radar : impossible de la joindre sur son portable, ses amis ne savaient pas où elle était, elle avait quitté le bar, le restaurant où la boîte de nuit où elle était censée passer la soirée… Et elle ne réapparaissait qu'au matin. Ouais, a-t-il poursuivi avec une moue amère, toujours le même foutu scénario. Et ça s'est passé exactement de la même façon avec vous.

— Quand elle est revenue, samedi matin, lui avez-vous demandé avec qui elle avait passé la nuit ?

— Je lui ai demandé si elle était avec un mec sans intérêt, parce que c'est toujours comme ça qu'elle décrivait ses amants.

Zac a ricané tristement.

— Un mec sans intérêt…

— Un *mec*, qu'il soit formidable ou sans intérêt, ça désigne toujours un homme, n'est-ce pas ? Et vous aurez sans doute noté que je suis une femme.

Il a secoué la tête sans me quitter des yeux.

— C'est moi qui ai parlé d'un mec sans intérêt, cette fois-là. Pas Jane. Et elle m'a répondu : « Oui, c'est à peu près ça. » J'y ai beaucoup repensé depuis sa mort, vous savez.

— Ça revient au même, Zac.

— Pas du tout. D'autant qu'elle était excitée et nerveuse, ce matin-là, comme si elle venait d'essayer quelque chose de nouveau. Croyez-moi, je savais interpréter les humeurs de ma femme. Et Jane avait vécu une expérience différente, cette nuit-là. J'en mettrais ma main au feu.

— En tout cas, ce n'était pas avec moi !

— C'est vous qui le dites.

— Zac, je vous ai déjà expliqué qu'elle a passé la nuit avec un type qui écrit des bouquins. Un certain Mick qui est venu dans le studio de Trial TV le jour du lancement, quelques minutes avant la première prise d'antenne. Jane ne s'attendait pas du tout à le voir là et elle m'a dit qu'elle se méfiait de lui. Elle avait le sentiment qu'il l'espionnait, qu'il la suivait. Samedi matin, en se réveillant chez lui, elle avait découvert des coupures de presse et des notes la concernant. C'est pour ça qu'elle vous a semblé bizarre.

Il m'a dévisagée un moment sans rien dire, les yeux un peu plissés.

— Pourquoi ne pas m'en avoir parlé avant ? a-t-il fini par demander.

— Parce que vous ne m'en avez pas laissé l'occasion, voilà pourquoi ! Et vous vous souvenez que je vous ai dit avoir vu ce Mick au Park Hyatt ?

Un sourire goguenard s'est formé sur ses lèvres.

— Bien sûr que je m'en souviens ! Et je me souviens aussi qu'il avait disparu quand je me suis tourné pour le voir. Au fait, vous l'avez rattrapé ?

— Non.

Il a composé une moue moqueuse qui semblait dire : « Quelle surprise… »

— Regardez-moi, Zac ! ai-je lancé en ouvrant les bras.

Je portais la robe chic, le manteau blanc cassé et les chaussures à talons que j'avais choisis pour aller dîner avec Sam.

— Ai-je l'air de quelqu'un qui peut commettre un meurtre ?

— Vous savez, les assassins n'ont pas forcément des têtes ou des dégaines d'assassins. Et puis je n'ai pas dit que vous l'aviez tuée, même si ça reste une possibilité. Je pense seulement que vous couchiez avec Jane et que vous avez caché ça à la police. Non, celui qui vous croit coupable, c'est plutôt l'inspecteur Vaughn. Et je peux vous dire que lui, il en est vraiment convaincu !

— Mais c'est du délire ! me suis-je exclamée.

— Vous voulez savoir ce qui est du délire, mademoiselle McNeil ? a dit Zac, le visage déformé par un mélange de colère et de chagrin. C'est que Jane ait été assassinée. Et si c'est vous qui l'avez tuée, je m'occuperai personnellement de votre cas. Je ne plaisante pas, vous savez. Je vous le ferai payer très cher.

J'ai fait quelques pas en arrière, soudain consciente du danger que je courais.

— Il faut que je m'en aille.

Mais une pensée m'a traversé l'esprit.

— C'est vous qui avez quitté Zoey peu avant de rencontrer Jane, ou c'est elle qui a mis fin à votre histoire ?

Son front s'est plissé.

— Qu'est-ce que ça peut vous faire ?

— Simple curiosité.

— Et si vous vous occupiez plutôt de vos affaires ?

— C'est curieux que vous refusiez de répondre à une question aussi simple. Je croyais que vous n'aviez rien à cacher.

J'ai senti que j'avais visé juste.

— En effet, je n'ai rien à cacher. Contrairement à vous, Izzy... Et puisque vous voulez tout savoir, c'est moi qui suis parti. Là, vous êtes contente ? Mais on s'est quittés bons amis et on l'est resté par la suite.

— Si vous êtes resté proche de Zoey, j'imagine que vous avez été tenté de lui parler de vos problèmes de couple, et notamment des infidélités de Jane.

— Oui, ça m'est arrivé. Et alors ? J'en avais parfois gros sur le cœur, et Zoey est une amie à qui on peut tout dire. Elle n'est pas du genre à juger.

— Jane était au courant de cette amitié ?

— Bien sûr. Et elle n'y trouvait rien à redire. Jane n'était pas une femme jalouse.

— Alors comme ça, Jane connaissait Zoey..., ai-je murmuré comme pour moi-même.

Je songeais à ce qu'avait dit l'un des inspecteurs qui m'avait interrogée avant Vaughn : « En se fondant sur votre description de la position du corps, il est probable qu'elle tournait le dos à son agresseur. Ça signifie sans doute qu'elle le connaissait et qu'elle ne se méfiait pas de lui. »

Ou d'elle.

— Non seulement elles se connaissaient, a renchéri Zac,

mais j'avais le sentiment qu'elles s'appréciaient. Ce n'étaient peut-être pas les meilleures amies du monde, mais il n'y avait aucune tension entre elles.

— Ça ne devait pourtant pas être facile, pour Zoey, d'entretenir des relations amicales avec la femme qui l'avait remplacée dans votre cœur.

Zac a haussé lentement les épaules avant de les laisser retomber d'un seul coup.

— Ce n'est pas non plus comme si elles passaient leur vie ensemble. En fait, elles ne se voyaient pas si souvent que ça.

— Vous dites que Jane n'était pas une femme jalouse. Mais qu'en est-il pour Zoey ?

Les rides de son front se sont creusées davantage encore.

— Etes-vous en train d'insinuer que Zoey aurait pu tuer Jane ?

— Je n'insinue rien du tout. Je pose simplement des questions.

— Espèce de sale garce !

Les veines de son cou se sont remises à gonfler sous l'effet de la colère.

— Comment osez-vous traiter Zoey de meurtrière ? Elle ne ferait pas de mal à une mouche. C'est une amie sur qui j'ai toujours pu compter quand j'avais besoin de parler !

— Son rôle d'amie ne lui suffisait peut-être pas. Et à force d'entendre ce que vous faisait subir Jane, elle a pu se mettre à rêver de vous récupérer, quitte à forcer le destin quand elle a compris que vous ne divorceriez jamais.

— Non, c'est impossible.

Il secoua la tête comme une bête furieuse.

— Fermez-la, d'accord ? Fermez votre grande gueule d'avocate ! Parce que vous dites n'importe quoi !

— Pas plus que vous quand vous m'accusez d'avoir couché avec votre femme, voire d'être impliquée dans sa mort ! ai-je répliqué en haussant le ton à mon tour. Je suis comme vous, Zac, je veux trouver qui a tué Jane.

— J'ai plutôt l'impression que vous avez envie de faire porter le chapeau à quelqu'un d'autre. La meilleure défense, c'est l'attaque, n'est-ce pas ? Et puis vos allégations ne tiennent pas debout. Vous avez vu Zoey. Jane faisait au moins une tête de plus qu'elle.

Il m'a regardée de la tête aux pieds.

— Vous, par contre… Vous êtes plutôt grande. Peut-être pas aussi grande que Jane, mais suffisamment pour parvenir à l'agresser. Surtout si vous étiez très motivée. Par l'envie de lui piquer son job, par exemple.

— Zac, je ne voulais pas prendre sa place. Je n'avais même jamais songé à travailler dans la presse avant que Jane me propose ce travail, vendredi dernier.

— Vous direz ça à la police ! a-t-il hurlé en se ruant hors de la cuisine.

Je l'ai rejoint devant la porte arrière de la maison, qu'il tenait grande ouverte.

— Sortez de chez moi.

Je me suis exécutée en réfléchissant à toute vitesse au moyen de le faire changer d'avis sur mon compte. J'ai ouvert la bouche pour placer un ultime argument, mais Zac m'a claqué la porte au nez avant que je puisse prononcer un mot de plus.

51

Je venais de conclure ma prestation matinale sur l'antenne de Trial TV quand Maggie m'a appelée pour me dire qu'elle venait me chercher.

Je l'ai attendue dehors sous mon parapluie, le soleil des premières heures de la journée ayant cédé le pas à un ciel gris qui n'avait pas tardé à mettre ses menaces à exécution. C'était le genre de crachin qui semblait ne jamais devoir s'arrêter.

La petite Honda noire de Maggie est venue se garer devant la porte principale, éclaboussant tout ce qui avait le malheur de se trouver sur son passage. Maggie avait acheté cette voiture alors qu'on était encore étudiante, et elle avait désormais les moyens de s'offrir beaucoup mieux. Mais elle préférait conduire un véhicule bon marché dans les quartiers louches où son métier l'obligeait parfois à se rendre.

— Comment te sens-tu ? a-t-elle demandé quand je me suis assise sur le siège passager.

— Nerveuse.

Son visage s'est plissé, comme toujours quand elle réfléchissait intensément. Elle s'est mise à claquer des dents, un autre truc qu'elle faisait lorsqu'elle était tendue.

— Qu'est-ce qui t'arrive, Maggie ? Tout va bien ?

— J'ai connu des jours meilleurs.

— C'est Wyatt ?

— Non, il est cool en ce moment.

Un sourire a brièvement éclairé ses traits.

— Il est vraiment aux petits soins avec moi, tu sais.

Mais son visage s'est de nouveau assombri.

— Non, c'est cette affaire dont je m'occupe en ce moment. Une femme qui s'est fait pincer avec de l'héroïne. Elle a notre âge. Une maman avec quatre enfants qu'elle élève toute seule.

— Combien d'héroïne ?

A force de fréquenter Maggie, j'avais appris que ce qui comptait vraiment quand on se faisait arrêter pour possession de drogue, c'était la quantité que la police trouvait chez vous. *In fine*, la question était toujours : simple consommateur ou trafiquant ? Et plus on trouvait de drogue chez vous, plus il y avait de chances que vous soyez accusé d'en revendre.

— Trop, a répondu Maggie. Surtout qu'elle a déjà été condamnée deux fois pour le même délit.

Elle a grimacé et s'est tournée vers moi.

— Le problème, c'est que dans le cas d'une troisième condamnation, la loi prévoit une peine qui va de vingt-cinq ans de prison à la perpétuité.

— Quoi ? C'est dingue !

— Ouais. Mais comme ils disent : « Trois condamnations et tu passes ta vie en prison. » Et j'ai dû expliquer à cette femme qu'elle risque de ne plus jamais revoir ses enfants en dehors des parloirs. Que ses gosses seront sans doute séparés, placés dans des familles d'accueil, élevés par d'autres qu'elle. Que jamais elle n'assistera à la remise de leurs diplômes, à leur mariage ou a… A rien.

Maggie semblait au bord des larmes. Mais elle les a aussitôt ravalées, et c'était maintenant la colère qui faisait briller ses yeux.

— La guerre contre la drogue ! a-t-elle lancé d'un ton de moquerie furieuse. S'ils croient la gagner en privant des gamins de leur mère pour quelques centaines de grammes d'héroïne... J'ai eu des clients qui se sont fait condamner à beaucoup moins que ça pour enlèvement ou viol sur mineur !

Elle a soufflé comme un taureau en frappant le volant du plat de la main.

— J'ai même défendu des types qui ont été condamnés à moins que ça pour meurtre au premier degré !

Je suis restée silencieuse. Toutes ces histoires de condamnations n'amélioraient pas l'état de mes nerfs.

Maggie m'a lancé un regard.

— Désolée. Revenons à ton affaire.

— Oui, meurtre au premier degré.

— Ne dis pas de bêtises.

L'hôtel de police de Belmont était relégué sous une sortie d'autoroute, comme une chose honteuse que les autorités de la ville auraient voulu dissimuler à leurs administrés. Sa façade, d'une couleur similaire au parking qui l'entourait, renforçait le sentiment que tout avait été fait pour rendre ce bâtiment aussi peu visible que possible.

Maggie s'est garée sur une place surmontée d'un panneau : « Réservé à la police ».

J'ai pointé le doigt sur le panneau, pensant qu'elle ne l'avait pas vu, mais Maggie a haussé les épaules.

— Ils n'emmènent jamais les voitures à la fourrière.

Nous avons traversé le parking serrées l'une contre l'autre sous mon parapluie. Maggie portait un long manteau de laine trop chaud pour le temps qu'il faisait et trop grand pour elle. Elle était si menue qu'elle semblait nager dans la plupart de ses vêtements.

Soudain, ses deux portables se sont mis à sonner en même temps. Elle a répondu à l'un et à l'autre, donnant des directives à ses collaborateurs, puis des explications à un client tandis qu'elle envoyait un SMS avec le téléphone qu'elle venait de raccrocher. J'avais souvent songé qu'une chaîne de télévision devrait diffuser un jeu où le gagnant serait celui qui parviendrait à faire le plus de choses à la fois. Maggie serait très difficile à battre lors d'une telle compétition.

— J'ai un parloir dans deux heures, a-t-elle dit avant d'esquisser un sourire. Heureusement, c'est le genre de rendez-vous où on peut arriver en retard. Tu vois, l'avantage avec les clients incarcérés, c'est qu'ils sont disponibles quelle que soit l'heure où on se présente.

Elle a laissé tomber un des téléphones dans son sac, l'autre restant collé à son oreille, et elle a continué à me parler tandis qu'elle écoutait ses messages.

— Bon, faisons le point sur la façon dont tu dois te comporter avec le ou les flics qui vont t'interroger. Ecoute bien ce qu'ils te demandent et ne réponds qu'aux questions qu'ils te posent. Ne les laissent pas mettre des mots dans ta bouche, d'accord ? Et s'ils insistent sur un point que tu contestes, ne leur donne pas raison par lassitude. Tu remarqueras peut-être qu'il y a des caméras dans la salle d'interrogatoire, mais ils ne devraient les mettre en marche que si tu décides d'avouer.

— Mais je n'ai rien à avouer !

Maggie a rangé son deuxième téléphone dans son sac avant d'écarter les mèches qui tombaient sur ses yeux. Elle avait rarement le temps de s'occuper de ses cheveux, et ils avaient tendance à s'ébattre dans le vent de Chicago. Son front s'est plissé tandis que ses yeux se plantaient dans les miens.

— Pourquoi est-ce que tu me regardes comme ça, Mag ?

— Je n'ai aucune raison de m'inquiéter pour toi, n'est-ce pas ?

— Qu'est-ce que tu veux dire ?

— On est d'accord sur le fait que tu n'as rien à voir avec ce qui est arrivé à Jane ?

C'était bien une question, et j'ai attendu plusieurs secondes avant d'y répondre. Parce que j'étais sans voix. Parce que j'étais choquée. Parce que j'étais mortifiée.

— Comment peux-tu me demander ça ? me suis-je finalement exclamée d'une voix étranglée. Je croyais que tu étais mon amie !

— On se calme, a-t-elle dit, sa main pressant mon avant-bras. C'est l'avocate qui te pose la question, pas l'amie.

— Eh bien, la réponse est non ! Evidemment que je n'ai rien à voir avec la mort de Jane !

Les larmes me sont montées aux yeux.

— Jane et moi n'étions pas de grandes amies, comme toi et moi, mais elle était quand même mon amie. Et tu sais très bien que je suis incapable de commettre un meurtre !

Maggie m'a passé les bras autour du cou et m'a serrée contre elle. J'étais beaucoup plus grande qu'elle et j'ai dû me pencher en avant. Quand Maggie vous serrait dans ses bras, elle le faisait sans retenue, avec toute la chaleur dont elle était capable. Une fois de plus, j'ai été fascinée de voir à quel point ses élans d'amitié pouvaient me redonner le moral.

— Bien sûr que tu ne ferais jamais une chose pareille, a-t-elle dit, la voix étouffée par nos manteaux. Mais il fallait que je te pose la question par devoir professionnel. Je veux te protéger, tu comprends ? Je ne t'amènerais jamais chez les flics s'il y avait la moindre chance que les choses tournent mal.

— Je n'ai rien à cacher, Maggie.

Elle a rompu l'étreinte et m'a regardée en souriant.

— Alors allons-y.

Dans le hall du bâtiment, trois policiers en uniforme étaient groupés autour d'un journal posé sur un bureau carré. L'article qu'ils lisaient les faisait beaucoup rire. Un quatrième policier se tenait un peu en retrait, visiblement mal à l'aise face aux rires gras de ses collègues. Il a plissé les yeux dans notre direction lorsque nous sommes entrées.

— Hé, Bristol ! s'est-il brusquement écrié.

Son visage mat s'est éclairé d'un sourire.

— Qu'est-ce que vous fichez là ? Vous allez encore essayer de sauver les fesses d'un de vos clients en dénichant une erreur de procédure ?

— Bonjour, Muñoz ! a lancé Maggie d'une voix enjouée.

Elle m'a désignée d'un geste de la main.

— Je vous présente Izzy, ma cliente.

— Ah…

Son sourire a laissé place à une expression embarrassée tandis qu'il s'adressait à moi.

— Pardon, je pensais que vous étiez avocate, vous aussi.

— Je le suis.

— Ah…, a-t-il répété, l'air déconcerté.

— Je suis là pour être entendue dans l'affaire Jane Augustine.

Muñoz a hoché la tête, plissant les yeux une fois de plus, comme s'il essayait de comprendre à qui il avait affaire.

Ses collègues ont abandonné leur journal et se sont approchés.

— J'adorais Jane Augustine, a dit une policière.

— Ouais, elle ne déformait pas les faits pour faire du sensationnel, a dit un autre. Quand elle parlait d'une affaire criminelle, ça ressemblait à ce qu'on voit tous les jours.

— Je me demande bien qui a pu lui faire ça, a dit le troisième, mâchoire serrée.

Les quatre policiers se sont tournés vers moi et j'ai senti le rouge me monter au front.

— Je n'en sais rien, ai-je dit. Je suis là pour aider les enquêteurs à coincer son assassin. C'est moi qui ai trouvé son corps, et je…

Maggie m'a interrompue en posant fermement la main

sur mon bras. Elle a brièvement secoué la tête quand je l'ai regardée et j'ai pu entendre les mots qu'elle ne prononçait pas : « Ferme-la, Izzy. »

— Je crois que c'est l'inspecteur Vaughn qui est en charge de cette affaire, a-t-elle lancé à Muñoz.

— Oui, son bureau est au premier. Mais il faut d'abord que je vous fasse signer ça, a-t-il dit en allant chercher un registre dans un des tiroirs du bureau.

Nous avons signé à tour de rôle, puis la policière nous a palpées avant de passer nos sacs au détecteur de métaux.

Muñoz a pointé le doigt vers un escalier.

— Vous connaissez le chemin.

Maggie a acquiescé d'un signe de tête.

— Merci, Muñoz. A la prochaine.

Après avoir monté quelques marches, elle s'est arrêtée et s'est tournée vers moi.

— Souviens-toi de bien écouter ce qu'on te demande, a-t-elle dit à voix basse. Et prends ton temps pour répondre. Cet inspecteur Vaughn ne m'a pas fait très bonne impression quand je l'ai rencontré pour ton autre affaire. Alors prudence, Izzy. Choisis tes mots avec soin.

J'avais déjà demandé à Maggie d'être mon avocate, lors des événements qui avaient bouleversé ma vie six mois plus tôt. Elle m'avait aidée à tout mettre au clair avec les autorités au terme de ces douze folles journées, et elle avait rencontré Vaughn à cette occasion.

— Moi non plus, il ne me fait pas bonne impression, ai-je murmuré. Non seulement il est imbuvable, mais il semble convaincu de ma culpabilité.

Nous avons repris notre ascension et nous avons tourné à droite, une fois parvenues sur le palier du premier étage. Alors que nous traversions un couloir nu, j'ai entendu une femme qui parlait d'un ton posé. Seules quelques bribes de son discours étaient compréhensibles, mais sa voix m'était étrangement familière. Maggie l'a aussi entendue. Nous nous sommes figées, l'oreille tendue.

— Est-ce que c'est… ? a-t-elle demandé avec une moue incertaine.

— Oui, c'est moi, ai-je confirmé.

A présent, je reconnaissais clairement ma voix.

Nous avons échangé un regard perplexe et nous nous sommes remises en marche.

Lorsque les mots sont devenus intelligibles, j'ai compris qu'il s'agissait d'un enregistrement de ma prestation devant les caméras de Trial TV.

Nous nous sommes laissé guider par ma voix et nous avons fini par arriver à la porte d'une pièce sans fenêtre, quasiment identique à celle où j'avais été interrogée lundi soir. La seule différence notable était le téléphone et la petite télévision posés sur la table qui se trouvait au centre. Trois chaises l'entouraient, l'une d'elle occupée par l'inspecteur Vaughn. Il portait un pantalon marron et une chemise blanche barrée d'un holster vide.

Il a tourné la tête en nous entendant.

— Je suis en train de vous regarder, a-t-il dit en indiquant l'écran. Vous êtes douée.

Il a éteint la télévision et s'est levé, les yeux posés sur moi.

— Ouais, vous êtes vraiment bonne.

52

Il a serré la main de Maggie.

— Ravi de vous revoir, lui a-t-il dit sans se donner la peine de me saluer, ne serait-ce que d'un signe de tête.

— Ravie de vous revoir, moi aussi, ai-je lancé alors qu'il nous désignait les chaises.

Mais il a continué à m'ignorer.

Maggie s'est assise et je l'ai imitée.

Lorsque Vaughn est allé fermer la porte, un silence de mort s'est abattu sur la pièce.

J'ai profité du fait qu'il s'installait sur sa chaise pour l'observer un peu. Ses cheveux brunâtres striés de quelques mèches grises se dressaient en brosse sur sa tête. Quand il a surpris mon regard, un coin de sa bouche s'est relevé pour former un de ces petits sourires goguenards qui semblent contenir une part de menace. Ses yeux verts m'ont dévisagée sans aucune retenue.

J'ai répondu à son regard impudent d'un sourire aussi tranquille que possible, comme pour lui dire : « Vous ne m'impressionnez pas, mon vieux. » Mais il a continué à m'examiner comme si j'étais un insecte qu'il s'apprêtait à disséquer.

Le silence qui régnait dans la pièce est bientôt devenu oppressant.

— Vous aviez des questions à poser à ma cliente ? a demandé Maggie d'un ton aimable mais ferme.

— Oui. Une seconde.

Il a ouvert une chemise cartonnée et a reculé sa chaise, laissant tomber le dossier sur ses genoux afin qu'on ne puisse pas voir ce qu'il contenait. Puis il a saisi un Bic dans une de ses poches et il s'est mis à cliquer sur le sommet du stylo.

Clic, clic, clic. Comme la dernière fois.

Il a levé les yeux vers moi avec un sourire satisfait. C'était comme s'il savait que ce son répétitif me rendait dingue. Après quelques clic, clic, clic supplémentaires, il s'est décidé à se servir de son stylo pour écrire quelques notes.

— La paperasserie…, a-t-il lancé avec un bref soupir. Mais le règlement, c'est le règlement, pas vrai ? Quand on interroge un suspect, on doit écrire tout un tas de choses si on ne veut pas se faire taper sur les doigts par la hiérarchie.

Le coup d'œil que j'ai jeté à Maggie contenait une question silencieuse : Je rêve, ou il vient de me traiter de suspect ?

Maggie l'a fusillé du regard.

— On peut commencer, s'il vous plaît ?

— Oui, oui, une minute.

Il a griffonné quelque chose sur ses genoux.

— Isabel McNeil…, a-t-il marmonné.

Encore un peu de griffonnage.

— Représentée par Maggie Bristol…

Vaughn a levé les yeux.

— Vous êtes parente avec Marty Bristol ?

Maggie a hoché la tête.

— C'est mon grand-père. Et mon associé, a-t-elle ajouté après une courte pause destinée à donner plus de poids à cette information.

L'inspecteur Vaughn a fait une moue impressionnée.

— Je me souviens quand il s'était payé Keith Lee Baker.

Maggie a de nouveau hoché la tête. Son grand-père

Martin Bristol, aujourd'hui avocat d'assises réputé, avait commencé son parcours professionnel comme substitut du procureur. A cette époque, il avait poursuivi au nom de l'Etat un célèbre tueur en série du nom de Keith Lee Baker, un procès qui avait marqué la mémoire collective et qui avait beaucoup contribué au succès du cabinet d'avocats qu'il avait ouvert par la suite. Loin de chercher à s'affranchir de cette prestigieuse parenté, Maggie la revendiquait haut et fort. Au point de n'avoir aucun scrupule à se servir de la réputation de son grand-père pour se faciliter la vie. Selon elle, tout le monde bénéficiait d'un coup de pouce à un moment ou à un autre de sa carrière. Grâce à des relations, à un physique avantageux, ou pourquoi pas grâce à un grand-père qui avait fait condamner un tueur en série.

— Dites-moi, inspecteur, a-t-elle lancé. On m'a dit que vous aviez travaillé sur l'affaire Kenny Paris. C'est vrai ?

— Oui.

— J'ai entendu dire que Paris était un vrai barjot, a insisté Maggie.

Je n'avais aucune idée de ce dont ils parlaient, mais ça m'a un peu rassurée de voir Vaughn se mettre à rire.

— Ouais, il était complètement givré.

Il a secoué la tête comme s'il n'en revenait toujours pas, et Maggie et Vaughn ont continué à discuter comme ça pendant encore quelques minutes. A leur ton, on aurait pu croire deux voisins en train de dire du mal d'un troisième, alors qu'en réalité ils parlaient d'un type qui avait zigouillé dix personnes lors d'un braquage qui avait mal tourné.

— A nous deux, maintenant, a brusquement dit Vaughn en me regardant dans le blanc des yeux. Vous en aviez envie depuis longtemps ?

Sa question m'a prise au dépourvu.

— Envie de quoi ?

Il a fait un signe de tête en direction de la télévision.

— D'être présentatrice télé.

— Ça ne m'était jamais venu à l'idée avant qu'on me le propose.

De nouveau ce sourire goguenard, comme s'il n'accordait aucun crédit à ma réponse.

— Zac Ellis vous a dans le nez, on dirait.

— Qu'est-ce que j'y peux ? Je ne lui ai rien fait, moi ! D'ailleurs, vous serez sans doute intéressé de savoir qu'il a déjà trouvé quelqu'un pour remplacer Jane.

Il hocha la tête, l'air parfaitement indifférent, comme si je lui avais annoncé que Zac avait un faible pour les brocolis.

— Il pense que vous aviez une aventure avec sa femme.

— C'est n'importe quoi.

J'ai jeté un coup d'œil à Maggie, qui avait mis son masque d'avocate, imperturbable et concentrée.

— N'importe quoi, vraiment ? a dit Vaughn en feignant l'étonnement. J'ai pourtant un témoin qui affirme vous avoir vue samedi dans un café en compagnie de Jane Augustine.

— Et alors ?

— Vous confirmez ?

— Oui, je confirme. Et alors ?

— Ce témoin affirme également que sembliez très intimes, toutes les deux.

— On était amies. Si c'est ça que votre témoin appelle avoir l'air très intimes…, ai-je répondu avec un haussement d'épaules.

Il n'a rien dit, se contentant de me lancer un regard entendu.

— Je ne comprends pas ce que vous attendez de moi, ai-je dit d'un ton plus impatient que je ne l'aurais souhaité.

— Que vous me disiez la vérité.

— Eh bien, vous devriez être satisfait, puisque c'est ce que je fais.

Encore cet insupportable sourire goguenard.

— Très bien. Alors répondez la vérité à cette question :

Jane Augustine vous a-t-elle embrassée sur la bouche ce samedi-là, alors que vous étiez attablées dans le café ?

— Bien sûr que non !

— Pourtant, le témoin qui vous a vue ce jour-là a déclaré le contraire.

— C'est complètement absurde !

Mais au moment où je disais ça, je me suis souvenue que Jane s'était penchée vers moi, ne s'arrêtant qu'à quelques millimètres de mes lèvres. Je me suis aussi souvenue avoir cru qu'elle allait m'embrasser, et que l'idée ne m'avait pas déplu. Cette pensée a dû me faire rougir, parce que le sourire de Vaughn s'est élargi.

— Jane et moi parlions de notre soirée de la veille, ai-je expliqué. Et Jane essayait de me convaincre de quelque chose en *mimant* un baiser. Mais nos lèvres ne se sont pas touchées. Et si votre témoin prétend le contraire, c'est un menteur !

— Où étiez-vous, la veille au soir ?

— Je vous l'ai déjà dit quand vous m'avez interrogée lundi. Jane et moi avons bu un verre sur la terrasse du Park Hyatt et nous sommes allées ensuite dans cette boîte de nuit située dans Damen Street. J'aurais sans doute dû vous dire que Jane a passé la nuit avec quelqu'un d'autre que son mari, ce soir-là. Un homme rencontré dans la boîte de nuit.

Je me suis tournée vers Maggie, qui m'a fait signe de continuer.

— Moi aussi, j'ai passé la nuit avec un homme que j'ai rencontré dans cette boîte.

— S'agissait-il du même homme ?

Décidément, ce Vaughn était vraiment tordu, ai-je songé.

— Non, nous sommes parties chacune de notre côté avec un homme différent.

— Pourquoi ne pas l'avoir dit plus tôt ?

J'ai dégluti, mal à l'aise.

— Je n'ai pas osé en parler. Je craignais que cette information ne parvienne aux oreilles de la presse et que la réputation de Jane en pâtisse.

J'ai songé à une autre information que j'avais gardée pour moi. Le jeu sexuel auquel Jane s'adonnait. Le jeu du foulard. Je lui avais promis de ne rien dire à personne, et dans la mesure où j'étais l'avocate qu'elle avait consultée sur le sujet, j'étais tenue par le secret professionnel. Je me suis demandé si Vaughn était au courant du goût de Jane pour l'asphyxie érotique, mais ça m'a paru très improbable. Et c'était sûrement mieux comme ça, parce que pour rien au monde je n'aurais voulu que cette information scabreuse devienne publique. Je détestais quand on se souvenait des gens pour la façon dont ils étaient morts plutôt que pour celle dont ils avaient vécu. L'actrice qui faisait une overdose, l'homme politique victime d'une crise cardiaque dans le lit de sa maîtresse, la rock star tuée dans un accident de la route après une soirée arrosée… Tout ce qu'ils avaient pu faire de remarquable au cours de leur existence s'effaçait au profit des circonstances de leur disparition. Dans la conscience collective, la comédienne devenait à jamais une droguée, le ministre un coureur de jupons, le musicien un chauffard doublé d'un ivrogne. Jane avait remporté un Emmy Award, elle avait été une professionnelle reconnue et appréciée de ses confrères, elle avait conquis le cœur de centaines de milliers de téléspectateurs et avait été une femme passionnée et chaleureuse dans le privé. C'était de ça que les gens devaient se souvenir, et non d'une petite perversion sexuelle.

Maggie s'est éclairci la voix. Je me suis rendu compte que je m'étais perdue dans mes pensées et que Vaughn n'avait pas dit un mot.

Je lui ai lancé un regard interrogateur, mais il est resté muet. Le silence semblait prendre de plus en plus de place dans la pièce aveugle. Comme lors de mon premier interrogatoire, aucun bruit ne filtrait de l'extérieur.

Vaughn continuait à me dévisager avec une insistance d'autant plus pénible qu'il semblait avoir perdu l'usage de la parole.

Maggie m'avait dit de ne répondre qu'aux questions qu'il me poserait. Mais pour l'instant, il conservait son étrange mutisme. Je comprenais qu'il faisait ça pour me déstabiliser, pour me donner envie de parler, de dire n'importe quoi pour combler cet insupportable silence, mais cela ne rendait pas la situation moins éprouvante pour autant. Une nouvelle fois, Maggie s'est éclairci la voix, mais ça n'a pas réussi à briser notre affrontement muet. Je me suis souvenue que Vaughn avait joué le même jeu lorsqu'il m'avait posé des questions après la disparition de Sam. Mais à l'époque, je m'inquiétais beaucoup moins de ce qui pouvait se cacher derrière son silence.

Plus il me fixait de ses yeux perçants, plus le silence semblait s'épaissir et l'air se raréfier. En moi, la peur suivait une progression tout aussi fulgurante, grimpant de mon ventre vers mon cerveau comme une plante toxique. Parce que je savais maintenant ce que Vaughn pensait : « C'est vous qui avez tué Jane Augustine. »

— Vous en avez terminé avec ma cliente, inspecteur ? a demandé Maggie, rompant enfin l'affreux silence.

Il n'a même pas daigné lui jeter un regard, mais il s'est résolu à parler.

— Donc, vendredi soir, vous n'êtes pas rentrée chez vous en compagnie de Mme Augustine après avoir quitté la boîte de nuit ?

— Non. Je suis rentrée avec un jeune homme dont j'avais fait la connaissance quelques heures plus tôt dans ladite boîte de nuit.

Ça ne donnait pas une très bonne image de moi, mais je préférais avoir l'air d'une fille facile que d'une meurtrière.

— Un jeune homme, hein ?

— Oui. Il s'appelle Theo Jameson.

Dieu merci, je n'avais pas eu à chercher son nom de famille dans le tréfonds de ma mémoire, cette fois-ci.

Vaughn s'est intéressé aux documents posés sur ses genoux. Il a ressorti son stylo de sa poche. Clic, clic, clic.

— Theodore…, a-t-il dit en laissant traîner la dernière syllabe, comme s'il attendait que je répète le patronyme.

— Theo, ai-je corrigé d'une voix claire et ferme. Theo Jameson. C'est le nom qu'il m'a donné.

L'inspecteur a inscrit le renseignement sur une feuille.

— Un numéro où je peux joindre ce monsieur ?

— Oui.

Je me suis penchée pour prendre mon BlackBerry dans mon sac et je lui ai lu le numéro de Theo.

Il l'a également inscrit sur un document que je ne voyais pas, puis a refermé la chemise cartonnée d'un coup sec.

— Donc, si j'appelle ce Theo, il va me dire qu'il a passé la nuit de vendredi avec vous ?

— Oui. Vous ne pourrez pas le joindre tout de suite parce qu'il est en voyage au Mexique, apparemment dans une île sans réseau cellulaire. Mais il ne devrait pas tarder à rentrer à Chicago.

— Alors comme par hasard, ce monsieur n'est pas joignable. Décidément, c'est une spécialité, chez vous, les fiancés qui s'évaporent dans la nature.

— Theo Jameson n'est pas mon fiancé, ai-je répondu, mâchoire serrée.

— Votre coup d'un soir, pardon.

— Je pense qu'il est inutile d'être vulgaire, inspecteur, a déclaré Maggie d'une voix ferme.

Mais au point où j'en étais, je me fichais pas mal qu'il

me prenne pour une traînée. En revanche, je commençais à en avoir marre d'être traitée comme une criminelle.

— Au lieu de vous acharner sur une innocente, vous feriez mieux de rechercher l'homme avec qui Jane a passé la nuit de vendredi ! ai-je lancé d'une voix furieuse.

Vaughn me regardait toujours d'un air narquois, et j'ai eu envie de le gifler pour effacer le sourire qui relevait un coin de sa bouche.

— Son nom ? a-t-il demandé.

— Mick.

— Ça, c'est son prénom. Son nom ?

J'ai soupiré. Il ne fallait pas que j'entre dans son jeu.

— Je l'ignore. Mais je peux vous dire qu'il s'est rendu à la réception à la mémoire de Jane Augustine. Et qu'il s'est enfui quand je l'ai aperçu.

— Il s'est enfui, hein ? a-t-il répété en secouant la tête d'un air incrédule, comme s'il avait affaire à une affabulatrice patentée. Et vous avez cherché à le poursuivre ?

— Oui, mais il a disparu.

— Encore un, a ricané Vaughn.

— Ecoutez, inspecteur, est de nouveau intervenue Maggie, ma cliente s'est présentée ici de son plein gré et dans un esprit de collaboration afin de répondre à vos questions. Elle vous a dit la vérité sur son emploi du temps et sur ce qu'elle sait de celui de Jane Augustine. Mais j'aimerais savoir pourquoi vous insistez sur les événements de vendredi soir. Cette femme a été tuée lundi soir, que je sache.

— Vous voulez savoir pourquoi j'insiste sur l'emploi du temps de Mlle McNeil vendredi soir ? Eh bien, je vais vous le dire. Si j'insiste, c'est parce que contrairement à vous, je pense qu'elle me ment au sujet de cette soirée.

— Je ne mens pas ! me suis-je écriée.

Malgré mes bonnes résolutions, je n'arrivais pas à conserver mon calme. J'ai frappé la table du plat de la main. Le bruit a résonné dans la pièce close et dépourvue de fenêtres.

— Soumettez-moi au détecteur de mensonges, si vous ne me croyez pas !

— Excellente idée, a dit Vaughn. On va faire ça.

— Izzy ! a lancé Maggie en me lançant un regard sévère. Pas de détecteur de mensonges.

— Pourquoi pas ?

— Oui, pourquoi pas ? a renchéri Vaughn avec son éternel sourire en coin.

— L'inspecteur Vaughn sait aussi bien que moi que ces appareils ne sont pas fiables et ne font que compliquer les enquêtes. Je crois qu'il est temps de partir.

— Je n'ai pas envie de partir, ai-je rétorqué. Je veux qu'on en termine une bonne fois pour toutes !

Pas question de reprendre ma vie comme si de rien n'était, alors qu'un inspecteur de police me croyait impliquée dans la mort de Jane.

Maggie a poussé un petit grognement avant de se tourner vers Vaughn.

— Je vous préviens, inspecteur. Si vous continuez à vous montrer grossier ou agressif envers ma cliente, nous mettrons immédiatement un terme à cet interrogatoire. Je n'ai pas pour habitude de dire à la police comment elle doit faire son travail, mais il me semble que vous devriez vous concentrer sur la journée où Jane Augustine a été tuée.

— Très bien, a dit Vaughn sans montrer la moindre émotion. Parlons un peu de ce qui s'est passé.

Il a lancé le menton dans ma direction.

— Où étiez-vous ce jour-là, avant la soirée de lancement de Trial TV ?

— Je vous ai déjà répondu sur ce point lundi soir.

— C'est vrai, vous m'avez répondu.

Il a baissé le visage vers les notes posées sur ses genoux, mais j'ai vu à son regard qu'il ne les lisait pas vraiment.

— Vous êtes allée chez vous cet après-midi-là après avoir quitté Trial TV, c'est ça ?

— Exact, ai-je confirmé d'une voix excédée.

« N'entre pas dans son jeu », me suis-je dit de nouveau. Il essayait de me pousser à bout, de me faire dire des choses idiotes qui pourraient se retourner contre moi. Mais je connaissais le truc. Il m'était même arrivé d'utiliser cette technique lors d'un procès, lorsque j'interrogeais la partie adverse.

— Oui, c'est exact, ai-je repris, affectant à présent un certain détachement. Je suis rentrée chez moi, j'ai fait un peu de ménage et de paperasserie, et puis je me suis préparée pour la soirée.

— Vous avez passé des coups de fil durant l'après-midi ?

J'ai réfléchi quelques secondes.

— Pas que je me souvienne.

— Vous avez envoyé des e-mails ?

— Non, ai-je répondu sans hésiter. Ma première journée de travail à Trial TV m'avait épuisée et je n'ai même pas allumé mon ordinateur.

— Des voisins à qui vous avez parlé ?

Mes voisins travaillaient, et tous rentraient tard le soir.

— Non, mais je me souviens avoir envoyé plusieurs SMS à Jane depuis le River East Arts Center où se déroulait la soirée.

— Vous lui avez envoyé des SMS où vous *disiez* vous trouver à cette soirée. Mais rien ne prouve que c'était réellement le cas.

— J'ai parlé à Tommy Daley, l'ancien directeur adjoint de la rédaction de Trial TV.

L'inspecteur Vaughn est resté impassible.

— Oui, il m'a dit vous avoir croisée brièvement. Très

brièvement, même. Et personne d'autre ne se souvient vous avoir vue, que ce soit au restaurant ou dans la galerie d'art. On dirait bien que vous avez fait un passage éclair à cette soirée afin d'avoir un alibi. Mais même si vous avez échangé quelques mots avec M. Daley au River East Arts Center, ça vous a laissé beaucoup de temps. Largement assez.

Largement assez pour tuer Jane. Voilà ce qu'il insinuait.

J'ai senti que j'étais sur le point de perdre mes nerfs et j'ai appelé Maggie à la rescousse d'un regard implorant.

— Vous avez une arme ? a-t-elle demandé à Vaughn.

Il s'est tourné vers elle.

— Je vous demande pardon ?

— Vous avez l'arme du crime ?

— Oui. Elle a été étranglée avec son foulard. On n'a pas retrouvé d'empreintes digitales dessus.

— Elle a aussi été frappée sur la tête à l'aide d'un objet contondant, n'est-ce pas ? Vous avez retrouvé cette arme-là ?

Pour la première fois depuis le début de l'interrogatoire, Vaughn a perdu de sa superbe. Il m'a même semblé un peu mal à l'aise.

— Pas encore, a-t-il dit.

— Vous avez l'heure estimée de la mort ? a insisté Maggie.

— Entre 15 heures et 18 heures. Précisément le laps de temps pendant lequel votre cliente n'a pas d'alibi.

Maggie a hoché la tête et a refermé le bloc-notes ouvert devant elle.

— D'autres questions pour ma cliente, inspecteur ?

Vaughn l'a regardée avec une expression vaguement amusée.

— J'en ai encore un paquet à lui poser, croyez-moi. Parce que tous les éléments que nous avons recueillis semblent indiquer que Jane Augustine connaissait bien son assassin. D'ailleurs, elle ne s'est pas défendue, ou alors seulement dans les derniers instants de sa vie, comme pourraient l'indiquer les affaires éparpillées juste à côté de son corps.

— Quelles affaires ? a demandé Maggie.

Vaughn lui a répondu en me regardant droit dans les yeux.

— Le rouge à lèvres de votre cliente, les cartes de crédit de votre cliente, le carnet de chèques de votre cliente... Bref, c'est presque tout le contenu du sac à main de Mlle McNeil qui est tombé par terre lorsque Jane Augustine a compris ce qui se passait et qu'elle a vainement essayé de repousser son agresseur.

— Le contenu de mon sac s'est répandu sur le sol alors que je cherchais mon téléphone pour appeler les secours !

Trouver mon amie morte avait déjà été une terrible épreuve. Je ne m'attendais pas à ce qu'un type aussi odieux que Vaughn exprime de la compassion, mais de là à m'infliger une nouvelle épreuve... L'injustice de ses accusations m'était insupportable.

— J'étais bouleversée, affolée..., ai-je poursuivi. Mes mains tremblaient tellement que tout s'est renversé.

— Vous cherchiez votre téléphone, hein ? Pourtant, vous avez appelé les secours depuis le poste fixe de Mme Augustine.

— Mon portable n'avait plus de batterie !

Le regard de l'inspecteur s'est attardé quelques instants sur moi, plein d'ironie, avant de revenir se poser sur Maggie.

— D'après les déclarations de votre cliente et les éléments que nous avons collectés, a-t-il dit d'une voix parfaitement calme, Mme Augustine a laissé entrer quelqu'un chez elle sans se méfier. A en juger par la position du corps, elle a sans doute tourné le dos à son agresseur parce qu'elle lui faisait entièrement confiance.

— Si vous accordez du crédit aux informations que vous a fournies ma cliente à propos de ce qu'elle a constaté en arrivant sur la scène de crime, pourquoi ne la croyez-vous pas quand elle affirme n'être pour rien dans la mort de Mme Augustine ?

— Attendez, suis-je intervenue.

Un détail venait de me revenir à l'esprit.

— Lundi, Jane m'a dit qu'elle comptait aller voir une amie avant de se rendre à la soirée de Trial TV.

Il s'est une nouvelle fois tourné vers Maggie, non sans m'avoir jeté un regard méprisant qui semblait dire : « Tu ne sais vraiment plus quoi inventer pour détourner l'attention, ma pauvre fille… »

— Tout indique que cette demoiselle ici présente — il a balancé la tête dans ma direction comme s'il désignait un objet — a été l'une des dernières personnes à voir Jane Augustine le jour de sa mort, et certainement la dernière avec qui la victime a eu une conversation approfondie. C'est elle que Jane Augustine avait prévu de retrouver ce soir-là avant la soirée de Trial TV. Votre cliente a passé beaucoup de temps avec la victime pendant les journées qui ont précédé son assassinat, et nous avons au moins un témoignage qui démontre qu'elles étaient très proches durant ce qui allait être le dernier week-end de Mme Augustine. Cela veut dire que Mlle McNeil était la mieux placée pour connaître l'emploi du temps de la victime et pour l'approcher sans susciter sa méfiance. Quant au mobile du crime, il ne vous aura pas échappé que votre cliente s'est assise sans vergogne dans le fauteuil de Jane Augustine dès le lendemain de sa mort. A moins qu'il ne s'agisse d'un crime passionnel, bien sûr.

J'essayais de conserver un visage neutre, mais je bouillais à l'intérieur. J'avais envie de hurler : « Boucle-la ! On nage en plein délire ! »

Maggie s'est levée brusquement.

— Viens, Izzy, on en a terminé ici.

— Vous partez ? a dit Vaughn sur un ton menaçant.

— Oui, on part.

Elle m'a fait signe de la rejoindre et je me suis levée à mon tour.

L'inspecteur a adressé un sourire glacial à Maggie.

— Allez-y, emmenez-la avec vous. Ça ne change rien pour moi. Parce que je sais que vous n'allez pas tarder à me la ramener.

Il s'est mis debout et nous a toisées tour à tour avec une expression fielleuse.

— Au fait, l'accord que vous aviez conclu avec ma hiérarchie pour qu'on ne livre pas le nom de votre cliente à la presse… vous pouvez considérer qu'il est rompu.

53

J'avais le sentiment que quelqu'un m'observait. Je l'ai senti avant même d'ouvrir les yeux. Je les ai gardés fermés le temps de me réveiller, d'essayer de mettre un peu d'ordre dans les lambeaux de rêves qui s'attardaient sous mon crâne, d'extirper ma conscience de ce bain rouge sang dans lequel elle pataugeait encore. Et voilà que quelqu'un me regardait dormir. Je le savais.

J'ai ouvert les yeux et j'ai poussé un cri.

— Sam !

J'ai inspiré une grande goulée d'air tandis que se dissipaient les dernières brumes du sommeil.

J'étais rentrée chez moi épuisée, la veille au soir, et je m'étais endormie comme une masse, oubliant complètement que Sam partageait mon lit. Mais peut-être cet oubli n'était-il pas seulement dû à la fatigue de la veille. Peut-être avais-je effacé Sam de mon esprit parce que je m'étais habituée à dormir sans lui. Ou parce que je ne voulais plus songer au sentiment de malaise sur lequel s'était conclue notre soirée au North Pond Café.

Sam avait donc décidé de faire l'impasse sur l'entraînement de rugby, et il était venu sonner chez moi la veille au soir. Il m'avait écoutée attentivement lorsque je lui avais raconté l'interrogatoire que m'avait fait subir l'inspecteur Vaughn, et nous avions analysé la situation sous tous les angles. Sam m'avait rassurée, réconfortée. Mais il restait une distance entre nous, comme si notre relation avait trébuché sur un obstacle majeur lors de notre soirée au North Pond Café et qu'elle n'avait pas encore réussi à se remettre d'aplomb.

Il m'a attirée contre lui et j'ai posé la tête contre son torse chaud.

— J'attendais le dernier moment pour te réveiller, a-t-il dit.

— Quelle heure est-il ?

— 5 h 05.

— Il faut que j'y aille. Je ne peux pas me permettre d'être en retard pour le maquillage.

— Fais-toi porter pâle.

— Je ne suis pas malade, Sam.

— Tu vas finir par l'être, si tu continues à ce rythme. Avec tout ce qui t'arrive en ce moment…

Et encore, il n'était pas au courant pour Theo (Dieu merci !), mon alibi et mon amant. Theo qui seul pouvait convaincre la police que je n'avais pas passé la nuit de vendredi avec Jane. Theo qui était injoignable. Theo qui, lui aussi, jouait avec mes nerfs.

— Ça serait pire si je m'arrêtais, ai-je dit. Et puis, c'est mon boulot, maintenant. C'est une grosse responsabilité, Sam. Remplacer une présentatrice au pied levé n'est pas si simple, tu sais. Et la vérité, c'est que j'aime vraiment ce travail, même si je le fais d'abord pour Jane. Quand je pense que cet abruti de Vaughn semble croire que je l'ai tuée pour lui piquer son job !

— Ça ne tient pas la route, voyons. Tu es la personne la moins violente du monde !

— Je sais…

J'ai quitté le refuge de ses bras et je me suis assise sur le lit.

— Tu te souviens de cette espèce de scarabée volant qui squattait notre chambre, au Mexique ?

Il a éclaté de rire.

— Ce n'était pas un scarabée, Iz. C'était un hélicoptère miniature déguisé en scarabée. Moi, je voulais l'écraser, mais tu m'as supplié de le sortir vivant de la chambre.

— Tu devrais aller raconter ça à l'inspecteur Vaughn. Comment peut-il croire que j'ai assassiné Jane ?

Sam a repris son sérieux.

— Tu sais, j'étais justement en train de réfléchir à ça avant que tu ne te réveilles. Tu m'as dit que cet inspecteur s'était déjà montré désagréable avec toi quand il t'a interrogée l'année dernière, pas vrai ?

J'ai acquiescé d'un signe de tête, et ni Sam ni moi n'avons évoqué la raison qui m'avait valu d'avoir affaire à Vaughn six mois plus tôt. Nous en avions tellement assez de parler de la brusque disparition de Sam, tellement marre de nous disputer à ce sujet, que nous finissions par faire comme si ça n'était jamais arrivé.

— Eh bien, je pense que ce Vaughn est juste un de ces flics qui abusent de leur pouvoir, a poursuivi Sam. Il y a des brebis galeuses dans toutes les professions, et tu n'as pas eu de chance, voilà tout. A mon avis, tu n'es pas la seule à qui il met la pression.

Il a haussé les épaules.

— Va savoir s'il te croit vraiment coupable.

J'aimais bien l'idée que Vaughn soit simplement un sale type. Qu'il s'acharne sur moi par bêtise ou méchanceté plutôt que parce qu'il était convaincu de ma culpabilité. Voir les choses sous cet angle m'a remonté le moral et je suis allée me préparer pour aller au travail avec un semblant d'entrain. Une fois dans le taxi qui me conduisait à Trial TV (il pleuvait des cordes), je n'ai cessé de me répéter : « C'est juste un sale type. C'est juste un sale type. »

La méthode Coué m'ayant un peu apaisée au sujet de l'inspecteur Vaughn, mes pensées se sont naturellement tournées vers Theo. Il fallait que je parle à quelqu'un de ce garçon que j'avais ramené chez moi vendredi soir et qui était mon seul alibi pour cette nuit-là. A quelqu'un qui ne me jugerait pas.

J'ai sorti mon téléphone portable et j'ai composé le numéro de Quentin.

— Tu te souviens de Theo ?

— Comment l'aurais-je oublié ? a rétorqué Quentin d'un ton qui trahissait son excitation. Alors, où en es-tu avec lui ?

— Je crois que la catastrophe approche.

— Vraiment ? a-t-il lancé d'un ton ravi. Raconte-moi tout.

— Tu me promets que ça restera entre nous ?

— Je suis une tombe, Izzy.

Après un long soupir, je lui ai parlé des questions de l'inspecteur Vaughn au sujet de vendredi soir, et du fait que Theo était injoignable.

Je m'étais attendue à ce qu'il éclate de rire, à ce qu'il se fiche de moi, à ce qu'il se délecte d'avoir prédit cette déroute. Et d'une certaine façon, je crois que ça m'aurait fait du bien, parce que j'étais en sérieux manque de légèreté.

Mais je n'ai eu droit qu'à un grand silence au bout du fil, suivi d'un simple :

— Mouais.

— Quoi, « mouais » ? Qu'est-ce que ça veut dire, « mouais » ?

— Ça veut dire que je m'attendais à une catastrophe plus rigolote. Là, c'est le crash aérien dans l'océan Indien avec deux cent cinquante personnes à bord et pas un seul survivant. Franchement, je ne suis même pas sûr qu'on retrouve les boîtes noires, Izzy.

— Je suis censée, rire, là ?

— Pardon, ma chérie. Mais j'ai peur que cet inspecteur te cause de vrais problèmes.

— C'est juste un pauvre con.

Ça m'a fait du bien de jurer un peu, et j'espérais que

Quentin allait embrayer. Mais il a gardé le silence. Pas la moindre blague, pas le moindre trait d'esprit.

A travers la vitre du taxi, j'ai regardé un espace vide entre deux immeubles. Des camions évacuaient les gravats du bâtiment qui venait d'être démoli. La réaction de Quentin m'avait laissée aussi vide que cette parcelle. Aussi démolie que cet immeuble réduit en poussière. J'avais la peur au ventre.

— Il faut que je te laisse, ai-je dit tandis que le taxi tournait dans Webster Avenue.

— Je peux faire quelque chose pour toi, Iz ?

— Partir pour le Mexique et ramener ma catastrophe ambulante par la peau des fesses ?

Toujours aucun rire de Quentin.

— Tiens-moi au courant, a-t-il simplement dit d'une voix de croque-mort.

Quelques minutes plus tard, je traversais les couloirs de Trial TV en essayant de chasser Jane et l'inspecteur Vaughn de mes pensées. J'y étais presque parvenue quand C.J. a déboulé dans la loge de maquillage. Il ne restait que quelques minutes avant la prise d'antenne et j'étais en train de lire le texte qui défilerait bientôt sur le prompteur.

C.J. portait aujourd'hui un jean noir, une veste blanche et une expression sévère sur le visage.

— Changements de dernière minute, a-t-elle dit en me tendant un nouveau conducteur. Attention, il y a un sujet qui concerne Jane.

J'ai failli m'étrangler.

— De quoi s'agit-il ?

— Je ne sais pas encore. La police va donner une conférence de presse.

— Pour dire quoi ?

— Ils ont refusé de dévoiler quoi que ce soit à l'avance. Ils ont peut-être une piste, a-t-elle ajouté d'une voix où perçait l'angoisse.

Ou peut-être veulent-ils annoncer qu'ils ont un suspect, encore pudiquement appelé « personne digne d'intérêt ».

— Izzy, on vous attend sur le plateau ! a crié une voix depuis le studio.

C.J. m'a emboîté le pas tandis que je quittais la loge, la maquilleuse trottinant à ma hauteur pour ajouter un peu de poudre sur mon visage. Les flots de sueur générés par mes débuts à l'antenne me valaient d'être la présentatrice la plus maquillée du pays.

Je me suis installée derrière le bureau en acajou — qui resterait toujours pour moi le bureau de Jane —, mes yeux parcourant le nouveau conducteur. Face au sujet sur la conférence de presse se trouvait une annotation que je n'ai pas comprise.

— Qu'est-ce que ça veut dire ? ai-je demandé à C.J. en désignant l'annotation du doigt.

— Que vous devez donner la priorité à la conférence de presse. Même si vous êtes au milieu d'un sujet, vous l'interrompez et vous annoncez le début de la conférence. On ne sait pas exactement quand ça va démarrer, mais on vous préviendra suffisamment à l'avance dans l'oreillette.

Fallait-il que je dise à C.J. que la police risquait de mentionner mon nom ?

— Plus personne sur le plateau ! ai-je entendu. Izzy, vous êtes prête ?

— Euh…

Le compte à rebours a commencé. Je n'avais plus le temps de la mettre au courant.

— Bonne chance, a dit C.J. en quittant à son tour le plateau.

Je me suis assise sur le bas de ma veste de tailleur afin qu'elle soit parfaitement droite en m'efforçant de prendre une expression détendue et assurée, à l'opposé de la panique qui me gagnait. J'ai rappelé ce bon Dr Coué à la rescousse — « C'est juste un sale type. C'est juste un sale type » — et je me suis retrouvée en direct devant des centaines de milliers de téléspectateurs.

J'ai fait mon travail sans trahir mon angoisse — lisant, envoyant les sujets, introduisant les correspondants, souriant avec un mélange d'assurance et de modestie, pivotant vers telle ou telle caméra —, mais je n'ai pas oublié une seconde que l'inspecteur Vaughn allait sans doute me clouer au pilori dans les minutes qui venaient. J'étais tellement nerveuse que j'ai ressenti une forme de soulagement quand j'ai entendu dans mon oreille :

— La conférence de presse sur Jane va commencer. Lancez le sujet.

J'ai aussitôt laissé tomber le reportage que j'avais commencé à annoncer et j'ai déclaré d'une voix aussi calme que possible :

— Mais priorité à l'information la plus brûlante, comme toujours sur Trial TV. Nous allons tout de suite rejoindre en direct Tom Bennet qui se trouve au siège de la police de Chicago, où va débuter dans un instant une conférence de presse sur le meurtre de notre regrettée confrère Jane Augustine. Tom, c'est à vous.

54

Ça n'a pas commencé aussi mal que je l'avais craint. L'inspecteur Vaughn était là en costume-cravate, droit comme la justice, un drapeau américain à sa gauche. Une forêt de micros et de caméras entourait le pupitre qu'il agrippait des deux mains.

— Si nous avons organisé cette conférence de presse à ce stade de l'enquête, a-t-il dit, c'est d'abord pour demander de l'aide aux citoyens de Chicago. Nous avons besoin de toutes les bonnes volontés pour retrouver le ou les assassins de Jane Augustine. Nous cherchons tout d'abord des informations sur un homme prénommé Mick, qui semble avoir passé du temps avec la victime dans la soirée de vendredi dernier. Cet homme se serait présenté comme écrivain et nous avons de bonnes raisons de penser qu'il vit à Chicago ou dans la banlieue proche.

Il a pris une gigantesque inspiration, comme s'il se noyait depuis une bonne minute et qu'il venait seulement de s'en apercevoir.

Mais alors qu'un fol espoir me gagnait, l'inspecteur Vaughn a tripoté les documents posés sur le pupitre avant de s'éclaircir la voix.

— Nous aimerions également profiter de la présence de la presse pour évoquer une « personne digne d'intérêt ».

Mes doigts se sont crispés sur le conducteur, humide tant

j'avais les mains moites, et j'ai regardé Vaughn avec une terreur grandissante. Tous les moniteurs — ceux du plateau où se déroulaient les débats, ceux qui servaient aux directeurs de production, ceux derrière mon bureau — montraient en gros plan le visage de l'inspecteur, me donnant l'impression qu'il m'encerclait. Sa voix a résonné dans mon oreillette.

J'attendais qu'il prononce mon nom, tout en espérant contre toute raison qu'il donnerait celui de quelqu'un d'autre. Mais au lieu de crever l'abcès et de nommer la « personne digne d'intérêt », il s'est mis à résumer le travail accompli jusque-là par la police : le gel de la scène de crime, les pièces à conviction récoltées, le travail de l'institut médico-légal qui avait autopsié le corps de la victime, celui du laboratoire de police scientifique qui avait déjà procédé à un certain nombre d'analyses et mettait les bouchées doubles pour terminer celles encore en cours.

— Quant à la « personne digne d'intérêt » dont je viens de vous parler…

Il a baissé les yeux vers les documents, comme s'il cherchait le nom exact de son suspect.

— Laissez-moi vous dire que cette femme a collaboré avec la police jusqu'à récemment. Malheureusement, son changement d'attitude nous contraint à rendre son nom public dans l'espoir que quelqu'un pourra nous donner des informations complémentaires à son sujet.

Il avait dit « cette femme ».

J'ai lancé un regard à C.J., mais son visage est resté fermé, concentré, comme si elle n'avait pas vu que je sollicitais son attention.

Je me suis rendu compte que je retenais ma respiration. J'ai inspiré profondément, mais c'était comme si un étau comprimait ma poitrine. Pourquoi me sentais-je de nouveau si coupable alors que je n'avais rien à me reprocher ?

— Cette « personne digne d'intérêt », a poursuivi

l'inspecteur Vaughn, se nomme Isabel McNeil. C'est une avocate de vingt-neuf ans qui présente depuis peu les informations sur Trial TV, une nouvelle chaîne de télévision où Mme Augustine officiait au même poste avant d'être sauvagement assassinée.

Dans le studio, tous les regards se sont tournés vers moi. J'ai senti que je devenais cramoisie.

— Je n'ai esquivé aucune des questions que m'a posées la police, ai-je dit avec toute l'autorité dont j'étais capable à ce moment-là. Je n'ai rien à voir avec la mort de Jane et je suis victime de l'acharnement de cet inspecteur de police.

C.J. est restée figée un moment, comme sonnée par ce qu'elle venait d'entendre, avant de secouer la tête et de quitter les lieux. La porte du studio a violemment claqué derrière elle tandis qu'on m'annonçait dans l'oreillette que la conférence de presse était terminée :

— La police ne souhaite pas répondre aux questions des journalistes et Tom Bennet va conclure avant de rendre l'antenne.

Sur les moniteurs, j'ai vu l'inspecteur Vaughn mettre fin à la conférence, secouant la tête et levant les mains face aux questions qui fusaient. Puis il a quitté l'estrade et Tom Bennet l'a remplacé sur les écrans de contrôle. Notre correspondant a fait de son mieux pour cacher sa surprise tandis qu'il résumait les propos de Vaughn et improvisait une conclusion en évitant soigneusement de mentionner mon nom.

— C'était Tom Bennet, en direct du siège de la police de Chicago.

— Merci, Tom, ai-je dit, mon visage s'affichant sur les moniteurs.

Le visage de la « personne digne d'intérêt ».

Je me suis réfugiée dans ce détachement que j'avais réussi à trouver le jour où je m'étais assise pour la première fois dans le fauteuil de Jane. J'ai vu le conducteur posé sur le bureau. J'ai entendu les mots sortir de ma bouche. Mais c'était comme si quelqu'un d'autre parlait.

Personne n'a osé me regarder pendant la coupure publicitaire, comme s'ils ne savaient pas quelle attitude adopter avec moi. Quant à C.J., elle n'est pas revenue de toute la durée du programme.

Mais elle s'est précipitée vers moi dès que j'ai rendu l'antenne.

— Venez tout de suite dans mon bureau. Il faut qu'on parle.

— Je viens d'avoir une conversation avec Ari Adler, a dit C.J. deux minutes plus tard, alors que j'étais assise face à elle dans son bureau. On a parlé du fait que la police vous suspecte d'être impliquée dans le meurtre de Jane.

— La police ne me suspecte pas, ai-je corrigé. Elle me considère simplement comme une « personne digne d'intérêt ».

Je ne sais pas pourquoi, j'ai prononcé ces derniers mots avec une sorte de fierté.

— C'est très différent, me suis-je empressée d'expliquer. L'expression « personne digne d'intérêt » n'a aucune valeur légale. Ça veut juste dire que je suis dans le collimateur de l'inspecteur Vaughn. Ce type est un incapable, C.J. ! Il me persécute parce qu'il n'a aucune piste sérieuse. Croyez-moi, s'il avait la moindre preuve, ça ferait longtemps qu'il m'aurait fait arrêter.

Elle a tiré sur sa veste pour la défroisser et s'est un peu tortillée sur son fauteuil pivotant.

— Tom Bennet a un informateur au sein de la police de Chicago. Ce n'est pas officiel, et c'est vrai qu'ils n'ont pas encore assez de preuves pour vous arrêter, mais apparemment vous êtes leur suspect numéro un, Izzy.

J'ai eu l'impression de faire une longue chute, une sensation que jusque-là je n'avais eue qu'en rêve. C'était comme tomber dans un gouffre sans fond, comme être avalée par les entrailles de la terre.

Je me suis agrippée au bureau, le temps de retrouver mon équilibre.

— C.J., je n'ai rien à voir avec ce qui est arrivé à Jane. Ni de près ni de loin.

— Cela va de soi.

Mais elle n'avait pas l'air d'en être si convaincue.

— Je vous dis que je suis innocente ! me suis-je exclamée en bondissant de mon fauteuil.

Elle m'a adressé un sourire conciliant et m'a fait signe de me rasseoir.

— Laissez-moi d'abord vous dire que tout le monde vous estime beaucoup, à Trial TV. Y compris Ari Adler. Vous nous avez aidés dans un moment de crise en acceptant de présenter le journal, et nous ne l'oublierons pas. Ari et moi pensons le plus grand bien de vous et je vous prédis une grande carrière de présentatrice, si vous persévérez dans cette voie. Mais cette carrière ne se fera pas sur l'antenne de Trial TV.

— Vous êtes en train de me virer ?

— Ecoutez, je ne sais pas s'il faut s'en réjouir ou s'en affliger, mais le fait est que notre audience va sans doute monter en flèche après cette conférence de presse. Si je regardais les choses froidement, d'un point de vue purement comptable, je serais tentée de vous laisser les rênes de la matinale, ne serait-ce que pour quelques jours encore. Mais d'un point de vue humain, pour ne pas dire moral, c'est tout à fait impensable. L'ancien fauteuil de Jane ne peut pas être occupé par une personne suspectée de l'avoir tuée. Même si vous finirez très certainement par être blanchie, s'est-elle empressée d'ajouter, sans plus de conviction que tout à l'heure.

Je suis restée sans voix et elle a poursuivi :

— Vanessa Block, qui officie l'après-midi en binôme avec son collègue masculin, va présenter la tranche matinale à votre place à partir de demain. En ce qui concerne l'après-midi, nous allons laisser tomber la formule du duo pour le moment.

C.J. a secoué la tête, lèvres pressées, comme si ça lui faisait mal d'avoir à prononcer les mots qui s'apprêtaient à sortir de sa bouche. Mais elle les a quand même prononcés.

— Izzy, je suis navrée. Mais nous allons devoir nous passer de vos services.

J'ai laissé mes yeux vagabonder dans le bureau de C.J. J'avais besoin de me raccrocher à quelque chose de solide, mais les cartons qu'elle avait rapportés de WNDY et qui attendaient toujours d'être déballés évoquaient plutôt l'éphémère.

Je devais avoir l'air au bord du K.O., parce que C.J. a repris :

— Izzy, je vous crois quand vous me dites que vous n'avez rien à voir avec le meurtre de Jane. Je vous crois et je crois en vous. Je sais que vous irez loin dans ce métier.

Loin ? Elle me semblait bien optimiste. Après tout, ai-je pensé, il ne lui coûtait rien de dire ça. Pour ma part, j'ignorais ce qu'il allait advenir de moi. Mais j'ai réalisé que ça n'avait pas tant d'importance. Quand je songeais à ce qui était arrivé à Jane, le reste me semblait presque dérisoire. A ce qui était arrivé à Jane et au fait que la police m'en croyait responsable.

Mes yeux se sont finalement posés sur un carton rempli de récompenses professionnelles.

— Je suppose que je n'aurai jamais l'occasion de remporter un de ces trophées, ai-je dit en désignant d'un mouvement de la tête ceux qui dépassaient.

C.J. ne m'avait pas quittée du regard.

— Ne soyez pas défaitiste, Izzy. Vous allez peut-être

trouver autre chose. Mais je vais être franche avec vous. Ça ne sera pas facile, après ce qui vient de se passer. Bien entendu, vous pouvez compter sur moi pour attester de vos compétences et de votre professionnalisme auprès de vos futurs employeurs.

Quelqu'un a frappé à la porte du bureau.

— Entrez ! a dit C.J. d'une voix impatiente.

La tête d'un stagiaire est apparue dans l'embrasure.

— Pardon de vous déranger, mais le parking de l'immeuble est en train d'être envahi.

— Par la presse ? a demandé C.J.

Il a hoché la tête.

— C'est un véritable débarquement.

C.J. s'est levée de son fauteuil.

— Il fallait s'y attendre, a-t-elle maugréé entre ses dents. Izzy, je ne veux pas vous pousser dehors, mais je crois que vous feriez bien de partir le plus vite possible. Ça ne va faire qu'empirer.

Je me suis levée à mon tour et je lui ai tendu la main.

— Un jour, vous me suppliez de remplacer Jane au pied levé, et le lendemain vous me fichez à la porte sans autre forme de procès, ai-je dit lorsqu'elle l'a serrée. Franchement, c'est n'importe quoi.

Mais ça ne reflétait pas vraiment ce que je ressentais.

— Non, ce n'est pas n'importe quoi, ai-je rectifié en la regardant droit dans les yeux. La vérité, c'est que c'est lamentable, et que toutes vos explications ne sont qu'un amas de conneries.

55

En sortant de Trial TV, j'ai été assaillie par une foule de photographes, le clic, clic, clic obsessionnel de leurs appareils me rappelant celui du stylo de l'inspecteur Vaughn.

— Izzy ! a crié un reporter. Comment allez-vous ?

J'ai reconnu Andrew Trammel, un journaliste dont j'avais négocié le contrat deux ans plus tôt. C'était tellement bizarre de le voir dans ce contexte, de me retrouver de l'autre côté du miroir, non plus en tant qu'avocate ou apprentie journaliste, mais en tant que sujet de fait divers.

Andy m'a collé son micro sous le nez.

— Ça vous fait quoi d'être considérée par la police comme une « personne digne d'intérêt » ?

Si Maggie avait été là, je savais qu'elle l'aurait rembarré d'un « Aucun commentaire, merci ! ». Mais je n'étais pas du genre à tenir ma langue.

Quand ils ont vu que je m'arrêtais, les autres reporters sont venus s'agglutiner autour de moi, micros tendus.

— Je suis celle qui a découvert le corps de mon amie et collègue Jane Augustine. Jane m'était très chère. Contrairement à ce qu'a affirmé l'inspecteur Vaughn, je n'ai jamais refusé de collaborer avec la police, bien au contraire. Je leur ai dit tout ce que je savais.

Sauf le fait que Jane prenait plaisir à se faire étrangler par ses amants.

Les journalistes m'encerclaient et me bousculaient en criant des questions. De nombreuses caméras filmaient la scène.

— Izzy, par ici !

La voix qui avait réussi à dominer toutes les autres m'était familière. Je me suis tournée vers la droite et j'ai vu Mayburn qui se frayait un passage en poussant sans ménagement cameramen et reporters. Il m'a attrapée par le bras et nous avons fendu la masse compacte des journalistes jusqu'à une Mercedes bleu marine.

— Montez ! a-t-il dit en ouvrant la portière du côté passager.

Il m'a poussée dans l'habitacle et a claqué la portière derrière moi.

Lucy se trouvait au volant, vêtue d'un polo qui avait presque la même couleur que ses cheveux.

— Salut, Iz, a-t-elle dit avec son gentil sourire.

— Démarre ! a crié Mayburn qui venait de sauter sur la banquette arrière.

Lucy a regardé droit devant elle, une expression déterminée sur le visage, et la Mercedes a quitté le parking de Trial TV dans un crissement de pneus.

J'ai poussé un long soupir.

— Merci, ai-je dit. Merci beaucoup… Mais comment avez-vous fait pour arriver juste au bon moment ?

— Je te regarde tout le temps sur Trial TV, et quand j'ai vu cette conférence de presse, j'ai appelé John pour lui dire que tu allais avoir besoin d'aide.

— Il y a autre chose, a dit Mayburn en se penchant entre les sièges avant. J'ai filé Carina Fariello toute la matinée. Vous savez, la comptable qui travaillait avant pour Jackson Prince. Elle est chez elle en ce moment, et je crois qu'il serait sage d'aller lui parler avant qu'elle n'ait vent de cette conférence de presse. Je crains que vous n'ayez du mal à obtenir quelque chose d'elle, si elle vous prend pour une criminelle.

— Vous voulez qu'on y aille maintenant ?

— Oui, tout de suite.

Tandis que Lucy nous conduisait chez Carina Fariello, je leur ai appris que je venais d'être renvoyée de Trial TV.

— Quoi ? a dit Lucy d'un ton outré. Tu étais géniale comme présentatrice !

— Merci. Ils ont dit qu'ils ne pouvaient plus me garder parce que la police me soupçonne du meurtre de la personne que j'ai remplacée.

Mayburn a émis un petit grognement.

— Ouais… Il faut reconnaître qu'en termes d'image, ce n'est pas terrible pour la chaîne.

Un frisson glacé a parcouru mon corps.

— J'ai la trouille, ai-je avoué.

— Tu n'as rien fait de mal, a dit Lucy.

— Je sais, mais le problème, c'est que cet inspecteur semble penser le contraire. Et c'est lui qui dirige l'enquête.

Un épais silence a salué ces mots.

— Le bon côté des choses, c'est que…

Je n'ai pas terminé ma phrase. D'ordinaire, je parvenais à trouver un bon côté à toutes les situations, mais là, j'ai calé.

— D'accord, changement de sujet, ai-je dit. Comment fait-on pour aborder Carina Fariello ?

Nous avons imaginé divers scénarios pour la mettre en confiance. Mais bien que Mayburn n'ait jamais reculé devant un mensonge ou une ruse pour parvenir à ses fins, nous avons décidé d'un commun accord que la meilleure façon de la faire parler était de jouer franc-jeu avec elle.

Je me suis tournée sur mon siège.

— Au fait John, il y a du nouveau avec Feuille de vigne ?

— Il faut que vous me procuriez un string à perles.

— Je vous ai déjà donné celui de Maggie. D'ailleurs, j'aimerais bien le récupérer.

Il a tiré sur le col de son blouson en cuir et a changé de position.

— Eh bien, ma foi... Il est comme qui dirait hors d'usage.

— Hors d'usage ? Et pourquoi donc ?

— Je vous avais dit que je devais le faire analyser. A propos, vous devriez savoir que ces perles sont en plastique.

— Sans blague ? Vous ne pensiez tout de même pas que c'étaient des vraies ?

Alors qu'elle venait de s'arrêter à un stop, Lucy a tourné la tête pour lancer à Mayburn un sourire plein de sous-entendus prometteurs.

— Et si tu m'offrais un de ces strings, John ?

— Fais-moi confiance, ma belle, je vais t'en offrir un et on va l'analyser et le mettre hors d'usage ensemble.

J'ai agité les mains pour montrer que j'étais là.

— Attendez d'être seuls pour les préliminaires verbaux, d'accord ? Quant à vous, Mayburn, à présent que je me retrouve de nouveau au chômage, j'attends que vous me remboursiez le string hors d'usage.

— Il me faut l'autre string à perles, a-t-il dit. Celui que le type à la camionnette blanche est venu livrer. Marie, la propriétaire de Feuille de vigne, n'a jamais entendu parler du modèle avec de la dentelle noire. Elle ne connaît que le modèle avec de la dentelle champagne, comme celui que vous m'avez donné.

— Pourquoi ne pas demander à Marie une clé de la cantine où Josie les conserve ? ai-je demandé. Vous n'auriez qu'à venir après l'heure de fermeture et vous servir.

— Parce que Marie se trouve à Palm Beach et qu'elle n'a pas l'intention de revenir à Chicago avant un bon moment. Et surtout parce qu'elle n'a pas de clé pour ouvrir cette cantine. Elle en ignorait même l'existence.

— Alors il ne reste que deux solutions. Piquer la clé de Josie sans qu'elle s'en aperçoive ou carrément repartir avec la cantine sur le porte-bagages de mon scooter.

Mayburn a plissé le front.

— Il doit y avoir un moyen…

L'habitacle est resté silencieux durant plusieurs minutes tandis que chacun cherchait une solution dans son coin. Comparé à l'accusation de meurtre dont je devais me laver, subtiliser un sous-vêtement m'a soudain semblé largement à ma portée.

— Ne vous en faites pas, John. Je me débrouillerai.

— On est arrivé, a dit Lucy en garant la Mercedes le long du trottoir.

Derrière ma vitre se dressait une maison de plain-pied posée au cœur d'un quartier résidentiel. Nous sommes sortis de la voiture, et nos trois portières ont claqué presque simultanément. Partout autour de nous, des mamans se promenaient avec leurs enfants.

Mayburn a été le premier à atteindre la maison bleu pâle de Carina Fariello. Il a appuyé sur la sonnette au moment où Lucy et moi arrivions à sa hauteur. Après quelques secondes d'attente, une femme bien en chair a ouvert la porte. A première vue, je lui donnais une petite cinquantaine d'années. Elle nous a jeté un regard méfiant à travers le grillage du panneau anti-insectes, mais j'aurais sans doute eu la même attitude si trois étrangers s'étaient présentés à la porte de mon appartement.

— Oui ?

J'ai pris la parole.

— Madame Fariello, je m'appelle Isabel McNeil. Nous voudrions vous parler de Jane Augustine.

Ses traits se sont brusquement affaissés.

— Je n'arrive pas à croire qu'elle ait été assassinée.

J'ai hoché tristement la tête.

— Nous sommes tous bouleversés parce qui lui est arrivé. C'est justement pour ça que nous sommes là. Nous cherchons par tous les moyens à mettre la main sur son meurtrier, et il se trouve que Jane a inscrit votre nom sur un document qu'elle conservait dans son bureau. Seriez-vous assez aimable pour nous laisser entrer ?

— Vous êtes de la police ? a-t-elle demandé tandis que ses yeux passaient en revue la façon dont nous étions habillés.

— Enquêteur privé, a dit Mayburn.

C'était le terme officiel dans l'Illinois, même si beaucoup de gens ici préféraient dire « détective privé », voire simplement « privé ». Mayburn se servait de toutes ces appellations, mais il prenait soin d'utiliser « enquêteur privé » lorsqu'il voulait donner un caractère plus officiel à sa démarche.

Ça a semblé fonctionner avec Carina Fariello.

— Entrez, je vous en prie, a-t-elle dit en ouvrant le panneau anti-insectes. Mais je dois vous prévenir que je n'ai pas beaucoup de temps à vous consacrer. Il va bientôt falloir que je parte.

— Merci, madame Fariello. Ça ne prendra pas longtemps.

Nous avons traversé un étroit vestibule couvert d'un sol stratifié avant d'arriver dans un salon dont les meubles avaient dû sembler modernes trente ans plus tôt. Les assises des fauteuils et du canapé avaient sans doute été du même bleu que la façade de la maison, mais leur couleur avait fané et elles tiraient maintenant sur le gris pâle.

Carina Fariello nous a fait signe de nous asseoir dans le canapé, elle-même prenant place face à nous sur une chaise toute simple. Mais alors que nous venions de nous installer, elle s'est brusquement relevée.

— Je manque à tous mes devoirs, a-t-elle dit avec un sourire confus. Puis-je vous offrir quelque chose à boire ?

Nous avons tous décliné l'offre, et c'est une nouvelle fois moi qui ai pris la parole.

— Madame Fariello…

— Vous pouvez m'appeler Carina, m'a-t-elle interrompue en se rasseyant sur sa chaise.

— Merci, Carina. Comme je vous l'ai déjà dit, Jane Augustine avait inscrit votre nom sur un document que nous avons trouvé dans son bureau. A vrai dire, il figurait parmi une liste de quinze personnes, les quatorze autres étant tous des médecins rhumatologues.

J'ai sorti la liste de mon sac et j'ai lu à haute voix les premiers noms qui s'y trouvaient.

— Ça vous dit quelque chose ?

Le visage de Carina Fariello s'était refermé pendant ma lecture, et ses yeux partaient dans toutes les directions comme si elle cherchait un soutien.

— Pour qui travaillez-vous ? a-t-elle demandé d'une voix tendue.

Mayburn est intervenu.

— Nous travaillons pour notre propre compte, Carina. Nous avons connu et aimé Jane Augustine et nous estimons que la police n'en fait pas assez pour retrouver son assassin.

Mayburn et Lucy n'avaient jamais rencontré Jane, mais ce petit mensonge était pour la bonne cause.

— Je ne comprends pas…, a dit Carina Fariello en fronçant les sourcils. En quoi les personnes que vous venez de mentionner peuvent-elles être liées au meurtre de Jane Augustine ?

— Nous ignorons si elles le sont, ai-je répondu. Nous nous intéressons aux enquêtes journalistiques que Jane menait avant sa mort. L'une d'elles concernait Jackson Prince et les recours collectifs qui font sa fortune. Or, Jane a inscrit cette liste de quinze noms au dos d'un document qui a trait à cette enquête. Vous avez vous-même travaillé pour M. Prince, n'est-ce pas ?

Pendant mon explication, la tête de Carina Fariello s'était progressivement inclinée vers le bas, et elle fixait à présent le bout de ses chaussures du regard. Elle est restée comme ça, silencieuse, pendant quelques secondes.

Puis elle s'est résolue à lever les yeux vers moi.

— Oui, j'ai bien travaillé pour lui. Jusqu'à ce qu'il me mette à la porte. C'est moi qui ai appelé Mme Augustine pour lui fournir cette liste de noms.

Un silence a d'abord salué ces propos, mais, en bon professionnel, Mayburn s'est mis à battre le fer tant qu'il était chaud.

— Je vois..., a-t-il dit d'une voix presque morne.

Mais je commençais à le connaître suffisamment pour savoir que cet aveu avait piqué sa curiosité.

— Que faisiez-vous exactement lorsque vous étiez au service de Jackson Prince ? a-t-il demandé sur le ton de la conversation.

— Je tenais les comptes et je dirigeais le secrétariat du cabinet. J'ai un diplôme d'expert-comptable, vous savez. J'ai travaillé pour lui pendant des années, mais il m'a licenciée il y a cinq mois.

Ses yeux se sont mis à briller. Visiblement, elle n'avait pas digéré cette éviction.

— Heureusement, j'ai retrouvé du travail à l'aéroport.

— Pourquoi M. Prince a-t-il souhaité se séparer de vous ? ai-je demandé.

— Le cabinet avait connu deux années un peu moins fastes. Ça lui a servi de prétexte pour me mettre à la porte.

— De prétexte ?

— Si je dis ça, c'est parce qu'il n'a licencié personne d'autre que moi. Et puis j'étais bien placée pour savoir que les finances du cabinet ne justifiaient pas une telle décision, d'autant que les affaires étaient en train de repartir de plus belle. Surtout avec le recours collectif des victimes du Ladera.

— Et M. Prince est l'avocat principal dans ce procès, n'est-ce pas ?

— Oui. C'est lui qui coordonne l'action de tous les avocats qui interviennent sur ce dossier du côté des plaignants. Et si King Pharmaceuticals est condamné, il touchera environ un tiers des dommages et intérêts destinés aux victimes.

— Les médecins qui figurent sur cette liste ont-ils quelque chose à voir avec le procès du Ladera ?

— Eh bien, c'est ce que M. Prince a dit, mais je ne sais pas au juste… Vous vous y connaissez un peu, en recours collectifs ?

J'ai hoché la tête.

— Un peu, oui.

— Alors vous savez peut-être comment les avocats utilisent les experts ?

— Ils désignent eux-mêmes leurs experts, ai-je répondu en me souvenant de ce que m'avait appris Grady. D'ordinaire, ils en choisissent un ou deux dans chaque spécialité pour toute la durée du procès.

— C'est tout à fait ça, a fermement approuvé Carina Fariello. Aussi je me suis étonnée que le cabinet continue à rémunérer tous les rhumatologues de cette liste alors que notre panel d'experts était déjà constitué. M. Prince m'a dit qu'il s'agissait d'experts qu'il conservait à notre service « en cas de besoin ». Il disait toujours ça quand je l'interrogeais sur le sujet : « On les garde sous la main en cas de besoin, Carina. » Mais ça ne m'empêchait pas de continuer à lui poser des questions, parce que je trouvais ça étrange. C'est vrai que M. Prince a consulté chacun de ces médecins avant de lancer le recours collectif, mais je ne voyais aucune raison de « les garder sous la main », comme il disait.

— Se peut-il qu'il ait continué à les payer parce qu'il voulait avoir l'avis d'un maximum de spécialistes ?

— C'est ce que j'ai d'abord cru, mais dans un cas pareil, nous aurions dû les rémunérer à la prestation. C'est comme ça que ça se passe, d'ordinaire. Si un spécialiste effectue une mission pour nous — un travail de synthèse ou un rapport technique, par exemple —, il nous envoie une note d'honoraires en détaillant le nombre d'heures passées à accomplir la tâche demandée. Du coup, aucun d'entre eux ne reçoit la même rémunération. Mais avec les médecins dont nous parlons, Jackson Prince établissait des notes d'honoraires avant même que l'affaire n'obtienne le statut de recours collectif, alors que ce n'est en aucun cas à l'employeur d'accomplir cette démarche. Et le montant versé par le cabinet était chaque fois le même pour chacun des rhumatologues concernés. Au centime près.

Mayburn est intervenu :

— Vous avez dit que malgré les explications de M. Prince, vous avez continué à lui poser des questions à ce sujet.

— Oui. Je voulais comprendre. Et il me répétait toujours la même chose. Gentiment au début, mais après un moment, il m'a simplement dit de rester à ma place et d'obéir à ses ordres. Alors j'ai continué à effectuer les versements. Je ne sais pas si vous avez eu l'occasion de rencontrer M. Prince, mais ce n'est pas le genre d'homme à qui on dit non.

— A cause de son charme ? ai-je demandé.

Elle a semblé trouver ça drôle, mais j'ai cru percevoir une note amère dans son petit rire.

— Croyez-moi, il n'est pas si charmant que ça quand il n'est pas en représentation. Loin des caméras ou des jurés, M. Prince mène son monde à la baguette, vous savez. Sous ses apparences policées, cet homme est un vrai sanguin qui n'hésite pas à vous hurler dessus pour obtenir ce qu'il veut.

J'ai fait la grimace. Beaucoup de ténors du barreau

avaient la réputation d'avoir un double visage. Gentlemen en public et despotes avec leurs employés.

— S'il y a une chose que je ne regrette pas, a poursuivi la comptable, c'est bien les colères de M. Prince. Et tout le monde y avait droit.

Elle a tiré nerveusement sur une mèche de cheveux, mais elle a semblé prendre conscience de ce geste machinal et a plaqué les mains sur ses cuisses.

— Ça me tracassait, ces versements, a-t-elle repris. Et j'avais le sentiment que comprendre le pourquoi du comment était mon devoir de comptable. C'est pour ça que j'ai continué à poser des questions, malgré l'agacement croissant de mon patron. Et lorsqu'il a commencé à transporter ces mêmes rhumatologues à bord de son avion privé, je suis allée une nouvelle fois frapper à la porte de son bureau pour demander des explications. Quelques jours après ça, je me suis retrouvée au chômage.

— Où l'avion privé de M. Prince emmenait-il ces médecins ? a demandé Mayburn.

— Ils l'utilisaient chacun séparément, et souvent vers des destinations différentes. D'après ce que j'ai pu voir en consultant la liste des passagers que nous devions fournir au pilote, les rhumatologues utilisaient le jet privé en compagnie d'amis ou de membres de leur famille. Dans presque tous les cas, ils se rendaient dans l'une des nombreuses résidences secondaires de M. Prince.

— Votre ancien patron se montrait-il aussi attentionné avec tous ses experts ?

Encore ce rire avec une note amère.

— Vous voulez rire ? Pour lui, ils n'étaient que de simples employés.

— Alors pourquoi ce traitement de faveur pour ces rhumatologues ? ai-je demandé.

Carina Fariello a haussé les épaules.

— Il s'est toujours montré évasif sur le sujet. Et quand j'ai insisté, il s'est débarrassé de moi.

— C'est pour cette raison que vous avez contacté Jane ?

Elle a acquiescé d'un signe de tête.

— Je l'ai regardée présenter le journal pendant des années, et je savais qu'elle avait un penchant pour les affaires judiciaires. Quand elle travaillait encore sur WNDY, la chaîne diffusait un spot où Jane Augustine invitait les téléspectateurs à appeler un numéro pour raconter un fait divers ou affaire qui aurait échappé aux grands médias. J'ignorais si mon histoire l'intéresserait, d'autant plus que je n'étais même pas certaine qu'il y avait quelque chose à creuser. Mais j'étais tellement furieuse d'avoir été renvoyée que j'ai décidé de tenter ma chance. J'ai laissé un message sur le répondeur mis en place par la chaîne. Il s'est passé beaucoup de temps avant qu'on ne me rappelle, mais quand j'ai enfin reçu un coup de fil de WNDY…

Ses lèvres se sont décrispées et un sourire s'y est formé.

— … c'est Jane Augustine en personne que j'ai eue au téléphone. Vous vous rendez compte ?

Je n'ai pu m'empêcher de sourire à mon tour.

— Ça ne m'étonne pas d'elle. Que vous a-t-elle dit, Carina ?

— Elle m'a juste posé quelques questions. Je lui ai parlé de l'argent versé aux rhumatologues, des voyages en avion privé, du fait que tous ces médecins étaient censés conseiller le cabinet dans l'affaire du Ladera.

— Jane vous a demandé autre chose, une fois que vous lui avez fourni ces renseignements ?

— Elle voulait les téléphones des quatorze rhumatologues, mais je n'en avais aucun. Par contre, j'ai pu lui dire où ils vivaient, et je crois que ça l'a bien aidée parce qu'ils habitent tous dans des villes différentes. Elle m'a rappelée quelques jours plus tard pour m'informer qu'elle avait réussi à les joindre, mais que seule Angela Hamilton-Wood a bien voulu lui parler. Si j'ai bien compris, Mme Augustine l'avait déjà rencontrée pour une autre affaire.

— Vous savez ce que le Dr Hamilton-Wood lui a raconté ?

— Non. Jane Augustine m'a simplement dit qu'elle allait quitter WNDY pour Trial TV, mais elle m'a assuré qu'elle ne renoncerait pas pour autant à cette enquête. Elle m'a même dit qu'elle était proche du but, ou quelque chose comme ça, et elle m'a demandé si j'accepterais d'être interviewée à la télévision, une fois le moment venu.

— Vous l'auriez fait ? a demandé Mayburn.

— Absolument, a répondu la comptable sans hésiter. M. Prince n'a pas été correct avec moi, vous savez. Il m'a licenciée pour faute grave. Du coup, je n'ai eu droit ni aux indemnités de licenciement ni aux indemnités de chômage. Et aucun des avocats que j'ai contactés n'a voulu me défendre. Trop petite affaire et trop gros risques professionnels, je suppose. Il faut croire que personne n'ose s'attaquer à Jackson Prince, dans cette ville.

« Sauf Jane », ai-je songé.

Carina Fariello a consulté sa montre.

— Voilà, je vous ai dit tout ce que je sais. Jane ne m'avait plus rappelée depuis un moment.

Elle a frissonné.

— Et c'est la première page du *Chicago Tribune* qui a fini par me donner de ses nouvelles. Parce qu'elle venait de mourir.

56

L'heure de pointe à Chicago est toujours un moment pénible à passer. Dans le temps, les embouteillages ne concernaient que les routes menant au quartier d'affaires. Mais à présent, les gens travaillent dans toute la ville et personne n'échappe aux bouchons du matin et du soir.

J'étais donc une nouvelle fois en train de me morfondre au fond d'un taxi, prise en otage par les flots de voitures que vomissait la ville. Autant dire que j'avais tout le loisir de retourner dans ma tête les révélations de Carina Fariello. Qu'est-ce que Jackson trafiquait avec ces médecins qu'il rémunérait à ne rien faire ? Les soudoyait-il ? Cette histoire avait-elle un lien quelconque avec le meurtre de Jane ? Il fallait *absolument* que je tire ça au clair. Pour Jane, bien entendu, mais aussi pour moi. Parce que j'avais déjà perdu mon emploi, et que je risquais bientôt de perdre mon avenir si je ne trouvais pas un moyen de mettre fin aux délires de l'inspecteur Vaughn.

La première chose à faire, me semblait-il, était d'entrer en contact avec le Dr Hamilton-Wood, l'unique rhumatologue qui avait accepté de parler à Jane.

Le chauffeur a changé de file en grommelant des propos peu amènes sur Chicago, sur son métier et sur la vie en général. L'instant d'après, il s'immobilisait une nouvelle fois, à quelques centimètres du véhicule qui précédait le nôtre. D'ordinaire, les bouchons me mettaient les nerfs à vif, mais après un moment de frustration, j'ai finalement décidé d'en tirer profit pour prendre le temps de réfléchir à tout ce qui venait de m'arriver. En l'espace d'une semaine, j'étais passée de chômeuse à reporter, puis de reporter à présentatrice, avant de retourner à la case départ. J'étais aussi passée du statut d'honnête citoyenne à celui de « personne digne d'intérêt ». Dans ces conditions, me trouver à l'arrière d'un taxi douteux jonché de vieux journaux me semblait un sort plutôt enviable. D'autant que les journaux en question dataient tous d'au moins une semaine, et que par conséquent aucun d'entre eux ne contenait d'article sur Jane.

Ou sur moi.

Mon téléphone portable a sonné. C'était Sam.

— Ça va, Iz ? Je suis sur le point de prendre l'avion, mais je voulais m'assurer que tu tenais le coup.

— Ah oui… J'avais oublié que tu devais partir.

Sam m'avait pourtant dit qu'il avait une réunion avec un gros client à Cincinnati.

— Je viens juste de voir les infos sur la télé de la salle d'embarquement. Ce flic est complètement à côté de la plaque ! C'est vraiment n'importe quoi !

— Oui, je sais.

— Où es-tu ?

— Dans un taxi. Je rentre chez moi.

— Ecoute, je viens de sortir de la salle d'embarquement et je suis en train de marcher vers la sortie de l'aéroport.

— Non, non, Sam. N'annule pas ton voyage pour moi.

— Tu plaisantes ? Je viens chez toi tout de suite. Tu es sûre que ça va, Iz ?

— Oui… Sauf que je viens de me faire virer de Trial TV.

— Ils t'ont *virée* ?

— Ben oui.

— Quelle bande d'enfoirés !

— C'est plus ou moins ce que je leur ai dit.

Le chauffeur a une nouvelle fois changé de file, mais nous n'avons pas avancé plus vite pour autant. Et c'était très bien comme ça. Je me sentais curieusement protégée, à l'arrière de ce taxi quasiment immobile, comme hors de la vie et des coups qu'elle semblait décidée à me porter.

— Sam, je ne veux vraiment pas que tu annules ton voyage. Tu es déjà à l'aéroport et je sais que ta réunion est importante. Et puis, pour tout te dire, je crois que j'ai besoin d'être un peu seule. Hier soir, c'était…

Je ne savais pas quel qualificatif utiliser : « bizarre », « frustrant », « factice » ?

— Ça ne nous ressemblait pas, Sam.

— Je sais. J'ai ressenti la même chose.

Au moins, nous étions d'accord là-dessus. Même si nous avions peut-être des avis divergents sur les raisons de ce malaise.

— Quand dois-tu embarquer ?

— Dans cinq minutes.

— Alors dépêche-toi. Et ne t'inquiète pas pour moi. Je vais me réfugier chez moi et rester planquée là jusqu'à ce que les choses se calment.

— Je ne sais pas, belle rousse. Je crois que tu ne devrais pas rester seule. Je comprends que tu n'aies pas envie que ce soit moi, mais il y a sûrement quelqu'un d'autre qui pourrait te tenir compagnie.

— Ça ne me dérange pas d'être seule. Au contraire, Sam, je crois que ça me fera du bien.

— Tu en es sûre ?

Le taxi a pris la sortie North Avenue.

— Je vais te laisser, Sam. Je suis presque arrivée. Et pour répondre à ta question : oui, je suis sûre.

Un soupir à l'autre bout du fil.

— Je t'appelle dès que j'atterris à Cincinnati.

— Parfait. Je t'aime, Sam.

— Je t'aime, belle rousse.

Vingt minutes plus tard, le taxi s'engageait dans Sedgwick Street. Comme une ourse blessée qui regagne sa tanière, je me suis sentie soulagée à l'idée de retrouver mon chez-moi. Mais alors que le taxi approchait de l'appartement, la réalité s'est brusquement invitée derrière les vitres de la voiture. Le temps, qui semblait s'être figé dans les embouteillages, a repris sa course folle.

Des camionnettes de la télévision et de la radio encombraient la rue. Deux d'entre elles portaient le logo de Trial TV. Des journalistes trompaient l'attente en discutant sur le trottoir, un cameraman nettoyait l'optique de son outil de travail, une reporter bouquinait sur les marches de la maison en briques.

J'ai lâché mon juron préféré — « Poutre en hêtre » en version originale — et je me suis tassée sur mon siège. Comment avaient-ils trouvé mon adresse ? J'étais pourtant sur liste rouge. Mais je me suis souvenue que j'avais donné ce renseignement à Trial TV au moment d'établir mon contrat de travail. Et pour graviter autour du monde des médias depuis un certain nombre d'années, je savais qu'une bonne information ne restait jamais longtemps entre les seules mains de celui qui l'avait découverte.

— Il faut que je me rende ailleurs, ai-je dit au chauffeur.

— Où ça ? a-t-il demandé en se rangeant le long du trottoir.

— Hum…

Sam avait déjà dû embarquer, à l'heure qu'il était. Quant à Quentin, il était parti ce matin à Miami avec son petit ami.

J'ai appelé Maggie sur son portable, mais c'est la boîte vocale qui m'a répondu. Elle devait être en rendez-vous. Ou peut-être avec Wyatt.

— Il faut que je vous laisse quelque part, a dit le chauffeur. Je dois aller chercher un client à l'aéroport.

Aller chercher un client à l'aéroport. Le Saint-Graal des taxis de Chicago. Ces gars-là n'hésiteraient pas à vous abandonner sur une aire d'autoroute pour aller chercher un client à l'aéroport.

Je me suis demandé si maman était chez elle. Je n'avais pas la clé de sa maison sur moi.

C'est alors qu'un journaliste a repéré mes cheveux roux derrière la vitre du taxi. Il a pointé le doigt dans ma direction et bientôt une horde de reporters s'est précipitée vers moi.

— C'est quoi, ce bordel ? a dit le chauffeur. Moi, je fous le camp d'ici. Descendez, mademoiselle.

— Donnez-moi juste une minute… *S'il vous plaît.* Je vais trouver une solution…

J'ai réfléchi à toute vitesse aux possibilités qui s'offraient à moi. Je pouvais sortir du taxi et courir jusqu'au métro. Ou alors jusqu'à chez moi. Mais si je faisais ça, la presse ferait le siège de mon appartement toute la nuit et je les retrouverais demain matin sous mes fenêtres.

— Quelle galère…, ai-je murmuré.

— Je ne plaisante pas, a dit le chauffeur. Je veux que vous sortiez de mon taxi. Je n'ai pas envie d'être en retard à l'aéroport, et je n'ai pas non plus envie que ces tarés cabossent ma voiture. Alors dehors, ma petite dame.

C'est alors que j'ai vu quelqu'un qui courait vers nous encore plus vite que les journalistes et les cameramen.

Grady.

Trois secondes plus tard, il me tirait de mon siège, une expression inquiète sur le visage.

— Ma caisse est juste là, a-t-il dit en me montrant le trottoir d'en face.

— On peut dire que tu tombes à pic, ai-je lancé tandis qu'il se penchait dans l'habitacle pour donner un billet de vingt dollars au chauffeur.

Puis nous avons piqué un sprint jusqu'à la voiture de

Grady, la presse à nos trousses. Derrière nous, les caméras tournaient, les appareils photo mitraillaient, les questions fusaient. Il y en avait une qui revenait sans cesse et qui me terrifiait : « Avez-vous tué Jane Augustine ? »

Je savais ce que Maggie m'aurait conseillé de dire, et pour une fois, j'ai décidé de l'écouter :

— Aucun commentaire ! ai-je hurlé.

57

De l'extérieur, on n'aurait pas imaginé que l'appartement de Grady puisse être un tel havre de paix. L'immeuble qui l'abritait n'avait aucun intérêt particulier, à l'image de ce quartier où vivaient beaucoup de jeunes trentenaires qui attendaient de pouvoir s'offrir mieux. Grady était dans ce cas, lui aussi, le salaire d'un avocat collaborateur n'autorisant aucune folie. Mais une fois chez lui, la décoration soignée faisait oublier la banalité du voisinage.

— J'avais oublié à quel point ton appart était beau.

J'ai laissé mes yeux vagabonder sur les murs chocolat ornés de cadres blancs, sur les deux canapés en cuir noir, sur les lampes aux abat-jour dorés.

— C'est gentil, mais je n'en suis que partiellement responsable. N'oublie que ma sœur m'a donné un sérieux coup de main.

Il m'a souri.

— Il faut que j'enlève ce costume, a-t-il dit avant de jeter un coup d'œil à mon tailleur-pantalon. Tu veux te changer, toi aussi ? Je peux te passer quelque chose, si tu veux.

— Pourquoi pas ? Tu as un sweat-shirt à me prêter ?

Il m'a fait signe de le suivre dans sa chambre.

Ici, le gris foncé des murs contrastait avec le blanc de la housse de couette qui couvrait un lit parfaitement fait.

— Tu es tellement ordonné, ai-je dit.

— C'est ma femme de ménage qui est ordonnée, a corrigé Grady. Elle est venue aujourd'hui.

Il a ouvert un placard et en a sorti un sweat-shirt rouge à capuche orné d'un casque de pompier.

— Ça fait une éternité que je ne l'ai pas porté, a-t-il dit en me le tendant. Je passe trop de temps au bureau et pas assez chez moi. Tu vois, je suis comme toi, a-t-il ajouté en esquissant un sourire. Très occupé.

Un reproche larvé perçait-il sous ces mots ? Je n'ai pas relevé.

— Maintenant que j'ai été virée, je vais pouvoir recommencer à prendre le temps de vivre, ai-je dit en retirant ma veste.

J'ai enfilé le sweat-shirt par-dessus le caraco de soie que je portais sous mon tailleur.

— Ah, je me sens mieux…

J'ai sorti mes cheveux coincés dans le col et j'ai relevé les manches. Je me suis rendu compte que Grady ne disait plus rien.

— Ça signifie que tu vas avoir plus de temps à me consacrer ? a-t-il fini par demander.

J'ai haussé les épaules tandis qu'il retirait à son tour la veste de son costume.

— Oui, sans doute.

Une fois que je n'aurais plus les flics sur le dos. Une fois que j'aurais retrouvé l'assassin de Jane.

Il a déboutonné les manches de sa chemise. Il avait de longs doigts et de robustes avant-bras.

— « Sans doute » ? Ça veut dire que tu n'en es pas sûre ?

— Si, si, j'en suis sûre.

J'avais envie d'en être sûre. Je ne demandais même que ça : que ma vie soit assez simple pour répondre sans hésiter à ce genre de questions.

Il déboutonné sa chemise sans me quitter des yeux. Un

grand calme régnait soudain dans l'appartement, comme si l'agitation de la ville et de cette dernière semaine n'avait jamais existé.

Il a fait un pas dans ma direction. Puis un autre. Il a pris une des ficelles de ma capuche et l'a enroulée autour de son doigt.

— Tu es belle, avec ce sweat, a-t-il dit. J'aime bien te voir dans mes vêtements.

L'instant d'après, son visage n'était plus qu'à quelques centimètres du mien. Une tache de rousseur invisible de loin décorait sa lèvre inférieure. Je l'ai fixée du regard. Il s'est penché vers moi et sa bouche s'est attardée un instant sur ma pommette avant qu'il ne la laisse glisser le long de ma joue. Finalement, il a enfoui le visage dans mon cou et il a pris une grande inspiration.

— Tu sens tellement bon, Izzy…

Lui aussi sentait bon. Une odeur plus charnelle que celle de Sam. Plus familière que celle de Theo.

Il a retiré le visage de mon cou et m'a regardée de nouveau, repoussant avec deux doigts une mèche qui barrait mon front.

Et il m'a embrassée, les mains plaquées sur mes joues. Ma langue est allée rencontrer la sienne. Nous nous sommes embrassés ainsi pendant un long moment, jusqu'à ce qu'il interrompe brusquement le baiser.

Il a reculé le visage et a cherché mon regard.

— Tu n'es pas vraiment là, a-t-il dit.

— Comment ça ?

— Je sens bien que tu as la tête ailleurs.

— Mais non, pas du tout.

J'avais envie de m'abandonner aux baisers de Grady. Mais pas parce que j'étais attirée par lui. Tout ce que je voulais, c'était fuir la réalité.

Il a fait un pas en arrière. J'avais froid au visage sans ses mains pour le réchauffer.

— Ce n'est pas le moment de t'embêter avec mes questions, a-t-il dit. Tu as assez de soucis comme ça.

Tout s'embrouillait dans ma tête, comme si sa capacité de stockage venait d'atteindre ses limites. Elle abritait trop d'angoisse, trop de chagrin, trop de questions et peut-être trop d'hommes. J'ai ouvert la bouche pour essayer de mettre des mots sur le désordre de mes pensées, mais ce n'était pas si simple. J'ai fait plusieurs tentatives pour m'expliquer, mais je m'interrompais chaque fois après avoir bredouillé quelques paroles inintelligibles.

Et soudain une pensée a surnagé au milieu du chaos. Une pensée qui avait la clarté des certitudes.

— Tout ce que je peux te dire, Grady, c'est que je n'ai jamais douté de notre amitié.

Il est resté impassible. Un ange est passé. Puis un autre.

— Alors, si je comprends bien, a-t-il fini par murmurer, tu ne doutes pas de notre amitié, mais tu doutes de tout ce qu'il pourrait y avoir d'autre entre nous ?

— Oui.

Le dire à haute voix m'a fait mesurer à quel point c'était vrai. Mais je me suis sentie terriblement mal en voyant les traits de Grady se décomposer.

— C'est peut-être à cause de ce que je vis en ce moment, ai-je tempéré. Toute cette histoire avec Jane.

— Non, ça n'a rien à voir avec la mort de Jane, a-t-il répliqué, une expression dure sur le visage. Tu as essayé de me voir autrement que comme un ami, mais…

Il avait raison. Et il méritait la vérité.

— Je ne sais pas quel est mon problème, Grady. Tu es pourtant un homme formidable. Drôle, gentil, responsable, et…

J'ai jeté un coup d'œil à ses avant-bras.

— Et sexy, ai-je ajouté.

— Mais je ne te fais pas d'effet. Pas vraiment.

Je n'ai rien répondu.

— C'est à cause de Sam, c'est ça ? Vous vous êtes remis ensemble ?

— Non, ce n'est pas ça.

Mon téléphone a sonné dans mon sac, sur le lit de Grady. Je ne suis pas allée le chercher. Nous sommes restés face à face pendant de longues secondes, comme si notre dialogue se poursuivait par le regard, et j'ai vu quelque chose s'adoucir dans le sien.

— D'accord, Iz, a-t-il murmuré, d'accord… Nous sommes amis.

Mon portable s'est remis à sonner et j'ai une nouvelle fois laissé la boîte vocale décrocher. Mais dix secondes plus tard, il sonnait de nouveau.

Je me suis résolue à interrompre notre dialogue muet pour aller répondre. « Sam-portable », indiquait l'écran.

— Désolée, ai-je dit à Grady en collant l'appareil contre mon oreille. Allô ?

— Je n'arrive pas à y croire, Izzy ! a lancé Sam d'un ton furieux. Je n'arrive pas à croire que tu sois avec Grady !

Je suis sortie sur le balcon. Au-dessus de ma tête, le ciel était gris et brumeux. J'ai frissonné, la main crispée sur le téléphone. Mais de toute façon, la conversation a été brève.

— Mon vol a été retardé, a poursuivi Sam.

Sa voix trahissait autant de dépit que de colère.

— Je suis allé boire un verre au bar de l'aéroport, et qui je vois sur CNN ? Toi et Grady qui partez ensemble dans sa voiture ! Drôle de façon d'être seule, tu ne trouves pas ?

— Calme-toi, Sam. La presse faisait le pied de grue devant chez moi et j'ai dû battre en retraite.

— Alors tu as appelé Grady pour qu'il vienne jouer les sauveurs.

— Pas du tout ! Je ne l'ai pas appelé, Sam. Il se trouve

qu'il était là et il m'a aidée à échapper aux journalistes, c'est tout.

— Il était là, hein ? a lancé Sam d'un ton ironique et amer. Comme par hasard… Il faut dire que ça fait un moment que ce cher Grady se met en quatre pour t'être agréable, pas vrai ?

— Qu'est-ce que c'est censé vouloir dire ? Grady est juste un ami.

— Sois un peu honnête, d'accord ? Tu sais très bien qu'il n'est pas *juste* un ami.

J'ai songé à ce qui venait tout juste de se passer entre Grady et moi. Les choses étaient claires, maintenant.

— Si, Sam. Nous sommes juste amis.

Ce n'était pas vrai depuis longtemps, mais c'était vrai.

— Tu parles d'un ami ! a ricané Sam. Tu me prends vraiment pour un abruti, Izzy. Quand je pense que tu m'as envoyé sur les roses pour te tourner vers lui ! Tu l'as laissé te sauver à ma place !

Je suis restée sans voix et j'ai baissé les yeux vers la rue, quinze étages plus bas. Durant quelques secondes, je me suis contentée de suivre des yeux les voitures qui allaient et venaient sous mes pieds, l'esprit vide.

— Il ne m'a pas sauvée, ai-je dit finalement.

— Si, Iz. Et si ce n'était pas lui qui était venu à ta rescousse, ç'aurait été quelqu'un d'autre. Tu es le genre de fille qui aura toujours un chevalier servant pour venir la secourir.

— Qu'est-ce que tu racontes ?

— Quand j'ai brusquement dû quitter Chicago, il y a six mois, tu n'as même pas attendu une semaine pour me remplacer par Grady !

— Tu avais *disparu*, Sam. Je n'avais plus aucune nouvelle de toi. Et je ne t'ai pas remplacé par Grady.

— Bien sûr que si. Là encore, tu l'as laissé te sauver.

Curieusement, la fureur de Sam a eu sur moi un effet

bénéfique. Les mots durs que lui inspirait sa colère sont parvenus à dissiper le brouillard qui couvrait mes pensées.

— Tu veux que je te dise, Sam ? Personne ne peut me sauver. Personne, à part moi-même.

Cette fois, c'est moi qui lui ai raccroché au nez.

J'ai quitté le balcon pour rentrer dans l'appartement. Grady était dans sa cuisine, adossé au plan de travail, les bras fermement croisés sur la poitrine.

— Je suis désolée, Grady, mais il faut que je m'en aille.

— Voir Sam ?

— Non. Mettre la main sur le Dr Hamilton-Wood.

58

J'ai emprunté la voiture de Grady et j'ai mis le cap sur Hyde Park. L'heure de pointe était maintenant passée, et le GPS m'a guidée en moins de vingt minutes jusqu'à un quartier ancien aux demeures majestueuses et pour la plupart bien entretenues. Certaines étaient en briques, d'autres en pierres, mais toutes avaient un âge vénérable. J'avais entendu dire que ce quartier avait retrouvé une nouvelle vie, attirant depuis peu une population aisée qui d'ordinaire ne mettait pas les pieds dans cette partie de la ville réputée mal famée. Il n'était pas difficile de voir ce qui avait séduit ces nouveaux arrivants : proche du lac, de l'Université de Chicago et du musée des Sciences et de l'Industrie, ce quartier avait en outre conservé, grâce à son architecture presque intacte, l'atmosphère du Chicago d'antan.

J'ai continué à suivre les indications du GPS. Le fait que Grady m'ait prêté sa voiture et qu'il soit descendu avec moi pour programmer le GPS ne faisait que renforcer l'affection que j'éprouvais pour lui. Mais je savais désormais que cette affection était de celles qui unissent les amis. Pas les amants.

Bien sûr, il en allait différemment pour les sentiments qui me liaient à Sam. Je l'avais longtemps vu comme un ami *et* un amant, et jusqu'à une date récente, tout semblait indiquer qu'il deviendrait aussi mon mari. Qu'est-ce qui s'était brisé entre nous ? Pourquoi la couronne d'« homme de ma vie » semblait-elle brusquement trop grande pour lui ? Mais ce n'était pas le moment de chercher des réponses à ces questions.

L'heure était à l'action.

J'ai chassé Sam et Grady de mes pensées et j'ai tourné à gauche dans Blackstone Avenue, comme me l'avait aimablement ordonné la voix du GPS.

Des gamins jouaient au ballon sur la pelouse qui s'étendait devant la maison du Dr Hamilton-Wood, tandis que la nuit tombait doucement sur la ville. Une femme était assise sur les marches qui menaient à la porte d'entrée, et j'ai décidé d'aller me garer un peu plus loin afin de pouvoir l'observer un moment. Elle avait la peau noire et ses cheveux lissés frisaient un peu aux extrémités. Elle portait un jean et un chemisier blanc. Jambes croisées, elle regardait d'un air impénétrable les enfants qui jouaient.

Je suis sortie de la voiture et j'ai marché vers la maison. Elle était ancienne, comme celles qui l'entouraient, mais avec sa façade de pierres blanches, sa tourelle et sa porte d'entrée ornée d'un vitrail, la maison du Dr Hamilton-Wood se distinguait par son charme.

Les enfants se sont arrêtés de jouer lorsque je suis arrivée à leur hauteur. Mais je devais avoir l'air inoffensif parce qu'ils se sont aussitôt remis à taper dans le ballon.

La femme a décroisé les jambes et a redressé le dos, son visage s'éclairant d'un aimable sourire.

— Bonjour, madame. Je m'appelle Izzy McNeil, ai-je dit en lui tendant la main.

Elle s'est levée pour la serrer. Derrière elle, les derniers feux du crépuscule mettaient en valeur les couleurs du vitrail alors que les réverbères prenaient le relais de la lumière du jour.

— Angela Hamilton. Vous êtes nouvelle dans le quartier ?

— Non, je viens vous voir à propos de Jane Augustine.

Le sourire a quitté son visage.

— Ce qui lui est arrivé est tellement triste, a-t-elle dit. J'avais une profonde admiration pour Jane.

— Comment l'avez-vous connue ?

Elle a descendu les deux marches qui la séparaient de moi. Je n'arrivais pas à lui donner un âge. Quelque part entre vingt-cinq et… quarante-cinq ans. Mais l'estimation haute devait être plus proche de la vérité, parce qu'il fallait de longues années pour obtenir un diplôme de rhumatologie et se forger l'excellente réputation dont m'avait parlé Grady.

— J'ai perdu mon frère il y a sept ans. Tué par balles en pleine rue. La police s'était montrée incapable de retrouver le coupable et elle avait fini par classer le dossier. Mais Jane s'est passionnée pour l'affaire et elle n'a eu de cesse de poser des questions et de creuser de nouvelles pistes, jusqu'à ce qu'elle trouve des éléments assez sérieux pour relancer l'enquête. Sans elle, la police n'aurait jamais rouvert le dossier. Ça faisait longtemps que la mort de mon frère ne les intéressait plus.

— Je la reconnais bien là, ai-je dit avec un petit sourire. Quand Jane prenait une affaire à cœur, elle ne lâchait jamais le morceau.

— Est-ce que vous collectez des fonds pour une association caritative créée en sa mémoire ?

La rhumatologue a fait un geste vers la porte entrouverte de sa maison.

— Mon carnet de chèque est à l'intérieur. Je peux aller le chercher, si vous voulez.

— Non, j'étais amie avec Jane et je suis là pour vous poser quelques questions. J'essaie de comprendre pourquoi on l'a assassinée.

— J'ai entendu dire que son meurtrier lui avait porté plusieurs coups sur la tête.

— Elle a aussi été étranglée, ai-je dit.

J'ai revu les yeux de Jane, ouverts sur le néant.

— Je veux lui rendre justice, ai-je dit. Je veux retrouver celui qui a fait ça. Et j'ai appris que vous vous êtes vues récemment à propos d'un sujet de reportage sur lequel elle travaillait.

J'ai vu quelque chose passer dans le regard du Dr Hamilton-Wood — un peu de méfiance, peut-être ? —, mais ça a disparu aussi vite que c'était venu.

— En effet. Jane préparait un sujet sur les recours collectifs et je lui ai donné quelques informations.

— Quel genre d'informations ?

Le visage de la rhumatologue, si ouvert lorsqu'elle m'avait accueillie, semblait maintenant presque entièrement fermé.

— C'est assez technique, vous savez.

— Ça avait un lien avec Jackson Prince ?

Elle n'a pas répondu tout de suite, mais j'ai vu qu'elle était troublée.

— Il se peut qu'on ait évoqué M. Prince, a-t-elle fini par répondre. On a parlé de beaucoup de choses, vous savez.

Un sourire nerveux s'est dessiné sur ses lèvres.

— Mais il va falloir que je vous laisse. Il commence à se faire tard et je dois aller coucher les enfants.

Elle s'est tournée vers les deux garçons qui s'ébattaient toujours sur la pelouse.

— Brady ! Thomas ! Rentrez à la maison et préparez-vous pour le bain.

Les enfants ont maugréé de vagues protestations, mais ils ont obéi après avoir tiré une dernière fois dans le ballon.

— Bonne soirée, m'a-t-elle dit avec un nouveau sourire.

— Docteur Hamilton-Wood, ai-je lancé alors qu'elle me

tournait déjà le dos. J'aimerais encore vous poser quelques questions.

Elle m'a regardée par-dessus son épaule avec une petite grimace.

— C'est Dr *Hamilton*, a-t-elle corrigé. J'ai repris mon nom de jeune fille depuis mon divorce. Enfin, bref…

— Docteur Hamilton…

— Ecoutez, m'a-t-elle interrompue d'une voix plus ferme, si j'ai accepté de raconter certaines choses à Jane, c'est parce que j'avais le sentiment d'avoir une dette envers elle. Mais je n'ai aucune envie de parler de cette histoire avec qui que ce soit d'autre. Maintenant, si vous voulez bien m'excuser…

Elle s'est remise à grimper les marches de sa maison. J'ai joué ma dernière carte.

— Et si Jane avait été tuée à cause de cette histoire ?

Elle s'est figée, avant de se retourner lentement.

— Comment cela se pourrait-il ?

— Il faut que je sache si Jane enquêtait spécifiquement sur Jackson Prince. Il lui en voulait, vous savez. J'ai moi-même été témoin de sa colère le jour du lancement de Trial TV, alors que Jane venait de lui…

Angela Hamilton m'a de nouveau interrompue, sourcils froncés.

— Attendez une seconde. Pouvez-vous me redonner votre nom, je vous prie ?

J'ai dégluti. Jamais je n'avais autant hésité à m'identifier. Mais je me suis résolue à le faire.

— Izzy…, a-t-elle répété. C'est un diminutif d'Isabel, n'est-ce pas ? Vous êtes la femme dont a parlé la police.

— Oui, je suis la « personne digne d'intérêt », ai-je admis du bout des lèvres. Mais si la police s'intéresse à moi, c'est parce que j'ai découvert le corps de Jane et que l'enquête n'avance pas. Il fallait qu'ils donnent un os à la presse, vous comprenez, et c'est moi qui en ai fait les frais.

J'ai pris une grande inspiration.

— Ecoutez, madame Hamilton, tout ce que je veux, c'est retrouver l'ordure qui a tué mon amie Jane.

— Vous ne pensez pas que c'est plutôt le rôle de la police ?

— Ça devrait l'être. Mais comme je viens de vous le dire, ils font fausse route. Comme avec votre frère.

Elle a hésité un instant, puis elle a secoué la main.

— Il faut que je vous laisse.

— Je vous en prie…

— Non, vraiment, je crois qu'il vaut mieux en rester là.

Elle a gravi la dernière marche et je lui ai emboîté le pas.

— J'ai vu Jackson Prince le jour de la mort de Jane, ai-je dit.

Je parlais vite, de crainte qu'elle ne me ferme sa porte au nez.

— Jane l'avait invité pour débattre à l'antenne. Mais lorsqu'elle lui a posé des questions précises sur le recours collectif contre King Pharmaceuticals et la façon dont les plaignants ont été recrutés, il est devenu si furieux qu'il a quitté l'émission avant la fin. Quand j'en ai parlé à Jane un peu plus tard, ce jour-là, elle m'a dit qu'elle était sur le point de sortir une affaire qui allait mettre M. Prince dans une situation difficile. Le soir même, quelqu'un venait l'assassiner chez elle.

Angela Hamilton s'était arrêtée pour m'écouter, la main sur la poignée de la porte et le corps à demi tourné vers moi. Elle a fermé les yeux un instant.

J'ai poursuivi, m'interrogeant à haute voix.

— L'affaire qu'elle s'apprêtait à sortir était-elle si dommageable pour Jackson Prince qu'il a préféré la supprimer afin d'éviter le scandale et peut-être même la ruine ? A moins qu'il n'ait engagé un homme de main pour faire le sale boulot à sa place ?

Elle a ouvert la bouche, mais aucun son n'en est sorti.

— Maman ! a crié un des enfants depuis l'intérieur de la maison.

— Je suis navrée, a-t-elle dit. Je ne peux rien vous dire de plus.

Une hésitation.

— Bonne chance pour la suite.

J'ai réussi à trouver une vieille carte de visite au fond de mon sac et je l'ai tendue au médecin juste avant que la porte se referme sur mon bras. Le temps qu'elle s'en saisisse, j'ai également réussi à trouver un stylo.

— Attendez, ai-je dit en lui reprenant la carte pour rayer le téléphone de Baltimore & Brown et y inscrire à la place mon numéro de portable. Là, vous pourrez me joindre à ce numéro si vous changez d'avis. A n'importe quelle heure, d'accord ?

Je l'ai regardée droit dans les yeux.

— Jane était mon amie, et elle ne méritait pas de connaître une mort aussi atroce. S'il existe la moindre chance pour que Jackson Prince soit lié à ce crime, vous avez le devoir moral de me le dire. *S'il vous plaît*, ai-je ajouté d'une voix plus douce.

Le soleil avait fini par rendre les armes, abandonnant le quartier à la nuit. Mais je voyais parfaitement le visage du Dr Hamilton dans la lumière des réverbères. Nous nous sommes fait face en silence pendant de longues secondes, juste deux femmes les yeux dans les yeux.

— Maman ! a encore crié un de ses enfants.

Elle a lentement refermé la porte, et je suis retournée à ma voiture. Un quart d'heure plus tard, alors que je venais de sortir à North Avenue, mon portable a sonné.

C'était le Dr Hamilton.

59

Si, de l'extérieur, la maison du Dr Hamilton évoquait le passé, son intérieur disposait de tout le confort moderne, et même d'un certain luxe.

La rhumatologue avait les joues luisantes et les yeux rougis, comme si elle n'avait cessé de pleurer depuis qu'elle m'avait appelée et que j'avais fait demi-tour pour revenir chez elle. Elle avait couché ses enfants et nous étions toutes les deux attablées dans sa cuisine, de part et d'autre d'une grande table en érable qui brillait sous la lumière de trois jolies suspensions.

— Vous voyez ça ? a-t-elle dit en indiquant les lampes en question. C'est du verre soufflé de Murano.

Sa main a ensuite survolé les appareils électroménagers, dignes d'une cuisine professionnelle.

— Regardez-moi ce fourneau. C'est un La Cornue et il coûte vingt-cinq mille dollars. Et tout est à l'avenant dans cette maison. Les gens s'imaginent que les médecins gagnent des millions. Tu parles ! Mais c'est aussi ce que je croyais quand j'ai fait mes études, quand j'ai effectué des stages, et enfin quand j'ai intégré un cabinet médical. Et durant toutes ces années, j'ai accumulé les emprunts, persuadée que je pourrais les rembourser sans mal une fois installée. Mon mari et moi avons des enfants, et, bien sûr, c'est lui qui s'est arrêté de travailler pour s'occuper d'eux, parce que moi je suis censée gagner plein de fric !

La colère et l'amertume qui portaient ces mots ont semblé laisser place à l'accablement, et Angela Hamilton a enfoui la tête dans ses mains. Elle est restée ainsi quelques secondes avant de lever vers moi des yeux pleins d'angoisse.

— Vous pensez vraiment que Jackson Prince est impliqué dans le meurtre de Jane ?

— Je n'en sais rien. Tout ce que je sais, c'est que je suis innocente de ce crime.

J'ai pris une brève inspiration.

— Ecoutez, il se trouve que je suis avocate.

Je n'ai pu réprimer un petit rire.

— Du moins, je l'étais jusqu'à récemment… Je sais que le corps médical se méfie des avocats, mais je vous assure que c'est un métier passionnant. Et c'était mon quotidien il y a encore six mois. Quand je me suis fait éjecter de cette profession, j'ai cru que j'avais touché le fond. Mais aujourd'hui, je suis sur le point de perdre bien plus qu'une place douillette au sein d'une profession que j'aimais. C'est mon avenir qui est en jeu, ici. Ma vie.

Dire à haute voix ce que je m'étais jusque-là contentée de penser — ou plutôt de refouler — m'a fait prendre pleinement conscience de l'enjeu de toute cette affaire. Et ça m'a terrifiée.

Angela Hamilton a dû lire la panique dans mon regard. Une nouvelle fois, elle a enfoui le visage dans ses mains.

— Pourquoi ai-je raconté tout ça à Jane ? J'aurais mieux fait de me taire.

Elle s'est redressée et a croisé les bras, les doigts crispés sur les manches courtes de son chemisier blanc.

— En parlant de ce que j'ai fait, je prends un risque énorme, vous savez. Je pourrais me faire radier de l'Ordre des médecins. Bien sûr, je n'ai tué personne, mais…

Elle a secoué la tête.

— Le problème, c'est que je n'ai plus de mari, maintenant. Et je crois que je voudrais arrêter la médecine. Oui… Je voudrais vraiment arrêter.

Je n'ai rien dit. Je n'étais pas sûre de comprendre ce dont elle parlait, mais elle n'a pas tardé à tout m'expliquer.

Lorsqu'elle avait intégré un cabinet médical, Angela Hamilton avait cru le temps des vaches maigres révolu. Enfin, elle gagnait assez pour rembourser ses emprunts et régler les factures, mais aussi pour mettre de l'argent de côté. Ses enfants allaient pouvoir étudier dans les meilleures universités sans avoir à se démener pour obtenir des bourses d'études comme elle avait dû le faire. Les Hamilton-Wood avaient acheté la maison et inscrit leurs enfants dans l'école la plus cotée de la ville. Leur petite famille vivait bien, à cette époque, m'a-t-elle dit. Et même très bien.

Mais les cotisations du système de sécurité sociale s'étaient brusquement envolées tandis que le coût des assurances obligatoires suivait la même voie. A la même période, les deux médecins qui avaient fondé le cabinet lui avaient demandé de s'associer avec eux. C'est ce qu'elle avait fait, mais ça lui avait occasionné de nouveaux frais. Malgré tout, elle aurait encore pu s'en sortir si l'un de ses deux associés n'avait été poursuivi en justice par un patient. Lorsque le verdict — favorable au patient — était tombé, ils avaient eu la mauvaise surprise de découvrir que l'erreur reprochée au médecin n'était pas couverte par son assurance. Et les statuts du cabinet médical stipulaient que, dans un tel cas, l'ensemble des associés devaient régler solidairement les frais de justice, ainsi que les dommages et intérêts. La somme à débourser était colossale et aucun des trois médecins n'avait pu toucher de salaire pendant plusieurs mois. Plusieurs mois au terme desquels le Dr Hamilton s'était retrouvée en grande difficulté financière.

Son visage affichait une expression de plus en plus accablée sous la douce lumière des lampes italiennes, tandis qu'elle me racontait sa descente aux enfers. Elle avait dû vivre ce calvaire seule, sans le soutien de ses proches, qui ignoraient tout de la situation. Parce qu'elle était celle qui avait réussi dans la famille, celle que tout le monde enviait et admirait, elle s'était sentie obligée de donner le change et de continuer à mener grand train, mais à crédit cette fois-ci, s'enfonçant toujours plus profond dans les ennuis financiers. Et avec un mari au foyer, la situation avait fini par atteindre un point de non-retour.

— C'est alors que j'ai rencontré Jackson Prince.

Elle a fixé du regard les lampes de verre soufflé, comme si cela pouvait bloquer les larmes qui lui montaient aux yeux.

— Ça m'a toujours choqué de voir des médecins témoigner contre leurs confrères, et je m'étais juré de ne jamais le faire. Mais j'ai dû assouplir ma position, et j'ai fait comprendre à M. Prince que j'étais prête à donner un coup de main, en effectuant par exemple des travaux de synthèse sur des affaires d'erreur médicale. Il fallait absolument que je trouve un moyen de gagner de l'argent. Jackson Prince n'a pas tardé à me demander mon avis sur quelques dossiers. Et puis j'ai fini par témoigner pour lui à la barre. Il a su me flatter, me dire que j'avais impressionné tout le monde par mon sang-froid et la clarté de mon exposé, ce genre de choses… Et ça m'a fait plaisir, vous savez. Avec le recul, je me dis que si j'ai été aussi sensible à ses compliments, c'est parce que je me trouvais dans une mauvaise passe et que j'avais besoin de reprendre confiance en moi. Du coup, j'ai oublié mes principes et je lui ai dit que j'étais d'accord pour renouveler l'expérience. Mais les procès pour erreur médicale sont assez rares dans le domaine de la rhumatologie et Jackson Prince répondait par la négative chaque fois que j'appelais pour demander s'il y avait du travail pour moi. Et pendant ce temps, ma situation financière continuait à se dégrader à un point alarmant. Et puis un jour, il m'a demandé s'il m'arrivait de prescrire du Ladera à mes patients.

Elle s'est interrompue pour inspirer profondément, comme si elle venait seulement de retrouver le mode d'emploi pour respirer.

— Et c'était le cas ? ai-je demandé, même s'il me semblait connaître la réponse.

Un sourire amer s'est dessiné sur ses lèvres.

— Les visiteurs médicaux qui venaient promouvoir le Ladera étaient très persuasifs. Bien sûr, ils ne peuvent plus vous couvrir de cadeaux et vous inviter dans des grands restaurants comme ça se faisait dans le temps, mais ils savent contourner la loi. De nos jours, ils vous rémunèrent grassement pour faire des conférences ou animer des débats. Et quand on sait que ces interventions se déroulent souvent dans un pays lointain, non loin d'une plage ensoleillée… Une heure de conférence au milieu d'un week-end de farniente, tous frais payés bien entendu, avouez que c'est tentant, surtout quand vous traversez une passe difficile. Tout ça pour dire que j'ai privilégié le Ladera pour soigner mes patients souffrant d'arthrite. Je le prescrivais dans quatre-vingt-quinze pour cent des cas.

— Certains d'entre eux ont-ils connu les problèmes cardiaques qui motivent l'action en justice contre King Pharmaceuticals ?

— Oui, quelques-uns. Il y a même eu deux décès. J'ai fait une note pour chacun de ces cas à l'intention de Prince & Associates. Et puis un jour, il m'a appelée.

— Jackson Prince ?

— Oui. J'en conserve un souvenir très précis, parce ce jour-là, nos avocats venaient de nous annoncer qu'on venait de perdre un autre procès. L'un de mes associés se faisait vieux et il multipliait les erreurs. J'étais dans un état de panique… Je me voyais déjà tout perdre : la voiture, la maison, les meubles, les études des enfants… Et pire que tout, la considération des miens. Tout ce à quoi j'avais travaillé si dur était sur le point de s'écrouler. Et c'est alors que le téléphone a sonné. Je m'attendais à une autre catastrophe, et d'une certaine façon, c'en était une. Mais sur le moment, j'ai eu le sentiment que c'était tout le contraire. Une fois que nous nous sommes parlés, Jackson Prince et moi, je me souviens avoir pensé : « Comme la vie est curieuse ! Un avocat signe mon arrêt de mort, et l'instant d'après, un autre vient me sauver. »

— Que vous a-t-il dit, ce jour-là ?

Elle a pressé les lèvres l'une contre l'autre en secouant la tête, et l'espace d'un instant, je me suis demandé si elle allait finalement refuser de me donner la clé de l'affaire. Mais elle s'est remise à parler, au bord des larmes.

— Il m'a dit qu'il avait besoin d'avoir plus de patients ayant connu des problèmes cardiaques à la suite d'un traitement au Ladera. Il cherchait à augmenter le nombre de plaignants afin de donner du poids au recours collectif qu'il s'apprêtait à mettre sur pied.

— Alors, c'était avant que la plainte ne soit déposée contre King Pharmaceuticals.

— Oui. Il existait bien quelques cas de complications dues au Ladera, mais il s'agissait de cas isolés. En réalité, ça restait trop marginal pour former un recours collectif. M. Prince m'a clairement dit qu'il lui fallait plus de victimes. Il m'a expliqué que, de nos jours, c'était avec ce type d'actions en justice qu'on pouvait vraiment gagner beaucoup d'argent.

— Mais… je ne comprends pas… Vous lui aviez déjà fourni les noms de tous les patients qui avaient eu des problèmes, non ?

Elle a lâché un soupir.

— Il m'a demandé de fouiller mes archives et de trouver

les noms des patients qui avaient souffert d'effets secondaires lors d'un traitement au Ladera, même s'il ne s'agissait que de légers vertiges ou de simples essoufflements.

Angela Hamilton s'est un peu redressée sur sa chaise.

— Tenez, je vais vous donner un exemple. Un grand nombre de femmes de cinquante ans et plus développent un prolapsus mitral, d'accord ? Il s'agit d'un trouble bénin caractérisé par un mauvais fonctionnement de la valve mitrale. Le prolapsus mitral ne produit d'ordinaire aucun symptôme, et dans la majorité des cas on ignore l'origine de cette pathologie. Mais c'est un problème cardiaque. Et si une patiente traitée au Ladera se voit pronostiquer un prolapsus, Jackson Prince peut l'inclure dans le recours collectif.

— Même s'il y a très peu de chances pour que le Ladera soit la cause du mal.

— Exactement. Mais comme on ne peut pas prouver l'origine de la pathologie…

— Et en sollicitant de la même manière d'autres rhumatologues, il a pu réunir suffisamment de plaignants pour former le recours collectif, être désigné avocat principal, et se remplir les poches, au bout du compte, en cas d'arrangement à l'amiable avec le laboratoire ou de dommages et intérêts imposés par la cour.

Elle a haussé les épaules.

— J'ignore comment tout ça fonctionne d'un point de vue légal. D'ailleurs, je n'ai jamais voulu le savoir. M. Prince m'a simplement assuré que si je lui fournissais le nom et le numéro de téléphone de ces patients, ça resterait notre secret. Il m'a dit qu'il les contacterait pour leur demander s'ils avaient pris du Ladera et s'ils souffraient d'un prolapsus mitral ou d'un autre problème que je lui avais signalé. Après quoi, il leur proposerait de rejoindre l'association qui demandait réparation au laboratoire, en leur précisant bien qu'il prenait en charge tous les frais de justice. Qui va dire non à une telle proposition ? Ce n'est pas tous les jours qu'on a l'occasion de gagner de l'argent sans bouger le petit doigt.

Des larmes ont coulé sur ses joues.

— Et c'est aussi pour ça que j'ai accepté son offre.

— Parce qu'il vous a payée en échange de ces informations.

Ce n'était pas une question et elle a fermé les yeux, comme si cela pouvait l'empêcher de voir ce qu'elle avait fait. Après un moment, elle a hoché la tête et a trouvé la force de me regarder.

— Oui, il m'a donné de l'argent. Beaucoup d'argent. Et ma rétribution augmentait avec chaque nom que je lui fournissais. Dès que j'avais un patient qui avait pris du Ladera et qui souffrait de quelque chose pouvant être assimilé à un problème cardiaque, il était preneur. Grâce à la somme que ça m'a rapporté, j'ai pu sortir la tête de l'eau pendant un moment.

— Je suis certaine que vous le savez, mais pour un avocat, rémunérer un médecin pour obtenir ce genre d'information est tout à fait contraire à la déontologie.

Elle m'a jeté un regard dur.

— Et pour un médecin, alors ? Vous ne croyez pas que ce que j'ai fait est contraire à la déontologie ? J'ai violé le secret médical. J'ai foulé aux pieds le serment d'Hippocrate et j'ai foulé aux pieds mes convictions les plus profondes. Je me suis reniée…

De nouvelles larmes ont coulé sur ses joues brunes.

— Comme je vous l'ai dit tout à l'heure, je pourrais être radiée de l'Ordre des médecins.

— Et pourtant, vous avez pris le risque de tout raconter à Jane.

Elle a hoché la tête.

— Pourquoi, madame Hamilton ?

— Parce que je me sentais affreusement coupable, voilà pourquoi. L'argent que j'ai honteusement gagné de la sorte a momentanément résolu mes problèmes financiers, mais il a fait beaucoup de dégât sur un plan psychologique. Et ça a joué un rôle dans le naufrage de mon mariage. J'étais au plus mal et mon mari s'est éloigné de moi. Il m'a trompée et il a fini par me quitter pour une espèce d'idiote qui a dix ans de moins que lui, bien sûr !

Visage fermé, elle a pointé le doigt vers le plafond.

— Maintenant, je me retrouve seule à élever mes enfants ! Et le pire, c'est que je n'arrête pas de me dire : « Mon Dieu, quelle sorte d'exemple suis-je pour eux ? »

Elle s'est interrompue et m'a lancé un regard implorant, comme si je pouvais répondre à cette question.

Lorsque je suis restée silencieuse, elle s'est un peu affaissée sur sa chaise.

— Quand Jane m'a appelée pour m'expliquer qu'elle enquêtait sur Jackson Prince, je me suis dit que c'était un signe. Le signe qu'il fallait mettre un terme à cette folie. J'ai fini par écouter cette petite voix en moi qui répétait depuis des semaines et des semaines : « Tu ne peux pas vivre dans le mensonge. Avoue ce que tu as fait et passe à autre chose. » Et puis Jane m'avait promis de ne pas citer mon nom. J'avais confiance en elle depuis qu'elle avait remué ciel et terre pour retrouver le meurtrier de mon frère. Alors je lui ai tout raconté.

De plat de la main, elle a essuyé les larmes qui faisaient luire ses pommettes.

— Et maintenant, Jane est morte. Si Jackson Prince est derrière tout ça, je ne me le pardonnerai jamais. J'ai déjà tant de choses à me pardonner…

Son regard était difficile à soutenir tant il exprimait de souffrance.

— Dans la mesure où Jane a été assassinée, ai-je demandé, seriez-vous prête à répéter ce que vous venez de me dire à la police ?

Elle a hoché la tête, et un sourire penaud a percé sous ses traits accablés.

— Oui, oui, je le ferai. Parce que je suis bien décidée à tourner la page et à repartir de zéro.

Elle a haussé les épaules, lentement, avant de les laisser brusquement retomber.

— Quoi qu'il arrive, à partir d'aujourd'hui, je vais tout faire pour redevenir un exemple pour mes enfants.

60

L'inspecteur Vaughn n'était pas à son bureau lorsque j'ai appelé. Je savais que Maggie me déconseillerait fermement de le contacter, mais je m'en fichais. Je suis tombée sur sa boîte vocale tandis que je filais sur Lake Shore Drive dans la voiture de Grady, les lumières de la ville glissant sur le pare-brise en longues traînées multicolores. J'ai laissé un message, lui relatant dans les grandes lignes les révélations du Dr Hamilton. Puis j'ai appelé Mayburn, qui a eu droit à la version détaillée.

— C'est incroyable, vous ne trouvez pas ? ai-je dit une fois mon récit terminé. Jackson Prince est l'un des avocats les plus respectés de cette ville. Et même du pays.

— Ce n'est pas le respect qui rempli les poches de ces gens-là, a rétorqué Mayburn. Les recours collectifs, par contre… J'ai un collègue qui a travaillé sur un recours collectif, il y a deux ans, et il était payé cent cinquante dollars de l'heure. Pas mal, hein ? Mais bien sûr, c'est de la roupie de sansonnet à côté de ce que gagnent ces avocats. Une fois que les plaignants ont reçu leur part, ils touchent cinquante, voire soixante millions de dollars !

— Je sais. Quand l'inspecteur Vaughn va apprendre ça…

Mayburn a poussé un grognement sceptique.

— Il ne faut pas vous attendre à ce qu'il change d'avis aussi facilement. Lorsqu'un flic se met en tête qu'il tient son coupable, il s'accroche à sa conviction comme un chien à son os. Et malheureusement, d'après ce que vous m'avez raconté, vous faites pour l'instant une coupable idéale.

L'angoisse m'a noué l'estomac.

— Vous avez trouvé des infos sur les rhumatologues inscrits sur cette liste ? J'aimerais avoir leurs numéros de téléphone ou leurs e-mails.

— Oui, j'ai ça en magasin. Que comptez-vous en faire ?

— Je vais essayer de leur tirer les vers du nez. Je voudrais qu'ils me disent si Prince leur a proposé le même genre de deal qu'à Angela Hamilton.

— Je pense que vous devriez aussi avoir une petite discussion avec Prince. Je serais curieux de savoir comment il va réagir, d'autant que vous êtes douée pour deviner ce que les gens ne disent pas.

— Mais s'il a tué ou fait tuer Jane parce qu'elle était au courant de ses magouilles, est-ce que lui dire que je sais tout, moi aussi, ne serait pas prendre un gros risque ?

Mayburn a laissé passer quelques secondes avant de répondre.

— Que craignez-vous le plus, Izzy ? a-t-il finalement demandé. Les représailles d'un ténor du barreau ou une peine de prison à vie ?

61

J'ai remonté ma rue pied au plancher pour voir si les journalistes campaient encore devant mon appartement. Il y en avait moins que tout à l'heure, mais la voie n'était toujours pas libre.

J'ai mis le cap sur State Street où vivait ma mère. Elle avait laissé au moins dix messages sur mon portable depuis la conférence de presse de ce matin.

Dieu merci, les lumières brillaient derrière les fenêtres de sa maison.

— Oh, ma pauvre chérie, a-t-elle dit lorsqu'elle a ouvert sa porte d'entrée.

Elle est sortie et m'a serrée fort dans ses bras, un élan de tendresse qui ne ressemblait pas à cette mère d'ordinaire avare d'effusions. D'un autre côté, avoir un enfant désigné « personne digne d'intérêt » par la police dans une affaire de meurtre aurait rendu démonstratif n'importe quel parent.

— Les journalistes font le siège de mon appartement, ai-je dit, ma voix étouffée par le chemisier vert pâle qui couvrait son épaule. Je n'ai pas envie de les affronter.

— Tu sais que tu es ici chez toi, Izzy. Viens…

Ma mère m'a conduite à l'étage où se trouvait sa chambre, une pièce sereine aux murs couverts de soie végétale beige, puis elle m'a entraînée dans son vaste dressing auquel on accédait par un petit escalier. Les combles de la maison avaient été aménagés pour accueillir sa gigantesque garde-robe.

— Tu vas me faire le plaisir d'enlever ce tailleur et de te mettre à l'aise.

Elle a passé en revue les étagères impeccablement rangées et a fouillé parmi les vêtements suspendus sur des cintres.

— Voyons voir…

Elle a fini par choisir un pull rose qu'elle a posé sur l'îlot de bois.

— Je sais que tu n'es pas folle du rose, mais c'est mon pull le plus confortable.

Elle a encore déplacé quelques cintres avant d'extraire un pantalon banc cassé de la mer de vêtements qui remplissait sa penderie.

— Maman, tu es plus mince que moi. Je ne pourrai jamais entrer là-dedans.

— Bien sûr que si, voyons. D'autant que je l'ai choisi une taille au-dessus. Je l'avais acheté pour porter dans l'avion, quand Spencer m'a emmenée en Afrique du Sud.

Maman était une des dernières personnes sur cette planète à penser qu'il fallait être chic pour prendre l'avion. Elle était horrifiée de voir la plupart des passagers en sweat-shirts informes, voire en pyjama, sur les long-courriers.

— Retrouve-nous en bas quand tu voudras, a-t-elle dit. Charlie a apporté une bouteille de vin rouge.

Nous nous sommes regardées et nous avons éclaté de rire. Charlie apportait *toujours* une bouteille de vin rouge.

Elle a quitté le dressing et j'ai commencé à retirer mon tailleur en songeant au temps que Charlie passait dans cette maison. Il était l'habitué et moi la visiteuse occasionnelle.

Les nouveaux habits ont eu un effet immédiat sur mon humeur. Le rose pâle et le blanc cassé étaient les couleurs de ma mère, et non les miennes. La coupe large du pantalon, faite pour des femmes grandes et très minces, n'était pas mon style. J'ai même dû faire des revers pour empêcher que le tissu ne traîne par terre. Pourtant, je me suis tout de suite sentie mieux, comme si je devenais quelqu'un d'autre le temps d'une soirée — comme si j'avais quitté ma peau et mes ennuis en me débarrassant de mon tailleur.

Lorsque je suis redescendue, j'ai trouvé maman, Charlie et Spencer dans la cuisine, tous trois assis sur la banquette du coin-repas. Charlie a levé le menton en guise de salut, tandis que Spencer se précipitait pour me prendre dans ses bras. Nous avons échangé quelques mots et j'ai promené le regard autour de moi. Sur le plan de travail, la fameuse bouteille de mon frère trônait fièrement au milieu de fromages encore emballés dans leur papier.

Je suis allée me glisser sur la banquette, à côté de Charlie.

— Ça va ? m'a-t-il demandé.

— Non.

J'ai haussé les épaules.

— Enfin… Je ne sais pas.

Il a hoché la tête et s'est tortillé pour me faire de la place, une grimace de douleur déformant brièvement ses traits.

— Ton dos te fait toujours mal ? ai-je demandé.

— Ouais.

— Tu as consulté un spécialiste, récemment ?

— Pas les moyens, a-t-il dit à voix basse. J'ai dépensé presque tout l'argent des indemnités.

Je me suis tournée vers maman et Spencer. Ils ne semblaient pas d'accord sur la quantité de fromage à mettre dans chaque assiette.

— Demande-leur de t'aider, ai-je dit en faisant un signe de tête dans leur direction. Ils seront ravis de mettre la main à la poche pour leur petit Charlie.

— Je sais, mais je n'ai pas envie de les solliciter. Ils en font déjà suffisamment comme ça pour moi… Non, il faut juste que je me bouge un peu. Que je réfléchisse à ce que je veux faire de ma vie.

J'ai ouvert de grands yeux.

— Eh oui, a-t-il dit, « la Couette » va sans doute devoir passer moins de temps à dormir et plus à chercher du boulot.

— C'est la fin d'une époque, ai-je dit gravement.

Il m'a poussée de l'épaule et je n'ai pu retenir mon sourire plus longtemps.

— Ne t'inquiète pas, Izzy, je ne compte pas rivaliser avec toi pour le titre de bourreau de travail de l'année.

Maman nous a apporté des assiettes garnies de fromages et de *prosciutto*, ainsi qu'une corbeille de pain. J'ai levé les yeux pour la remercier et j'ai remarqué que la télévision fixée dans l'angle de la pièce, au-dessus des placards, était allumée. Maman et Spencer la regardaient si rarement que je ne me rappelais pas l'avoir jamais vue en marche. Quand j'ai réalisé qu'elle était réglée sur CNN, j'ai compris pourquoi ils avaient changé leurs habitudes.

— Ils ont parlé de Jane ? ai-je demandé.

Il était plus facile de dire « de Jane » que « de moi ».

Maman et Spencer ont échangé un regard.

— Il y a eu un petit sujet tout à l'heure, a dit maman d'un ton faussement léger. Ça n'a duré que quelques minutes.

— Qu'est-ce qu'ils ont dit ?

— Rien de bien passionnant, vraiment.

— Ils se sont contentés de rapporter des rumeurs, est intervenu mon frère. Et ça se dit journaliste…

Je me suis souvenue que ce matin encore, je faisais moi-même partie de cette profession.

— Ils ne font que leur travail, Charlie.

Spencer m'a versé un verre de vin.

— Racontez-moi ce qu'ils ont dit. Et inutile de prendre des gants.

Depuis que j'avais dit à Sam que j'étais la seule à pouvoir

me sauver, je n'avais plus envie de faire comme si tout ça n'existait pas. Je me sentais prête à faire face. Aux rumeurs, aux mensonges, aux à-peu-près. Même à la vérité. Je menais un combat, et pour espérer le gagner j'avais besoin de toutes les informations disponibles.

Spencer et Charlie ont conservé un silence prudent, mais maman a fini par me regarder en hochant la tête.

— Ils ne font que rabâcher les mêmes informations. Ils ont montré la conférence de presse et ils ont expliqué ce que voulait dire être une « personne digne d'intérêt ». Ensuite, on t'a vue quitter Trial TV, puis arriver en taxi devant chez toi et t'enfuir avec Grady.

Elle a consulté sa montre.

— On attendait le journal local de 21 heures. Mais tu n'as peut-être pas envie de le regarder.

J'ai levé les yeux vers l'horloge de la cuisine. Ça allait commencer d'un instant à l'autre.

— Si, si, au contraire.

Maman est allée prendre la télécommande et elle a mis WGN, une des plus grosses chaînes de Chicago.

Tout le monde s'est assis, visage levé vers le poste. Nous avons bu notre vin en silence en attendant que débute le journal. Le générique n'a pas tardé à envahir l'écran.

— Monte le son, ai-je dit.

Maman s'est exécutée et la voix du présentateur a empli la cuisine.

— Mesdames et messieurs, bonsoir. Une fois encore, nous ouvrons ce journal avec l'affaire Jane Augustine. Et nous avons du nouveau concernant le meurtre de notre célèbre consœur.

— Aïe…, a murmuré Charlie avec une grimace.

Il m'a semblé qu'un étau se refermait sur mon estomac.

— Plus tôt dans la journée, la police a lancé un appel à la population pour identifier un homme qui aurait été vu en compagnie de Jane Augustine lors du week-end ayant précédé le meurtre. Cet homme, connu jusqu'à aujourd'hui sous le seul nom de Mick, a décidé de se faire connaître.

Le présentateur a disparu de l'écran au profit d'un homme qui se tenait debout devant une bibliothèque. Un bel homme. Cheveux mi-longs gris, visage hâlé. Oui, c'était bien Mick. Je me suis emparée de la télécommande et j'ai augmenté le volume.

En bas de l'écran, on pouvait lire : « Mick Grenier, écrivain ». Et au-dessous : « A été vu avec Jane Augustine peu avant sa mort ».

Il a toussoté et les micros se sont tendus devant lui. Il a attendu quelques secondes que le silence se fasse avant de se mettre à parler.

— Si j'ai convié la presse chez moi aujourd'hui, c'est pour que les autorités sachent que je suis l'homme qu'elles recherchent. Mon nom est Mick Grenier et je confirme avoir passé du temps avec Jane Augustine le vendredi qui a précédé sa mort. Jane et moi étions amis et je n'ai rien à voir avec ce qui lui est arrivé.

— Amis ? me suis-je écriée en bondissant sur mes pieds. Il ne manque pas de culot, celui-là ! Jane avait peur de ce type. Elle m'a dit qu'il l'espionnait !

J'ai composé le numéro de l'hôtel de police de Belmont enregistré sur mon téléphone portable. J'ai demandé l'inspecteur Vaughn, mais comme tout à l'heure, c'est sa boîte vocale qui a décroché.

— Inspecteur Vaughn, ai-je dit. Isabel McNeil à l'appareil. Au cas où vous auriez envie de faire votre boulot au lieu de pourrir la vie d'une innocente, je voulais vous signaler que Mick, l'écrivain qui a passé la nuit de vendredi avec Jane et qui l'espionnait, est en train de s'exprimer en direct sur WGN.

J'ai raccroché sur ces mots, la fureur me faisant souffler par le nez comme un taureau sauvage.

Charlie a fait la tête de quelqu'un qui assiste impuissant à un accident de la route. Ma mère a conservé les yeux rivés sur le petit écran, tandis que Spencer hochait la tête avec une moue approbatrice qui semblait dire : « Ça, c'est envoyé ! »

A la télévision, Mick continuait à parler de sa prétendue amitié avec Jane, expliquant avec des trémolos dans la voix combien elle était adorable et affirmant qu'ils s'étaient rencontrés pour discuter d'un livre qui lui était largement consacré.

— Non, mais il n'a honte de rien, lui !

J'étais hors de moi.

— Quel menteur !

A ce moment-là, un journaliste l'a interrompu pour poser une question et le réalisateur en a profité pour montrer brièvement une vue extérieure de la maison où se déroulait la conférence de presse.

— Hé ! me suis-je exclamée en tendant le doigt vers l'écran. Je connais cette maison !

Elle se trouvait dans Goethe Street, à moins de deux cents mètres de celle de ma mère.

— Il faut que je vous laisse, ai-je dit, joignant le geste à la parole.

J'ai chaussé une paire de tennis blanches trouvées dans le vestibule et je suis sortie sans mon manteau ni même mon sac à main.

62

Trouver la maison de Mick Grenier m'a pris environ cinq minutes. Ça a été d'autant plus facile que trois camionnettes de la presse étaient garées en face, le long du trottoir. Des hommes y rangeaient du matériel, signe que la petite conférence de Mick était maintenant terminée. Je suis restée à distance raisonnable, attendant que les derniers journalistes quittent la maison, une petite villa bien entretenue et nichée entre deux bâtiments plus imposants. Les portières ont claqué et les camionnettes ont démarré les unes après les autres avant de s'éloigner en cortège dans Goethe Street.

J'ai patienté encore quelques minutes pour être certaine que tout le monde était parti et je me suis avancée vers le petit escalier qui menait à une porte d'entrée sang de bœuf. J'étais sur le point de sonner quand j'ai changé d'avis. Optant pour l'effet de surprise, j'ai tourné la poignée en espérant que le maître des lieux n'avait pas tiré le verrou. La porte s'est ouverte sans bruit sur un élégant salon aux murs couverts de livres. Et là, devant les ouvrages soigneusement alignés, se trouvait Mick Grenier. Il me tournait le dos, une chaise à la main, sans doute en train de mettre de l'ordre après le départ de la presse.

— Pourquoi n'avez-vous pas dit aux journalistes que vous passiez votre temps à espionner Jane ?

Il s'est tourné vers moi. D'abord la tête, puis tout le corps.

Il portait un jean noir et une chemise marron assortie à ses yeux. Il n'a montré aucun signe de surprise en me voyant là, plantée dans son salon. Mieux, il s'est mis à sourire.

— Isabel McNeil, a-t-il dit, ignorant ma question. Comment allez-vous ? Nous ne nous sommes rencontrés qu'une seule fois, mais je vous ai beaucoup vue à la télévision, aujourd'hui.

J'ai traversé la minuscule entrée et j'ai pénétré dans le salon.

— Moi, je vous ai croisé deux fois. Une fois vendredi dans cette boîte de nuit, et une autre fois lors de la réception à la mémoire de Jane.

— Oui, j'y suis passé en coup de vent, a-t-il répondu sans se démonter.

— Pourquoi cette conférence de presse ? Vous auriez pu aller voir la police en toute discrétion, au lieu de convoquer les caméras.

Il a haussé les épaules.

— A force d'enquêter pour mes bouquins, j'ai appris à me méfier de la police. Je connais leurs méthodes. Et puis vous savez ce qu'on dit : il vaut mieux une mauvaise publicité que pas de publicité du tout. D'autant qu'un grand nombre de chapitres de mon prochain livre seront consacrés à Jane. Et peut-être à vous.

— Arrêtez avec cette histoire de livre. La vérité, c'est que vous étiez obsédé par Jane. Vous l'avez suivie. Vous l'avez espionnée.

Je l'ai regardé dans le blanc des yeux.

— Est-ce vous qui l'avez tuée, monsieur Grenier ?

Il a éclaté de rire.

— Je n'ai fait aucun mal à Jane. Au contraire, je ne lui ai fait que du bien, a-t-il dit avec une lueur salace dans le regard.

— Je sais qu'elle a passé la nuit chez vous. Et je sais aussi qu'elle a trouvé des articles et des photos qui la concernaient, dans votre bureau.

— C'est juste.

— Vous étiez obsédé par elle, n'est-ce pas ? Vous vouliez connaître les moindres détails de sa vie, y compris les plus intimes. Jane m'a dit avoir trouvé l'adresse de son gynéco parmi vos notes !

Il n'a pas protesté. A vrai dire, il n'avait même pas l'air sur la défensive. Il s'est contenté de me regarder avec une certaine curiosité, penchant presque imperceptiblement la tête de côté. Si je m'étais trouvée dans une soirée, face à un type comme Mick, j'aurais vu dans cette attitude une invitation à la discussion, à la séduction peut-être. Mais là, le contexte était radicalement différent. Et l'intérêt qu'il semblait me porter me faisait froid dans le dos.

— Vous avez déjà essayé d'écrire un bouquin ?

— Je suis avocate, pas écrivain. Du moins, *j'étais* avocate.

— Et maintenant, vous êtes présentatrice. C'est bien aussi.

— Vous pouvez également mettre ça à l'imparfait. J'ai été virée.

— Sans blague ? Trial TV vous a mis à la porte du jour au lendemain ? Décidément, cette histoire devient de plus en plus intéressante. Il faut croire que j'ai le nez pour choisir de bons sujets.

Il a attrapé un calepin sur une table basse et a griffonné quelque chose.

Il a reporté son attention sur moi, ses yeux m'étudiant avec une curieuse insistance. L'espace d'un instant, je me suis demandé s'il avait aussi effectué des recherches sur moi, s'il y avait aussi des photos d'Izzy McNeil quelque part dans son bureau, mélangées à celle de Jane. Jane qui était morte moins de trois jours après avoir découvert l'intérêt suspect que lui portait cet homme.

J'ai jeté un coup d'œil en direction de la porte d'entrée.

Elle était encore entrouverte et je pouvais l'atteindre en quelques foulées.

— Je n'espionnais pas Jane, a dit Mick Grenier. J'écrivais un livre sur elle.

— Quel genre de livre ?

Il a hésité une seconde.

— Vous ne voulez pas vous asseoir ?

D'un geste de la main, il m'a invitée à prendre place dans un canapé en cuir capitonné.

— Certainement pas, ai-je dit en reculant vers la porte d'entrée.

— Eh bien, moi, je vais m'asseoir, si vous me le permettez.

Il s'est laissé tomber sur le canapé avec un petit soupir de satisfaction.

— D'ordinaire, je ne parle à personne de mes projets en cours. Sauf à mon éditeur et à mon agent, bien sûr. Pourtant, je vais faire une exception pour vous, mademoiselle McNeil. Mais laissez-moi d'abord vous poser une question. Avez-vous lu Normal Mailer ?

Déconcertée par le changement de sujet et l'intensité de son regard, j'ai tardé à répondre.

— Je préfère les auteurs moins misogynes, ai-je fini par lancer.

— C'est ce que vous avez entendu dire, n'est-ce pas ?

— Quoi ?

— Qu'il méprisait les femmes.

— J'ai lu un de ses livres.

— Mais quand vous dites qu'il est misogyne, vous ne faites que répéter ce qui se dit communément de lui.

— Je ne suis pas venue discuter de Norman Mailer ! ai-je explosé.

Je n'avais pu m'empêcher de hausser le ton, mais j'ai aussitôt essayé de ravaler ma colère. Me laisser dominer par mes émotions ne m'avait jamais rien valu de bon lorsque j'interrogeais quelqu'un lors d'un procès. Et je sentais bien que ce serait tout aussi contre-productif avec Mick Grenier.

— Dites-moi pourquoi vous avez espionné Jane, ai-je repris d'une voix plus calme.

— Vous voulez savoir ce que Norman Mailer pensait du fait d'écrire ?

J'ai eu envie de pousser un cri de frustration. Mais je suis restée muette.

— Eh bien, il m'a dit un jour que l'écriture d'un livre était une entreprise héroïque, et que les écrivains étaient de vrais héros.

— C'est ce qu'il *vous* a dit, hein ? Vous avez beau avoir les cheveux gris, vous me semblez un peu jeune pour avoir été ami avec Normal Mailer.

— Il était ami avec des gens que je connaissais.

— Ah oui ? Et qui étaient ces gens qui fréquentaient Norman…

Je me suis interrompue. Soudain, son nom de famille me disait quelque chose.

— Attendez une seconde… Vous n'auriez pas un lien de parenté avec Beaumont Grenier ?

Beaumont Grenier, considéré comme un des tout meilleurs romanciers de sa génération, avait été le contemporain de Mailer. C'était l'un des écrivains préférés de mon client et ami Forester Pickett.

— Possible…

Pour la première fois, Mick a semblé mal à l'aise.

Que savais-je sur Beaumont Grenier ? Après avoir publié quelques best-sellers, il avait quitté New York et les feux de la rampe pour s'installer dans le Maine où il possédait une modeste résidence d'été. Affirmant que c'était le seul endroit où il pouvait écrire, il y avait vécu d'un bout à l'autre de l'année, même durant les hivers les plus rigoureux, avec sa femme et son enfant pour seule compagnie.

— Vous êtes le fils de Beaumont Grenier ? ai-je demandé.

— Possible…, a-t-il répété, toujours aussi mal à l'aise.

C'était comme si le sujet lui faisait perdre sa belle assurance.

— Ecoutez, ce que je voulais dire à propos de Norman Mailer…

— Vous parliez d'héroïsme, l'ai-je interrompu. Etes-vous en train de me dire que vous êtes un héros ?

Il n'y avait plus de colère dans ma voix. Juste une incrédulité un peu railleuse.

Il a haussé les épaules avec une petite moue résignée, comme pour dire : « Qu'est-ce que j'y peux ? C'est comme ça. »

— Mailer a aussi dit que chaque femme est en soi une culture étrangère, et qu'il faut la découvrir comme on découvre la culture d'un autre pays.

— Et ?

— Il ne méprisait pas les femmes. Il pensait simplement que vivre avec une femme est comme vivre en territoire inconnu.

— Je ne vois pas où vous voulez en venir. Qu'essayez-vous de me dire, au juste ? Que Jane était pour vous un pays étranger ? Une culture à découvrir ?

Un sourire a éclairé le visage de Mick Grenier.

— Contrairement à Mailer, je ne limite pas aux femmes cette façon de voir les choses. Je vois tous ceux sur qui j'écris, hommes ou femmes, comme des énigmes à résoudre, des territoires à conquérir. Et si je veux avoir une chance d'y parvenir, je dois récolter autant d'informations que possible sur eux.

Ça m'a fait songer à quelque chose que m'avait dit Jane : qu'elle allait voir ailleurs parce que ses amants lui permettaient de s'immerger dans d'autres univers que le sien.

Mick a poursuivi :

— Quand l'opportunité m'en est donnée, j'aime me glisser dans la peau de mes personnages.

J'ai eu un mouvement de recul en voyant son regard s'éclairer de nouveau d'une lueur salace.

— Vous glisser dans la peau de vos personnages… Vous faites allusion à votre nuit avec Jane, c'est ça ? Vous me dégoûtez !

— Qu'y a-t-il de dégoûtant là-dedans ? Jane est une très belle femme… *était* une très belle femme, a-t-il corrigé avec un petit soupir. Et j'étais en train d'enquêter sur elle, d'écrire sur elle… Je voulais connaître toutes ses facettes. Alors, oui, j'avais envie de faire l'amour avec elle, de voir comment elle se comportait au lit, de la regarder jouir…

Ses yeux se sont plantés dans les miens.

— J'ai toujours dit que si les écrivains baisaient avec leurs personnages, il y aurait moins de mauvais livres dans les librairies.

Je n'ai pas pu cacher la répulsion que m'inspirait cet homme.

— Alors vous considériez Jane comme un personnage de fiction ? C'est comme ça que vous justifiez la façon dont vous vous êtes comporté avec elle ? C'est ce que vous direz à la police quand elle vous demandera pourquoi vous avez épié ses faits et gestes pendant des semaines ?

— Je leur dirai la vérité, à savoir que je n'ai fait que mon travail. Un travail de recherche en vue d'écrire un livre.

— D'accord, ai-je dit en croisant les bras. Puisque vous n'avez rien à cacher, voyons si j'ai bien compris ce qui s'est passé entre vous et Jane… D'abord, vous l'avez suivie.

Il a acquiescé en penchant lentement la tête en avant, comme s'il s'inclinait devant moi. Mais il n'y avait pas de déférence dans ce geste. Juste un peu de moquerie.

— Et vous avez passé des heures et des heures sur internet à taper son nom sur des moteurs de recherche.

Nouvelle inclinaison de la tête.

— Vous avez découpé tous les articles que vous avez pu trouver sur elle. Toutes les photos.

— C'est ça.

— Est-ce vous qui vous êtes introduit chez Jane pour y déposer un bouquet de fleurs et faire un nœud coulant avec son foulard ?

Ses yeux se sont un peu agrandis.

— Non, mais je trouve génial que quelqu'un l'ait fait. Parce que quelqu'un l'a vraiment fait, n'est-ce pas ? Une fois de plus, la réalité dépasse la fiction, a-t-il ajouté avec un grand sourire.

Il a repris son calepin pour y griffonner de nouvelles notes.

— Vous êtes dérangé, mon pauvre ami. Je vous ai vu dans le studio de Trial TV le lundi où Jane a été tuée.

— Je ne le nie pas. Je faisais des recherches sur l'historique de sa carrière. Trial TV veut tellement faire parler d'elle que son président m'a rappelé en personne quand j'ai fait ma demande auprès de la chaîne.

— A quoi pouvait vous servir de connaître le nom de son coiffeur ou de l'endroit où elle allait faire ses courses ? Jane m'a dit avoir trouvé ces informations sur votre bureau.

Il a hoché la tête, reconnaissant tout ce que je lui reprochais sans manifester le moindre embarras. En fait, il semblait même éprouver une certaine fierté à l'énoncé de tous ces actes pourtant dignes d'un harceleur.

— Laissez-moi vous faire gagner du temps, a-t-il dit. J'ai aussi traîné dans tous les endroits où je pensais qu'elle risquait de venir. Je me suis glissé dans la foule quand elle a tourné un spot promotionnel devant le palais de justice. J'ai promis de l'argent aux videurs et aux barmen de tous les endroits branchés de cette ville s'ils m'appelaient dès qu'elle arrivait dans leur établissement. C'est comme ça que je me suis retrouvé dans ce night-club de Damen Street vendredi soir. Le videur m'a envoyé un texto, et dix minutes plus tard j'étais là avec un pote. Et oui, j'ai couché avec elle, en partie pour mon bouquin et en partie parce que c'est ce qu'aurait fait tout homme normalement constitué.

— Elle était mariée.

— C'était son problème, et éventuellement celui de son mari. Pas le mien.

Il manifestait un tel détachement qu'on aurait pu le croire complètement étranger à toute cette affaire.

— C'est quoi, ce livre que vous prétendez écrire ? Un roman ? Une biographie ? Une enquête ?

J'ai vu qu'il réfléchissait à ma question, comme s'il avait lui-même du mal à définir le genre de ses écrits.

Finalement, il haussé les épaules avec une moue incertaine.

— Une enquête littéraire, peut-être. Je suppose que je me situe quelque part entre le journaliste et l'écrivain. Dans le cas présent, je m'intéresse à la façon dont l'information est traitée à la télévision, et plus particulièrement à ce qui se passe quand les présentateurs font eux-mêmes l'actualité ou qu'ils deviennent eux-mêmes des célébrités.

— Jane était peut-être connue, mais elle ne faisait pas l'actualité avant d'être assassinée.

— Ce n'est pas tout à fait exact. Ça faisait des mois qu'on parlait de son goût pour les aventures d'un soir, dans les dîners en ville. Bien sûr, ces discussions sont longtemps restées cantonnées dans un certain milieu. Un milieu dit bien informé… Mais la rumeur commençait à atteindre la rue, les forums internet, madame et monsieur Tout-le-monde. Croyez-moi, ce n'était qu'une question de mois, voire de semaines, avant que le grand public n'en entende parler. Tôt ou tard, Jane aurait fait l'actualité à cause de sa vie privée. J'ai la faiblesse de croire que j'ai toujours quelques longueurs d'avance sur l'homme de la rue. C'est d'ailleurs ce qui fait le succès de mes livres. Ils sont dans l'air du temps, et c'est un air que je respire un peu plus fort que les autres, voilà tout. J'en profite pour vous dire que Jane n'est pas la seule présentatrice que je vais évoquer dans ce livre.

Un petit sourire songeur, presque nostalgique, s'est dessiné sur ses lèvres.

— Mais c'est sans aucun doute celle sur laquelle j'aurais eu le plus de plaisir à enquêter.

Son regard, qui s'était perdu un instant dans le vague, est revenu se poser sur moi.

— Voilà, cher maître. Vous savez tout.

Encore cet insupportable haussement d'épaules.

— Tout ? Ça m'étonnerait ! D'autant que la mort de Jane va vous permettre de vendre encore plus de livres.

Une nouvelle fois, j'ai eu un mouvement de recul. J'ai croisé les bras, et la douceur du pull que m'avait prêté ma mère m'a donnée le sentiment d'être encore plus vulnérable.

— Vous savez quoi, monsieur Grenier ? Je pense que votre cas relève de la psychiatrie.

— Non, mademoiselle McNeil. La réalité est plus simple, il me semble. Je cherche simplement à écrire les meilleures histoires. A divertir mon public et, pourquoi pas, à le faire réfléchir un peu. Avec ce qui est arrivé à Jane et tout le travail que j'ai déjà effectué pour cette enquête, il ne fait guère de doute que je tiens un best-seller. Et pour être franc avec vous, c'est tout ce qui compte pour moi. Mon éditeur a avancé la date de parution, et je travaille d'arrache-pied pour terminer le livre au plus vite et goûter aux joies du succès.

— Magnifique, ai-je dit d'une voix dure. Ça vous permettra peut-être de surmonter votre complexe d'infériorité vis-à-vis de votre père.

Touché ! A voir la façon dont se crispait la mâchoire de mon interlocuteur, j'avais appuyé là où ça faisait mal.

J'ai profité de son léger désarroi pour pousser mon avantage.

— Avez-vous déjà entendu parler de l'asphyxie érotique ?

Le terme devait lui être familier parce qu'il n'a pas cillé.

— J'en ai entendu parler.

— Vous l'avez pratiquée avec Jane ?

Petit haussement d'épaules. C'était presque un tic, chez lui.

— Elle m'a demandé de l'étrangler avec son foulard. Et comme j'aime faire plaisir à mes partenaires sexuelles…

— Qu'avez-vous fait lundi, après avoir quitté Trial TV ?

— Vous voulez savoir si j'ai un alibi, c'est ça ?

J'ai hoché la tête.

— Je vois que vous apprenez beaucoup de vos interrogatoires chez les flics, a-t-il raillé. Ça pourrait être votre prochain métier, qu'en pensez-vous ? Inspectrice de police… Après avocate et journaliste, ce serait un prolongement logique de votre carrière.

— Qu'avez-vous fait ce lundi-là ? ai-je répété en ignorant ses provocations.

— Quelle aubaine pour mon livre, si vous avez vraiment tué Jane ! a-t-il dit avec un air gourmand.

— Je ne l'ai pas tuée ! Où étiez-vous lundi après-midi ?

— A quelle heure est-elle morte ?

— Entre 15 heures et 18 heures.

— J'écrivais.

— Chez vous ?

— Non, j'étais dans le quartier de Wrigleyville, dans un bar qui s'appelle Uncommon Ground. J'y ai mes habitudes et, oui, il y aura forcément quelqu'un qui se souviendra m'y avoir vu cet après-midi-là.

La sonnette de l'entrée m'a fait sursauter. Je me suis retournée et j'ai vu la porte s'ouvrir lentement.

L'inspecteur Vaughn est entré.

Son regard a fait plusieurs allers-retours entre Mick et moi, et j'ai su qu'il était en train de s'imaginer des choses encore plus absurdes que celles dont il était déjà convaincu.

— Je suis venue après avoir vue sa conférence de presse à la télévision, ai-je dit avant qu'il ne puisse ouvrir la bouche.

J'ai pointé un doigt accusateur sur Mick.

— C'est le type qui a passé la nuit de vendredi avec Jane.

Deux policiers en uniforme sont entrés derrière Vaughn. J'ai jeté un coup d'œil à Mick. L'apparition des forces de l'ordre dans son salon semblait l'amuser. Il s'est levé du canapé et a marché main tendue vers Vaughn.

— Mick Grenier. Ravi de faire votre connaissance.

L'inspecteur lui a serré la main, mais sans lui retourner la formule de politesse.

— Nous avons besoin de vous entendre dans nos locaux, monsieur Grenier.

A ces mots, j'ai ressenti un grand soulagement. Tout allait enfin rentrer dans l'ordre.

— Très bien, a dit Mick. Le temps d'enfiler une veste et je suis à vous.

Il a quitté le salon et Vaughn s'est tourné vers l'un de ses hommes.

— Accompagne-le, a-t-il lancé avec un geste en direction de la porte par laquelle Mick avait disparu.

— Alors, vous allez lui demander s'il a passé la nuit de vendredi avec Jane ? ai-je dit quand il a posé les yeux sur moi.

— Mais oui, Izzy. Je vais lui poser la question.

De quel droit se permettait-il de m'appeler par mon prénom ? Et pourquoi pas le tutoiement, tant qu'il y était ?

— Vous devriez aussi lui demander s'il espionnait Jane.

— Ne vous inquiétez pas, Izzy.

Il me parlait avec une espèce de condescendance qui me donnait envie de le gifler à tour de bras.

— Et quand vous aurez la preuve que je n'étais pas avec Jane ce soir-là, vous… Je serais mise hors de cause, n'est-ce pas ?

— Hors de cause ?

Il a carrément éclaté de rire.

— Croyez-moi, pour vous, cette histoire est loin d'être terminée.

63

Je me suis réveillée la peur au ventre. Comme si elle attendait tranquillement que j'ouvre les yeux. Comme si la peur avait pris ses quartiers dans un coin de ma tête et ne comptait pas déménager de si tôt. Comme si elle patientait durant mon sommeil, certaine que son heure viendrait. Pourtant, alors que ma conscience reprenait lentement du service, j'ai réalisé que la peur s'était installée en moi bien avant la mort de Jane. Bien avant l'acharnement de l'inspecteur Vaughn.

J'ai essayé de me souvenir d'une époque où elle ne squattait pas jour et nuit le tréfonds de mon être. Où elle n'y faisait que de brèves et rares incursions — comme chez les gens normaux — avant de repartir et de me laisser en paix. J'ai déroulé le film de ma vie, remontant toujours plus loin, fouillant dans les images qui voulaient bien me revenir à la mémoire. Après avoir sondé jusqu'à mon enfance, le film est brusquement revenu à l'automne dernier, à l'époque où Sam et moi étions encore *Sam et Izzy,* un jeune couple amoureux sur le point de se marier. J'avais alors le sentiment d'être débordée, d'être entraînée dans une course folle que je ne maîtrisais plus. Entre le travail et les préparatifs du mariage, il m'avait semblé ne plus avoir de prise sur ma vie. Pourtant, lorsque je me réveillais, à cette époque, la peur ne venait pas me cueillir au saut du lit.

J'ai trouvé un téléphone sans fil dans la chambre que maman avait préparée pour moi et je me suis aussitôt remise au lit, m'enfonçant jusqu'au menton sous la couette.

Les yeux mi-clos dans la fragile lumière matinale qui filtrait à travers les rideaux blanc cassé, j'ai appelé Sam. Je l'ai imaginé en train de se réveiller dans un hôtel de Cincinnati.

— Salut, c'est moi. J'appelle de chez ma mère.

— Salut, belle rousse.

— Tu n'as pas bien dormi, hein ?

Il m'avait suffi de l'entendre prononcer trois mots pour le savoir. Sam avait toujours du mal à trouver le sommeil quand on se disputait, et il avait cette voix particulière après une nuit à se tourner dans tous les sens.

— Non.

Je me suis tue en espérant qu'il allait s'excuser pour hier soir, dire qu'il regrettait de s'être emporté à propos de ma relation avec Grady, mais il est resté aussi silencieux que moi.

J'ai été la première à reprendre la parole :

— Tu te souviens de la chanson que tu voulais chanter pour moi lors de notre fête de mariage ?

Plusieurs secondes ont passé avant qu'il ne réponde.

— Bien sûr, a-t-il fini par dire alors que j'étais en train de me demander s'il était toujours au bout du fil.

— J'y ai pensé, hier soir. Je me suis dit que je ne l'avais jamais entendue. De quoi ça parlait ?

— Je ne peux pas la chanter maintenant.

— Non, bien sûr, mais j'aurais aimé connaître les paroles. Quelques-unes, au moins… Le refrain, peut-être ?

Il a soupiré, comme si ça lui faisait mal de s'en souvenir.

— Ça s'appelait : « On en est arrivés là ». Ça racontait comment on était parvenus à ce moment de joie où nos vies se joignaient pour construire un avenir commun. Comment tout ce qu'on avait fait depuis des années avait permis à ce moment d'exister. Mais la chanson disait qu'on continuerait à en arriver là, jour après jour, même quand le quotidien aurait remplacé la fête.

Je me suis enfoncée encore un peu plus sous la couette. Il me manquait. L'époque où nous étions *Sam et Izzy* me manquait.

— « On continuerait à en arriver là… », ai-je répété. Tu pensais à quoi en écrivant ce « là » qui devait revenir jour après jour ?

— A un engagement. A une joie partagée. Tu sais… A notre bonheur d'être ensemble.

— Sans secrets l'un pour l'autre.

Ça m'était sorti de la bouche.

— Et ça recommence ! Je n'ai pas de secrets pour toi, Izzy ! Combien de fois faudra-t-il que je te le dise ?

J'ai rejeté la couette au bout du lit et je me suis assise.

— Tu as raison. Je n'arrête pas de ressasser le passé et j'en suis désolée. Mais le truc, c'est que…

Quel était le « truc » ?

— Le truc, c'est que…

J'avais le sentiment d'avoir quelque chose d'important sur le bout de la langue, mais ça ne sortait pas.

— Le truc, c'est que… Je ne sais pas, Sam. Je ne sais pas au juste ce qui cloche entre nous, mais je sens au plus profond de moi que ça ne fonctionne pas.

— J'ignore ce que je peux faire de plus pour te convaincre du contraire, a-t-il dit simplement.

Pas de colère. Pas même d'irritation. Juste de la résignation.

— Moi aussi, je l'ignore. Je crois qu'on a besoin de temps, Sam.

— On en a déjà eu beaucoup pour réfléchir à tout ça.

— Peut-être qu'il nous en faut encore plus.

— Je ne suis pas sûr d'avoir envie d'attendre plus longtemps.

La peur nichée dans un coin de ma tête s'est mise à exécuter une petite danse.

— Qu'est-ce que tu veux dire ?

— Je ne sais pas. Mais je sais que ce n'est pas le moment de prendre de grandes décisions.

Une pause.

— Du nouveau avec le meurtre de Jane ?

Je me suis redressée encore un peu plus contre la tête de lit et j'ai promené les yeux sur la chambre d'amis, sur les jolis meubles qui la décoraient, sur le tableau impressionniste que j'avais toujours adoré. Je cherchais à fixer mon regard sur quelque chose, à me stabiliser, mais la pièce entière tournait autour de moi comme un décor de foire.

— Quelles grandes décisions ? ai-je bredouillé. Tu parles de nous, Sam ?

— J'ai dit ça comme ça, Izzy. Allez, changeons de sujet, d'accord ? Parle-moi plutôt de l'enquête sur le meurtre de Jane.

J'avais du mal à respirer.

Sam a dû s'en rendre compte, parce qu'il a tout fait pour me rassurer.

— Ça va aller, Iz. Tu sais que tu resteras toujours dans ma vie d'une manière ou d'une autre. Je te le promets. On aura le temps d'en discuter plus tard, mais pour l'instant, l'urgence est ailleurs. Il faut qu'on te sorte de ce mauvais pas.

L'air a recommencé à circuler dans mes poumons. Ça me faisait du bien que Sam adopte ce ton ferme. Qu'il prenne les choses en main.

— Bon, voilà ce qui s'est passé hier soir, ai-je dit.

Je lui ai donné tous les détails de ma rencontre avec le Dr Hamilton, ainsi que ceux de ma visite chez Mick Grenier, dont j'avais bien l'intention de vérifier l'alibi.

— Tu vas voir, Izzy. Tout va s'arranger. Je le crois vraiment. Et tu peux toujours compter sur moi en cas de problème, d'accord ? Même si on s'engueule parfois, tu sais bien que j'accourrai ventre à terre si tu as besoin de moi.

J'ai dit : « Oui, je sais. » J'ai dit : « Merci. » J'ai dit : « Je t'aime. Et on a raccroché. »

Je suis restée un moment assise dans le silence de la chambre d'amis, songeant à quel point j'aimerais redevenir l'Izzy de l'automne dernier, avant la mort de Forester et la disparition de Sam. Si j'avais pu retourner en arrière, j'aurais apprécié ce que je possédais alors à sa juste valeur. Je me demandais parfois si je n'avais pas agi à la légère, en enfant trop gâtée par la vie.

Mais la peur s'est rappelée à mon bon souvenir, me délivrant un message simple : « Impossible de revenir en arrière. »

Alors je me suis fait violence pour quitter le lit et affronter la journée. J'ai ouvert la fenêtre et j'ai regardé State Street tachetée de soleil. Je me suis dit que l'air était doux, que c'était le printemps, qu'il allait faire beau aujourd'hui et que le thermomètre atteindrait sans doute les 16 ou les 17 degrés. Je me suis fait violence pour sortir de la chambre, pour lire le mot que maman avait laissé derrière la porte, et qui disait qu'elle avait mis quelques habits de côté pour moi dans son dressing. Je me suis fait violence pour enfiler une robe en lin épais qui ne me serrait pas autant que je l'avais craint ; pour marquer sa taille avec la large ceinture noire que maman avait sorti exprès. Je me suis fait violence pour sortir dans la rue et grimper dans la voiture de Grady, direction le quartier de Wrigleyville.

64

J'avais appelé les renseignements pour avoir l'adresse d'Uncommon Ground, le bar où Mick Grenier prétendait avoir passé l'après-midi où Jane avait été tuée.

La circulation était étonnamment fluide pour un samedi matin. Les trottoirs, en revanche, étaient noirs de monde. Une population souvent jeune qui flânait, le nez au vent et surtout au soleil. Chaque fois que mes yeux se posaient au hasard sur le visage d'un de ces passants, il me semblait y lire une vraie joie de vivre. Beaucoup d'entre eux portaient des casquettes bleues ornées du gros C rouge qui désignait les Cubs, l'équipe de base-ball de Chicago, et j'ai réalisé que c'était jour de match. Dans cette ville, quand les Cubs jouaient à 13 h 20, il n'était pas question d'arriver au stade à 13 heures. Non, le vrai supporter des Cubs s'y rendait le plus tôt possible, ou du moins dès que son foie était prêt à ingurgiter plusieurs litres de bière.

Je les ai observés avec envie. J'aurais tellement voulu être l'un d'eux, me mêler à la foule et sourire à la vie, une casquette bleue vissée sur le crâne.

Avec sa cheminée, ses tables de bois et ses œuvres d'artistes du quartier accrochées aux murs, Uncommon Ground était un lieu agréable et un peu décalé. L'endroit semblait faire café la journée et bar le soir. Pour le moment, il était envahi par des supporters des Cubs qui se préparaient au combat en dévorant des omelettes accompagnées de bloody mary.

Je suis allée voir la jeune femme qui plaçait les clients.

— Vous êtes seule ? a-t-elle demandé, balayant déjà la salle du regard à la recherche d'une table.

— En fait, je ne suis pas là pour manger. Je cherche des informations sur un de vos habitués.

Elle a froncé ses sourcils très épilés.

— Qui ça ?

— Il s'appelle Mick Grenier.

— Oh, Mick, l'écrivain bizarre… Ouais, je vois très bien qui c'est. Il vient souvent travailler chez nous.

— Vous savez s'il se trouvait ici lundi dernier, entre 15 et 18 heures ?

— Je ne travaille pas le lundi, mais Brian s'en souviendra peut-être.

Elle s'est mise sur la pointe des pieds et a regardé par-dessus mon épaule.

— Hé ! Brian !

Je me suis retournée et j'ai vu un jeune type avec des dreadlocks blondes se figer, les bras chargés d'assiettes. Il nous a lancé un regard interrogateur.

— Tu as travaillé, lundi dernier, non ?

Le rasta blanc a hoché la tête.

— Tu te souviens si Mick Grenier était là ? Tu sais l'écrivain…

Brian a levé les yeux au plafond avec un air d'intense concentration.

— Voyons voir… Lundi…

J'ai regardé avec un peu d'appréhension les assiettes en équilibre sur ses bras.

— Ouais… Ouais, il est venu. Je me souviens même qu'il m'a demandé si j'avais passé un bon week-end. Donc, c'était bien lundi.

Et donc, Mick avait peut-être dit la vérité.

— Une dernière question, si ça ne vous ennuie pas. Combien de temps est-il resté ici ?

— Il est resté deux ou trois heures et il est parti juste avant que je termine mon service, donc vers 16 heures.

Jane avait été assassinée entre 15 et 18 heures, et Mick m'avait laissé entendre qu'il se trouvait ici pendant toute la durée de ce laps de temps.

Donc, Mick n'avait peut-être pas dit la vérité.

A l'extérieur du café, les supporters aux couleurs des Cubs commençaient à s'éloigner, bière à la main, en direction du stade.

Je suis remontée dans la voiture de Grady en me demandant ce que j'allais faire maintenant. J'ai fini par appeler Mayburn pour lui parler de l'alibi douteux de Mick.

Il s'est contenté d'un petit « Hum… » avant d'embrayer sur autre chose.

— J'ai déniché les adresses et les numéros de téléphone de tous ces rhumatologues. Je vais vous les envoyer tout de suite par e-mail. Si j'étais vous, j'essaierais d'abord les numéros privés. On est samedi, et avec un peu de chance, vous les trouverez chez eux. Et puis ce sera plus simple que de passer par leurs secrétaires.

— Vous êtes trop fort, John.

— Je sais. Comment allez-vous ?

— Je porte les vêtements de ma mère.

— Aïe.

— Comme vous dites. Vous en pensez quoi, de ce Mick Grenier ?

— Eh bien, vous devriez dire à votre sympathique inspecteur que l'alibi du gratte-papier ne tient pas vraiment la route. Mais j'ai le sentiment qu'il ne vous fichera pas la paix pour autant.

Nouveau murmure songeur.

— Et pour le moment, a-t-il ajouté, je dirais qu'une petite visite à Jackson Prince s'impose.

— Vous avez raison.

Aussitôt après avoir raccroché, j'ai appelé les renseignements pour avoir le numéro de Prince & Associates. J'avais besoin de voir Jackson Prince en tête à tête, mais comment obtenir immédiatement un rendez avec un avocat qui devait avoir un agenda de ministre ? Sans compter que c'était le week-end.

Un assistant a répondu.

Ce qui était bien, avec les cabinets comme Prince & Associates, c'est qu'on arrivait toujours à joindre quelqu'un. Parce qu'ils ne voulaient rater aucune occasion de se faire de l'argent. Les avocats comme Prince adoraient les situations tragiques qui leur permettaient d'attaquer le plus de gens possible en justice. Ils restaient à l'écoute du malheur vingt-quatre heures sur vingt-quatre, ravis qu'on les appelle à tout moment du jour et de la nuit pour leur raconter ce qui ne tournait pas rond sur cette terre. Ça pouvait être un bus dans le fossé, un grave incident dans un hôpital… N'importe quoi, pourvu qu'il y ait matière à porter plainte et à réclamer d'énormes dommages et intérêts. Si j'arrivais à inventer une histoire qui leur fasse espérer du battage médiatique et un gros procès à la clé, ils me recevraient peut-être sur-le-champ. Si je leur disais par exemple que j'étais une femme enceinte qui venait d'avoir une grave intoxication alimentaire après avoir mangé une barre de céréales d'une marque bien connue qui, par-dessus le marché, contenait un noyau m'ayant cassé deux dents ; qu'en plus de ça mon prix Pulitzer de mari avait trouvé la mort dans un accident de voiture alors qu'il me conduisait toutes affaires cessantes à l'hôpital, et que pour finir j'avais perdu mon bébé parce que le médecin regardait une rediffusion de *Buffy contre les vampires* à la télévision au lieu de se concentrer sur mon cas, Jackson Prince me demanderait sans doute de passer tout de suite lui en dire plus sur mes malheurs. Mais hélas, je n'étais pas une très bonne menteuse.

Mais peut-être que la vérité, associée au nom de Jane, suffirait à le convaincre de me rencontrer.

— Bonjour, ai-je dit. Je voudrais prendre rendez-vous avec Jackson Prince au sujet d'une affaire urgente.

— Etes-vous déjà cliente du cabinet ?

— Non, mais j'ai rencontré M. Prince sur le plateau de Trial TV lors d'un débat que j'animais en remplacement de mon amie Jane Augustine. Vous savez sans doute qu'elle a récemment disparu dans des conditions tragiques…

— En effet, toutes mes condoléances.

— Merci. Le fait est que je viens d'être mise à la porte de Trial TV et que je souhaite poursuivre la chaîne pour licenciement abusif.

— Un collaborateur de M. Prince pourra sans doute vous recevoir lundi.

— J'aimerais le voir aujourd'hui même. J'ai déjà consulté d'autres avocats et je dois faire mon choix avant ce soir.

— Dans ce cas… Laissez-moi voir si un collaborateur peut vous rappeler au plus vite.

— En fait, c'est M. Prince en personne que je souhaite rencontrer. Et dites-lui que je veux également lui parler de Jane Augustine.

— D'ordinaire, M. Prince ne reçoit aucun client pendant le week-end.

— Si vous pouviez simplement lui poser la question, ça m'arrangerait beaucoup. Et lui aussi, sans doute.

Silence à l'autre bout du fil. J'imaginais le dilemme de l'assistant : appeler ou ne pas appeler ? Prendre le risque de déranger Prince et de se faire engueuler comme du poisson pourri, ou prendre le risque de le rendre encore plus furieux si une grosse affaire lui passait sous le nez ?

— Ne quittez pas, je vous prie, a-t-il fini par dire d'une voix maussade.

Une minute plus tard, il était de retour.

— M. Prince accepte de vous recevoir aujourd'hui si vous pouvez être au cabinet d'ici une heure.

65

Prince & Associates occupait le quinzième étage d'un immeuble situé à l'angle de Dearborn Street et de Washington Street. Une secrétaire grincheuse qui avait dû interrompre son week-end à cause de moi m'a conduite dans le bureau du célèbre avocat. Avant de me laisser seule, elle a désigné d'un doigt sévère un des trois fauteuils en cuir vert forêt alignés devant un bureau assez grand pour y jouer une partie de hockey.

Mais au lieu de m'asseoir, j'ai marché vers les immenses fenêtres qui donnaient sur la sculpture de Picasso, la Daley Plaza, et le palais de justice en arrière-plan. Au loin, on apercevait la forme courbe et vitrée du Thompson Center, ainsi qu'une partie de l'œuvre étrange de Jean Dubuffet érigée à son pied.

Les minutes ont passé et j'ai fini par m'asseoir dans un des fauteuils en cuir, mes yeux vagabondant sur les divers diplômes et plaques honorifiques accrochés au mur. J'ai consulté ma montre. J'attendais depuis plus de cinq minutes. Prince me laissait mariner, une vieille technique des avocats qui peut se résumer ainsi : « Faites-les poireauter juste assez pour que ça les agace sans toutefois les pousser à partir. »

Encore quelques minutes de patience et le ténor du barreau a daigné faire son apparition. Son costume gris clair, assorti à sa chevelure, faisait ressortir son regard perçant.

— Mademoiselle McNeil, quel plaisir de vous revoir.

Il m'a tendu la main à la manière d'un pape, comme s'il s'attendait à ce que je m'incline pour baiser sa bague. Je lui ai donné une solide poignée de main.

Il est passé derrière son bureau, déplaçant un pot à crayons chromé avant de se résoudre à s'asseoir.

— Je crois comprendre que vous souhaitez attaquer votre employeur pour licenciement abusif ?

Il n'avait pas du tout l'air contrarié d'avoir été dérangé pendant le week-end.

— En effet. Je ne travaille plus à Trial TV depuis hier.

— Oui…, a-t-il dit en hochant la tête d'un air pénétré.

J'ai eu l'impression de me confesser devant le psy.

— Ils m'ont mise à la porte du jour au lendemain lorsqu'ils ont appris que la police me considérait comme une « personne digne d'intérêt » dans l'enquête sur le meurtre de Jane Augustine.

Aucune réaction sur son visage.

— Parlez-moi de la façon dont vous avez été embauchée.

Je lui ai expliqué que Jane m'avait proposé de venir la rejoindre à Trial TV, comment je m'étais retrouvée à l'antenne pour mon premier jour de travail alors que ce n'était pas prévu du tout, comment C.J. Lyons m'avait ensuite convaincue de prendre la succession de Jane au lendemain de sa mort. Puis je lui ai raconté la façon dont cette même C.J. Lyons m'avait signifié mon congé — apparemment en accord avec Ari Adler, le grand patron — après avoir assisté à la conférence de presse de la police. Jackson Prince m'a ensuite posé quelques questions sur mes antécédents professionnels, ainsi que sur la semaine que j'avais passée au service de Trial TV.

— Hum…

Il a une nouvelle fois déplacé le pot à crayons, avant de

le remettre exactement à la même place. Puis ses yeux sont revenus se planter dans les miens.

— Vous avez des enfants ?

— Non.

— Quelqu'un dont vous avez la charge financière ?

— Personne à part moi.

— Au cours de l'entretien de licenciement, votre ancien employeur a-t-il fait allusion au fait que vous soyez une femme ?

— Non.

— Dans ce cas, mademoiselle McNeil, je peux vous indiquer un bon avocat spécialisé en droit du travail, mais je dois vous dire que votre dossier ne me paraît pas très solide. En tant que femme, vous bénéficiez d'un certain nombre de protections légales, mais elles ne s'appliquent pas à votre cas, dans la mesure où votre sexe ne semble pas avoir joué un rôle dans la décision de mettre un terme à votre contrat. D'autre part, votre licenciement ne vous a pas porté un grave préjudice ni laissé dans un état de dénuement. Vous n'avez travaillé que quelques jours pour Trial TV, et il ne faire guère de doute qu'avec votre double casquette d'avocate et de journaliste présentatrice, vous n'aurez pas trop de mal à retrouver un emploi.

Il s'est interrompu pour me dévisager d'un air pensif.

— On m'a également dit que vous souhaitiez me parler de Jane Augustine.

— En effet. Je voulais vous parler de l'incident qui a eu lieu lundi dernier sur le plateau de Trial TV, après que Jane vous a posé une question qui avait trait au recours collectif contre King Pharmaceuticals. Vous sembliez furieux.

Il a esquissé un sourire

— Furieux ? Pas du tout, voyons. J'ai une grande habitude de la presse et je connais les règles du jeu. Les journalistes ne peuvent pas toujours vous poser des questions faciles, vous savez. J'avais le plus grand respect pour Jane, et j'ai toujours su qu'elle n'était pas du genre à vous servir la soupe, si vous me passez l'expression. Mais je peux vous assurer que rien de ce qu'elle m'a dit ce jour-là ne m'a rendu furieux.

— Alors pourquoi avoir quitté le plateau avant la fin de l'émission ? De l'endroit où je me trouvais, ça avait tout l'air d'un mouvement d'humeur.

Jackson Prince s'est renversé dans son fauteuil. Il a joint les mains et a pressé les lèvres contre ses doigts serrés.

— Avez-vous dit à la police que j'en voulais à Jane ? Que je lui en voulais peut-être au point de l'avoir tuée ?

J'ai senti que je rougissais un peu. Il n'y avait aucune raison d'être gênée, mais j'ai eu l'impression d'être prise la main dans le sac.

— Les policiers qui m'ont interrogée m'ont demandé si je connaissais quelqu'un qui avait une raison d'en vouloir à Jane. Je leur ai simplement dit que vous aviez brusquement quitté l'émission.

— J'avais une urgence au tribunal.

— Quelle sorte d'urgence ? Je n'ai pas le souvenir qu'on m'ait demandé de venir d'urgence au tribunal, quand je travaillais pour Baltimore & Brown. Les audiences ont des horaires bien définis, et je n'ai jamais vu un plaignant envoyer un SMS à son avocat en plein procès pour lui demander de rappliquer sur-le-champ.

— Vous n'exerciez pas dans le même domaine que moi, a-t-il rétorqué comme si ça expliquait tout.

— Il m'est arrivé de traiter des affaires de dommages corporels, mais il est vrai que le droit du divertissement était mon domaine de prédilection. Forester Pickett m'avait confié la défense de ses intérêts et de ceux de Pickett Enterprises.

Je n'aimais pas me servir de mon ancien mentor pour impressionner mes interlocuteurs, mais Prince le connaissait forcément, et je savais ce que Forester m'aurait dit : « Allez-y,

Izzy, donnez mon nom autant que vous voulez, si ça peut vous être utile. »

— Je connaissais bien Forester, a dit Prince avec une moue pleine de respect. Quant à cette urgence professionnelle, je peux vous dire que dans le domaine où j'exerce, il m'arrive fréquemment de me retrouver dans le bureau du juge afin de négocier un accord avec la partie adverse. Dans le cas qui nous occupe, c'est un de mes collaborateurs qui représentait mon cabinet et qui m'a appelé à la rescousse. Le juge le pressait d'accepter une somme beaucoup moins importante que celle à laquelle nous nous attendions. Mon collaborateur s'est senti en difficulté et il a préféré me contacter.

Il m'était moi-même arrivé de négocier un accord dans le bureau d'un juge, et je ne trouvais pas son explication particulièrement convaincante. Mais j'ai décidé de changer de sujet.

— Puis-je vous demander où vous étiez lundi après-midi ?

Il m'a regardée en fronçant les sourcils, deux profondes rides se creusant entre ses yeux.

— Je trouve cette question pour le moins déplacée, mademoiselle McNeil. Et pour votre information, j'ai déjà eu l'occasion de dire à la police que j'avais un rendez-vous à Highland Park l'après-midi du meurtre. Avec un expert qui devait témoigner le jour même dans le cadre d'une de mes affaires. J'ai quitté le cabinet à 14 heures et j'ai retrouvé mon expert une heure plus tard. Sa déposition a commencé à 16 heures et elle s'est poursuivie jusqu'à environ 18 heures.

— J'ai récemment eu une longue conversation avec le Dr Hamilton-Wood, ai-je lancé à brûle-pourpoint.

— Je la connais. Il m'est arrivé de lui demander de déposer en tant qu'experte.

— Il se trouve que Jane Augustine avait aussi eu une longue conversation avec le Dr Hamilton peu de temps avant sa mort. Au sujet d'une enquête explosive sur laquelle elle travaillait.

Jackson Prince a soulevé ses sourcils argentés en ajustant machinalement sa cravate.

— Tiens donc… Et quel était le sujet de cette enquête ?

— Il me semble que Jane s'intéressait aux recours collectifs et à la façon dont les plaignants sont recrutés par les gros cabinets d'avocats comme le vôtre. Le cas des victimes du Ladera semblait avoir particulièrement retenu son attention.

Devais-je tout lui dire ? D'un côté, je voulais voir sa réaction face aux révélations d'Angela Hamilton. De l'autre, il risquait de se refermer comme une huître ou de me mettre dehors si je lui faisais peur. Et j'espérais apprendre quelque chose de cet entretien.

— Je suis désolé, mais…

Il s'est penché vers moi, coudes sur le bureau, avant de poser le menton sur ses mains jointes.

— Je ne suis pas certain de comprendre pourquoi vous me dites tout ça.

— Jane vous a-t-elle posé des questions dans le cadre de cette enquête ?

— Pas que je me souvienne.

J'ai laissé passer une seconde, puis une autre, sans jamais quitter Jackson Prince des yeux. Tenir tête à un homme aussi puissant et respecté que lui m'aurait sans doute terrifiée une semaine plus tôt, mais c'était fou comme la sensation de ne plus rien avoir à perdre donnait du courage. Franchement, je ne voyais pas ce qui pouvait m'arriver de pire que d'être accusée de meurtre. A part être condamnée, bien sûr.

Je mourais d'envie de lui demander sans détour : « Avez-vous soudoyé le Dr Hamilton afin qu'elle vous transmette des informations confidentielles sur ses patients traités au Ladera ? Qu'elle sélectionne pour vous ceux qui avaient des problèmes cardiaques, si bénins soient-ils, afin que vous puissiez les contacter et les enrôler dans le recours collectif contre King Pharmaceuticals ? La peur que Jane ne dévoile cette magouille au grand public vous a-t-elle poussé à commettre l'irréparable ? »

Mais il ne fallait pas compter sur un homme de la trempe de Jackson Prince pour craquer. Qu'aurait-il eu à gagner à m'avouer qu'il s'était mis hors la loi pour se remplir les poches ? Non, j'aurais sans doute plus de chances de faire parler les autres rhumatologues. C'est donc la raison et non la peur qui m'a retenue de poser les questions qui me brûlaient les lèvres. Sans doute n'était-ce qu'une petite victoire sur moi-même, mais elle m'a fait du bien.

— Alors si je comprends bien, monsieur Prince, vous ne savez pas sur quoi portait exactement l'enquête de Jane ?

— J'ignorais même qu'elle s'intéressait au procès du Ladera. Bien entendu, je n'aurais pas manqué de lui prêter mon concours si elle l'avait sollicité. Jane était une de mes journalistes préférées, vous savez.

Il avait dit ça comme s'il parlait d'animaux de compagnie et non d'êtres humains. En voilà un qui avait une très haute opinion de lui-même, ai-je songé en l'observant en silence.

Prince est également resté muet. On le sentait doué à ce petit jeu. Comme un fauve guette sa proie, il surveillait le moindre de mes mouvements, la moindre de mes faiblesses, prêt à en profiter pour prendre l'avantage. C'était ce qui faisait de lui un excellent avocat.

Sa secrétaire est venue interrompre ce défi silencieux.

— Monsieur Prince, a-t-elle dit en passant la tête par la porte du bureau, vous allez être en retard pour votre golf.

— Vous avez raison, Beth.

Il s'est levé de son fauteuil et m'a tendu la main. Je n'ai eu d'autre choix que de suivre le mouvement. Jackson Prince a gardé ma main dans la sienne pendant un long moment.

J'ai essayé de la retirer, mais il n'a pas voulu la lâcher. Ses yeux m'ont scrutée avec une intensité presque menaçante.

— Bonne chance pour retrouver un emploi, a-t-il dit. Il y a des moments comme ça, dans la vie… Des moments qui peuvent s'avérer extrêmement délicats. Je dirais même extrêmement…

Il a serré ma main un tout petit peu plus fort.

— Périlleux.

L'image du cadavre de Jane m'est brusquement revenue à la mémoire ; ses yeux ouverts qui ne regardaient plus rien, son foulard affreusement serré autour de son cou, tout ce sang…

D'un coup sec, j'ai libéré ma main.

— Merci, ai-je dit.

Et j'ai quitté les bureaux de Prince & Associates.

66

Comme je ne me sentais pas le courage d'affronter la presse qui attendait sûrement devant chez moi, j'ai roulé jusqu'au premier Starbucks que j'ai trouvé. Coup de chance, j'ai réussi à me dégoter une table ensoleillée, juste devant les grandes fenêtres. Dans ma situation, ces petites choses pouvaient prendre une importance démesurée.

J'ai appelé Mayburn pour lui faire un compte rendu de mon entretien avec Jackson Prince.

— Apparemment, il a un alibi, ai-je dit.

Je lui ai parlé du rendez-vous de Prince avec un expert à 15 heures le jour du meurtre, suivi de la déposition dudit expert qui aurait duré jusqu'aux alentours de 18 heures.

— En admettant que ce rendez-vous ait bien existé et que la déposition ait commencé à l'heure, a dit Mayburn, Prince dit avoir mis une heure pour aller de son bureau à Highland Park. Ce qui lui a laissé assez de temps pour s'arrêter chez Jane en chemin. Si vous pensez qu'il existe vraiment une chance pour qu'il ait fait le coup, on peut retrouver le nom de cet expert et lui demander à quelle heure précisément notre ténor du barreau est arrivé au rendez-vous. Mais si j'ai bien cerné le personnage, Prince n'est pas vraiment homme à faire lui-même le sale boulot. Il a pu payer quelqu'un pour supprimer votre amie.

Toute cette affaire me dégoûtait. M'épuisait. Mais je ne

pouvais pas faire l'autruche en attendant qu'on vienne me passer les menottes.

— Je vous rappelle plus tard, John.

J'ai sorti mon BlackBerry et j'ai passé en revue les téléphones des quatorze rhumatologues que Mayburn m'avait envoyés par e-mail. J'ai appelé le premier de la liste, le Dr Trace Ritson. Il vivait à Charleston, en Caroline du Sud.

— De la part de qui, je vous prie ? a dit sa femme quand j'ai demandé si je pouvais parler au médecin.

— Isabel McNeil.

— Etes-vous l'une de ses patientes ?

— Non, je travaille pour la chaîne de télévision Trial TV.

Je *travaillais* aurait été plus juste, mais après tout, je n'avais menti que sur le temps du verbe.

— J'aimerais discuter avec lui d'un travail qu'il a effectué pour M. Jackson Prince.

— Je pense qu'il vaudrait mieux le rappeler lundi à son bureau.

Le ton de Mme Ritson était toujours courtois, mais un peu plus tendu. Je ne me suis pas découragée pour autant :

— Pourriez-vous avoir la gentillesse de dire au Dr Ritson que ma collègue Jane Augustine a été assassinée lundi dernier, et que ce meurtre pourrait avoir un lien avec une enquête qu'elle menait sur Jackson Prince ?

Silence. Puis :

— Une minute, je vous prie.

Mais je n'ai même pas eu à attendre trente secondes pour avoir le Dr Ritson en ligne.

J'ai réussi à parler non seulement avec le Dr Ritson, mais aussi avec quatre autres rhumatologues inscrits sur la liste de Jane. J'ai une nouvelle fois appelé Mayburn pour lui raconter ce que j'avais appris et lui demander s'il pouvait se charger de contacter les autres médecins. J'ai ensuite pris mon courage à deux mains et j'ai joint C.J. sur son portable. Je l'ai saluée comme si elle ne m'avait pas injustement renvoyée la veille et comme si je ne lui avais pas dit ma façon de penser en termes plutôt crus. Lorsque je lui ai expliqué que je voulais reprendre une enquête sur laquelle Jane travaillait juste avant sa mort, je l'ai entendue soupirer à l'autre bout du fil.

— Izzy, pourquoi faites-vous ça ? On vient de vous licencier.

— Je le fais pour Jane. Parce que ça me permettra peut-être de résoudre le mystère de sa mort. En se focalisant sur moi, la police se plante complètement et néglige d'autres pistes, C.J. Et puis c'est aussi une façon de rendre hommage à Jane, vous comprenez ? C'est la dernière grosse enquête qu'elle menait avant sa mort. Je veux la terminer pour elle.

Silence.

— Vous préférez que je propose l'enquête à une autre chaîne ?

C.J. n'a rien répondu et j'ai poussé mon avantage.

— Je viens vous voir tout de suite.

Je me suis garée dans le parking de Trial TV moins d'une demi-heure plus tard, aussi nerveuse que la première fois où j'étais venue ici.

Pas de camionnettes de la presse en vue, hormis celles de Trial TV. Les médias qui couvraient le meurtre de Jane avaient suffisamment d'images du siège de la chaîne, et personne ne s'attendait à ce que je remette les pieds ici.

Le gardien a froncé les sourcils quand je me suis présentée devant lui, mais mon badge n'avait pas encore été désactivé. Le couloir bordé de bureaux venait d'être peint et l'odeur persistait dans ce lieu sans fenêtres. Pourtant, les armoires métalliques coiffées de gros cartons avaient déjà retrouvé leur place le long des murs désormais vert anis.

Je n'avais pas atteint le bout du couloir quand j'ai croisé Ted, le cameraman qui m'avait filmée devant le palais de justice lors de ma première intervention à l'antenne de Trial TV.

Il s'est figé à ma vue et a levé un sourcil inquiet.

— Comment allez-vous, Izzy ?

— J'ai connu des jours meilleurs.

— J'imagine, a-t-il dit gentiment avant de me regarder quelques secondes en secouant la tête. Franchement, je ne comprends pas que la police puisse vous soupçonner du meurtre de Jane. Je trouve ça ridicule.

— Merci, Ted, ça me fait du bien de vous l'entendre dire.

Il a tripoté sa moustache.

— Je pense que vous avez vraiment un don pour ce boulot, vous savez. Et je suis désolé qu'ils se soient débarrassés de vous comme ça. Si je peux faire quelque chose pour vous, n'hésitez pas à me le demander, d'accord ?

— Merci, c'est très aimable à vous, ai-je répondu tandis qu'une idée me venait à l'esprit. Justement, je travaille en ce moment sur quelque chose et je vais avoir besoin d'un cameraman si C.J. me donne son feu vert. Vous accepteriez de refaire équipe avec moi ? Il s'agit d'une enquête que Jane avait commencée avant sa disparition et que je voudrais mener à son terme.

— Je suis partant ! a-t-il lancé avec enthousiasme. Tenez-moi au courant.

Je l'ai remercié de nouveau et j'ai poursuivi mon chemin le long du profond couloir. J'ai fini par atteindre la salle de rédaction. Il y avait moins de monde que pendant la semaine, et l'accueil que j'y ai reçu n'a pas été — loin s'en faut — aussi chaleureux que celui de Ted. J'ai eu droit à quelques regards surpris, ainsi qu'à deux bonjours du bout des lèvres. Mais je sentais plus d'embarras que d'hostilité, comme s'ils ne savaient pas comment réagir. D'ailleurs, j'étais aussi mal à l'aise qu'eux.

J'ai trouvé C.J. dans la loge où les invités patientaient

avant de passer à l'antenne, en compagnie d'un homme en costume rayé. Sûrement un avocat, à en juger par son allure.

Dès qu'elle m'a aperçue, C.J. s'est excusée auprès de son invité avant de venir me rejoindre.

— Comment allez-vous, Izzy ? a-t-elle demandé en fermant la porte de la loge derrière elle.

Mais elle a enchaîné avec une autre question avant que je ne puisse répondre :

— Alors, c'est quoi, cette enquête que vous voulez reprendre ?

Je lui ai parlé de la liste des quinze noms, de ce que Carina Fariello nous avait dit, des aveux d'Angela Hamilton, et j'ai terminé avec ma visite au cabinet de Jackson Prince.

Elle a remonté ses lunettes sur le haut du front.

— Alors, si je comprends bien, c'est la parole de Prince contre celle de cette rhumatologue ?

— C'est peut-être la parole de Prince contre celle de *plusieurs* rhumatologues.

Je lui ai raconté mes conversations téléphoniques avec les Dr Ritson, Hay, Dexter et quelques autres encore. J'avais contacté la moitié de la liste et Mayburn m'avait promis de s'occuper des noms restants.

— Au début, comme Jane, je me suis heurtée à un mur. Aucun ne voulait parler. Deux d'entre eux n'étaient pas au courant du meurtre de Jane, mais tous ont été choqués d'apprendre que sa mort pouvait être liée à l'histoire dans laquelle ils sont impliqués. Quelques-uns ont alors commencé à soulager leur conscience. Leurs confessions ont toutefois été plus vagues que celle du Dr Hamilton, et bien entendu, pas question de les répéter devant un micro ou une caméra.

L'attention de C.J. était à présent focalisée à cent pour cent sur moi.

— Pourtant, il nous faut au moins une interview filmée.

— Je pense qu'on peut compter sur le Dr Hamilton. La

mort de Jane l'a bouleversée, et elle s'en veut terriblement d'avoir trempé dans cette magouille. Je crois que Carina Fariello, la comptable, acceptera aussi de témoigner pour le public.

C.J. a retiré les lunettes de son front et s'est mise à mâcher l'une des branches en hochant lentement la tête. Elle ne me quittait pas des yeux et je sentais que ça carburait sous son crâne.

— On va le faire, a-t-elle dit finalement. Et on va le faire ensemble.

— Vraiment ?

— Oui. Il faut qu'on le fasse pour Jane. Et puis cette affaire contient tous les ingrédients d'un excellent sujet. C'est le genre d'enquête qui pourrait nous valoir un Emmy Award, vous savez.

— Vous êtes sérieuse, C.J. ?

Elle a souri.

— Absolument.

Un sourire s'est également formé sur mes lèvres, mais le mien était mélancolique.

— Jane avait remporté un Emmy.

— En effet. Pour une affaire qu'on avait sortie ensemble, toutes les deux. Un super reportage sur un ripou qui dealait de l'héroïne. Vous avez eu l'occasion de le voir ?

J'ai secoué la tête.

— Non, je regrette.

— Je vous passerai une copie. Vous verrez la façon dont Jane menait les interviews. Elle était sublime. Au sommet de sa forme.

Elle a soupiré et a détourné les yeux, mais j'ai eu le temps d'y lire un immense chagrin. Pourtant, son expression a brusquement changé et elle m'a de nouveau regardée avec une sorte d'excitation.

— Jane serait fière de vous.

— Vous le pensez sincèrement ?

— Oui. Et moi aussi je suis fière de vous.

Prise au dépourvu, j'ai balbutié quelques mots de remerciement. Pour la première fois, je ressentais une sorte d'affinité avec C.J. Lyons. Mon téléphone portable a sonné à ce moment-là. Je l'ai sorti de mon sac et j'ai lu le nom qui s'affichait sur l'écran : *Theo Jameson.*

67

— Je n'arrive pas à croire que Jane soit morte, a dit Theo.

— Et moi, je n'arrive pas à croire que tu ne m'aies pas rappelée plus tôt.

J'ai plaqué la main sur mon portable et je me suis excusée auprès de C.J.

— C'est un appel très important, ai-je murmuré.

Elle a levé le pouce avec un petit clin d'œil.

— Emmy Award, a-t-elle simplement dit avant de s'éloigner.

— Je suis vraiment désolé, poursuivait Theo dans mon oreille tandis que je marchais déjà vers la sortie. Je n'avais aucun moyen d'écouter mes messages, sur cette île. On est encore dans notre avion, mais on ne va pas tarder à atterrir.

J'ai longé la salle de rédaction.

— *Votre* avion ? Tu as un avion privé ?

Malgré la peur qui semblait se réveiller après une courte sieste, j'étais impressionnée.

— Il appartient à la société, pas à moi. Enfin, bref…

Il a poussé un long soupir.

— Je suis sous le choc, Izzy. Jane morte, c'est… inconcevable. Que s'est-il passé, exactement ?

J'ai salué le gardien d'un signe de la main et je suis sortie sur le parking. Une fois dans la voiture de Grady, j'ai raconté toute l'histoire à Theo, les mots se bousculant dans ma bouche.

— J'en suis malade, a-t-il dit quand j'ai fini par arriver au bout de mon récit. Comment quelqu'un a-t-il pu lui faire une chose pareille ?

— Et le plus dingue dans l'histoire, c'est que les flics me soupçonnent d'être ce quelqu'un.

— Hein ? s'est-il écrié. Mais pourquoi ?

— Je n'en sais trop rien, mais je crois que ça vient en partie du fait qu'ils me soupçonnent d'avoir été la maîtresse de Jane juste avant sa mort. Ils pensent que j'ai passé la nuit de vendredi avec elle et que je mens lorsque je dis que j'étais avec toi. Tu te souviens de l'écrivain qu'elle a dragué toute la soirée ? Eh bien, la police l'a retrouvé, et il a admis avoir passé cette fameuse nuit de vendredi avec Jane. J'ai cru que ça allait me dédouaner aux yeux des flics, mais j'ai l'impression que l'inspecteur en charge de l'enquête m'a dans le nez et qu'il continue à croire que je suis la meurtrière.

— C'est une histoire de fous, Izzy.

— Comme tu dis.

— Tu sais que tu risques gros dans cette affaire.

Il n'avait pas dit ça méchamment. Ce n'était pas : « Courage, fuyons, cette fille va m'attirer des ennuis. » Non, il s'était contenté d'énoncer une vérité et je lui en ai su gré. A peu près tout le monde — Sam, Quentin, ma mère, Spencer — m'avait tenu un discours rassurant. Bien sûr, la confiance qu'ils me témoignaient me touchait énormément. Mais ils semblaient tous persuadés que c'était juste un mauvais moment à passer et que les choses finiraient par rentrer dans l'ordre. Et ce n'était pas vrai. C'est pourquoi les mots de Theo m'ont fait du bien. Lui n'hésitait pas à regarder la réalité en face et à me dire sans détours ce qu'il y voyait. Oui, je risquais gros dans cette affaire. D'une certaine manière, entendre quelqu'un me dire la vérité me permettait de cesser d'espérer en vain que la situation s'arrangerait d'elle-même.

— Je sais, ai-je répondu. Tu veux savoir ce qui m'est arrivé d'autre pendant ton absence ?

— Bien sûr.

J'ai senti que ça l'intéressait vraiment et ça m'a fait plaisir. Je lui ai raconté mes débuts de présentatrice télé au lendemain de la mort de Jane.

— Et ils m'ont virée hier.

— A cause des soupçons de la police ?

Je l'ai remercié silencieusement de ne pas m'avoir demandé si c'était à cause de mon incompétence. J'ai senti que ça ne lui avait même pas effleuré l'esprit.

— Oui.

— Ça va trop loin, Izzy. Je ne sais même pas comment tu fais pour être aussi calme après avoir vécu tout ça. Où es-tu ?

— Sur le point de rentrer chez moi. Il y a peut-être des journalistes devant ma porte, mais j'en ai marre de jouer à cache-cache avec la presse. De toute façon, j'ai la conscience tranquille. Et puis j'ai besoin d'être dans mon appartement pour pouvoir réfléchir sereinement à ce que je dois faire maintenant. Autre chose, Theo : j'ai aussi besoin que tu dises à la police que nous avons bien passé la nuit de vendredi ensemble.

— Bien sûr. Je te retrouve chez toi dans une demi-heure.

68

La plupart des journalistes avaient dû penser que je ne rentrerais pas au bercail de si tôt, parce qu'il ne restait presque plus de camionnettes de la presse devant chez moi. Et ceux qui ne s'étaient pas découragés n'ont pas été payés en retour. Ils semblaient ignorer que je possédais un garage à l'arrière, dans un bâtiment séparé.

J'ai fait le tour du pâté de maisons et j'ai roulé au ralenti sur la petite allée qui menait au garage. Après avoir jeté un coup d'œil à droite et à gauche pour m'assurer qu'aucun reporter n'avait eu l'idée de m'attendre ici, je suis allée déplacer ma Vespa afin de pouvoir rentrer la voiture de Grady. Ceci fait, je me suis trouvée face à un nouveau problème. Le garage ne se trouvant pas dans le même bâtiment que mon appartement, le seul moyen de rentrer chez moi était de passer par la porte principale où attendaient les derniers irréductibles. Je savais qu'à l'instant où ils me verraient, ils bondiraient hors de leurs camionnettes pour venir me planter micros et caméras sous le nez.

Le cœur battant un peu plus vite que la normale, j'ai quitté le garage et j'ai longé le mur de la maison en briques comme un rôdeur à l'affût d'un mauvais coup. Ça m'a fait penser au soir pluvieux où je m'étais retrouvée dans cette ruelle lugubre, à épier l'intérieur d'un garage à travers une fenêtre masquée par du papier journal. Le souvenir du coup sur mon casque, puis des mains qui m'avaient violemment poussé dans le dos, a fait battre mon cœur *beaucoup* plus vite que la normale.

Arrivée à l'angle de la maison, j'ai risqué un œil vers le trottoir désert qui s'étirait devant chez moi. J'allais maintenant devoir parcourir à découvert les cinq ou six mètres qui me séparaient de la porte d'entrée. Marcher tranquillement pour ne pas attirer l'attention ou courir aussi vite que possible ?

La réponse est venue d'elle-même.

— Hé !

Juste après ce cri, les portes des quelques camionnettes se sont ouvertes en même temps, comme si une opération commando venait d'être lancée contre moi. J'ai piqué un sprint alors que cameramen et reporters sautaient sur le trottoir. Ils m'ont rattrapée devant la porte, ma main tremblante peinant à introduire la clé dans la serrure.

— Isabel ! a crié un reporter. Avez-vous tué Jane Augustine ? Une réaction à votre licenciement de Trial TV ?

Qu'espérait-il que je lui dise ? « Oui, j'ai tué Jane et je suis triste d'être au chômage » ?

— Où étiez lundi après-midi, à l'heure où Jane Augustine se faisait sauvagement assassiner ?

Maudite clé qui refusait d'entrer dans la serrure !

— Isabel ? Pourquoi ce silence ? Le public veut savoir la vérité !

C'était tellement difficile de ne pas se retourner pour hurler : « La vérité c'est que je n'ai pas tué Jane ! »

Mais j'entendais la voix de Maggie qui répétait en moi : « Ne dis rien, Izzy ! Ne dis rien ! »

J'ai fini par réussir à introduire cette satanée clé dans la serrure. Les cameramen se sont précipités vers moi, au risque de me blesser avec leurs objectifs. J'avais l'impression d'être encerclée de groins géants venus renifler le scoop. La porte s'est ouverte et je suis tombée à l'intérieur. Mes assaillants ont essayé d'introduire leurs caméras dans l'embrasure de la porte, mais j'ai réussi à la claquer d'un violent coup de pied. J'avais tellement de mal à reprendre ma respiration que j'ai dû attendre un moment avant de pouvoir grimper l'escalier.

Une fois en haut, j'ai eu l'impression d'être arrivée au paradis. Jamais je n'avais été aussi heureuse de me retrouver dans mon appartement, de voir ma bonne vieille cheminée en marbre et mon cher fauteuil jaune. J'avais besoin de lumière et j'ai ouvert stores et rideaux, à l'exception de ceux qui pouvaient permettre aux journalistes de me voir depuis la rue.

Je me suis laissée tomber dans mon fauteuil préféré et j'ai sorti mon BlackBerry pour envoyer un SMS à Theo.

Attention, les médias sont devant chez moi.

Ce n'est pas un problème, a-t-il répondu presque aussitôt.

Et apparemment, ça n'en était vraiment pas un pour lui. Le temps que j'enfile un jean et un T-shirt, il appuyait déjà sur la sonnette de l'Interphone. Vingt secondes plus tard, ses longues jambes avaient gravi les marches jusqu'à ma tour d'ivoire et il apparaissait dans le cadre de la porte, pas même essoufflé, son long corps occupant tout l'espace.

— Tu tiens le coup ?

Sans attendre la réponse, il est entré et m'a prise dans ses bras. Il était si grand que mon visage s'est posé naturellement sur son torse, sur le doux coton du T-shirt noir qu'il portait sous une veste militaire. Il m'a serrée contre lui et a caressé mes cheveux. Après un moment, il m'a entraînée vers le canapé où il m'a fait asseoir. Il a relevé les manches de sa veste kaki et mes yeux se sont posés sur les vagues rouges du tatouage tribal qui venaient lécher son avant-bras droit, sur la queue noire et pointue du reptile qui serpentait le long du gauche. J'ai aussitôt songé aux symboles asiatiques qui décoraient le haut de sa poitrine, juste sous ma joue et le T-shirt noir.

— La mort de Jane m'a fichu un sacré coup, tu sais, a-t-il dit.

Il avait le regard triste, et pour la première fois il faisait plus que ses vingt et un ans.

— Dis-moi ce que je peux faire, Izzy.

— J'aimerais appeler l'inspecteur en charge de l'enquête pour que tu lui dises qu'on a passé la nuit de vendredi ensemble.

— Vas-y, Izzy, appelle-le tout de suite.

Une nouvelle fois, je suis tombée sur la boîte vocale de Damon Vaughn. Une nouvelle fois, j'ai laissé un message.

— Il va peut-être rappeler, a dit Theo quand j'ai raccroché.

— Espérons.

Je n'arrivais pas à croire que j'en étais arrivée à *espérer* un appel de l'inspecteur Vaughn.

Pour tromper l'attente, nous avons discuté des vacances que Theo venait de passer sur cette île mexicaine, faisant l'un et l'autre de notre mieux pour ignorer la tension sexuelle qui atteignait des pics malgré les circonstances.

Theo a pris ma main et l'a gentiment caressée. Il y avait quelque chose d'un peu suranné dans ce geste, et venant d'un garçon comme lui, ça m'a touchée au-delà des mots.

— Alors, les vagues étaient bonnes ? ai-je demandé en m'efforçant de cacher mon trouble.

— Oublie le surf, Izzy, et dis-moi plutôt ce que je peux faire d'autre pour t'aider.

— Je n'en sais rien, ai-je répondu, brusquement accablée par un sentiment d'impuissance.

Theo a semblé percevoir mon désarroi.

— Je ferai n'importe quoi pour te sortir de cette galère. N'importe quoi.

J'ai réfléchi un moment.

— Tu sais, pour autant que je sache, je dois tous mes ennuis à Zac, le mari de Jane. Il s'est imaginé que j'avais une aventure avec sa femme, et il a dit à la police que j'avais couché avec elle une fois qu'on est sortis de cette boîte, vendredi soir. J'ai eu beau lui expliquer que j'étais avec toi, il n'a pas voulu en démordre. Accepterais-tu de lui parler, Theo ? Si Zac cesse enfin de me soupçonner, la police s'acharnera peut-être moins sur moi.

Theo a planté ses yeux dans les miens et m'a regardée sans rien dire pendant quelques secondes.

— Si tu penses vraiment que ça peut t'aider, je vais le faire.

Je suis allée chercher mon portable et j'ai composé le numéro de Zac. « Bonjour, je ne suis pas disponible pour le moment, mais vous pouvez me laisser un message. Attention, c'est à vous. Biiiip ! »

— Bonjour, Zac, c'est Izzy McNeil. J'ai quelque chose d'important à vous dire. Merci de me rappeler aussi vite que possible.

Après dix minutes d'attente, j'ai tenté une nouvelle fois ma chance. Encore la boîte vocale. J'ai alors décidé d'opter pour le SMS :

> *Il faut que je vous parle D'URGENCE. Ça ne prendra pas longtemps.*

Mon téléphone a sonné dans les secondes qui ont suivi.

— Quoi ? a-t-il dit d'une voix agressive quand j'ai décroché.

— Bonjour, Zac. J'ai quelqu'un avec moi qui aimerait vous parler.

Et j'ai tendu le téléphone à Theo.

— Bonjour, monsieur, je m'appelle Theo Jameson. Je voulais simplement vous dire que j'ai passé la nuit de vendredi avec Izzy et que…

Il a décollé le téléphone de son oreille et a jeté un bref regard à l'appareil avant de se tourner vers moi.

— Il a raccroché.

J'ai pris mon BlackBerry et j'ai rappelé Zac.

— Ce que vous avez à dire ne m'intéresse pas, a-t-il lancé dans l'appareil. Et ça vaut aussi pour vos amis.

— Zac ! Ça suffit comme ça ! Il s'agit de Jane !

— Je ne le sais que trop bien, croyez-moi.

— Quand allez-vous cesser de penser que je l'ai tuée ? Jane était mon amie et je n'ai rien à voir avec sa mort. Vos calomnies et celles de la police n'y changeront rien ! Je suis innocente, Zac !

« Et je ne suis pas certaine que vous puissiez en dire autant », ai-je eu envie d'ajouter dans ma colère. Mais j'ai réussi à me retenir.

— Et je n'ai pas passé la nuit de vendredi avec Jane, ai-je ajouté à la place. Vous avez entendu Theo vous le confirmer.

— Qui me dit que ce n'est pas un type que vous avez ramassé dans la rue et à qui vous avez donné quelques billets pour qu'il récite un texte ?

— Si vous avez des doutes, acceptez de le rencontrer en personne. Dites-nous où vous êtes et on arrive tout de suite.

— Je me trouve dans notre maison de Long Beach.

J'avais toujours la voiture de Grady, et Jane m'avait dit qu'on pouvait faire le trajet en une heure et demie.

— Voilà ce que je vous propose, Zac. Donnez-nous rendez-vous dans un endroit public proche de votre maison, un café par exemple, et on vous y retrouvera.

J'ai regardé Theo. L'inquiétude se lisait maintenant sur son visage.

— Il faut plus d'une heure pour aller à Long Beach, a dit Zac.

— Je sais. Une fois là-bas, on n'aura besoin que de cinq minutes pour régler ça.

Silence à l'autre bout du fil.

— S'il vous plaît, ai-je simplement dit.

Encore un silence, puis Zac s'est raclé la gorge.

— Il y a un endroit qui s'appelle Lakeshore Coffee. C'est dans Michigan City.

Je me suis levée pour aller chercher un stylo et j'ai noté le nom et l'adresse du café sur la paume de ma main.

— Appelez-moi quand vous serez sur le point d'arriver et je viendrai vous rejoindre, a dit Zac.

Je me suis tournée vers Theo et j'ai levé le pouce en signe de victoire.

69

J'ai entré l'adresse du café dans le GPS de Grady et nous avons suivi ses instructions à la lettre, passant devant les aciéries qui se dressaient face au lac Michigan, dont les eaux agitées prenaient aujourd'hui des teintes gris bleu. Une fois dans l'Indiana, nous avons troqué l'autoroute contre une route nationale. Le paysage n'a d'abord été qu'une succession de stations de lavage, de routiers et de parkings pour poids lourds, mais après quelques kilomètres la route s'est mise à sinuer au milieu d'herbes dorées qui arrivaient presque à hauteur de nos fenêtres. De temps à autre, des jonquilles formaient une longue flaque jaune.

Theo a jeté un œil sur l'écran du GPS.

— Il reste moins de dix kilomètres.

J'ai appelé Zac, qui a répondu aussitôt.

— Zac, c'est Izzy. Nous allons bientôt arriver.

— Déjà ? Je suis sur le mont Baldy.

— Le quoi ?

— Le mont Baldy. C'est une dune sur laquelle Jane et moi aimions beaucoup grimper.

Il a toussé et, l'espace d'un instant, j'ai cru qu'il allait éclater en sanglots. Je ressentais à son égard des émotions contradictoires : de la compassion, parce qu'il venait de perdre sa femme, et en même temps de la méfiance parce que, je me demandais s'il n'était pas responsable de cette tragédie. Un peu de colère aussi. Je lui en voulais de la façon dont il me traitait, et je lui en voulais d'avoir transmis ses soupçons ridicules à la police.

Zac s'est éclairci la voix.

— Où êtes-vous exactement ?

Je lui ai donné le nom de la rue inscrit sur le GPS et je lui ai fait une description sommaire de ce que j'avais sous les yeux.

— Et maintenant, on passe devant une station-service.

— Alors vous êtes tout près de l'endroit où je suis. Vous devriez bientôt voir un panneau marron qui indique le mont Baldy.

La route a tourné et le panneau est apparu.

— Oui, je le vois.

— Ecoutez, le plus simple est qu'on se rejoigne là où je suis maintenant, a dit Zac. Suivez le panneau jusqu'au parking et vous nous trouverez sans mal. Il y a d'autres dunes, mais le mont Baldy est de loin la plus haute.

— « Nous » ?

— Zoey et moi.

J'ai failli faire une remarque désobligeante sur la rapidité avec laquelle il avait remplacé Jane, mais il aurait été stupide de provoquer sa colère alors qu'il semblait dans de meilleures dispositions à mon égard. Et puis, c'étaient ses affaires, après tout. Sauf si sa relation avec Zoey avait un lien avec la mort de Jane, bien sûr.

— A tout de suite, me suis-je contentée de dire avant de raccrocher.

J'ai bifurqué vers une petite route qui zigzaguait au milieu des arbres jusqu'à un parking à ciel ouvert. Derrière les branches aux bourgeons pas tout à fait éclos, on apercevait d'imposantes dunes. Au-delà nous parvenait le bruit des vagues du lac Michigan qui venaient s'écraser à leur pied.

Un seul autre véhicule — une jeep noire — était garé

sur le parking. Nous sommes sortis de la voiture et avons balayé les environs du regard avant de nous tourner l'un vers l'autre.

— Tu ne trouves pas ça bizarre de le retrouver dans une espèce de réserve naturelle ? ai-je demandé.

— Si, un peu.

Nous sommes restés silencieux un moment, et je me suis sentie gagnée par la nervosité.

— D'un autre côté, a repris Theo, c'est toi qui as voulu le rencontrer. Ce n'est pas comme s'il avait cherché à t'attirer ici.

— Je sais, mais il est là avec sa nouvelle compagne. Ou plutôt son ancienne… Enfin, peu importe. Le truc, c'est que je me pose des questions sur cette femme. En me basant sur ce que Zac m'a raconté, je ne serais pas surprise qu'elle n'ait jamais cessé d'être amoureuse de lui. Zac m'a dit qu'il l'avait quittée peu de temps avant de commencer son histoire avec Jane. Il m'a aussi dit qu'il était resté ami avec cette Zoey et qu'elle s'entendait plutôt bien avec Jane. Mais je trouve ça louche que son ex lui tombe dans les bras alors que Jane vient tout juste d'être enterrée.

— Tu penses que la jalousie aurait pu la pousser à faire du mal à Jane ?

J'ai haussé les épaules.

— Je n'en sais rien. Et si Zac et Zoey avaient fait le coup ensemble ?

Une nouvelle fois, nous sommes restés silencieux.

— On ferait peut-être mieux de s'en aller, a fini par dire Theo. Tu as suffisamment d'ennuis comme ça.

— Oui, je sais…

J'ai essayé de respirer un bon coup et de réfléchir calmement. Je me suis alors souvenue de ce que j'avais dit à Sam : « Personne ne peut me sauver. Personne à part moi-même. »

— Ecoute, Theo, je ne peux pas rester bras croisés en attendant que les flics viennent me lire mes droits. Il faut que je fasse quelque chose. Alors tu vas venir avec moi, et tu vas dire à Zac qu'on est rentrés ensemble vendredi soir et que tu n'es reparti de chez moi que le lendemain matin.

Theo a hoché la tête, mais je le sentais encore hésitant.

— Je sais que c'est une situation bizarre, ai-je dit. Tu te sens capable de faire ce que je te demande ?

— Oui, je suppose.

— Je ne veux pas te forcer, Theo.

— Allons-y, si tu penses que c'est ce qu'il faut faire, a-t-il dit d'une voix un peu plus convaincue.

J'ai repéré des panneaux qui indiquaient le sommet du mont Baldy.

— Viens, c'est par ici.

Theo m'a pris la main alors que nous commencions à marcher en direction de la plus grande dune.

— Ça va, Izzy ?

J'ai hoché la tête et j'ai serré sa main. S'il n'avait été que sublimement beau… Mais il était aussi d'une incroyable gentillesse.

Il s'est arrêté et m'a attirée contre lui. Même son odeur était sexy.

— Izzy, je veux juste que tu saches que… J'aime beaucoup être avec toi.

Ça m'a touchée, mais j'ai laissé échapper un rire nerveux.

— Ah bon ? Même avec tout ce qui m'arrive ?

— Oui.

— Alors je suis désolée pour toi. Tu n'es qu'un gamin, Theo, tu devrais t'amuser comme les gamins de ton âge au lieu de t'intéresser à une femme soupçonnée de meurtre.

— Je ne suis pas un gamin.

— Tu as vingt et un ans.

Il a fait un pas un arrière et m'a considérée d'un œil critique.

— Je ne cherche pas à avoir l'air plus âgé que je ne le suis. Je veux seulement que tu saches ce que j'éprouve pour toi, d'accord ? C'est comme ça que je fonctionne. Quand je ressens quelque chose de fort, je ne le garde pas pour moi. Et ce que je ressens de fort en ce moment, c'est… c'est que j'aime beaucoup être avec toi.

— Je suis complètement à la rue, Theo. Ma vie est un chaos.

— Un chaos dans lequel je veux me perdre.

Il n'était peut-être pas le seul capable de vous sortir un truc pareil, mais c'était sûrement le seul à pouvoir le rendre sexy.

L'espace d'un instant, j'ai oublié l'inspecteur Vaughn. J'ai oublié la mort de Jane. J'ai oublié que j'avais découvert son cadavre. J'ai oublié que ma vie ne ressemblait pas du tout à celle que j'avais espérée.

Parce que l'espace d'un instant elle m'a semblé étrangement… exquise. Je me trouvais au milieu d'une nature sauvage dont la beauté était comme un écho à celle de ce garçon aux cheveux longs, à la mâchoire carrée et aux lèvres si douces, qui me regardait avec un délicieux mélange de tendresse et de désir. Oui, avec Theo devant moi et le roulement des vagues en bruit de fond, la vie m'a soudain paru exquise.

Ces derniers temps, j'avais surtout vécu dans la peur. Mon fiancé avait disparu en pleins préparatifs de mariage ; mon ami et mentor Forester avait été tué et j'avais perdu un excellent boulot chez Baltimore & Brown. Et maintenant, Jane venait d'être assassinée, j'étais dans la ligne de mire de la police et j'avais de nouveau perdu un travail que j'adorais. Tout ça n'était pas fait pour me donner confiance en moi. Et si j'étais devenue une loseuse ?

Et pourtant, ce garçon qui avait tout pour lui — la jeunesse, la beauté, le succès — me disait qu'il aimait passer du temps avec moi. Contrairement à Sam qui n'avait aucun goût pour mes errances, il voulait même se perdre dans le chaos de ma vie.

Rien que ça.

— Allons voir ce Zac, a-t-il dit en m'entraînant par la main.

Nous avons suivi les panneaux jusqu'à un sentier qui courait à travers bois. Chênes, pins et bouleaux formaient au-dessus de nos têtes une voûte de branches emmêlées.

Avec tous ces arbres autour de nous, le bruit des vagues nous arrivait maintenant étouffé. C'était désormais au chant des oiseaux et aux brindilles qui craquaient sous nos pas d'imposer leur ambiance sereine.

Nous nous sommes arrêtés devant un panneau explicatif où nous avons appris que les dunes de cette réserve naturelle avaient été formées, plusieurs siècles plus tôt, par le lent mouvement de glaciers.

Le sentier a tourné et a commencé à monter. Mon angoisse a suivi la même pente ascendante. On se serait cru au milieu de nulle part.

Soudain, nous avons laissé les arbres derrière nous et nous nous sommes brusquement retrouvés au sommet d'une dune qui devait s'élever à une quarantaine de mètres au-dessus du niveau de la mer.

La surprise et la vue m'ont arraché un cri. De l'autre côté, la dune n'était pas adossée à une forêt, et on pouvait voir son immense étendue de sable fin couler jusqu'au lac Michigan. L'eau étincelait sous le soleil printanier, des vagues écumeuses se brisant joyeusement sur la plage. Le spectacle, aussi beau qu'inattendu, a eu raison de mon anxiété.

Theo a sorti des lunettes de soleil de sa poche poitrine. Avec ses Persol noires, il avait l'air d'un top model prêt pour une séance photo.

— C'est dingue, a-t-il dit. J'ignorais complètement qu'on pouvait trouver un paysage pareil de l'autre côté du lac. C'est la première fois de ma vie que je mets les pieds ici.

— Moi aussi, mais j'espère que ce ne sera pas la dernière.

En disant ça, je me suis rendu compte que j'avais vraiment peur de finir mes jours en prison.

Theo m'a prise dans ses bras.

— Je veux revenir ici avec toi, a-t-il murmuré, la bouche dans mes cheveux. Quand toute cette histoire sera terminée.

Il m'a serrée un peu plus fort.

— Et je sais qu'on n'aura pas à attendre longtemps, a-t-il ajouté.

« Promis ? » ai-je eu envie de demander. Mais à la vérité, je n'étais pas certaine de croire encore aux promesses. Alors, je me suis contentée de m'abandonner à son étreinte et de prier le ciel pour qu'il ait raison.

J'ai aperçu une silhouette au moment où je quittais ses bras.

— Je crois que c'est eux.

Theo s'est tourné pour suivre mon regard. Deux silhouettes apparaissaient maintenant au milieu de la dune, assises si proches l'une de l'autre que j'avais d'abord cru qu'elles n'en formaient qu'une. Zac et Zoey regardaient les vagues bleues, épaule contre épaule, bras autour des genoux.

Nous avons commencé à marcher vers eux et l'une des silhouettes a levé la tête. J'ai reconnu Zac qui nous a fait un signe.

Nous n'étions plus qu'à une vingtaine de mètres d'eux lorsqu'ils se sont levés pour venir à notre rencontre. J'avais le sentiment étrange que nous étions deux couples perdus dans le désert et qu'on se croisait par hasard après des jours d'errance. Allions-nous pactiser et mettre nos forces en commun, ou nous étriper pour survivre aux dépens de l'autre ?

Zac avait pris un peu d'avance sur Zoey. Il était vêtu d'un jean et d'un blouson en cuir vieilli qu'il portait déjà lors de notre première rencontre. Zoey est arrivée dans son sillage, également vêtue d'un jean. C'était une femme menue à la peau mate et aux yeux si sombres qu'on ne distinguait pas la pupille de l'iris. Elle était coiffée d'un béret, comme le soir où je l'avais surprise chez Zac, mais celui d'aujourd'hui était bleu marine. Tous les deux plissaient les yeux face à la lumière du soleil, d'autant plus éclatante qu'elle se réfléchissait dans la vaste étendue de sable blond. Zac avait le visage marqué par la fatigue et le chagrin, et son regard injecté de sang trahissait les larmes et les nuits sans sommeil.

J'ai fait des présentations sommaires.

— Zac… Theo…, ai-je dit en les désignant successivement de la main.

Theo a tendu la main, mais Zac ne l'a pas serrée, pas plus qu'il n'a présenté Zoey. Celle-ci a également dédaigné notre salut, se contentant de nous dévisager d'un air impassible. L'indifférence de son regard avait quelque chose de déconcertant. Pourtant, lorsqu'elle l'a posé sur Zac, quelques secondes plus tard, il était plein d'adoration.

— Tu peux nous laisser un moment ? lui a-t-il demandé.

Elle a hoché la tête, toujours muette, et s'est éloignée dans le sable.

Elle a descendu la pente et je l'ai rapidement perdue de vue. Ne pas savoir où elle était m'a rendue nerveuse.

— Où est-elle allée ? ai-je demandé en fouillant l'horizon du regard, la main en visière sur le front.

— Je croyais que vous aviez quelque chose à me dire, a lancé Zac d'un ton brusque. Alors ? Je vous écoute.

— Euh…

Je me suis tournée vers Theo, qui m'a donné le feu vert d'un petit signe de tête.

— Zac, c'est Theo qui a passé la nuit de vendredi avec moi.

Zac a sondé Theo du regard, visiblement dans l'attente d'une confirmation. Il était contraint de lever la tête, parce qu'il se trouvait un peu plus bas que nous sur la pente et que Theo était beaucoup plus grand que lui.

— Oui, c'est vrai, a confirmé Theo. Désolé de ne pas avoir été joignable plus tôt pour mettre les choses au clair.

Quant à Jane… je suis révolté par ce qui lui est arrivé. Triste et révolté.

Le visage de Zac s'est décomposé. Theo a dû s'en rendre compte, parce qu'il s'est dépêché de changer de sujet.

— En tout cas, je suis venu vous dire que j'ai rencontré Izzy vendredi soir et qu'on est rentrés ensemble chez elle. Je vais également en informer la police, voilà…

Theo a haussé les épaules et Zac s'est tourné vers moi.

— Vous aviez autre chose à me dire ?

— J'espère seulement que vous me croyez, maintenant. J'adorais Jane. Jamais je ne lui aurais fait du mal.

« Et vous, Zac, pouvez-vous en dire autant ? »

J'ai jeté un coup d'œil autour de moi pour voir si Zoey avait réapparu. Pourquoi avais-je le sentiment qu'elle préparait un mauvais coup ? Mais pas de Zoey à l'horizon. D'ailleurs, nous étions toujours seuls sur cette dune.

Zac s'est mis à dévisager Theo d'un air mauvais.

— Retirez vos lunettes de soleil.

Qu'est-ce qui lui prenait ?

Je les ai regardés l'un après l'autre. L'atmosphère est soudain devenue encore plus étrange, encore plus irréelle dans ce décor lunaire, et j'ai eu le sentiment que la dune s'effritait sous mes pieds.

— Retirez-les, a dit Zac.

Theo s'est tourné vers moi et j'ai eu un geste d'impuissance. Sa main est alors montée lentement vers les branches noires de ses Persol et je l'ai vu figer son mouvement une fraction de seconde au moment de s'exécuter. Il a fini par les ôter de son visage, toujours avec lenteur, comme s'il hésitait à dévoiler ses yeux.

Les lunettes ont fini par regagner la poche poitrine de la veste militaire et les deux hommes se sont mesurés du regard. Ça a duré un long, un très long moment avant que Zac ne se décide enfin à rompre le silence.

— Oui, c'est bien ce qu'il me semblait.

Il a jeté un coup d'œil dans ma direction.

— C'est un bon coup ?

— Je vous en prie, Zac, ne vous faites pas plus méchant que vous ne l'êtes. On est venus ici pour…

Il m'a coupé la parole.

— Je suis sûr que vous trouvez que c'est un bon coup.

Puis il s'est adressé à Theo, sourire narquois aux lèvres.

— En tout cas, c'est ce que pensait Jane.

Zac Ellis a tourné les talons sur ces mots et s'est éloigné dans la pente. Quelques secondes plus tard, il disparaissait à son tour sur le flanc de la dune.

70

— Tu as couché avec Jane ?

Les vagues du lac semblaient plus grosses, plus bruyantes.

Quelque chose assombrissait le regard de Theo, et il m'a semblé que c'était du chagrin. Mais au fond, qu'est-ce que j'en savais ? Il restait enfermé dans son mutisme.

— Réponds-moi, Theo. Tu as eu une aventure avec Jane ?

— Une aventure, une histoire, une liaison… Appelle ça comme tu veux.

— Comment peux-tu prendre ça tellement à la légère ? Combien de temps ça a duré ? ai-je repris sans attendre la réponse à ma première question.

— Deux mois environ.

— Deux mois ? Jane et toi avez couché ensemble pendant deux mois et tu n'as pas cru bon de m'en parler ?

Il a haussé les épaules.

— Je ne suis pas du genre à me vanter de ma vie sexuelle.

— Mais ce n'est pas une question de se vanter ou de ne pas se vanter ! me suis-je emportée. En l'occurrence, ta vie sexuelle a croisé celle d'une femme qui vient d'être assassinée. Et à en croire la police, la coupable pourrait bien être une autre femme que ta vie sexuelle croise en ce moment même ! ai-je crié, l'index tendu vers son visage.

Il est resté silencieux, le visage caché sous un rideau de

cheveux. Lorsqu'il les a écartés d'un geste brusque, j'ai vu qu'il me regardait d'un œil noir.

— Pourquoi nous a-t-elle présentés l'un à l'autre ? ai-je demandé.

— On est restés amis après qu'elle a mis un terme à notre histoire. Elle voulait que je l'oublie, que je sois heureux, et il lui arrivait même de me présenter des femmes. Mais je ne ressentais rien. Jusqu'à ce que je te rencontre.

J'ai cherché son regard.

— Tu ne tombais jamais amoureux parce que tu ne t'étais pas remis de ta séparation avec Jane, c'est ça ?

Pas de réponse.

— Tu étais amoureux d'elle ?

Nouveau haussement d'épaules.

— Je suppose, oui. Et je lui en voulais de m'avoir largué, mais…

— Mais quoi ? Est-ce que coucher avec moi a été une sorte de vengeance minable ?

Il m'a regardée pendant un moment, d'un œil encore plus noir que tout à l'heure, avant de murmurer un « Non » peu convaincant. Ses cheveux sont retombés sur son visage et lorsqu'il s'est un peu approché de moi, je me suis sentie acculée. Je savais que c'était irrationnel, mais je n'ai pas pu m'empêcher de reculer.

— Je rentre à Chicago, ai-je dit en m'éloignant vers le sentier que nous avions emprunté pour venir.

J'ai bientôt quitté la dune et je me suis mise à accélérer le pas au milieu des arbres, soudain oppressée par les ombres de la forêt. Une voix en moi répétait obstinément : « Cours, Izzy, cours. Fiche-le camp d'ici. »

Mais c'est Theo qui a couru. Il est passé devant moi et m'a barré le chemin.

— Arrête, ai-je dit, en proie à un début de panique.

Nous étions au milieu de nulle part et s'il s'en prenait à moi, personne ne m'entendrait crier.

J'ai essayé de le contourner, mais il a posé les mains sur mes épaules, me maintenant fermement en place.

— Pourquoi as-tu accepté de venir ici avec moi ? ai-je demandé.

La peur augmentait le débit de ma voix.

— Tu devais te douter que Zac te reconnaîtrait, non ?

— Je ne l'ai rencontré qu'une seule fois, a répondu Theo. Je me suis dit que s'il me reconnaissait, eh bien…

Il a soupiré.

— Il me reconnaîtrait, voilà tout.

Les mains toujours sur mes épaules, Theo me dévisageait d'un regard intense. Oui, j'avais peur de lui. J'en venais même à regretter que Zac ne soit plus là. J'ai tourné la tête dans tous les sens, mais il n'y avait personne. La nature qui m'avait semblé si belle tout à l'heure me paraissait désormais hostile.

— Qui es-tu ? ai-je demandé en essayant de dégager mes épaules d'un geste brusque.

Mais il était beaucoup trop fort pour moi.

— Où habites-tu ? Pourquoi ne m'as-tu jamais emmenée chez toi ?

— Mon appart est nul. J'ai tellement de boulot que je n'en ai pas changé depuis que j'ai fondé ma boîte.

Comme la nature qui nous entourait, son visage que j'avais trouvé si beau m'a brusquement paru hostile. Ou du moins étranger. Inquiétant. Inconnu. Même ses lèvres qui m'avaient fait tellement de bien semblaient à présent exprimer une menace. Nos regards se sont croisés et j'ai réalisé que je ne connaissais pas ce type. Que je ne le connaissais pas du tout.

— M'as-tu menti tout du long, Theo ? Peut-être que Jane ignorait aussi qui tu es vraiment. Tu n'es pas un jeune entrepreneur à succès, n'est-ce pas ? Tu n'es sans doute qu'un affabulateur, une sorte de prédateur qui collectionne les aventures…

— Non, Izzy. Tout ce que je t'ai dit de moi est la pure vérité.

— Et tout ce que tu ne m'as pas dit ? Comme le fait que tu as couché pendant des mois avec Jane ? Que tu étais amoureux d'elle ?

J'ai enfin réussi à me dégager. Ou peut-être s'est-il enfin décidé à me laisser libre de mes mouvements.

— Qu'est-ce que tu me caches d'autre ?

C'est alors que j'ai songé à quelque chose en particulier.

— Est-ce que vous pratiquiez des jeux sexuels, Jane et toi ?

— Qu'est-ce que tu veux dire par là ?

Une nouvelle fois, j'ai promené les yeux autour de moi. Et si Zac et Zoey étaient cachés derrière ces arbres, en train de nous écouter ? Je me suis approchée de Theo et j'ai baissé la voix.

— Des trucs sado-maso, ai-je dit. Comme l'étrangler avec un foulard.

Il n'a pas répondu, mais son regard était aussi éloquent que son silence.

— Tu l'as fait, hein ? Je sais que tu l'as fait.

Theo a acquiescé d'un petit signe de tête, les lèvres pressées l'une contre l'autre.

— Pourquoi tu ne dis rien ? Hein ? Pourquoi ?

Je m'étais remise à crier et ma voix a résonné dans le calme de la forêt.

— Que veux-tu que je te dise ? a-t-il crié à son tour.

J'ai revu le cadavre de Jane, le sang, le foulard serré autour de son cou.

— Oh, mon Dieu… Est-ce que tu l'as tuée ? Tu prétends que tu étais sur cette île, soi-disant sans réseau téléphonique, mais en fait tu n'as peut-être jamais quitté Chicago…

— Arrête, Izzy…

Il n’avait pas nié. Je l’ai poussé de toutes mes forces et j’ai couru le long du sentier. Mon cœur galopait aussi vite que mes jambes. Derrière moi, j’entendais les pas de Theo qui me poursuivait en criant mon nom.

J’ai ignoré ses appels, me concentrant sur ma course. Je savais qu’il pouvait me rattraper à tout moment, me faire tomber en me poussant dans le dos… S’il y parvenait, je serais à sa merci. Alors j’ai donné tout ce que j’avais dans le ventre. Je me sentais comme un animal traqué et les pensées se bousculaient sous mon crâne. Se pouvait-il que je sois tombée dans un piège ? Un piège ourdi par Zac, Zoey *et* Theo ?

L’aire de stationnement m’est enfin apparue. Le soulagement m’a arraché un grognement et j’ai piqué le sprint final vers la voiture de Grady.

— Izzy ! Arrête !

J’ai déverrouillé les portières d’une pression sur la télécommande alors que j’avais encore quelques mètres à parcourir. Quand je suis arrivée à la voiture, j’ai senti que Theo était juste derrière moi. Je me suis précipitée dans l’habitacle et j’ai de nouveau verrouillé les portières au moment où il cherchait à entrer du côté passager.

J’ai démarré tandis qu’il tirait furieusement sur la poignée.

— Izzy ! ai-je entendu à travers les vitres.

J’ai enclenché la marche arrière et j’ai reculé de quelques mètres pour m’extraire de la place de parking.

— Izzy ! Arrête-toi !

J’ai poussé le levier de vitesse vers l’avant.

— Izzy ! a crié Theo en frappant le toit de la voiture du plat de la main. Tu ne peux pas me laisser ici !

C’est pourtant ce que j’ai fait.

71

J'ai retrouvé une respiration normale après une demi-heure de trajet et je me suis demandé si je devais rebrousser chemin pour aller chercher Theo, si j'avais fait une bêtise en l'abandonnant au pied des dunes. Mais je n'arrivais pas à me défaire complètement de l'idée qu'il avait pu tuer Jane.

Je me suis passé et repassé le moment où Zac m'avait dit : « Je suis sûr que vous trouvez que c'est un bon coup. En tout cas, c'est ce que pensait Jane. »

Theo avait couché avec Jane pendant deux mois et il ne m'en avait jamais rien dit. Il lui en voulait d'avoir mis fin à leur histoire, et il avait cherché à la rendre jalouse en séduisant sa nouvelle amie. Le dépit et l'humiliation d'avoir été quitté avaient-ils pu le pousser à tuer Jane ? Et *quid* de ce séjour sur une île mexicaine ? Voilà un voyage qui tombait à pic, non ? Sans compter l'histoire du foulard. Theo était bien placé pour savoir que Jane aimait se faire étrangler pendant l'amour, puisqu'il avait partagé cette pratique avec elle durant les deux mois de leur liaison.

J'ai essayé d'imaginer Theo en train de frapper violemment Jane, puis regardant la vie s'échapper de sa bouche ouverte tandis qu'il serrait une dernière fois le foulard rouge autour de son cou. Cette vision m'a donné un haut-le-cœur.

Mais à mes yeux, Theo n'était qu'un suspect parmi d'autres. Zac avait aussi des raisons d'en vouloir à sa femme.

Sans compter Zoey, l'éternelle amoureuse à la présence muette et inquiétante. Et Jackson Prince, bien sûr, qui se remplissait les poches avec des recours collectifs aux forts relents de magouille.

Ça m'a fait songer que Mayburn avait dû contacter les autres rhumatologues de la liste, à l'heure qu'il était.

Je l'ai eu au bout du fil une minute plus tard et je lui ai raconté que Theo était rentré du Mexique et qu'il avait été l'amant de Jane.

Mayburn a émis un petit sifflement.

— Cette affaire devient plus embrouillée d'heure en heure, a-t-il dit. La bonne nouvelle, c'est que vous avez un alibi pour vendredi soir.

— Oui, mais j'aimerais aussi en avoir un pour lundi entre 15 et 18 heures. Et les rhumatologues ? Vous avez obtenu quelque chose d'eux ?

— J'ai réussi à en faire parler un.

— C'est vrai ? Qu'est-ce qu'il vous a appris ?

— Ce n'est pas « il », mais « elle ». Le Dr Holly Wallace. On dirait bien que ce sont les femmes qui vont causer la perte de Jackson Prince, a-t-il ajouté avec un petit rire. Mme Wallace m'a raconté une histoire assez similaire à celle que vous avez recueillie auprès du Dr Hamilton. Elle n'a pas voulu admettre explicitement avoir reçu de l'argent en échange d'informations sur ses patients, mais elle m'a clairement fait comprendre que j'étais dans le vrai. Et on est restés au téléphone pendant près de trois quarts d'heure.

— Vous pensez qu'elle acceptera de témoigner devant une caméra ? J'ai le feu vert de Trial TV pour faire un reportage sur cette affaire.

— Je croyais qu'ils venaient de vous licencier. Quand on vous met à la porte, vous revenez par la fenêtre, vous !

— Je n'ai pas été réembauchée. C'est juste un travail en free-lance.

La circulation a ralenti à l'approche de Chicago. J'ai jeté un coup d'œil dans mon rétroviseur. J'ignore ce que je voulais vérifier. Si Zac me suivait ? Ou peut-être Theo ? Mais à moins que son avion privé ne soit venu le récupérer dans les dunes, il y avait peu de chances pour qu'il soit déjà à mes trousses. Devais-je l'appeler pour m'assurer qu'il avait trouvé un moyen de quitter la réserve naturelle ? J'ai eu de nouveau cette vision atroce et dérangeante : Theo qui frappait Jane avant de l'étrangler.

— Trial TV vous paie pour ce reportage ? a demandé Mayburn.

— Je vous avoue que je n'ai même pas posé la question. Je suppose que je négocierai une somme une fois le reportage terminé. Mais de toute façon, je fais ça pour Jane, pas pour l'argent.

Avec le tourbillon d'événements qui avait bouleversé ma vie ces derniers jours, mes ennuis financiers avaient été relégués au rang de souci mineur. Curieux comme une chose qui vous torturait pendant des semaines devenait brusquement anecdotique face à un problème plus grave.

— Laissez-moi rappeler le Dr Wallace, a dit Mayburn. Je pense pouvoir la convaincre. Au pire, elle acceptera sûrement de témoigner le visage caché et la voix brouillée. Ah, j'allais oublier : vous retournez à Feuille de vigne demain matin, n'est-ce pas ? Vous êtes censée recevoir votre paie une fois par semaine.

J'ai poussé un grognement désespéré. J'avais complètement oublié ma carrière de vendeuse de petites culottes.

— Vous voulez vraiment que j'y retourne, John ? Après ce que je viens de vivre ?

— Ecoutez, voilà ce qu'on va faire. Je vais me garer devant la boutique à bord d'un sous-marin et…

— Un sous-marin ?

— C'est une camionnette qui a l'apparence d'un fourgon

d'artisan, mais qui est équipée pour la surveillance, a expliqué Mayburn. Je vais donc me garer devant la boutique et vous observer à travers la vitrine. Tout ce que vous aurez à faire, c'est de piquer un de ces strings en perles et dentelle noire. Une fois que vous l'aurez, quittez la boutique, en courant s'il le faut, et on décampera à bord de ma camionnette.

— Vous ne pensez pas que Josie a pu me voir aux infos ?

— Il y a des gens qui ne regardent jamais les infos, vous savez. De toute façon, vous verrez tout de suite si elle fait le lien entre sa vendeuse et la jeune femme suspectée du meurtre de Jane Augustine. A l'instant où vous pénétrerez dans la boutique et où vous croiserez son regard, vous aurez votre réponse.

— Et si je vois qu'elle fait le lien ?

— Alors tournez les talons et ressortez aussi vite que vous êtes entrée. Je trouverai bien une autre façon d'élucider le mystère des strings à perles.

Je suis arrivée dans Clybourn Avenue et je suis passée devant Uncle Julio's Hacienda, un restaurant mexicain où Sam et moi aimions aller bruncher le dimanche matin.

Sam. Etait-il rentré de Cincinnati ? Notre conversation téléphonique de ce matin me paraissait déjà si lointaine…

— Allez, Izzy, vous pouvez bien faire ça pour moi, disait Mayburn dans le téléphone. Josie trafique quelque chose dans cette boutique et j'ai l'impression qu'on va bientôt savoir quoi. Je vous demande seulement de me ramener un de ces strings.

J'ai laissé échapper un nouveau grognement qui traduisait assez bien mon manque d'enthousiasme.

— Bon… D'accord.

Après tout, il m'aidait beaucoup pour mon enquête sur Jackson Prince.

— Parfait. Et de mon côté, je vais continuer à vous donner un coup de main avec votre avocat véreux, a-t-il dit comme s'il avait lu dans mes pensées. Ça va être au tour du Dr Ismaël d'avoir droit à un petit coup de fil.

Lorsqu'il a raccroché, je me suis efforcée de chasser Sam de mes pensées. Mais elles n'ont pas tardé à être occupées par Jane. Et Zac. Et Zoey. Et Theo. Et Jackson Prince. Même Mick Grenier est venu faire un tour dans ma tête déjà passablement encombrée. Il avait admis avoir espionné Jane. Et maintenant, ce harceleur professionnel allait écrire un livre où serait dévoilée l'intimité de Jane, ce qui me rendait absolument furieuse.

J'ai appelé les renseignements et j'ai demandé son numéro de téléphone, mais Mick Grenier devait être sur liste rouge. Alors j'ai décidé d'aller directement chez lui. Parvenue à destination, je me suis garée sur le trottoir, juste devant sa maison, feux de détresse allumés.

Pas de journalistes en vue. Ils pensaient sans doute qu'il n'y aurait pas de rebondissements de ce côté-là, mais je savais qu'ils reviendraient tous ventre à terre dès que Mick aurait publié son livre au parfum de scandale. L'idée que ce bouquin allait salir la mémoire de Jane me mettait dans tous mes états. J'avais le sentiment qu'il s'apprêtait à la tuer une deuxième fois, en massacrant son image auprès d'un public qui l'avait toujours admirée et respectée.

Je me suis précipitée vers la maison de l'écrivain et j'ai tambouriné des deux poings sur sa porte sang de bœuf. J'espérais vraiment qu'il se trouvait chez lui.

Oui, il était là. Il a ouvert la porte et m'a considérée un instant avec un peu de surprise avant de balayer la rue du regard.

— La presse est partie, ai-je lancé en croisant les bras. Je suis venue vous dire que vous ne pouvez pas…

Je me suis interrompue pour prendre une grande respiration. Déverser ma colère sur ce type ne me mènerait à rien. Mieux valait mettre les formes, si je voulais avoir une chance de le convaincre de renoncer à son projet.

— Ecoutez, je suis là pour vous demander un grand service.

— Euh… D'accord. Demandez toujours.

Il portait un T-shirt blanc et un jean usé aux genoux. Ses cheveux gris étaient un peu hirsutes, comme s'il venait de faire une longue sieste.

— Ne publiez pas ce bouquin, Mick.

Il m'a dévisagée un moment sans rien dire. Puis j'ai vu ses sourcils se froncer légèrement.

— Vous me demandez ça parce que vous craignez d'y figurer ?

— Non, je vous demande ça parce que je ne veux pas que les gens oublient qui était Jane.

Il a plissé les yeux.

— Si vous ne voulez pas qu'on l'oublie, vous devriez être contente que j'écrive un livre sur elle.

— Mais vous n'allez pas rendre hommage à la femme qu'elle était vraiment ! Vous allez flatter les bas instincts de vos lecteurs en décrivant sa vie sexuelle par le menu.

— Et alors ? Qu'est-ce qui vous permet d'affirmer que ses aventures à répétition ne la définissaient pas autant que… disons, ses qualités professionnelles ?

— Vous savez très bien ce que je veux dire, ai-je répondu en faisant des efforts pour ne pas m'emporter. Je vous en prie, Mick, ne salissez pas sa réputation.

Il n'a rien répondu.

— Avez-vous déjà annoncé la sortie prochaine de ce livre ?

— Non. Ce n'est pas le bon moment d'un point de vue marketing. L'attachée de presse est dans les starting-blocks, mais je veux attendre que le bouquin soit disponible à l'achat pour lancer l'offensive auprès des médias.

— Pourquoi ne pensez-vous qu'à votre campagne de presse et au fric que va vous rapporter ce livre ?

Il a éclaté de rire.

— Pourquoi ? Mais parce que c'est mon métier, voyons ! C'est ce que je fais pour vivre. Norman Mailer a dit que…

— Lâchez-moi un peu avec Norman Mailer ! On ne vous a jamais dit que les citations sont les béquilles des écrivains infirmes ?

Mon accès de colère a semblé l'amuser.

— Je connaissais une autre version, a-t-il dit. « Les citations sont les béquilles qui soutiennent une pensée boiteuse. » Mais ça revient à peu près au même.

Il a de nouveau regardé la rue par-dessus mon épaule. Cette fois-ci, je me suis retournée et j'ai vu que quelques personnes nous observaient depuis le trottoir d'en face. Mais elles n'avaient pas l'air de journalistes.

— Entrez, a dit Mick.

Je me suis exécutée à contrecœur, parce que je voulais poursuivre cette conversation loin des oreilles indiscrètes. Mais pas question d'aller plus loin que son petit vestibule. Je n'avais pas oublié mon accès de panique sur la dune, et pour rien au monde je ne souhaitais revivre ça.

Je suis donc restée adossée à la porte d'entrée, prête à déguerpir à la moindre alerte.

— Je n'ai pas l'intention de discuter pendant des heures, ai-je dit en croisant de nouveau les bras. Dites-moi seulement si vous acceptez de renoncer à ce livre.

— Jamais de la vie. Mailer a dit…

— Mais c'est un tic, chez vous ! Qu'est-ce qui vous fascine à ce point chez Norman Mailer ?

— Cet homme savait ce qu'est la condition d'écrivain. Et puis il a été candidat à la mairie de New York. Il s'est marié à six reprises. Il a eu de nombreuses maîtresses.

— Et alors ? Je ne vois pas ce qu'il y a d'admirable à être un coureur de jupons.

— Ce sont les gens qui vivent leur vie que je trouve admirables. Ceux qui la vivent à fond. Et Mailer a été de ceux-là. Il ne s'est pas planqué dans son bureau en imaginant le monde qu'il dépeignait dans ses livres. Non, il a goûté au réel, et il y a goûté avec un bel appétit !

— Ah, je vois…

Je me suis surprise à éprouver un peu de sympathie pour Mick Grenier.

— Qu'est-ce que vous voyez ? a-t-il demandé.

— Eh bien, ce n'est pas sorcier à comprendre, il me semble. J'imagine que votre psy a déjà dû vous en toucher un mot, mais j'ai le sentiment qu'en plaçant Mailer sur un piédestal, vous vous créez une figure paternelle idéale pour la substituer au souvenir d'un père qui m'a tout l'air d'être source de souffrance. Norman Mailer est un personnage proche de Beaumont Grenier, puisqu'ils se fréquentaient et qu'ils étaient tous deux des écrivains à succès, mais il représente aussi son opposé dans sa façon d'aborder l'existence.

L'expression amusée qui n'avait pas quitté les traits de Mick depuis le début de notre conversation a brusquement laissé place à une colère froide.

— Vous ne savez rien de mon père.

— Je sais ce que j'ai lu sur lui. Qu'il a quitté New York pour un village perdu du Maine et qu'il a imposé une vie de reclus à sa femme et à son fils.

Mick Grenier a secoué la tête, mais très brièvement, comme s'il tenait absolument à rester maître de ses réactions.

— Ce n'est pas faux de dire que je me suis intéressé à Norman Mailer parce qu'à bien des égards, il était l'opposé de Beaumont Grenier. J'ai moi-même choisi une existence très différente de celle qu'a menée mon père. Et mon inconscient n'est pas intervenu tant que ça dans ce choix, vous savez.

— Puisque vous êtes capable de faire des choix en conscience, ai-je rétorqué, vous pouvez choisir de ne pas vous comporter comme un salopard et de ne pas traîner le nom de Jane dans la boue.

— Je n'écrirai que la vérité, mademoiselle McNeil. Et en tant qu'avocate, vous savez forcément que la vérité est le contraire de la diffamation.

— Quand la vérité porte atteinte à l'honneur d'une personne, vous diffamez cette personne. Peut-être pas d'un point de vue légal, mais d'un point de vue moral, humain. Et c'est justement ce que je vous demande. De vous comporter en être humain et de renoncer à ce livre.

— Etes-vous en train de dire que je suis inhumain ?

Il semblait prendre les choses à la rigolade, mais je savais comment effacer ce petit sourire de son visage.

— Ecoutez, vous avez manifestement un problème à régler avec votre père, et ce n'est sûrement pas facile à vivre…

Son regard s'est assombri et sa mâchoire s'est serrée.

— Regardez-vous ! ai-je lancé. Dès que j'évoque Beaumont Grenier, vous vous mettez dans tous vos états. Je ne sais pas vraiment pourquoi, et franchement ça ne m'intéresse pas. Mais je comprends que vous soyez furieux d'entendre sur votre père des choses qui ne sont que des bribes de vérité glanées ici et là. Vous, vous connaissez la véritable histoire. Et elle est forcément plus complexe que ce qu'on peut lire dans une biographie de trente lignes trouvée sur internet. Eh bien, c'est le même genre de tort que vous allez faire à Jane en publiant des bribes de vérité sur sa vie. En la résumant à des coucheries. Ne lui faites pas subir ce que la presse et les rumeurs ont fait subir à votre famille.

Son visage est resté fermé et il n'a rien répondu.

— Et si vous avez quoi que ce soit à voir avec la mort de Jane, vous devez en informer la police, ai-je ajouté.

Ses traits se sont détendus.

— Il me semble que ce sont plutôt vos aveux que la police attend.

J'ai senti qu'il étudiait attentivement ma réaction. Que faisais-je là, à essayer de convaincre cet écrivain de renoncer à publier son enquête sulfureuse sur Jane ? Il était sans doute en train de prendre des notes mentales pour le paragraphe ou le chapitre qu'il entendait me consacrer.

— Je vais vous laisser, ai-je dit en décroisant les bras.

Il a continué à me dévisager en silence, mais je ne parvenais pas à déchiffrer son regard. Tout ce que je pouvais voir, c'est qu'il exprimait de la curiosité à mon égard. Pourtant, ce n'était pas la curiosité malsaine ou salace que je m'étais attendue à y trouver.

J'ai quitté sa maison et je suis restée un moment plantée dans Goethe Street, à me demander ce que je pourrais bien faire maintenant.

J'ai entendu des voitures filer à toute vitesse dans les rues voisines. Des jeunes qui s'interpellaient en criant. Samedi soir approchait, avec son vacarme et ses excès. Une semaine plus tôt, j'ignorais que j'étais sur le point de devenir journaliste, présentatrice, suspecte dans une affaire de meurtre. Et à présent, je me sentais pleine d'une étrange énergie, d'une sorte d'impatience, de trépidation mentale, tandis qu'une question me traversait l'esprit : si ma vie avait connu tant de bouleversements en l'espace d'une seule semaine, que me réservait encore l'avenir ?

72

La presse campait devant chez moi quand je suis rentrée, et le siège n'était toujours pas levé dimanche matin lorsque j'ai quitté mon appartement pour me rendre à la boutique.

Fébrile après une nuit à chercher le sommeil, j'ai fait une petite halte avant d'ouvrir la porte qui donnait sur la rue.

Si Sam était de retour à Chicago, il n'avait pas cherché à me joindre pour m'en avertir. Et un mélange d'orgueil et de prudence m'incitait à attendre qu'il appelle le premier. La vérité, c'est que je ne savais plus sur quel pied danser. Je ne savais plus si je souhaitais qu'il se rapproche ou qu'il s'éloigne de moi. Je n'étais même pas certaine de ce que j'éprouvais pour lui en ce moment, ni de ce qu'il éprouvait pour moi. Au lieu de se dissiper peu à peu comme je l'avais espéré, le brouillard qui recouvrait notre relation n'avait fait que s'épaissir au fil des mois. Et c'est ainsi que je m'étais retrouvée à ressasser tout ça au lieu de dormir — à passer une partie de la nuit à songer à Sam, à Grady, à Theo. A songer que quelques jours plus tôt j'hésitais entre ces hommes, et qu'aujourd'hui ils avaient tous les trois disparu de ma vie, ou du moins de ma vie amoureuse.

Mais c'était mieux ainsi. Honnêtement, je n'ai jamais été du genre à avoir besoin de quelqu'un — un petit copain, une amie ou un membre de la famille — en permanence auprès de moi. J'aime bien ma propre compagnie. Mais la rapidité avec laquelle les gens entraient et sortaient de mon existence, ces derniers temps, avait quelque chose d'effrayant. Pas seulement Sam, Grady ou Theo. Mais aussi Forester, Jane, mes anciens collègues de Baltimore & Brown et même ceux de Trial TV.

A peine ai-je posé le pied sur le perron de la maison que les cameramen et les journalistes sont entrés en action, me fourrant leurs micros sous le nez et criant leurs questions absurdes. Au milieu du chaos, j'ai vu un cameraman détacher son œil du viseur et me sourire d'un air embarrassé.

— Ricky ?

C'était le jeune homme qui avait conduit la camionnette de Trial TV le jour où j'avais fait mes débuts à l'antenne, en direct du palais de justice.

— Salut, a-t-il dit avec un signe timide de la main, avant de se remettre à filmer.

Mais c'est lui qui a fait quelques pas en arrière lorsque j'ai voulu me frayer un passage pour aller au garage, créant une brèche suffisante pour me permettre de rompre l'encerclement.

Alors que je courais presque, poursuivie par l'essaim de journalistes, j'ai entendu des cris derrière moi :

— Fichez-lui la paix, bande de sangsues ! J'ai dit : « Fichez-lui la paix ! »

J'ai fait volte-face et je n'ai pas pu m'empêcher d'éclater de rire devant le spectacle qui s'offrait à moi.

— Bunny ?

Bunny Loveland était la gouvernante — mi-femme de ménage, mi-nounou — que ma mère avait embauchée après la mort de mon père, alors que nous venions d'emménager à Chicago. Son apparence de gentille mamie, comme on en voit dans les publicités pour confitures, avait induit ma mère en erreur sur la véritable nature de cette femme redoutable. En effet, Charlie et moi avions vite découvert que Bunny était en réalité un être acariâtre qui ne se déridait qu'à la vue d'un paquet de saucisses polonaises. J'avais toutefois fini par repérer une qualité au milieu de l'océan de défauts qui caractérisaient notre gouvernante, et c'était une qualité précieuse : Bunny Loveland était d'une honnêteté implacable. C'est ainsi qu'elle était devenue la personne que j'allais consulter quand j'avais besoin qu'on me dise la vérité sans prendre de gants. Avec elle, j'étais certaine de recevoir un salutaire coup de pied aux fesses.

Mais le reporter qui venait d'en recevoir un à l'instant même n'avait pas l'air de le trouver salutaire.

— Fichez le camp ! hurlait-elle, poussant maintenant un autre journaliste des deux mains avant de balancer son sac imitation cuir sur un troisième.

— Bunny ! ai-je crié, plus fort cette fois-ci.

Elle s'est interrompue pour me regarder, sans toutefois lâcher la touffe de cheveux qu'elle venait d'empoigner. Le malheureux cameraman à qui elle appartenait grimaçait de douleur, mais je voyais bien qu'il n'osait pas se défendre de crainte de blesser cette vieille dame.

— J'essaie de t'aider, ma fille ! Va-t'en !

Conservant les cheveux dans sa main gauche, elle a de nouveau balancé son sac à main au hasard derrière elle, atteignant la tempe d'un autre reporter avec une force surprenante. Profitant de la confusion, j'ai piqué un sprint vers le garage en lui criant : « Merci ! »

J'ai délaissé la voiture de Grady au profit de ma Vespa, beaucoup plus pratique pour semer d'éventuels poursuivants. Même si Bunny parvenait à les retarder un peu, nul doute que certains allaient essayer de me suivre. Et je n'avais aucune envie de me retrouver coincée dans la circulation avec une nuée de caméras autour de ma voiture.

J'ai sauté sur le scooter et j'ai attaché la jugulaire de mon casque, serrant au point de me faire mal. Une fois le moteur en route, j'ai rouvert la porte du garage et j'ai foncé droit devant moi, manquant d'un rien de renverser un cameraman. J'ai aperçu Ricky juste derrière lui, ainsi que Bunny qui continuait à distribuer les coups.

— Désolée ! ai-je criée à l'intention de Ricky tout en accélérant sur les pavés.

Je pensais avoir réussi à filer au nez et à la barbe des médias, mais j'avais crié victoire trop tôt. Deux voitures et une camionnette m'attendaient dans la rue principale, vitres ouvertes et caméras sorties. Au lieu de tourner dans cette rue, j'ai décidé d'emprunter les ruelles pour augmenter mes chances de les distancer. Je me suis bientôt retrouvée en train de filer de ruelle en ruelle, ma Vespa bondissant sur les pavés avec d'inquiétantes secousses, les trois véhicules de la presse à mes trousses. J'ai pénétré dans une allée tellement étroite que la camionnette a dû renoncer, faute de place, mais les voitures ont poursuivi sur leur lancée. Je roulais vraiment vite et ça commençait à devenir dangereux.

— Poutre en hêtre…, ai-je grommelé entre mes dents tandis que j'abandonnais les ruelles pour bifurquer dans Sheffield Avenue.

Je me suis mise à zigzaguer au milieu du trafic, jouant du bassin comme une slalomeuse, déclenchant un concert de Klaxon et d'injures sur mon passage. Un coup d'œil dans mon rétroviseur, et j'ai repéré une des voitures qui me suivaient, bloquée derrière plusieurs véhicules. Mais elle tentait une manœuvre périlleuse pour s'extraire de la circulation, preuve que son chauffeur n'avait pas baissé les bras.

J'ai viré brusquement à droite pour m'engager dans une nouvelle ruelle. Deux 4x4 étaient garés l'un derrière l'autre devant la porte d'un immeuble d'habitation. Je me suis faufilée dans le mince espace qui les séparait et j'ai coupé le moteur, en espérant que le scooter était suffisamment caché pour que mes poursuivants passent devant sans le remarquer. Quant à moi, je me suis recroquevillée par terre, les pieds contre le mur de l'immeuble et la tête frôlant le pneu de ma Vespa. Entre la peur de chuter et la désagréable sensation d'être traquée, mon cœur battait à cent à l'heure.

Moins de dix secondes plus tard, j'ai entendu une voiture pénétrer à grande vitesse dans la ruelle. L'instant d'après, elle passait à ma hauteur et s'éloignait dans une odeur de fumée d'échappement. J'ai relevé la tête et j'ai respiré l'air vicié avec la joie d'une fuyarde qui a mystifié la police.

Mes déboires avec les médias m'avaient mise en retard et je me suis précipitée dans la boutique sans prendre le temps de vérifier que le « sous-marin » de Mayburn était bien garé devant Feuille de vigne.

Josie m'a lancé un regard furieux. Parce que j'étais en retard ou parce qu'elle m'avait vue à la télévision ? Mon cœur, qui avait à peine eu le temps de se calmer, est reparti au grand galop.

Mais j'ai été vaguement rassurée lorsqu'elle a regardé sa montre avec insistance.

— Je suis vraiment désolée, ai-je dit. Mon scooter a…

Elle a passé le pouce et l'index sur ses lèvres comme si elle tirait une fermeture Eclair avant de désigner l'arrière-boutique d'un mouvement brusque de la tête.

— Cinq cartons de marchandise à ouvrir. Au travail.

Dieu merci, elle ne semblait pas au courant de mes ennuis avec la police. Et j'étais ravie qu'elle m'envoie dans l'arrière-boutique, où étaient remisés les strings que je devais subtiliser. Restait à trouver le moyen d'ouvrir cette cantine en métal. Je savais que Josie gardait son trousseau de clés sur elle, ou parfois à côté de la caisse enregistreuse.

J'ai ouvert le premier carton à l'aide d'une paire de ciseaux et je me suis mise à trier son contenu, des guêpières déclinées en rose, blanc et noir. Je n'ai pu m'empêcher de songer que Sam aurait aimé me voir dans la noire. A peine avais-je réussi à chasser cette pensée que le beau visage de Theo en profitait pour venir faire un tour sous mon crâne. Tout ce qui s'était passé entre nous n'avait-il été qu'un jeu malsain pour lui ? Un moyen tordu de se venger de Jane ? Non, pas question de me laisser aller à ce genre de considérations.

J'ai décidé de me concentrer sur les guêpières. Lissage à la vapeur, pliage, inscription du prix à la craie sur les petites ardoises et ficelle de lin pour la touche finale. Mais pendant que je faisais tout ça, mes yeux ne cessaient de se lever vers l'étagère haute où la cantine en métal semblait me narguer avec son gros cadenas.

Une fois que j'en ai eu terminé avec les guêpières, j'ai ouvert le second carton qui contenait des soutiens-gorge push-up ornés de rubans vichy.

Je suis allée voir Josie dans la boutique.

— Josie, ai-je dit en brandissant un des soutiens-gorge rembourrés, est-ce qu'il faut leur mettre un coup de vapeur ?

Je connaissais la réponse. Josie était une fervente partisane du coup de vapeur. A l'entendre, cela permettait non seulement de défroisser la marchandise, mais aussi de l'assouplir et de la rendre plus douce. Mais j'avais besoin d'un prétexte pour voir si ses clés étaient posées à côté de la caisse enregistreuse.

Elles l'étaient.

— Oui, bien sûr, a-t-elle dit avant de me faire la leçon sur l'importance du coup de vapeur.

J'ai écouté en hochant la tête d'un air aussi pénétré que possible. J'étais fascinée qu'une chose pareille ait tellement d'importance pour Josie. Et pour être franche, je trouvais ça aussi un peu triste.

Incapable d'imaginer une stratégie pour l'éloigner de la caisse enregistreuse, je suis repartie dans l'arrière-boutique où j'ai continué à m'occuper du stock. Mais mon regard revenait sans cesse se poser sur la cantine en métal.

A 10 heures, Feuille de vigne a ouvert ses portes au public et Josie m'a demandé de venir la rejoindre. C'était vraiment une belle journée de printemps : une de ces journées qui mettent tout le monde de bonne humeur et donnent envie de se faire plaisir. Du coup, la boutique a vite été pleine de monde. A un moment, je suis allée ouvrir la porte sous prétexte de laisser entrer un peu d'air. Mais je voulais surtout voir si Mayburn était là. Comme promis, une camionnette blanche se trouvait garée sur le trottoir d'en face, ses flancs décorés d'une pince et d'un robinet rouges. Au-dessus, on pouvait lire : « R. Leacock, artisan plombier » en lettres bleu marine. La vitre côté chauffeur s'est abaissée de quelques centimètres et Mayburn m'a fait un petit signe de tête avant de la remonter.

Le temps est vite passé. J'étais chargée d'accueillir et de conseiller les clientes tandis que Josie se partageait entre la caisse et les cabines d'essayage.

Deux femmes sont entrées aux alentours de 15 heures.

— Bienvenue chez Feuille de vigne, ai-je dit avec mon plus beau sourire avant d'aller replier des pyjamas victimes d'un enfant mal élevé.

J'ai senti qu'une des deux femmes me fixait du regard. Elle a chuchoté quelque chose à l'intention de son amie, qui à son tour s'est mise à me dévisager.

J'ai délibérément croisé leur regard.

— Je peux vous aider ? ai-je demandé en réitérant mon sourire Ultra-Brite.

— Non, a dit celle qui m'avait regardée la première. On était juste en train de se dire qu'on vous a déjà vue quelque part. A la télévision, peut-être ?

J'ai jeté un coup d'œil par-dessus mon épaule. Dieu merci, Josie pianotait sur la caisse enregistreuse, une petite file de clientes devant elle. Mes yeux se sont ensuite posés sur la camionnette de Mayburn, visible derrière la vitrine.

Que dire ? Que faire ?

J'ai décidé d'opter pour le mensonge frontal.

— Non, ça ne peut pas être moi. Mais plusieurs personnes m'ont dit que je ressemblais à une femme qu'on voit beaucoup à la télévision, en ce moment…

J'ai fait mine de m'occuper de mes pyjamas afin de garder la tête aussi basse que possible.

— Oui, c'est ça ! s'est exclamée la cliente. Vous ressemblez à cette femme qui a tué la présentatrice !

— Mais oui ! a renchéri son amie. C'est ça ! La rousse qui a assassiné Jane Augustine.

— On m'a dit qu'elle était seulement *soupçonnée* d'avoir commis ce meurtre, n'ai-je pu m'empêcher de tempérer.

— Tu parles ! a dit la première d'un air entendu. Il n'y a pas de fumée sans feu.

Une autre cliente s'est approchée.

— Vous parlez du meurtre de Jane Augustine, c'est ça ?

— Oui.

— Isabel McNeil, a dit la nouvelle venue. C'est le nom de la femme qui a fait le coup.

Je me suis figée. Les battements de mon cœur se sont accélérés et j'ai senti que je rougissais.

— Elle n'a pas encore été reconnue coupable, ai-je insisté.

— Elle lui a quand même piqué son boulot, a dit la nouvelle venue.

— Et si j'ai bien compris, elle a passé l'après-midi du meurtre en compagnie de Jane Augustine, a renchéri celle qui m'avait reconnue en premier.

— Jane Augustine a passé l'après-midi avec une vieille amie, ai-je dit, pas avec m…

J'avais failli dire « pas avec moi », mais je me suis interrompue à temps. Quand je n'ai pas repris la parole, les trois femmes m'ont regardée d'un drôle d'air.

Nouveau coup d'œil par-dessus mon épaule. Josie avait

fini d'encaisser les articles et elle se dirigeait maintenant vers nous. Il me fallait fuir cette conversation, et vite.

— Mesdames, je me permets de vous signaler nos magnifiques sous-vêtements en solde. Vous les trouverez juste là-bas, ai-je dit en désignant une table de bois au fond de la boutique.

Sur ces mots, j'ai tourné les talons et me suis éloignée avec un sourire.

— Je reviens tout de suite, ai-je dit à Josie en me tapotant le ventre avec une grimace, comme pour invoquer des petits ennuis féminins ou un embarras gastrique.

Josie a froncé les sourcils avant de hocher brièvement la tête.

J'ai poursuivi mon chemin vers l'arrière-boutique. Alors que je passais devant la caisse enregistreuse, j'ai vu le trousseau de clés, là, presque à portée de main. J'ai jeté un rapide coup d'œil en direction de Josie, qui discutait avec les trois clientes. Poursuivaient-elles la même conversation au sujet de cette rousse qui avait sans doute tué Jane Augustine ? Celle qui me ressemblait étrangement ? Etait-il temps de battre en retraite ? De courir vers la porte et d'aller me réfugier dans la camionnette de Mayburn ?

Mes yeux se sont encore posés sur les clés de Josie. J'ai songé à tout ce que je devais à John Mayburn. A l'aide qu'il m'avait apportée dans des moments difficiles de ma vie. C'était à mon tour de lui renvoyer l'ascenseur. La boutique était toujours pleine de monde et Josie ne pouvait laisser la clientèle sans aide ni les articles sans surveillance. Le moment était idéal pour ouvrir cette cantine en métal. Mais je n'osais imaginer quelle serait sa réaction si elle me voyait prendre les clés.

Je suis allée me placer derrière la caisse enregistreuse et j'ai fait semblant de m'intéresser aux boîtes cadeaux. Josie m'a vue à ce moment-là et a froncé les sourcils comme pour dire : « Qu'est-ce que vous faites ? Vous y allez, oui ou non ? »

Je lui ai répondu d'un hochement de tête et d'un petit sourire.

— J'en ai pour une minute, ai-je articulé en silence.

Sans quitter Josie des yeux, j'ai fait mine de m'éloigner vers l'arrière-boutique. Mais dès qu'elle s'est de nouveau tournée vers ses clientes, mon bras s'est déployé et replié comme la langue d'un caméléon. Entre ses deux actions, mes doigts s'étaient refermés sur le trousseau de clés.

Le temps d'arriver dans l'arrière-boutique, l'excitation faisait trembler mes mains. J'étais si près du but ! J'ai tourné la tête dans tous les sens, à la recherche de l'escabeau dont se servait Josie pour accéder aux étagères du haut. Mais où était-il donc ? Après avoir fouillé toutes les pièces, j'ai fini par le trouver dans un placard.

Je l'ai apporté juste sous la cantine et je suis allée jeter un coup d'œil dans la boutique pour m'assurer que Josie était toujours occupée. Elle parlait à une cliente tout en revenant à petit pas vers la caisse enregistreuse. Dans une minute, elle se rendrait sans doute compte que ses clés avaient disparu.

« Vas-y, me suis-je dit. C'est maintenant ou jamais. »

J'ai grimpé sur l'escabeau. Les clés ont tinté tandis que j'essayais d'en introduire une, puis une autre, puis encore une autre dans la fine serrure du cadenas.

— C'est pas vrai…, ai-je maugréé.

Pourquoi fallait-il que Josie ait tellement de clés ?

J'ai retenu ma respiration pendant deux ou trois secondes, l'oreille tendue. Mais au lieu du bruit de pas que je redoutais tant, j'ai entendu celui — beaucoup plus rassurant — de la caisse enregistreuse.

J'ai étudié le trousseau. Neuf clés étaient réunies autour d'une plaque en laiton gravée aux initiales de Josie. Je les ai observées une à une, comparant la partie crantée au dessin de la serrure pour essayer de trouver celle qui correspondait. Mais ça n'était pas si simple. Et si je m'emparais plutôt de toute la cantine ?

Je l'ai soulevée pour en estimer le poids. Elle était plus lourde que je ne l'avais imaginé.

— Allez, tu vas bien finir par la trouver, cette clé, ai-je marmonné pour me donner du courage.

J'ai les essayées l'une après l'autre d'une main tremblante et il a fallu que ce soit la dernière qui pénètre sans mal dans la serrure et ouvre le cadenas.

Alors que je poussais un ouf de soulagement, la voix de Josie est parvenue jusqu'à moi.

— J'ai peut-être un 90B dans l'arrière-boutique, a-t-elle dit assez fort pour que je comprenne qu'il était temps de ramener mes fesses sur le devant de la scène.

Se dirigeait-elle en même temps vers ici ?

« Grouille-toi, Izzy ! »

J'ai ouvert la cantine et j'ai plongé la main à l'intérieur, sortant plusieurs boîtes au hasard. Pas de chance, c'était toutes des boîtes grises avec un ruban argenté, comme celles qui contenaient mon string et celui que j'avais acheté pour Maggie. Je les ai remises dans la cantine — sur le côté pour ne pas les reprendre — et j'ai de nouveau pioché au hasard. Cette fois-ci, la pêche a été bonne.

— Super ! ai-je lâché en serrant le poing.

J'ai refermé la cantine, remis le cadenas en place, et j'ai sauté à terre, mon précieux butin en main. Je venais de ranger l'escabeau dans le placard où je l'avais trouvé quand la voix de Josie m'est de nouveau parvenue.

— Je vais vous le chercher tout de suite. J'en ai pour une minute.

Il m'a semblé qu'une grande irritation perçait sous la politesse de son ton. Une grande irritation dont j'étais sans nul doute la cause. L'instant d'après, j'ai entendu se rapprocher le son de ses talons qui piquaient fermement le parquet.

— Mince, mince, mince, ai-je murmuré dans un effort surhumain pour ne pas dire de grossièretés.

Josie n'était plus qu'à quelques pas et moi j'étais plantée là, avec ses clés et un string à perles volé dans la cantine. Mon sac se trouvait dans une autre pièce de l'arrière-boutique et je n'avais plus le temps d'aller y cacher mes larcins.

Ecrasant le carton fin entre mes mains, j'ai roulé la boîte comme une affiche. Et maintenant, où la planquer ? J'ai examiné mes habits. Je portais un pantalon cigarette noir et un chemisier blanc. Le pantalon était tellement serré qu'on ne pouvait rien mettre dans les poches. Cependant, le chemisier était un peu bouffant. J'ai glissé la boîte roulée entre mes seins. Coincée dans l'armature de mon soutien-gorge, elle ne risquait pas trop de tomber.

Restait à trouver une solution pour les clés, et Josie était sur le point d'arriver. J'entendais le claquement furieux de ses talons juste derrière la porte. Faute de mieux, j'ai fourré le trousseau sous mon aisselle et j'ai collé le bras le long du corps pour le maintenir dans sa niche.

— Qu'est-ce que vous fichez ? a-t-elle sifflé entre ses dents.

Elle s'est campée devant moi, mains sur les hanches et visage hostile.

— J'avais besoin d'aller aux toilettes, ai-je expliqué d'une voix mal assurée. Je vais retourner en boutique pour m'occuper des clientes, ai-je ajouté en passant devant Josie, le bras gauche curieusement rigide.

Mais elle m'a rattrapée de la voix.

— Avez-vous vu mes clés ?

Je me suis tournée avec l'air de tomber des nues, tandis que Josie promenait sur la pièce un regard ouvertement suspicieux. Avais-je pensé à repousser la cantine en métal au fond de l'étagère ?

— Elles ne sont pas à côté de la caisse enregistreuse ? ai-je demandé. Il me semble pourtant les y avoir vues tout à l'heure. Laissez-moi aller jeter un œil.

Je me suis dépêchée de quitter l'arrière-boutique avant qu'elle ne puisse dire quoi que ce soit, et j'ai foncé vers la caisse. Là, je me suis accroupie et j'ai écarté le bras pour laisser tomber le trousseau.

— Elles sont là ! me suis-je écriée en me relevant.

Une cliente s'est présentée pour régler ses achats et je me suis occupée d'elle en m'efforçant de réguler ma respiration et d'éviter les gestes brusques, mais aussi de presser mes seins l'un contre l'autre pour que la boîte ne me dégringole pas sur le ventre. J'ai essayé de prendre les choses du bon côté en songeant que c'était enfin l'occasion de faire de l'exercice pour tonifier mon buste et mettre ma poitrine en valeur.

Josie est venue se placer derrière moi.

— Où étaient-elles ? a-t-elle demandé une fois la cliente partie.

— Quoi ? Vos clés ?

— Oui.

— Là, par terre, ai-je répondu en désignant le sol d'un geste vague.

Elle s'est saisie du trousseau que j'avais replacé près de la caisse enregistreuse.

— Comment ont-elles pu atterrir là ?

Elle parlait d'un ton froid qui me stressait encore plus que la voix irritée que je lui connaissais d'ordinaire.

— Je n'en sais rien, ai-je répondu avec un petit haussement d'épaules.

J'ai regardé à travers le carreau de la vitrine pour me rassurer. La camionnette de l'artisan plombier était toujours là.

Les deux dernières clientes ont quitté la boutique sans rien acheter et je me suis retrouvée seule avec Josie. L'agitation avait laissé place à un grand calme qui ne faisait qu'augmenter mon malaise. Je me suis efforcée de faire comme si de rien n'était, quittant la caisse pour aller ramasser un peignoir tombé de son cintre.

Mais Josie ne me lâchait pas du regard. Les clientes lui avaient-elles dit que j'étais le sosie de la présentatrice accusée d'avoir tué Jane ? Avait-elle compris d'elle-même que sa vendeuse et la meurtrière présumée n'était qu'une seule et même femme ? Ou se méfiait-elle de moi à cause de l'histoire des clés ?

— Lexi, il faut que je vous parle, l'ai-je entendue dire.

Je me suis tournée et j'ai hoché la tête d'un air aussi dégagé que possible.

— Venez par ici, je vous prie.

J'ai marché vers la caisse, en m'efforçant de conserver mon expression tranquille, presque distraite.

— Je ne vous fais pas confiance, a-t-elle dit.

Comme ça, sans préambule. L'attaque frontale.

— Ah bon ? Mais… Pourquoi ?

« Juste parce que j'ai piqué un de vos strings à perles et que je l'ai coincé entre mes seins ? »

Mais mon air d'oisillon tombé du nid n'a pas semblé l'émouvoir.

— Je ne sais pas ce que nous allons faire de vous, a-t-elle répondu en me scrutant d'un air mauvais.

C'est le « nous » qui m'a fichu la trouille. Désignait-il le duo qu'elle formait avec Steve, ou Josie avait-elle simplement utilisé le « nous » de majesté ?

Nous nous sommes regardées pendant un long moment dans le silence de la boutique déserte, ni l'une ni l'autre ne voulant baisser les yeux. J'entendais le bruit des voitures qui passaient dans la rue, un coup de Klaxon, le rire d'un passant. Je me suis brusquement mise à transpirer et j'ai senti que la boîte roulée entre mes seins glissait doucement hors de l'armature du soutien-gorge.

J'ai vu le regard de Josie descendre vers ma poitrine, son front se plissant davantage encore.

J'ai tenté de composer un sourire, mais avec l'énergie que je consacrais à maintenir le string en place, ça avait sans doute l'air d'une grimace.

— Qu'est-ce qui vous arrive ? a-t-elle demandé, ses yeux parcourant mon corps de haut en bas.

Je transpirais de plus en plus et la boîte était sur le point de se libérer. Elle allait tomber d'une seconde à l'autre et Josie verrait immédiatement que je cachais quelque chose sous mon chemisier.

J'ai fait une nouvelle grimace, volontaire celle-là.

— Je ne me sens pas très bien, Josie. Il faut que je retourne aux toilettes.

Je me suis précipitée vers le fond du magasin avant qu'elle ne puisse répondre, pressant la boîte contre mon buste aussitôt après être passée devant elle. Une fois dans l'arrière-boutique, j'ai tout de suite fourré le string volé au fin fond de mon sac.

— Lexi ! l'ai-je entendue crier.

Puis de nouveau le cliquetis menaçant de ses talons.

L'espace d'un instant, je suis restée paralysée au milieu des cartons éventrés, incapable de réagir.

« Réfléchis, Izzy ! »

— Lexi !

Elle a déboulé dans la pièce et m'a fusillée du regard.

— Je suis vraiment barbouillée, Josie. Je ne me sens pas bien du tout, ai-je dit en espérant que ma crise de transpiration et mon teint sans doute blafard rendraient mon mensonge plus crédible.

Continuant à me scruter de son air suspicieux, elle a fait un pas dans ma direction, puis encore un autre.

Quelqu'un a tambouriné sur la porte arrière à ce moment-là. Nous avons sursauté toutes les deux, mais Josie a été la première à retrouver son sang-froid. Elle est passée devant moi et est allée ouvrir.

— Bonjour, Steve, a-t-elle dit d'un ton détendu.

Mais Steve n'avait pas l'air détendu du tout. En fait, ses yeux se sont tout de suite posés sur moi tandis qu'il se mettait à gratter sa barbe hirsute, l'air dur et songeur. Au lieu de me reluquer avec concupiscence comme la dernière fois, il me dévisageait comme s'il essayait de se souvenir de quelque chose. Il a passé la main dans ses cheveux graisseux et je me suis revue dans cette ruelle glauque : le coup violent sur mon casque, les mains qui m'avaient poussée dans le dos quand j'avais voulu me relever, mes genoux en sang… Avait-il parlé à Josie du rôdeur casqué qui l'avait contraint à déménager de son garage ?

Comme l'autre fois, Steve a tendu une large boîte en carton à Josie, sans toutefois me quitter du regard.

Encore des strings en perles et dentelle noire. Il ne manquait plus que ça. Josie allait forcément monter sur son escabeau, ouvrir la cantine en métal et s'apercevoir qu'une boîte noire manquait à l'appel.

Elle lui a pris la marchandise des mains et a marmonné un vague remerciement.

Steve n'a pas tourné les talons pour autant. Il est resté là, à me dévisager avec un rictus menaçant et une lueur malsaine dans le regard.

Mon estomac s'est soulevé et j'ai cru que j'allais vomir. Je me sentais vraiment malade, maintenant.

Josie s'est arrêtée, son espèce de carton à pizza toujours dans les mains, et elle s'est tournée vers lui.

— Merci, Steve, a-t-elle dit pour l'inciter à partir.

Mais il est resté parfaitement immobile, ses yeux méchants semblant fouiller toujours plus profond dans les miens.

Mon cœur s'est mis à cogner dans ma poitrine. J'étais prise au piège. Josie bloquait le passage vers la boutique, et Steve celui vers la ruelle.

J'ai jeté un regard derrière moi. Le moment était venu de fuir à toutes jambes, mais Sam ne m'avait pas appris les secrets du rugby. Et à moins de pratiquer l'art de la feinte de corps, je ne voyais pas comment on pouvait se sortir d'une telle situation. Les yeux de Josie ont fait plusieurs allers-retours entre Steve et moi, comme si elle cherchait à comprendre ce qui se passait. Quant à l'étrange livreur, il semblait s'être transformé en statue de haine.

Le carillon de la porte principale s'est fait entendre.

Machinalement, nous nous sommes tournés tous les trois vers le son.

— Il y a quelqu'un ? a dit une voix que je connaissais. S'il vous plaît ! Il y a quelqu'un ?

Mayburn. « Merci, merci, merci. » Il avait dû voir que la boutique restait vide trop longtemps et comprendre que j'avais des ennuis.

— S'il vous plaît, j'ai besoin que quelqu'un vienne m'aider à choisir un cadeau pour ma femme !

Josie a soufflé d'un air excédé.

— Allez vous occuper de ce client, Lexi.

Elle n'a pas eu à me le dire deux fois.

— Tout de suite, Josie.

J'ai ramassé mon sac et j'ai quitté l'arrière-boutique comme on quitte un avion en flammes.

La lumière du soleil m'a fait fermer les yeux un instant lorsque j'ai déboulé dans la boutique. Quand je les ai rouverts, Mayburn se tenait devant moi, la main sur la poignée de la porte.

— Vous l'avez ? a-t-il murmuré.

J'ai hoché la tête et je me suis mise à courir vers lui.

— Fichons le camp !

Nous avons traversé la rue ventre à terre et Mayburn a été le premier à ouvrir sa portière.

— Montez ! m'a-t-il dit en me voyant hésiter.

— Et mon scooter ?

— On reviendra le chercher plus tard. Montez vite !

A peine avais-je claqué ma portière que la camionnette de l'artisan plombier démarrait en trombe.

73

Mon téléphone n'arrêtait pas de sonner tandis que nous roulions dans Lincoln Park. Mais je n'étais pas d'humeur à répondre. J'avais d'abord besoin de raconter à Mayburn ce que je venais de vivre.

Une fois mon récit terminé et après lui avoir remis ma prise de guerre en écoutant ses félicitations avec une vraie satisfaction, je me suis enfin décidée à sortir mon portable pour voir qui avait essayé de me joindre.

C'était Maggie. Elle avait appelé quatre fois.

Je n'avais plus du tout besoin de faire semblant d'avoir l'estomac noué, soulevé, retourné. Qu'allait-elle encore m'apprendre ? Vaughn avait-il décidé de m'inculper ? La presse avait-elle diffusé de nouvelles rumeurs à mon sujet ?

J'ai composé son numéro.

— C'est moi.

Je m'attendais au pire.

Maggie n'a pas répondu tout de suite, et quand je l'ai entendue renifler comme si elle venait de pleurer, je me suis dit que mon compte était bon. Je ne l'avais jamais vue perdre son sang-froid dans l'exercice de ses fonctions. D'un autre côté, c'était sa meilleure amie qui était accusée de meurtre. Elle ne pouvait pas avoir la même distance avec moi qu'avec un trafiquant de drogue dont elle connaissait à peine le nom.

— Mag, que se passe-t-il ?

J'ai regardé un groupe de lycéens sortir d'une supérette et se goinfrer de glaces en chahutant. Avant aujourd'hui, je n'avais jamais eu envie d'être un ado boutonneux qui riait bêtement sur le parking d'une supérette.

Elle a encore reniflé.

— C'est Wyatt.

J'ai un peu honte de l'avouer, mais ça m'a fait plaisir. Ou disons plutôt que j'ai éprouvé un grand soulagement.

— Qu'est-ce qu'il a encore fait ?

— Tu veux dire *qui* s'est-il encore fait ?

— Oh, non…

— Oh, si. Où es-tu ?

— A l'angle d'Armitage et de Sheffield.

— Devant le Twisted Lizard ?

J'ai regardé à travers la vitre de la camionnette.

— C'est le bar avec un lézard vert sur la façade ?

— Oui. J'ai besoin d'un endroit sombre où on peut boire beaucoup de téquila. Tu peux m'attendre à l'intérieur ?

— Tu ne veux pas plutôt te mettre sur la terrasse ? Il fait un temps superbe.

— Un endroit sombre, j'ai dit.

Inutile de négocier avec une femme trompée.

— D'accord, je t'attends à l'intérieur, ai-je répondu avant de demander à Mayburn de se ranger le long du trottoir.

Une fois à l'arrêt, Mayburn a ouvert la boîte cabossée avant d'en sortir le string à l'aide d'un stylo. Il a contemplé le sous-vêtement qui se balançait au bout du capuchon avec un grand sourire.

— Pourquoi cet air ravi ? ai-je demandé.

— Vous me demandez pourquoi ? Ça me semble évident, non ? Quand je bosse, je passe plus de quatre-vingt pour cent de mon temps à faire de la surveillance. Je reste pendant des heures les fesses vissées au siège de ma voiture, une caméra pointée sur une fenêtre ou une foutue porte d'immeuble. Alors croyez-moi, ce genre de chose — Mayburn a fait frétiller le string au bout de son stylo — apporte une touche de magie dans ma pauvre vie de détective. Un peu de douceur dans un monde de brutes, a-t-il conclu avec un sourire devenu songeur.

— Les hommes sont tellement bizarres… Moi, ce n'est pas la vue d'un caleçon ou d'un slip kangourou qui me mettrait aux anges.

— Mademoiselle McNeil…, a dit Mayburn en prenant un ton offusqué. Comment pouvez-vous comparer ça — il a mis le string sous mon nez — avec un slip kangourou ? Vous-même, n'êtes-vous pas sensible à la beauté évocatrice de cet article de lingerie ?

Je me suis revue en train de le passer pour la première fois avant de… d'en jouir avec Theo.

— Si, bien sûr, ai-je répondu, songeuse à mon tour.

— Enfin, bref, a dit Mayburn en reposant le string avec un soupir. Je vais aller déposer ça au labo et j'irai ensuite récupérer votre scooter. On le mettra dans la camionnette, ou bien je trouverai quelqu'un pour le conduire jusque chez vous.

Il a tendu la main.

— Donnez-moi les clés de l'engin.

Je les ai mises dans sa main, mais je ne suis pas sortie pour autant. L'habitacle de cette camionnette était pour moi comme un refuge, un espace de quasi-normalité. En dissertant avec Mayburn sur un sujet aussi léger que les sous-vêtements, j'oubliais ma condition de suspecte dans une enquête pour meurtre.

— Vous avez d'autres projets pour la journée ? ai-je demandé pour prolonger la conversation.

— Je dois retrouver Lucy dans dix minutes au stade de foot. Noah va jouer son premier match.

— Je suis impressionnée, John. L'autre jour vous avez préparé le dîner pour les enfants, et maintenant vous allez voir Noah jouer au foot.

— Lâchez-moi un peu, d'accord ?

— Sérieusement, John. Je suis heureuse pour vous.

— Par pitié, ne tombez pas dans le sentimentalisme.

J'ai ouvert la portière.

— A plus.

Un quart d'heure plus tard, j'ai vu la silhouette menue de Maggie s'avancer vers moi sous la lumière tamisée du Twisted Lizard. Elle portait un jean noir avec de larges revers et ses petits pieds étaient nichés dans des mocassins roses. Elle avait les cheveux de quelqu'un qui vient de conduire un hors-bord sans chapeau, et son visage ressemblait à un Picasso période surréaliste.

Je l'ai serrée dans mes bras avant de prendre une serviette en papier pour essuyer le mascara qui avait coulé sous ses yeux.

— Qu'est-ce que tu veux boire ? ai-je demandé alors qu'une serveuse s'approchait.

— Un margarita, s'il vous plaît, a-t-elle dit en s'adressant directement à la serveuse. Avec des glaçons et double dose de téquila.

— Raconte-moi tout, ai-je dit quand son cocktail est arrivé.

— Il m'a refait le coup de la dernière fois…

Ses lèvres ont commencé à trembler et elle s'est remise à pleurer.

— Pourtant, a-t-elle bredouillé entre deux reniflements, tu m'avais prévenue. Tu m'avais prévenue, mais j'ai fait la sourde oreille.

— J'ai dit ça comme ça, tu sais. J'aurais aussi bien pu me tromper. D'ailleurs, je l'ai trouvé aux petits soins avec toi, l'autre soir chez maman. Il avait l'air très épris.

— Oui, c'est exactement ça, a rétorqué Maggie d'un

ton amer. Il avait *l'air* épris. Et il a continué son cinéma au restaurant et chez moi après le dîner. J'étais sur un petit nuage. Pour te dire, je commençais à songer qu'on pourrait peut-être se fiancer, cet été.

— Vraiment ?

— C'est bête, hein ? Et puis il a recommencé, a-t-elle dit avec brusque haussement d'épaules.

Elle a bu une longue gorgée de margarita avant de relever les yeux vers moi.

— Pourquoi tu ne bois rien ?

— Je n'ai pas bien dormi la nuit dernière.

— Tu m'étonnes…

Un grand reniflement.

— Mais je suis triste et tu dois boire avec moi !

Elle n'avait pas terminé sa phrase qu'elle a été secouée de sanglots. Je me suis empressée de faire un signe à la serveuse et de lui commander une Corona.

— Allez, Mag. Raconte-moi. Ça va te faire du bien.

Elle s'est mouchée dans une serviette en papier.

— Comme je viens de te le dire, il m'a refait le même coup, ou presque. On est sortis hier soir et ça s'est super bien passé. Aujourd'hui, j'ai quitté son appartement vers midi pour aller travailler sur ton affaire. Je voulais connaître le pourcentage de gens désignés comme personnes dignes d'intérêt qui finissent par être inculpés.

Ces mots ont agi directement sur mon estomac. Le pauvre n'était pas à la fête, aujourd'hui.

— Une fois au bureau, a poursuivi Maggie, j'ai travaillé quelques heures. Et puis j'ai décidé d'aller faire un tour à la salle de gym. J'avais besoin d'une pause. Mon sac de sport était resté dans son appartement parce que j'y passe beaucoup de temps, en ce moment. Comme je savais que Wyatt n'avait rien de spécial à faire aujourd'hui, je me suis pointée chez lui sans prévenir.

Je n'ai pas pu m'empêcher de faire une grimace et de rentrer la tête dans les épaules.

— Oui…, a dit Maggie en versant de nouvelles larmes. Il était avec une fille.

— Au lit ?

— Non. Ils étaient sur le point d'aller déjeuner ensemble. Mais c'était genre « je viens chercher mon mec pour aller manger un morceau en amoureux ».

Le visage de Maggie s'est brusquement chiffonné et les larmes ont coulé de plus belle.

— Attends, Maggie… Tu es sûre qu'ils ne sont pas juste amis ? Tu lui as demandé une explication avant de te mettre dans un état pareil, ou est-ce que tu t'es contentée de tourner les talons et de claquer la porte ?

— Je n'ai pas eu besoin de lui demander une explication ! C'était la fille avec qui il était l'année dernière. Celle qui lui a brisé le cœur ! Je l'ai reconnue parce qu'il conserve plein de photos d'elle chez lui. Et tu aurais dû voir sa tête quand il m'a vue arriver. Ça valait tous les aveux du monde ! Et figure-toi que je l'ai quand même pris à part pour lui demander si c'était bien ce que je croyais. Eh bien, tu sais ce qu'il m'a répondu ?

J'ai fait un non timide de la tête.

— Il m'a répondu « Oui ». Comme ça, sans rien ajouter de plus. Juste « Oui ».

— Quel salaud…

J'avais dit ça pour lui montrer ma solidarité, mais ses pleurs ont redoublé d'intensité.

— Wyatt n'est pas un salaud ! Je crois même qu'au fond, il est plutôt gentil… C'est juste qu'il n'est pas amoureux de moi.

J'ai poussé son cocktail de côté — ou du moins ce qu'il en restait — et je l'ai prise par les épaules pour la forcer à me regarder.

— Ecoute, Maggie…

— Je sais, a-t-elle dit entre ses larmes. Je sais.

Elle s'est effondrée sur la table, le corps secoué de sanglots.

Je lui ai caressé le dos en faisant signe au barman que tout allait bien. Pour être honnête, c'était plutôt agréable de jouer — pour une fois — le rôle de la consolatrice.

Lorsqu'elle s'est calmée, Maggie a pris une serviette en papier sur la table voisine, les nôtres n'étant plus que des boules humides et noirâtres. Elle s'est essuyé les yeux et le visage, puis a vidé d'un trait le reste de son margarita.

— Et toi, Iz ? Quoi de neuf ?

Mon regard s'est perdu un instant dans les lumières colorées qui éclairaient le bar.

— Voyons… Theo est revenu de son île perdue.

Le visage de Maggie s'est enfin éclairé.

— Excellente nouvelle ! Et il est d'accord pour dire à la police que vous avez passé la nuit de vendredi ensemble ?

— On a laissé un message à Vaughn. Theo m'a dit qu'il mettrait les choses au clair avec lui.

— Alors pourquoi cet air de chien battu ?

— Parce que j'ai appris qu'il avait eu une aventure avec Jane et qu'il était raide dingue d'elle. Mais elle l'a largué au bout de deux mois.

— Tu te fous de moi ?

— Non, malheureusement. Et j'ai l'impression qu'il m'a draguée devant elle pour essayer de la rendre jalouse.

J'ai haussé les épaules avec une moue résignée, comme pour dire : « C'est la vie. »

Mais j'ai vu que Maggie semblait soudain soucieuse.

— Iz, il faut que je te dise… Quelles qu'aient été les motivations de Theo, cette histoire n'est pas bonne pour toi.

— Qu'est-ce que tu entends par là ?

Elle a baissé les yeux un instant avec une mimique embarrassée.

— A ton avis, que vont penser les flics quand ils vont apprendre ça ? a-t-elle demandé en croisant de nouveau mon regard. Pour eux, tu auras non seulement piqué le job de Jane après sa mort, mais aussi son amant.

74

Reporters et cameramen avaient envahi les abords de mon appartement. J'ai aussitôt éprouvé une grande sympathie pour mes voisins du dessous, qui ne m'avaient pas encore abreuvée d'injures malgré les désagréments que leur causait ma nouvelle notoriété.

Hélas, Bunny Loveland avait manifestement décidé de faire une pause dans sa croisade antimédias. J'ai réglé la course et je suis bravement sortie du taxi, repoussant sans ménagement ceux qui s'approchaient trop près de moi. Tête basse, j'ai marché aussi vite que possible jusqu'à la porte d'entrée en tâchant d'ignorer les « Isabel ! Isabel ! » et les questions qui fusaient de toute part. Mais certaines bribes parvenaient à traverser le mur mental que j'avais érigé :… « tué Jane ?… longtemps que vous rêviez d'être à sa place ?… »

Mettre les clés dans cette satanée serrure avec une horde de journalistes sur le dos était un moment que je détestais tout particulièrement. Mes mains tremblaient chaque fois, et l'opération semblait prendre une éternité tandis que les micros me chatouillaient le nez et que les caméras tournaient à quelques centimètres de mon visage. Qu'espéraient-ils, au juste ? Que je me retourne et tombe à genoux en hurlant : « Oui, j'avoue, c'est moi qui l'ai tuée ! Vous êtes contents ? Je suis une meurtrière ! » Je me sentais acculée contre cette porte, mes doigts aussi désespérément nerveux et maladroits que lorsqu'il s'était agi d'ouvrir la cantine de Josie, quelques heures plus tôt.

Enfin, la clé a disparu dans la serrure et j'ai pu me précipiter dans le hall d'entrée, claquant la porte au nez de la meute. Je suis restée plusieurs minutes assise sur les premières marches de l'escalier, le souffle court, à laisser la fraîcheur de l'entrée me rendre un peu de l'énergie volée par les journalistes. Lorsque j'ai retrouvé une respiration vaguement normale, je me suis relevée pour grimper jusqu'à mon appartement.

Mais j'ai soudain eu l'étrange impression de ne pas être seule dans cet escalier. Je me suis figée et j'ai tendu l'oreille. Rien. C'était juste le fruit de mon imagination, débridée par la peur et le manque de sommeil. Je me suis mise à progresser lentement, marche par marche, à l'affût d'une ombre ou d'un bruit suspect. Mais je ne voyais rien, n'entendais rien. Et pourtant, la sensation d'une présence persistait.

« Calme-toi, Izzy. Calme-toi. »

J'ai continué ma prudente ascension. J'avais de nouveau le souffle court, pas tant à cause des nombreuses marches qu'à cause de mes nerfs, toujours à vif après les assauts de la presse.

J'étais en train de poser le pied sur le palier du deuxième étage quand une voix masculine a résonné dans la cage d'escalier.

— Izzy ?

Elle venait d'au-dessus. De l'étage où se trouvait mon appartement.

Je me suis immobilisée sur le palier, le corps traversé d'un frisson glacé.

— Sam ?

Mais je n'avais pas reconnu la voix de Sam, pourtant le seul à qui j'avais donné un double de la clé d'en bas.

— Sam ? ai-je répété.

Pas de réponse.

Etait-ce un de mes voisins qui avait dû intervenir chez moi ? Pour une fuite d'eau, par exemple ?

Non, la voix n'appartenait pas non plus à l'un d'eux.

— Tom ? Bill ? ai-je néanmoins risqué à tout hasard.

Toujours pas de réponse.

Mon cœur s'est mis à battre plus vite.

J'ai commencé à descendre l'escalier, les jambes en coton, avant de me raviser. Si je ressortais dans la rue, il me faudrait encore affronter les journalistes. Pour la première fois, je pouvais comprendre pourquoi les célébrités se plaignaient autant de la presse et des paparazzis. Je suis restée là, coincée entre le marteau et l'enclume, incapable de prendre une décision.

— Izzy ?

De nouveau cette voix, suivie à présent de pas qui descendaient dans ma direction.

— Izzy ?

Plus proche, la voix m'a aussi semblé plus familière. Mais il m'était d'autant plus impossible de mettre un nom dessus que la peur m'empêchait de réfléchir. C'était comme si mon cerveau entier était accaparé par le bruit du sang qui battait mes tempes.

Le bruit de pas se rapprochait dangereusement.

Tant pis pour la presse ! Il n'était pas question de rester une seconde de plus ici. Je me suis mise à dévaler les marches vers le hall d'entrée, mais les pas ont aussi accéléré derrière moi. Cramponnée à la rampe, j'ai bondi vers le palier inférieur, sautant plusieurs marches à la fois au risque de me rompre le cou.

— Izzy, arrête ! ai-je entendu au-dessus de moi. Qu'est-ce qui te prend ?

J'ai finalement reconnu la voix. Je me suis arrêtée, la main toujours agrippée à la rampe, et je me suis retournée.

L'énervement déformait les traits d'ordinaire si harmonieux de Theo. Il portait le même jean, le même T-shirt noir et la même veste kaki que la veille. Hier, je l'avais trouvé à croquer dans ces vêtements. Mais à présent, il me semblait qu'ils lui donnaient un air belliqueux. Ses longs cheveux tombaient sur son visage, masquant presque entièrement son expression tandis qu'il me toisait du haut des marches.

— Comment es-tu entré ? ai-je demandé.

— Et comment je suis *rentré* lorsque tu m'as laissé au beau milieu de nulle part, ça ne t'intéresse pas ?

Je n'ai rien répondu.

— Eh bien, je vais te le dire quand même. J'ai dû marcher pendant une plombe jusqu'à la ville où j'ai pris un train de nuit pour Chicago. J'avais appelé les flics pendant le trajet et ils m'attendaient à la gare. Du coup, j'ai passé la matinée dans le bureau de l'inspecteur Vaughn. Ce type est une vraie tête de nœud, mais je lui ai dit tout ce que je savais, et notamment que nous avons dormi ensemble la nuit de vendredi à samedi. Après avoir quitté l'hôtel de police, je suis allé chercher quelque chose chez moi, et puis je suis venu directement ici.

— Comment es-tu entré ? ai-je insisté.

Il a haussé les épaules.

— J'ai attendu près de la porte que quelqu'un sorte. Les journaleux m'ont demandé qui j'étais, mais je les ai envoyés sur les roses. J'ai poireauté pendant vingt minutes, mais un de tes voisins a fini par sortir et j'en ai profité pour me glisser à l'intérieur.

Il a fait un mouvement de tête en direction de la rue.

— Ils sont tarés, ces mecs-là. Il y a un qui a essayé de

rentrer derrière moi et il a fallu que je le sorte par la peau des fesses.

— Et tu es resté tout ce temps à m'attendre sur mon palier ?

Il a haussé les épaules.

— Oui. Je suis là depuis deux ou trois heures.

Lentement, j'ai descendu une marche. Puis une autre. Theo me faisait peur. Je n'avais plus confiance en lui. Je n'arrivais même pas à comprendre comment j'avais pu m'abandonner dans les bras d'un parfait inconnu.

— Tu n'as rien à faire ici, Theo. Tu ferais mieux de t'en aller. Tout de suite.

— Pourquoi es-tu si agressive ? Je suis simplement venu te montrer quelque chose.

L'agacement — la colère, peut-être — assombrissait son regard et rendait son visage plus anguleux dans la pénombre de la cage d'escalier. Plus menaçant.

— Je te préviens, Theo… On n'est pas seuls. Il y a des dizaines de journalistes juste derrière la porte.

Mais je savais pertinemment que ça ne l'empêcherait pas de me faire du mal s'il était venu pour ça.

— Ne t'inquiète pas, Izzy, je vais m'en aller. Mais je t'ai dit que je suis venu pour une raison bien précise, et je ne partirai pas avant que tu aies vu ce que je veux te montrer.

Il a descendu plusieurs marches.

— Arrête-toi, ai-je dit en lui présentant la paume de ma main. Ne fais pas un pas de plus.

Mon cœur cognait de plus en plus fort contre ma poitrine.

— Qu'est-ce que tu veux me montrer ?

Il a plongé la main dans la poche intérieure de sa veste militaire.

J'ai retenu ma respiration. Et s'il sortait une arme ? Un couteau ? Un foulard pour m'étrangler ?

— Regarde…

Il tenait un rectangle bleu dans sa main. Lorsqu'il me l'a

tendu, j'ai vu qu'il s'agissait d'un passeport. Comprenant que je n'irai pas le chercher, Theo l'a lancé dans ma direction. Le passeport a glissé sur une marche avant d'atterrir à mes pieds.

— Ouvre-le, Izzy. Tu pourras constater par toi-même que j'étais bien au Mexique lorsque Jane a été assassinée.

Je l'ai ramassé et je n'ai pu m'empêcher de jeter un coup d'œil à la photo — indéniablement sexy — tandis que je passais les pages en revue. J'ai fini par trouver le tampon d'entrée de la douane mexicaine, daté de lundi. Quant au tampon de sortie, il datait d'hier.

J'ai levé les yeux vers la longue silhouette de Theo Jameson. Je me sentais perdue, décontenancée par le côté surréaliste de tout ce que j'étais en train de vivre. L'espace d'un instant, la paisible existence que j'avais menée auprès de Sam m'a manqué, le confort de cette familiarité qui permettait de deviner l'autre, de connaître ses états d'âme sans qu'il lui soit nécessaire de les exprimer.

Theo s'est assis sur une marche, bras autour des genoux. Son expression s'est adoucie, comme s'il devinait la confusion qui m'habitait.

— J'avais l'intention de t'en parler, tu sais.

— De me parler de quoi ?

— De mon histoire avec Jane. Mais on ne se connaît que depuis une semaine.

L'irritation de tout à l'heure avait fait place à une expression songeuse et conciliante. Je le sentais soudain plein de sollicitude à mon égard. Nos regards se sont croisés, et j'ai lu quelque chose d'à la fois doux et intense dans le sien. Quelque chose sur quoi je n'osais mettre un nom. Il a enroulé une mèche de cheveux derrière son oreille, un geste féminin au milieu d'un océan de virilité.

— Pourtant, a-t-il repris après une courte pause, j'ai

l'impression que je te connais depuis bien plus longtemps que ça.

Il a inspiré avant de souffler fort, comme s'il se libérait d'un poids.

— Ecoute, je sais que je n'ai que vingt et un ans, mais je me suis toujours senti plus vieux que mon âge. Ce n'est pas un hasard si je suis entré aussi tôt dans la vie active. Bien sûr, j'ai encore des tas de trucs à apprendre… Sur les relations amoureuses, sur le sexe, sur le travail… Sur bien d'autres choses encore. J'évolue en permanence et j'ai beaucoup changé depuis mon aventure avec Jane. Ce que je ressens pour toi est très différent de ce que je ressentais pour elle.

Il semblait sincère. Mais j'en étais arrivée à un tel point de confusion et d'angoisse qu'il en fallait plus pour me rassurer.

— Et pourtant, tu m'as draguée dans le seul but de la rendre jalouse, ai-je dit. Tu as couché avec moi pour te venger d'elle. Parce que tu étais encore amoureux de Jane.

— C'est faux. Quand je t'ai rencontrée, ça faisait déjà un bon moment que j'avais digéré notre rupture. D'ailleurs, je n'avais pas cherché à la revoir depuis des mois. Lorsque le hasard nous a réunis, ce soir-là, et qu'elle nous a présentés, c'est vrai que j'ai commencé à te draguer pour la faire enrager. Mais j'ai vite compris qu'elle s'en foutait. Et surtout, j'ai compris que je venais de faire une rencontre importante. Tu m'as tout de suite plu, Izzy, et ce qui s'est passé entre nous n'a rien à voir avec Jane.

J'ai baissé les yeux vers son passeport, encore ouvert dans mes mains, et j'ai songé à tout ce que j'avais appris sur Theo durant cette folle semaine. Jamais il ne m'avait menti. Bien sûr, il avait omis de me dire certaines choses, mais il avait raison de souligner qu'on ne se connaissait que depuis très peu de temps. A bien y réfléchir, je n'avais rien à lui reprocher. Et les tampons sur son passeport prouvaient qu'il n'était pas l'assassin de Jane.

— Je suis désolée, ai-je dit. Je n'aurais pas dû t'accuser.

Il m'a souri.

— Tu ne m'as pas accusé. Tu as eu des doutes et tu m'en as fait part.

— Je ne m'attendais pas à ça, ai-je répliqué. Quand Zac t'a reconnu et que j'ai compris que tu avais couché avec Jane, je crois que je me suis sentie un peu bête. Et même un peu humiliée.

Il a hoché la tête.

— Je me mets à ta place. Ça n'a pas dû être marrant.

J'ai haussé les épaules.

— Non, en effet. Mais ce n'est pas marrant non plus d'être accusé à tort, je suis bien placée pour le savoir. Alors, je… je te demande pardon, Theo.

Il m'a regardée un moment en silence, avant de se lever.

— Dis-moi ce que je peux faire pour toi, Izzy. J'aimerais tellement pouvoir t'aider.

Il avait une telle présence, et pas seulement physique, qu'on ne voyait que lui quand il entrait dans une pièce. Et pourtant il m'a paru si démuni, tout d'un coup…

Si jeune…

Il commençait à faire chaud dans cette cage d'escalier. C'en devenait même un peu oppressant. Les conversations des journalistes nous parvenaient du dehors, étouffées par la distance, la porte close et les murs en briques.

— Viens, a dit Theo en ouvrant les bras.

J'ai hésité quelques secondes, mais il a conservé les bras ouverts. J'ai fini par gravir une marche, puis une autre, puis encore une autre jusqu'à celle qui se trouvait juste au-dessus de lui. Nos visages étaient maintenant à la même hauteur, et je pouvais sentir cette odeur de Theo qui m'avait rendue à moitié folle avant son départ pour le Mexique. Son pouvoir sur moi était intact. Impossible de faire taire mon instinct sexuel, mais la raison veillait, m'empêchant de me laisser aller à mon désir.

— Dis-moi ce que je peux faire pour toi, a-t-il répété.

Sa voix était douce, comme ses lèvres qui aimantaient mon regard.

Il a posé les mains sur ma taille.

— Theo, je ne peux pas…, ai-je murmuré en le repoussant gentiment.

— Chut…

Tout doucement, les mains toujours sur ma taille, il m'a attirée contre lui. Ses bras se sont refermés sur moi et j'ai senti sa bouche s'écraser sur mes cheveux, puis sa main qui les caressait.

Des frissons de bien-être ont parcouru mon corps et j'ai fini par m'abandonner à l'étreinte, le visage appuyé sur son torse.

Nous sommes restés ainsi pendant un long moment. Dix minutes, ou peut-être même plus. J'avais perdu la notion du temps. C'était comme si je me réparais dans ses bras.

Mais cette parenthèse sereine a été interrompue par un brusque vacarme en provenance du hall d'entrée. Quelqu'un tambourinait à la porte. Le bruit s'est arrêté un instant, bientôt remplacé par la sonnerie de mon Interphone — je l'entendais résonner là-haut, dans mon appartement —, avant de reprendre de plus belle.

— Tu veux aller ouvrir ou répondre à l'Interphone ? a demandé Theo.

— Non… Ce sont juste les journalistes qui essaient de me faire réagir. Ils doivent en avoir marre de poireauter.

J'ai fermé les yeux pour tenter de retrouver un peu de paix, mais les coups sur la porte ont redoublé d'intensité, alternant avec la sonnerie frénétique de l'Interphone. Bang ! Bang ! Bang ! Dring ! Dring ! Dring ! Bang ! Bang ! Bang !

Après quelques minutes de cette cacophonie, l'Interphone s'est mis à sonner sans discontinuer.

J'ai senti que Theo se raidissait.

— Je vais aller les calmer.

— Non, n'y va pas. Ils vont finir par se lasser.

La sonnerie s'est enfin tue, mais elle a presque aussitôt été remplacée par de nouveaux coups sur la porte.

— Ecoute, Theo, ai-je dit en m'efforçant de faire abstraction du vacarme. Tu m'as demandé ce que tu peux faire pour moi…

— Tout ce que tu veux, Izzy.

— Alors reste éloigné de moi jusqu'à ce que le coupable soit arrêté.

J'ai songé à ce que m'avait dit Maggie.

— La police s'imagine déjà que j'ai voulu piquer le boulot de Jane, tu comprends ? Je ne veux pas qu'ils croient, en plus, que j'ai voulu piquer son bel amant. Et puis, franchement, je ne suis pas en état de passer du temps avec qui que ce soit.

— Tu m'as déjà abandonné au sommet d'une dune et ça ne m'a pas découragé, a rétorqué Theo. Sérieusement, Izzy, je veux aussi être à tes côtés dans les mauvais moments.

Il m'a caressé la joue, puis a attiré mon visage vers le sien. Une nouvelle fois, j'ai pu vérifier qu'on pouvait tout oublier le temps d'un baiser. Même une accusation de meurtre.

Mais quand la langue de Theo s'est retirée, puis ses lèvres, la sonnerie de mon Interphone et les coups sur la porte ont recommencé à jouer avec mes nerfs. Manifestement, celle ou celui qui faisait ça n'avait pas l'intention de s'arrêter.

J'ai poussé un grognement de frustration.

— Il faut que j'aille voir qui c'est. Et toi, il faut que tu partes. Peut-être que quand mes ennuis seront terminés…

J'ai laissé ma phrase en suspens, effrayée à l'idée qu'ils ne se terminent jamais. Mais je me suis aussitôt efforcée de chasser cette peur. « Arrête d'avoir tout le temps la trouille ! » La peur n'était pas bonne conseillère, tout le monde le savait. Il fallait absolument que je parvienne à la dominer si je voulais m'en sortir.

Encore sa main sur ma joue, encore un baiser ; celui-là plus rapide. Trop rapide.

— Quand tes ennuis seront terminés…, a-t-il répété en hochant la tête, comme s'il était certain de savoir ce qui se passerait alors.

Bang ! Bang ! Bang ! Dring ! Dring ! Dring !

Avec un juron, j'ai fait volte-face et j'ai dévalé les marches jusqu'au hall d'entrée.

— Qui est-ce ? ai-je crié à travers la porte.

— Police ! Inspecteur Vaughn !

Je me suis tournée vers Theo qui arrivait à son tour. Valait-il mieux lui demander de monter dans mon appartement et de quitter la maison par l'escalier de secours ? Non, pas question de me comporter comme si j'avais quelque chose à cacher alors que ce n'était pas le cas.

— Ouvrez, McNeil ! a crié l'inspecteur Vaughn en continuant à cogner comme un sourd sur la porte. J'ai un mandat !

75

J'ai ouvert la porte et j'ai vu l'inspecteur Vaughn flanqué de deux agents de police. Caméras et reporters armés de micros formaient un demi-cercle autour d'eux dans une atmosphère survoltée.

Je suis restée un moment figée comme un lapin pris dans les phares d'une voiture, avant d'interroger Vaughn du regard. Il arborait son éternel sourire en coin, à la fois suffisant et goguenard.

— Isabel ! Isabel ! criaient les journalistes.

Mais je ne distinguais aucun visage. Juste une masse vibrante et hurlante.

L'inspecteur s'est penché légèrement sur ma gauche et j'ai vu que ses yeux plongeaient dans le hall d'entrée.

Son sourire s'est élargi.

— Et ça ? a-t-il lancé en désignant Theo d'un mouvement de tête. Comment vous l'expliquez ?

— Il est venu me montrer son passeport pour me prouver qu'il était en voyage le jour où Jane a été tuée. Il était sur le point de s'en aller.

J'ai senti la main de Theo dans le creux de mon dos — un geste délicat qui disait tant de choses —, puis il est sorti de la maison, contournant d'un pas assuré Vaughn et les deux agents de police, avant de traverser la rue. Quelques journalistes se sont détachés du groupe pour le suivre, mais il a continué son chemin en les ignorant.

Soudain, il s'est immobilisé et s'est tourné lentement dans ma direction. Nos regards se sont croisés et il a agité la main en signe d'au revoir. Puis il s'est éloigné de moi, comme je le lui avais demandé.

— Vous feriez mieux de me laisser entrer, a repris Vaughn avec un sourire froid. A moins que vous ne souhaitiez que je m'adresse à vos amis de la presse.

Que faire ? J'avais besoin des conseils de Maggie.

L'inspecteur a jeté un coup d'œil par-dessus son épaule en direction de Theo, qui n'était déjà plus qu'une silhouette sur le trottoir d'en face.

— La presse adore les triangles amoureux, vous savez. Surtout avec un meurtre à la clé. Vous allez devenir une vraie célébrité dans ce pays.

Vaughn a levé la main vers la forêt de micros et de caméras, comme s'il s'apprêtait à faire une déclaration. Les cris ont cessé, remplacés par un silence tendu qui m'a semblé encore plus assourdissant. La situation m'échappait complètement. Je n'avais aucune idée de ce qu'il avait l'intention de dire aux médias. Tout ce que je savais, c'est que la dernière fois qu'il leur avait parlé, ça m'avait coûté un boulot que j'aimais.

— Ne faites pas ça, ai-je dit avant qu'il n'ouvre la bouche.

Il m'a jeté un regard satisfait — parfaitement assorti à son sourire en coin — tandis que je lui faisais signe d'entrer.

L'instant d'après, la porte se refermait derrière nous, et je me retrouvais seule dans le calme du hall d'entrée avec l'être que j'aimais sans doute le moins au monde.

C'était vraiment bizarre de le sentir si près de moi dans un lieu qui appartenait à ma vie privée. Bizarre et particulièrement déplaisant. C'était comme si sa présence salissait ce lieu qui faisait partie de mon quotidien.

— Qu'est-ce que vous voulez ? ai-je demandé d'un ton sec.

— Fouiller votre appartement.

Pour moi, c'était comme s'il avait dit « *souiller* votre appartement ».

— Il n'en est pas question.

Encore ce sourire. Ce type était la onzième plaie d'Egypte.

— Vous n'avez pas entendu ce que j'ai dit tout à l'heure ? Je suis venu avec un mandat.

— Un mandat d'arrêt ? ai-je demandé d'une voix blanche.

— Ne brûlez pas les étapes, voyons.

Le spectacle de mon angoisse semblait le ravir au plus haut point.

— Mais n'ayez aucune inquiétude, a-t-il ajouté en plongeant la main dans la poche intérieure de son blouson. Le mandat d'arrêt viendra après celui-là.

Il a sorti plusieurs documents qu'il m'a tendus après les avoir dépliés. Les mots « mandat de perquisition » s'étalaient en lettres grasses en haut de la première feuille. J'ai essayé de lire ce qui était inscrit au-dessous, mais les lettres se sont mises à danser devant mes yeux tandis que ma respiration se faisait plus courte. Tout ce que j'ai pu voir, c'est qu'il y avait mes nom et adresse — ainsi que celle de Trial TV —, et qu'un juge avait signé le document.

J'ai passé les autres pages en revue. Il y avait une déclaration sous serment et la plainte nécessaire à l'obtention du mandat.

— Je n'ai pas reçu copie de ces documents, ai-je dit. Pour que ce mandat soit valide, il aurait fallu qu'il me soit notifié à l'avance.

Vaughn m'a regardée d'un air si ouvertement moqueur que j'ai cru qu'il allait me rire au nez.

— Vous n'êtes pas très douée, comme avocate, on dirait. Nous n'avons pas à vous donner quelque notification que ce soit. La procédure a été respectée à la lettre, McNeil.

J'ai fouillé dans mes souvenirs à la recherche de conversations que j'avais pu avoir sur ce sujet avec Maggie, et je me suis rendu compte qu'il avait raison. La police n'était pas tenue de vous prévenir qu'elle effectuait une demande de mandat de perquisition auprès d'un juge. Elle devait simplement vous signifier qu'elle l'avait obtenu en vous présentant les documents le jour de la fouille. Et c'est ce que venait de faire Vaughn.

— Vous avez déjà eu l'occasion de voir un Emmy Award ?

— Quoi ? ai-je répondu avec humeur.

— Un Emmy Award.

— J'ai vu l'émission à la télé.

— Je ne vous ai pas demandé si vous aviez déjà vu *les* Emmy Awards, mais si vous aviez déjà vu *un* Emmy Award. Vous savez, la statuette, a-t-il ajouté comme s'il s'adressait à une enfant de trois ans. Avez-vous déjà eu l'occasion d'en voir une de près ?

— Non.

Pourquoi me parlait-il de ça, tout d'un coup ? Mais je me suis brusquement souvenue de quelque chose.

— Ah si… j'ai vu l'Emmy de Jane.

— Vraiment ? a-t-il dit en inclinant légèrement la tête de côté. Et quand donc l'avez-vous vu, je vous prie ?

— Le samedi qui a précédé sa mort. Elle avait trouvé ce bouquet de fleurs chez elle et elle n'était pas rassurée. Elle m'a demandé de venir lui tenir compagnie en attendant l'arrivée de son mari. Mais je vous ai déjà dit tout ça.

— En effet… Vous m'avez dit vous être rendue chez la victime, ce soir-là. Mais vous avez omis de me préciser que vous vous étiez intéressée à cette statuette. Que vous l'aviez admirée, soupesée, tripotée, que sais-je encore…

— C'est mon frère qui l'a tripotée, pas moi.

— Votre frère ? Vraiment ? a-t-il dit en levant les sourcils comme si je venais de lui apprendre que le pape avait fait un saut chez Jane ce soir-là pour venir « tripoter » le précieux trophée. Comment s'appelle-t-il ?

J'ai hésité. Devais-je lui fournir cette information ? Mais j'ai réalisé qu'il n'aurait aucun mal à la trouver par lui-même.

— Charlie. Charlie McNeil.

— Charles McNeil…, a-t-il répété d'une voix traînante, comme s'il rangeait ce renseignement dans un coin de sa tête. Et le jour où Mme Augustine est morte ? Avez-vous vu son Emmy Award, lorsque vous êtes arrivée sur la scène de crime ?

— Ça suffit comme ça. Je ne répondrai plus à aucune question en l'absence de mon avocate.

Il m'a regardée un moment sans rien dire et j'en ai profité pour reprendre la parole.

— J'aimerais vous poser une question, inspecteur. Quels arguments avez-vous donnés au juge pour motiver votre demande de mandat ?

Il s'est esclaffé.

— Vous voulez rire ? Je n'avais que l'embarras du choix, figurez-vous ! Vous êtes la personne que la victime était censée retrouver avant la soirée de Trial TV. Vous vous êtes installée dans son fauteuil de présentatrice le lendemain de sa mort. On vous a vu embrasser Mme Augustine quelques jours avant le meurtre.

— On ne s'est pas embrassées ! me suis-je écriée. Je vous l'ai déjà dit. Comme je vous ai dit que nous n'avons pas passé la nuit de vendredi ensemble.

Vaughn a hoché la tête en se massant le menton.

— Vous aviez raison sur ce point, je vous l'accorde. Votre petit ami Theodore a confirmé votre version des faits.

Il s'est interrompu pour me lancer un regard narquois.

— Il n'est pas un peu jeune pour vous, ce garçon ?

J'ai fait comme si je n'avais pas entendu.

— Il vous a tout dit, n'est-ce pas ?

— Ouais, ouais, ouais… il m'a tout dit. La vache, je m'en suis payé une bonne tranche.

A voir son visage réjoui, on aurait vraiment dit qu'il s'était amusé comme un fou en interrogeant Theo. Pourquoi fallait-il que ce type — cet abruti de la pire espèce — soit en charge de l'enquête ? Et pourquoi avait-il une dent contre moi ?

J'étais tellement exaspérée que j'ai préféré garder le silence. La fatigue aidant, j'aurais pu avoir une parole ou un geste malheureux. Tandis que je me retenais d'étriper Vaughn, une pensée m'a traversé l'esprit : et si ce n'était pas si simple ? Et si cet inspecteur de police ne me persécutait pas parce qu'il m'avait prise en grippe, mais tout simplement parce qu'il était sincèrement persuadé de ma culpabilité ? Cette façon de voir les choses ne m'a pas rassurée, bien au contraire. C'était un sentiment affreux que d'être accusée à tort. Jamais je ne m'étais sentie aussi vulnérable. Et songer que ce flic me pensait capable d'une telle atrocité — qu'il y croyait sûrement dur comme fer — me faisait plus mal encore que s'il s'était acharné sur moi par simple goût de nuire.

— Sacré Theodore…, a repris Mayburn en secouant la tête comme s'il évoquait un vieux copain farceur. On discutait tranquillement dans mon bureau, lui et moi, et d'un seul coup il me sort un truc *énorme.*

J'ai dégluti. Je savais ce qui allait venir.

— Voilà qu'il m'annonce qu'il a couché pendant des mois avec la victime. Et comme par hasard, il devient votre petit ami juste avant que Jane Augustine soit assassinée.

— Theo n'est pas mon petit ami.

— Ouais, ouais… Appelez ça comme vous voulez. N'empêche que vous ne m'ôterez pas de l'esprit que vous étiez obsédée par Jane Augustine. Le triangle amoureux dans toute sa splendeur… Et celui-là était particulièrement tordu, pas vrai ?

Maggie m'est apparue en pensée, me hurlant de la boucler une fois pour toutes. J'ai fini par obtempérer.

— Ecoutez, a dit Vaughn, le fait est qu'on a obtenu ce mandat sans le moindre problème. Et pourtant, c'était avant d'être au courant des relations perverses qui liaient le petit trio que vous formiez avec la victime et Theodore. Il m'a suffi de dire au juge tout ce que je sais sur vous, et d'y inclure quelques petites infos intéressantes sur Jane Augustine et sur la scène de crime…

— Quelles infos ?

Ça m'était sorti de la bouche et Maggie s'est remise à crier. « Quelques petites infos intéressantes sur Jane Augustine et sur la scène de crime… » Qu'est-ce que ça pouvait bien vouloir dire ?

— Ne faites pas cette tête-là, voyons, a-t-il dit en feignant la compassion. J'essaie simplement de vous faire comprendre qu'on avait plus d'arguments qu'il n'en fallait pour convaincre le juge de signer ce mandat.

Vaughn était peut-être sincèrement persuadé de ma culpabilité, mais cela n'expliquait pas son sadisme. Je le détestais de tout mon cœur, de toute mon âme et de tout le reste aussi.

Il m'a brandi une nouvelle fois les documents sous le nez.

— Tout ça pour dire que nous avons le droit de fouiller votre domicile, et qu'on ne va pas s'en priver.

Il a pointé le pouce en direction de la porte d'entrée.

— Je vais donc appeler mes hommes et vous allez gentiment nous laisser entrer dans votre appartement.

J'ai eu un accès de panique.

— Personne n'entre chez moi tant que mon avocate n'est pas arrivée.

Encore son sourire exaspérant.

— Tsss, tsss… Ça ne marche pas comme ça, mademoiselle McNeil. Rien ne nous oblige à attendre votre avocate pour commencer nos recherches. Et puisque vous semblez peu au courant des lois, malgré votre profession, sachez que celles de l'Illinois nous autorisent même à vous forcer à assister à la fouille de votre domicile.

Sur ces mots, il a ouvert la porte d'entrée.

— Allons-y, a-t-il dit aux deux agents de police.

76

Mon appartement était fouillé de fond en comble et c'était comme si mon intimité était dévoilée à deux inconnus, ainsi qu'à l'inspecteur de police le plus infect que la terre ait jamais porté.

Dévoilée, dérangée, tripotée.

Pour le moment, Vaughn se contentait de superviser les opérations, laissant ses hommes faire le sale boulot. Et d'une certaine manière, je trouvais ça encore pire. Il allait de l'un à l'autre, regardant par-dessus leurs épaules tandis qu'ils vidaient mes tiroirs, passaient leurs sales pattes sur les habits pendus aux cintres, plongeaient leurs doigts boudinés dans mes sous-vêtements. Vaughn n'en perdait pas une miette, jouissant certainement davantage de la façon dont je vivais cette intrusion que de la fouille elle-même. Il savait pertinemment que je me sentais humiliée, mortifiée, violée dans mon intimité, et c'était cela qui lui plaisait.

Pendant ce temps, je n'arrêtais pas d'appeler et d'envoyer des SMS à Maggie. Mais où était-elle donc passée ?

Bras croisés, j'ai marché de pièce en pièce, impuissante et meurtrie devant le spectacle de ces hommes qui profanaient mon sanctuaire.

J'ai fait une halte dans le salon. Par-dessus le comptoir de ma cuisine américaine, je voyais le dos d'un policier qui renversait le contenu d'un tiroir. Couteaux, fourchettes et cuillères se sont éparpillés sur le plan de travail avec un bruit de ferraille.

Mon portable a sonné. C'était Mayburn.

— Vous l'avez fait ! s'est-il écrié d'une voix enjouée.

— Qu'est-ce que j'ai fait, John ?

— Vous avez réussi à coincer Josie !

— Comment ça ?

— Je viens juste de recevoir un appel du labo qui a analysé le string. Ils m'ont donné les résultats.

— Déjà ?

— On se rend mutuellement des petits services. Alors, Izzy, devinez ce qu'ils ont trouvé ?

J'ai regardé le policier renifler ma boîte de thé vert comme un cochon truffier.

— Euh…

— Les perles, a repris Mayburn. Vous savez en quoi elles sont ?

— En plastique, j'imagine.

— Non, en cocaïne !

— En cocaïne ? C'est dingue.

J'ai songé à celui que j'avais acheté.

— Mais le mien… Quand je le porte, est-ce que j'ai de la drogue qui me court le long de… de là où je pense ?

Mayburn a éclaté de rire.

— Non, non. Comme je vous l'ai dit, ceux avec de la dentelle champagne sont fabriqués avec des perles en plastique. En tout cas, je tenais à vous féliciter. C'est génial. Enfin, ce n'est pas génial pour Marie d'apprendre que son employée se servait de sa boutique pour dealer de la coke, mais elle sentait bien qu'il y avait un truc louche et elle est contente de savoir ce que c'est. Maintenant, c'est à elle de décider de la meilleure façon de gérer le problème. Nous, on a fait notre boulot. Et quand je dis *nous,* c'est surtout à *vous* que revient le mérite de ce succès.

— Merci, John.

Voilà au moins un travail que j'avais réussi à mener à son terme sans me faire renvoyer. J'étais sur le point de lui dire que mon appartement était perquisitionné quand j'ai reçu un double appel.

— Excusez-moi, John, mais j'ai une urgence. Je dois vous laisser.

J'ai pris l'autre appel.

— Mag !

J'ai tourné le dos aux flics et j'ai baissé la voix.

— La police est chez moi.

— Je sais, j'ai écouté tes messages. Désolée de ne pas t'avoir rappelée plus tôt. J'étais avec Wyatt.

— Avec Wyatt ? Ne me dis pas que tu as…

— J'étais en train de rompre avec lui, d'accord ? Mais parlons plutôt de ce qui se passe chez toi.

— Je suis dans mon salon, en train de regarder un policier fouiller ma cuisine.

Plus précisément, il avait la tête dans le four. C'était un gros costaud à la peau noire, et la vision de se corps décapité avait quelque chose de surréaliste. Mais il a dû entendre que je parlais de lui, parce qu'il s'est redressé et m'a adressé une mimique qui semblait dire : « Je ne fais que mon boulot. » Il était manifestement plus sympathique que son collègue, que j'entendais rire avec Vaughn dans ma chambre à coucher. Sans doute venaient-ils de tomber sur le string à perles.

— Ils t'ont montré le mandat de perquisition ? a demandé Maggie. Ils doivent l'avoir sur eux et te le montrer.

— Oui, oui, Vaughn me l'a montré.

— Bon. Et tu n'as rien dit qui puisse être interprété comme une déposition, n'est-ce pas ?

— Eh bien…

— Oh, non !

— Il m'a demandé si j'avais déjà vu les Emmy Awards.

— Hein ?

— Non, pardon. Il m'a demandé si j'avais déjà vu *un* Emmy Award.

— Je ne comprends toujours pas. Ecoute, ne dis plus rien jusqu'à ce que j'arrive, d'accord ? Pas un mot. Je suis dans un taxi et je serai chez toi dix minutes.

Un quart d'heure plus tard, Maggie entrait dans mon appartement, vêtue d'un polo, d'un jean et de Converse beiges. Avec ses yeux rouges et son visage chiffonné, sans maquillage, elle avait l'air d'une adolescente en plein spleen. Mais l'air seulement.

Elle m'a brièvement serrée contre elle, sur la pointe des pieds pour pouvoir mettre ses bras autour de mon cou.

— C'est quelque chose, de traverser cette horde de journalistes ! a-t-elle dit. On aurait dit un banc de piranhas affamés d'informations. J'ai cru qu'ils allaient me bouffer toute crue.

J'ai souri, soulagée de l'avoir à mes côtés. Quoi qu'il puisse désormais arriver, je n'étais plus seule. Et cela changeait tout.

— Où est Vaughn ?

— Dans ma chambre, je crois.

— Inspecteur Vaughn ! a-t-elle crié.

J'étais toujours étonnée d'entendre une voix aussi puissante sortir de ce petit corps.

Vaughn est sorti de ma chambre, arborant l'air à la fois moqueur et suffisant qui était sa marque de fabrique.

— Où est le mandat de perquisition ? a demandé Maggie en guise de bonjour.

La main de l'inspecteur a disparu dans la poche intérieure de son blouson avant de ressortir avec les documents.

— Tenez.

Elle a passé les quelques pages en revue, un air sévère sur le visage.

— Sur quels faits se fonde la cause probable ?

— On se calme, madame Bristol. J'ai déjà expliqué ça à votre copine.

— Ma cliente, a corrigé Maggie. Et son avocate aimerait également être informée. Alors, je vous écoute.

— Désolé, mais je n'ai pas envie de me répéter. Et vous savez comme moi que le juge est la seule personne à qui j'aie des comptes à rendre.

Il a indiqué le mandat d'un signe de tête.

— Tout ce que vous avez besoin de savoir est écrit noir sur blanc sur ces documents.

J'ai tiré Maggie par le bras dans un coin du couloir.

— On ne peut rien faire pour les empêcher de continuer ? ai-je demandé à voix basse.

— Attends, a-t-elle dit en lisant attentivement chaque page du mandat. Il est précisé ici qu'ils recherchent des éléments qui prouveraient l'existence d'une relation amoureuse ou sexuelle entre Jane Augustine et toi. Ils sont autorisés à saisir tout objet ou donnée informatique utiles à la manifestation de la vérité.

— En clair, ça veut dire quoi ?

— Ça veut dire qu'ils peuvent embarquer ton…

Juste à ce moment-là, le moins sympathique des deux policiers en uniforme est passé devant nous, mon ordinateur dans les bras.

— … ordinateur, a terminé Maggie avant de se replonger dans sa lecture. Ils sont également autorisés à saisir toute correspondance entre Jane et toi, y compris électronique, c'est-à-dire les lettres, les e-mails et les archives de vos échanges écrits sur une messagerie instantanée, un forum internet ou sur un réseau social virtuel.

Je l'ai vue plisser les yeux et elle a ajouté :

— Ils cherchent également des récompenses professionnelles, notamment sous forme de plaques ou trophées honorifiques, et plus particulièrement une statuette dorée connue sous le nom d'« Emmy Award », qui représente une femme ailée tenant un atome dans ses mains.

— Ils pensent que j'ai tué Jane pour lui piquer son Emmy ? ai-je demandé, dans une vaine tentative de détendre l'atmosphère.

— Je ne sais pas, a murmuré Maggie qui poursuivait sa lecture.

— Pourquoi l'adresse de Trial TV est-elle inscrite sur ce mandat ?

— Sans doute parce que tu y travaillais toujours quand l'enquête a démarré et que l'info n'a pas été corrigée.

Elle a tourné une autre page et s'est mordu la lèvre.

— Aïe…

— Quoi, aïe ?

— Le mandat autorise également le relevé d'empreintes digitales et la saisie d'échantillons de cheveux, de vêtements ou de tout autre support où pourrait se trouver ton ADN.

Maggie a relevé la tête.

— Qu'est-ce qu'ils ont saisi en dehors de ton PC ?

— Rien, que je sache.

Le flic qui était parti avec mon ordinateur est revenu à ce moment-là. Maggie et moi l'avons regardé rentrer dans mon bureau.

— Ils sont allés dans ta salle de bains ?

— Oui.

— Et ils se sont intéressés à ta brosse à dents ? A ta brosse à cheveux ?

— Oui.

Maggie est partie en courant.

— Inspecteur Vaughn !

Je lui ai emboîté le pas. Vaughn se trouvait dans mon bureau avec le policier en uniforme, tous deux en train de fouiller dans mes dossiers. J'ai vu qu'il s'agissait de copies de documents de travail que j'avais pris l'habitude de conserver chez moi lorsque j'étais encore l'avocate de Pickett Enterprises.

— Ces documents sont protégés par le secret professionnel, ai-je dit.

— Ce dossier contient des échanges écrits entre Jane Augustine et vous, a répliqué Vaughn en ouvrant la chemise cartonnée qu'il tenait dans les mains.

Je me suis approchée pour voir ce dont il s'agissait exactement.

— En effet. Mais ces échanges ont eu lieu dans le cadre d'une négociation de contrat avec son employeur Pickett Enterprises, dont j'étais la représentante attitrée. Et la plupart de ces échanges ne sont pas directement entre Jane et moi, mais entre son avocat et moi, c'est-à-dire entre son avocat et l'avocate de Pickett Entreprises. Ils sont par conséquent protégés par le secret professionnel. Vous n'avez pas le droit de les saisir, inspecteur. Ni même de les lire, ai-je ajouté en lui arrachant la chemise des mains.

Il me l'a aussitôt reprise d'un geste brusque, à la limite de la violence, avant de se tourner vers Maggie.

— Vous feriez bien de dire à votre cliente qu'elle n'a pas intérêt à porter la main sur un inspecteur de police, a-t-il dit avec une colère froide. Ça pourrait lui coûter très cher.

D'un regard et d'un petit signe de tête, Maggie m'a incitée à la prudence.

Vaughn a donné la chemise cartonnée au policier en uniforme, qui l'a mise dans un sac en plastique transparent avant de quitter la pièce.

— Inspecteur, a dit Maggie, j'aimerais savoir pourquoi vous avez besoin de l'ADN de ma cliente.

— A votre avis ?

— Nous savons tous que ses empreintes digitales se trouvaient sur la scène de crime, ce qui est parfaitement normal puisqu'elle a découvert le corps de Mme Augustine et qu'elle a essayé de lui porter les premiers secours.

— Alors il faut croire qu'on ne se contente pas de simples empreintes digitales.

— Avez-vous saisi quelque chose dans la salle de bains de ma cliente ?

— Pas encore… Mais la perquisition n'est pas terminée, a-t-il ajouté avec un sourire plus insupportable que jamais.

Maggie l'a dévisagé un moment sans rien dire, puis elle m'a prise par le bras et m'a emmenée dehors. Une fois sur le palier, elle s'est adossée à la rampe d'escalier, l'air soucieux.

— Je voudrais savoir pourquoi ils veulent ton ADN. Ça nous permettrait peut-être de comprendre pourquoi Vaughn semble tellement persuadé de ta culpabilité. Tes empreintes digitales relevées sur la scène de crime ne prouvent rien, et ils cherchent probablement une correspondance avec un ADN prélevé sur un truc suspect.

— Comme quoi ?

Elle a haussé les épaules et les a maintenues levées quelques secondes avant de les laisser brusquement retomber.

— Ça pourrait par exemple être une tache de sang trouvée près du corps et qui n'appartient pas à Jane.

— Et si je demandais à Spencer d'appeler son ami haut placé pour essayer de glaner des infos ?

— Excellente idée ! Fais-le tout de suite.

Le temps d'ouvrir le répertoire de mon BlackBerry, je composais son numéro. Spencer n'avait pas d'enfants et il prenait son rôle de beau-père très à cœur. Je savais que je pouvais toujours compter sur lui. Et avec tout ce qui m'arrivait en ce moment, il gardait sans doute son téléphone à portée de main, prêt à répondre à un éventuel SOS de ma part.

— Izzy, ma chérie, a-t-il dit avec sa grosse voix. Tout va bien ?

— Pas vraiment, pour être honnête. La police est en train de perquisitionner mon appartement.

— Quoi ? Non mais qu'est-ce que ça veut dire ? George aurait quand même pu me prévenir !

George était le chef de la police de Chicago.

Je lui ai touché un mot de Vaughn et de son attitude déplorable avant d'en venir à l'objet de mon appel.

— Maggie est avec moi et on essaie de comprendre pourquoi ils veulent mon ADN. Tu crois que tu pourrais…

— Je m'en occupe tout de suite et je te rappelle ! m'a-t-il interrompue avant de raccrocher.

J'ai conservé mon téléphone dans la main tandis que Maggie reprenait la lecture du mandat.

— Voyons…, a-t-elle dit, deux rides verticales se formant entre ses yeux. Il est écrit que Vaughn a interrogé Zac Ellis, le mari de Jane, et que ce dernier a déclaré que l'Emmy Award de son épouse, d'ordinaire conservé sur une étagère du salon, avait disparu.

— Quel rapport avec moi ?

Maggie est passée à la page suivante, sourcil levé.

— Ils pensent qu'étant donné la nature de la blessure de Jane… Eh ben dis donc !

— Quoi, « eh ben dis donc » ?

A force de me tordre nerveusement les mains, j'ai fait tomber mon téléphone portable.

— Ils pensent que l'assassin de Jane l'a d'abord frappée avec son Emmy Award avant de l'étrangler avec son foulard.

— Tu plaisantes ?

— Non, pas du tout.

Maggie a relevé les yeux vers moi et il m'a semblé lire de la peur dans son regard.

— Et ils pensent que c'est toi qui l'as tuée.

77

J'étais toujours sur le palier de mon appartement, comme assommée debout par ce que venait de dire Maggie, quand mon portable a sonné à mes pieds. Je me suis baissée pour le ramasser. C'était ma mère.

— Bonjour, Boo. Tu es dans un endroit tranquille ? J'aimerais te parler sans qu'on soit dérangées.

— Je suis devant la porte de mon appartement avec Maggie. La police perquisitionne chez moi.

J'ai laissé mon regard vagabonder sur le palier, sur ses murs moutarde et ses moulures de bois. L'escalier m'a brusquement semblé beaucoup trop proche de ma porte d'entrée, me donnant le sentiment qu'un faux mouvement pouvait me précipiter au bas des marches.

— Oui, je sais, a dit ma mère. Spencer m'a demandé de t'appeler.

— Oh, non… C'est grave ?

— Eh bien, c'est… Ecoute, Izzy, tu sais que je ne suis pas du genre à te juger, n'est-ce pas ? Je comprends parfaitement que tu aies envie de tenter de nouvelles expériences, surtout maintenant que Sam n'est plus vraiment dans ta vie.

J'ai regardé Maggie en tournant le doigt contre ma tempe comme pour dire : « Maman est en plein délire ! »

— Merci de me le préciser, maman. Mais si tu fais allusion à ce qu'a dit la police au sujet d'une relation homosexuelle entre Jane et moi, il s'agit d'un mensonge. Jane et moi étions simplement amies. Mais si je décide un jour de coucher avec des filles, je te promets que je te laisserai m'emmener à ma première Gay Pride. En attendant, j'aimerais bien savoir ce que Spencer a appris.

— Justement, c'est de ça que je suis en train de parler.

— Maman, arrête de tourner autour du pot ! me suis-je écriée, à bout de nerfs.

— Je ne sais pas comment le dire, Izzy.

— Dis-le, tout simplement ! Qu'on en finisse !

— Eh bien voilà… Spencer a promis à son ami de la police de ne rien dire, et tu n'es donc pas censée être au courant de ce que je vais t'apprendre…

— Par pitié, maman, crache le morceau !

Je n'en pouvais plus.

Elle a laissé échapper un long soupir.

— Bon… George, le chef de la police, a dit à Spencer qu'ils avaient trouvé un échantillon de fluide corporel sur le lit de Jane le jour de sa mort. Ils l'ont repéré grâce à une lumière spéciale qui s'appelle… Spencer ! a-t-elle crié en éloignant la bouche du combiné. Comment s'appelle la lumière qu'ils ont utilisée pour trouver cet échantillon de fluide ?

— Maman, on s'en fiche ! Continue, s'il te plaît.

— Oui, tu as raison. Donc, après analyse, il est apparu que le fluide en question n'était pas masculin. Ce n'était pas du… sperme.

C'était la première fois que j'entendais maman prononcer ce mot. Ce n'était pas elle qui avait fait mon éducation sexuelle. C'était Bunny Loveland.

Mais franchir cette barrière psychologique semblait l'avoir libérée, et elle est parvenue à me raconter la suite malgré la gêne évidente que cela lui causait.

— Il s'est avéré que le fluide contenait les ADN de deux femmes, et ton inspecteur pense qu'il s'agit de fluide vaginal.

Elle avait dit ça d'un seul trait, comme pour en terminer au plus vite.

— Et bien sûr, a-t-elle poursuivi, il est persuadé que l'un de ces deux fluides t'appartient. C'est pour ça qu'il a besoin de ton ADN. Pour prouver que tu as… que tu as eu des rapports avec Jane avant sa mort.

— C'est absurde, ai-je dit.

Mais à la vérité, je commençais à y voir plus clair. Je comprenais enfin pourquoi Vaughn s'acharnait contre moi. Il était convaincu que le meurtrier était en réalité une meurtrière, une femme qui avait partagé le lit de Jane peu avant le drame.

Quoi ? Quoi ? articulait Maggie qui trépignait devant moi.

J'ai entendu Spencer crier quelque chose derrière ma mère.

— Oui, oui, a-t-elle dit. Spencer me précise qu'ils n'ont pas pu prouver qu'il s'agit vraiment de fluide, euh… intime. Il peut tout aussi bien s'agir de mucus nasal, de salive ou Dieu sait quoi encore. Tout ce dont ils sont certains, c'est que cela provient de deux femmes. Mais ça a suffi à décider le juge de signer un mandat de perquisition qui autorise la saisie d'échantillons pouvant contenir ton ADN.

L'inspecteur Vaughn a ouvert la porte de mon appartement et s'est avancé sur le palier. Les agents de police sont sortis à leur tour, se figeant derrière lui comme deux braves toutous derrière leur maître.

— Il faut que je te laisse, maman. Remercie Spencer de ma part, d'accord ?

L'inspecteur a tendu à Maggie une liste écrite à la main.

— Voici l'inventaire de ce que nous avons saisi. On vous fera parvenir le procès-verbal réglementaire plus tard.

Il a marché vers l'escalier.

— A bientôt, mesdames.

— Attendez une minute ! ai-je dit en me mettant devant lui, bras croisés, pour lui bloquer le passage. Vous avez trouvé des fluides corporels sur le lit de Jane et vous pensez qu'on a couché ensemble juste avant le meurtre, c'est ça ? Vous êtes vraiment convaincu que je suis la coupable ?

Vaughn m'a dévisagée un instant, visiblement surpris que je sois au courant de cette découverte de la police scientifique.

— Oui, a-t-il fini par dire en me regardant droit dans les yeux. Je suis convaincu de votre culpabilité.

Il a essayé de me contourner, mais je me suis déplacée pour l'en empêcher, les bras si fermement croisés que c'en était douloureux.

— Pourquoi ? Pourquoi moi ? ai-je maugréé entre mes dents, contenant à grand-peine mes larmes et ma fureur.

— Comme vous venez de le dire, il y avait des sécrétions récentes dans le lit de la victime. Et l'analyse ADN a démontré qu'elles provenaient de deux femmes.

Un grand sourire s'est dessiné sur ses lèvres.

— Et qui la victime était-elle censée retrouver ce jour-là ? Qui lui a piqué son boulot ? Qui lui a piqué son amant ? Qui était obsédée par la belle et célèbre Jane Augustine ?

Il a penché son visage si près du mien que j'ai pu sentir le souffle tiède de son haleine.

— Vous.

— C'est faux ! ai-je hurlé, ma voix stridente résonnant dans la cage d'escalier.

J'avais crié si fort qu'un des policiers qui accompagnaient Vaughn a légèrement sursauté.

Maggie a posé la main sur mon bras.

— Calme-toi, Izzy, a-t-elle dit d'une voix sévère. Ne dis pas un mot de plus.

J'ai dégagé mon bras d'un geste brusque, et ç'a été à mon tour d'approcher mon visage à quelques centimètres de celui de Vaughn.

— Je vous répète que je suis innocente. *In-no-cente.* Vous comprenez ce que je vous dis ?

Il est resté impassible.

— Alors si vous êtes innocente, qui a fait le coup, d'après vous ?

— Vous avez pensé à Zoey, l'ancienne compagne de Zac ? Je dis « l'ancienne compagne », mais ils se sont remis ensemble juste après la mort de Jane. Ce n'est pas bizarre, ça ? Et Zac m'a dit que Jane et Zoey avaient de bonnes relations. Pourtant, ce n'est pas commun, comme situation, la femme et l'ex qui font amie-amie… Surtout quand elles sont amoureuses du même homme… Jane et Zoey couchaient peut-être ensemble, qu'en dites-vous ? Ça expliquerait pourquoi elles s'entendaient aussi bien.

Je n'aimais pas accuser sans preuves, mais je devais trouver une alternative à la version de Vaughn. Quelle femme avait pu entretenir une relation amoureuse et sexuelle avec Jane ? Et d'un seul coup, j'ai cessé de me creuser la tête. J'ai senti la fureur me quitter tandis que je décroisais les bras et les laissais tomber le long du corps. Toutes les interrogations, toutes les suspicions qui encombraient mon esprit la minute d'avant venaient de disparaître au profit d'une seule image.

D'un seul visage.

78

Nous avons couru jusqu'à la voiture de Maggie, une nuée de reporters surexcités à nos trousses.

— Démarre ! ai-je crié en refermant ma portière.

Une minute plus tôt, sur le palier de mon appartement, j'avais demandé à l'inspecteur Vaughn s'il avait l'intention de m'arrêter.

Quand il avait répondu : « Pas dans l'immédiat », j'avais attrapé Maggie par le bras et je l'avais entraînée dans l'escalier.

A présent, sa petite Honda nous emportait dans un crissement de pneus.

Je me suis tournée sur mon siège et j'ai vu Vaughn sortir de la maison en briques. Bras croisés sur le perron, il nous a regardées déguerpir dans la voiture de Maggie tandis que la plupart des journalistes et cameramen revenaient vers lui à toute vitesse.

La peur — désormais familière — qu'il ne fasse encore une déclaration à la presse, qu'il me salisse de nouveau, m'a contracté l'estomac. Mais de toute façon, le mal était déjà fait. Inutile de perdre de l'énergie à essayer de sauver une réputation déjà largement écornée. Il fallait que je me batte, oui, mais pour prouver mon innocence. Bien plus que mon image, c'était mon avenir — ma vie — qui était en jeu.

— Où va-t-on ? a demandé Maggie en jetant un coup

d'œil dans le rétroviseur central. Je crois que j'ai semé les médias.

— Au siège de Trial TV.

Elle s'est tournée brièvement vers moi, avant d'accélérer, les yeux rivés sur Sedgwick Street qui défilait à toute allure derrière le pare-brise de sa Honda. Peut-être sentait-elle que je réfléchissais et qu'elle ne pouvait rien faire pour moi, que ce soit en tant qu'avocate ou en tant qu'amie. A part conduire.

J'ai laissé passer un moment, tournant et retournant dans ma tête tout ce que je pensais avoir compris.

— Si je découvre un élément compromettant pour quelqu'un d'autre que moi dans cette affaire, que dois-je faire pour être certaine qu'il sera pris en compte par la justice ?

Maggie a pris le temps de réfléchir à ma question.

— T'assurer que d'autres personnes assistent à la découverte dudit élément, de sorte qu'on ne puisse t'accuser de machination. S'il s'agit d'un objet, par exemple, il ne faut pas qu'on puisse penser que tu l'as toi-même placé à l'endroit où tu prétends l'avoir trouvé.

— Comment faire, concrètement ?

Elle a tourné dans Clybourn Avenue et a remis les gaz.

— Ma foi… Le mieux serait encore de laisser la police le trouver.

— Mais les flics auront besoin d'un mandat de perquisition pour mettre la main sur l'objet auquel je pense.

— Où est-il ?

— Là où on va. Au siège de Trial TV.

— Alors ça tombe bien, a dit Maggie avec un grand sourire. L'adresse de Trial TV est inscrite sur le mandat de perquisition de Vaughn.

— Mais c'est vrai ! me suis-je exclamée.

J'ai sorti mon portable et je me suis tournée vers Maggie.

— En gros, tu me suggères de laisser Vaughn faire le boulot à ma place, c'est ça ?

Elle a haussé les épaules.

— C'est un peu osé, mais je pense que c'est encore la meilleure solution.

Je me suis dépêchée d'appeler l'hôtel de police de Belmont avant de changer d'avis, mais je suis encore tombée sur son foutu répondeur. J'ai enfoncé la touche « Bis » et j'ai parlé avec la standardiste, lui expliquant que j'avais un message urgent pour l'inspecteur Vaughn. Si elle avait un moyen de le contacter et de lui demander de me joindre…

Elle m'a promis d'essayer, et une minute plus tard un numéro masqué s'affichait sur l'écran du BlackBerry.

— C'est Izzy McNeil, ai-je dit en décrochant.

— Sans blague, a-t-il répondu. Qu'est-ce que vous me voulez ?

— Retrouvez-moi tout de suite au siège de Trial TV. Et venez avec le mandat de perquisition.

J'ai raccroché avant qu'il ne se mette à poser des questions. Il a rappelé aussitôt, mais j'ai laissé sonner. Dix minutes plus tard, Maggie garait la Honda sur le parking de la chaîne. Je savais que la tentation serait trop forte pour Vaughn et qu'il ne tarderait pas à nous rejoindre.

Une fois dans le bâtiment, j'ai fait du charme au gardien pour qu'il donne un badge de visiteur à Maggie.

L'actualité avait tendance à marquer le pas, le dimanche, et le couloir était désert. Une équipe réduite gérait la chaîne pendant les week-ends, diffusant principalement des émissions et des reportages préenregistrés. Les bureaux de la direction seraient sans doute fermés à clé, et en particulier celui dans lequel je souhaitais me rendre.

Arrivée à destination, j'ai tourné la poignée sans trop y croire. Mais à ma grande surprise, la porte s'est ouverte. Les lumières étaient même allumées à l'intérieur.

J'ai laissé la porte entrouverte et j'ai attendu dans le

couloir, Maggie à mon côté. L'inspecteur Vaughn ne serait pas là avant au moins dix minutes.

— Izzy ?

Je me suis tournée et j'ai vu Faith Lowe, la directrice de production qui était venue chez Feuille de vigne avec ses demoiselles d'honneur.

— Bonjour, Faith. Que faites-vous ici un dimanche ?

— Je fais des heures sup pour pouvoir partir en lune de miel. Et vous… Euh… Qu'est-ce que vous faites là ?

Faith avait failli m'attirer des ennuis dans la boutique de lingerie, mais elle allait peut-être pouvoir m'en éviter aujourd'hui.

— Faith, vous m'avez vue arriver dans ce couloir ?

— Oui.

— Parfait. J'ai un service à vous demander. Pourriez-vous attendre quelques minutes ici avec moi ? La police ne va pas tarder à venir, et j'aimerais que vous leur répétiez ce que vous venez de me dire.

— Que je vous ai vue arriver ici ?

— Oui. Et que je ne suis pas entrée dans ce bureau. C'est en rapport avec l'enquête sur la mort de Jane.

— D'accord…, a-t-elle dit lentement, comme si elle réfléchissait en même temps. On ne travaille pas en direct en ce moment, et j'ai un bon quart d'heure devant moi.

Elle a balayé le couloir du regard et j'ai vu qu'elle semblait soudain nerveuse. Elle venait sans doute de réaliser qu'elle se trouvait seule avec une « personne digne d'intérêt » et son amie.

— Faith, je n'ai rien à voir avec la mort de Jane.

— Bien sûr, bien sûr. C'est juste que…

Ses yeux se sont une nouvelle fois promenés le long du couloir désert. Hormis quelques sons étouffés en provenance du studio, il régnait ici un grand silence. On avait le sentiment qu'il n'y avait que nous dans cette partie du bâtiment.

Un sourire embarrassé s'est dessiné sur les lèvres de Faith.

— C'est une situation un peu étrange, voilà tout.

— Qui d'autre travaille, aujourd'hui ? ai-je demandé.

Faith se sentirait peut-être moins nerveuse si quelques-uns de ses collègues se joignaient à nous.

— Voyons… C.J. est dans une des cabines de montage.

— C.J. est là ?

Faith n'a pas semblé remarquer l'inquiétude qu'avait trahie ma voix.

— Oui, elle travaille avec un monteur sur un hommage à Jane qui va passer plusieurs fois à l'antenne à partir de lundi. D'ailleurs, je ferais bien de la prévenir que vous êtes là.

— Non, laissez-moi le faire, ai-je dit. Dans quelle cabine se trouve-t-elle ?

— La 8, mais…

Les yeux de Faith se sont plissés et j'ai vu qu'elle hésitait sur la conduite à tenir. Elle s'est remise à tourner la tête à droite et à gauche, comme si elle cherchait une issue de secours.

— J'aimerais vous poser une question, Faith. Depuis combien de temps travaillez-vous à la télévision ?

Elle a brièvement regardé le plafond.

— J'ai quitté mon métier d'avocate il y a un peu plus de trois ans.

— Vous vous souvenez de l'année où Jane a remporté un Emmy Award pour son enquête sur un flic corrompu ?

Depuis que l'inspecteur Vaughn m'avait demandé sur le palier de mon appartement « Alors, si vous êtes innocente, qui a fait le coup, d'après vous ? », un nom me trottait obstinément dans la tête : C.J. Lyons.

J'ai jeté un coup d'œil par la porte entrouverte du bureau de C.J. Les cartons de déménagement étaient toujours là, remplis aux trois quarts de dossiers, de fournitures, de bibelots… et de récompenses professionnelles. De l'endroit où je me trouvais, je pouvais voir celui qui débordait de plaques honorifiques, de diplômes, de médailles et de statuettes. Je mourais d'envie d'aller fouiller à l'intérieur.

Je n'arrêtais pas de penser à ce que C.J. m'avait dit au sujet de l'enquête que je comptais mener sur Jackson Prince. Que c'était le genre de travail qui pourrait nous valoir un Emmy Award. Quand j'avais alors évoqué celui remporté par Jane, C.J. m'avait dit que la précieuse statuette était le fruit de leur collaboration. Je me souvenais qu'elle avait soupiré et détourné le regard à ce souvenir, mais que j'avais eu le temps d'y lire une grande tristesse. Ça ne m'avait pas étonnée sur le moment. Après tout, Jane et C.J. avaient formé un binôme soudé pendant de longues années. Tout le monde dans le métier savait à quel point les deux femmes étaient proches, l'une dans l'ombre de l'autre, se complétant à merveille. C.J. se chargeait de l'écriture, tandis que Jane excellait dans son rôle de présentatrice, d'intervieweuse et d'animatrice de débats. Elle était aussi douée pour le travail d'investigation, pour collecter les informations que C.J. couchait ensuite sur le papier, transformant la matière brute en produit fini et prêt à consommer par les téléspectateurs. Leur complicité professionnelle me frappait toujours, à l'époque où je les côtoyais en tant qu'avocate de Pickett Enterprises. Mais à présent, je me demandais si cette complicité ne s'était pas étendue à la sphère privée. Je me demandais si cette tristesse que j'avais cru lire dans le regard de C.J. n'était pas plutôt l'expression d'une blessure d'amour.

C.J. avait-elle été la maîtresse de Jane ? L'avait-elle aimée au point de la tuer lorsqu'elle s'était sentie délaissée ?

— Bien sûr que je m'en souviens, était en train de répondre Faith pendant que je réfléchissais à tout ça. C'était juste après mes débuts sur Chicagoland TV.

— Et C.J. a collaboré avec Jane sur ce fameux reportage, n'est-ce pas ? Elle a aussi reçu un Emmy, j'imagine.

Faith a éclaté de rire, avant de mettre la main sur la bouche avec un air coupable.

— Quoi ? ai-je dit. Ce n'est pas comme ça que les choses se passent, d'habitude ? Une statuette pour chaque personne ayant travaillé sur le reportage primé ?

— Si, c'est comme ça que ça se passe. *D'habitude.*

Elle s'est interrompue un instant pour me dévisager en fronçant les sourcils.

— Vraiment, vous ne connaissez pas cette histoire ? Pourtant, tout le monde est au courant, dans le milieu.

J'ai fait non de la tête. Faith ne semblait pas se rendre compte que je n'avais fait partie du « milieu » que l'espace d'une semaine.

— C.J. avait beaucoup contribué à ce reportage, a-t-elle repris d'un ton de conspiratrice.

Elle parlait si doucement que Maggie et moi avons dû nous approcher d'elle.

— A en croire les bruits qui ont couru à l'époque, c'est même elle qui aurait presque tout écrit, comme elle le faisait souvent pour Jane. Mais la chaîne a omis de mentionner le nom de C.J. quand elle a envoyé le reportage au comité de sélection des Emmy Awards.

— Comment une chose pareille est-elle possible ? a demandé Maggie.

Faith a haussé les épaules.

— Ça arrive parfois. Apparemment, il s'agissait d'une simple erreur d'inattention, mais C.J. s'est sentie déconsidérée. Et elle l'a mal pris. Très, très mal pris.

— Elle en voulait à Jane ? ai-je demandé.

Nouveau haussement d'épaules.

— Elle en voulait au monde entier.

Faith Lowe a consulté sa montre.

— Je vais devoir vous laisser, Izzy. Et pardonnez-moi

d'être franche, mais je pense que vous devriez sans doute partir, vous aussi.

— C'est ce que je vais faire. Mais je dois d'abord demander quelque chose à C.J.

« Et l'empêcher de rejoindre son bureau tant que Vaughn ne l'aura pas perquisitionné. »

J'ai commencé à m'éloigner à reculons, sans cesser de parler.

— Maggie, reste ici avec Faith, d'accord ? Et quand Vaughn arrivera, dis-lui d'utiliser le mandat de perquisition pour fouiller le bureau de C.J. Lyons.

Le calme régnait dans le couloir qui longeait les cabines de montage, l'épaisse moquette étouffant le bruit de mes pas. La mince paroi vitrée qui courait sur les murs, à hauteur du visage, permettait de jeter un coup d'œil à l'intérieur de chacune des dix salles. De temps à autre, une lumière traversait la vitre, mais aucun bruit ne s'échappait des cabines insonorisées. J'ai parcouru le couloir d'un pas nerveux jusqu'à celle qui portait le numéro 8.

A travers la vitre, j'ai vu les dos de C.J. et d'un homme aux longs cheveux noirs qui devait être le monteur. Tous deux étaient courbés vers des consoles et des pupitres de contrôle truffés de boutons. Ils relevaient parfois la tête vers les moniteurs avant de rembobiner le film sur la table de montage.

Sur les moniteurs — au ralenti, figée, en accéléré —, Jane crevait l'écran. Les plans choisis montraient divers aspects de sa personnalité : son côté présentatrice sérieuse et concentrée, ses sourires entendus durant une interview sans concession, la tristesse de son regard lorsqu'elle annonçait un drame, ses éclats de rire hors antenne après un lapsus ou un bafouillage.

Je me suis décalée sur la gauche et je me suis hissée sur la pointe des pieds, le nez collé à la vitre. Je pouvais à présent voir C.J. de trois quarts, le visage éclairé par les images de Jane. Elle avait les yeux écarquillés, comme agrandis par une vision d'horreur.

La porte de la cabine de montage s'est ouverte et je me suis brusquement retournée.

— Bonjour.

C'était le monteur aux cheveux noirs. L'attention focalisée sur le visage de C.J., je ne m'étais pas rendu compte qu'il s'était levé pour sortir.

— Bonjour, ai-je dit en m'efforçant de sourire.

J'avais l'impression d'être un voyeur pris la main dans le sac.

Du coin de l'œil, j'ai vu C.J. se retourner et froncer un peu les sourcils en m'apercevant à travers la vitre.

— Vous cherchez quelque chose ? a demandé le monteur.

— Je suis venue voir C.J. Nous travaillons ensemble sur un reportage.

— Oui, sur Jackson Prince, a dit C.J. Vous pouvez la laisser entrer.

Le monteur m'a jeté un regard intrigué avant de s'éloigner dans le couloir.

— Allons dans mon bureau, a dit C.J. en se levant. On y sera plus à l'aise qu'ici.

— Inutile, ai-je dit aussitôt, j'aime bien l'ambiance de cette cabine de montage.

Il fallait absolument que je la garde éloignée de son bureau pendant quelques minutes encore. Au moins jusqu'à ce que Vaughn arrive et que Maggie puisse le convaincre de commencer la perquisition. C.J. n'avait peut-être pas eu droit à son propre Emmy Award, mais je commençais à me demander si elle ne s'était pas attribué celui de Jane.

Je suis allée me poster devant elle dans la pénombre de la cabine.

C.J. m'a dévisagée sans rien dire. Sentait-elle que je n'étais pas vraiment venue discuter de Jackson Prince ? Je me suis souvenue de ses paroles, la veille, lorsque je lui avais dit que je souhaitais poursuivre l'enquête sur le célèbre avocat : « Il faut qu'on le fasse pour Jane. »

Une odeur de renfermé flottait dans l'espace confiné de la petite pièce. Malgré la vitre étroite et la porte ouverte, la pénombre recouvrait le matériel sophistiqué, qui n'apparaissait plus que sous la forme d'une myriade de boutons lumineux. Les moniteurs affichaient maintenant une photo de Jane, prise alors qu'elle assistait à une conférence de presse, les jambes croisées et le visage pensif.

A mon tour, j'ai dévisagé C.J., comme si je pouvais lire dans ses traits la réponse à la question qui m'obnubilait : avait-elle tué Jane ?

Nous sommes restées ainsi de longues secondes à nous jauger du regard.

Et puis C.J. est allée fermer la porte.

79

— Que se passe-t-il, Izzy ?

— Euh… rien. Pourquoi cette question ?

— Parce que vous arrivez un dimanche sans crier gare, soi-disant pour me parler de l'enquête sur Jackson Prince.

C'était toujours la même C.J., brusque et cassante. Sauf qu'elle était calme. Trop calme.

— Jackson Prince… Absolument. Eh bien, ça suit son petit bonhomme de chemin, vous savez.

Je l'ai rapidement mise au courant des progrès de l'enquête, évoquant notamment le Dr Holly Wallace que Mayburn avait récemment contacté.

— Il y a de bonnes chances pour qu'elle accepte de témoigner pour nous. Avec le Dr Hamilton et Carina Fariello, la comptable, ça nous ferait déjà trois témoignages filmés.

Quand j'ai cessé de parler, elle n'a rien dit pour relancer la conversation. Elle s'est contentée de me regarder en silence et j'ai essayé de ne pas songer que j'étais peut-être en présence d'une meurtrière. Le matériel électronique produisait une sorte de bourdonnement continu et l'atmosphère de la pièce semblait de plus en plus étouffante, comme si l'air ne s'y renouvelait pas.

— Ce que je voulais vous demander, ai-je repris en m'efforçant de gagner du temps, c'est si on pouvait masquer le visage et déformer la voix des rhumatologues qui souhaiteraient rester anonymes. Cela nous permettrait sans doute d'en convaincre d'autres de témoigner devant la caméra. Qu'est-ce que vous en pensez ?

Elle a reculé et s'est laissée tomber dans un des fauteuils à roulettes qui faisaient face aux moniteurs, puis elle a poussé l'autre avec son pied. Il est venu tamponner mon genou.

— Vous n'allez pas rester debout, a-t-elle dit.

J'ai baissé les yeux vers le fauteuil, incapable de me décider à m'asseoir. Des diodes vertes, jaunes et rouges se reflétaient dans les lunettes de C.J., me masquant l'expression de son regard. Vaughn était-il arrivé ? Avait-il eu le temps de fouiller les cartons de déménagement ? Mais peut-être n'était-il même pas encore là. Quelques minutes seulement avaient passé depuis que j'avais laissé Maggie et Faith Lowe devant le bureau de C.J.

J'ai fait pivoter le fauteuil et je me suis assise. Mais à présent, je tournais le dos à la porte et à l'étroite surface vitrée qui donnait dans le couloir, et je me sentais encore plus prise au piège. Coincée dans une pièce sombre avec une femme que je soupçonnais fortement d'avoir commis un crime odieux.

J'ai essayé d'alléger un peu l'atmosphère.

— L'hommage à Jane prend forme ? ai-je demandé en indiquant d'un signe de tête l'image qui s'affichait sur les moniteurs.

Jane apparaissait détendue sur cette photo, naturelle. Pas de sourire savamment travaillé pour la caméra, pas d'attitude factice. On voyait qu'elle ne posait pas. Au contraire, on devinait qui elle était vraiment derrière son beau visage pensif : une femme amoureuse de la vie et fascinée par les autres, une femme complexe et parfois dominée par ses pulsions, une femme entière qui menait une existence pleine.

Qui *avait mené* une existence pleine.

— La direction de la chaîne voulait que l'hommage ne dure pas plus de dix minutes, vous vous rendez compte ? a dit C.J. Comme si Jane ne méritait pas une heure ou deux d'antenne !

Elle secoué la tête, lentement, les yeux fixés sur les moniteurs. Sur Jane.

J'ai senti que le moment était propice à une conversation plus personnelle.

— Avec tout ce qui m'est arrivé, ces derniers jours, j'ai un peu oublié de vous demander comment vous vous en sortez, C.J. Je sais que Jane et vous étiez très proches.

Elle s'est tournée vers moi.

— Très.

— D'un point de vue professionnel, vous avez longtemps été comme les deux doigts de la main.

— Oui… Comme les deux doigts de la main.

Elle avait dit ces mots d'une voix rauque, méconnaissable. Elle a dû s'en rendre compte, parce qu'elle s'est aussitôt raclé la gorge.

Le silence de la petite cabine de montage nous a enveloppées pendant quelques secondes.

— Vous étiez plus que des amies de travail, n'est-ce pas ?

J'ai hésité un instant avant d'oser poursuivre.

— Vous étiez amantes.

C.J. a retiré ses lunettes. Je commençais à m'habituer à l'obscurité, et la lueur des moniteurs m'a permis de voir ses yeux. Ils étaient plus petits qu'ils n'apparaissaient derrière les verres de ses lunettes, mais aussi plus clairs, et d'une expression plus intense. Elle a fait pivoter son fauteuil, juste assez pour que l'image de Jane cesse d'éclairer son visage. Ses yeux se sont fondus dans l'obscurité, échappant à mon regard.

Elle s'est penchée vers les moniteurs et a appuyé sur un

bouton. Les écrans sont devenus noirs. « Adieu, Jane », ai-je songé tandis que C.J. pressait un autre bouton et que toutes les diodes lumineuses s'éteignaient à leur tour, avec un petit sifflement.

80

L'inspecteur Vaughn marchait dans les couloirs de Trial TV, suivi des deux mêmes policiers qui l'avaient secondé lors de la perquisition chez Isabel McNeil. Une voiture de patrouille était en route pour rejoindre le trio.

« Trial TV… », songea l'inspecteur en secouant la tête. Pour lui comme pour l'ensemble des forces de l'ordre, il aurait mieux valu que les gens ne s'intéressent pas autant aux enquêtes criminelles. Tout ça, c'était de la faute de ces foutues séries policières. Il en était persuadé, même s'il ne les regardait jamais. Il trempait dans cette merde toute la journée, et ne se voyait pas jouer les prolongations le soir devant la télé.

Enfin, cette « merde »… Damon Vaughn avait beau se plaindre à l'occasion, il adorait son métier. Et il obtenait d'excellents résultats. Si son taux d'élucidation était l'un des meilleurs de la brigade criminelle, c'était que son instinct ne le trompait presque jamais. Dès les premiers jours d'enquête, il avait acquis la conviction qu'une femme était impliquée dans le meurtre de la célèbre présentatrice. Tant de choses allaient dans ce sens… Un faisceau d'indices graves et concordants qui désignait Isabel McNeil et son obsession manifeste pour Jane Augustine.

L'inspecteur Vaughn esquissa un sourire.

La loi lui donnait une grande latitude pour s'assurer que

son instinct voyait juste. Par exemple, il pouvait mentir à un témoin durant un interrogatoire. Ça s'appelait prêcher le faux pour savoir le vrai, et c'était l'une de ses nombreuses techniques de manipulation. Et si on oubliait de donner à manger au type ou la fille qu'on interrogeait, et qu'on faisait la sourde oreille quand il ou elle demandait à aller aux toilettes, ça faisait partie du jeu. Et si le suspect était transféré ailleurs et que son avocat et sa famille ignoraient ce qu'il était advenu de lui pendant un moment, cela faisait aussi partie du jeu. Idem pour les fouilles à corps répétées et toutes les humiliations qu'on pouvait faire subir afin de mettre la pression et de détruire les capacités de résistance. Au fond, la loi était très compréhensive avec des gens comme lui. Elle le laissait faire presque tout ce qu'il voulait, et ça lui convenait très bien ainsi.

Ce qui lui plaisait moins, en revanche, c'était que quelqu'un lui dise — comme maintenant — ce qu'il avait à faire. Surtout quand ce quelqu'un était son suspect principal.

L'inspecteur Vaughn arrêta un type chevelu qui sortait d'un bureau, un mug de café fumant à la main.

— Excusez-moi, dit-il.

Inutile de montrer son insigne. Les deux policiers qui l'accompagnaient renseignaient suffisamment les gens sur sa fonction.

— Vous savez où je peux trouver Isabel McNeil ?

— Oui, bien sûr, répondit le chevelu. Elle est en cabine de montage.

Vaughn nota une certaine agitation chez l'homme qui lui faisait face. Et ce n'était pas à cause du café. Non, c'était la présence de la police qui l'excitait comme ça. Après tout, ce type bossait pour une chaîne de télé et il devait être sans cesse à l'affût du scoop. Et le scoop venait d'arriver sur son lieu de travail, servi sur un plateau.

— C'est par où ?

Le chevelu pointa le doigt vers le fond du couloir.

— Par là. Une fois que vous avez passé tous les bureaux, vous tournez à…

Il s'interrompit brusquement tandis qu'un sourire éclairait son visage.

— Il y a un raccourci, en passant par la cuisine. Venez, je vais vous y conduire.

— On vous suit, dit Vaughn.

Ils traversèrent une cuisine déserte et tournèrent à droite dans un autre couloir. L'inspecteur Vaughn marchait d'un bon pas, impatient de voir ce qui se tramait ici. Il avait le sentiment que son enquête touchait à sa fin, qu'Isabel McNeil vivait ses derniers instants de liberté. Et son instinct ne le trompait jamais.

Presque jamais.

81

A la fois chaude et dure, la main de C.J. s'est fermée sur mon poignet. Elle a serré si fort que ça m'a arraché une grimace de douleur.

— C.J., s'il vous plaît… Arrêtez.

J'avais parlé d'une voix aussi calme que possible, mais une alarme résonnait sous mon crâne et tous mes sens étaient en alerte.

— Ne me dites pas ce que je dois faire. Jamais, jamais, jamais.

Elle répétait ce mot comme si elle récitait un mantra. « Jamais, jamais, jamais. » Elle a serré mon poignet encore plus fort et j'ai senti mes doigts s'engourdir, faute d'afflux sanguin. Je l'entendais respirer par le nez et je percevais une odeur un peu âcre qui émanait d'elle ; une odeur de sueur et de peur. Je me suis demandé si elle pouvait sentir ma propre peur.

— Vous ne supportiez pas que Jane soit dans la lumière et vous dans l'ombre, ai-je dit. Vous ne supportiez pas qu'elle récolte toute la gloire.

Je parlais à voix basse, mais ça n'aurait rien changé si je m'étais mise à crier. Les cabines de montage étaient insonorisées et personne ne pouvait nous entendre.

— Fermez-la.

Ses mots ont claqué dans l'air à la manière d'un fouet.

Elle les avait prononcés avec une telle autorité que ça m'a clouée sur mon fauteuil. Elle a encore accentué la pression sur mon poignet.

— Vous rendez-vous compte à quel point vous êtes stupide ? a-t-elle dit avec un ton de profond mépris.

Je n'ai rien répondu et elle a tiré sur mon poignet emprisonné pour faire rouler mon fauteuil encore plus près du sien.

— Vous rendez-vous compte du peu que vous savez sur la vie ? Du peu que vous savez sur les médias, et même sur la loi ? Vous avez encore beaucoup à apprendre, ma petite.

— Je sais, ai-je dit.

Et d'une certaine façon, je le pensais vraiment. S'il y avait bien une chose que j'avais comprise, au cours des six ou sept derniers mois de mon existence, c'était que j'avais encore beaucoup à apprendre. Mais jusqu'à aujourd'hui, j'avais cru qu'il me restait du temps pour combler mon retard.

C.J. a une nouvelle fois tiré sur mon poignet. Nos genoux se touchaient, à présent.

— Et l'amour ? Vous rendez-vous compte du peu que vous savez sur l'amour ?

— Oui, ai-je dit sans me forcer. C.J., était-ce vraiment de l'amour que vous éprouviez pour Jane ?

— La ferme.

Elle a elle-même gardé le silence pendant quelques secondes, et j'ai attendu qu'elle reprenne la parole.

— Qui vous l'a dit ?

— Qui m'a dit quoi ?

— Que nous étions amantes, Jane et moi.

— C'est la vérité, n'est-ce pas ?

Ses doigts se sont enfoncés plus profondément dans ma chair. Heureusement, elle avait les ongles courts.

— C'est Jane qui a mis fin à votre histoire ? ai-je demandé, faisant abstraction de la douleur et du picotement dans mes doigts. Ou devrais-je plutôt dire qui a *voulu* mettre fin à votre histoire ?

Elle pressait tellement mon poignet qu'on aurait dit qu'elle cherchait à me broyer les os.

— Pourquoi cette question ?

Sa voix était redevenue calme. Si calme…

— Le jour de sa mort, Jane m'a dit qu'elle allait rendre visite à une vieille amie. Qu'elle lui ferait comprendre qu'elles devraient moins se voir, à l'avenir, parce qu'elle voulait se consacrer à son mari.

C.J. a éclaté de rire, mais c'était un rire glaçant.

— Jane disait toujours ça.

— Mais peut-être le pensait-elle vraiment, cette fois-ci ?

J'ai songé à tout ce que j'avais appris de la relation qui unissait les deux femmes, en les observant lorsque j'avais travaillé avec elles, mais aussi grâce aux confidences de Jane.

— Parce que sur le plan professionnel, Jane vous avait déjà quittée, n'est-ce pas ? Elle s'était émancipée de votre tutelle, d'abord en gagnant cet Emmy Award sans le partager avec vous, et ensuite en rejoignant Trial TV où elle avait décidé d'écrire seule ses sujets.

— Même si c'était une erreur, je comprenais que Jane ait besoin de voler de ses propres ailes. Je comprenais qu'elle ait besoin de nouvelles expériences.

C.J. avait dit ces mots d'un ton un peu songeur, à la manière d'une mère qui parle de son enfant.

— Vous avez toujours veillé sur elle.

— Quand elle me laissait faire.

— Et vous l'aimiez parce que vous la connaissiez mieux que personne. Peut-être même mieux que son mari.

— Combien de fois lui ai-je dit d'arrêter de coucher avec des types qu'elle ne connaissait que depuis quelques heures ?

Ses doigts semblaient tétanisés sur mon malheureux poignet.

— Je lui avais bien dit que ça finirait mal.

— Qu'est-ce que vous entendez par « mal », C.J. ?

J'avais posé la question d'une voix douce.

— On ne peut pas impunément faire des choses pareilles. On ne peut pas passer son temps à tromper son mari, à se donner à des inconnus, sans finir par le payer d'une manière ou d'une autre. Dieu sait que je me suis efforcée de la mettre en garde contre les conséquences de ses actes !

— De quelle façon l'avez-vous mise en garde ?

Mais à peine avais-je posé la question qu'un début de réponse me venait à l'esprit.

— C'est vous qui avez laissé ce bouquet de fleurs dans sa cuisine ? Et le nœud coulant, aussi ?

— Comment êtes-vous au courant de ça ?

— Jane m'a appelée quand elle les a découverts.

Nouvelle pression sur mon poignet.

— Quoi ? Elle vous a appelée, *vous* ? Je n'en crois pas mes oreilles ! *Vous ?* a-t-elle répété, comme si ça lui donnait envie de vomir.

— Nous étions amies.

— Non, *nous* étions amies. C'est moi qu'elle aurait dû appeler comme elle l'avait toujours fait. Est-ce sur vous qu'elle a toujours pu compter dans les moments difficiles ? Non, c'est sur moi !

— Jane était trop libre pour dépendre de qui que ce soit, ai-je dit. Elle adorait faire de nouvelles rencontres, et vous vous sentiez exclue de sa vie dès qu'elle s'intéressait à quelqu'un d'autre. Surtout s'il s'agissait d'une femme.

C.J. a encore tiré sur mon bras, mais cette fois, j'ai résisté, tirant violemment dans le sens opposé. Elle ne s'y attendait pas et elle m'est tombée partiellement dessus. J'ai essayé de la repousser, mais elle était beaucoup trop imposante.

— A qui avez-vous raconté tout ça ? a-t-elle dit, à moitié vautrée sur moi.

Il y avait une menace dans le calme de sa voix, un grondement sourd qui semblait annoncer un danger.

— Je…

Ses mains se sont brusquement refermées sur mon cou.

J'ai essayé de me défendre, mais elle était aussi forte qu'un homme. Et elle se servait du poids de son corps pour augmenter la pression de ses mains.

— Ça vous plaît, Izzy ? a-t-elle demandé.

Ma bouche s'est ouverte pour mendier un peu d'air.

— Ça vous excite ? Jane aimait ça, elle.

Des bruits étranges sortaient de ma gorge comprimée tandis que j'essayais en vain de déglutir.

— A qui en avez-vous parlé, ma petite ?

Elle parlait d'une voix paisible, presque détachée, ses mains continuant à m'étrangler.

J'ai repoussé ses bras avec l'énergie du désespoir et j'ai aspiré goulûment autant d'air que j'ai pu.

— Je n'en ai parlé à personne… A personne.

Et c'était la pure vérité. Je n'avais même pas confié mes soupçons à Maggie, lorsque j'avais compris que les relations entre Jane et C.J. avaient été plus intenses que je ne l'avais d'abord cru. Que leur séparation professionnelle s'était révélée plus douloureuse pour C.J. qu'elle ne l'avait laissé paraître, et surtout, surtout, qu'elle s'était accompagnée d'une séparation sentimentale que la productrice n'avait pas supportée. Jane avait dû essayer plusieurs fois de mettre fin à leur histoire, mais sans suffisamment de détermination pour inquiéter C.J. A mon avis, c'était la terrible colère de Zac qui avait changé la donne. Pour reconquérir une Jane résolue à mettre un point final à leurs ébats clandestins, C.J. avait imaginé le coup des fleurs et du nœud coulant. Elle avait espéré que la peur pousserait Jane à se tourner vers elle, à se réfugier comme avant dans ses bras. Dans son lit. Mais Jane ne s'était pas tournée vers elle, parce qu'elle était vraiment décidée à écrire un nouveau chapitre de sa vie. Un chapitre où la place réservée à C.J. Lyons, si prépondérante durant des années, ne serait plus qu'accessoire. C'était certainement ce qu'elle lui avait dit le jour où elle était morte.

Plus C.J. m'étranglait, plus ces suppositions m'apparaissaient comme des certitudes. Elle était parvenue à replacer ses mains autour de mon cou et elle serrait, serrait, et serrait encore. Une immense chaleur a envahi mon visage, et la pièce s'est mise à tourner autour de moi.

« N'abandonne pas, me suis-je dit. Si tu te résignes, si tu te laisses aller, tu ne reverras plus jamais le soleil du printemps. Tu ne reverras plus jamais maman, Charlie, Maggie, Sam… »

Avec un grognement guttural, j'ai essayé d'écarter les doigts de C.J. Mais c'est à peine s'ils ont bougé. Pourtant, le centimètre grignoté au prix de cet effort surhumain a réussi à me donner assez d'air pour retrouver un peu de force. Je me suis débattue, me tortillant comme un ver de terre dans la bouche d'un merle. En vain. Je devais me contenter du centimètre grignoté qui me permettait tout juste de respirer… pour le moment. Parce que je sentais que ses mains regagnaient le terrain perdu et que je n'aurais bientôt plus la force de résister.

— Vous avez tué Jane, ai-je lancé d'une voix caverneuse.

Je n'ai pas eu le temps de me demander si ces mots seraient les derniers que je prononcerais avant de mourir, parce que C.J. s'est mise à hurler en les entendant. Non, à rugir.

Ses mains se sont ouvertes et elle a bondi sur ses pieds. L'absence de ses mains et du poids de son corps m'a laissée un moment pantelante, dans un état de stupeur indescriptible. C'était comme si je revenais de l'au-delà. Dans la faible lumière qui passait par le ruban vitré, j'ai vu C.J. saisir un objet sombre et carré — une sorte de petite console — et le lever au-dessus de sa tête. Elle a poussé un nouveau cri de fauve blessé et s'est ruée sur moi. J'ai vu l'objet se rapprocher de mon visage, je me suis entendue crier, j'ai senti ma jambe se tendre dans une tentative désespérée de repousser C.J. d'un coup de pied.

Et puis j'ai basculé en arrière, et tout est devenu noir.

82

Lorsque j'ai rouvert les yeux, j'ai entendu des cris. Il y avait un néon au-dessus de ma tête et j'ai réalisé que j'étais étendue dans le couloir. La porte avait été ouverte et quelqu'un m'avait tirée hors de la cabine de montage.

— Plus un geste ! a crié l'inspecteur Vaughn tandis qu'un agent me saisissait sous les bras pour me relever.

J'ai vu l'autre policier sortir son arme. Le canon de celle de Vaughn était dirigé droit sur C.J., dont la silhouette immobile se découpait dans la petite pièce sombre. Seuls ses yeux bougeaient, se posant alternativement sur l'inspecteur et sur l'agent de police qui la tenaient en joue.

— Qu'est-ce qui se passe, ici ? a crié Vaughn.

— Vous avez fouillé son bureau ? ai-je demandé.

Il m'a jeté un coup d'œil, mais son arme est restée braquée sur C.J.

— Posez ça par terre ! a-t-il ordonné en désignant l'objet qu'elle avait toujours dans les mains.

C.J. a obéi et Vaughn s'est tourné vers moi, le canon de son pistolet toujours pointé sur la productrice.

— Et maintenant, vous allez m'expliquer pourquoi vous m'avez fait venir ici.

Je lui ai tout raconté.

— Je sais que vous cherchez une femme, quelqu'un qui a couché avec Jane ce lundi-là, quelqu'un qui l'a ensuite frappée avec son Emmy Award… Et je sais que vous pensez que je suis cette personne. Mais c'est une erreur, inspecteur. C'est à elle que vous devriez vous intéresser, ai-je dit en tendant un doigt accusateur vers C.J. Elle s'appelle…

— Je sais comment elle s'appelle, m'a interrompue Vaughn. J'ai interrogé presque tous les employés de cette chaîne.

— Eh bien, vous devriez l'interroger de nouveau ! Et vous devriez perquisitionner son bureau pour voir si la statuette de Jane ne s'y trouve pas. Il y a plusieurs cartons encore remplis, là-dedans, et l'un d'eux est plein de distinctions honorifiques. Saviez-vous que Jane a remporté son Emmy Award pour un reportage qui doit beaucoup au travail de Mme Lyons ?

— Et ? a dit Vaughn d'un ton dédaigneux.

— Et seule Jane a été récompensée par cet Emmy. D'après ce que vient de me dire Faith Lowe, une des directrices de production de Trial TV, tout le monde dans la profession sait que C.J. Lyons l'a très mal vécu.

— Et ?

— Et c'est elle qui avait une relation passionnelle avec Jane, pas moi.

Les mots se bousculaient dans ma bouche.

— Voilà comment je crois que les choses se sont passées : C.J. Lyons se trouvait chez Jane lundi après-midi, et elles ont eu un rapport sexuel. Mais Jane lui a ensuite expliqué qu'elles ne coucheraient plus jamais ensemble. Je pense que pour la première fois, C.J. a compris que ce n'étaient pas des mots en l'air.

Vaughn a regardé C.J.

— Quelle sorte de relation aviez-vous avec Jane Augustine ?

— Une relation professionnelle.

C.J. avait un regard un peu perdu, sans ses lunettes. Mais en dehors de ça, elle semblait avoir retrouvé son calme et son assurance coutumière.

— Comme je vous l'ai dit lorsque vous m'avez interrogée, inspecteur, Jane et moi avons travaillé ensemble pendant des années. Nous avions une vraie complicité professionnelle.

— Rien de plus ? a demandé Vaughn.

Elle a fait non de la tête. Un petit geste qui manquait singulièrement de conviction. Vaughn nous a regardées l'une après l'autre.

— Vous avez vu Jane Augustine le lundi où elle est morte ? a-t-il demandé à C.J.

Elle n'a pas répondu.

— Avez-vous eu un rapport sexuel avec Jane Augustine dans son lit le lundi où elle morte ? a-t-il insisté.

Tous les regards étaient maintenant braqués sur C.J., obstinément muette. Son visage ne laissait rien paraître de ses émotions, mais sa peau pâle a semblé perdre de son élasticité tandis que des rides se formaient autour de ses lèvres fines. On aurait dit qu'elle vieillissait sous nos yeux.

— C.J. aimait passionnément Jane, ai-je dit.

Elle a fait un pas en arrière, et la pénombre de la cabine de montage a aspiré une partie de son corps. Ses jambes se sont brusquement dérobées sous elle et C.J. a titubé comme si on venait de lui tirer dessus.

Ni Vaughn ni ses hommes n'avaient pourtant pressé la détente.

— Hé ! a crié le policier qui m'avait relevée, en s'élançant pour aller la soutenir.

Il est arrivé trop tard et C.J. est tombée sur les fesses avec un bruit sourd.

— Debout ! a lancé Vaughn, l'arme toujours pointée sur elle.

Mais elle est restée assise, les jambes un peu écartées, comme si elle ne l'avait pas entendu.

— Relève-la ! a ordonné Vaughn en s'adressant à l'agent qui se trouvait juste à côté d'elle.

Le policier s'est penché et a empoigné C.J. par le bras.

— Non ! a-t-elle hurlé en se dégageant. Ne me touchez pas !

La douleur qui perçait dans sa voix m'a glacé les sangs. Même Vaughn et ses deux acolytes sont restés pétrifiés pendant quelques secondes.

C.J. a ramené les genoux contre sa poitrine avant de les entourer de ses bras. Elle s'est mise à secouer la tête encore et encore, comme si elle disait « non, non, non », à des mots qui la hantaient et qu'elle seule pouvait entendre.

Vaughn l'a observée un long moment avant de se tourner vers moi. Je sentais que ça cogitait dur sous son crâne de sale type.

— Où se trouve son bureau ? a-t-il demandé.

Je lui ai expliqué comment s'y rendre.

— Mon avocate vous y attend, ai-je dit, ainsi que Faith Lowe, la directrice de production dont je vous ai parlé tout à l'heure.

— Toi, reste ici, a dit Vaughn à l'un des agents.

Il a plaqué la main sur l'épaule de l'autre.

— Toi, tu m'accompagnes.

Ils venaient de disparaître à l'angle du couloir quand j'ai vu C.J. poser le front sur ses genoux. Là, comme un enfant qui a longtemps retenu ses larmes pour faire bonne figure, elle a brusquement éclaté en sanglots.

83

J'entends frapper à la porte.

J'essaie de crier : « Entrez ! », mais ma voix est rauque, comme si je ne m'en étais pas servi depuis longtemps.

Encore des petits coups sur la porte.

Je m'éclaircis la voix et je repousse les draps pour m'asseoir au bord du lit.

Je laisse mes yeux vagabonder un instant sur la chambre en désordre : vêtements éparpillés ici et là, assiettes à peine entamées, tasses de thé à moitié bues. Sur la table de chevet sont alignées plusieurs boîtes de médicaments. Diazepam. Halcion.

Encore quelques coups, et la porte s'ouvre doucement.

La tignasse bouclée de mon frère apparaît avant son visage. J'y lis de l'inquiétude, et ça me fait bizarre parce que j'ai n'ai pas l'habitude de voir Charlie inquiet.

— Tu es réveillée, Izzy ?

Je m'éclaircis de nouveau la voix.

— Oui, dis-je, produisant une sorte croassement ridicule. Quel jour on est ?

— Mardi.

Deux jours déjà depuis que la police a perquisitionné mon appartement. Deux jours déjà depuis mon tête-à-tête avec C.J. dans la pénombre de la cabine de montage.

Comme je l'avais espéré — et sans doute aussi craint —

l'inspecteur Vaughn avait trouvé l'Emmy Award de Jane dans le carton qui contenait les récompenses professionnelles. C.J. avait nettoyé la statuette pour effacer les traces de son crime, mais sans doute aussi pour lui donner un nouvel éclat. Pour mieux se l'approprier… La police scientifique avait toutefois découvert une minuscule tache de sang qui portait la signature génétique de la victime et véritable propriétaire du trophée, ainsi qu'une moitié d'empreinte digitale correspondant à celle de C.J.

Dans la mesure où l'un des deux ADN prélevés dans le lit de Jane appartenait également à C.J., la productrice m'avait définitivement remplacée dans les pensées de ce cher inspecteur Vaughn.

Ce qui ne l'avait pas empêché de m'interroger de nouveau. Mais cette fois-ci, l'inspecteur avait vraiment écouté mes réponses. Et il n'arborait même plus son insupportable sourire en coin. Alors que Maggie et moi étions sur le point de partir, Vaughn nous avait rattrapées de la voix.

— Quelque chose à ajouter, inspecteur ? avait demandé Maggie, le visage triomphant et la voix sarcastique.

— Non…

Mais nos regards s'étaient croisés un bref instant et il avait hoché la tête. Oh, ce n'était presque rien, un minuscule mouvement pour s'excuser d'une énorme erreur. Pourtant, j'avais compris que je n'obtiendrais pas plus de sa part.

Durant les deux jours qui avaient suivi, j'avais passé la plus grande partie de mon temps à dormir chez ma mère. Les médicaments alignés sur la table de chevet sont à elle.

« Juste au cas où tu aurais du mal à trouver le sommeil », avait-elle dit.

Mais je n'en avais pas eu besoin. Dormir avait été simple. C'étaient les moments où j'étais éveillée qui avaient été compliqués à gérer. J'ouvrais souvent les yeux à des heures improbables et j'allais rôder dans la cuisine à la recherche de quelque chose à manger. Surtout, je m'efforçais de ne pas me laisser dominer par la colère. J'avais essayé de me dire que l'inspecteur Vaughn n'avait fait que son travail, que tout le monde pouvait se tromper. Mais ça n'avait pas fonctionné. Ce type m'avait fait vivre un enfer, foulant au pied la présomption d'innocence, livrant mon nom en pâture à la presse malgré sa promesse de ne pas le faire, montrant un goût prononcé pour l'abus de pouvoir.

Et à présent, je ne songe plus qu'à lui rendre la monnaie de sa pièce.

Je me lève, enfile un peignoir et attrape mon portable sur la table de chevet. Je consulte le journal d'appels pour voir qui a tenté de me joindre pendant mon sommeil. Theo, trois fois. Grady, deux. Sam, zéro.

— Il est là, dit Charlie.

— Qui ?

— Sam. Il est en bas, dans sa voiture. Il voudrait que tu sortes le voir.

Charlie me regarde de la tête aux pieds et je sais ce qu'il pense. Ça fait deux jours que je ne me suis ni lavée ni coiffée et que je traîne dans ce pyjama.

Je me lève et je vais jeter un coup d'œil à travers les stores de bois. La voiture de Sam est bien là, un peu plus haut dans State Street. Je souris et me tourne vers Charlie.

— Je vais l'appeler.

— Maman et Spencer sont partis faire des courses. Quant à moi, je suis sur le point de me rendre à un entretien d'embauche.

J'ouvre de grands yeux.

— J'ai bien entendu ? Un entretien d'embauche ?

— Ouais… Je ferai peut-être bientôt partie des masses laborieuses.

Il hausse les épaules avec un sourire, puis il quitte la chambre.

Mon téléphone portable sonne. Mayburn.

— Comment allez-vous, Izzy ?

J'entends l'inquiétude qui perce dans sa voix, mais je réponds sans hésiter.

— Bien, John. Je vais bien.

— Tant mieux. Ecoutez, j'ai de bonnes nouvelles pour vous. Ça concerne Mick Grenier, l'écrivain fouille-merde. J'ai fait quelques recherches à son sujet, et figurez-vous que je ne suis pas revenu bredouille. Il y a quelques années, Mick et son père se sont mis sur la gueule le soir du réveillon.

— Mis sur la gueule ?

— Ils se sont battus comme des chiffonniers, et apparemment Mick a eu le dessus. Ça a été d'une telle violence que les flics sont intervenus et qu'ils ont été arrêtés et incarcérés tous les deux. Ils ont été inculpés de coups et blessures et de trouble à l'ordre public, mais l'agent du père est intervenu. Grâce à ses réseaux et à quelques dessous de table, il a réussi à convaincre la justice de retirer les charges, et les flics de ne rien dire à la presse. L'affaire a été étouffée et Mick et son célèbre papa ne veulent surtout pas que quelqu'un ressorte cette vieille histoire.

— Vraiment ? Alors vous ne pensez pas qu'on pourrait s'en servir pour...

— C'est déjà fait, m'interrompt Mayburn avec une évidente satisfaction dans la voix. J'ai eu une petite conversation avec Mick Grenier, et je me suis engagé à ne pas ébruiter cette triste affaire. En échange de quoi, il renonce à publier son livre.

— C'est vrai ? Toutes ces horreurs sur Jane ne paraîtront jamais ?

— Vous pouvez dormir sur vos deux oreilles, Izzy.

Je ferme les yeux, le temps de laisser échapper un soupir de soulagement. La mémoire de Jane ne sera pas salie.

— Vous êtes génial, John.

— Je sais.

Et il raccroche sur ces mots.

Je compose le numéro de Sam.

— Pourquoi est-ce que tu n'es pas au travail ?

— Ecoute, Iz, je sais que personne ne peut te sauver à part toi-même, mais je veux quand même m'assurer que quelqu'un veille sur toi.

— Sam…

— Viens me rejoindre.

— Il faut que je prenne une douche.

— Je t'attends.

84

Sam conduit et nous sommes silencieux.

J'ai le sentiment que nous gardons tout ce que nous avons sur le cœur en attendant de pouvoir nous regarder dans les yeux, assis au calme quelque part. L'attente crée une tension dans l'habitacle, un compte à rebours avant la grande explosion, et je suis certaine que Sam a également conscience que ce moment en apparence si banal pourrait en réalité être un tournant de notre vie.

Je regarde par la fenêtre et je m'enjoins de ne pas avoir peur de la conversation qui s'annonce. De la laisser venir tranquillement, sans précipitation.

Sam tourne dans Clark Street, puis dans Lincoln Avenue. Les rues sont baignées de soleil. Plus je regarde la vie défiler derrière les vitres de la voiture et plus j'ai l'impression de me réveiller. Je mesure que la crainte de ce qui va arriver à notre couple (ou à ce qu'il en reste) n'est rien comparée à la terreur que j'ai ressentie en découvrant le corps de Jane, puis en comprenant un peu plus tard que la police me prenait pour une meurtrière. Maintenant que Jane repose en paix et que j'ai été blanchie, le souvenir de cette terreur me permet de relativiser mes autres angoisses. Comme celle qui pourrait m'étreindre en ce moment même à l'idée de ne jamais avoir d'enfants de Sam. De ne pas vieillir à ses côtés.

Je l'observe à la dérobée. Il a bronzé à force de jouer

au rugby sous le soleil printanier, et sa peau dorée semble toute chaude.

— Tu t'es fait couper les cheveux ? J'ai l'impression qu'ils sont plus courts que quand on a dîné au North Pond Café.

— Oui, répond Sam sans détourner les yeux de la route. La coiffeuse a essayé un truc un peu différent.

Il me montre le haut de son front et je vois que ses cheveux penchent un peu vers la droite.

— Ça te plaît ?

Je continue à étudier sa nouvelle coupe. C'est vraiment un tout petit changement, mais c'est tout de même un changement.

— Oui, j'aime bien.

Je me tourne de nouveau vers le spectacle de la rue et je baisse ma vitre, laissant les bruits de la ville s'inviter dans l'habitacle et respirant à pleins poumons le vent, doux et revigorant, qui joue avec mes cheveux.

Chicago semble être définitivement sortie de la torpeur hivernale depuis la dernière fois que j'ai pris le temps de l'observer. De la musique coule des fenêtres ouvertes. Les fumeurs ne grelottent plus avec des airs coupables sur la terrasse des bars. Ils rient sous le soleil, ponctuant la conversation de longs nuages de fumée blanche. Les couleurs sont partout : tulipes oranges et rouges, arbres aux fleurs roses et blanches, buissons tachetés de jaune. On dirait qu'un peintre amoureux des couleurs vives a laissé traîner son pinceau dans les rues durant mes deux jours de sommeil.

— Où est-ce qu'on va, Sam ?

— Dans un de ces vieux bars que tu affectionnes tant.

— Lequel ?

— Tu verras.

Il continue à rouler sur Lincoln Avenue, passe Fullerton Avenue, puis Wrightwood Avenue, avant de se garer sur une place payante. Des petites maisons en briques bordent l'avenue du côté où nous sommes, tandis qu'une station-service se dresse de l'autre côté.

— Rose's Lounge, dit Sam en tendant le doigt vers un petit immeuble en briques, à gauche de la station-service.

Le rez-de-chaussée a une façade de bois peinte d'un beige un peu sale, ainsi que deux fenêtres octogonales trop étroites pour qu'on puisse voir à l'intérieur. Seule l'enseigne jaunâtre fixée au-dessus de la porte — « Bière Old Style à la pression » — indique au passant qu'il s'agit d'un bar.

Sam se tourne vers moi.

— Ça fait des années que je n'y ai plus mis les pieds. Mais je me suis dit que si la presse continuait à te suivre, ils ne pourraient pas voir ce qui se passe à l'intérieur.

Nous sortons de la voiture et nous balayons l'avenue du regard. Les journalistes ont fait le siège de mon appartement, rendant mes voisins à demi fous, et j'ai dû me réfugier chez ma mère dans l'espoir de les semer. Apparemment, ça a fonctionné. Ou peut-être qu'ils considèrent, tout simplement, que mon rôle dans l'affaire Jane Augustine est terminé.

Nous laissons passer quelques voitures avant de traverser côte à côte, mais pas main dans la main.

Pénétrer dans ce bar, c'est comme se retrouver brusquement dans les années soixante-dix, quelque part au fin fond du Wisconsin. Le mobilier hétéroclite de bois sombre est en piteux état. La plupart des tabourets hauts ont une assise rafistolée avec du ruban adhésif entoilé. Une table de billard branlante côtoie un juke-box qui crache une chanson de Sinatra.

J'adore.

Deux types aux mines un peu patibulaires sont assis au bout du bar. Des flics, sans doute. Un frisson glacé me traverse à cette pensée, mais je prends conscience de la raison de cette réaction et je parviens à évacuer ma peur. Je n'ai rien à me reprocher.

Nous nous hissons sur les tabourets scotchés, et une femme aux cheveux gris, le dos voûté par les années, vient nous demander ce que nous souhaitons boire.

— Vous avez de la Blue Moon ? demande Sam.

— Non, dit-elle en secouant la tête. Mais j'ai des bières polonaises. Ce sont les meilleures.

— Va pour une polonaise.

— Deux, s'il vous plaît.

Elle revient une minute plus tard avec deux bières en bouteille et une assiette en carton sur laquelle elle laisse tomber une poignée de bretzels. Puis elle nous laisse seuls.

Nous nous mettons à parler de tout ce dont nous n'avons pas parlé depuis des mois. De tout, sauf de nous. C'est agréable de discuter à bâtons rompus dans un bar sombre et comme hors du temps. Agréable de passer un tel moment avec Sam.

Pourtant, il finit par s'interrompre alors qu'il est en train de me parler du différend qui l'oppose à son propriétaire.

— Je lui ai dit que c'était illégal d'augmenter mon loyer, parce que j'ai un bail de deux ans et qu'en aucun cas il ne peut…

Et il s'arrête. Comme ça, en plein milieu d'une phrase.

— Il faut qu'on prenne une décision, dit-il en me regardant droit dans les yeux.

— Par rapport à quoi ?

— A nous.

— Il y a un mot que je ne t'ai pas entendu dire aujourd'hui, Sam.

— Je sais.

Il pivote sur son tabouret pour mieux me regarder.

— Et c'est parce que je ne sais plus sur quel pied danser, Izzy. Nous ne sommes plus fiancés, mais nous n'avons pas vraiment rompu. On dort parfois ensemble, mais on ne vit plus ensemble. Il parait qu'on s'aime, mais on ne se le dit plus que par SMS ou pour se dire au revoir. J'aimerais qu'on fasse un choix, tu comprends ? J'ai besoin de certitudes, et je pense que toi aussi, tu en as besoin.

Je bois une gorgée de bière pour me laisser le temps de réfléchir à ma réponse.

— Je ne suis pas sûre d'avoir besoin de certitudes, Sam. En fait, je crois que la situation me convient comme ça. Je n'ai pas forcément envie que tout soit encadré, figé, prévu…

La mort de Jane, et surtout sa vie, m'ont fait réfléchir à la façon dont je souhaite mener la mienne. Jane a accompli tant de choses avant que C.J. ne mette brutalement un terme à son extraordinaire parcours. On se rappellera d'elle pour sa présence familière et appréciée à la télévision, bien sûr, mais aussi et surtout pour sa passion de vivre. *Passion…* Un mot qui m'attire chaque jour un peu plus, même si celle qui a uni Jane et C.J. s'est mal terminée, son épilogue tragique ayant récemment fait les gros titres des journaux : « Jane Augustine assassinée par son amante éconduite. » A ce jour, la presse n'a dévoilé ni son goût pour l'asphyxie érotique ni ses nombreuses « incartades », comme elle aimait les appeler. Bien sûr, beaucoup de gens ont dû juger sévèrement la liaison de Jane et de C.J. Mais je reste persuadée que son nom restera d'abord associé à sa passion pour la vie et pour les autres. A sa passion pour son travail, aussi.

Passion… Encore ce mot. Il est souvent revenu dans mes pensées lorsque je m'éveillais, entre deux plages de sommeil, dans le silence de la chambre d'amis de ma mère. Comme Jane, je veux vivre la passion — *les* passions — que je sens vibrer en moi. Il ne s'agit pas de copier Jane, mais de s'inspirer de sa liberté. Je veux danser sur un pied, puis sur l'autre, au gré de mes désirs. Pourtant, je sais qu'il me reste du chemin à accomplir, parce que je n'ai pas encore tout à fait cerné ces passions qui bourgeonnent en moi et ne demandent qu'à éclore, que ce soit dans ma vie privée ou dans ma vie professionnelle.

En attendant d'y voir plus clair, j'ai décidé que l'incertitude n'était pas forcément synonyme d'avenir morose. Qu'elle n'empêchait pas forcément de jouir du présent. Voilà pourquoi je ne souhaite pas coller une étiquette — « fiancés », « séparés », « mariés », « amoureux », « amis » — sur ma relation avec Sam. Je préfère la soumettre au révélateur de la vie et voir si elle dégage encore cette passion qui l'a fait naître un beau jour d'été sur la pelouse de Forester.

Mais il semblerait que Sam voie les choses autrement.

Il secoue tristement la tête, pousse de côté sa bouteille de bière à peine entamée.

— Je ne peux plus continuer comme ça, Izzy. C'est trop dur à vivre. J'ai besoin de savoir où je vais.

— Les relations amoureuses sont toujours dures à vivre, Sam.

Il me lance un long regard indéchiffrable.

— D'où est-ce que tu sors ça ?

— Tout le monde le dit.

— Ce n'est pas parce que tout le monde dit quelque chose que c'est forcément vrai.

Il prend ma main. Sa peau est si douce… Et elle m'est si familière que j'ai le sentiment de toucher ma propre main.

— Peux-tu me promettre que tu finiras par t'engager dans un sens ou dans un autre ? demande-t-il.

Ma bouche s'ouvre pour dire oui, mais je m'aperçois que c'est par réflexe et je la referme brusquement.

— Non, Sam. Mais ce n'est pas nécessairement une mauvaise chose. On va peut-être prendre beaucoup de plaisir à vivre sans certitudes.

La chanson de Frank Sinatra s'est tue, et personne n'a remis une pièce dans le juke-box. Les deux types aux allures de flics quittent le bar. La vieille femme voûtée claudique jusqu'à nous, une main posée au bas du dos.

— Vous voulez autre chose ?
— Oui, dit Sam.
Mais c'est moi qu'il regarde.
— Je suis désolé, Iz, mais je veux autre chose.

85

Lorsque je sors du bar, l'air me semble sec et coupant comme du verre. J'ai les sens à vif. Sam se trouve toujours à l'intérieur et j'aime cette sensation d'être seule face à moi-même, d'avoir ma vie entre mes mains. Oui, j'aime vraiment ça.

Les briques des maisons alentour, qui me semblaient ternes avant d'entrer dans le bar, sont à présent d'un rouge éclatant. On dirait qu'un champ de coquelicots borde désormais l'avenue. Le grondement du métro aérien est une mélodie. Les odeurs de nourriture et de fumées d'échappement se mêlent dans l'air printanier pour créer un parfum léger et enivrant. Les sirènes des ambulances, des camions de pompiers et des voitures de police, d'ordinaire omniprésentes à Chicago, me parviennent lointaines et festives comme les bruits d'une fanfare.

Bien entendu, je ne pourrais plus jamais entendre une sirène sans songer aussi à Jane. Mais le temps cicatrise bien des plaies, et je finirai sûrement par m'y faire.

Peut-être le temps réparera-t-il aussi ce qui s'est brisé entre Sam et moi — peut-être pas. Peut-être resterons-nous amis pour la vie à défaut d'être amants — peut-être pas. Peut-être vais-je poursuivre mon enquête sur les magouilles de Jackson Prince et reconquérir ma place à Trial TV — peut-être pas. Peut-être vais-je redevenir avocate — peut-être pas. Peut-être Maggie va-t-elle réussir à pardonner une nouvelle fois à Wyatt — peut-être pas. Peut-être Quentin va-t-il enfin trouver sa voie — peut-être pas. Peut-être Charlie va-t-il décrocher un job et ne plus dépendre autant de notre mère — peut-être pas.

Peut-être l'avenir va-t-il me sourire — peut-être… Mais si, bien sûr qu'il va me sourire.

Si, comme nous l'espérons, vous avez aimé
L'ombre du soupçon,
les pages suivantes vous permettront de découvrir
Le poids du doute, le troisième roman
de cette trilogie consacrée à Izzy McNeil,
à paraître le 1er mai 2011.

Dez Romano m'a dit qu'il avait passé une soirée formidable et qu'il aimerait me revoir.

— J'aurais dû vous le demander plus tôt, a-t-il soupiré avec une surprenante douceur dans le regard. Vous n'êtes pas en couple, n'est-ce pas ?

J'ai répondu la vérité.

— Non, je suis célibataire, en ce moment.

Il y a quelques mois encore, je jonglais entre trois hommes, et voilà que je m'étais brusquement retrouvée seule. Aujourd'hui, l'un d'entre eux tentait un come-back que je ne savais pas trop comment prendre. En attendant, et même s'il m'arrivait d'éprouver des regrets — voire des remords — lorsque je songeais à ceux qui étaient sortis de ma vie, j'étais libre de passer mes soirées avec qui bon me semblait. Même avec un mafieux patenté. Et même si c'était dans le cadre d'une mission que j'effectuais pour John Mayburn, mon ami détective privé.

Si j'avais ignoré les liens très étroits de Dez Romano avec le crime organisé, je n'aurais pas hésité une seconde avant d'accepter son invitation. J'étais sur le point d'avoir trente ans, et l'imminence de cet anniversaire semblait avoir modifié quelque chose dans la façon dont je regardais le sexe opposé. Je n'avais jamais eu d'histoire avec un homme vraiment plus âgé que moi, et pour tout dire, je m'étais plutôt désintéressée, jusque-là, des mâles qui avaient plus de trente-cinq ans. Mais Dez, avec ses quarante et quelques années, me paraissait aujourd'hui tout à fait consommable.

Le mafieux a posé les avant-bras sur la nappe vert et blanc et m'a lancé un sourire qui méritait sans nul doute le qualificatif de sexy.

— Alors ? Vous voulez bien dîner avec moi, un de ces soirs ? Ça me ferait vraiment plaisir.

J'étais sur le point de répondre : « Moi aussi, ça me ferait plaisir. » D'autant plus que c'était précisément ce que Mayburn attendait de moi : que je glane toute information que le mafieux pourrait laisser échapper sur Michaël DeSanto, et dans le meilleur des cas que j'établisse un contact assez fort avec Romano pour qu'on soit amenés à se revoir, ce qui multiplierait les occasions d'apprendre des choses sur DeSanto.

J'ai jeté un coup d'œil vers la fenêtre du bar pour me donner le temps de formuler ma réponse. Et c'est là que je l'ai vu, sur le trottoir d'en face.

Vêtu d'une veste bleu marine et le visage fermé, il semblait attendre que les voitures s'arrêtent pour traverser. Il a consulté sa montre avant de relever les yeux vers le feu tricolore qui est alors passé au rouge.

J'ai sûrement fait une drôle de tête quand il a traversé la rue et qu'il s'est dirigé droit sur nous, parce que Dez à suivi mon regard.

— Hé ! Mais c'est DeSanto, a-t-il dit avec un plaisir évident.

Il s'est ensuite tourné vers moi et j'ai refermé ma bouche entrouverte, m'efforçant de redonner une taille normale à mes yeux qui devaient être ronds comme des soucoupes.

J'ai voulu composer une expression neutre pour masquer la panique qui commençait à me gagner, mais je n'ai pas dû réussir à donner le change.

— Tu connais Michaël ? a demandé Dez en plissant légèrement les yeux.

— Euh…

Qu'est-ce que je pouvais répondre à ça ? « Oui, on s'est rencontrés alors que je faisais semblant d'être copine avec sa femme pour pouvoir m'introduire dans son bureau et copier son disque dur, tout ça afin d'aider la police à le mettre sous les verrous. Et le plus drôle, Dez, c'est que j'effectuais alors une mission pour le compte du même détective privé qui m'a demandé de vous tirer les vers du nez. Marrant, non ? »

Mayburn m'avait dit que si je parvenais à faire ami-ami avec Dez Romano et que j'arrivais d'une manière ou d'une autre à orienter la conversation sur Michaël DeSanto, je pourrais peut-être mentionner, mine de rien, que j'avais rencontré sa femme Lucy — qui vivait aujourd'hui une histoire d'amour avec Mayburn — à la salle de sport ou dans un autre lieu public. Mais en élaborant cette stratégie, Mayburn et moi n'avions pas imaginé un instant que Michaël DeSanto ferait son apparition dans ce bar et qu'il m'y trouverait attablée avec son pote Dez Romano.

Je me suis levée et me suis penchée en avant dans l'espoir que mon décolleté ferait un peu diversion. Ça a fonctionné. Le front de Dez s'est déridé et son regard s'est détendu. Il a levé les yeux vers moi, et je dois dire qu'il a eu l'élégance de ne pas les baisser de nouveau vers ma poitrine.

Les miens se sont posés sur la porte du bar que poussait Michaël DeSanto. L'instant d'après, il était là, à quelques mètres de moi, en train de saluer le patron des lieux.

« Poutre en hêtre ! » ai-je hurlé intérieurement. Ces mots absurdes étaient les derniers survivants d'une campagne antijurons qui n'avait pas résisté à l'avalanche d'ennuis ayant jalonné ma vie au cours des huit derniers mois ; ennuis sérieux et persistants qui m'avaient donné d'excellentes raisons de proférer de véritables grossièretés plutôt que des mots ayant une sonorité similaire (à vous de deviner ce que remplaçait *Poutre en hêtre*).

« Poutre en hêtre ! ai-je donc hurlé intérieurement. Qu'est-ce qu'il fout là ? »

A en croire Lucy, son bientôt ex-mari (la procédure de divorce était en cours) récemment libéré sous caution n'avait plus de contacts avec ses anciens compagnons de la pègre qui, comme Dez, avaient réussi à échapper d'une manière ou d'une autre aux foudres de la justice.

Mais DeSanto était pourtant là, tout frais sorti de prison, et il ne faisait guère de doute qu'il était venu dans ce bar pour rencontrer Dez Romano. Il ne s'attendait sûrement pas à le trouver en compagnie de la femme qui avait joué un rôle déterminant dans son arrestation. En *ma* compagnie.

— Je reviens tout de suite, ai-je marmonné.

J'ai commencé à marcher vers les toilettes, mais je me suis rendu compte que mon chemin allait forcément croiser celui de DeSanto. J'ai alors bifurqué en direction de la sortie avant de me figer brusquement : impossible d'atteindre la porte du bar sans passer devant lui.

DeSanto a brusquement cessé de parler avec le patron du bar pour me dévisager de ses yeux marron clair. Le banquier véreux s'était figé, lui aussi, comme un animal face au danger : inquiet, mais prêt à se battre jusqu'à son dernier souffle avant de rendre les armes.

J'aurais aimé avoir plus de sang-froid, être capable de donner le change en toutes circonstances, mais malgré tout ce que Mayburn m'avait appris sur l'art de l'infiltration, je n'avais pas ça dans le sang.

Voilà pourquoi je n'ai rien trouvé de mieux que de lancer un sourire vague à Michaël DeSanto, le même genre de sourire dont je gratifiais — à l'époque où je les fréquentais — les avocats que je n'arrivais pas à remettre lors des soirées professionnelles. C'était un sourire fourre-tout, un sourire mondain et prudent qui semblait dire : « Bonjour, comment allez-vous ? Quel plaisir de vous revoir ! »

Physiquement, DeSanto ressemblait un peu à son ami Dez Romano, mais pour le moment, c'était à moi qu'il s'intéressait. Il a incliné la tête de côté, presque imperceptiblement. Ajouté à tout un tas d'autres petits signes, ce geste m'a fait comprendre que ça cogitait dur sous son crâne. Il se disait certainement qu'il m'avait déjà vue quelque part, mais il n'arrivait pas à mettre un nom sur mon visage. Pas encore. Parce que j'étais certaine qu'il n'allait pas tarder à se souvenir de cette rousse.

J'ai décidé de déguerpir avant que deux et deux ne fassent quatre dans son esprit. Détournant le regard, j'ai entrepris de le contourner par la droite. Mais un large groupe se séparait maintenant devant la porte du bar avec des effusions que l'abus d'alcool rendait longues et démonstratives. Ils se faisaient mille promesses qu'ils ne tiendraient sans doute pas, s'embrassant et se tapant dans le dos comme s'ils ne devaient plus jamais se revoir. On aurait dit une mêlée de rugby. Sentant le regard de DeSanto qui me suivait, j'ai opté pour l'escalier, dont j'ai grimpé les marches quatre à quatre jusqu'au palier des toilettes.

Une fois enfermée dans les W.-C., je me suis efforcée de reprendre ma respiration et mes esprits. Devais-je dire au revoir à Dez avant de prendre la tangente ? Ou tirer un trait sur cette mission et aller me réfugier dans mon appartement ?

En fait de mission, Mayburn m'avait simplement demandé d'aller tailler le bout de gras avec un beau mec dans un bar, activité pour laquelle j'ai toujours eu des dispositions naturelles.

Huit mois plus tôt, j'étais sur le toit du monde, avocate collaboratrice la mieux payée d'un des plus gros cabinets de Chicago, en route vers le statut, ô combien convoité, d'associée. Statut que j'étais également sur le point d'obtenir dans ma vie privée, en épousant mon fiancé Sam Hollings. Et d'un seul coup — abracadabra ! —, tout avait disparu. Ou plutôt — patatras ! —, tout s'était effondré. Je m'étais retrouvée sans travail, sans fiancé et sans avenir. Et je n'avais pas fait grand-chose ces deux derniers mois, à part me sentir coupable de ne pas faire grand-chose.

Alors, quand Mayburn m'avait demandé de reprendre du service pour sa société d'enquêtes privées, je m'étais sentie obligée d'accepter. D'autant que mon sentiment de culpabilité s'accompagnait d'un sérieux découvert.

Et voilà comment les soupçons du détective envers le mari de sa nouvelle petite amie — il était persuadé que DeSanto avait repris contact avec ses amis mafieux — m'avaient conduite là où je me trouvais maintenant, c'est-à-dire dans les W.-C. d'un bar fréquenté par le crime organisé.

Mais ça suffisait comme ça.

J'ai quitté les toilettes et j'ai rapidement descendu une première volée de marches avant de me pencher pour observer la salle, les mains sur la rampe chromée. Michaël DeSanto avait déserté la porte du bar, tout comme les clients qui l'encombraient quelques minutes plus tôt. J'ai dévalé le reste des marches, aussi vite que me le permettaient mes talons hauts.

Mes poumons étaient manifestement tombés en panne et je n'avalais, par à-coups, que de minuscules quantités d'air. Je me suis arrêtée au bas de l'escalier pour reprendre ma respiration, l'œil rivé sur la porte d'entrée. Elle n'était plus qu'à quelques mètres de moi.

Le patron m'a adressé un petit signe de tête empreint de lassitude, comme pour me souhaiter une bonne soirée. Mais lorsqu'il a ensuite jeté un coup d'œil vers sa droite, l'expression de son visage s'est brusquement modifiée. J'ai suivi son regard pour comprendre la raison de ce changement. C'était Michaël DeSanto. De l'autre côté de la salle, il parlait avec de grands gestes à Dez Romano.

Dez m'a repérée à ce moment-là. Ses yeux sont passés par-dessus l'épaule de son ami pour venir se planter droit dans les miens.

— Hé, vous ! a-t-il crié.

Même à distance, j'ai pu voir la colère qui assombrissait son regard.

Il n'y avait plus beaucoup de clients dans le bar, et la voix de Romano a résonné assez fort pour capter l'attention de chacun d'entre eux. Le silence s'est fait et les têtes se sont tournées vers Dez, puis vers moi. D'un seul coup, les deux hommes ont commencé à marcher dans ma direction. La fureur qu'exprimaient leurs visages m'a poussée à l'action.

Je me suis baissée, j'ai retiré mes chaussures à talons hauts, et je me suis enfuie aussi vite que j'ai pu dans Rush Street.

REMERCIEMENTS

Merci, merci, merci à Margaret O'Neill Marbury, Amy Moore-Benson et Maureen Walters. Un grand merci également à toute l'équipe de MIRA Books ; Valerie Gray, Donna Hayes, Dianne Moggy, Loriana Sacilotto, Graig Swinwood, Pete McMahon, Stacy Widdrington, Andrew Wright, Pamela Laycock, Katherine Orr, Marleah Stout, Alex Osuszek, Margie Miller, Adam Wilson, Don Lucey, Gordy Goihl, Dave Carley, Ken Foy, Erica Mohr, Darren Lizote, Andi Richman, Reka Rubin, Margie Mullin, Sam Smith, Kathy Lodge, Carolyn Flear, Maureen Stead, Emily Ohanjanians, Michelle Renaud, Linda McFall, Stephen Miles, Jennifer Watters, Amy Jones, Malle Vallik, Tracey Langmuir et Anne Fontanesi.

Merci à tous les journalistes et techniciens de la télévision qui m'ont fait bénéficier de leurs lumières, et plus particulièrement à Jeff Flock et à toute l'équipe de Fox Business News, ainsi qu'à Steve Cochran, Anna Devlantes, Amy Jacobson, Elisabeth Flock, Jim Lichtenstein, Pamela Jones et Bond Lee.

Je voudrais aussi exprimer ma gratitude à mon panel d'experts : Peter Koconis et Jeremy Shultz , respectivement inspecteur et agent au département de police de Chicago ; à Janet Girtsen, directrice adjointe du Centre médico-légal de Chicago ; à Catharine O'Daniel et Sarah Toney, avocates d'assises ; aux détectives privés Paul Ciolino et Sam Andreano ; aux Drs Richard Feely, Voytsekhovskiy et Doug Lyle.

Merci enfin à tous ceux qui ont lu mon manuscrit et m'ont fait part de leurs conseils ou de leurs suggestions, et plus particulièrement à Dustin O'Regan, Jason Billups, Liza Jaine, Rob Kovell, Beth Kaveny, Pam Carroll, Katie Caldwell Kuhn, Margaret Caldwell, Christi Smith, William Caldwell et Les Klinger.

Best-Sellers n°465 • suspense

Les secrets de Rosewood Lane - Debbie Macomber

A Cedar Cove, tout le monde connaît et apprécie Grace Sherman, qui dirige la bibliothèque de la petite ville. Et personne ne comprend, pas plus que Grace elle-même, pourquoi son mari a disparu du jour au lendemain. Malgré sa douleur et son incompréhension face à cet abandon, Grace a décidé de se battre pour retrouver sa joie de vivre. Et elle peut compter sur sa meilleure amie Olivia, toujours prête à l'épauler. Olivia qui, pour l'heure, commence une relation sentimentale avec Jack, un homme audacieux et sensible. Et puis il y a Charlotte, la mère d'Olivia, qui va devoir elle-même faire face à une véritable épreuve. Quant à Maryellen, l'une des filles de Grace, elle n'en fait qu'à sa tête, comme toujours ! Bref, c'est tout un univers chaleureux qui aide Grace à traverser cette période de doute et de remise en question. Un univers où les gens finissent toujours par se retrouver car, à Cedar Cove, on n'est jamais très loin les uns des autres…

Best-Sellers n°466 • paranormal

Le guerrier des ténèbres - Gena Showalter

L'immortel Aeron, prince des seigneurs de l'ombre, est sur ses gardes : depuis quelques semaines, il sent roder autour de lui une redoutable présence féminine. Comme un être vengeur qui chercherait à le tuer. Quand Olivia apparaît enfin, si belle et si pure, ce n'est pourtant pas pour l'assassiner avec son épée de feu, mais pour le supplier de l'initier à l'amour et aux plaisirs de la chair. Peut-il se laisser séduire ? Car même si cet ange aux yeux bleus éveille en lui un besoin d'aimer qu'il ne soupçonnait pas, il ne peut abandonner Legion, la petite démone qu'il aime comme sa fille et qui ne supporterait pas une autre femme dans leur vie. De plus, comment être sûr que les cheveux d'ébène et les lèvres si attirantes d'Olivia ne sont pas un piège mortel destiné à l'abuser et l'anéantir ? Déchiré par des pulsions contradictoires, Aeron est pourtant loin de se douter que ce combat entre le devoir et la passion le rapproche de dangers bien plus sombres et bien plus terribles encore.

Best-Sellers n°467 • thriller

l'hiver assassin - Lisa Jackson

Encore une victime au cœur de l'hiver. Un hiver glacial et de jour en jour plus meurtrier à Grizzly Falls, dans le Montana. En effet, c'est la quatrième femme morte de froid que l'on retrouve attachée à un arbre, un étrange symbole gravé au-dessus de la tête. Horrifiées par cette série macabre, Selena Alvarez et Regan Pescoli, toutes deux inspecteurs de police, se lancent dans une enquête qui a tout d'un cauchemar. Au même moment, Jillian Rivers est en état de choc : son mari, qu'elle croyait mort depuis des années, est peut-être encore en vie. Partie à sa recherche dans le Montana, elle se retrouve prisonnière d'une violente tempête de neige. Un homme étrange surgit alors pour la secourir avant de la conduire dans une cabane isolée par le blizzard. Malgré son soulagement, Jillian éprouve instinctivement pour cet être taciturne un sentiment de méfiance. Et si ses intentions n'étaient pas aussi bienveillantes qu'il y paraissait ? Et s'il se tramait quelque chose de terrible dans ces forêts inhospitalières ?

Best-Sellers n°468 • historique

Noces secrètes - Margaret Moore

Ecosse, 1235.

Marianne Beauxville rumine avec colère le malheur qui la frappe : pour conclure une alliance durable avec les Ecossais, son frère, seigneur normand, n'a rien trouvé de mieux que de la fiancer à l'un de ces barbares, un vieillard vil et pervers. Et bientôt, elle est emmenée de force puis enfermée sur les terres hostiles et inconnues de son futur époux. Ulcérée, Marianne guette la moindre occasion de s'enfuir. Une occasion qui se présente enfin sous les traits du séduisant Adair MacTaran, fils d'un chef de clan écossais. Certes, en dépit de son charisme indéniable qui le distingue des autres barbares, Marianne n'a aucune raison de faire confiance à Adair, mais a-t-elle vraiment le choix ? Puisqu'il est son seul espoir, elle se risque à lui exposer son plan d'évasion et, contre toute attente, Adair accepte de l'aider à échapper à cette union forcée... pour mieux la réclamer comme sienne !

Best-Sellers n°469 • historique

L'intrigante - Rosemary Rogers

Angleterre et St-Petersbourg, Régence.

Pour entrer dans les bonnes grâces de son père, Leonida, fille illégitime du tsar Alexander Pavlovitch, accepte une mission secrète : subtiliser, par tous les moyens, des lettres que sa mère a adressées à une vieille amie, la duchesse de Huntley, et qui contiendraient des secrets d'Etat. Bien que peu enthousiaste à cette idée, Leonida est déterminée à remplir sa mission. Mais sitôt arrivée en Angleterre, dans le domaine des Huntley, elle perd sa belle assurance. Car le maître des lieux, l'énigmatique Stephan Summerville, exerce d'emblée sur elle une dangereuse fascination. Une fascination telle que, fatalement séduite, Leonida se sent bientôt déchirée entre l'accomplissement de son devoir et l'élan de son cœur…

Composé et édité par les
éditions Harlequin
Achevé d'imprimer en février 2011

BRODARD & TAUPIN

La Flèche
Dépôt légal : mars 2011
N° d'imprimeur : 61396

Imprimé en France